YO QUE TANTO TE QUIERO

Grandes Novelas

MARTA QUEROL

YO QUE TANTO TE QUIERO

EDICIONES B

MÉXICO · BARCELONA · BOGOTÁ · BUENOS AIRES · CARACAS
MADRID · MONTEVIDEO · MIAMI · SANTIAGO DE CHILE

Yo que tanto te quiero

Primera edición, mayo 2016

D.R. © 2016, Marta Querol
    Autor representado por Página Tres
    Agencia Literaria

D.R. © 2016, Ediciones B México, s. a. de c. v.
    Bradley 52, Anzures DF-11590, México
    www.edicionesb.mx
    editorial@edicionesb.com

ISBN 978 - 607 - 530 - 018 - 4

Impreso en México | *Printed in Mexico*

A mis hijas, a las que tanto quiero.
A mis padres.
A Miguel Ángel.

I

TRES MUERTES Y DOS FUNERALES

I

Todo empezó muchos años antes, pero fue en el verano de 1976 cuando tuve la certeza de que la desgracia en nuestra familia aparece en lotes, como los botones o las cremalleras que usaban en sus negocios. Los recuerdos de esos días de principios de junio se agolpan desordenados en mi memoria, aunque están grabados en cada una de mis células, como parte de mi ADN. No tanto por los hechos, violentos y trágicos, sino por lo que aprendí. Apenas tenía yo once años, pero todavía puedo detallar cada palabra, cada gesto, cada sonido y estremecerme de nuevo como aquella niña asustada.

Entonces no lo entendí —la conversación sobre aquello fue tabú entre nosotras—, pero con los años, y gracias a los diarios encontrados mucho tiempo después, comprendí la gravedad del episodio vivido en junio de aquel año: mi madre, presionada por alguien a quien al parecer había llegado a confiar incluso su vida, me llevó de la mano hasta la caja de seguridad del banco donde guardaba sus objetos de valor y, a la salida, ese hombre cayó abatido por un disparo de la Interpol, a la que ella había avisado. Lo traicionó para defenderme a mí como no lo había hecho para vengarse y, aunque ganó esta batalla, las dos perdimos mucho aquel día. El origen de esta truculenta historia se remontaba a una más de entre tantas guerras afrontadas por aquella mujer incansable, Elena Lamarc, mi madre.

Horas después de esta traumática experiencia, salí del hospital con el brazo escayolado y un corsé imaginario que me oprimía el pecho, sintiéndome, paradójicamente, más niña e indefensa que nunca y, a la vez, más adulta, como si mis once años pesaran más que al partir de casa aquella mañana. A esta edad yo no era capaz de entender los acontecimientos y la mano firme de mi madre no conseguía apartar los fantasmas que me asaltaban para robar el suelo bajo mis pies y dejarme en permanente caída libre.

La miré un momento de reojo. Su palidez y las profundas ojeras que horadaban su rostro confirmaron que todo había sido real. Ella me observó con preocupación.

—¿Estás bien, hija? —Yo asentí, y ella insistió—: ¿No te duele?

Me quedé pensando. Sentía una punzada indefinida en alguna parte de mi pecho, pero ella preguntaba por mi brazo escayolado. No, el brazo ya no dolía, pero mi expresión debía de decir lo contrario porque insistió. Un velo húmedo enturbió sus ojos verdes. Traté de explicarme y, de paso, buscar respuestas, rehacer la escena:

—Bueno… Me siento rara. —Necesitaba preguntarle el porqué de todo aquello, pero me faltaban fuerzas para verbalizar mis dudas—. A ese hombre… ¿Por qué lo han matado?

Sentí su mano crisparse en la mía.

—¿Llegaste… a verlo? —Más lo afirmó que lo preguntó, su boca contraída en un gesto de amargura.

—Sí. No lo entiendo, mamá. No había hecho nada, fue amable con nosotras.

Entonces y ahora lo recuerdo como un caballero bien parecido, de pelo cano, simpático y misterioso, que quiso invitarme tortitas en Barrachina. Era difícil encontrarle lógica alguna a lo sucedido, aunque el comportamiento de aquel individuo hubiese mudado una vez subimos a la planta baja del banco.

Una lágrima rodó por la mejilla pálida y demacrada de mi madre. Respiró hondo y miró al cielo. Habíamos dejado de caminar por los pasillos del hospital, cerca de la puerta, y se agachó para abrazarme con fuerza contenida, protectora.

—A veces las cosas no son lo que parecen, Luci. —Recompuso el gesto, limpió la gota furtiva, me besó y, de nuevo erguida, me miró con dureza—. No te fíes de nadie, hija. ¡Jamás! No existe un ser humano sobre la faz de la tierra de quien te puedas fiar.

Su tono, unido a aquella afirmación, me golpeó con brusquedad. Fue la primera vez que escuché aquellas palabras, pero no sería la última.

—De ti y de papá —aseguré con aplomo, buscando algo seguro a lo que aferrarme— sí puedo fiarme.

Un atisbo de sonrisa no aplacó la crudeza de la respuesta:

—No te fíes ni de tu madre, ¿me oyes? —Y con una mueca de amargura añadió—: Y mucho menos de tu padre.

La sentencia me produjo una quemazón instantánea, de hierro candente, para cicatrizar después y convertirse en una característica más de mi personalidad, como el color pardo de los ojos o el pequeño lunar de mi barbilla lo son de mi rostro. Sacudí la cabeza con fuerza para huir de estas palabras, pero allí quedaron y muchos de mis problemas futuros llegaron por mi afán de negación ante algo tan difícil de creer a tan temprana edad.

En la entrada del hospital esperaba un coche oscuro —aunque no llevaba ningún distintivo, deduje que era de la policía—, del cual descendió un hombre, de traje y expresión también oscuros, para abrirnos la puerta. Hasta llegar a casa sólo se escucharon los consabidos saludos y el rugir del aire al filtrarse por las ventanillas, bajadas al unísono en busca de oxígeno. Ninguna de nosotras encontró palabras con las que distraer el silencio y nuestro acompañante iba pensando en sus cosas, como si la parte trasera del coche fuera vacía. Yo me acurruqué contra mi madre y ella me abrazó y me besó en la cabeza.

Al entrar en casa, un baño de normalidad me alivió la opresión. El espejo del recibidor nos vio pasar, el plafoncito del pasillo continuaba tuerto y el sol filtrado por la cortina de lona azul acariciaba la salita dándole ese halo de bosque encantado que tanto me gustaba. El mundo que conocía sobrevivía en su sitio y me recibía con su abrazo.

Mi abuela o, mejor, mi madrina —que es como debía llamarla para evitar las regañinas de su coqueta majestad—, salió a nuestro encuentro.

—¿Se puede saber qué pasa hoy? ¿Qué hacen aquí? —No reparó en la escayola que me cubría el brazo—. ¿Tú no deberías estar en el colegio?

No supe qué contestar. Los acontecimientos me superaban. Era cierto, debería haber ido al colegio. Las preguntas se amontonaron en mi mente infantil. ¿Por qué no había ido? ¿Por qué mi madre me había obligado a acompañarla en aquel extraño encuentro de final tan negro? No obtuve respuesta, ni respondí a mi madrina Lolo. Alcé la estaca blanca de mi brazo por toda explicación y me encogí de hombros esperando que alguien me aclarase las dudas. Al final fue mi madre quien reaccionó sin contemplaciones.

—Mamá, estamos cansadas —cortó con un dejo de hartazgo—. Ha sido un día muy difícil para las dos.

—Pero…, ¿qué ha pasado?

Miré a mi madre, expectante. También yo quería saberlo, más allá de lo evidente.

—Nos vimos envueltas en un enfrentamiento en el centro de la ciudad y Lucía se cayó. Se ha roto el brazo.

—¿Y qué hacías con Lucía en el centro de la ciudad, un lunes por la mañana?

Esta misma pregunta me la había hecho yo a cada rato.

—Tuve que ir al banco… Pero ahora, mamá, te aseguro que necesitamos descansar. —Sin dar más explicaciones se volvió hacia mí con una sonrisa trabajosa—. Si quieres te ayudo a desvestirte, te pones algo cómodo y te echas un ratito.

Mi estado de ánimo no me permitía afrontar decisiones, ni siquiera una tan simple como qué prefería hacer en aquel momento, pero mis pies me condujeron hasta mi cuarto. Mientras ella desabrochaba los botones que con la escayola se me resistían, se frotó un par de veces el brazo izquierdo, molesta.

—¿Tú también te has hecho daño, mamá?

Insinuó haberse hecho un raspón y al subirse la manga del vestido morado descubrió dos franjas de un intenso rojo; un sarpullido enorme, como el que siempre le provocaba el esparadrapo. Era alérgica al adhesivo y se le irritaba la piel. Le señalé la coincidencia, pero me cortó con una de esas frases hechas que utilizaba cuando me metía donde no me llamaban:

—Menos palabrería y date prisa. Vamos, a la cama.

Miré el lecho con aprensión por segunda vez en mi vida. La idea de quedarme sola no me seducía en absoluto. Aunque me avergüence recordarlo ahora, todavía a esa edad muchas noches me despertaba aterrada sin motivo y llamaba a mi madre. Ésta iba a ser una de ellas.

—Mamá, no quiero dormir ahora, prefiero estar contigo —sugerí en un susurro.

Me apartó un mechón de la cara y me acarició. Me preocupó su dificultad para tragar, sonreír, hablar. Sacó fuerzas:

—Bueno, si quieres puedes ver la tele. O mejor, llama a Piluca y le preguntas si han dejado tarea. Si aún no ha llegado a casa, no tardará.

Sus esfuerzos por aparentar normalidad eran vanos.

—Es la última semana de clase, ya no hay tareas.

—Siempre te las arreglas para terminar viendo la tele… —renegó—, pero supongo que hoy no ha sido un día como los demás. Vamos, ve a ver la tele, cariño.

Todavía no habíamos comido, pero ella no se dio cuenta y yo no me atreví a reconocer que tenía hambre.

No, aquél no fue un día cualquiera. Aún tuvimos la visita de aquellos hombres que ya estuvieron en casa el domingo. Vinieron sólo dos, con sus trajes sombríos, su olor a tabaco rancio y sus caras de disgusto crónico. Ni me habían gustado el día anterior, ni me agradaron aquella tarde plomiza. Se reunieron con mi madre en el salón. Tampoco supe entonces el motivo de tan siniestra reunión, aunque la voz potente y enfadada de mi madre traspasaba la puerta de madera. Años después sus diarios me aclararían que eran miembros de la Interpol. Volvieron para interrogarla sobre los sucesos de aquella mañana, por si había obtenido alguna otra información relevante. No, mi madre no averiguó nada nuevo, debió de gritarles, pero los responsabilizó del enorme riesgo corrido. No entraré en detalles, pero nuestra aventura la forzaron aquellos mismos tipos desagradables que invadieron nuestra vida. Y mi madre los odiaba por haberla utilizado para dar caza al hombre que con tanta fuerza había amado, por recordarle quién era él en realidad, cómo la había traicionado antes de acabar muerto encima de mí.

Otro hombre en el que había confiado para terminar descubriendo que la utilizaba, incluso poniendo en riesgo su vida. No es de extrañar que lo ocurrido le dejara secuelas para el resto de sus días.

❧

Tanto movimiento nos tenía nerviosas a todas. Mi abuela miraba de tanto en tanto en dirección al pasillo por el que llegaba la furia sonora de mi madre, para a continuación escrutarme esperando algún comentario por mi parte; pero yo estaba muda.

—Pero, ¿qué es todo este lío? —La pregunta me cayó encima—. ¿Quiénes son esos hombres?

—No lo sé. Vinieron hace una semana y ayer uno... —Recordé en ese momento que uno de ellos apareció junto a nosotras en la calle Barcas, nada más explotar la situación, pero no supe cómo explicarlo y no terminé la frase—. Parece que mamá se ha enfadado con ellos.

—Eso es lo único normal de todo esto, que tu madre se enfade con alguien.

Temiendo la siguiente pregunta busqué una excusa para escapar y me refugié en la cocina. Merendar me sentaría bien y por una vez agradecí la mudez de Adelaida. Hasta la odiosa tarea de limpiar los zapatos del colegio se me habría antojado una buena distracción, pero con el brazo en cabestrillo ni eso podía.

Llegada la hora de irme a dormir hice todo lo posible por retrasarla, pero mi madre se mostró inflexible, como siempre. No sirvió ninguna de mis excusas, y al miedo que ya tenía vino a acompañarlo el miedo a sufrirlo en la soledad de mi cama. Di las buenas noches a mis tres mujeres, Adelaida —la tata—, Dolores y mi madre. Ellas no contestaron, abstraídas con la televisión o sus pensamientos, y me quedé en pie a un lado como si el programa de entrevistas me pareciera lo más fascinante del mundo. Al fin, Adelaida, con su estilo habitual, me instó a moverme:

—¡Niña! ¿Que te crees que no nos damos cuenta? ¡Anda a la cama! —Se levantó y me agarró por los hombros para dirigir mis pasos hacia el baño. Dio las buenas noches en mi nombre y en susurros me conminó a no disgustar a mi madre. No hizo falta contarle nada, dedujo que no había sido un buen día.

Tras la rutina habitual demorada por mis reticencias, me arrastré hasta mi cuarto. Mi madre esperaba para acostarme. Hacía un par de años que no lo hacía. Hablamos de tonterías, como si no hubiera ocurrido nada, me arropó, me cubrió de besos y, antes de salir, encendió la lucecita verde que me acompañaba. La oscuridad me provocaba una angustia incontrolable desde pequeña, y la luciérnaga artificial que iluminaba con su extraño resplandor la habitación suponía un alivio y gracias a ella conseguí controlar la necesidad de hacerla regresar. Ese día temí a las sombras más que cualquier otro. Y también temí dormirme.

Observé el estampado de la cortina como acostumbraba a hacer cuando no quería pensar en otras cosas. Tenía un estampado moderno con lo que parecían flores grandes en colores rosas y marrones sobre un fondo blanco, y me gustaba concentrarme en buscar dibujos alternativos; me ayudaba a esquivar el desasosiego. A veces, después de distinguir caballos, conejos, montañas o avestruces, reconocía incluso el perfil de mi padre en aquellas manchas y entonces me sentía como si me hubiera tocado un premio o hubiera averiguado la respuesta más difícil de un concurso de televisión. Pero esa noche los dibujos fueron siniestros, ninguna cara familiar acudió a calentar el frío de mis temores.

Cuando mi madre entró en el cuarto, como siempre hacía antes de acostarse, me esforcé por respirar con tranquilidad aunque mi corazón y el pelo pegado a mi piel sudada se empeñaran en delatar la vigilia nerviosa. Se sentó en la cama, me acarició el cabello, me dio un beso dulce en la frente y, como tantos otros días, me hizo una pequeña cruz con el pulgar sobre el entrecejo.

Aunque, al contrario de las madres de mis amigas, la mía nunca acudía a misa, a veces me parecía verla rezar, y actitudes como ésta me hacían pensar que no estaba tan lejos de la Iglesia, como siempre afirmaba.

—¿Estás despierta? —preguntó con suavidad. Un «sí» temeroso escapó de mi garganta—. ¿Tienes miedo? —Me apartó las greñas—. Estás sudando. —Asentí de forma casi imperceptible—. Pues tendrás que ser fuerte y olvidar lo sucedido. A fin de cuentas no nos ha pasado nada.

En la penumbra verdosa no vislumbraba su expresión, pero supe que mi madre no creía en lo que decía. Se levantó de la cama y desapareció por la portezuela que comunicaba mi cuarto con el suyo. Un hilo de luz se filtraba siempre por la rendija, escasa ayuda para la lucecita verde que se esforzaba en aliviar la oscuridad sobre el marco de la puerta; la voz amortiguada de la radio me acompañó durante un rato, pero no tardó en hacerse el silencio y la penumbra verdosa quedó huérfana.

No sé a qué hora me dormí, pero cuando lo hice los fantasmas permanecieron. De madrugada desperté empapada en sudor y falta de aire, como si la almohada se empeñara en impedirme respirar. Abrí temblorosa los ojos, tiré del embozo hasta cubrirme la barbilla y tragué saliva. Veía sombras moverse y, cuando fijaba la vista en un intento de atraparlas, desaparecían. Habría gritado, pero temía más la reacción de mi madre que a los fantasmas. Me desconcertaban sus cambios de humor, lo mismo era cariñosa y receptiva, como se volvía dura y exigente. La disciplina y el cumplimiento de las normas caseras eran rigurosas y la debilidad de carácter mal recibida. Nunca le gustó que la llamara de noche, salvo si estaba enferma; no me pareció buena idea. También ella había pasado muy mal día y no tenía a quién pedir ayuda. Miré de reojo la esfera del despertador. Las manecillas brillaban siniestras, pero no fui capaz de saber si eran las dos y cuarto o las tres y diez de la madrugada. En la cortina los dibujos repetían con un patrón macabro la cabeza agujereada del hombre que nos acompañó al banco, tal y como la había visto yo a mi lado sobre el asfalto de la calle Barcas, con una marca en la frente semejante a una cereza podrida y aplastada. Me mantuve inmóvil agarrada con una mano a la colcha convertida en escudo protector, mientras apoyaba el brazo escayolado en el vientre y mi boca se llenaba de una saliva amarga. Si no me hubiera faltado el aire me habría sepultado cabeza incluida buscando protección, pero creí que me ahogaría y quedé con la nariz al descubierto, inmóvil.

Tanta fue la tensión que al cabo de un rato me aventuré a pronunciar un «mamá» imperceptible. Lo repetí más fuerte, pero no me oyó. No quise insistir, las sombras podrían darse cuenta y hacerme algo. Traté de razonar como lo habría hecho ella. «El miedo está en un montón y cada uno coge el que quiere», solía decirme. Yo estaba sola, las sombras sólo existían en mi imaginación y la cortina tenía su dibujo de siempre.

No me sirvió de mucho el arrebato de racionalidad y con gran esfuerzo me levanté y salí corriendo hacia el cuarto de mi madre. Rodeé su cama a oscuras, abrí el lado contrario al que ella ocupaba y me metí. En realidad mi madre no dormía, acercó su cuerpo al mío y me abrazó. Sus lágrimas me bañaron el pelo. Y así, abrazadas las dos, tras horas de tensión, el agotamiento nos cerró los ojos y, aunque tuve pesadillas, el cansancio y la protección materna evitaron que despertara. Mis ojos se resignaron a visionar sobre el lienzo de mis párpados de plomo la película que esa misma mañana había cambiado mi vida: aquel hombre con sus gafas oscuras, el descenso a la cámara del banco convertida en una mazmorra, la salida del banco ya presa del miedo y un disparo repetido una y otra vez. Una y otra vez.

A pesar de todo, cuando me desperté para ir al colegio lo hice convencida de que sería un buen día. Nada podía ser más horrible que lo vivido el día anterior.

2

Recuerdo el insistente martilleo del despertador amortiguado por la lejanía de mi cuarto. Siempre me costaba mucho despertar y mi madre, tras varios intentos infructuosos a fuerza de besos aderezados de varios «cariñito, levanta», y «no te hagas la perezosa que perderás el autobús», acababa abriendo las cortinas o, si lo anterior no era suficiente, me salpicaba gotas de agua sobre la cara para despejar el sueño. Ese día fueron necesarias ambas cosas.

Amanecí agotada, como si en lugar de dormir hubiera pasado la noche escapando del día anterior. Sentía las mandíbulas doloridas y el cuello y los brazos como estacas. Pero había que levantarse. La presencia de mi madre, la luz del día y el movimiento de la casa me ayudaron a creer que la vida continuaba con normalidad, aunque la escayola de mi brazo constituía una prueba de lo fundamentado de las pesadillas. Mientras me lavaba la cara, medité sobre qué le contaría a los compañeros de clase; y, por si tenía alguna duda sobre qué no contar, mi madre me sermoneó sobre los beneficios de la discreción.

No era la primera que se presentaba en el colegio con escayola —caídas de la bici, acrobacias en la piscina…—, pero mi historia excedía lo habitual. Los niños no terminan en medio de un tiroteo con el muerto encima. Por fortuna resultó más sencillo de lo esperado, inventé una explicación tonta sobre una caída doméstica y nadie quiso indagar más; mi historia carecía de emoción y tampoco yo estaba muy comunicativa.

Regresé del colegio con la confortable sensación de que la vida volvía a su cauce por efecto de la bendita rutina tantas veces aborrecida; sólo era cuestión de tiempo olvidar lo ocurrido.

Bajar del autobús y atenazarme de nuevo la intranquilidad fue todo uno: me bastó ver el sombrío gesto de Adelaida marcado por dos arrugas profundas, desde su nariz hasta la barbilla, mucho más pronunciadas que de costumbre. Tras saludarla se inclinó lo justo para que le diera un beso —ya éramos casi igual de altas—, no despegó los labios y sus ojos felinos esquivaron los míos.

—¿Qué te pasa? —le pregunté.

—¿Qué me tiene que pasar? —repreguntó con aspereza; pero tras titubear, añadió más afable y con un brillo extraño en los ojos—: Mejor vamos a casa, mi niña, y hablas con tu madre.

¿Qué podía ocurrir? ¿Habría dejado algo fuera de sitio? La última vez que había dejado los zapatos fuera de su lugar me había llevado un guantazo que todavía recuerdo. Se me encogió el estómago segura de que, con los nervios de la víspera, habría hecho algo mal. El orden era sagrado en casa, como una forma de mantener bajo control el Universo y sus circunstancias, de repeler el caos que tanto cariño nos profesaba, y nada debía romper esa armonía. Durante el camino repasé mentalmente cada objeto de la habitación, el baño o el zapatero, por si recordaba algo significativo. Ahora pienso que tampoco esto habría sido motivo para que Adelaida estuviera tan alterada, pero mi imaginación infantil no supo adivinar otro origen de disgusto distinto de lo cotidiano, de aquello que con frecuencia alteraba el cambiante estado de ánimo de mi madre: el desorden.

La blancura extrema de la cara de mi madre, en la que destacaban como dos hogueras en la nieve unos ojos hundidos en sus cuencas, me dejaron claro que, fuera lo que fuese lo sucedido, trascendía a un par de zapatos impertinentes, aunque el vacío que se abrió en mi mente no fue ocupado por ninguna idea nueva.

Me dio un sentido beso y su pena me traspasó. ¿No había pasado ya todo? ¿Por qué estaba así? Una duda tenebrosa me inundó.

—Hija… —La pequeña nuez de su garganta marcó un movimiento de angustia—. Ha sucedido algo. —Volvió a dudar—. No sabía si decírtelo, pero te enterarás igual. —Sus ojos se alzaron para aguantar las lágrimas que veía brillarle entre las pestañas, algo poco frecuente en ella.

Temí preguntar, pero ignorar resultaba insoportable; no recordaba haberla visto con un gesto de pesadumbre semejante, exento de rabia, de la fiereza habitual de sus desahogos, e insistí para quitarme la aprensión de encima o, al menos, para compartirla con ella.

—Ha sido un día muy desgraciado. —Las palabras surgían con dificultad, cada una impelida por un fuerte suspiro.

Tanta parsimonia me descompuso. Algo horrible se cernía sobre mi persona o sobre las dos.

—¡¿Pero qué ha pasado?!

—Esta mañana abrí el periódico y encontré… Bueno, sé que lo querías mucho, que era casi como un segundo padre para ti… Ven. —Me hizo una seña para que me arrellanara junto a ella; mi corazón galopaba—. Si pudiera evitarte este disgusto… Es Lorenzo Dávila… —Hizo una pausa, no sé si por dejarme digerir la noticia o para tomar fuerzas con las que continuar. Tal vez para ambas cosas—. Mira. —Abrió el periódico por la página de las esquelas, lo apoyó entre sus rodillas y las mías y me abrazó.

—No… no puede ser —balbuceé incrédula ante aquella bofetada en blanco y negro—, lo vi hace un par de semanas y estaba bien…

Contemplé espantada el inmenso recuadro negro, media página, con el ánimo de que fuera un error, una desgraciada coincidencia con el nombre del socio de mi padre, pero el de la empresa aparecía con toda claridad debajo del suyo. No había duda, Lorenzo había muerto.

Mi madre me apretó contra ella farfullando palabras de consuelo. Las lágrimas arrasaron mis ojos a la vez que el dolor me anuló otros sentidos como la vista o el oído. Comparo el pesar que sentí cuando me comunicó, años atrás, la muerte de la bisabuela Elvira y, aquella pérdida, aun siendo de un familiar, la viví de forma diferente. Fue una pena amortiguada por el escaso contacto, los kilómetros de separación, mis pocos años y los muchos que la bisabuela tenía. Tan sólo fue una punzada intensa, momentánea, como una inyección de la que sólo queda el rumor del pinchazo. Frente a la muerte de Lorenzo, abrazada a mi madre, sentí algo lacerante. No hacía dos semanas que había estado ayudándolo con los bolsos, recortando los bordes como él mismo me enseñara. Me resultaba imposible creer que estuviera muerto. Nunca volvería a verlo y esta certeza abrió un vacío en mi interior. Había sido como el tío que siempre deseé tener; la persona que me dedicaba un tiempo precioso en las muchas horas que yo pasaba en Loredana —la empresa de marroquinería y complementos que mi padre le comprara tiempo atrás—, mientras esperaba a que mi progenitor asumiera que su jornada tenía un final. Desde que podía recordar, esos sábados en que mi padre tenía derecho de visita los compartía con Lorenzo hasta la hora de comer. Me había enseñado mucho del negocio y por su boca había llegado a valorar lo que mi padre había conseguido en pocos años con aquella empresa que un día fuera de Lorenzo. No hacía falta que me dijera que me quería, lo sentía en cada gesto; y yo le quería a él, aunque hasta este instante trágico no me hubiera parado a pensarlo. Y lo que era peor, a decirlo.

Mi madre había seguido hablando mientras mi cabeza, ajena a su discurso, se empeñaba en mantener viva la imagen de aquel hombre pulcro y amable.

Hasta que, con una frase, recuperó mi atención:

—…perder un hijo es lo peor que le puede pasar a alguien, no sé cómo podrá superar todo esto. Yo estoy impresionada, pero él… Qué dura puede ser a veces la vida. No busques explicaciones —yo no buscaba nada, sólo intentaba asimilar sus palabras: «perder», «hijo», «superar», incomprensibles para mí, abstraída como estaba por la noticia anterior—, no las hay, las cosas suceden y sólo podemos aceptarlas, por mucho que duelan. Porque si lo de

Lorenzo es terrible —las lágrimas fluían por su rostro sin pudor, y su mano buscó el pañuelo que escondía en la manga—, lo de la niña... —me miró con una dulzura infinita y me apretó más fuerte—, es lo peor que puede sucederle a unos padres y nadie, por malo que sea, merece semejante castigo.

—¿La... niña? ¿Qué niña? ¿Qué padres?

Las lágrimas por Lorenzo dejaron de brotar retenidas en el dique de mi estupor, hasta que seguí escuchando y comprendí. Durante el lapso en que me había desconectado de las explicaciones, abrumada por la angustia de la primera desgracia, mi madre había ido deslizando la segunda tragedia del día con la mayor delicadeza. Tanta, que me costó comprender el alcance: nunca podría ver a mi hermanastra, había fallecido a la vez que Lorenzo Dávila, de muerte súbita, en una siniestra coincidencia temporal.

No había llegado a conocer a los mellizos de mi padre —mi madre no lo permitió y tampoco mi padre intentó reunir a sus tres hijos, dado lo violento de la situación—. Y en este momento fui consciente de que ya era tarde. Aquella mañana aciaga, la niña había amanecido sin vida en su cuna. Desde este día, la expresión «muerte súbita» pasó a formar parte de mi galería de horrores reales.

El temor, el resentimiento y la tristeza me invadieron. Tenía miedo. La muerte —nunca piensas en ella a estas edades— se empeñaba en cortarme el paso, en plantarse frente a mí y decirme: «aquí estoy, y ni tu madre ni tu padre ni tú ni nadie están a salvo de que mañana les ponga la mano encima». Algo tenebroso ajeno a mi mundo acababa de instalarse en él. La rabia me ayudó a vencer el pánico. Estaba furiosa con ese mundo, con la vida y con mi madre. La hice responsable del muerto del día anterior, me convencí de su falta de afecto hacia Lorenzo y, cómo no, la culpé de no haber conocido a Isabelita. Acudió a mi memoria la conversación entre mis padres espiada tiempo atrás, cuando él anunció su próxima paternidad y su deseo de casarse con Verónica, la futura madre. Un ramalazo de crueldad me inundó, la bilis subió desde el estómago hasta mi boca y escapó:

—¡Estarás contenta, mamá! —grité entre lágrimas calientes—. Ahora ya no tendrás que preocuparte por si la veo. ¡Nunca podré verla! ¿Qué daño podía hacerme? ¡Sólo era un bebé, y tú no me dejaste conocerla! —Mi voz iba subiendo en potencia y desgarro—. ¡Estarás contenta! ¡Tú la odiabas, igual que a Charlie! ¡La odiabas! ¡Como a Lorenzo, y a papá! ¡A todos!

Su rostro se transfiguró en segundos. Nunca había contemplado tal desolación, mucho menos en aquella fortaleza que era mi madre. Los límites infantiles del dolor y el abatimiento se dilataron hasta alcanzar niveles adultos. Me arrepentí al instante de haber soltado aquello y me deshice en disculpas torpes, tan sentidas como inseguras, desgranando palabras sin sentido:

—¡No quería decir eso, mamá, de verdad! Esto… esto… es horrible. Lorenzo, Isabelita… —A Lorenzo podía dibujarlo en mi mente pero Isabel era una sombra en forma de muñeco al que no ponía rostro y eso me causaba gran desazón. Rompí a llorar entre la amargura y el remordimiento.

Su rostro pasó de un tono rojizo, fruto de la congestión y las lágrimas, a una lividez cadavérica, ensombrecido por su ceño convergente:

—Sí has querido decirlo. Ya eres mayorcita para saber lo que dices. —Sus ojos acuosos me traspasaron—. Bastante lo siento, hija, pero hice lo que debía, aunque no lo entiendas. —Bajó la mirada y respiró buscando fuerzas; las lágrimas se habían evaporado dando paso a un gesto más amargo que triste—. Aunque no lo creas, a mí también me ha afectado, no soy ningún monstruo. Déjame sola.

—Pero mamá, de verdad que lo siento. —Escuché mi voz como si no fuera mía, transformada en un susurro aprensivo—. Es que no lo entiendo. ¡No quiero que pase esto! —Mis puños estaban tan apretados como mis ojos; tardé unos segundos en proseguir—. Lorenzo, Isabelita, lo de ayer… ¿Por qué nos pasan tantas cosas horribles? ¿Qué hemos hecho de malo? No es justo.

—El mundo no es justo. Y tú —puntualizó con frialdad—, tampoco. Déjame, por favor. —El dolor desbordaba su rostro y los tendones de su cuello se marcaban como dos cuerdas al borde del desfiladero profundo en que se había convertido su garganta.

Su rechazo se clavó en mi ya mortificado corazón. Poco aire llegaba a mis pulmones, comprimidos por la mezcla de emociones. Por primera vez tuve conciencia de haber sido cruel, de que la maldad podía existir en una niña como yo, aunque la percepción de la culpa se diluía en la tristeza. Pero no quería dejarla así, con esa sensación horrible. Claro que no se alegraba de lo sucedido, sólo había que verle la cara. ¿Por qué le había dicho aquellas barbaridades? Yo necesitaba un culpable, alguien responsable de tanta desgracia y ella era quien más a mano tenía.

Tal vez no fuera la primera vez que hacía algo así, pero fue la primera vez que tuve conciencia del daño causado.

—Mamá, de verdad que no pienso lo que he dicho —afirmé angustiada—. Te quiero mucho. Es sólo…

—Si me quisieras no me habrías dicho eso. —Su cara era una máscara de piedra. Como una ostra cuando la invade una partícula molesta, se bloqueó de golpe; tardaría días en volver a abrirse. Era mejor cambiar de tema y quedaban pocas oportunidades; acababa de levantarse para refugiarse en su cuarto.

—¿Has hablado con… papá? —pregunté enjugándome las lágrimas con el dorso de la mano.

Frenó buscando de nuevo su pañuelo y levantó la cabeza sin mirarme.

—No… Le llamé cuando encontré la esquela de Lorenzo, pero no me la tomó y luego, al enterarme… de lo de la nena, me quedé sin habla. Pensé en llamarle, dudé, y el propio Rodrigo me aconsejó que no lo hiciera. Quise evitar que me cayera una tormenta de improperios —me miró con dureza—, pero mira por donde los he tenido sin necesidad de buscarlos.

El dolido reproche que su tono y su gesto mostraron fue para mí un trago de aceite de ricino, pero me sobrepuse y continué la conversación con tanta normalidad como pude.

—¿Y qué debo hacer yo?

Conseguí que me mirara, aunque su expresión seguía turbándome.

—Pues yo tampoco lo sé. En realidad me he enterado por Rodrigo Badenes. Me llamó esta mañana. En teoría nadie nos ha informado, ni ha salido en la prensa. No sé si tu padre llamará para decírtelo. En fin…, es una situación muy complicada, trágica, y aunque tu padre te va a necesitar, no sé si estará en condiciones de hablar con nadie.

Me quedé sola con mis dudas y una sensación de impotencia y horror abrumadora.

Esa noche reinó el silencio. Mi madrina volvió a su cuarto al terminar de cenar y Adelaida tampoco nos acompañó mientras veíamos la tele. Mi madre miraba la pantalla, pero una sombra ante sus ojos la mantenía impermeable a las imágenes. Su silencio pesaba tanto como mis pensamientos.

—Mamá… —La observé de reojo para ver su reacción. No se movió, tan sólo me llegó una oleada de frío como la que desprendería un iceberg—. Creo que voy a llamar a papá, aunque no sepa qué decirle. Necesito darle un beso.

Me pasó la góndola con el mismo gesto imperturbable. No sabía si era buena idea pero no podía soportar el silencio.

El teléfono sonó muchas veces antes de que el auricular me devolviera la voz apagada de mi padre, una voz arrancada de un lugar siniestro. Me arrepentí al instante de mi atrevimiento.

—Papá… —Un nudo en la garganta me impidió proseguir.

—Luci… —La palabra se quebró al otro lado del teléfono y sentí que nuestras penas se fundían.

—Papi, nos hemos enterado. Estoy… estamos… —Mi madre se volvió como un resorte con los ojos desorbitados y me quedé sin palabras—. ¿Cómo estás tú?

—Hija, no esperaba tu llamada. Pues… —Cada palabra se juntaba con la siguiente con dificultad—. No sé… Ha sido todo… tan repentino. Estamos desolados.

—Bueno, no hables, papá. —Lo sentí tan hundido como años atrás cuando estuve a punto de ahogarme en la piscina y una vez en sus brazos se derrumbó y yo lo consolé; a través del auricular llegaban gemidos intermitentes—. Sólo he llamado para darte un beso… —las lágrimas se me escaparon— y decirte que te quiero mucho.

Podía percibir su llanto contenido. Cuando colgamos sentí cierto alivio, a pesar de la congoja. Miré a mi madre. Las lágrimas bañaban sus ojos. Tan sólo me rodeó con su brazo y me apretó fuerte.

Iba a ser difícil salir de tanta aflicción, pero pronto aprendí que la vida sigue sin preocuparse de las circunstancias de cada uno, y la muerte no es más que una parte de ella.

Al entierro de Isabelita sólo fueron cinco personas: mi padre, Verónica y Manuela —la madre de Verónica, que se encargó del pequeño Charlie— y una tal Isabel, conocida artista de variedades y vieja amiga de Verónica a quien yo conocería años más tarde. Su hermana Carlota no pudo desplazarse desde Barcelona con los tres niños.

Y al funeral de Lorenzo Dávila, tan sólo unas horas después del de la pequeña Isabel, de la familia sólo asistió mi padre aunque toda Loredana estuvo presente.

Verónica alegó no tener fuerzas para nada y menos para otro funeral. A nadie le extrañó.

3

La normalidad regresó sin darnos cuenta. Al menos cierta normalidad relativa. Los terrores nocturnos seguían intactos y el mal dormir me hacía saltar como si cada palabra dicha fuera un ascua. Mi principal válvula de escape por entonces eran las clases de ballet; asistía con dos amigas al terminar el colegio y descargaba allí frustraciones, miedos y disgustos a golpe de *grand jetés*, *battements* y *pas de bourrée*, pero la escayola me impidió este saludable desahogo los días que aún quedaban de curso. Suerte que los exámenes ya habían pasado o los resultados de aquel año lo habrían resentido.

Tardé un par de semanas en ver a mi padre —una eternidad—, y cuando al fin lo hice pude apreciar cómo el dolor es un cincel que graba los rostros y devora los cuerpos. Mostraba un rictus amargo incluso cuando conseguía esbozar una sonrisa ahora infrecuente y trabajosa. Y su cuerpo, siempre fornido, se perdía bajo la camisa de algodón azul claro. Ese primer encuentro tras la tragedia fue muy emotivo. Permanecimos un buen rato abrazados en silencio. No lo vi llorar, pero pequeños espasmos sacudieron mi cuerpo durante aquel abrazo posesivo y protector. Mi padre no era el mismo. Tampoco le parecí la misma. Hasta no hacía mucho yo mantenía una expresión ingenua, acorde con mis once años, que me temo ya no encontró. Según dijo parecía mucho más adulta —no «mayor», sino «adulta»—, y no le faltaba razón.

Me costó entrar en Loredana sabiendo que Dávila ya no estaría para enseñarme sus trucos, gastarme cualquier broma o contarme cosas de mi padre que él no me contaba. Además, para mi padre fue un problema. Me miraba como si le hubieran dejado una cría de canguro sin ningún tipo de instrucciones y, tras varios titubeos, me sugirió dar una vuelta por allí hasta que él terminara de trabajar, como si la fábrica fuera un parque de atracciones. Por suerte, Teresa, una operaria con quien me sentía muy a gusto, me encontró cuando deambulaba entre los burros cargados de pieles. La admiración que sentía por su antiguo jefe era patente incluso para una niña como yo, y tal vez ése fuera el origen de nuestra mutua simpatía. Menuda como una geisha sin kimono, Teresa tenía las facciones suaves y redondeadas enmarcadas por una sempiterna banda elástica —cada día de un color—, que retiraba su melena lacia y negra lejos de la cara lunar en la que tan sólo los ojos, almendrados de un marrón casi negro, delataban su origen español. Ese día el llanto los redujo a una fina línea oscura.

Al verme corrió a abrazarme y se echó a llorar apretándome contra su pecho hasta contagiarme el llanto en una escena demasiado repetida en las últimas semanas; consiguió serenarse y reanudar las tareas no sin esfuerzo, sonándose de forma sonora, para al poco rato, mientras yo seguía sus instrucciones, confesarme lo que la atormentaba: ella fue quien encontró a Lorenzo todavía con vida. Aquello me impresionó y a la vez removió en mí una curiosidad morbosa. La muerte se me antojaba caprichosa a la hora de elegir a sus víctimas, necesitaba comprender por qué Dávila había sido tocado por la mano fría de la parca. Hice mal, Teresa comenzó a temblar y tartamudear mirando a todas partes, no su cara de luna más traslúcida que nunca.

—Fue un día muy raro, Lucía. El señor Lorenzo no estaba bien de salud —no podría contar cuántas veces Teresa miró a todas partes—, esa misma tarde ya me había dado un buen susto —respiró hondo para proseguir a trompicones— y luego... luego... —se quedó ahí, enganchada, y tuve que empujarla preguntando de nuevo—

la discusión con la señorita Verónica fue horrible. —Lo soltó tan deprisa que no caí en quién era «la señorita Verónica» hasta algo más tarde—. Le dijo cosas mu' feas al pobre Dávila, Luci, mu' feas —Las lágrimas la volvieron a ahogar y calló durante un rato mientras revisaba el forro de los bolsos repasados por mí—. No dejes los hilos tan largos, Lucía, que hace feo. Yo no quería escuchar, pero había ido a por agua y el vocerío me llamó la atención. Qué cosas le dijo, pobrecico. Cuando yo entré aún respiraba, movía los labios, pero al poco se quedó. Ese hombre te quería mucho, siempre me decía: «Has visto qué niña, Teresa, parece que fuera hija mía, cómo lo aprende todo». Sí, era un buen hombre y te quería mucho. Por eso te dejó un regalo. ¿Qué era?

Mi asombro fue tremendo y mi pregunta inmediata.

—¿Un regalo? —Pensé rápido pero nada vino a mi mente—. Nadie me ha dicho nada.

—Uy, pues no me hagas mucho caso que lo mismo he metío la pata. Me encontré con Margarita Dávila, la hermana del señor Lorenzo. ¿No la conoces? Antes venía mucho por aquí, hace años. Su hermano, que era un santo, la ayudaba lo que podía. Pero ésa es otra historia. A lo que iba. Me acerqué a saludarla y preguntarla cómo estaba. Mala cara traía la mujer. Dicen que es mu' desgraciada. Yo la conocía de otras veces, siempre saludaba y, si tardaba en aparecer su hermano, charlaba con quien estuviera cerca. Pero bueno, que me emparro, me acerqué a darle el pésame y hablando, hablando, dijo que venía a ver a tu padre porque el pobrecico señor Lorenzo te había dejado un sobre en su casa. Lo llevaba en la mano, grande y marrón, y con su letrica de colegio curas, como él decía, ponía que era para ti, pa' cuando fueras mayor. Una foto, pensé yo, de esas que os tiraba el Juan cuando te enseñaba. Y no me dijo más. Pero de esto ni una palabra a nadie, que no me quiero meter en líos. Ya te dirá algo tu padre. Si es que hay que ver cómo te quería… —Y volvió a engancharse a las lágrimas y los recuerdos, y yo con ella.

Un regalo para mí. Ése era Dávila. Tuve ganas de levantarme y salir disparada a preguntar, pero conforme brotó ese impulso me sentí mala y egoísta; no era momento de sorpresas ni regalos, sino de pena, y muy formalita volví a centrarme en el trabajo. Así seguimos, charlando y recortando hilos y bordes durante media hora más, hasta que por fin vino a buscarme quien se suponía debía pasar la mañana conmigo.

Acudimos al restaurante de un supermercado, compramos cuatro cosas y compartimos una comida rápida y silenciosa del *self service* elegida con desgana. En muchos momentos formulé en mi mente una pregunta sobre el regalo de Lorenzo, y en todas me mordí la lengua disuadida por el ceño de mi padre derrumbado sobre sus ojos ausentes.

Así se reanudó nuestra particular relación padre-hija: sin nombrar los luctuosos sucesos pero sintiéndolos muy presentes.

Verónica estuvo desaparecida por aquellos días. La muerte de su hija la había trastornado, según se rumoraba en la empresa, y mi padre debió de considerar más prudente mantenernos a distancia, aun intuyendo que mi madre, en aquellas circunstancias, no habría dicho nada. Las pocas veces que me atreví a nombrar a mi padre en las conversaciones domésticas durante aquellos días, percibí una mayor tolerancia a su mención, como si hubiera ganado cierta ventaja emocional sobre mi madre, mucho menos dura en sus afirmaciones o posturas sobre él. Aun así, el dicho «No hay mal que por bien no venga», que Adelaida repetía a cada oportunidad ante la nueva postura de mi madre, me parecía una crueldad.

Pero fue el único cambio operado en mi madre. Seguía encerrada en su caparazón, defendiéndose de todo y de todos, en una guerra que yo no veía ni entendía, con los agravantes de empeñarse en purgar las culpas imputadas por su conciencia y mis desafortunados comentarios y con su obsesión por poner cerraduras en las puertas, blindajes y algún cerrojo, como si esperara un asalto a nuestra fortaleza. El trabajo fue de nuevo su escudo antimundo y a mí, su frágil tabla de salvamento, me mantuvo en una especie de frío destierro. Cuando algo la afectaba tardaba semanas en volver a la normalidad, a veces meses, a veces nunca; así había ocurrido con su hermano, con su padre, con varios amigos… Y podía ocurrirme a mí.

❧

No fue raro, pues, en este escenario, experimentar una alegría estúpida cuando supe que ese verano de 1976 me enviaría fuera, y digo estúpida porque implicaba pasarme las vacaciones estudiando. Pero cualquier cosa era bienvenida con tal de escapar de aquel ambiente, incluso recluirme a estudiar inglés dos meses seguidos en un internado de un país extraño, con gente extraña. Me pareció un regalo. La decisión materna fue unilateral, pero tampoco mi padre hizo ningún amago por reivindicar su derecho a compartir las vacaciones conmigo. Esto sí dolió, pero con mi edad ya asumía esas situaciones como inevitables y permanecí poco tiempo en el estado que yo llamaba de «Calimero». Tan sólo un par de días en los que me sentí muy sola —como un ser transparente en quien nadie repara salvo cuando se lo tropieza y se convierte en un estorbo—, me flagelé con ideas tristes, ahondé en la herida… hasta transmutar la pena en enfado y el desconsuelo en impostada indiferencia. No me importaba, estaría mejor lejos de ellos; suponía una oportunidad de huir de las penas y discusiones, de las malas caras y de los estira y afloja en los que la cuerda a tensar era yo.

El mes de julio iría a Galway, un pueblo al oeste de Dublín; y en agosto, mi madre se reuniría conmigo en Londres y estaríamos juntas residiendo en casa de una familia.

Este primer mes de ausencia en solitario pasó con más gloria que pena, incluso yo diría que sin ninguna pena y muchos Glorias, con mayúscula. Compartir habitación con otras tres jovencitas algo mayores que yo, y clases, excursiones y tiempo libre junto a una tropa de más de cuarenta compañeras, fue una liberación, a pesar de las estrictas normas a las que nos vimos sometidas. Éramos todo chicas, por supuesto, y es que ante la perspectiva de enviarme lejos de casa, mi madre concluyó que no había lugar más seguro para una niña que una residencia del Opus Dei, obviando sus proclamadas ideas anticlericales. Yo ignoraba las implicaciones, pero pronto aprendí que el día se regía por los horarios de las liturgias, eso sí, en inglés, que allí estábamos para aprender. Nunca había rezado un Rosario hasta entonces y en cuatro semanas recé veintiocho, uno cada día, hasta dominar el Padrenuestro y el Ave María en la lengua de Oscar Wilde como si lo hubiera hecho desde niña.

Cada día comenzaba con una misa a las siete y media, justo antes del desayuno. Mi madre no me llevaba ni los domingos, para escándalo del vecindario, y la sola mención de la Iglesia la ponía de un humor peligroso. Cuando le preguntaba, siempre repetía haberse jurado —sin explicarme la razón, aunque yo intuía que también andaba yo por medio— no volver a pisar un templo jamás. Pero, como decía el refrán, «A donde fueres haz lo que vieres», y mi madre me había insistido antes de partir en que obedeciera en todo, en que me adaptara, allí acudía yo cada mañana, sonrojada tanto por mi ignorancia sobre las rutinas básicas de la liturgia como por el ruido incontenible de mis tripas que clamaban indiscretas por su desayuno. Me concentraba en mis oraciones pidiéndole a Dios no defraudar a mi madre en aquella aventura y observaba cada gesto de mis compañeras para no equivocarme y quedar en evidencia, siguiéndolas siempre un paso por detrás como una mala bailarina.

Después de misa dábamos cuenta de un completísimo *breakfast* y, de bastante mejor humor —al menos yo—, acudíamos a clase. Siendo una de las más pequeñas, mi inglés resultó ser mejor que el de la mayoría. De algo habían servido las lecciones en la academia y la presión materna. Tenía una facilidad innata para esta lengua y muchas clases a cuestas, por lo que accedí a un grado donde casi todas mis compañeras eran mayores que yo.

Poco a poco recuperé la alegría enterrada en Valencia. Por las tardes disfrutábamos de excursiones, cine o juegos como la Gymkhana, que nos permitía deambular solas por los alrededores de la residencia a la búsqueda de pistas tontas, mientras lo mismo nos pintábamos la cara de colores que nos atábamos las piernas con cuerdas para andar a dúo. Al fin, después de meses de tristeza, conseguí reír a carcajadas y espantar el temor cosido a mi espalda. Descubrí el poder curativo de la risa fresca y desatada, un bisturí que cortaba las cuerdas del corsé que oprimía mi respiración y liberaba los tendones agarrotados en casa. De vez en cuando, en estos momentos de disfrute limpio, pleno, un vacío se apoderaba de mi estómago y me reprochaba tanta felicidad. Mi alegría se convertía en algo feo, muestra de mi poca sensibilidad y de todas aquellas taras que mi madre me adjudicaba y, por unos instantes, me quedaba parada como un juguete desprovisto de pilas. Incluso miraba a mi alrededor sin mover la cabeza, con disimulo, por si alguien sabedor de las desgracias recientes era testigo de mis risas y disfrute. La felicidad me producía remordimientos, pero pronto la vorágine a mí alrededor los ahuyentaba y me reincorporaba indecisa al mundo de los felices y despreocupados. Sí, allí me sentí feliz y por fin conseguí dormir en paz.

Mis conversaciones con España fueron menos monosilábicas que durante los veranos en compañía de mi padre. En Galway todo se podía contar, o casi; no estaba muy segura de que tanta misa y tanto rosario le agradaran a mi madre pero, a fin de cuentas, ella había decidido dónde y con quién enviarme.

Lo único difícil de digerir en aquella idílica estancia era el rato de la tarde reservado a meditación, entre el Rosario y la temprana cena, tiempo en el que me escabullía —cuando podía— para escribir cartas larguísimas donde, además de contar mi día a día, poder demostrar a mi madre lo presente que la tenía. En las conversaciones telefónicas, necesariamente cortas, me traspasaba su soledad; a pesar de mi edad era muy perceptiva ante sus estados de ánimo y me daba cuenta de los vacíos que yo llenaba en su vida marchita. Ella intentaba disimularlo, pero no me engañaba. Le faltaba algo vital, y ese algo era yo. Tal vez también una pareja, pero con esa edad mis deducciones eran otras y toda la responsabilidad mía.

Con mi padre no hablé en todo el mes, aunque le escribí. Postales breves, al estilo de las que él me enviaba desde los lugares del mundo por los que se perdía en sus viajes de trabajo. La intensidad de la comunicación con cada uno de ellos era proporcional a la del trato mantenido. Como un camaleón —de esto no tomé conciencia hasta muchos años después—, tendía a mimetizarme con quien me relacionaba, incluso modificaba los ademanes o el acento para acoplarlos al entorno, y eso me llevaba a escribir a mis padres en el mismo estilo que ellos lo hacían conmigo: epistolar para mi madre y telegráfico para mi padre.

El motivo de escabullirme de aquellas tardes oscuras encerrada en la capilla con un joven y guapísimo sacerdote no se debía sólo a mi deseo de escribir a la familia, sino a la ligera inquietud que me invadió al poco de llegar, y que creció a lo largo de las jornadas, al comprobar que en esas horas de reflexión las monitoras me separaban del resto y me sometían a interrogatorios tan dulces y amables como incómodos e inquisitivos. No entendía el interés que les suscitaba mi situación familiar, cuando sabía por experiencia que ésta, por lo general, no agradaba a mis compañeras, sobre todo a las que presumían de ser más devotas, y que, cuando la conocían, me miraban como si oliera mal. Para entonces tenía tan claro que mi familia no era «normal» como que me gustaba mucho el arroz con tomate y huevo frito; mejor evitar el tema. El súbito interés despertado en aquellas encantadoras jóvenes me puso a la defensiva por puro instinto. Me hice una experta en esquivarlas, aunque no siempre fue posible zafarme. Tanta insistencia por su parte venía provocada por mi arte para no decir nada interesante; la información que obtenían en los interrogatorios era mínima. Siempre empezaban con alguna pregunta amable, alejada de su auténtico interés. La monitora más veterana —que no pasaba de los veinticinco— la lanzaba, y yo driblaba con la sensación de estar entrenándome en un deporte conocido, aunque ignoraba el objeto del juego de mis dos contrincantes. La situación se repitió siempre que no fui capaz de evitarlo con mis incursiones en la biblioteca. Sólo Almudena, mi compañera de habitación, conocía mi escondite.

—Te han estado buscando otra vez —me advirtió una tarde durante la cena—. Como responsable de nuestro cuarto me han preguntado dónde estabas.

—¿Y qué les has dicho?

—Pues que me había parecido que subías a Meditación. Si les digo que no tengo ni idea me meto en un lío.

—Gracias, Mumu. —Todas sus amigas la llamaban Mumu y a mí me hacía ilusión entrar en el grupo de aquella fascinante madrileña—. Es que me tienen agobiada. No sé qué es peor, si subir a Meditación o que me sorprendan esas dos en curva.

—Jaja, yo lo tengo claro, ¡que te sorprendan esas dos! El Padre Jonathan está como para ponerle casa. Yo lo miro, lo miro, lo miro... ¡y no sabes todo lo que pienso!

El tenedor debió de caérseme ante aquel comentario.

—Shssssssssss, como te oigan sí que nos vamos a meter en un lío —susurré.

—No me digas que no es guapo, Luci, que hasta una cría como tú se da cuenta de lo bueno que está.

—Sí, claro... —Cada vez que Almudena hacía alguno de estos comentarios mi cara compartía color con los tomates asados que decoraban el plato; no estaba acostumbrada a hablar de chicos, y mucho menos de sacerdotes que, a mi modo de entender, eran seres asexuados.

Pero Almudena tenía razón, *father* Jonathan era joven y guapo, nada parecido a los curas que me cruzaba por la calle en mi ciudad. Mumu era una chica madrileña, de modales tan exquisitos como desenvueltos, extrovertida, con una preciosa melena lacia y castaña de calculada longitud hasta media espalda —«más largo no es elegante», afirmaba convencida—. Nos hicimos muy amigas a pesar de ser cuatro años mayor que yo. Le intrigaba mi madurez e inocencia, me veía diferente, como la mujer barbuda o algo así y, en cierta forma, desvalida. A mí ella me fascinó, era un proyecto de mujer de mundo. Guapa, inteligente, segura de sí misma y con el porte que según mi abuela debía tener una señorita, aderezado con cierta picardía rebelde, para mí irresistible. Quise llegar a ser algún día como ella. Imposible. Por aquel tiempo lucía yo un tamaño considerable, me adornaban unas espantosas gafas y mi corte de pelo estaba a medio camino entre el de Juana de Arco y el de los Beatles en su primera época. Había visto unas imágenes de la Doncella de Orleáns en la enciclopedia de casa y me acongojé pensando en el triste parecido con aquella... ¿mujer? Almudena representaba todo lo contrario.

El mes terminó y con lágrimas en los ojos nos despedimos todas temiendo no volver a vernos, pero respecto de Almudena los temores resultaron infundados. No sólo volvimos a vernos, sino que se convirtió en una pieza importante de mi diminuto círculo de amigos. Del resto que compartieron *bed and breakfast* en aquella pequeña ciudad irlandesa apenas quedó el recuerdo de las monitoras de sonrisa enigmática, nada más.

En el aeropuerto de Dublín mis compañeras volaron hacia España, mientras yo me dirigí hacia distinta puerta para tomar el avión de Aer Lingus con destino a Londres. Estaba nerviosa, iba sola aunque escoltada por una azafata de tierra, y tendría que esperar a mi madre en el aeropuerto de Heathrow, para mí una selva, durante bastantes horas.

Llegué según el horario previsto, esperé mi maleta acompañada por otra azafata y salí de allí impresionada por el tamaño de la sala y lo variopinto de la gente. El avión de mi madre aún tardaría y me acomodé en un banco cercano al mostrador donde la azafata se había instalado para seguir con sus tareas, concentrada en su *walkie-talkie*. Los nervios de volver a encontrarme con mi madre, a la que hacía un mes que no veía, me recordaron el sándwich de relleno indescriptible que portaba en la mochila y lo saqué para apaciguar mi ánimo, como si existiera una conexión directa entre mi tripa vacía y los nervios. Crucigramas, sopas de letras, observar a la gente, fantasear sobre las exóticas vidas de los que veía pasar con la cabeza desaparecida bajo un turbante, otro rato de lectura del último libro de *Las aventuras de los cinco* —¿a qué sabría un pastel de ruibarbo?—, continuas miradas al reloj... En los paneles se escuchó el clac-clac-clac-clac-clac característico del cambio de información de vuelos y apareció el de mi madre como *Arrived*. Miré a la azafata de tierra que seguía pendiente de otras cosas. No supe si levantarme o esperar allí, y la misma confusión reinaba sobre mis sentimientos. Sentía muchas ganas de verla y también gran inquietud, como si me acercara a un terreno pantanoso y tras la ciénaga se escondiera un tesoro. La inminencia del encuentro me encogió el estómago. Desde el aterrizaje hasta que los pasajeros asomaban por la puerta de llegadas podían pasar veinte minutos y cargar con mi maletón no me apetecía nada, así que no me moví. En nuestras conversaciones telefónicas, y aunque fingiera no darme cuenta siendo yo toda dulzura, me llegaba un aire helado que me forzaba a romper sus silencios, aunque a ratos pareciera bajar la guardia y se mostrara cariñosa. Pero en cuanto se apercibía de ello volvía a ponerse la coraza.

Atisbé la espigada figura de mi madre que empujaba su carro. Fue verla y olvidar mis temores. Agarrando la maleta eché a correr hacia ella sin escuchar los gritos de *wait* de la sorprendida azafata.

Mi madre enfiló con decisión hacia mí, con una sonrisa indescriptible en los labios, y me dio un abrazo enorme que se llevó mis temores. La distancia había obrado el milagro.

Aquel mes resultó mucho mejor de lo esperado, no tuvimos una sola discusión. Desde entonces, asocié estudiar en el extranjero durante las vacaciones con una suerte de premio emocional, mi descanso de la tensión acumulada en la vida diaria, aunque así tan sólo dejara mi actividad educativa un par de semanas al año. Regresé con pena, resignada a reanudar mi rutina de silencios y tensiones, sin imaginar en el avión de vuelta que a la llegada al aeropuerto nos esperaba una sorpresa que modificaría radicalmente esa rutina.

4

Aterrizamos en Valencia con el mismo entusiasmo con que acudiríamos a un funeral. Ninguna de las dos parecía tener muchas ganas de bajar de aquel avión y enfrentarse a la realidad que nos esperaba más allá de la escalerilla. El pequeño aeropuerto de Valencia hervía de gente intercambiando besos y gestos de alegría pero a nosotras, como de costumbre, nadie nos esperaba. El edificio me pareció de juguete, no sólo por la diferencia de tamaño con Heathrow sino por la sensación de opresión que me provocó, similar a la que sentiría un pájaro al verse obligado a volver a su jaula, una jaula en la que el sol entraba a raudales pellizcándome los ojos después de tantas semanas bajo cielos grises y lluviosos. No sé si el repentino desconcierto de mi madre vino por ese puñetazo luminoso o por lo inesperado de la situación: a nuestra derecha un hombre bajaba los peldaños de dos en dos mientras gritaba: «¡Elena, espera, espera!». Por un momento la vi dudar, pero tras unos segundos de indecisión siguió caminando con más brío, como si quisiera escapar con disimulo.

—Mamá, ¿te llama a ti? —pregunté al fin, observando con temor al hombre que, cada vez más cerca, repetía con decisión el nombre de mi madre.

Era un tipo alto, de complexión atlética y guapo como había visto pocos salvo en el cine, pero no por ello me resultó agradable;

algo en él me recordó al matón de mi clase, también muy guapo pero más chulo que un ocho, como se decía entonces. Aquel desconocido destilaba arrogancia desde el llamativo nudo de su corbata hasta el rictus de sus labios estirados en una sonrisa de exhibición. Como ella continuó caminando sin contestar y, tras la parálisis inicial, había emprendido de nuevo la marcha con premura hacia el edificio de recogida de equipajes, insistí más preocupada. Desde los sucesos del banco todo me asustaba y, aunque su expresión no era amenazadora, aquel hombre nos perseguía y esto era suficiente para ponerme muy nerviosa. Tampoco el otro individuo, cuyo rostro se me aparecía por las noches y que me ofreció tortitas para desayunar unos meses atrás, parecía peligroso y terminó sobre mi persona abatido por una bala en un lugar tan inocente como la calle Barcas a pleno día. Mi madre giró la cabeza lo indispensable para comprobar por el rabillo del ojo cómo el imponente caballero se acercaba sin remedio, y luego desplazó la mirada hacia la puerta de salida en un gesto rápido, como calibrando las posibilidades de escapar. Debió de concluir que no valía la pena intentarlo porque me fulminó con la mirada, se paró y, sacando de algún lugar remoto una sonrisa de anuncio —para mí, tranquilizadora—, lo saludó:

—Javier, ¡qué sorpresa!

Observé con asombro la transformación del rostro de mi madre: presentaba una expresión desconocida que en nada recordaba la de segundos antes. Ya no parecía una madre. Su posición erguida, la cabeza ladeada, la sonrisa perfecta y el movimiento discreto con que se quitó las gafas, evocaban la escena de alguna película de ésas en que la chica encuentra al chico. De pronto, con sus vaqueros y su camiseta la encontré más joven; se había transformado a mis ojos en la mujer que me gustaría llegar a ser.

El desconocido, recuperando la respiración con dificultad, se disculpó por el asalto y sus palabras empalagosas me dejaron claro que se conocían desde hacía mucho. Mis ojos se desplazaban de uno a otro tratando de averiguar de qué iba aquella reunión de viejos amigos y, en vista de que al parecer me había vuelto invisible, me atreví a interrumpirlos recordándole a mi madre que teníamos que recoger las maletas.

—Tienes razón, Lucía. —Y mirando a su interlocutor me presentó—: Javier, ésta es mi hija Lucía. Lucía, éste es Javier Granados, un... viejo amigo.

Así conocí a Javier. Lo despaché con un «hola» anodino, le sonreí sin ganas y permanecí callada a la espera de instrucciones. Su comentario fue el típico de cualquiera al conocerme por aquel tiempo, para fastidio de ambas:

—Hola, jovencita. —Y, dirigiéndose a mi madre añadió—: No imaginaba que tuvieras una niña tan mayor.

Me puse roja pero no me atreví a rectificarle. «¿Acaso no ha visto mis calcetines?», pensé fastidiada.

—Sólo tiene once años —puntualizó mi madre pellizcándome una mejilla como se hace con los bebés mofletudos.

Era horrible ser tan grande, todos me identificaban con una adolescente informe y desgarbada porque todavía mi cuerpo, un cilindro compacto y recio exento de curvas salvo por el pecho, no concordaba con lo que se esperaba de mi tamaño y menos aún con mi faldita de pañal y la blusa de florecitas silvestres que en aquel instante odié. Nos acompañó por el equipaje y se interesó por si venía alguien a recogernos. Fui yo quien le aclaró que siempre tomábamos un taxi; de inmediato sentí un zarpazo fugaz proveniente de la mirada de mi madre en su código habitual, pero en esta ocasión con interferencias. Ahora parecía alegrarse de haber coincidido con Javier, y sin embargo me recriminaba —eso sí, sin abrir la boca— cualquier comentario que propiciara su compañía. Yo no entendía nada y creo que tampoco ella tenía muy claro lo que quería.

Tras una pequeña pelotera sobre si nos íbamos o no en taxi, el tal Javier zanjó la cuestión. No parecía el tipo de persona que admitía un no por respuesta.

—No se hable más, las llevo yo. —Ahora fue él quien desplegó una sonrisa de dientes encalados, digna de un actor de cine, y añadió algo que me provocó tanta curiosidad como desasosiego—:

Por nada del mundo dejaría escapar una ocasión como ésta. No sabes cuánto he pensado en ti y en los días de Formentor durante estos años.

La cara de mi madre subió tres tonos eclipsando el discreto colorete que apenas cubría ya sus mejillas. Cosa extraña en ella, cedió a la propuesta de aquel individuo y no debió de ser por evitar discutir —las discusiones eran algo consustancial a su persona—, sino porque le agradó la idea. Decididamente, sus reacciones no eran las habituales. Y yo volví a sentirme incómoda, con la sensación de no pisar terreno firme.

No tardamos en llegar al coche, un Dodge gris metalizado enorme y ostentoso. Me molestaba llamar la atención de cualquier manera —bastante creía hacerlo por mi tamaño—, y dentro de aquel vehículo de película americana era imposible pasar desapercibida. Todos los ojos que rondaban el aparcamiento se clavaron en nosotros y en la pintura del vehículo que refulgía como la plata al sol. Me encogí intimidada en el asiento de atrás.

Durante el trayecto recuerdo haber bajado la ventanilla para respirar mejor; dentro del coche el olor a tabaco era insoportable y el ambiente, para mí al menos, también. Ellos hablaron de otros tiempos y continuaron con el repaso de las actividades actuales de la familia Granados que, después de muchas vueltas en negocios de esto o de aquello, deduje que se dedicaba a la construcción como actividad principal. Me sorprendió; no sé por qué razón, siempre había imaginado a los constructores como hombres toscos, gruesos y mucho mayores, pero así era y, a juzgar por las apariencias, a Javier Granados le iba muy bien.

Arrellanada en el asiento, asimilé con disgusto la información que fui pescando, sobre todo el tono coqueto e infantil de mi madre. Para casi todos los hijos, los padres carecen de otro pasado afectivo distinto del que los ha traído al mundo, por malo que este haya sido y mi estrecha mente inmadura se sintió traicionada; la duda respecto de si mis padres se habían querido alguna vez se hizo más profunda. A la existencia de una «Verónica» —sospechosa a priori de ser la culpable de todos los males matrimoniales de mis padres—, se unía ahora la de un «Javier» que me estaba mostrando una faceta desconocida de mi madre, en la que descubrí una mirada nueva e inquietante pese a su letanía, soportada durante los últimos meses, de no volver a confiar en ningún hombre.

Una parte de la conversación me dio la clave de lo acertado de mis sospechas: Javier reiteró lo contento que estaba por aquel encuentro casual. Había estado a punto de llamarla muchas veces, se justificó y, tras mirarla un instante y tomar aire, añadió que no lo hizo por temor a que mi madre le colgara.

—Pues estabas en lo cierto. —Me pareció que el tono jocoso de mi madre emitía el mensaje contrario—. No merecías otra cosa.

Así siguió el camino entre bromas y recuerdos de juventud, y la despedida me dejó claro que no sería la última vez que se verían. Javier había llegado para quedarse.

Entrar en casa y materializarse la tensión habitual fue todo uno. A los pocos días la armonía disfrutada en Londres sólo era un vago recuerdo. Mi abuela estaba de vuelta de sus vacaciones en Fuengirola y mi intento por sonsacarle información sobre aquel señor con pinta de galán que nos había traído del aeropuerto y había conocido a una Elena jovencita, no le hizo ninguna gracia.

—¡¿Que las ha traído a casa Javier Granados?! —Su cara de asco y horror me recordó el día que encontró un paquete de jamón York caducado en la bandeja del fiambre.

Fue evidente: todo el mundo sabía quién era el armario encorbatado que nos había asaltado en el aeropuerto.

Sacar el tema no fue buena idea, mi madrina detestaba a Javier Granados. Pero tampoco le agradaba mi padre, así que su desprecio no ayudó a formarme una opinión sobre aquella nueva preocupación con pantalones. Casi me alivió saber que a ella no le gustaba; su parecer siempre era contrario al nuestro y tampoco mi madre y yo formábamos parte del reducido grupo digno de la aprobación de mi abuela. Pero conseguí información. Me contó muchas cosas que ignoraba sobre el pasado de mi madre, sobre cómo los Lamarc pasaban los veranos en un tiempo en que parecían una familia, aunque la sola mención de mi abuelo —yo nunca tenía claro si estaba vivo o muerto, y lo recordaba vagamente de un encuentro fugaz en la antigua empresa de mi padre— terminó por arrancarle una retahíla de improperios que la devolvió con rapidez al presente, un presente donde no quedaba más rastro de esa familia que ellas dos. Pero por fin había averiguado algo de mi historia y tal cual la contaba mi abuela resultaba fascinante; no podía imaginar tanto glamour y opulencia en aquellos seres que ahora guardaban los notas de cualquier consumo para controlar sus gastos y me obligaban a hacer lo mismo. Tuve ganas de preguntar mucho más sobre los veranos en Formentor, rodeados de unos príncipes y artistas de cine de los que nadie me había dicho palabra, pero me abstuve por no tentar mi suerte, habitualmente escasa. La presencia de Javier enturbiaba los recuerdos de mi madrina Lolo y mi posición respecto a ella por aquel entonces no era la mejor como para meterme en líos.

Cuatro mujeres de carácter bajo el mismo techo son garantía de problemas, y más cuando tres opinan de forma distinta sobre lo que debería hacer o no la cuarta, que en este caso era yo. Nada las complacía. No estudiaba lo suficiente, no me esforzaba lo suficiente, no era lo bastante educada o femenina, mis cosas no estaban en orden, el tono no era el adecuado y sólo faltaba que mis temas de conversación no fueran los oportunos, como sucedía con el de Javier. Cada una de ellas exprimía su parcela de dominio sobre mi personalidad, en la que yo era un colono poco formal. Vivía bajo un nubarrón que descargaba tormenta con demasiada frecuencia y, mientras pudiera evitarlo, eludía conversaciones de riesgo, entre las que no dudé en incluir el tema «Granados».

Después de aquel primer encuentro, Javier no tardó en reaparecer. Fui yo quien contestó al teléfono y comunicó a la concurrencia quién estaba al otro lado del auricular. Me contestaron mi abuela con un exabrupto —murmuró algo sobre un «pendón» que no terminé de entender— y el gesto nervioso de mi madre antes de espetar: «cuelga cuando lo coja», que era la frase antecedente a las conversaciones privadas, antes de salir disparada hacia al teléfono de su cuarto. No supe de qué hablaron, pero la conversación fue subiendo de tono, pasando de silenciosa a ruidosa conforme se prolongaba, aderezada con alguna risa juguetona. Desde que volviera de Beirut, escuchar la risa de mi madre era tan excepcional como ver florecer un cactus. Los acontecimientos que nos habían amargado aquel inicio de verano se olvidaban, pero habían dejado un lastre gris a nuestro alrededor que ni la luz que entraba a raudales por Este y Oeste conseguía disipar. Tras lo sucedido, ser feliz o estar alegre devino en algo malo, y lo que en Irlanda me sucedía de vez en cuando —aquella sensación de que divertirse era pecado—, en casa se manifestó de continuo; y a mi madre la aquejaba idéntico mal. Por esto, oírla reír me alegró. Por unos momentos vi a Javier como alguien que podía traer dicha a nuestras vidas y, aunque una vocecita débil insistiera en lo contrario, entrar en el selecto grupo de los despreciados por mi abuela era otro punto importante a su favor.

Recuerdo a mi madre nerviosa, ausente, tras colgar después de esa primera llamada. Lo mismo parecía feliz y emocionada, que al momento siguiente se crispaba. ¿Miedo? ¿Inseguridad? ¿Desconfianza? Con la experiencia que dan los años y lo que ahora sé, imagino que fue una mezcla de todo. No hacía ni tres meses se había visto traicionada por la única persona a la que había abierto el corazón tras separarse de mi padre —la misma que nos arrastró al banco y ahora era cadáver—, y tras aquella experiencia se prometió no volver a acercarse a otro hombre, o al menos eso le había oído yo afirmar con una rotundidad y amargura incontestable cuando el tema había salido en las conversaciones con mi abuela. Pero Javier era inmune, se había anclado en ese corazón antes de su glaciación, y verlo de nuevo la situó en un mundo anterior a sus tragedias y temores. Eso lo entiendo ahora, porque entonces sólo veía a una madre transmutada cuyos cambios de humor me desconcertaban.

Mi abuela, testigo igual que yo de la escena que se intuía tras la puerta de la habitación, no dudó en cuanto tuvo oportunidad en advertir a mi madre contra aquel individuo, «otro putero como tu padre» según su peculiar consideración. Cuando mi abuela decía esas barbaridades sonaban más ofensivas que cuando las soltaba cualquier otro mortal; para ensuciar su boca inmaculada y perfecta con algo así, el destinatario debía ser descendiente directo de Belcebú. Las sílabas las dejaba caer con calma, arrastradas como un reptil viscoso y pesado, cargadas de desprecio pero sin ira. La discusión estaba servida, y si bien empecé escuchando con curiosidad, no tardé en arrepentirme y esforzarme por seguir a mis adorados e inofensivos Starsky y Hutch para inmunizarme ante tanta violencia verbal. No, a mi abuela no le gustaba Javier Granados, y mucho me temo que esa reacción ayudó a mi madre a aparcar sus miedos y prejuicios, y aceptar la invitación de su recuperado amigo. Ese viernes tuvieron su primera cita, para horror de mi abuela y escándalo sordo de Adelaida —que aunque no osó intervenir en ninguna de las conversaciones, no perdió una coma en sus idas y venidas con un gesto claro de disgusto—. Todo un descubrimiento: mi madre era mujer además de madre, y tenía una cita con un hombre. Algo en mi interior se tambaleó, como si hubieran quitado un sillar de piedra de mis cimientos preadolescentes.

5

El arranque del siguiente verano fue calientito, tanto dentro como fuera de casa. Dentro, el ambiente cargado habitual de nuestra convivencia se densificó por la presencia de Javier, que clavado como una estaca en nuestras vidas había levantado astillas. Y, fuera de casa, la situación política ardía. Corría junio de 1977 y se celebraban las primeras elecciones generales. España estaba en ebullición y la temperatura traspasaba nuestras paredes. La política se convirtió en un tema adicional de discusión entre mis mayores. Manifestaciones, banderas, reuniones acaloradas para hablar de cambio, de partidos clandestinos, del futuro. Mi madre parecía haber rejuvenecido, tanto por su nueva vida social en pareja como por unas desconocidas ideas progresistas que disfrutaba de airear ante el gesto de horror de mi abuela. Yo comenzaba a entender lo que era un partido político y a darme cuenta de que ni en lo ideológico se pondrían de acuerdo.

Cuando a mi madre, en Beirut, la sorprendió el estallido de la guerra civil libanesa, el noticiario se convirtió para mí en uno de los programas más interesantes de la televisión. Las noticias me acercaban a ella y a lo que podía estar pasándole. Descubrí que lo que contaban aquellos bustos parlantes sucedía de verdad y afectaba a personas de verdad, y a partir de aquellos días sentarme religiosamente cada noche frente a la pantalla, revestida de seriedad a pesar del pijama infantil, se convirtió en costumbre. Me preocupaba por las guerras y a quiénes estaría afectando, por el hambre que, en forma de vientres hinchados y niños devorados por las moscas, todavía se hacía hueco en *prime time* para golpear conciencias, y me emocionaba con los triunfos de Nadia Comaneci o envidiando a los agraciados con la lotería de navidad. Este año, las campañas políticas pasaron a ser la nueva fiesta del noticiario, y allí estaba yo, como cada noche desde abril de 1975, para escuchar las soflamas de Suárez, Fraga o Felipe González con cara de enterada, aunque no lo fuera ni los entendiera del todo, pero ávida por conocer aquellos temas que mis padres comentaban. Era una forma de sentirme más cercana a ellos, de encontrar temas de conversación en los que el centro no fueran mis circunstancias, y esto era motivación suficiente para poner tanto interés como en las clases de matemáticas.

A mi madre la veía poco; ella salía de casa a las nueve, después de la gimnasia sueca con la que se flagelaba cada mañana, y volvía de la fábrica cuando nadie deambulaba ya por las calles, reventada y con pocas ganas de conversación. A su llegada esperaba encontrar paz y orden, y ambas cosas rara vez se daban, al menos desde su punto de vista. El orden es un concepto subjetivo y evoluciona con nuestro propio desarrollo, por lo que su concepción no coincide entre padres e hijos. Y en particular la de mi madre era bastante extrema.

Mi padre por aquella época no paraba de viajar, absorbido por una empresa que, a pesar de las florecientes revueltas sindicales, crecía como la levadura en la cerveza, y mis salidas con él se redujeron a lo anecdótico. Aquello parecía una carrera para ver quién de los dos ganaba el título de «Empresario del Año» y, si se me ocurría preguntar por qué no trabajaban menos, me miraban como si fuera una orate. Cada minuto dedicado al trabajo era vital, trascendente, necesario, y yo mejor que nadie debería saberlo, según ellos, como si la causa de tanta laboriosidad radicara en mi persona.

Otros focos de trascendencia y preocupación en la familia eran los cambios políticos y sociales. Ante tanta gravedad, yo resultaba irrelevante, todo un alivio, porque cuando tomaba protagonismo era seguro que me caía alguna regañina. Me había vuelto muy independiente y el carácter se me había endurecido a la misma velocidad que los zapatos me quedaban pequeños. Tanto sermón, tanta crítica, tanta exigencia sin que nadie estuviera de mi parte, me convirtieron en mi mejor defensora o, tal y como mis tres mujeres me describían, en una jovencita contestona y soberbia, dos palabras que durante muchos años lucí como medallas en la solapa. Yo era pura fachada, defendía mi posición con tanta vehemencia como falta de convencimiento, porque los cimientos de mi seguridad se resquebrajaban a cada momento y la sensación de ser un estorbo, alimentada desde niña, iba tomando forma definida. El resultado de mi rebelión contra este sentimiento se materializaba en un carácter de preadolescente numantina que no daba un paso atrás hasta que era tarde, y la política se convirtió en una trinchera en la que esconderme; en las discusiones políticas no era yo el objeto a tratar y compartía su mundo como observadora neutral sin recibir ninguna andanada.

En esas disputas dialécticas estaba fuera del alcance de los reproches de nadie y, aunque de vez en cuando preguntaba o incluso me aventuraba a hacer algún razonamiento al hilo de lo que me explicaban, en plan de enteradilla, nadie me tomaba en serio. No eran conversaciones acordes a mi edad, pero la palabra «niña» no cuadraba con mi mentalidad, más preocupada por el famoso futuro que me esperaba —negro, muy negro según mi madre— y por la marcha de los negocios familiares que por lo que fuera que llenara las cabezas de mis compañeros de curso.

Aprendí a diferenciar las siglas de los partidos y conocía muchos más que cualquier otro niño del colegio, pero no tenía mérito, porque además de las conversaciones de sobremesa, a mi madre le dio por asistir a todos los mítines celebrados en Valencia y llevarme con ella. «Para decidir, hay que conocer», me repetía, y siguiendo esa máxima no nos perdimos ni uno solo de aquellos encuentros multitudinarios y vociferantes que fueron llenando plazas y teatros. Podría haber ido con alguna amiga suya, pero la única interesada en la política era azafata y nunca estaba disponible; Javier tenía bien claro por quién votar, dijeran lo que dijeran, y no sintonizaba con mi madre en este asunto, nuevo punto en contra aunque yo no tuviera ideología alguna. A mí me parecía que todos decían lo mismo. Unos prometían y otros podían prometer y prometían. Unos con corbata y otros con saco de pana. Y todos sonrientes, con cara de triunfo, muy a lo Javier Granados, con muchos dientes y brazos en alto como si bailaran sardanas; o con el puño en alto, algo que levantaba un considerable revuelo. Pero en aquellas excursiones políticas mi madre me contagiaba su pasión y yo escuchaba admirada sus razonamientos. Incluso llegué a atreverme a comentar sus argumentos, cogidas del brazo como lo harían dos amigas, como no lo hacía con nadie en el colegio desde que quien fuera mi amiga de siempre, Piluca, asustada ante la envergadura alcanzada por mi anatomía mientras ella apenas había crecido un par de dedos desde que tomamos la Comunión, decidiera repudiarme y convertirme en el blanco de sus burlas.

Pero lo más relevante del tour no fue precisamente su faceta política. En uno de aquellos mítines conocí, o más bien le puse cara, a mi tío Gerard, hasta entonces un fantasma de nombre maldito, del que no había ni una fotografía en mi casa. Fue mi madre quien me lo hizo notar: mi tío era uno de los que ocupaba el escenario aunque no dio ningún discurso.

—Mira quién está robando cámara en primera fila… —murmuró.

No tuve otra que preguntarle a quién se refería.

—Tu tío Gerard. El estirado de la camisa azul de manga larga. Con el calor que hace, hay que ser imbécil.

Entre la mezcla de aromas, las apreturas y el calor, nos envolvía una sensación de náusea mareante. Procesé la información unos instantes:

—¿El que la abuela dice que está en la UCD? —me atreví a concretar—. ¿Tu hermano?

—Tu tío —me rectificó como si ambas cosas no fueran lo mismo—. Sí, el de UCD. Éste es el mitin de UCD, ¿o es que no te enteras de nada? Que tampoco hay tantos, Lucía.

Cambié de tema con rapidez, pero al salir de allí, aprovechando la complicidad reinante, intenté averiguar cuál había sido el pecado mortal de este tío mío que ya no era hermano de mi madre —y que tal vez dejara de ser hijo de su madre si persistía en su actividad política—, en un esfuerzo por llenar más páginas de ese pasado que me fascinaba y temía, en una especie de búsqueda de raíces aunque las sospechara podridas y enredadas en la maleza.

Mi intuición fue correcta. Mi madre, con mi brazo enroscado en el suyo, aprovechó el paseo de vuelta a casa bajo los chopos de la Alameda para contarme cómo aquel Lamarc que seguía siendo mi pariente pero no el suyo, la traicionó cuando más lo necesitaba después de haberlo mantenido en su casa durante muchos años. Sus palabras, revestidas de tristeza al principio, se tensaron, al poco se inflamaron y terminaron enfureciéndola hasta desbordar la lava embalsada en el volcán dormido de su memoria. Según la tata Adelaida, en uno de los pocos comentarios blancos, sin carga de mortero, que le había escuchado, el tiempo lo curaba todo...

Con mi madre aquel dicho no iba, esto empezaba a tenerlo yo claro.

6

Ese verano coincidí de nuevo con Almudena, aunque no regresamos a Irlanda con aquella organización en la que tantas horas de oración invertimos, sino que aterrizamos en una especie de colegio mayor en el norte de Inglaterra propuesto por Mumu —«un sitio más padre, no para niños»—. Me las ingenié para metérselo por los ojos a mi madre en cuanto supe de él.

Fue un verano increíble y a mis doce años descubrí muchas cosas que me cuidé de ocultar para que mi madre me permitiera regresar. Me sentí en mi derecho, todos tenían su parcela de «esto no se puede contar» y a partir de entonces yo tuve la mía, aunque en realidad no callaba mis excesos —prudente y responsable hasta la exasperación—, sino los desmanes que otros cometían con total normalidad y de los que yo había sido testigo, cuando no cómplice. No sé si mi madre me habría permitido regresar allí si hubiera sabido que mi compañera de cuarto, una rusa curvilínea un par de años mayor que yo, muy popular entre los estudiantes de cursos superiores de cualquier nacionalidad, solía cambiar de compañero de cama con más frecuencia que de calzones. Me dejaba un pañuelo atado a la manivela de la habitación para indicarme, en lenguaje internacional, que me buscara la vida durante un par de horas o tres, y yo terminaba acogida en el cuarto de Almudena y su respectiva compañera, una griega muy simpática. Opté por dejarme una muda para esas emergencias en la habitación de Nataskia (Nata) y Mumu (continuaba de moda aquello de tener diminutivos cursis; yo misma intenté agenciarme un «Lulu», así, con la sílaba tónica en el primer Lu, pero mi iniciativa no tuvo éxito ante la opinión general de que era nombre para un caniche y yo asemejaba un panda).

Este agitado verano descubrí la existencia de drogas que se liaban como cigarrillos antiguos y de otras que se inhalaban por la nariz y transformaban a gente tímida en surtidores de palabras; comprobé los efectos del exceso de alcohol en jóvenes y no tan jóvenes —lo que desarrolló en mí un fuerte sentido del ridículo tras conocer de primera mano lo que es la vergüenza ajena—; y disocié el mantener relaciones sexuales con tener una relación formal, algo percibido hasta entonces, por la educación española de la época, como un todo indivisible. Mi papel en todas estas aventuras no pasó de lo contemplativo y me convertí en la amiga comprensiva de los protagonistas; algo en mi interior —imagino que una educación más rigurosa y anticuada de lo que yo era consciente— me mantuvo a salvo de tentaciones, como si una maroma de barco me atara inmovilizando mis presumibles ansias por experimentar, y me conformé, con un puntito de envidia —en una mezcla de madura sensatez y cobardía infantil—, con observar lo que otros eran capaces de hacer sin remordimientos ni temores.

Eran mis secretos pequeñas cosas que sólo comentaba con Almudena y, después, con mi nueva amiga Marianne, que me hicieron sentir importante, incluso —pobre de mí— transgresora, a pesar de no haber fumado, ni bebido ni besado.

La llegada en septiembre de Marianne Macfarlan Gómez al colegio, una alumna nueva con la que enseguida hice buenas migas, fue lo mejor que me pasó por aquel entonces. Teníamos mucho en común, cosas que no eran fáciles de encontrar en los compañeros que nos rodeaban. Las dos con pinta de extranjeras: Marianne era casi tan alta como yo, la coronaba una impresionante mata de rizos que caían en cascada sobre su espalda con la flexibilidad y el brillo de miles de muelles de cobre, sus ojos pequeños compartían color con los granos de la uva moscatel y la blancura extrema de su piel quedaba velada por una nube de pecas pardas. Rara. Yo no compartía tanto exotismo, pero mi estatura, el pelo rubio, el lunar de mi barbilla y una palidez casi enfermiza me dejaban fuera de la categoría *typical spanish*. Otra rara. Además, Marianne vivía sola con su madre; en realidad, no del todo porque tenía un hermano, un chico dos años mayor que ella, también pelirrojo aunque de tono más sobrio, como de madera mojada, guapo a rabiar —al menos así me pareció desde mis doce años efervescentes de hormonas—, cuya existencia no evitaba que mi nueva amiga se sintiera hija única; en la práctica, como yo. Su padre (escocés) había fallecido cuando ella tenía ocho años, dejándoles en una situación acomodada a corto plazo; pero su madre no se confió y optó por preparar unos exámenes de auxiliar administrativo al ayuntamiento, que terminó aprobando y que, junto a lo heredado de su padre —y una administración doméstica espartana—, les permitía llevar una vida holgada. El colmo de la casualidad fue que viviéramos la una enfrente de la otra. O mejor dicho, cada una en uno de los lados paralelos del patio de la manzana. No tardamos en descubrir que desde las ventanas que daban a ese espacio muerto podíamos vernos y comunicarnos por señas.

Ella hablaba como un torrente, mientras que a mí me costaba más tomar confianza y soltarme. Me incomodaba contar cosas de mi familia —cuanto más sabía menos me gustaba—, pero poco a poco me fui abriendo a Macfarlan —así la llamábamos todos—. Ella no terminaba de aclararse con mis parcas explicaciones, pero parecía no molestarle lo que a otros escandalizaba. En la familia de su difunto padre había casos más extraños. Junto con Almudena —a quien escribía de tarde en tarde largas cartas a dos caras, que ella contestaba cariñosa en una cuartilla escasa—, Marianne era la primera amiga con la que me sentía tranquila de verdad, alguien con quien establecer ese vínculo de complicidad tan necesario en la adolescencia.

Así que volví de Inglaterra con mi propia ración de secretos que pronto compartí con Macfarlan, para unirlos a los que ya guardaba de mis padres. Porque mi madre, cuya vida hasta hacía un año era de completo dominio público, poco después del aco-plamiento de Javier a nuestra agenda diaria empezó a dejarme caer aquello de «no le comentes nada a tu padre». Yo ignoraba hasta dónde llegaba su relación, más allá de verse con frecuencia, y prefería no saberlo. Tampoco las exiguas salidas con mi padre daban para mucha conversación, a duras penas conseguía expli-carle cómo iba en el colegio o el argumento de la última película que me había gustado, temas que habían desaparecido de nues-tras mini sobremesas dando paso a conversaciones sobre el boom electoral. Había pasado un año desde la muerte de Lorenzo y poco a poco retornamos a la rutina de siempre aunque con algún cambio: como ya no podía dejarme con su querido socio, com-partíamos ese rato de la mañana del sábado en su despacho si no quedaba nadie más en la empresa con quien dejarme entretenida.

Durante ese tiempo nunca le pregunté a mi padre por el regalo de Lorenzo. Al principio, la pena y el pudor eliminaron a Dávila de nuestras conversaciones paterno-filiales y, más tarde, la distancia entre nuestros encuentros y su brevedad diluyeron aquella infor-mación que me diera Teresa —con quien seguía viéndome en las visitas a Loredana—. Ella tampoco me lo recordó, se había echado un novio gallego y éste pasó a ser su tema de conversación hasta dejar de mencionar a Verónica o Lorenzo.

Con Verónica no coincidía aunque sabía que trabajaba allí, veía sus notas sobre la mesa de mi padre con una letra incomprensible y alguna falta de ortografía; pero ya fuera porque ella no quería verme o por el respeto a las amenazas de mi madre, nunca nos cruzamos y yo no pensaba en ella ni en Charlie, dos personas cuyo recuerdo me provocaba una incómoda sensación de vacío en el estómago.

Una de esas mañanas de sábado, durante el simulacro de comida compartida con mi padre en el supermercado cercano —sólo comía yo y el fingía hacerlo—, me contó su nuevo proyecto. Era un hom-bre inquieto y ambicioso, y cada vez que el negocio frenaba su creci-miento comenzaba a buscar la forma de darle otro empujón, como si la inercia lo aburriera o lo ahogara. Pero en esta ocasión, la crisis de los setenta comenzaba a asomar las orejas en una España intervenida, con unas estructuras industriales rígidas y una demanda que, con retraso frente a Europa, comenzaba a caer ante el aumento progresivo de los precios.

Elegí un par de platos del autoservicio mientras mi padre cogía una cerveza y una ensaladilla rusa, lo habitual cuando fingía acompañarme, y entre trago y trago me comentó con un poso de amargura que pensaba rescatar un proyecto que en su día diseñó con Dávila y que, al morir éste, lo había aparcado falto de ilusión y fuerzas. Era un buen proyecto y la caída de las ventas no le permitía seguir prolongando el duelo. Yo conocía las preocupaciones de mi madre, enfrentada a los mismos problemas, pero ella se había vuelto conservadora, los viajes la aterraban y crecer no era su objetivo como en épocas pasadas; se conformaba con aguantar y exprimir los recursos que tenía. Su último viaje le pesaba demasiado y se centró en destinos más cercanos y en aquilatar los gastos. Se agobiaba ante el incremento de costes y la reducción de las ventas, y se quejaba amargamente por la imposibilidad de reducir plantilla. Para mí era inevitable comparar los enfoques de uno y otro, asombrada de que dos personas tan distintas hubieran llegado a casarse. De nuevo tenían maneras opuestas de enfocar la situación y, como siempre, la de mi padre era mucho más aventurera. Pensaba montar una cadena de tiendas asociadas a la firma Loredana, en la que se venderían todos los productos de la marca. Conforme avanzaba en su exposición, la pena por la ausencia de su socio se diluía en el entusiasmo de sus palabras. Desde la muerte de Isabelita no lo había visto ilusionado con nada. Nunca mencionó a la pequeña, pero la sombra de su muerte planeaba sobre su poblado entrecejo; se manifestaba en su voz opaca y átona y en el velo parduzco, como de agua sucia, que nublaba el azul de unos ojos que ahora parecían recuperar el brillo de antaño. Lo vi sonreír de verdad, desde dentro, y mi alma sonrió también. Pero no compartí del todo su entusiasmo, convencida de que aquel nuevo plan robaría muchas de las gotas de tiempo que disfrutábamos; instalar tiendas por todo el país sonaba a muchos viajes. Pero para mi sorpresa, entre carraspeos y cara seria, me aclaró que no se ocuparía sólo él de la gestión. Verónica, a la que nunca mencionaba, lo ayudaría:

—Se ha empeñado. Será una buena forma de que se recupere. Ha pasado una época muy mala —tuvo que tomar aire para mencionarlo, de nuevo sus iris del color del plomo—, y esto la distraerá. De hecho se le ha ocurrido bautizar la cadena como «Vero Loredana».

Siempre era violento para ambos la aparición de aquel nombre en la conversación, y ya no hacía falta recordarme eso de «no se lo digas a tu madre», de sobra sabía que no traía nada bueno. Me quedé un rato pensativa, con la vista perdida en los chícharos abandonados en el plato de mi padre. Me sentía mal, sucia, como si me hubiera manchado de tomate tiempo atrás y mis ropas siguieran con la mancha reseca. Aquella mujer había perdido a su hija, a mi hermana, y yo no le había dicho nada. Ella compartía la pena con mi padre y los recuerdos que me venían a la mente de nuestros encuentros eran muy agradables. Mi comportamiento no tenía justificación. ¿Cómo había podido ser tan insensible? Al fin pregunté a mi padre por Verónica. Sabía por Teresa que había estado medio ida a consecuencia del shock y, a su regreso a la fábrica, el carácter le había cambiado aunque, tal cual hablaba de ella mi compañera de labores, me entraban escalofríos; la Vero de Loredana no se parecía en nada a la Vero del último verano con mi padre.

—Pues ahora ya está bien —confirmó mi padre—, pero pasó unos meses… Estuvo muy mal, no era ella. —Su vista se perdió tras de mí, como si contemplara los recuerdos en las vitrinas llenas de platos, en su boca el gesto amargo de la tristeza—. Pero un buen día reaccionó y a partir de ahí parece que vuelve a ser la de antes. —Hizo una pausa y me miró a los ojos antes de seguir—. Me gustaría… me gustaría que se vieran más, y que conocieras a Charlie. Está muy grande. —Su expresión y su tono cambiaron por completo al hablar de su hijo, aunque su cara se había congestionado tanto como si estuviera cargando piedras. No le estaba resultando una conversación fácil, pero era algo que debía llevar pensado de antemano—. No veas cómo corre por toda la casa.

Bajé la cabeza. Por un lado tenía unas ganas enormes de tratarlo, era mi único hermano —la palabra hermanastro me sonaba fatal—, un nuevo brote en mi árida familia; pero el repentino zarpazo de los celos me atenazó. No recordaba haber visto ese brillo en los ojos de mi padre al hablar de mí. Aun así, después de un rato levanté la cabeza, desterré mis aprensiones y le dije lo que pensaba: por mucho que a mi madre no le hiciera gracia —y a mí me diera cierto reparo, aunque eso no se lo dije—, Charlie era mi único hermano, una palabra fetiche para mí, ávida de familia.

La luz de sus ojos se extendió al resto de la cara y mi padre soltó una carcajada antes de levantarse de la mesa y acercarse para abrazarme con fuerza, ante la sorpresa del resto de comensales. El último abrazo que recordaba de una intensidad similar estuvo bañado por el llanto, y había pasado mucho tiempo: fue el primer día en que nos vimos tras la muerte de Isabelita. Me dio un sonoro beso en la coronilla y me aclaró que de momento lo de Charlie sería complicado porque era muy pequeño; y añadió:

—No te preocupes, las cosas están cambiando de prisa en este país y en unos años seremos una familia casi normal.

De nuevo aparecían en la conversación los famosos cambios. Todo cambiaba sí, España cambiaba; para bien, según mis padres —era en lo único en lo que se mostraban de acuerdo—, o para mal, según mi abuela —desmoralizada ante el paupérrimo resultado electoral de Silvano Cervera, candidato al que votó y que representaba la continuidad más genuina con el antiguo régimen—. Pero en lo que a mi padre y a mí se refería, la vida continuaba casi igual: salidas de tres horas escasas los sábados por la mañana, repartidas entre la fábrica, la compra en el supermercado y la comida que no llegaba a ser tal, y los interrogatorios de mi madre a la vuelta aunque menos evidentes que antaño.

Notaba la pesada ausencia de Lorenzo, sus palabras amables y sus sabios consejos, pero ése era el mayor cambio que percibía, materializado en una punzada de soledad cuando deambulaba entre los burros de pieles por la nave vacía. Éste, y la nueva vida nocturna de mi madre para quien parecía que el mundo fuera a agotarse tras años de ascetismo social.

Ella sí que había cambiado. Llevaba un año viéndose con Javier Granados, mi nuevo competidor a la hora de capturar el escaso tiempo del que mi madre disponía fuera del negocio, y pronto se estableció un reparto tácito: a mí me dedicaba las noches de los lunes a los jueves desempeñando las tareas habituales de otras madres, tales como revisar los deberes, preguntarme las lecciones —cuando no se traía trabajo a casa— o comentar las cosas del colegio, estirando con ansiedad los segundos entre su llegada y la hora de acostarme; y para Javier reservaba las de los sábados. Los viernes nos los repartíamos en alternancia perfecta entre ambos. Cuando mi madre salía, me quedaba con mi madrina o a veces sola. Tenía doce años que parecían quince, aparentemente, dejarme sola ya no preocupaba. El miedo aún acompañaba mis noches, aunque sin la virulencia de años anteriores, pero me avergonzaba reconocerlo y evitaba que mi madre llegara a descubrirlo y callaba, pero su ausencia empeoraba mis temores. Con cada una de estas salidas yo almacenaba un secreto rencor hacia este hombre, a quien hacía responsable de mis noches plagadas de fantasmas en las cortinas y escasas de madre. No me ocurría lo mismo con Verónica, no sé si porque había crecido así, con un padre a cuentagotas, porque no los veía juntos o porque entendía que ellos eran una familia en la que yo sobraba y no tenía más derechos que los justos; en la relación con mi padre siempre hubo más pena que reproche, más súplica que exigencia. Con mi madre todo era distinto, mi madre era mía, siempre lo había sido y sólo consentía compartirla con su trabajo, algo ya asumido, pero no con persona alguna. Esto había cambiado. Mi percepción podía ser injusta y egoísta, pero era la que era.

En el año y pico transcurrido desde que se encontraron en el aeropuerto, Javier nunca había subido a casa salvo para esperarla en el recibidor y volver a salir por la puerta. Tampoco ella comentaba demasiado de esas salidas en las que solía acompañarles otro matrimonio, pero a mi abuela aquello la exasperaba y, casi cada mañana después de cada una de estas citas, la sermoneaba como si fuera una niña pequeña ante mi secreto regocijo.

Un buen día mi madre zanjó la discusión con un aviso-amenaza:

—Pues ya puedes irte haciendo a la idea: este domingo va a venir a comer.

Y así fue, a pesar de las protestas de mi abuela que sólo sirvieron para que mi madre le recordara lo evidente: aquella era su casa y si no le gustaba ya sabía dónde estaba la puerta.

Como era de esperarse, aquella no fue una comida distendida. Mi madrina —ese día la palabra abuela estaba proscrita aunque nuestro invitado, sospecho que con intenciones belicosas, la utilizó varias veces— se dedicó a recordar tanto las hazañas menos presentables de un Javier crápula y jugador, como las de su padre, Alberto Granados, señor que, en palabras de mi abuela, era el palo del que había aprendido esta astilla. Para mí hablaban en clave, no entendía sus insinuaciones, aunque el color que adquirieron las mejillas de mi madre ante la alusión a un cierto viaje a Barcelona despertó mi curiosidad. Empezaba a intuir un pasado mucho más interesante a mi monacal progenitora que la vida de abadesa llevada hasta hacía poco. Durante la sobremesa, mi abuela también se interesó por la madre de Javier en tono lastimero.

—Está internada en la clínica del Viso, pero está bien, muy recuperada.

Mi abuela encontró un nuevo filón. Retirando su melena cobriza con un golpe seco de cabeza —gesto que repetía cada vez que iba a afirmar algo inapelable—, recordó lo guapísima y encantadora que había sido la mentada y lo mal que la había tratado la vida junto a los hombres de su familia. Deduje que la clínica referida era algún tipo de sanatorio psiquiátrico donde habían recluido a la pobre mujer. No lo expuso de modo tan crudo, pero la sutileza de mi madrina era tan escasa que hasta yo fui capaz de entenderla perfectamente.

Mi madre, entre viaje y viaje a la cocina, paraba los golpes como podía. La escena era un perfecto remedo de aquellas otras en las cuales la atacada era yo y debía defender mi posición frente al triunvirato casero, aunque en esta ocasión sólo atacaba mi abuela, y a Javier al menos lo defendía alguien, a pesar de no precisar ayuda; todo patinaba sobre su persona como untado en vaselina. Terminé siendo yo quien cargaba y traía las cosas desde la cocina hasta la salita, ante el peligro evidente de dejar a mi beligerante abuela con el invitado. No me importó escabullirme, algunos bocados se me atragantaban por la tensión, y entre eso y el humo del tabaco se hacía imposible respirar.

Tras un café bastante amargo, Javier —a quien aquello continuaba resbalándosele por completo— se marchó con un contundente «hasta mañana» que hizo que mi abuela y yo nos miráramos con idéntica sorpresa. ¿Por qué hasta mañana si hoy era domingo? ¿Volvería a diario? Mi madre nos aclaró a regañadientes que Granados había comenzado a colaborar en su empresa, Confecciones Lena, y estaba «ayudándola». Fue la puntilla para mi abuela, que saltó como si la hubiera picado un alacrán, y tras una siniestra carcajada sentenció:

—¿Ayudándote? Pues como te ayude mucho me temo que vas a acabar sin dinero y lo que es peor, con un «bombo». No aprendes, hija, no aprendes…

Mejor no describo la que se organizó. Yo me escapé a limpiar, pero no me libré de la discusión que prosiguió a lo largo de aquella tarde y culminó durante la cena. A la hora de acostarme las espadas seguían chocando y soltando chispas; temí que llegaran a las manos. Nunca la tensión entre ellas había alcanzado estos niveles en mi presencia. Adelaida hacía de involuntario muro de contención, pero ese domingo nada frenó la avalancha de acusaciones e insultos. Lo último que recuerdo es la imagen de mi abuela blandiendo el cepillo del pelo con el que salió del baño, desde donde continuaba su diatriba, y el crujido de éste al partirse en dos de un golpe seco contra el aparador. Mi madre acababa de acusarla de haber acelerado la ruptura de su matrimonio y del fracaso de cualquier otra relación anterior que hubiera podido hacerla feliz. Palabras duras que surcaron el denso aire doméstico como latigazos, dejando en todas nosotras heridas invisibles.

Según descubrí esa noche, este tipo de situaciones había sido el ambiente cotidiano de los primeros años de matrimonio de mis padres, cuando vivieron todos juntos, primero en casa de mis abuelos, los Lamarc, y después en la nuestra cuando mi abuela y mi innombrable tío Gerard se fueron a vivir con ellos. Sentí pena por mi padre. Nunca me habían contado nada, pero empecé a entender que vivir así tuvo que ser difícil. Mi madre era hermética, apenas comentaba su pasado, ni disfrutaba —como la madre de Macfarlan o las de otras compañeras— recordando anécdotas de su infancia, las batallitas de los abuelos, historias cotidianas, intrascendentes pero humanas. Mi madre había sido niña, pero nada conocía yo de su infancia si exceptuamos el colegio de monjas donde estudió.

Al día siguiente mi madrina llamó entre lágrimas a su hijo —a pesar de su decepción por la inclinación política del favorito, su rechazo se transmutó, tras las elecciones, en una satisfacción indisimulada por el éxito alcanzado—, para explicarle el trato vejatorio recibido de nosotras, mientras le insistía en lo mucho que lo echaba de menos y lo poco que veía a sus nietos. Fue toda una lección de cómo manipular una situación en beneficio propio, a la que yo asistí boquiabierta e indignada.

—Qué triste es haber llegado a depender de otros, hijo mío, y no tener donde caerse muerta, con lo que yo he sido. Y qué sola me siento en esta casa, con la alegría que me dan tus hijos. Esto es un velatorio. —En ese momento me dedicaba una mirada de desdén y sus labios caían estirados por una cuerda invisible—. Sabes que mi relación con Elena nunca fue como contigo. Tú eres tan bueno, tan tranquilo, contigo se puede hablar, pero este carácter de tu hermana… —Durante esos lapsus descriptivos la congoja se esfumaba y el tono se volvía duro y aséptico—. Siempre fue un soldado de batalla y con los años no ha ido a mejor, ya lo sabes, qué te voy a contar a ti… Pobrecito, con lo que tuviste que aguantar. No te imaginas lo que estoy teniendo que aguantar yo también. —Y de nuevo volvía aquella pelota a su garganta aunque en su cara no se apreciara gesto alguno, salvo la ligera mueca de asco que me había dedicado—. Pero no será por mucho tiempo, no. Un día haré una locura y se librarán para siempre de mí. —Un largo silencio de mi abuela me indicó que mi tío había reaccionado al otro lado del auricular, hasta que ella retomó la conversación—. No te preocupes, dejaré de ser una carga para nadie y no tendré que soportar tanta humillación…

Así prosiguió aquel día durante largo rato, sin importarle que yo estuviera haciendo la tarea en la mesa blanca de la salita, mi lugar habitual de estudio y la misma donde la víspera Javier Granados había sorteado las jabalinas envenenadas que se le lanzaban. Este mismo discurso con ligeras modificaciones lo repitió a lo largo de la semana, siempre con una voz que se quebraba conforme avanzaba en su lamento, y con la respiración entrecortada, evocadora de llantos, aunque de aquellos ojos helados no cayera una lágrima. Para mí que las tres sinceras que le quedaban las consumió el día que Arias Navarro anunció la muerte de Franco.

Costó unas cuantas llamadas lacrimógenas más, pero al final su hijo dio el esperado paso al frente. Mi desconocido tío Gerard al fin le ofreció mudarse con ellos y una sonrisa gélida estiró los finos labios de mi abuela. Aquella mujer a la que llamaba madrina por imposición, nos dejaba, y la sensación de alivio que experimenté al recibir la noticia me hizo sentir muy mal. De nuevo tuve consciencia de ser mala, porque alegrarse de perder de vista a tu abuela no parecía de muy buena persona. Pero lo cierto es que, cuando un mes después nos abandonó, mucha de la tensión doméstica se fue con su maleta.

A partir de aquí las visitas de Javier, el primer amor de mi madre, ese que no se olvida, se hicieron mucho más frecuentes.

7

Después del primer encuentro con Verónica durante las vacaciones en que, por fin, descubrí quién era y me regaló al pequeño Gus, un precioso cobaya de final inolvidable, no volví a tratarla hasta un día de un recién estrenado verano cuando yo contaba trece o catorce años. Llamé a mi padre para quedar —ya no era mi madre la que concertaba esas salidas— y él me sugirió que me llevase un traje de baño y toalla porque iríamos al apartamento en lugar de pasarlo en la fábrica como otros sábados. Era el primer día de sol después de dos semanas nubladas y apetecía darse un baño. Me alegró el cambio, tal vez así nuestro encuentro fuese más largo. Mi padre no me adelantó nada más.

Durante el viaje estuvo más concentrado y ausente que de costumbre. Pensé que andaría preocupado por algo de la empresa, le pregunté un par de veces, pero le quitó importancia con monosílabos y subió el volumen de la radio. Los Bee Gees se adueñaron del espacio.

—¿Fuiste a ver *Fiebre del sábado por la noche*? Dicen que es muy buena.

—Papá, es para mayores de dieciocho.

Ésa fue toda nuestra conversación hasta llegar al aparcamiento donde al fin me comentó, evitando mirarme, que no estaríamos solos. Enseguida comprendí su mutismo previo: yo misma fui presa de una repentina mudez. Los nervios pusieron mi estómago al revés y al paladar ascendió un sabor demasiado conocido. Encontrarme con alguien de quien tanto y tan mal había oído hablar me producía aprensión y además traería consecuencias con mi madre, tanto si lo confesaba como si lo ocultaba, porque seguro que ella acabaría sabiéndolo.

Subimos en silencio. De nuevo un ascensor me conducía hacia una situación tensa de desarrollo incierto, como tantas veces en mi casa, mientras en su corto trayecto intentaba prepararme sin éxito para afrontar lo que viniera después. Al entrar en el apartamento la reconocí enseguida. Allí estaba, con su cabeza rubio platino destacada entre las demás, enfundada en un vestido camisa de llamativo estampado. Sentí un golpe de calor repentino. Mi corazón latió deprisa ante mis propios reproches: por no haberle dicho nada tras la muerte de Isabelita, ante el recuerdo de los comentarios que Teresa me hacía con frecuencia y yo aceptaba sin replicar. Recordé también las barbaridades escuchadas de boca de mi madre y preví su disgusto cuando se enterara de aquel encuentro. Culpa y remordimiento por lo pasado y por el presente e incertidumbre respecto del futuro se unieron para acelerarme el pulso.

Verónica no estaba sola. La acompañaba su hermana, según deduje por el parecido entre ambas. Aquella señora era una fotocopia suya envejecida: ojos pequeños, nariz aguileña, barbilla menuda, labios finos y numerosas arrugas de las que el original carecía, con un pelo de corte similar pero castaño oscuro. Con ellas encontré a dos jovencitas adolescentes y a un chico más pequeño, Jesús, que siendo mayor que yo, a mi lado parecía lo contrario. Vacilé unos instantes, respiré hondo y me acerqué a darle dos besos a Verónica con forzada naturalidad y lo que desee que pareciera una cálida sonrisa; ella me correspondió con un abrazo sentido, largo, sorprendente, acompañado de un comentario por lo bajo, en tono dulce, sobre sus ganas de verme y cuánto me agradecía que compartiese el día con ellos. Con la cara lavada transmitía un aire aniñado y franco, rematado por un montón de pulseras de plástico multicolor que cloqueaban a cada movimiento de sus brazos.

Eché de menos a Charlie, me habría encantado pasar el día con él, conocerlo, jugar, fantasear con que tenía un hermano, pero lo habían dejado con su abuela.

Hablaba como si aquel encuentro se hubiese producido gracias a mi voluntad y no quise sacarla de su error; la veía emocionada. Me presentó a sus sobrinos y a su hermana, nos cambiamos de ropa y salimos todos hacia la playa. Nadie estaba cómodo, era evidente, pero Verónica estuvo pendiente de mí en todo momento:

—¿Te has puesto crema? Tu padre me comentó que te quemas con facilidad.

—¿Quieren que compre unos refrescos? Hace un calor insoportable.

—Niñas, acompañen a Luci por unos helados…

Lo de Luci a esa edad ya no me hacía ni pizca de gracia, pero lo interpreté como un apelativo cariñoso del pasado. Mientras hablaba, no siempre correctamente, Verónica movía con gracia las manos en las que aún bailaban las pulseras multicolores, ahora a juego con un bikini floreado y saturado de volantitos. Me resultó simpática y divertida.

Su sobrino Jesús me observaba con curiosidad y gesto antipático. Era alto, menos que yo, pero alto, y extremadamente flaco, tanto que se le marcaban las costillas y bajo ellas se retraía un socavón cóncavo hasta más allá del obligo. El diminuto traje de baño levitaba sobre sus inexistentes caderas y dejaba al aire unas piernas filiformes salpicadas de vello parduzco. A su lado yo parecía su madre, por lo formada y corpulenta, y no me hacía ninguna gracia. Como tantas adolescentes, odiaba mi físico y cualquier estímulo era bueno para flagelarme.

Entramos los dos en el agua a saltos para superar el frío y cuando nos alejamos de la orilla me preguntó, hablando por primera vez, si hacía mucho que conocía a su tía:

—La recuerdo de cuando era más pequeña, pero casi no la he tratado —aclaré con timidez—, salvo por un verano.

—Pues parece que ella sí te conoce de siempre, no para de decirte cosas. Yo tampoco la he tratado mucho, a pesar de ser mi tía. Vivimos en Barcelona y nos visita de vez en cuando, pero dice mi madre que nos vamos a venir a vivir aquí.

Su cabeza sobresalía del agua y me fijé en su tremendo parecido con Verónica —los mismos ojos pequeños, la nariz afilada aunque más prominente, y unos labios finos amoratados por el frío del agua—, aunque con el mismo color de pelo que Carlota.

—La verdad es que te pareces mucho a ella —comenté por decir algo.

—Es que mi madre y la tía Vero son idénticas. ¿A que es buena onda?

—Sí. —Me oí decir para mi sorpresa.

—Eres muy grande para tu edad, amiga. ¿Tienes novio?

Incómoda por aquel comentario me volví buscando a sus hermanas que se bañaban a unos metros sin prestarnos atención, y opté por salir del agua como si no lo hubiera oído. Aquel chico preguntón me fastidiaba y a su lado me sentía como un pariente cercano de la morsa. Comencé a nadar pero noté cómo me agarraban por los pies y algo me caía encima hasta hundirme. Tragué agua y arena en cantidad; lo sentía encima, con sus rodillas puntiagudas clavándose en mis costillas. Me rebelé hasta repeler a aquel lastre, ligero pero doloroso, y salí del agua tosiendo y dando manotazos a diestro y siniestro, cegada por el agua salada. En uno de ellos le acerté en la cara y Jesús escapó hacia la orilla tapándose el ojo con una mano y vociferando. Yo lo seguí escupiendo agua y exabruptos. Como mi madre solía decir, y con razón, tenía yo poca paciencia para estas cosas, odiaba las zambullidas y aunque arrearlo no fue intencionado, no me dolió lo más mínimo.

Mi padre miró incrédulo al muchacho, pero no reaccionó. Siempre esperaba que las situaciones conflictivas tomaran rumbo por sí solas. Fue Verónica quien se acercó para averiguar lo ocurrido mientras él observaba desde su toalla.

—¡Me ha pegado la imbécil ésta! —soltó Jesús con una mano en la mejilla y la otra señalándome con un dedo nervudo.

—¡Algo le habrás hecho! —afirmó ella sin vacilar.

—¡Yo no le he hecho nada! Estábamos jugando y va la tipa y me empuja.

Mi padre me miró con el ceño fruncido.

—¿Es eso cierto? —preguntó al fin.

—¡Casi me ahoga! Me ha saltado encima y he tragado un montón de agua. ¡Ag, qué asco! Tengo un sabor horrible en la boca. Pero si le he dado ha sido sin querer, no veía nada.

—¿Pero tú estás tonto? ¿Cómo se te ocurre? Y encima le echas la culpa a ella. —Verónica estaba muy enfadada y prosiguió dándole un discurso en el cual incluyó que a mí esas cosas me impresionaban mucho porque de pequeña había estado a punto de ahogarme y tenía un trauma infantil, una historia que me sonó la mar de lógica en aquel momento y me cargó de razón, aunque no hubiera pasado por mi mente ni tuviera la menor secuela.

Aquella defensa a ultranza me emocionó. Por lo general cuando había dos versiones sobre un tema, ya fuera con los profesores, Adelaida o alguna amiga, la buena siempre era la del otro, algo que me daba una rabia inmensa tanto si llevaba razón como si no.

Había empezado a tiritar, aunque lucía el sol soplaba levante y tenía la carne de gallina, y Verónica me envolvió con una toalla y me frotó con energía como solía hacer mi madre cuando yo era más pequeña.

Me sentí bien, reconfortada, protegida.

Verónica no era la persona que esperaba y, al frotarme así, me quitó mucho más que el frío; se llevó gran parte de mi desconfianza.

A partir de este día, las apariciones de sábado en sábado de mi rubia amiga fueron frecuentes. Era una mujer divertida, a veces incluso escandalosa, y muy cariñosa. Su extroversión explosiva contrastaba con la seriedad y contención a las que yo estaba acostumbrada. No es que en mi casa no hubiera risas y momentos de alegría, pero la tónica general era silenciosa, casi conventual —sobre todo desde que mi abuela se mudó—, muy lejos de los excesos mímicos de Verónica y de su verborrea incontenible, además de que la mayoría de las horas las pasaba sola o en compañía de una figura de cera llamada Adelaida. A pesar de haber tratado a Vero años antes, no tenía grabado un recuerdo claro de ella; de pequeña no llamaba mi atención o me preocupaba, no ocupaba un espacio concreto en mi rompecabezas familiar. No me formé una opinión ni la relacioné con mi padre hasta que él me llevó a conocerla un par de años atrás, coincidiendo con el inicio de su embarazo y me explicó que era su mujer. Hasta aquel momento Verónica había sido alguien de cuya existencia sabía pero no asociaba a algo concreto, como los átomos o las ondas sonoras. Ahora la veía con otros ojos, sabía quién era, yo ya no era una niña confundida, y analizaba su comportamiento con curiosidad y también, por qué negarlo, con cierta aprensión.

Lo poco que de ella había oído era muy escabroso. Palabras como «querida», «fulana», «cabaretera» o «descorche» la adornaban las pocas, poquísimas veces, que salía en la conversación, casi siempre por la provocación de mi huida abuela Dolores. Gracias a ella, a mi abuela, había aprendido que «querida» tenía un significado distinto a «amada», «fulana» no era el masculino de «fulano» y en los cabarets se hacía algo más que bailar o cantar. Nombrarla era como mentar a la bicha. Es más, éste era su apodo. Si para Verónica mi madre era la señora Antonia —como terminé por averiguar, al parecer en alusión a la *madame* de una fotonovela con la cual guardaba cierto parecido físico—, para mi madre ella era La Bicho, lo que no requería explicación alguna. Mi madre le tenía un miedo cerval —convencida de que quería hacernos daño— del que intentaba hacerme partícipe, y para mí era una sombra siniestra que me podía encontrar cuando saliera con mi padre y de quien debía cuidarme como de una enfermedad contagiosa, una bruja con aspecto inocente cargada con su cesta de manzanas envenenadas.

Por ello, al conocerla, al enfrentar esa divertida mujer de carne y hueso con el fantasma contra el que me habían prevenido desde niña, el contraste fue brutal. Mis miedos colisionaron contra la realidad. Viéndola, costaba creer que aquella joven —porque era mucho más joven que cualquiera de mis progenitores—, simpática, cariñosa y un poco ordinaria, fuera la encarnación de todos los males y un peligro para mí. Creo que en este choque resultó herida de muerte la imagen de maldad y perversión inoculada por mi madre y mi abuela, arrollada por la personalidad explosiva de Verónica y por mi incapacidad para creer que mi padre pudiera haber dejado a mi madre por el monstruo que ellas dos me pintaban. Y, además, a los catorce años gustaba tener opiniones propias y eran contrarias a las de los padres, más.

No conté nada en casa de aquel nuevo encuentro, ni de muchos otros que se produjeron con ella y con su familia, pero sabía que terminaría por hacerlo. Un runrún incómodo me acompañaba cada vez que mi cabeza no estaba ocupada en algo y, cual Pepito Grillo, me conminaba a desembuchar lo antes posible las últimas novedades, mientras la valoración de las consecuencias me disuadía de hacerlo. Me sentía doblemente mal, por un lado por ocultárselo a mi madre a quien quería con toda el alma y con la que, sin saber bien por qué, me sentía siempre en deuda; y por otro, por aquella mujer que con tanto cariño me trataba en cada salida con mi padre y a la que no era capaz de defender ante —lo tuve claro— prejuicios infundados. Era como una espía doble que fallara a los dos bandos. Busqué una explicación al odio que destilaba mi madre contra Verónica, y la encontré: debía de haber algún tipo de malentendido y ella no sabía en realidad quién era la mujer que ahora convivía con mi padre, porque aunque los celos fueran razón suficiente para odiarla, mi madre no era mentirosa y las cosas horribles que me relataba tenían que ser fruto de un error, de la maledicencia de la gente. No podía aceptar otra cosa. Verónica no sólo se mostraba cariñosa, también muy generosa y casi siempre tenía algún detalle conmigo. Cosas sin demasiada importancia, la mayoría fabricadas en Loredana aunque al principio yo no fuera consciente, pero detalles al fin y al cabo que me sorprendían y agradaban. Todavía guardaba con pena el recuerdo del precioso cobaya que me regalara años atrás.

Los regalos los ocultaba al llegar a casa, temerosa de las explicaciones que acarrearía su descubrimiento e incapaz de elaborar una mentira que no dudaba sería detectada al instante por los poderes adivinatorios de mi madre. Incluso se los pasaba a Macfarlan, que los recibía encantada porque su madre, sin ser tacaña, sí vigilaba mucho los gastos.

A mi padre lo veía radiante en esos encuentros, sus ojos de un azul luminoso, profundo, de costa mediterránea en mediodía raso. Se daba cuenta de la corriente de simpatía que estaba surgiendo entre nosotras y nada podía hacerlo más feliz que vernos a los cuatro —cuando estaba el pequeño Charlie—, como una familia. También para mí aquello era algo muy parecido a una familia «completa». No creo que mi madre intuyera la relación que había establecido con Verónica, la daba por inexistente tras la muerte de Isabel y estaba más preocupada por tender puentes entre Javier y yo —cuyas visitas a casa se convirtieron en habituales desde el momento en que mi abuela nos dejó— que en averiguar qué hacía con mi padre. Pero este empeño suyo trajo más complicaciones. Javier era arrogante, exhibía un sentido del humor que yo no compartía y se divertía haciéndome rabiar con tonterías que me fastidiaban y que a él le provocaban una gran hilaridad. Le había dado por apodarme «Gorda» o «Gordita», según el humor del que viniera y, por cariñoso que intentara ser, me sonaba a mofa. Yo me esforzaba en ser agradable y simpática, pero cuando digo «me esforzaba» es porque no podía hacerlo de forma natural. Tenía que poner mis cinco sentidos para no soltarle alguna impertinencia a aquel caballero que me sacaba de quicio y que, sin embargo, había conseguido algo tan difícil como devolver a mi madre alguna alegría. Sí, sólo «alguna». Porque al contrario que a mi padre, a ella no la veía radiante. La suya era una alegría temerosa, cohibida, como si fuera un cristal frágil que pudiera reventar al exteriorizarla o creérsela demasiado, una alegría sujeta con riendas invisibles, con el freno echado para no estrellarse y que, más que relajar el ambiente, lo tensaba. Todo ello contribuía a que yo no consiguiera sobrepasar el escalón de la mera corrección en mi trato con Granados, y mi madre lo percibía como una hostilidad manifiesta y una falta de comprensión y cariño hacia ella imperdonables. Casi cada vez que Javier salía por la puerta —porque no se quedaba a dormir— algo tenía ella que reprocharme: una contestación, una mirada, un gesto, un silencio… No, Javier no me gustaba, y la cosa no iba a mejorar.

8

En diciembre de 1979 mi madre organizó una fiesta para celebrar su cumpleaños cuarenta. Yo sospechaba que no cumplía cuarenta, pero su edad era uno de los secretos mejor guardados de la familia y nunca osé tratar de averiguar la verdad; a mí siempre me parecía más joven que las madres de mis amigas y no entendía esa manía suya de quitarse años. Daba mucha importancia a las fechas, a los aniversarios o efemérides personales de cualquier índole. Le gustaba celebrarlas en familia —sota, caballo y rey— y, como se te olvidara una fecha, estabas muerta; pero en su tarta nunca encontrabas velas.

Aquel año, lo del aniversario se convirtió —o lo fue desde el principio— en la excusa para presentar a Javier en sociedad e introducirlo en su reducido grupo de amigos, aquellos con los que compartíamos fines de semana en la era pre Javier, y con los que todavía hacíamos algún viaje en Semana Santa o puentes largos supliendo a la familia de la que en la práctica carecíamos. Dos semanas antes del día elegido, fiel a su carácter previsor, mi madre ya tenía claro cuál sería el menú, la lista de invitados, manteles, adornos florales y la organización de la casa. Tal vez incluso el traje que luciría. Seríamos catorce invitados adultos y siete niños; y aunque algunos ya no éramos tan niños, se empeñó en que viniera a controlarnos su amiga Berta, una compañera de los tiempos de colegio con quien me había quedado de pequeña durante algunos viajes de mi madre.

Fueron dos semanas de locura. Mi madre estaba nerviosa y Adelaida y yo éramos sus amortiguadores. Creo que la casa nunca estuvo tan ordenada, parecía la portada de *El Mueble*, como si allí no se viviera. Limpia y ordenada siempre lo estaba, pero alcanzar el nivel de perfección al que ella aspiraba era tarea imposible, al menos para mí. No lo hacía de manera consciente, simplemente no encontraba la diferencia entre que los libros de estudio estuvieran alineados uno sobre otro, de menor a mayor tamaño, a dejarlos amontonados sin más. Tampoco me molestaba ver los zapatos en el suelo del trastero, mucho más cómodo a la hora de cambiarme, en lugar de colocarlos en su armario —también situado dentro del trastero—. Ni que los cojines azules que daban una nota de color al sofá de terciopelo gris se mantuvieran equidistantes tanto entre sí como respecto de los brazos del confortable mueble; sin embargo mi madre era capaz de recolocarlos por una desviación de apenas unos milímetros que ella percibía como una mancha de vino en un mantel blanco a pesar de su miopía. Unos milímetros. Hasta ese punto yo no afinaba, no captaba esas sutiles diferencias axiales para el equilibrio del universo materno, y contravenirlo era pecado mortal. Visto ahora resulta ridículo que esas pequeñas cosas pudieran originar discusiones agrias, incluso violentas, pero así era, la simetría, la perfección, la armonía del espacio, en definitiva, el control del entorno, le aportaban tranquilidad a mi madre. Esa semana, con la ayuda de la eficiente Adelaida, conseguí no ser la artífice de un nuevo caos mundial. Estaba convencida de ser la única causante de los nervios y arrebatos de mi madre o de cualquiera de sus reacciones extraordinarias. Su día a día era lo bastante complicado como para que su temple caminara con frecuencia por la frontera del desbordamiento: trabajar catorce horas al día, afrontar los pagos de la hipoteca del local, las insidias de las vecinas, los retrasos de mi padre en el pago de la mensualidad o plantearse si sería capaz de volver a tener una relación completa con un hombre —Javier—, eran motivos mucho más potentes para sacarla de quicio que mi pequeño desorden, aunque este último fuera el detonante de sus explosiones. Pero, pendiente de mi propio ombligo, no me daba cuenta. Adelaida y yo no veíamos el momento de que la famosa cena pasara y, con ella, el estado de permanente revisión castrense.

Y por fin llegó el día. Adelaida dejó preparado el caldo de cocido antes de enrollarse al cuello su tosca bufanda de punto para irse al pueblo, dejando la casa con un aroma a invierno rústico. Mi madre le había insinuado si podría quedarse hasta el sábado, pero las sutilezas nunca traspasaban la gruesa y experimentada piel de Adelaida que se despidió como siempre, sin mover un músculo.

Con las primeras notas de la sintonía del noticiero de las nueve no quedaba un detalle para la improvisación: la mesa, puesta de gala —ese cometido era mío y me gustaba—; el caldo, denso como una crema y listo para añadirle los fideos; la casa, ventilada para diluir el aroma a fogón de pueblo; y mi madre, deslumbrante, enfundada en un traje hasta el tobillo de terciopelo verde ajustado como un guante y a juego con sus ojos. Cuando la veía así me sentía horrible y me preguntaba si algún día llegaría a ser tan guapa como ella. Con la falda negra de pana por la rodilla y un jersey de punto rojo con dibujos invernales parecía una tirolesa. No encontraba ropa con la que sentirme bien, o era demasiado infantil, o me hacía parecer mayor. La adolescencia es una etapa dura en lo estético, aunque no haya motivo, y yo odiaba mis catorce amorfos años. Aunque ya no era la Doncella de Orleans, tampoco era capaz de encontrarme ningún atractivo. Y así se lo dije a mi madre con admiración sincera. Ella me abrazó con un brillo de tristeza en los ojos, me apartó el pelo para sujetarme la cara y me recordó lo que tantas veces me había repetido: ella a mi edad pensaba lo mismo y ahora se daba cuenta de que entonces no tenía motivos, y a mí me pasaría lo mismo.

El primero de los invitados en llegar fue precisamente Javier, con una de sus llamativas corbatas de nudo ancho —igualita a la de los mafiosos de los setenta en las películas—, una sonrisa de complacencia y dos botellas de un Rioja que debía de ser buenísimo a juzgar por las exclamaciones de mi madre. Berta había llegado unos minutos antes —embutida en una especie de hábito a medio camino entre una bata y un vestido camisa muy poco favorecedor—, y se había enfrascado en la cocina.

Salí a recibirlo con mi madre haciéndome sombra y observé con desagrado el amago de beso que ella esquivó tras mirarme con el rabillo del ojo. Un calor intenso me ascendió desde el estómago hasta las mejillas. No, Javier no me gustaba y verle estos gestos con mi madre me provocaba arcadas. Mi madre era sólo mía, era lo único que tenía, y nadie más que yo tenía derecho a su cariño. Regresé a la salita para poner la mesa de los niños, y lo hice con tal brusquedad que la pacífica Berta dio un respingo al oír el estruendo de los cubiertos. Berta, más chismosa que curiosa, me preguntó intrigada por el recién llegado. Fue mencionar «Javier Granados» y su gesto cambió, lo repitió con sorpresa, apretó la boca, se alisó la bata y escapó por el pasillo gritando con su voz chillona: «¡Eleniiiitaaaaa, Eleniiiitaaaaa!». No tardó en volver, colorada y murmurando entre dientes, algo que hacía con frecuencia.

—¿No lo conocías? —le pregunté a Berta, sospechando el motivo de aquella espantada—. Pensé que era un amigo común de cuando eran jóvenes.

—A los amigos de tu madre siempre los conozco tarde, nunca me los presenta —me respondió con cierto reproche en la voz y tomando el relevo en dar golpes con los platos de loza—. Pero claro, cómo me iba a presentar al famoso Javier Granados… con todo lo que pasó. —Tras una breve pausa suspiró con fuerza y siguió—: Le debió de dar vergüenza, pobre. Por eso no puedo creer que ahora estén juntos. Porque… ¿lo están? —preguntó con expresión de horror y, aunque yo no contesté intrigada con su verborrea, se llevó una mano a la boca y prosiguió—: ¡Virgen Santa! ¡Virgen Santa! ¡Virgen Santa! A ver si tengo una conversación con tu madre, como de jóvenes, que era yo la que le ayudaba a volver al buen camino. Pero bueno, mejor me callo…

La miré inquisitiva mientras ella se concentraba de nuevo en la mesa, empeñada en recolocar los cubiertos como si estuvieran mal puestos, con sus finos labios incoloros fruncidos otra vez; le tiré un poco más de la lengua sin encontrar apenas resistencia.

—Luci, son cosas muy escandalosas y que tendría que contártelas tu madre, aunque mejor que no, qué menudo ejemplo. Es que tu madre... ¡Ay, tu madre! —Y se estiró la batita con las dos manos como si quisiera quitarse algo de encima—. ¡Menuda era de jovencita! ¿No te ha contado que se escapó de casa con el padre de Javier? —susurró mirando hacia el pasillo y agachándose un poco—. ¡Un escándalo! No te imaginas el disgusto que le dio a tus abuelos, no la dejaban salir a la calle si no era conmigo. Y ahora fíjate, con su hijo. Y tu madre, ¡casada! Virgen Santa, Virgen Santa, Virgen Santa. Porque será muy guapo y todo lo que quieras, pero ese Javier es un degenerado y un... Ay, Luci, que me estás confundiendo y no debo hablar de estas cosas. Pregúntale a tu madre. Siempre es bueno aprender de los errores ajenos, y tu madre ha cometido tantos... Pobrecita mía. Que el Señor la juzgue con misericordia. —Y siguió colocando platos como si no hubiera dicho nada.

Yo cada vez me asombraba más y recogí ávida aquella información que uní a lo oído a mi abuela cuando Javier apareció en nuestras vidas, a pesar de ser todo muy confuso. No entendía qué pintaba el padre de Javier con mi madre, pero no pude preguntarle más porque empezaron a llegar el resto de invitados. Mi curiosidad no quedaría satisfecha hasta años después, cuando mi madre, en alguna conversación durante su enfermedad, me confesó cómo había utilizado al padre de Javier —un hombre jugador y pendenciero de mala reputación, igual que ya tenía entonces su hijo Javier— para escapar de una casa en la que se asfixiaba. El desenlace fue traumático para ella, y supuso la ruptura definitiva y forzosa con su primer amor, Javier Granados. Pero los invitados reclamaban mi atención y la curiosidad y la sospecha quedaron aparcadas.

Fue una alegría encontrarme con ellos y, además, saber que mi madre ya no estaba a solas con aquel individuo. No controlaba la mezcla de celos y preocupación que me provocaba, pero ésta se desvaneció al recibir a Carol y Grétel, hijas de uno de los matrimonios invitados, con las que pronto decidí a qué jugaríamos tras la cena.

La casa se llenó de carreras y risas, hasta que nos confinaron en la salita para cenar y devolver así la paz a los mayores; pero, como nuestro reducto estaba completamente abierto al pasillo por un vano, era difícil que el escándalo de ambas zonas de la casa no se confundiera. Berta se comportaba como cualquiera de nosotros, trotando y riendo, salvo por alguna instrucción de vez en cuando. Había algo infantil en ella a pesar de su edad y de su aspecto envejecido, siempre con aquella sonrisa, idéntica a la de las monitoras de Irlanda, una sonrisa que parecía esconder el secreto más hermoso del mundo. Nos hablaba como si fuéramos niños de párvulos, en un tono muy diferente al usado a solas conmigo en la cocina.

Quedaban pocos invitados por llegar y el último de ellos apareció solo aunque se le esperaba acompañado. Era Paco Sierra, el decorador responsable de la reforma de Confecciones Lena. Personaje excéntrico, alto y muy delgado, con una prominente nariz y melena a lo Camilo Sesto, siempre parecía encontrarse en la luna. Además de por su trabajo, era famoso por sus frases chocantes, por ser un desastre de hombre, y por sus conquistas —a pesar de su aspecto desgarbado convivía con su legítima y con una amante que, según contaba a quien quisiera escucharlo, lo tenían «seco»—. El caso es que al plantarle su mujer esa misma noche —algo que mi madre temía hacía tiempo, dada la peculiar situación sentimental de Paco, conocida por las partes implicadas y por casi todo el resto del mundo—, serían trece a la mesa. Mi madre era muy supersticiosa, mucho, y esquivar este número era una de tantas manías, como la de no pasarse la sal, la de evitar cruzarse con gatos negros, no pasar por debajo de una escalera… Para ella trece a la mesa era presagio inequívoco de mala suerte, de «muy mala suerte», y al aparecer el señor Sierra sin pareja su gesto se tensó. El caos se había colado por la puerta trasera de la perfección. Quitar un servicio fue poca cosa. En unos minutos todo estuvo arreglado mientras nosotros, los «niños», empezábamos a cenar, pero el humor de la anfitriona se torció aunque las desgracias estaban por llegar.

Comenzamos con la sopa —después de que Berta bendijera la mesa para nuestra sorpresa—. Mientras, los mayores bebían y reían entre papas, canapés y rebanadas de jamón que yo había conseguido saborear de extranjis antes de la llegada de los invitados. Terminado el primer plato, Berta trajo un asado con un aspecto estupendo justo después de ver salir a mi madre por el pasillo con la sopa para los mayores. Se me ocurrió preguntar si aquella era nuestra cena, me pareció demasiado para los que éramos, y la buena de Berta sonrió feliz, hizo un comentario sobre lo exagerada que era mi madre en todo, incluso con la comida, y comenzó a trinchar y servir, instándonos a acabarlo todo, porque tirar comida era pecado. Estábamos masticando a dos carrillos cuando un estruendo de platos rotos nos hizo soltar los cubiertos. Tras dudar unos segundos salí corriendo hacia la parte delantera de la casa con los gritos de Berta para que permaneciera en mi sitio perdiéndose a mi espalda. Lo que encontré al llegar fue a mi madre, muy sofocada, recogiendo del suelo los restos de la porcelana de Sèvres que antes adornaba la mesa de libro, ahora quebrada. Alguien —resultó ser el invitado número trece— se había apoyado en el ala libre hasta vencerla. Media mesa ya tenía servida la sopa y la otra, la de los platos rotos, afortunadamente no. Pero para cuando conseguimos recogerlo todo con la colaboración de los presentes, asegurar el ala de la mesa, sacar nuevos servicios para los invitados y sentarlos, la sopa de cocido se había convertido en un engrudo más parecido a una *fideuá* que al plato original.

Mi madre me conminó por lo bajo para que retirara la sopera y pusiera agua a hervir en un cazo, mientras ella se disculpaba y Javier hacía un par de gracias sobre el mal estado de los muebles —«debe de ser polilla, muy bonitos, muy antiguos, pero mejor en el Louvre» y otras bromas del mismo estilo—, que a mí no me hicieron ni pizca de gracia aunque los demás asistentes rieron. Nada en

Granados, malasombra e impertinente desde mi punto de vista, me causaba un efecto positivo, por buena voluntad que él pusiera.

Como no quedaba caldo —«maldita sea, maldito sea, maldita sea» repetía mi madre meneando la cabeza mientras se movía a toda prisa—, diluyó en agua dos cucharadas de concentrado de carne y lo añadió al emplasto de fideos, que recuperó su aspecto de sopa aunque quedó mucho más bronceada que la original y con los fideos más lustrosos —«maldita sea, maldita sea, maldita sea» conjuró de nuevo—.

Mis palabras de ánimo sirvieron de poco, el contratiempo le había agriado la cena. Me mandó de regreso a la salita con los demás niños mientras salía de la cocina con la sopera para entrar en el comedor recitando disculpas con las mejillas de un bonito color. La sorpresa llegó al servir los platos restantes: la nueva sopa tenía un color marrón muy diferente al doradito de los otros seis ya servidos, mucho más pálidos y apetitosos. Como me contó más tarde, a mi madre un rubor le iba y otro le venía, entre risitas nerviosas y bromas de unos y otros. Desde el fondo de la casa los oíamos reír, y continuamos cenando tranquilos, disfrutando del excelente asado, especialidad de mi madre.

Por fin fue por el segundo plato, una vez dieron cuenta de la sopa bicolor, mas sólo encontró sobre la barra de la cocina el pollito que al parecer debía haber sido nuestra cena. Llegó corriendo a nuestra salita, a tiempo para comprobar que aún quedaba algo menos de la mitad de la carne mechada y unas pocas papas panadera.

La pobre no sabía si reír o llorar, su cara pasaba de una mueca a otra, y de nuestras bocas al asado, mientras movía los brazos indicando que paráramos de engullir como carpantas. Me planteé emigrar a algún sitio cercano, convencida de que acabaría pagando el desaguisado; a fin de cuentas era la mayor de los niños y la única de casa, pero su primera reacción fue contra Berta. Fue una reacción breve, los invitados esperaban y la cena en la que tanto interés había puesto estaba siendo un desastre, así que tras un par de exclamaciones de «no lo puedo creer, no, no, no lo puedo creer», arrambló con lo que quedaba de la carne, incorporando los trozos que no habíamos tocado, y se lo llevó. Berta continuó cenando, muy ofendida por los reproches de mi madre; yo temí que algo me caería en aquella tómbola de calamidades, pero mis amigos no paraban de reír. La situación era cómica y acabé imitándolos.

Aún estábamos comentando lo del asado cuando apareció Javier camino del cuarto de baño. Saludó cortés a Berta y nos preguntó con sorna si estábamos cenando bien, contó un par de anécdotas relacionadas con los despropósitos de la noche y, al referirse al plato fuerte, terminó entre risas:

—¡Mira que zamparse el asado y dejarnos el pollo! ¿En qué estabas pensando, Gorda?

—Yo no sabía lo que era para cada uno —contesté entre sorprendida y enojada por el apelativo «cariñoso». Le gustaba tomarse esas confianzas conmigo delante de la gente, como si tuviéramos una relación de complicidad que no existía.

—Vamos, no me digas que no habías visto el pollo, Gordi. Anda qué… ¿A que ustedes tampoco se lo creían?

—Pues no, no sabía lo del pollo, ni lo del asado, aunque sí he dicho que me parecía demasiado para nosotros… —Berta me miró ofendida y apretó los labios.

—Pobre de tu madre, va de susto en susto, pero nos lo estamos tomando a guasa.

Me había librado de los reproches de mi madre pero tuve que aguantar los de aquel hombre, aunque fuese en forma de otra de sus gracias. Forcé una mueca que intentó parecer una sonrisa cuando se despidió y lo seguí con la mirada en su camino hacia el cuarto de baño.

Al poco oí descorrerse el cerrojo de la puerta; siempre hacía un clac potente al abrirse. Levanté la cabeza justo cuando Javier pasaba por delante del vano sin fijarse en nosotros; lo observé y deseé que diera un resbalón y acabara con su traje en el suelo. No cayó, claro, pero hizo algo que me dejó perpleja: un gesto familiar, visto ese mismo verano en Irlanda, con Almudena y la pandilla de allí, llevándose los pulgares a las aletas de la nariz y moviendo después la cabeza, como sacudiéndola. Tragué saliva. «Imaginaciones mías», me dije, alimentadas por la manía que le profesaba y de la que no me engañaba. Miré a Berta, pero seguía en sus cosas, murmurando de nuevo algo ininteligible. El último desatino del que fui testigo esa noche fue del ¡pop! de una botella de champán al que le siguió un ¡crashbum! y varios gritos. El corcho había salido disparado hasta atravesar los cristales de *strass* de la araña colgante y reventar un foco, mientras el líquido salía a borbotones derramándose sobre la alfombra. El que abrió esta botella fue, cómo no, Paco Sierra, como si quisiera probar su famosa afirmación de que Juana la Loca, a su lado, era un Longines. Ese día hizo gala del dicho, pero mi madre atribuyó sus muchos desmanes no a la conocida torpeza del decorador, sino a que hubiera venido sin pareja dejando el número de comensales en aquel fatídico trece.

A pesar de todo, la noche se prolongó y estuvieron bailando y charlando hasta tarde. La música era horrible, *El Bimbó*, las Baccara, canciones de los sesenta y Raffaella Carrà se alternaban con otras algo más de nuestro gusto adolescente, pero se lo debían de pasar en grande porque sus risas y voces acompañando las letras nos llegaban. Berta, ofendida y con cara de resignación, se fue a dormir sin esperar a que nos acostáramos una vez recogida nuestra zona. Repetía por lo bajo letanías que tanto podían ser rezos como lamentaciones. Acostumbraba a acostarse muy pronto y levantarse al alba, como en el noviciado —en sus años mozos estuvo con un pie dentro del convento— y todo aquello la superaba. Poco debió de descansar; su cuarto era el más cercano al guateque.

Los demás en mi grupo, bien entrada la noche y tras varias partidas al *Un, dos, tres* casero, nos acomodamos entre mi cama, la de mi madre y el sofá de la salita. Tardamos en dormirnos, cuchicheando por lo bajo, pero al final caímos, y en un momento indeterminado de la madrugada, medio sonámbula, regresé a mi cama guiada por una sombra familiar.

Al amanecer no quedaban niños ni había rastro de Berta. Sólo mi madre, yo y un montón de platos sucios. Me desperté antes que ella, aunque bastante tarde, y me puse a ordenar cosas con más resignación que entusiasmo y temiendo el humor con el que se levantaría Elena Lamarc. Habría apostado que su decepción caería sobre mi cabeza.

Ese sábado había quedado con mi padre a la una, como tantas veces, y tendría que darme prisa si quería arreglarme y no dejar sola a mi madre con el rastro de la fiesta. En toda la casa flotaba un olor agrio, mezcla de tabaco y multitud; subí con decisión la vieja persiana de la salita y abrí la ventana a pesar del frío cortante. Con la vista busqué la de Marianne; su cortina estaba descorrida pero a ella no la vi. No fue invitada a la fiesta, su madre y la mía en aquellas fechas sólo se conocían de vista. Mi madre no tardó en aparecer tras el graznido de grajo emitido por la persiana y me estampó un par de besos de buenos días muy tranquilizadores. A pesar de los contratiempos la cena había resultado fenomenal, sus amigos no le habían dado ninguna importancia al «desastre sopero» —ella seguía empecinada en su visión del asunto—, y Javier les había parecido a todos una persona encantadora. De hecho, gracias a él me iba a librar de la bronca:

—Tendrías que haberlo visto. Le dio la vuelta a todo y quedó en algo simpático. Tiene una imaginación y una vitalidad inagotables —me siguió contando en la cocina mientras ella fregaba y yo enjuagaba—. Conforme yo me agotaba, él se iba animando.

«¡Y tanta vitalidad que tiene, si mis sospechas son ciertas!», pensé recordando el ademán en que lo pesqué al salir del baño. Debí torcer el gesto de forma involuntaria porque su discurso varió de la línea triunfal a la del reproche; no entendía mi animadversión contra aquel hombre que por fin la hacía feliz. Tampoco yo la entendía, era algo instintivo. Me repelía igual que los reptiles o que ciertos insectos aunque nunca te hayan picado. Tal vez los menosprecios y comentarios de mi abuela sobre la disipada juventud de Javier no habían caído en saco roto. O tal vez me influyera la constatación de que su nueva felicidad venía de fuera. O esa manía de llamarme Gorda en todas sus variantes como apelativo «cariñoso». Ella, impermeable a mis emociones, siguió contando eufórica sus impresiones.

—No me mires con esa cara, y ten cuidado con las copas que las vas a romper. No te imaginas cómo me ayudó con tanto desastre. Ya sé que todos son buenos amigos —resopló—, pero odio que las cosas no salgan según lo previsto y él con su mano izquierda y sus ocurrencias convirtió una velada ridícula y bochornosa en una anécdota divertida. Da gracias a que le quitó hierro, porque estaba muy enfadada contigo. Berta es muy corta, pero tú deberías haberte dado cuenta de lo del asado. Con lo que me había esmerado para que todo fuera perfecto... —Así siguió un buen rato, ponderando el buen hacer de Javier, hasta que concluyó—: Es increíble cómo estaba de ocurrente, sin decaer un momento... Aunque más increíble es cómo se torció todo. —Recuerdo que hizo una pausa reflexiva—. Desde luego, menuda faena la de Paco Sierra. Para venir solo, mejor haberse quedado en casa y habríamos sido doce.

Se me ocurrió recordarle entre risas que Paco era un torpe, viniera solo o acompañado, y que en la última reunión había desparramado una caja de dos kilos de caramelos Cadburys en la terraza y hasta el portero había recogido dulces en la calle.

—¡Ja!... —Frotaba la vajilla con ímpetu nervioso—. Yo a tu edad tampoco creía en supersticiones. Pero lo de anoche no fue normal, ni siquiera para el torpe de Sierra. Con los años eres testigo de situaciones, pasan cosas imposibles de justificar como meras coincidencias. —Su mirada se perdió más allá de la ventana de la cocina ante la que seguíamos fregando en cadena, y su mano se detuvo—. ¿Y si te dijera que una gitana me vaticinó muchas de las desgracias que nos han pasado? —Me miró muy seria, sin un atisbo de broma en el gesto—. Parece imposible, ¿verdad? Pues no lo es. Las malas vibraciones existen y pueden provocar infortunios, igual que hay quien tiene poderes mentales que otros no comprendemos. Además, aunque no fuera así, ¿qué necesidad hay de tentar a la suerte? O doce o catorce. Pero trece, jamás.

Escuchar aquello de boca de alguien tan racional e inteligente como mi madre me causó tanta impresión como oír hablar a Jiménez del Oso de las psicofonías o los viajes astrales; le daba un plus de credibilidad. Lo de la gitana, además, me intrigó. Era la primera noticia que tenía y me pareció fascinante; me encantaban estos temas, no me perdía un programa de *Más Allá*, y ahora resultaba que tenía mi propia historia paranormal en casa.

—¿Una gitana? ¿Cuándo? ¿Qué te dijo?

En un viaje a Madrid le leyeron la mano y le vaticinaron lo que nos había pasado al salir del banco, al menos así lo interpretaba ella. Me lo narró en un tono de misterio y temor que llegó a quebrarle la voz; hasta que se recompuso para hacerme la advertencia final, porque hasta entonces sólo había dicho vaguedades relacionadas con aquella vivencia traumática de mi infancia de la que procuraba no hablar jamás:

—Ella me previno contra La Bicho, ya sabes a quién me refiero. No es que me hiciera falta el aviso, yo ya sabía a quién tenía enfrente, pero la cuestión es: ¿cómo lo supo? Me avisó de que era un peligro para ti, que sólo yo podría defenderte de ella y, mientras pueda, así lo haré. —En ese momento mi corazón dio un golpe seco en mi pecho y los cubiertos no se me cayeron de milagro. Ni conocía la historia de la gitana, ni nunca mi madre me había dicho con esa diáfana claridad que Verónica pretendía hacerme daño a mí, no a ella—. Así que no te tomes estas cosas a chirigota, que son muy serias.

La conversación me hizo recordar a mi padre: se estaba haciendo tarde, buena excusa para escabullirme y evitar profundizar en estos comentarios. Me arreglé sin parar de darle vueltas a aquel descubrimiento que me atraía y me repelía a partes iguales y, cuando sonó el interfono, salí disparada.

Con el tiempo, la relación con mi padre y con el objeto de los temores de mi madre, aun siendo escasa, se hizo cada vez más cómoda y cercana, nada que ver con los lúgubres vaticinios de mi madre. Ella continuaba interrogándome al volver de estos encuentros, aunque con mayor discreción que cuando era niña, y seguía reprochando los frecuentes retrasos en el pago de la mensualidad, dando pie en ocasiones a mencionar la probable influencia de Verónica —citada siempre como La Bicho— en esa dejadez de años. Yo, en estos momentos, sentía la necesidad de soltar la carga, de hacerle ver lo injusto del apelativo, pero el ambiente nunca me pareció el adecuado, me invadía una pereza temerosa y engañaba a mi cobardía con la idea de que ese no era momento para explicarle cómo eran las cosas, por mucho que una gitana le hubiera predicho. Yo creía en el poder de la mente, pero también sabía que no lo tenía cualquiera y la famosa gitana tuvo que ser una charlatana con mucha suerte y algo de labia.

9

La ocasión para liberarme de la carga que suponía ocultar mis tratos con el enemigo tardó en llegar pero llegó, aunque ni en mis peores sueños imaginé cómo iba a suceder. Mi madre seguía acudiendo a ferias internacionales, tanto para exponer como para analizar las nuevas tendencias, marcadas siempre en moda infantil por París y Florencia. Estas ferias se celebraban dos veces al año, una para presentar la temporada primavera-verano del año siguiente y otra para la de otoño-invierno, y yo acostumbraba a acompañarla cuando era posible. Formábamos un buen tándem de trabajo, comentaba conmigo sus hallazgos y entre las dos éramos capaces de retener todos los detalles interesantes de entre los miles de expositores. En julio de 1980 fuimos a París aprovechando que el curso había finalizado. Otro viaje de los que tanto me gustaban, las dos solas, como amigas, cómplices y colegas, alejadas de las nubes cargadas de nuestra vida diaria.

Pero este viaje no sería como los anteriores. Al principio temí que nos acompañara Javier, aceptado para entonces como un miembro más de la familia aun sin vivir con nosotras, pero no sé si por pudor de mi madre o porque él no quiso —no hablaba francés y el diseño le daba alergia; «mariconadas», decía—, al final, y para mi tranquilidad, se quedó en Valencia «controlando el negocio».

La rutina del primer día fue la de siempre: nos alojamos en un céntrico hotel de medio pelo —mi madre era muy escrupulosa con los gastos de la empresa—, llegamos a la feria apretujadas en el metro, a primera hora, y obtuvimos las credenciales de comprador gracias a las tarjetas de las antiguas tiendas de confección ya traspasadas. Recorrimos todos los stands de todos los pabellones del enorme recinto, con un sistema de peinado preestablecido e invariable.

Nuestro método nunca fallaba, y no quedaba un centímetro de feria sin recorrer, pero los pies terminaban machacados y la sensación de inflamación palpitante no nos abandonaba en varios días. Era una marcha diaria de ocho horas con paradas de cinco o diez minutos a cada tanto. Durante el recorrido, mi madre me iba señalando, con aire indiferente, como si no hubiera nada interesante, los detalles que yo debía memorizar y, cuando terminábamos de recorrer un par de pasillos, hacíamos inventario de nuestros hallazgos en una libretita de gusanillo, incluso con dibujos, para que nada quedara en el olvido y aprovechar las ideas a la vuelta. Era agotador pero me encantaba aquella sensación de unión, de confianza, y saberme útil —mi memoria fotográfica era una mina para aquella tarea—, cuando en casa la mayor parte del tiempo tenía complejo de parásito.

Hacía un tiempo razonablemente bueno para estar en París, soleado y no muy caluroso. Este primer día lo aprovechamos también para acercarnos a Saint Germain de Prés al terminar en la feria. En cierta medida seguíamos trabajando —algunas de las mejores boutiques de niños se encontraban allí y podíamos continuar con la labor de «inmersión», como mi madre la llamaba—, pero el aroma dulce a bollos de mantequilla y a lavanda que flotaba en el aire, la luz veraniega, el trun trun del tráfico lento sobre el empedrado de aquellas calzadas con sabor a otra época, relajaban el espíritu después de todo el día encerradas en los pabellones feriales. Recuerdo que tomamos café en una terraza muy coqueta, rodeadas de maceteros de hortensias de color fucsia profundo, el mismo color de la tienda por la que luego nos dejamos caer, Daniel Oh', donde mi madre compró un par de prendas que, pensé, jamás podría ponerse en Valencia por lo atrevidas y que, según afirmó mientras contemplaba el provocativo escote de la espalda, a Javier le encantarían. Bromas, compras, confidencias… Una buena tarde a pesar incluso de la sombra de Javier, siempre presente.

En otras visitas a París acostumbrábamos a cenar por allí, pero aquel día íbamos cargadas de paquetes y mi madre prefirió dejarlos en el hotel y aprovechar para darnos una ducha y descansar un poco. Frente al hotel Saint Lazare había un pequeño restaurante que conocíamos de otros viajes, un local poco iluminado y de aspecto triste pero con buenos precios —un milagro en aquella ciudad— y la cocina era estupenda. Había refrescado y en el cielo se arrebañaban pequeñas nubes que incrementaban la sensación de frío. Cruzamos la calle a la carrera para entrar en calor aunque teníamos los pies como botas militares y entramos entre risas que pronto reprimimos ante la seriedad general de los comensales. Estábamos contentas, había sido un día muy productivo, y la alegría daba una luz especial a la mirada verdosa de mi madre, que con su coleta alta parecía mucho más joven.

Entre plato y plato estuvimos hablando de banalidades en tono distendido y alegre. En estas ocasiones limpias de tensión, donde los reproches no se recordaban y las penas se habían quedado ancladas a miles de kilómetros, sentía una felicidad explosiva, como la de un enamorado cuando descubre que es correspondido, imagino que influenciada también por unas hormonas en plena efervescencia. Mi madre pidió un borgoña y tras vaciar la copa varias veces estaba muy comunicativa. Pero las cosas se torcieron a partir de un comentario, algo relacionado con sus recuerdos de París. Se quedó con la mirada fija en el cristal que nos separaba de la calle, ya oscura. Siempre tuve un radar para percibir sus emociones y enseguida supe que algo había hecho clic en su cabeza y apagado la alegría de momentos antes. Tal vez fuera el vino, tal vez fuera la voz de Mireille Mathieu, que sonaba metálica y carrasposa por algún viejo altavoz invisible, una voz que se alternaba en nuestra vida con la de Charles Aznavour cuando mi madre descargaba su alma en las páginas de su diario; tal vez fuera el ambiente decadente de aquel pequeño rincón o una combinación de todo, pero la melancolía había inundado su rostro. Le cogí una mano y le pregunté por sus pensamientos, convencida de poder devolverle la alegría de minutos atrás. Apuró el cigarrillo y, con un halo de amargura y un ligero temblor en los labios, desempolvó los recuerdos de su viaje de novios. Ante esas palabras fui yo quien sintió un clic en la cabeza: un aviso de peligro inminente.

—De eso hace mucho tiempo, mamá. No pienses en ello.

—Fueron los únicos días felices en mi matrimonio con tu padre. Aquí, en París, todo parecía distinto.

Apreté los dientes y la mano con la que, cariñosa, había sujetado la de mi madre, se crispó. Yo era consecuencia de aquel matrimonio y por lo visto no pertenecía a los «días felices». Siempre fui muy susceptible a esta cuestión, y en aquella época la adolescencia me llevaba por la pendiente del tremendismo. La duda sobre mi concepción siempre me había torturado. ¿Se quisieron alguna vez? ¿Se querían cuando me concibieron? ¿Cómo había venido yo al mundo si no se soportaban? La curiosidad me corroía, pero en aquel restaurante mi corazón luchaba entre el temor a una verdad inasumible y la necesidad de saber.

—Al menos entonces se querían... —afirmé con más temor que esperanza.

—Tu padre nunca me quiso —respondió lánguida mientras aplastaba mecánicamente su cigarrillo y paladeaba en un mar de calma, en contraste con mi incipiente agitación, otro sorbo de su copa.

—No digas eso, mamá. Si se casaron sería porque se querían, y según dices aquí fueron felices.

Me aferré a sus primeras palabras como un náufrago a un madero a la deriva. En aquel momento sentía un dolor lacerante, el que se desprende de los miedos confirmados, en un lugar indefinido pero muy profundo, y esperaba una palabra de mi madre para paliarlo. Pero esa palabra no llegó.

—Bueno... No te imaginas lo que pasamos hasta casarnos. Nunca te he hablado de ello, pero ya tienes edad para conocer la historia. Recuérdame que te cuente un día de estos lo de las capitulaciones matrimoniales. Pero eso no fue nada comparado con lo de la noche de bodas… —Tragué saliva; ¿sería capaz de hablarme de algo tan íntimo? No quería saberlo, pero la nube etílica la había vuelto locuaz y, transportada al pasado, continuó su discurso ignorando la tensión que atenazaba hasta del último resquicio de mi cara—. Fue un desastre —suspiró con fuerza—. ¿Crees que un hombre enamorado puede decirle esa primera noche a su joven esposa que tiene que pasar el «mal trago»? Eso es lo que yo era para él, un mal trago para alcanzar la posición que quería. Y vaya si lo consiguió… —Encendió otro cigarrillo con la misma mirada ausente. No había acritud en su tono, parecía que hablara de otras personas, tal vez porque en ese momento ella ya era otra persona muy distinta a la que vivió aquellos recuerdos.

Mis emociones en cambio bullían. Toda mi sangre se concentró de súbito en mis mejillas mientras el resto de mi cuerpo perdía temperatura; las lágrimas acudieron a mis ojos y tuve que morderme el labio para no llorar. Pero mi madre no había acabado. Los recuerdos escapaban de su memoria, un cajón de madera añeja, difícil de abrir e imposible de cerrar, del que fluían sin tregua y sin rabia envueltos en una extraña serenidad.

—Debería haber huido aquel día, ¿sabes? Pero estaba empeñada en que todo saliera bien, en tener un matrimonio ejemplar, no como el de tus abuelos, y ésa no era forma de comenzar. Entonces no sospeché que había algo raro en esa reacción, sólo me sentí humillada, pero un hombre que reacciona así en una noche tan especial, y a los pocos meses apenas le pone una mano encima a una mujer como yo, no es normal —lo dijo con una naturalidad y un convencimiento apabullantes.

Grité un «¡Mamá!» que debieron de oír todos los pobladores del pequeño restaurante mientras me sujetaba a la mesa como si así contuviera la explosión desatada en mi corazón. Mi madre parpadeó un par de veces y regresó del trance, pero no paró de hablar, no.

—Hija, no te pongas así. Son cosas que pasan. Muchos hombres extremadamente guapos lo son. Gays, me refiero. ¿Ves aquella pareja del fondo? —Señaló a dos chicos que compartían mesa junto a la pared; tendrían unos treinta años y sus camisetas de algodón dibujaban una musculatura bien trabajada—. Son el prototipo: guapos, musculosos, atractivos... Por eso se llevaba tan bien con aquel socio... ¿Dávila? No puede haber otra explicación... Claro, tú eras pequeña y no notarías nada, pero se rumoreaba que era homosexual. Por cierto..., lo mismo vamos a un espectáculo de transformismo, que en España es casi imposible y aquí son espectaculares. Eso me lo descubrió tu padre, precisamente.

Nada parecía alterarla, estaba *blasée*, como ella decía. Y, como a un boxeador acorralado, me caía un golpe detrás de otro sin posibilidad de esquivar ninguno ni tiempo para reponerme. Reaccioné aturdida:

—¡No es verdad! ¿Pretendes que crea que mi padre es marica? ¿Cómo puedes decirme esto? Me tuvieron a mí, ¿o yo qué soy? —El corazón me latía a mayor velocidad, que escupía mis palabras—. Toda la vida aguantando que era un mujeriego, y ahora ¿para qué me lo dices? ¿Para hacerme daño? ¡Y eso que está con Vero!

—Ah, claro, la Vero... —Respiró hondo; sus ojos verdes vidriosos y turbios por la incipiente embriaguez que la arropaba—. Hija, no te escandalices. Eres muy joven y ves las cosas blancas o negras —la lentitud con que hablaba me exasperaba—, pero la realidad es complicada. Hay muchos hombres casados y con hijos a los que en realidad lo que les va son otras cosas. ¿No has visto a ese cantante, Emmanuel? Por eso acabó tu padre con esa puta de la Vero. —Tragué saliva de nuevo, aguanté las lágrimas—. Me costó mucho tiempo asumirlo, pero ahora lo comprendo y me siento mejor, le encuentro una explicación. Es la única que he encontrado, de verdad. El problema no era yo, sino él. Esas mujeres hacen cosas que muchas esposas no consienten, aunque nunca sabré que habría hecho yo si me hubiese dado la oportunidad... —Había continuado aspirando su cigarrillo hasta reducirlo a la boquilla, mientras yo me debatía entre las náuseas y la rabia, y casi podía escuchar la palpitación intermitente de la sangre en mis sienes—. Hasta que una no sé ve en según qué situaciones... No me mires con esa cara de horror, Lucía. No es tan terrible. Yo lo tengo asumido y, además, no siento nada por él. Créeme. Si se hubiera involucrado con una mujer normal, una secretaria, una dependienta..., no me importaría, creo que hasta nos llevaríamos bien. Eso del matrimonio para toda la vida es una estupidez, un invento de cuando la gente se moría a los cuarenta y las mujeres sólo servíamos para traer hijos al mundo. Pero con ese Bicho... Sólo me preocupa lo que esa mujer pueda hacerte.

Recobré como pude la entereza, todavía asida al tablero, y la miré como nunca la había mirado. No pude quedarme callada.

—¿Cómo... puedes... decirme... esto...? —logré balbucir.

—Hija... —Alargó una mano hasta acariciarme la cara en un gesto dulce que rehuí como si sus dedos fueran ascuas; su ademán compasivo se disipó por la sorpresa ante mi desaire—. Imagino que es difícil de asumir, pero tarde o temprano tenías que saberlo. Tampoco es un drama. —Las consonantes se enredaban en su lengua perezosa, y su mirada turbia había regresado de algún lugar lejano para posarse en mí.

No era un drama... Para mí, la mera consideración de aquellas revelaciones claro que era un drama, a pesar de negarme la premisa mayor. En 1980 nadie hablaba de estas cosas o, al menos, de forma abierta y mucho menos con muchachas de mi edad; la homosexualidad era un estigma incluso para los propios interesados. Era tabú y, aunque mi madre, siempre abierta y liberal, me hablaba de temas que otros padres evitaban y a mí me fascinaban, incluso para nosotras era una conversación demasiado audaz, sobre todo teniendo en cuenta las implicaciones personales. No era capaz de asimilarlo. La relación de mis padres no podía ser una farsa desde el principio, no podía ser, me repetía. Mi mente buscaba desesperadamente una salida digna para aquella historia surrealista. Las piezas de mi pequeño rompecabezas familiar se habían revuelto y nada encajaba.

De golpe rescaté de entre mis recuerdos todas las críticas e improperios vertidos por mi abuela durante años contra el carácter libertino y mujeriego de mi padre. Por primera vez toda aquella porquería almacenada se convertía en algo bueno, aunque sólo fuera como prueba para su defensa ante mis ojos. La imagen de mi padre con tintes rosáceos no cuadraba con las historias de casanova que desde siempre había escuchado atribuirle ni con la imagen de él que yo había construido con el tiempo. Y así lo reivindiqué con la poca entereza que conservaba.

—Yo creo que lo hacía por disimular —contestó mi madre con calma, en tono de confidencia—, y lo mismo se inventaba esas historias. Demasiadas peluqueras —bromeó sin sonreír—. En fin, ya te digo que no me preocupa. Pero tiene que ser rarito, piénsalo, encaja todo.

—No puedo creerlo. No es verdad, te lo estás inventando. Si fuera verdad… —aquello me costaba decirlo, por lo que de nuevo busqué apoyo en la mesa para hacer fuerza y que mi estómago vomitara las palabras—, si fuera verdad que no te tocaba, yo no estaría aquí. —Debí enrojecer porque aún recuerdo el calor intenso que inflamó mis mejillas.

—Pues lo cierto es que estás en este mundo de milagro —remató; creí percibir una ligera satisfacción en el tono, una especie de «ahora te vas a enterar de quién es tu padre»—. Cuando parecía que nuestro matrimonio no era más que un mal recuerdo, salimos a celebrar nuestro aniversario —las palabras se trababan, pastosas— y bueno —rio y se tapó la boca con la mano— el vino tinto siempre me la juega. Como hoy, que me temo te he dado un disgusto. Pero el caso es que ese día llegamos más que contentos a casa, y una cosa llevó a la otra y…, bueno, ¡aquí estás!

Acababa de descubrir, de golpe, que era el fruto involuntario de una borrachera entre dos personas que, además de no quererse, eran incompatibles en la cama, y que mi padre no se parecía en nada al hombre interiorizado por mí durante años. Si mi madre me hubiera revelado que me concibió durante una aventura con

López Manrique —su antiguo padre espiritual—, mi estupor no sería mayor. Mis lágrimas se desbordaron y me dejé caer por el barranco del tremendismo y la autocompasión.

—Mamá... ¿puedes hacerte una idea de lo que siento? Yo... yo... quería pensar que era una niña deseada, no un accidente en una noche de cogorza.

—¡Hija, fuiste muy deseada! ¡Ay, Dios, no paro de meter la pata! No sabes cómo recé por traer un hijo al mundo. Hasta una promesa hice. Era lo que más deseaba en esta vida —su gesto lo confirmaba e hizo una pausa llena de nostalgia—, pero la relación con tu padre, o más bien la falta de relación, lo hacía imposible. Entonces ya estaba con esa mujer. Yo más bien pienso que mi plegaria fue escuchada porque, si no llega a ser por aquella noche loca, no te tendría conmigo. ¡No lo dudes nunca! Fuiste una niña muy, muy deseada —el velo de sus ojos respondía por fin a una humedad real, a gotas de tristeza aquilatada—, y puede que el embarazo fuera la mejor época de nuestro matrimonio, junto a los días de París. Tu padre estaba emocionadísimo, no lo dudes, fuiste una alegría, la mayor, la única. Lo siento, el vino me está haciendo decir cosas que había tenido guardadas durante mucho tiempo. No debería...

Ahora, pasados los años, creo que aquella satisfacción que adiviné en su expresión fue en realidad el reflejo de una sensación de triunfo, de reconocer que había conseguido lo que tanto deseaba, pero entonces la ofuscación me impidió ver nada positivo, y continué con mis reproches.

—Ya, y ¿Charlie e Isabelita? —Apenas había escuchado sus disculpas y explicaciones. La descarnada confidencia retumbaba en mi cabeza impidiéndome asimilar nada más.

—Ya te he dicho que...

No pude más. El asombro y el odio amasado por el relato con el que mi madre me había noqueado me hicieron reaccionar con violencia. El náufrago había tocado fondo y daba una patada para subir a la superficie y respirar.

—Sí, ya me has dicho que Verónica es… bueno, que hace otras cosas. ¡Pero te equivocas también con ella! ¡Como con mi padre! ¿Sabes, mamá? Eres mala, y te has inventado todo esto para justificar que papá te dejara. Tú tampoco eres una santa. Y Verónica es buena, siempre me ha tratado con cariño, y nunca me ha dicho nada malo de ti. En cambio tú… tú…

Mi madre dio un respingo y me miró fijamente. De golpe recuperó la sobriedad aletargada y preguntó:

—¿Desde cuándo la conoces tan bien?

Hacía rato que éramos los únicos clientes y el camarero nos miraba con hastío mientras preparaba las mesas para la mañana siguiente. La música había cesado y sólo se oían nuestras voces y el tintinear de los cubiertos al depositarlos sobre las mesas.

—¿Qué más da? Es la mujer de mi padre y sí, entérate, la veo de vez en cuando. ¡Y no se parece en nada a todo eso que cuentas! ¡Es imposible! Te lo has inventado para justificarte ante tu conciencia, pero a mí… a mí, ¿por qué me dices esas barbaridades? —No pude soportar su mirada de reproche y salí corriendo.

Había empezado a llover, pero no sentía el agua. Ya no había borreguitos blancos en el cielo, sólo un manto plomizo, una piel de lobo donde se reflejaba lúgubre el resplandor de las farolas.

Cuando mi madre llegó a la habitación llamó varias veces hasta que me decidí a abrir. Era absurdo no hacerlo. Entreabrí lo justo para que pudiera empujar la puerta y volví corriendo a mi cama tapándome con el embozo para protegerme de cualquier comentario doloroso que saliera de su boca, pero no dijo nada. Me costaba respirar, presa de un ataque de ansiedad mal controlado. La oí en el baño, poco después crujió su cama junto a la mía. El ahogo me acompañó toda la noche, no conseguí dormir. Creo que ella tampoco durmió demasiado, aunque el vino actuó como el éter y, tras un denso silencio de vigilia, la sumió en un sueño inquieto. Recuerdo la mañana siguiente como una de las más amargas de mi vida. Nada me parecía igual, ni siquiera mi propia persona. Ya no estaba segura de quién era ni por qué existía. Dramatizaba en exceso, fruto de una sensibilidad exacerbada, pero las novedades eran difíciles de digerir. En la habitación nadie habló, como si las palabras fueran bombas que ya hubieran dejado demasiadas víctimas en el campo de batalla.

Nos arreglamos para volver a la feria. Mi madre cual zombi, ojerosa, pálida y con los ojos a medio abrir, se movía con lentitud. A mí me pesaban los pies y no por los pasos acumulados la víspera; toda yo era un peso muerto. Durante el desayuno, animada por los bollos y el olor a café, se decidió por fin a tender un puente:

—Yo... Siento mucho lo de anoche. No debí decirte todas esas cosas, y el vino no es disculpa, aunque bebí demasiado. —Desvió la mirada, algo muy poco frecuente en ella—. Puedo estar equivocada con tu padre, tal vez no sea como yo lo veo, pero no te he mentido, si te lo dije así es porque lo pienso, no encuentro otra explicación a su indiferencia hacia mí durante tantos años. Además, ya da igual. Pero... —dudó un momento y levantó la cabeza para mirarme, una mirada cargada de temor y pena, y prosiguió con lentitud— todo lo que te he dicho de esa mujer es cierto. Ten cuidado, es muy lista y te hará creer cualquier cosa que le convenga, nunca te fíes de ella, es perversa. Créeme hija. —Evité mirarla a la cara, y apreté los labios tanto como mis puños cerrados—. Sé que no quieres oírlo, ni yo voy a volver sobre el tema, pero debo prevenirte. Si no lo hiciera y luego pasara algo, no me lo perdonaría. Verónica es mala, lo planeó todo desde el principio y manejó a tu padre como quiso, y ahora su obsesión es que su hijo herede a tu padre y a ti no te quede nada.

Otra vez el dinero, otra vez la herencia. Cada vez que oía aquello algo en mi interior se rebelaba. No escuchaba otra cosa desde que tenía uso de razón. Nada de aquello me importaba, no pretendía heredar de nadie, estaba harta de la cantinela y le rogué que se callara. Lo que Verónica hubiera hecho en el pasado no importaba, la gente cambia y ahora era una mujer normal, como cualquier otra. No me escuchó, parecía desesperada por hacerme entender la gravedad de sus advertencias y para conseguirlo recurrió de nuevo a la famosa gitana:

—Ya sé que lo que yo diga para ti no tiene valor, piensas que es por algo personal, pero, ¿recuerdas lo que te conté de la gitana que me leyó la mano en el Rastro? Ella lo supo sin que yo le contara nada. Demasiada casualidad. Supo lo que había sucedido en el pasado, me previno contra el hombre del banco y me avisó de que La Bi... la Vero, Verónica como tú la llamas, intentaría hacerte daño y sólo yo podría protegerte. He cometido muchos errores, hija, y me he metido yo sola en líos que podrían haberme costado la vida, pero tú puedes evitarlo. Las personas cambian, pero las mujeres como ella no, créeme. Sólo te pido que no te fíes de ella, que tengas cuidado.

No respondí. Estaba demasiado cansada, saturada de impresiones. En aquellos momentos mis sentimientos hacia mi madre estaban en pie de guerra y le habría dicho alguna barbaridad. Era tanta la injusticia que percibía en sus palabras que me dolía físicamente, pero no dije nada, me lo tragué todo. Cuando emociones como la rabia, la duda, el dolor, la pena y la autocompasión se mezclan, quedas sumido en un marasmo de desorientación que cortocircuita tus reacciones, y así estaba yo: anulada. Si no solté lo que me vino a la mente no fue por reflexión o prudencia, sino por falta de fuerzas e incapacidad.

Las jornadas posteriores fueron tensas, sobre todo el día después, preñado de silencios y monosílabos. Terminamos el trabajo en la feria siguiendo la rutina de forma implacable, pero con pocos resultados. Mi cabeza, ocupada por los acontecimientos de la noche anterior, bullía demasiado como para memorizar los detalles de diseño que mi madre, con tono frío e impersonal, señalaba a cada paso; a mí poco me interesaban ya. En cualquier otra ocasión, mi falta de concentración habría sido motivo de reprimenda, pero ella hizo como si no se diera cuenta, comentando en voz alta lo que recordaba, anotándolo y pidiendo mi asentimiento que nunca llegaba y al que ella misma se contestaba. No, este viaje no fue como los anteriores. Auguraba tiempos complicados.

10

Ese viaje fue el principio y el fin de muchas cosas, la apertura de una grieta invisible entre las dos imposible de ignorar. El dolor, la desconfianza y la inseguridad cubrían su lado de la grieta, pero estos sentimientos quedaban ocultos tras una dureza y frialdad tan formidables que yo no conseguía entrever su sufrimiento. Granítica y distante, me acuciaba con reproches que me endurecían como los golpes en la fragua al metal. Para ella el dolor fue doble: no sólo descubrió de forma brusca mi engaño respecto a los contactos con Verónica, algo imperdonable, sino que al sentimiento de traición sumó uno mucho peor: el horror a que hubiera caído bajo el influjo poderoso de aquella mantis religiosa que conquistaba cuanto era importante para ella con la intención de devorarlo.

Mi lado de la grieta se tapizó de rencor, una hiedra tóxica que sepultaba con obstinación mi amor incondicional por ella, rencor abonado día a día por los encontronazos y sus continuos reproches. Yo no podía olvidar ni perdonar y, según sus palabras, me convertí en el azote de Atila. Así fue, me volví más beligerante y contestona, siempre con un hervidero que borboteaba en mis entrañas buscando un camino para salir, y plenamente justificada para explotar a la mínima oportunidad aunque nunca terminara de liberarme de ese ácido caliente y venenoso. Me quedaba a medias, no dejaba aflorar ni la mitad de la rabia almacenada en una especie de contención profunda, inconsciente, prevenida ante las consecuencias, y amortiguada también ante el peso de mi traición. Como resultado, la altanería duraba poco, tan sólo el tiempo que tardaba una vocecita en recriminarme mi actitud injusta, cruel incluso, e interiorizaba el dolor de mi madre ante mis exabruptos como un insoportable cargo de conciencia que me impelía a buscar su perdón a pesar de mi orgullo, en un constante vaivén emocional.

Esas oleadas de ataque y retirada se repetían con frecuencia, y nos hacían muy desgraciadas.

Adelaida nos observaba en silencio, moviendo la cabeza con el ceño fruncido y sus finos labios apretados. Ella ignoraba la causa de tanta tensión, sólo era una espectadora de las consecuencias del maremoto desatado en París, y no comprendía el porqué de mis estentóreas contestaciones ni el permanente malhumor exhibido por las dos y que terminaba por salpicarla; sobre todo el de mi madre, porque yo no interfería en su trabajo:

—Adelaida, en este armarito hay una capa de polvo inaceptable. ¿No lo hizo «de sábado» esta semana? —le espetaba pasando un dedo por la superficie—. Lo vacía y lo deja como debe.

Cuando no era la plancha:

—Adelaida, este cuello parece un acordeón, vuelva a repasarlo que así no me puedo poner la camisa. —Y Adelaida se llevaba la camisa arrugándola definitivamente entre sus puños crispados. No asimilaba bien la crítica aunque fuera justificada.

El nivel de exigencia iba parejo al grado de disgusto de mi madre, y Adelaida aportaba su impronta, refunfuñaba por lo bajo con gesto adusto y contestaba a su manera:

—Pues no querrá que me ponga a estas horas con eso. ¿Le limpio el armarito o preparo la cena? Porque el señor Javier también vendrá a cenar, ¿no?

Un campo de minas, eso era mi casa, donde cualquiera de nosotras podía hacer que estallaran de golpe. Y para terminar de arreglarlo, Javier era un nuevo miembro de la familia sin título definido. Tampoco le agradaba la presencia de Granados y desde que compartía mesa y mantel con nosotras la propia Adelaida nos regalaba un gesto más avinagrado de lo habitual. Para terminar de condimentar la salsa viscosa en que nos cocíamos, yo ya no ocultaba mis relaciones con Verónica, vórtice de todos los miedos de mi madre. La veía con frecuencia en las salidas con mi padre, ahora un poco más prolongadas —ya no salía corriendo para comer en su casa después de fingir que lo hacía conmigo—, y en muchas ocasiones venía acompañada del pequeño Charlie. No hacía alarde de ello, mas la sola mención de aquellos encuentros provocaba sarpullidos en el ánimo de mi madre. Las discusiones parecían concatenarse de semana en semana. Comenzaban, o más bien se intensificaban, los sábados y domingos, cuando Adelaida no estaba, y continuaban de lunes a viernes contaminado todos los órdenes de la vida cotidiana, en un ambiente tan tenso como cuando la abuela Dolores compartía nuestro techo y nuestros dardos, pero sin la protección del paraguas de la cuestión política para distraer la atención.

En estas porfías sabáticas, invariablemente, mi madre acometía contra Verónica sin piedad y yo la defendía cual letrado ante un jurado, con una vehemencia tal que más de una vez terminó por sugerir que me fuera a vivir con ellos. Con cada uno de esos ataques me acercaba más a la mujer de la que pretendía apartarme y, en los instantes de efervescencia, la idea volaba fugaz por mí mente enrabietada, algo así como un «se merece que me vaya». Hubo momentos en que me faltó una raya de lápiz para hacer la maleta y presentarme en el domicilio paterno. Sentía curiosidad. ¿Cómo sería vivir con él? Pero cuando recuperaba la cordura asumía la realidad: no podía dejarla sola, su despechado comentario era una provocación fruto de la cólera, y marcharme causaría un daño irreparable que no nos perdonaríamos nunca. Bandazos repentinos de un pensamiento a otro; dudas constantes sobre si irme o quedarme, sobre si yo era justa o injusta, buena o mala. La ansiedad se había convertido en mi estado natural y alimentaba al bichito de la angustia vital que anidaba en mí desde hacía tiempo.

Verónica, en contraste, siempre exhibía su buen humor. En cada salida tenía algo gracioso que contarme, su vida parecía una sorpresa permanente, una fiesta. Con frecuencia me convencía para escaparnos de compras mientras mi padre terminaba de trabajar —«no sabe hacer otra cosa, es un aburrido», me confiaba medio en broma, medio en serio—. La rutina de llegar a la fábrica y ponerme a ayudar a Teresa, algo que no sólo no me importaba sino que me gustaba, cambió. Al fallecer Dávila, Tere me había «adoptado» en aquellas visitas de los sábados y los años no habían enfriado su afecto. Yo me sentía bien con ella, el espíritu de Lorenzo flotaba junto a nosotras mirándonos con cariño y aprobación y, al igual que cuando ayudaba a mi madre, trabajar me aportaba tranquilidad ante la permanente sensación de rémora que me embargaba; era una forma de merecer mi existencia, de devolver lo que tanto costaba pagar por mí.

Sin llegar a la confianza de una amiga, Teresa me trataba con la cercanía protectora de un familiar que te aprecia en la distancia, y me había hecho heredera del sincero cariño que siempre tuvo por Lorenzo Dávila, nuestro punto de unión. Llevaba años sentándome junto a ella en una silla de madera y metal, que por lo pequeña parecía salida de una guardería y, mientras ella se dedicaba al aparado de suelas en su máquina, yo recortaba los sobrantes, le daba la vuelta al calzado o revisaba el acabado; y entre zapato y zapato, charlábamos de muchas cosas. Durante un tiempo, al inicio, me quedé con la sensación de que intentaba decirme algo y al final se arrepentía. Pero pasados unos meses desde la muerte de Lorenzo las conversaciones se normalizaron, dejamos de hablar de él y no volvió a mencionar el sobre traído por la hermana de Dávila. Tal vez lo olvidara, tal vez fuera intencionado. Yo sí lo olvidé, absorbida por demasiadas preocupaciones como para recordar algo a lo que nunca le otorgué más relevancia que la de un recuerdo de mi buen amigo. En esos años cotorreábamos sobre muchas cosas, fundamentalmente de Teresa, con la música de fondo de *Cada canción un recuerdo*, y me sentía arropada, si bien su trato amable y cariñoso no suplía la necesidad de comunicarme con mi padre y mis miradas al reloj eran frecuentes.

Pero verme con Teresa cada sábado irritaba a Verónica sobremanera. No lo expresaba directamente, pero nos veía de lejos y crispaba el gesto. A Teresa también le cambiaba la cara: al verla enmudecía y su palidez natural se aclaraba un par de tonos, si es que era posible. No quise preguntar entonces a Teresa el motivo de su reacción, habría sido embarazoso para ella, y tampoco me pareció oportuno sacar el tema con Verónica. Cosas de la empresa, supuse, tiranteces jefa-empleada en las que, a mis quince años, tenía claro que no debía entrar.

El caso es que, cuando por fin nos reuníamos los tres para ir a comer, Vero regañaba a mi padre por trabajar el día que podía compartir conmigo y consentir que me pasara la mañana trabajando como una operaria más en compañía de Teresa. Él parecía sordo a los reproches —en general no hacía demasiado caso a su mujer, lo que me generaba mucho desasosiego desde la conversación con mi madre en París— y, como no reaccionaba, Verónica me propuso aprovechar juntas esas horas mañaneras fuera de la fábrica.

Como resultado, algunos sábados, conforme bajaba del Tiburón gris de mi padre en el aparcamiento de Loredana, me subía en el Renault Alpine rojo de Verónica y nos escapábamos al centro a quemar su cartera. Se empeñaba en alabar mi buen gusto para la ropa y yo lo aceptaba con timidez y algo de pudor sin revelar que la elegía mi madre. Una cosa era asumirla como una extensión de mi padre y otra muy distinta salir como dos amigas, por mucho que la defendiera frente a mi madre. Subir al coche y embargarme una sensación extraña era todo uno. El sabor acre de la traición —a mi madre— se mezclaba con otro más dulce, el de apoyar a mi padre, y lo aderezaba una sensación ácida y picante, de limón exprimido, por ejercer mi derecho a decidir por mí misma. Por aquel entonces, sin ser yo consciente de lo que me pasaba, me faltaba el aire; respiraba mal, a medias, y había conseguido controlarlo inspirando de formas extrañas, incluso forzando bostezos

para expandir mis pobres pulmones a la vez que disimulaba aquel
fenómeno extraño. Y en esa situación, con mi «amiga» Verónica,
la ansiedad, que por lo general disminuía en cuanto ponía un pie
fuera de mi casa, remontaba y mis pulmones se contraían convirtiendo el acto de respirar en un esfuerzo, agravado por el propio
intento de ocultar mis bocanadas desesperadas. Hubiese preferido
que su coche fuera menos llamativo porque me provocaba una incomodidad adicional; pero al igual que a Javier Granados, a Verónica le encantaba llamar la atención. En esto se parecían mucho.

Tan pronto llegábamos a cualquier sitio público me dominaba
la inseguridad ante cómo comportarme con la «otra» —concepto
perfectamente asimilado entonces con todos sus matices—, por
muy liberal y moderna que me presumiera. De nuevo me invadía
el complejo de agente doble. Por fortuna, las tiendas visitadas eran
diferentes de las frecuentadas con mi madre —por lo general más
caras y modernas—, y no me vi en el apuro de encontrarme con
nadie del círculo materno.

A pesar de sus continuas alusiones a mi sapiencia estética, rara
vez encontraba algo de mi agrado en las tiendas que ella elegía.
Cuando me consultaba, respondía con evasivas por no descararme
reconociendo que aquellas prendas me parecían de un gusto pésimo,
pero yo era tan sutil que la Vero no las pescaba y nos pasábamos
un par de horas removiendo percheros y estanterías, riendo con sus
ocurrencias. En alguna ocasión yo misma volvía a casa con novedades para mi armario —la obstinación de Verónica era incontestable—, oficialmente adjudicadas a la generosidad de mi padre,
hasta entonces desconocida; y con el mal gusto de siempre, como
mi madre no perdía ocasión de señalar.

Vero compraba sin medida, de manera compulsiva —algo sorprendente para mí, acostumbrada a la mesura de mi madre—, y
salíamos de los establecimientos cargadas con una orgía de bolsas
y paquetes mientras las dependientas se deshacían en elogios. A mí
aquello me parecía pecaminoso, tanto como entrar en una paste-
lería y merendarse el mostrador completo. Pura gula. Aunque las

tiendas no fueran caras, en dos horas se gastaba mucho más que mi madre en varios meses.

Su exuberancia derrochadora irradiaba una alegría contagiosa, como el champán al brotar de la botella, y en las tiendas la adoraban y reían todas sus ocurrencias, por muy fuera de tono que estuvieran:

—Estos zapatos me están haciendo el amor intensamente en los juanetes —proclamaba con su voz quebrada por encima del murmullo general—. Vamos, que me están jodiendo —reía—. Ojalá le metan un paraguas por el culo al que los diseñó. Y se lo abran. ¡El paraguas, claro! —Para entonces las propias dependientas la acompañaban en las risas—. Sácame dos pares más que me los pruebe, pero más anchos, cariño, que éstos no hay quien los aguante. Si es que como los de Loredana no hay otros.

Comentarios de ese estilo podía soltarlos en cualquier lugar o situación con la mayor naturalidad, y aunque no a todo el mundo le producían un efecto hilarante, lo cierto es que poseía un don especial para que en su boca resultara gracioso lo que dicho por otro sería una vulgaridad imperdonable. Yo no terminaba de acostumbrarme y pasaba un mal rato sin saber dónde mirar. Sospechaba que esa desenvoltura lenguaraz justificaba los comentarios de mi madre y mi abuela sobre su pasado. Nadie de mi entorno hablaba así, al menos entre los adultos, porque los compañeros de clase eran otra cosa. Terminé por confeccionar una explicación a mi medida de su comportamiento. Tal vez sí tuviera un pasado indecoroso, pero las personas cambian, me decía, todo el mundo hace locuras de joven, y a buen seguro las de Verónica no serían tan tremendas como a mi madre le había contado algún desaprensivo. A fin de cuentas, por lo que Berta y mi abuela insinuaban, mi madre tampoco había sido una jovencita ejemplar, y sin embargo era una mujer respetable.

Tras las compras, nos reuníamos al fin con mi padre para comer los tres juntos, momento que yo aprovechaba para contarle todo lo que podía: cosas del colegio, de las amigas o de las compras de la mañana, a toda velocidad, como si se me escapara el tren, sabedora de que tras el café sería devuelta a casa. Él preguntaba poco, pero escuchaba con atención y una mirada de profundo cariño, yo diría nostálgica, que me emocionaba. Cuando terminaba de vaciarme lo sepultaba a preguntas, hambrienta de oír su voz —mucho menos pródiga que la de Verónica, que a veces llegaba a agobiarme—, y él compartía también sus proyectos, siempre algo nuevo, siempre mirando adelante, mientras yo lo escuchaba embelesada. De lo que yo no hablaba nunca era de mi casa, o más bien de lo que sucedía en ella o a sus habitantes. Pero descubrí que Verónica estaba más enterada de mi día a día de lo que yo imaginaba. Fue un sábado de octubre, habíamos ido a comer con el pequeño Charlie a La Pepica, un restaurante de la playa, aprovechando que el otoño se negaba a llegar. El niño corría de nuestra mesa al muro de la terraza y vuelta, sin parar, y rugiendo como un camión averiado. Mi padre se había levantado a saludar a alguien situado unas mesas a la izquierda y Vero y yo nos habíamos quedado solas con el aperitivo. Los silencios me resultaban embarazosos, casi tanto como sus risas exageradas que atraían la atención de las mesas vecinas y, por hablar de algo, comenté que ese puente no habíamos podido irnos como otros años porque mi madre se había hecho un esguince y no podía apoyar el pie. Verónica, acercando su resplandeciente cabeza rubia a la mía y cruzando las manos con recogimiento, se interesó por si mi madre estaba bien y cómo se había hecho el esguince. Me quedé tan sorprendida por su interés que casi me atraganté con el refresco. Levanté la cabeza, tosí, la miré y acerté a contestar:

—Sí, claro, ¿por qué? Lo del pie no ha sido nada, una torcedura.

Ella miró hacia donde mi padre charlaba y, con lo que interpreté como azoramiento, me confesó:

—Bueno, es que…, no debería meterme, es tu madre —arrugó la nariz y los ojos al mencionarla, como si la luz del sol se hubiera hecho más intensa de pronto—, pero también puede afectarte a ti y me preocupas. Me han comentado…, bueno, ya sabes cómo es Valencia…, si la gente hiciera caso de las mentiras que cuentan de mí... —Su mano cargada de pulseritas de oro atusó la melena con coquetería—. Lo mismo no es cierto, aunque tengo información, pero es que, temo por ti —insistió afligida, bajando la voz.

Yo ya estaba nerviosa con tanto rodeo y la apremié.

—Lucía, cariño, no quiero meterme donde no me llaman, de verdad, pero —bajó aún más la voz, tanto que pareció salir de ultratumba— parece que la pareja de tu madre tiene el carácter violento y la mano muy suelta. —La debí mirar con cara de pasmo, porque me tradujo—: Vamos, que temía que te arreara, ya me entiendes.

Su forma de hablar todavía me desconcertaba, pero en esta ocasión fue el contenido de sus palabras y no la forma, como otras veces, lo que me asombró.

—¿La pareja... de mi madre? —pregunté. Aunque sabía perfectamente a quién se refería, era la primera vez que alguien lo verbalizaba ante mí—. ¿Si... nos pega?

—Sí, Javier Granados —aclaró en tono dubitativo, entornando los ojos—. ¿No se está trajinando a Granados?

Yo no salía de mi estupor. Primero, porque estaba mucho más informada de nuestra vida de lo que yo consideraba razonable, dada la discreción de mi madre, y segundo, por sus suposiciones, por todas ellas. Superado el primer impacto, recapacité. La verdad es que nunca nos había siquiera rozado, pero en alguna discusión sí había descargado golpes en muebles, y levantar la voz era habitual en él. Se me hacía inverosímil la forma en que mi madre se encogía en esas ocasiones, ella, que nunca consentía ese tipo de actitudes —ni siendo mucho menos agresivas— en nadie. Menudas broncas había presenciado con mi abuela Dolores. No, nunca se amilanaba, salvo con él.

Miré a Verónica con enorme alivio: yo no era la única que opinaba que Javier era una influencia nefasta, y suspiré reconfortada. Verónica entendió mi gesto y, pasándome un brazo por la espalda, prosiguió:

—Puedes confiar en mí. Te quiero como..., bueno, que sí, que si ocurriera cualquier cosa, no dudes en llamarme.

Tan preocupada la vi que yo misma me angustié. Recordé mis sospechas sobre la afición a la cocaína de Javier y mi cara se ensombreció. Desvié la mirada hacia Charlie, me estaba poniendo nerviosa con tanta carrera sonora y lo llamé, pero Verónica insistió sin aflojar su abrazo, a pesar de que me revolví inquieta:

—Pareces preocupada, cariño. ¿Qué ronda tu cabecita? ¿Te puedo ayudar en algo? —Y acompañó su ofrecimiento con un nuevo apretón de su brazo—. Confía en mí.

Sí, estaba preocupada y necesitaba contarle aquello a un adulto, porque a Marianne la tenía por poca ayuda en caso de apuro. A toda velocidad calibré si era buena idea desembuchar lo que sabía, sopesé la necesidad de descargar mi preocupación, si era la persona indicada... Pensé tantas cosas y a tal celeridad que no fui capaz de discernir, y al final hablé:

—Nunca nos ha puesto una mano encima, pero cuando no va bien pierde los papeles... Me asusta. —Noté una pequeña convulsión en Verónica, sonaron sus pulseras a mi espalda y su mano en mi brazo me animó a seguir. Le conté mis sospechas, cosas que había visto y que no había comentado con nadie.

Charlie vino corriendo y empezó a tirar de la falda roja de su madre hasta desplegar las tablas como un acordeón, pero ella no le hizo caso, escandalizada por mi revelación. Dejando a un lado los ademanes discretos exhibidos durante las confidencias, comenzó a verter una catarata verbal criticando primero a Javier —a quien deduje que conocía en persona por la familiaridad con que lo mencionaba—, y luego a mi madre por consentir esas conductas. Me asusté, fueron muchas las cabezas que se giraron a mirarnos, incluido mi padre que hizo un gesto indicando que enseguida venía. Le aclaré como pude, entre frase y frase, que no era así, sólo lo había sorprendido un par de veces con gestos significativos y mi madre no se había dado cuenta de nada. Era increíble cómo se liaba la conversación.

De pronto enmudeció, dejó de mover las manos y se volvió para, con sus pequeños ojos marrones muy abiertos y su larga uña color carmín apuntando a mi nariz, preguntarme cómo podía identificar yo esos gestos: «¿No te habrás confundido?». Cuanto más me hacía hablar, más me enredaba. Terminé confesándole mis vivencias veraniegas, en Irlanda, cómo algunos compañeros consumían coca, y tuve que jurarle que no la había probado jamás y no había vuelto a coincidir con aquella gente. Verónica parecía mi madre. Al ver regresar a mi padre de su larga conversación me alegré momentáneamente por tener que cambiar de tema, pero de pronto la alarma fluyó por mis venas y el refresco y las almendras entraron en guerra en mis entrañas: ¿y si Verónica se lo contaba? Palidecí, y una fuerte punzada atravesó mi estómago, pero ella lo saludó tan feliz y entusiasta como si hubiéramos estado hablando de las últimas gracias de Charlie, lo llamó a voces y se puso a hablar de otras cosas, haciéndome un guiño. Respiré más tranquila, todo quedaba entre nosotras, pero fui incapaz de probar la paella que al poco nos sirvieron tras mostrárnosla el camarero como si de un trofeo se tratara; los ácidos serpenteaban en mi interior dejando un rastro de dolor.

No, mi madre no sabía nada, y después de la conversación con Verónica me planteé si no debería abrirle los ojos, contarle lo que sabía —o intuía— y que parecía ser de dominio público, antes de que ocurriera una desgracia. Pero ni tenía pruebas ni sabía cómo hacerlo. Mientras pude, fingí una actitud de prudente ignorancia, pero para los secretos la eternidad no existe y las circunstancias mandan.

Algunos sábados venía mi abuela —con quien manteníamos una tensa cordialidad— a comer a casa, tanto si estaba yo como si no, y Javier se iba por su cuenta para evitar altercados; y los domingos compartíamos mesa los tres y siempre, al terminar, Granados echaba un sueñecito en el que ya era conocido como «el sillón de Javier». Una de estas tardes, mi madre había salido a la terraza a fumar un cigarrillo, tomar el aire y leer un poco mientras Javier descansaba. Recuerdo que hacía calor. Él se durmió enseguida y yo, después de estar en mi cuarto un rato, me instalé sigilosa en la mesa redonda de la salita, justo a espaldas de donde él dormitaba y cerca de la ventana. La cortina de arpillera azul filtraba una luz acogedora aunque escasa, pero no me atreví a abrirla, no quería despertarlo. Era mi sitio habitual de estudio, ya que en mi habitación, siempre pendiente de una remodelación, se mantenía el mobiliario de cuando era pequeña —el de la habitación de soltera de mi madre—, y no había una mesa en condiciones donde trabajar. Desde mi posición escuchaba sus discretos bufidos, apenas audibles y veía su cabeza y sus brazos sobresalir del sillón. Despertó a la media hora o un poco más. Se estiró, emitió un gruñido casi selvático y tras mirar hacia el pasillo y llamar a mi madre en voz alta sin obtener respuesta, se enderezó y buscó algo en el bolsillo de su blazer —cuando iba de sport seguía con su sempiterna chaqueta adornada con un pañuelo de seda en el bolsillo—. Yo ni respiraba, me gustaba tan poco hablar con él que permanecí inmóvil, como si no estuviera allí, para evitar hacerle conversación o que se apercibiera de mi presencia y se viera en la obligación de obsequiarme con alguna de sus estúpidas gracias. Con un poco de suerte se levantaría e iría al encuentro de mi madre en la terraza. Lo vi hacer un movimiento, sacó algo de la chaqueta y escuché unos golpecitos constantes, una especie de morse, tactactactac; a continuación se inclinó haciendo rugir su fosa nasal. Consciente de lo que acontecía a pocos centímetros de mí, solté una exclamación de sorpresa y Javier dio un respingo. La cajita cayó al suelo junto a un espejo manchado de restos de polvo blanco. Lo peor fue su cara al volverse para verme una vez recogido su tesoro.

—¿Me estabas espiando? —espetó con una mirada que podría haberme convertido en estatua de sal.

Yo estaba asustada, pero con aquel hombre siempre me crecía y la mala leche parecía brotar sola desde las tripas.

—No, ésta es mi casa y ésta mi mesa de estudio. —Aproveché para levantarme y abrir las cortinas; la luz me daba seguridad—.

Mañana tengo un examen y estaba estudiando. ¿Se puede saber qué estás haciendo?

—Nada que te importe, Gorda. —Él sabía que odiaba ese apelativo—. No sé qué crees haber visto pero no tienes ni idea, así que no hagas suposiciones absurdas, y por la cuenta que te trae, no vayas diciendo tonterías por ahí que no creería nadie y sólo servirían para meterte en un lío. ¿Me has entendido?

En eso tenía razón, nadie me creería, pero aquello tenía que saberlo mi madre, aunque no fuera yo con el cuento.

II

Por si le faltaba algo a nuestra turbulenta existencia, desde 1980 se venía debatiendo en nuestro país una probable Ley del Divorcio, tema escabroso en mi casa y atacada con virulencia en los círculos conservadores. La sociedad estaba revuelta, los noticieros mostraban un parlamento crispado, la UCD se resquebrajaba en tantos pedazos como sensibilidades e intereses aglutinaba, la legalización del partido comunista seguía sin asimilarse por muchos sectores y el colofón de esta inestabilidad fue la dimisión del presidente del gobierno. Yo no estaba en casa cuando interrumpieron la programación de TVE para que Adolfo Suárez se dirigiera a los españoles con su famoso discurso, pero la cara de mi madre cuando llegué de mi clase de ballet, pasadas las nueve, me recordó a la que puso tras la aparición de Arias Navarro cuando anunció la muerte de Franco. Fumaba sin parar sentada en el borde del sofá en un equilibrio imposible, sin apartar los ojos del noticiero. Y además estaba de muy mal humor. Mi abuela había llamado nada más acabar Suárez su discurso para descargar su preocupación sobre el futuro político de su hijo, tema que a mi madre la tenía sin cuidado y además la soliviantaba. El partido de sus amores saltaba en pedazos y, según me explicó mi madre con una hilaridad artificial, su hermano estaba asustado por no saber de parte de quién ponerse. «Típico de él», me dijo. Más le valía elegir bien o su futuro en política estaría acabado.

No hice mucho caso del asunto, mi vida continuaba como si tal cosa, del colegio a la academia de ballet o inglés, y de aquí a casa, con las salidas de los sábados con mi padre y Javier un día aquí y otro allá. La cotidianeidad era lo bastante pesada como para cargar con mochilas de índole política. Pero no sospechaba yo las consecuencias de tanta inestabilidad ni podía predecir la llegada de una fecha que no sólo cambiaría la historia de España sino también mi pequeño mundo familiar de secretos inconfesables.

El 23 de febrero de 1981, como todos los lunes, Marianne y yo regresamos del colegio a las seis menos cuarto y subimos corriendo a mi casa para dejar las carteras y coger la bolsa para ir a ballet. Primero pasábamos siempre por la mía y luego por la suya, siguiendo la ruta lógica hacia la academia de Olga Poliakoff. Frederick, el hermano de Marianne, ponía distancia e iba directamente a su casa. Cuando llegamos estaba merendando un Cola Cao con unas galletas de mantequilla enviadas por su tía desde Escocia; dos cosas que en mi casa no entraban y a mí me volvían loca, por esto lo recuerdo. Me entretuve haciéndome la chistosa para llamar su atención, practicando alguna pirueta, aunque era transparente para aquel Apolo pelirrojo entretenido con su opípara merienda. Serían las seis y media cuando salimos de su casa y de camino, en previsión de las próximas dos horas de machaque y con el apetito abierto, nos compramos una oreja de hojaldre para reponer las fuerzas aún no perdidas, desafiando la prohibición de mi madre de comer aquellas cosas. El Congreso estaba siendo tomado por Tejero a esas horas. Pasamos la primera clase sin novedad. *Pliés, grand jettées, pirouettes, pas de bourrée...* Pero cuando paramos para tomar aliento y beber un poco de agua en el baño antes de entrar a la segunda clase, vimos a la directora en su despacho aferrada con ambas manos al aparato de radio y la cara desencajada. Había envejecido diez años y los ojos le brillaban mientras repetía como un autómata «otra vez, no; otra vez, no». De pronto, soltó el aparato y comenzó a llamar a gritos a su hija, recogiendo papeles y abriendo y cerrando cajones. Ésta llegó y la miró con una mueca burlona, dio dos sonoras palmadas —era su forma habitual de anunciar el inicio de la clase— y corrimos a la sala grande entre cuchicheos nerviosos. A ella nadie le decía cuándo empezar o acabar una clase y, como le dijo a su madre sin que entendiéramos a qué se refería, Valencia no era Varsovia.

Pero de nada sirvió la decidida reacción de la profesora. A los pocos minutos empezaron a llegar padres nerviosos y apresurados a recoger a sus vástagos con las caras tan demudadas como la exhibida por la directora. Desde la radio, a lo lejos, sólo llegaba música militar. Habían cortado las emisiones. En medio de la confusión y para nuestra sorpresa apareció Frederick.

—¿Están idiotas? ¿Qué hacen aquí todavía? ¿No saben lo que está pasando?

Eran las ocho y pocos minutos. Salimos a toda prisa, con el uniforme encima de la ropa de ballet, sudadas y contagiadas por la sensación de peligro. El eco de nuestros mocasines resonaba en las aceras y la noche parecía más oscura que otros días.

—Pero, ¿qué pasa, Freddy? —le preguntó Marianne.

—Ha habido un golpe militar durante las votaciones en el Congreso. Se han agarrado a tiros. Dicen que van a sacar los tanques a la calle, se está armando una gorda, y ustedes aquí, dando saltitos… Mamá está de los nervios, y la tuya ha llamado desde la empresa hace un rato para ver si sabíamos algo de ti. Han declarado el toque de queda, sí, no me miren con esa cara: a partir de las nueve y hasta las siete de la mañana no puede haber nadie por las calles. Así que, Lucía, de momento, te vienes a casa, que tu madre no quiere que andemos por ahí aunque todavía falte un rato y ella tiene que cerrar aún.

La última frase borró de mi mente todas las demás y se me escapó una sonrisa que duró el tiempo que tardé en ser consciente de mi aspecto: greñuda, con mocasines y mallas color carne asomando por debajo del espantoso uniforme del colegio, debía de parecer la cerdita de los Muppets, por supuesto, algo mucho más grave que los hipotéticos tanques de los que hablaba Frederick y que sonaban a novela del otro Frederick: Forsyth.

Su madre nos recibió como si volviéramos de la guerra e insistió en llamar a la mía para tranquilizarla; si todo continuaba igual me quedaría allí a dormir. Para mí la cosa mejoraba, la noche se ponía emocionante, poco consciente de la gravedad del momento. Telefoneé a la empresa y, como de costumbre, me llevé una filípica sobre mi falta de responsabilidad y mi poca preocupación por lo que pasaba en el mundo. La noté muy nerviosa, me confirmó que estaba a punto de salir —se había retrasado comprando en el supermercado de al lado ante el temor de llegar tarde al de nuestro barrio y que no quedara de nada o lo hubieran cerrado—, y me recordó que no fuera una carga para la familia Macfarlan; estaría pendiente de las noticias y vendría a buscarme para llevarme a casa lo antes posible, pero saberme en su compañía la alivió y colgó más calmada. Enseguida apareció la madre de Marianne con una toalla para mí, prueba inequívoca de que necesitaba una ducha.

Cuando estuve presentable me reuní con mi pelirroja amiga en su cuarto. Desde la ventana que daba al patio de manzana miré hacia mi casa. Las persianas permanecían subidas, y a través de la cortina de rejilla azul pude ver cómo se encendía la luz. Mi madre había llegado a casa. Eran un poco más de las ocho y media. Pensé que vendría a buscarme pero entonces la vi discutiendo con alguien. ¿No estaba sola? Adelaida ya no se quedaba interna desde que su sobrina se vino del pueblo para trabajar en la capital y tuvo casa donde acogerse. Miré con tanto interés que me golpeé contra el cristal. No podía ser Adelaida, la niñera, porque los tanques le habrían impedido irse a su hora. Sólo podía ser Javier. Comencé a ponerme nerviosa y desde ese instante toda mi obsesión fue regresar a mis dominios cuanto antes.

La televisión y la radio estaban puestas, pero de poco servía. En una, la carta de ajuste, y en otra, la música militar, transmitían paradójicamente una sensación de incertidumbre peor que el silencio. Freddy habló por teléfono con varios amigos que vivían en los alrededores. Al parecer todo estaba tranquilo. No me quedaban uñas que morderme y al final me decidí:

—Creo que debería irme antes del toque de queda. Si no salgo ahora ya no podré hacerlo hasta mañana, y preferiría estar en casa por lo que pueda pasar y no dejar sola a mi madre.

Pepa, la madre de Marianne, se opuso con firmeza, faltaba menos de media hora, pero insistí con toda una batería de argumentos además del fundamental: tranquilizar a mi madre; y al final accedió si me acompañaba Frederick y salíamos de inmediato. Mi corazón dio un brinco, de nuevo me escoltaría el pelirrojo, y amagué la sonrisa que se me escapaba. A Marianne no le hizo gracia, la perspectiva de una noche juntas le había encantado y, la verdad, a mí también, pero saber que mi madre estaba sola con aquel tipo tiraba más de mí que la fuerza de gravedad. Temí que Frederick se enfadara, pero para mi sorpresa me acompañó encantado, sacando pecho y asumiendo su papel de caballero. Cuando su hermana no estaba era mucho más simpático conmigo. El camino apenas dio para mantener una mínima conversación sobre el golpe de Estado, y yo, obsesionada con la imagen de mi madre hablando con quien sólo podía ser Javier, estuve poco atenta a sus palabras. Era la primera vez que estaba a solas con mi pelirrojo favorito y no hubo tiempo ni oportunidad para nada. Nos despedimos con medio beso en la mejilla y subí a toda prisa. Aún no eran las nueve pero faltaba muy poco. Abrí la puerta intentando no hacer ruido, como si me colara en casa ajena, temerosa de la reacción de mi madre al verme de vuelta. Avancé por el pasillo a oscuras y me quedé clavada en la esquina del armarito donde guardábamos los zapatos. Aunque no me escondía —no había donde—, era difícil que me vieran sin dar la luz, y la curiosidad y el miedo me retuvieron buscando una buena excusa por haberla desobedecido.

No me había equivocado, Javier estaba allí, con mi madre instándole a partir antes del toque de queda y él insistiendo en quedarse. Había ido para protegerla, preocupado de que estuviéramos solas y asustadas, o eso afirmó. Él tenía contactos en los estamentos militares —casi en todas partes—, y las cosas podían ponerse muy feas. Yo seguía la conversación desde el pasillo sin perder una sílaba, aguantando la respiración y debatiéndome entre seguir en la sombra o dar un paso al frente y hacerme visible. Decidí lo segundo, pero una frase me dejó petrificada y alteró mis nobles intenciones:

—Tenemos una ocasión por fin de pasar la noche juntos y además no puedes quedarte sola en un día como el de hoy. Tu hija no va a venir, has llamado tres veces desde que has llegado y las líneas están saturadas. Son casi las nueve y tampoco puedo ir a recogerla, no sabes el número del portal ni el de la casa de esa amiga suya escocesa. Tu idea de ir llamando a todos los interfonos es absurda. Pero además, ¿qué te preocupa? Adelaida no está, no hay nadie, y todo el edificio está pendiente de otras cosas. Lo normal es que me quede contigo, que te acompañe. ¿Qué relación absurda es ésta que tenemos? Llevamos dos años y no puedes seguir dándome largas. Yo soy un hombre y quiero estar contigo, pero cada vez que surge una oportunidad de estar juntos huyes de mí. ¿Se puede saber qué coño te pasa? Y no lo digo por hoy, que es el día menos indicado y sólo pretendo quedarme a dormir y no dejarte sola. Lo digo porque cada vez que intento algo sales huyendo.

El tono de Javier mostraba una irritación añeja, con solera. La conversación era de ésas que ruborizan a los hijos, pero no hice nada por interrumpirla. Mi madre esquivaba el envite, estaba nerviosa por el golpe de Estado, decía, no estaba acostumbrada a dormir acompañada, prefería que se fuera. Intentó llamar de nuevo a casa de Marianne y a mí se me paró el corazón, pero de nuevo la línea dio tono de ocupado.

La conversación siguió por derroteros íntimos de la pareja. Al parecer durante mis ausencias veraniegas había intentado esas «aproximaciones», pero mi madre siempre le había puesto excusas o había desaparecido en viajes, según él, innecesarios.

Yo, hasta ese día, por puro pudor filial había evitado elucubrar hasta dónde llegaba la relación sexual de mi madre con aquel tipo que tan mal me caía, pero en mi fuero interno daba por hecho que algo más había aparte de lo evidente. Constatar la realidad me produjo una gran sorpresa. No tenía a mi madre por puritana ni chapada a la antigua, más bien al contrario, y aquello no cuadraba, aunque recuerdo que lo viví con cierto alivio.

—¡Lo que ocurre es que en realidad no me quieres, sólo te soy útil para salir y no quedarte en casa! Porque me tendrás que reconocer que esto no es normal, que ya no somos dos chiquillos tonteando en Formentor. ¿Sabes los años que han pasado desde aquella noche en las escaleras del pavo? ¡Estoy harto, Elena! ¡Y aún me echas en cara que si voy con unas o tonteo con otras!

Ante el hostigamiento de Javier, por fin mi madre se derrumbó:

—Javier, por favor, no me digas eso. No lo entiendes, es que no puedo, de verdad. Tienes que entenderme… Esta situación, el golpe, los tanques… Estoy preocupada por mi hija y…, por Dios… Me trae malos recuerdos. —Le costaba hablar, las palabras eran susurros, la garganta taponada por algo doloroso—. Si te lo explicara me entenderías. No puedo dormir contigo. Por favor, no me presiones, hoy no, todo llegará… Esto no se lo he contado a nadie.

Javier se había sentado en su sillón y yo podía verlo desde el pasillo, medio parapetada por la pared del trastero. Estaba enrojecido, colérico, pero la reacción de mi madre al arrodillarse sobre la alfombra y apoyar los brazos sobre sus piernas en un gesto de súplica lo apaciguó. A mí el corazón me estallaba, seguía dudando sobre el momento adecuado para descubrirme y cuanto más tiempo pasaba, más violento era. Llegar después del toque de queda era una temeridad inverosímil —Pepa, la madre de Marianne, no lo habría permitido—, y reconocer que llevaba allí ¿cuánto tiempo? —ni lo sabía, el reloj de cuco de la sala había cantado la media hacía rato—, era peor. Postergué mi decisión y seguí escuchando: Javier no entendía adónde quería llegar mi madre, ni qué tenía que ver aquello con su celibato forzoso, aunque lo expresó de forma mucho más castiza.

—Cuando estuve en Beirut, en el setenta y cinco, sucedieron muchas cosas. —Sus manos se movían del pelo a la cara y vuelta a tocarse el pelo—. Esto… Yo nunca lo he comentado, nadie lo sabe, por Dios, Javier… —Él hizo un gesto de impaciencia pero al final le acarició el pelo.

—¿Pero qué pasa, Elena? No puede ser tan terrible, y no sé qué tiene que ver con nosotros.

Mi madre se levantó, encendió un cigarrillo que sacó de la pitillera de la mesa con mano temblorosa, y soltó la bomba:

—Sufrí una agresión sexual. —El gesto de horror de Javier fue igual de exagerado que el mío—. No llegó a consumarse gracias a... —paró, se levantó, aspiró su cigarrillo, soltó el humo, el aire, el recuerdo—, pero faltó muy poco. Yo estaba aterrorizada, pasaron cosas atroces por mi cabeza. —Le temblaba todo, incluida la voz, apagada y desvalida, una voz ajena, indefensa y de alguien más joven. Se acercó al sofá y desapareció de mi vista.

Javier se echó las manos a la cara. Se mantuvo en silencio durante un rato, se levantó y se acercó a ella despacio, supongo que intentando asimilar, al igual que yo, lo escuchado.

—¿Es eso verdad? No se supo nada, nadie comentó nada a la vuelta. Elena... No es que no te crea, pero... Una cosa así, en Valencia habría sido un notición. Ya sabes que yo me entero de todo y esto es un pueblo.

—Preferí no contarlo. —No podía verla, pero la voz pastosa me la pintaba con lágrimas—. Estaba muerta de vergüenza, de miedo, el horror me paralizó y no me dejó pensar con claridad. Si hubiera llegado a saberse... Y no podía decirlo. —Tenía unas ganas impresionantes de salir de mi escondite y abrazarla, pero mis músculos no respondieron.

—Pero, ¿quién fue? ¿Dónde ocurrió? ¡¿Cómo fue posible?!

—En mi habitación del Holiday Inn. —Cada palabra salía de su garganta estirada por un sedal lleno de nudos; desde mi posición sólo veía la espalda de Javier—. Me cedieron una suite al haber sido ametrallada mi habitación. —Aquella información Javier sí la conocía, según dijo interrumpiendo las confesiones de mi madre—. Subieron todos... Él se quedó... No lo vi, me atacó por la espalda y...

Rompió a llorar. Un llanto sordo, intuido a través del respetuoso silencio de Granados, que se agachó como antes hiciera ella frente a él, y luego más potente, desbordándose poco a poco, cada vez con mayor intensidad hasta aflorar pleno, con rabia. Me adelanté un poco, conmovida; las convulsiones de mi madre atravesaban la espalda del Javier más cariñoso y solícito que jamás he visto. ¿Cómo había estado yo tan ciega? ¿Cómo no había intuido nunca el drama vivido por mi madre? La culpa, compañera habitual, regresó recriminándome todas las pequeñas tonterías con que la mortificaba, mi dureza al juzgar a aquel hombre convertido ahora en dulce consuelo… También por estar espiando la escena. Ya no fui capaz de abandonar mi encierro, no podía reconocer aquel espionaje indecente. La voz de Javier me impidió derrumbarme, igual que minutos antes me había reconfortado comprobar con cuánto cariño hablaba a mi madre.

—Cálmate, Elena. Ya pasó. No pienses más en ello. Eres una mujer fuerte y luchadora y por lo que dices… —titubeó, no estaba cómodo—, bueno, ese hombre, quien fuera, no consiguió su propósito. Pero… —la curiosidad venció a la delicadeza—, ¿cómo te libraste de él? Porque dices que no llegó…, bueno, me entiendes…

Abrazados, el llanto de mi madre fluía cansado.

—Si no llega a entrar él, habría sido horrible —consiguió vocalizar a duras penas—. No sé cómo lo hizo, sólo escuché un crujido sordo y el cuerpo de Braulio se desplomó.

—¿Braulio? ¿Braulio Guerrero? ¿El que trajeron muerto de Beirut?

El llanto de mi madre cesó con brusquedad, como apagado por un interruptor, y Javier retrocedió. El silencio era total, cada uno asimilando la situación. Yo temblaba y las lágrimas enfriaban mis acaloradas mejillas. Tan hipnotizada estaba que no me di cuenta hasta ese momento de que llevaba un rato llorando. Me apoyé en la pared del pasillo y dejé resbalar la espalda hasta sentarme en el suelo. Javier se levantó y comenzó a caminar despacio por la salita, fumando. Abrió la cortina y la ventana.

—¿Estás segura de lo que dices? Braulio tenía fama de ser muy hombre y Micaela, su mujer, siempre andaba con algún moretón, pero de ahí a atacar a una conocida... ¿Sabías que yo les vendí la casa? Creo que se deshizo de ella después de la muerte de Braulio.

Desde mi refugio en el pasillo oía y no escuchaba. Las palabras me llegaban pero mi mente estaba saturada, cortocircuitada, expresión que me cuadraba muy bien demasiadas veces, y no asimilaba más. Me dolía el pecho y la garganta, atenazados por la angustia, y estaba paralizada.

—¿Y quién dices que... lo mató? Porque, según lo cuentas, alguien se lo cargó.

Mi madre siguió muda durante un buen rato.

—No debería haber dicho nada. —Su voz me llegaba ahogada, asustada—. He guardado este secreto conmigo durante mucho tiempo. Júrame que no lo contarás, me buscarías la ruina. ¿Entiendes ahora por qué no soy capaz de corresponderte? Desde entonces me resulta... —Dudó; podía percibir la soga que atenazaba su garganta, la misma que oprimía la mía—. Me bloqueo cuando se me acerca un hombre, y pensar en compartir la misma cama... Me da pánico. Lo conseguí una vez con la persona que me salvó de esa agresión, pero aquello también acabó muy mal y desde entonces no sé qué me ha pasado...

—¿Quién era?

—No preguntes... Está muerto, qué importa...

No podía escuchar nada más. Me levanté muy despacio y me encaminé a la sala. Había decidido dar una luz discreta, la de la lámpara de sobremesa, y tumbarme allí con la excusa de que había llegado cansada y al verlos discutir no quise entrometerme. Si pegaba bien, y si no, también.

No tardaron en descubrirme. Javier fue a la cocina por un vaso de agua para mi madre y atisbó el resplandor tras los cuarterones de cristal al ácido.

—¿Pero tú qué haces aquí, Gorda? ¿No dormías en casa de tu amiga? —Entornó los ojos y me miró inquisitivo—. ¿Cuánto hace que has llegado?

Cualquier otro día le habría soltado una impertinencia, pero aquél no fui capaz. Balbucí la excusa que había pergeñado y acompañé a

Javier por el agua —yo también la necesitaba— para acudir después junto a mi madre.

No sé si su palidez se debió a verme allí o era ese el color que había lucido durante toda su confesión, pero la vida había desaparecido de sus mejillas. No tuvo fuerzas para pedirme explicaciones y aceptó mis torpes argumentos zanjando la conversación con un «todos deberíamos ir a descansar». Nada más decirlo volvió la tensión. ¿Qué iba a hacer Javier? Pusimos la televisión y la radio por si la situación había cambiado, pero no, la música militar nos sobrecogió a los tres y mi madre, entre carraspeos y disculpas, con la vista siempre prendida de la alfombra, invitó a Javier a quedarse en la habitación de invitados, la que tradicionalmente ocupaba mi abuela. Por primera vez sentí que los tres formábamos algo, y agradecí que Javier estuviera allí.

Ahí quedó aquella conversación de la que al día siguiente todos hicimos como si nunca se hubiera producido. Los hechos históricos coparon las conversaciones, dentro y fuera de casa, aunque los secretos revelados conmocionaron mi conciencia y mi mente con mayor intensidad que la actualidad política. No conocía a mi madre, en realidad no conocía a nadie. Me creía muy sagaz analizando al prójimo y había resultado ser una analfabeta emocional.

12

Tras unos meses turbulentos, con cambio de gobierno incluido, por fin, en junio de 1981, la ansiada por unos y demonizada por otros Ley del Divorcio se hizo realidad. Para la mayoría era algo ajeno, exótico, pero unos pocos la esperaban con desesperación y para mi familia acarreó consecuencias directas. A mi padre le faltó tiempo para acogerse a ella, de hecho fue el primero en presentar la solicitud en nuestra ciudad. No me lo dijo él, me enteré por mi madre una tarde que salimos de compras por el centro. Estábamos paradas en la calle Salvá, contemplando el escaparate de Flash, una tienda de moda, cuando suspiró y me informó de las novedades como quien recuerda que tiene que comprar pan antes de volver a casa:

—Al final se saldrá con la suya esa mujer. —Junto a los vestidos del escaparate, unos zapatos de Loredana debieron de traérsela a la mente.

—¿De qué hablas, mamá?

—De tu padre. Ha pedido el divorcio. —Se dirigió a la puerta de la tienda y la seguí—. ¿No te ha comentado nada?

A buen seguro mi cara hizo juego con el nombre de la tienda y, además de la sorpresa, como siempre que mi madre nombraba a mi padre, el estómago se me comprimió anticipando la batalla. Las conversaciones que así empezaban nunca acababan bien.

—No, no lo sabía, pero es normal, ¿no? —Bajé la voz instintivamente. Para el común de los españoles por aquel entonces el tema causaba, cuando menos, miradas de reprobación; el divorcio sólo se consideraba normal en las series de televisión americanas—. ¿Tú no quieres divorciarte?

Mi padre y Verónica formaban una pareja tan estable como cualquier matrimonio convencional, y en mi cabeza estaban tan «casados» como los cuadros de una falda escocesa. Daba por sentado que serían de los primeros en beneficiarse de la cacareada ley; hasta llegué a imaginármelos en la portada del periódico local, como pasaba con los primeros bebés nacidos cada año o con el primer trasplantado de corazón. Lo sorprendente fue enterarme de la esperada noticia por boca de mi madre. En cambio no era capaz de imaginármela a ella casada con Javier —confieso que con nadie—, y tampoco ella mostraba voluntad alguna de dejar su peculiar soltería.

Mi madre removió las prendas en el perchero a trompicones, como si le hubieran hecho algún daño merecedor de aquel zarandeo, hasta que encontró dos o tres de su agrado. No me contestó, ni siquiera cuando cruzó la vista con mi mirada inquisitiva, y es que ésta era la cuestión: mi madre no quería divorciarse, pero tampoco quería reconocerlo.

El asedio de Javier había ido cerrándose y podía afirmarse que mantenían una relación estable, aunque cada uno viviera en su casa y mantuvieran una aparente frialdad afectiva de la que nadie, ni fuera ni dentro de nuestro entorno, podría hacer un reproche. Aun así, los vecinos —recelosos de aquella mujer despampanante que trabajaba fuera de casa y criaba sola a su hija— no dudaban en mostrar su disgusto ante las frecuentes visitas del «novio». Comentarios como «Pobre niña, las cosas que te ha tocado aguantar» o «Debe ser difícil para ti vivir de esa manera», declamados con fingida afectación, eran la música ambiental cuando subía con alguna vecina en el ascensor. Aquello me recordaba a los interrogatorios de las monitoras de Irlanda, y me ponía del mismo mal humor. También había quien me interrogaba sutilmente sobre los horarios de entrada y salida de Javier pero, al igual que cuando mi madre atacaba a Verónica, ahí era yo quien blandía el hacha para defender sin contemplaciones a los ultrajados, rayando a veces en la grosería: —«¿Necesita algo de ellos? No se apure que en cuanto llegue mi madre le digo que la llame y le informe de sus horarios»—. Estaba bien entrenada para soltar impertinencias y en estos casos no podía evitarlo, primero, porque se trataba de mi madre, y segundo, por lo injustos. Bien conocía yo el grado de intimidad entre ellos y, salvo que las cosas hubieran cambiado mucho desde el 23 de febrero, el sexo seguía siendo la asignatura pendiente de aquella pareja, como lo definió Garci en su película.

Era difícil sorprenderlos en un gesto cariñoso, nada parecía haber cambiado en aquella relación absurdamente platónica, aunque a Javier de platónico le viera poco, siempre pendiente de los encantos de cualquier señora de buen ver —a Isabel Borondo o Silvia Tortosa no les faltaba algún epíteto cargado de intención cuando aparecían presentando sus programas—. Además, cada vez lo notaba más tenso, con indirectas más explícitas dirigidas a la frialdad de mi madre, y excusas poco creíbles por sus frecuentes retrasos y ausencias. La relación entre ellos no era idílica ni mucho menos. Las discusiones se hilvanaban a nuestros días y aunque mi madre intentaba recortar su temperamento como nunca lo había hecho con nadie, los reproches hacia un cada vez más esquivo Javier terminaban por aparecer. Reproches por sus ausencias mal justificadas; reproches por contestaciones mal dadas en público; reproches incluso por falta de atención, ante los que, cosa rara, terminaba claudicando aunque hubiera sido la primera en abrir fuego.

Cada vez se asemejaban más a un matrimonio hastiado por años de convivencia que a un amor fraguando y camino de sellarse.

A Javier le resultaba imposible conjugar la necesidad de cariño de mi madre con su aprensión a un contacto mayor. Tiempo antes de que la palabra divorcio apareciera en los periódicos, supe por mi madre y por un par de conversaciones oídas en el coche —solían hablar como si yo no estuviera, o tal vez tampoco les importara—, que él confiaba en venirse a vivir con nosotras. En su día la idea me puso nerviosa, quitaba credibilidad a mi suposición de relación anafrodita, afianzada por los reproches de Javier la famosa noche del fallido golpe de Estado. Evitaba especular sobre ello, por simple pudor, y aunque no lo creía probable, la nube negra de un futuro compartido con Javier se colocó sobre mi cabeza como un sombrero de nubarrones que, tarde o temprano, descargaría tormenta.

Aquel día de compras, cuando mi madre sacó el tema del divorcio, supe que la tormenta no tardaría en calarme hasta los huesos y le pregunté abiertamente sobre la petición de Javier de venirse a vivir con nosotras. Como si la hubiera pinchado con un objeto punzante; «loca», me llamó. ¿Cómo iba a mudarse con nosotras? ¿Qué iba a decir la gente? Yo la miré con incredulidad y algo de pena; la gente ya murmuraba de lo que pasaba y lo que no. Valencia era una Vetusta bajo azules de Sorolla y, hasta en el colegio, algunas compañeras —niñas de familia de misa de domingo y madres de lazada al cuello— le habían recriminado a Marianne su amistad conmigo. Visto con la perspectiva que da el tiempo, resulta paradójico cómo alguien como Verónica, del brazo de un hombre bien considerado, se ganó el aprecio y el respeto de los círculos más influyentes, hasta cubrir con un manto opaco y perfumado su pasado indecoroso, mientras que mi madre, una mujer trabajadora que vivía por y para su hija, era tenida por una casquivana indigna de compartir zaguán con una familia decente incluso antes de irrumpir Javier en nuestras vidas.

El caso es que Elena Lamarc y servidora volvíamos a ser la comidilla de unos vecinos aburridos de su propia existencia, para quienes la relación de mi madre con ese personaje vividor era el mejor entretenimiento después de *Dallas*, serie en la que muchas situaciones me resultaban tan cotidianas como el vaso de agua en mi mesilla de noche. No, mi madre entonces no quiso asumir una decisión semejante. Valencia no era Dallas, ni España Estados Unidos. Pero la petición de divorcio de mi padre la enfrentaba a sus propios miedos, algo que yo, a mis dieciséis años, deducía con claridad viendo su nerviosismo y crispación. En el probador le repetí la pregunta. No, ella no quería el divorcio, nunca volvería a casarse. Reflexioné ante la respuesta y le argumenté lo evidente, aunque me desagradara reconocerlo así.

—Llevan mucho tiempo con una relación muy rara. A su edad no es normal, casarse sería lo lógico. No creo que un hombre como Javier aguante esta situación eternamente, y tú tendrías menos problemas si fuera tu marido.

—No te engañes, seguirían mirándome igual de mal, o peor. Por fin tendrían un motivo. —Como si les hiciera falta, pensé yo—. Además, a ti no te gusta, lo sé, no puedes tragarlo, así que no sé para qué me dices esto, o a quién quieres engañar.

—No me pongas a mí como excusa, mamá. No es eso lo que te frena, ¿verdad? Lo admito, no me gusta —motivos tenía, y muchos de ellos lucharon por manifestarse, pero embridé mis palabras, no era momento ni lugar—, pero lo que te para es el miedo. ¿A qué? ¿A volver a equivocarte? En el fondo, tú también le ves algo que te echa para atrás.

Se miró en el espejo, el ceño fruncido y la boca apretada, aunque el vestido le quedaba impecable, y se mantuvo unos segundos en silencio, buscando las palabras.

—Le tienes celos, reconócelo. Pero no tienes motivos, hija. —Se sacó el vestido por la cabeza y no pude ver su expresión—. Para mí tú eres lo más importante de este mundo y no deberías dudarlo nunca. Por eso no puedo casarme con alguien que no te hace feliz, ésa es la verdad.

—Y a ti, ¿te haría feliz? —le pregunté irritada ante lo que me empezaba a parecer una mezcla de chantaje emocional y cobardía—. Yo no te veo feliz con él, no estás alegre como se supone que está una cuando es feliz. —La expresión de su cara me obligó a bajar el tono—. A veces parece que le temes. Si fueras feliz no seguirías llorando mientras escuchas a Aznavour y escribes tu diario.

—¿Feliz como quién? ¿Como tu padre con esa furcia? —Iba a replicarle pero un gesto de su mano me hizo callar—. ¡Y tú qué sabrás! No tienes ni puñetera idea. Mi vida es muy complicada, con muchas responsabilidades, mucho trabajo... Y por desgracia los recuerdos son un lastre que no consigo soltar. Malditos recuerdos... Es difícil ser feliz bajo tanta presión, y tampoco es que tú me ayudes mucho a mejorar las cosas, siempre tocando las narices, como ahora. Javier tiene un carácter difícil, pero me quiere y yo le quiero. Soy todo lo feliz que puedo ser. También yo tengo un carácter difícil. Es la única persona en el mundo que me ha querido y me comprende —fue su lacónico y dañino final—, aunque no creo que me entiendas.

Ya estábamos otra vez con los comentarios cargados de pólvora. Hacía tiempo que me daba cuenta de esa especie de rémora con la que cargaba mi madre, el sentimiento de no haber sido querida nunca por nadie. Una niñez difícil y tensa, una juventud de la que me habían llegado algunos detalles horribles —e intuía que había mucho más por descubrir—, una familia que la había dejado de lado, un marido que la engañó, amigos que se esfumaron al separarse... Y sus eternas dudas respecto de mi cariño. Eso fue lo más doloroso, pero escapó a mis recriminaciones volviendo al tema inicial:

—Déjate de rollos —continuó—, y reconoce la realidad: el problema es que chocan mucho —se abotonó con decisión el vestido negro camisa—, y así sería imposible vivir los tres bajo el mismo techo. Sería un calvario y he vivido demasiados.

—¿Chocamos? Y tú, ¿qué? ¿Acaso no chocas mucho más que yo? La verdad es que tienes mal ojo para elegir a los hombres —reflexioné en voz alta, impaciente—, porque mira cómo te fue con papá, y con Javier no veo que te vaya mejor. —Dolida ante su comentario anterior, y aunque el lugar era muy indiscreto, arremetí—: Si tú supieras cómo es en realidad...

Al fin me miró a través del espejo, con los ojos muy abiertos:

—¿Te has enterado de algo? ¿Qué sabes? —Estrujó la prenda entre las manos sin apartar la vista de mi reflejo—. ¿Está con otra?

Yo ya me había levantado para salir del probador. Ella me siguió nerviosa hasta la caja; no veía el momento de alcanzar la calle y repetirme la pregunta. Aproveché, mientras pagaba, para meditar la respuesta:

—Eso no lo sé, mamá, pero si tienes dudas, mala señal. El problema es otro.

—¡Buf!, me habías asustado. Pues si es otro no me lo cuentes, que ya sé que no te gusta y a cualquier cosa le sacas punta.

Pero yo estaba lanzada, espoleada por sus indirectas y ataques:

—¿No te asusta cuando está… borracho… —Acababa de emprender un camino difícil, pero tenía que decirlo—: ¿O colocado?

Mi madre se paró en seco.

—¿Ya estamos con insinuaciones insidiosas? —Sus ojos me alancearon, presos de furia teñida de inseguridad; el mismo brillo doloroso de cuando recordaba su ruptura con mi padre—. ¿Eso es lo que andabas todo el rato rumiando? Lucía, ¿por qué me haces esto? ¿Colocado? ¡Qué sabrás tú lo que es estar colocado! Pues, anda, que habrás visto muchos, habló la experta en estupefacientes… ¡Esto es el colmo! Hemos empezado hablando de tu padre y su petición de divorcio para casarse con esa mujer, y has acabado acusando a Javier, ¿de qué?, ¿de drogarse? Vamos, hombre… No sé por qué hablo contigo de nada que tenga que ver con él, siempre acabas ofendiéndolo, cuando tu padre vive con una puta y a ti te parece estupendo.

Se acabó. Ahí corté la discusión, no era cuestión seguir hablando de aquello en medio de la calle, y el siguiente paso amenazaba con hundirme en aguas pantanosas. Sus ojos siempre hablaban por ella, con o sin gafas, y aconsejaban mi silencio, pero algo en su mirada y en su tono me hizo pensar que la historia de las drogas no le sonaba tan inverosímil como pretendía aparentar. Vi más temor e incertidumbre que rabia o incredulidad.

Emprendimos el regreso a casa, de nuevo malhumoradas y en ominoso silencio. Con el proceso de divorcio por delante la situación amenazaba con ponerse más tensa de lo que ya estaba, y así fue, no tardé en comprobarlo.

13

A pesar del disgusto y de la oposición virulenta de mi madre, se puso fecha para el juicio en febrero de 1982 y, cosa rara, mi padre, que tan poco dado era a explayarse en temas personales, quiso hablar conmigo a solas unos meses antes. Acudí el día de Todos los Santos a la Taberna Alkázar en la que tantas veces habíamos comido, enfundada en un abrigo de lana insuficiente para paliar unos temblores provocados tanto por la inquietud como por el frío. No llovía, pero la humedad era tal que al caminar por la calle tiritabas como en la bodega de un barco. Justo cuando entré en el local vi a mi padre: estaba sentado frente a una cerveza helada y un platito de lomo ibérico. Reconfortada por la temperatura del lugar y el aroma a guiso caliente, me despojé del abrigo ayudada por Miguel, el camarero, aunque mi pulso seguía impreciso al constatar lo ceñudo del semblante de mi padre; me intrigaba aquella reunión tan atípica surgida de aquel escueto: «Tenemos que hablar, Lucía».

Lo saludé con los dos besos de costumbre y mientras me servían un zumo de tomate preparado que no había pedido, comencé a hablar por los codos. Que si el tiempo, que si los exámenes, que si mis salidas con las amigas... Mi padre me escuchó un rato removiéndose en la silla y fumando con avidez. Hasta que me cortó:

—¿Te ha comentado tu madre algo del divorcio?

Mi padre hablaba poco, pero cuando lo hacía no divagaba. Me eché hacia atrás. Mi madre había tenido varias reuniones con su nueva abogada, una chica joven y moderna a la que conocí en una ocasión y que me pareció bastante inexperta —aunque nadie tenía mucha idea respecto de esta ley tan reciente—, pero, exceptuando la conversación de la tienda, no me había comentado nada más. El tema la alteraba y desde que andaba en pleitos los reproches por asuntos de dinero habían arreciado, si es que esto era posible, aunque para entonces yo me negara en rotundo a ejercer como mensajera mendicante. Tampoco se me ocurría plantear nada relacionado con ese probable divorcio. Pero con mi padre la curiosidad fue superior a mis reticencias e inclinándome hacia él la animé a que continuara. Cuánto antes supiera qué pretendía, antes digeriría los nervios y podría comer tranquila un plato del estupendo cocido que había visto pasar.

—Bueno, quería hablar contigo por varios motivos —comenzó con firmeza—. En los juicios, lo importante es ganar, como te puedes imaginar. Tu madre ha pedido una pensión por alimentos totalmente desproporcionada, algo inasumible. —La sola mención del tema económico me empujó de nuevo contra el respaldo de mi silla, alejándome de mi padre tanto como el mobiliario permitió.

—No me gusta hablar de eso, papá. Llevo toda la vida oyéndolo y yo no quiero nada de nadie. Si tienes algo que reclamar, hazlo, pero a mí no me metas.

—Ya lo sé, hija, es tu madre la que se empeña en volver al tema, cuando en realidad no lo necesita. Su empresa va estupendamente y da de sobra para mantenerte. Sólo quiere sangrarme, como ha hecho desde que nos separamos. —Hizo una pausa y me miró con la cabeza baja; era la parrafada más larga que le había escuchado referida a mi madre, y no me gustó—. Pero esta vez no lo va a conseguir.

—Venga, papá, que tampoco es para tanto. —¿A santo de qué me estaba contando aquello?—. Por las... las quince mil pesetas al mes de... —Me puse roja ante la sola mención de la cantidad y por el esfuerzo para no calificarlas «de mierda», como mi madre solía decir, pero si me obligaba a hablar no me iba a callar; otra vez no—. Por quince mil pesetas no te vas a arruinar. Si mi madre ha pedido algo siempre ha sido para mí, lo sabes perfectamente, no para ella, y de acuerdo con que no las necesita, pero vamos…, se supone que eres mi padre y tampoco tú tienes demasiados problemas. Además, la crisis le está dando duro, más que a ti por lo que oigo, ya que estamos con la balanza del mercado en la mano.

Miguel, a varios metros de nuestra mesa, no se atrevía a tomarnos nota. Recuerdo verlo hacer al menos dos amagos —lo miraba de vez en cuando, nerviosa—, pero ante el tono airado de nuestra conversación se arrepintió. Yo estaba furiosa, harta de lo que interpretaba como desinterés y falta de preocupación por cualquier cosa que tuviera que ver conmigo. No vivía aquello como la lucha ciega que en realidad había entre ellos. La indignación me tenía en estado de alerta, dispuesta a rebatir cualquier argumento de mi padre en esa línea; y no porque me moviese interés económico personal, sino por lo frío y antinatural del planteamiento.

—¡No digas estupideces! ¡Ya sé que soy tu padre! Parece que esté escuchando a tu madre… —murmuró—. No me extraña que hables así después de tantos años intoxicada por ella. Lo único cierto es que al final a quien le pago es a ella, que vive mucho mejor que yo y no le hace falta para nada. Y además, yo tengo otra familia que mantener.

No daba crédito a lo que estaba escuchando. Las palabras no parecían suyas y sus ojos me evitaban.

—Ya, claro, ¿y a ellos también les regateas? Venga, papá, ¿te estás oyendo? No me obligues a escupirte todos los argumentos que mi madre me suelta cada vez que vuelvo a casa sin el puñetero cheque de los cojones o sin que hayas hecho la transferencia. ¡Y encima me vienes de pobre! Esto es para mear y no echar gota. —Me cortó con un exabrupto, pero continué sin frenos—. ¿Para esto me has hecho venir? —Estaba encarrerada y hablaba sin pensar, a pesar de lo cual mantuve a buen recaudo muchos de los argumentos maternos, como el coste de las clases de inglés, el ballet, los veranos en el extranjero o las gafas que ella costeaba en solitario. Mi madre llevaba un inventario mensual de lo que yo suponía en términos contables a la economía familiar, y aunque lo odiaba, ahora me venía a la cabeza esta columna de costes ante el discurso cicatero de mi padre—. Me siento como una mercancía. ¿A cuánto está el kilo de hija esta temporada? —Hice una pausa para tomar aire, pero mis pulmones no se hincharon, oprimidos por la rabia—. Desde luego… ¡A mucho menos que el de hijo!

—Lucía, no me lo hagas más difícil. —Se arremangó, sudaba—. Estás dramatizando y eso ha estado fuera de lugar.

—¿Qué no te lo haga difícil? ¿Y cómo me lo hacen ustedes a mí? ¡Es que no sé a santo de qué me estás soltando este sermón! —Traté de recuperar la serenidad; éramos el centro de todas las miradas—. Esto es muy injusto.

Mi padre encendió un cigarrillo y apuró su cerveza. Dejó el pitillo en el cenicero y sus manos se retorcieron una sobre otra.

—Bueno, la cuestión es que yo no estoy dispuesto a pagar lo que pide y hay una solución que es la mejor para todos, por eso quería hablar contigo. —Sus manos volvieron a retorcerse con los nudillos lívidos; mató el cigarrillo con saña, le dio fuego a otro, tomó impulso y lo soltó—: Voy a solicitar que te vengas a vivir con nosotros.

Me quedé sin aire, como si me hubieran dado un golpe seco en el esternón.

—¿Con ustedes? —tartamudeé cuando me recuperé de la impresión—. ¿Con Verónica, Charlie, Manuela y contigo? ¿Y dejar sola a mamá?

Su cara, como siempre que se ponía nervioso, estaba congestionada, casi violácea.

—Ya está todo hablado con Boro y te van a llamar a declarar. Pero dependerá de lo que tú contestes en el juicio. ¿Aceptarás?

Imaginé la escena, mi intervención sería para decir con quién quería yo vivir. A nadie le gusta verse expuesto a la pregunta de si quiere más a papá o a mamá, a un hijo u otro, y a mí no sólo me lo iban a preguntar, sino que sería delante de un juez y tal vez bajo juramento.

—Pero, ¿por qué? ¿Qué pinto yo en esto? ¿No pueden dejarme al margen de sus líos? Siempre he vivido con mamá y no veo que tenga que cambiar eso ahora. La destrozaría. Además, por lo que sé, no te darán mi custodia.

—Puede que sí. Si tu madre se empeña en sus demandas, le van a dar donde más le duele.

La lava que bullía en mis entrañas desde hacía rato entró en erupción. Hasta este día jamás mi padre me había provocado una reacción tan furibunda; tal vez el día de mi comunión, cuando no se quedó al convite, pero entonces era una niña y la decepción consciente me duró poco, diluida entre payasos y juegos infantiles. Exploté.

—¡Ah, está bien, y como lo que más le duele soy yo —espeté furiosa y con un runrún de temor ante algo indefinido—, tengo que ser yo quien le dé el golpe!

—Hija, he empezado por ahí. Esto es un juicio, no lo tomes como nada personal. —¿Nada personal? Recuerdo aquellas palabras como una bofetada; para mí todo aquello era muy personal, me sentí abandonada. ¿Había algo más personal e íntimo que mi madre y mi propio futuro? ¿Mis sentimientos no contaban?—. Y por eso quería avisarte. —Las arrugas incipientes que discurrían por su frente y mejillas se clavaron más en su rostro, dándole una dureza desconocida—. Pensaba que apreciabas a Verónica; se llevan muy bien, y ella estaría encantada.

«Sí, claro, nos llevamos muy bien, dos o tres horas. Sábado sí, sábado no —pensé—. Y esto porque no quiero tener en cuenta muchas otras cosas». Pero yo no terminaba de sentirme cómoda con ella, notaba algo de impostura en su simpatía exagerada y, además, qué carajos, mi madre era mi madre por muchos problemas que tuviera con ella. Abandonarla era impensable por aquellos días. Miguel se acercó al fin para tomarnos la orden con la indecisión de una niña torpe entrando a la cuerda, e interrumpimos nuestra conversación. Se me había ido el apetito y, cuando me preguntó qué quería, solté: «un whisky». Miguel lo tomó a broma, pero yo lo había dicho en serio. En el cine siempre veía a los adultos tomarse un whisky y recuperar la entereza cuando afrontaban una situación complicada, y en este momento mi cuerpo ansiaba un anestésico para los suplicios del alma. Mi padre pidió un par de tapas para el centro; tampoco tenía apetito. De nuevo solos, retomé la conversación.

—La cuestión no es si Vero me quiere más o menos, la cuestión es que mi madre se quedaría sola. ¿Cómo voy a hacerle eso?

—Tu madre te seguirá viendo, como yo he hecho hasta ahora y, además, no estará sola. Ésa es la otra cuestión. Me han llegado noticias muy fuertes sobre el impresentable de Javier Granados, y todo va a salir en el juicio. Eso es algo que también debo avisarte: es posible que oigas cosas que te duelan, pero tienes que entenderlo, esto es la guerra y voy a ir a por todas. Te llamarán a declarar sobre su conducta. No consentiré que tu madre te obligue a convivir con ese delincuente. Si ella quiere hacerlo, es su problema. Parece no escarmentar con los Granados…

—Vaya, tiene gracia que te escandalices tú por las compañías de mamá porque, por lo que sé, Verónica no ha sido precisamente una santa.

En este momento su mano blandió el aire y una bofetada resonó en mi mejilla al tiempo que masticaba un «no te consiento ese tipo de comentarios». No fue fuerte pero dolió en lo más profundo, y lágrimas de rabia acudieron a mis ojos sin llegar a brotar, retenidas por el orgullo. También los ojos de mi padre escondidos bajo sus pobladas cejas se tiñeron de un brillo húmedo. Miguel había dejado de limpiar una hermosa lubina destinada a una mesa cercana y el silencio era general. Mi padre musitó una disculpa, pero me había transformado en una roca afilada llena de aristas.

—No pienso declarar —afirmé arrastrando cada sílaba, cuando la congoja de mi garganta perdió densidad.

—Lucía, perdóname, de verdad que no quería hacerlo. —Ahora me doy cuenta de lo apesadumbrado que estaba, pero entonces sólo sentía mi dolor—. Todo esto me tiene desquiciado, nunca se me han dado bien los conflictos familiares, ya lo sabes. ¿Me perdonas? —Con una súplica en los ojos, plomizos de tristeza, alargó una mano indecisa hasta acariciar con el dorso de los dedos la mejilla cruzada poco antes—. Yo… nunca había hecho algo así, hija. Sabes cómo te quiero pero…, bueno, cuando le faltan al respeto a mi mujer me revuelvo. En cuanto a lo de declarar, Boro ya ha pasado su escrito al juez, por eso he venido a hablar contigo, para avisarte. —Hizo una pausa, le costaba mucho hablar—. Sé que ahora estás ofuscada, pero piénsalo, con nosotros estarías fenomenal. No te imaginas la ilusión que me haría tenerte por fin conmigo. Y no te iba a faltar de nada.

—Ya, quieres tenerme contigo ¿o dejar sola a mi madre? ¿No se trata de darle donde más le duele? Puedes estar tranquilo, no me falta de nada, como no te cansas de repetir, ¡y no necesito nada tuyo!

—¡Lo estás retorciendo todo! Pareces…

—¿…mi madre? —Nunca hay que pensar que la indignación ha llegado a su culmen, porque en estas cuestiones el techo es casi el infinito.

—Hija, sólo quiero tu bien. Tú no puedes estar bajo el mismo techo que ese tipo. No esperaba que la conversación tomara estos derroteros, sólo quería exponerte que voy a reclamar tu custodia, y es posible que tengas que declarar en el juicio. Pensé que te gustaría vivir con tu padre.

Una pesadilla, eso es lo que era. Me levanté con el pulso revolucionado y le hice un gesto a Miguel que, diligente, me trajo el abrigo sin hacer preguntas. No dije adiós, sólo miré a mi padre con todo el odio y el desprecio del que fui capaz. Quise traspasarle mi dolor, hacerlo sentir mal, que sufriera como yo. Regresé al helor de la calle, más inhóspita y fría que cuando llegué, sintiéndome sola y desgraciada. Las lágrimas por fin rebosaron impúdicas. Caminé sin rumbo fijo, con la cabeza hundida entre los hombros y las mejillas ardiendo a pesar de mi cuerpo helado y de unas lágrimas que no conseguían refrescarlas, hasta que, sin saber cómo, me planté en la portería de Marianne. Llamé al interfono y me respondió su madre;

extrañada, me preguntó si había comido. Con mi padre los horarios eran casi británicos y los Macfarlan estaban todavía en el postre. Deshaciéndome en disculpas, avergonzada por mi irrupción, y más aún al cruzar la vista con el hermano de Marianne, acepté la invitación a sentarme a la mesa. Aturullada, me inventé un compromiso repentino de mi padre y lo completé asegurando que en mi casa no había nadie porque me esperaban tarde. No supe si pegó o su buena educación les hizo simularlo, pero recuperé un poco de aplomo.

—No te preocupes, Luci. ¿Te apetece algo? —La madre de Marianne era una mujer encantadora y dulce, y siempre que estaba en su casa me sentía segura; ese día estuvo especialmente amable—. Si quieren les pongo unos huesitos de santo en una bandeja y se van al cuarto de Marianne.

—¿Te encuentras bien? —Frederick me estaba mirando como si me hubiera vuelto azul. Me pareció que su madre le hacía un gesto de reprobación. Nunca reparaba en mí y justo ese día, que debía de verme horrible, fue a fijarse.

—Sí, sí, claro, muy bien —mentí. Estaba estupendamente, y me apresuré a refugiarme en la habitación de mi amiga.

Para Marianne no tenía secretos, aunque muchas veces terminaba por arrepentirme de mis confidencias. Tras confesarle que había sorprendido a Javier esnifando, me había insistido durante meses en la necesidad de contárselo a mi madre o a la policía, o a los dos. Era la única persona, además de Verónica, conocedora del tema, y pronto descubrí que no había sido buena idea. Le despertó una curiosidad morbosa por las intimidades de mi casa y me bombardeaba a preguntas sobre lo que veía o dejaba de ver entre mi madre y Granados. Y para rematarlo, dejó de comportarse con naturalidad si se encontraba con Javier. Se asustaba al verlo y no paraba de cuchichearme cosas ininteligibles, aunque por fortuna no era frecuente que coincidieran ni él pareció darse cuenta.

Al verme aparecer en su casa con evidentes signos de haber llorado, su imaginación peliculera debió de desatarse porque, nada más cerrar la puerta de su cuarto con una mano y arrojar los huesitos de santo sobre la mesa de estudio con la otra, comenzó el interrogatorio:

—¿Qué ha sido esta vez? ¿Alcohol? ¿Drogas? ¿No te habrá pegado? Si ya te dije que había que denunciarlo; pero tú, claro…

Le corté con brusquedad.

—Déjate de rollos con Javier. Vengo de estar con mi padre.

Enarcó ambas cejas y se metió un huesito en la boca mientras yo le contaba lo ocurrido. Aquello no iba a traer nada bueno, en eso estuvimos de acuerdo.

14

Se aproximaba la fecha del juicio y nuestra vida discurría como a bordo de un barco que navegara hacia la tormenta perfecta sin posibilidad de huir. Todos, capitán y marineros, sentíamos la tensión en cada músculo, en cada palabra, pero fingíamos normalidad y hablábamos de cualquier cosa excepto del futuro proceso judicial. Entre semana me concentraba en los estudios, como si mi supervivencia dependiera de ello y los fines de semana Javier fondeaba en casa a pensión completa sin alojamiento mientras yo hacía lo posible por evitarlo. Los sábados por la mañana no había peligro: o me iba con mi padre —a pesar de lo ocurrido, nos seguíamos viendo como siempre y no se había vuelto a plantear la cuestión del juicio— o venía mi abuela a comer y Javier entonces «recordaba» algún compromiso ineludible. Las tardes de los sábados y domingos era yo quien huía; quedaba con Marianne para salir a dar una vuelta o para estudiar, preferiblemente en su domicilio. Mi casa estaba electrificada, el proceso de divorcio avanzaba y a mí me sorprendía entre dos fuegos que disparaban a lo único que se movía: yo.

Lo mejor era desaparecer, y además con Marianne la pasaba muy bien. Nos gustaba salir por el barrio para tomar un san francisco o una coca cola, ya fuera mano a mano o con alguna compañera más. Yo aspiraba secretamente a que alguna vez nos acompañara Frederick, pero a Marianne no le hacía ni pizca de gracia tener a su hermano pendiente de sus movimientos, y una tímida sugerencia mía, tiempo atrás, acabó con un aspaviento que borró con rapidez mis palabras.

A veces nos atrevíamos a pedir algo más fuerte, si la paga semanal lo permitía. En los pubs no les preocupaba mucho a quien servían alcohol y a quién no, y mis dieciséis años o los diecisiete recién cumplidos por Marianne crecían gracias a nuestra estatura, una ropa algo estrafalaria y el maquillaje, utilizado todavía con escasa destreza. Pero las oportunidades para reventarnos eran mínimas.

Empezábamos a coquetear con chicos. Marianne, mucho más lanzada y segura de sí misma que yo, le echaba el ojo a alguien y éste aparecía a nuestra vera en dos caídas de pestañas. Yo, en cambio, era incapaz de aguantarles la mirada o esbozar un gesto de coquetería, afectada de una rara timidez tan bien disimulada que conseguía proyectar justo la imagen opuesta a una joven retraída. Los chicos, en una primera impresión, según confesaban cuando llegaban a tener confianza, me etiquetaban como una estirada de arrogante aplomo que miraba al resto del mundo desde mi andamio, aunque mi estatura ya no llamaba la atención. Y luego, una vez traspasada la distancia de seguridad —si es que las cosas llegaban hasta este punto—, yo exhibía una locuacidad ilimitada para evitar incómodos silencios o preguntas embarazosas. Si alguien se dirigía a mí, yo seguía la conversación como si nada, mientras mi estómago se apretaba y mi cabeza sopesaba qué porcentaje de tomadura de pelo podía ocultar aquel acercamiento, siempre convencida de ser víctima de alguna broma. Padecía una desconfianza innata en el sexo masculino —¿por qué sería?—, y mi propia inseguridad hacía el resto. Macfarlan, por el contrario, desplegaba sus plumas como un pavo real, sonreía, parpadeaba y ponía cara de tonta que nada tenían que ver con su elevado cociente intelectual ni con su actitud ante la vida. La presa elegida no tardaba en aproximarse a ella, como pez enganchado al sedal, y uno a uno se mostraban tan simpáticos y ocurrentes como podían. Como los peces de Macfarlan nunca nadaban solos, en la práctica pescábamos todas en esta suerte de pesca de arrastre patroneada por mi buena amiga. Lo más divertido para mí era verla en su papel de conquistadora habida cuenta la aprensión que me daban los chicos, y parte de la gracia de estas salidas la encontraba yo en las risas posteriores cuando comentábamos cómo había caído en su red éste o aquél. Me conformaba con moverme tímidamente —salvo cuando tomaba una copa— al ritmo de Alaska o Mecano mientras soñaba colarme de verdad en alguna fiesta y bailar hasta perder el sentido.

Frente al espejo de casa intentaba imitar sus caídas de ojos, los graciosos mohines que dibujaba con la boca y la forma en que agitaba sus rizos cobrizos, pero lo que en ella era un arte en mí se convertía en astracanada, una imitación grotesca y ridícula de la que me consolaba la certeza de tener a Marianne para hacer el trabajo de enganche.

A esta edad casi todos mis amigos fumaban, incluida Macfarlan, para quien las volutas de humo suponían un adorno más en su imagen de vampiresa. Yo no fumaba, no sé muy bien por qué. Por no seguir la corriente, por temor a disgustar a mi madre, por pereza o sensatez... El caso es que pasé por el tabaco, pero al regresar a casa, tras estas salidas de cabotaje de pub en pub, hasta mi ropa interior atufaba a humo y la discusión estaba servida. Mi madre me interrogaba, en plan de colega comprensiva, sobre dónde escondía el objeto del delito y de dónde sacaba el dinero para comprarlo; yo negaba la mayoría de las veces, ella insistía, cada minuto menos colega y menos comprensiva; yo me indignaba por su falta de confianza y de ahí pasábamos a acusaciones graves: me llamaba mentirosa y la discusión ascendía a cotas peligrosas no tanto por si fumaba o dejaba de fumar, sino por negar algo para ella tan evidente como que oscurece al caer la noche o que Verónica era la personificación del mal. Nada podía convencerla de mi sinceridad, y como la mentira, por pequeña que fuera, era pecado mortal, cada salida me costaba un regaño doble: por un vicio inexistente —inofensivo detonante—, y por embustera, causa de la deflagración mortal. No lo mencionábamos, pero el desbordamiento de nuestras reacciones venía alimentado por los nervios del divorcio que se aproximaba y que todas en casa, cada una por un motivo diferente, temíamos. Resulta absurdo y triste que tamaña tontería pusiera en jaque la frágil estabilidad familiar, pero así era.

Cosa rara, en estos lances tabaqueros Javier intercedía a mi favor, aunque de forma tan peculiar que le daba más munición al enemigo. Que si «es lo normal», que si «todos fuman», que si «no te pongas así que está en la edad»… Teniendo en cuenta que a mi madre la irritaba no tanto que fumara o no, sino la negación de un hecho para ella indiscutible, las alegaciones de Javier aseguraban mi condena.

El otro detonante inofensivo era el interrogatorio sobre los chicos, y cada afirmación mía negando la existencia de hipotéticos novios volvía a ser motivo de disgusto y muestra de mi escasa confianza en la única persona que, según ella, podía merecerla. Las discusiones típicas de cualquier familia con hijos adolescentes, en la mía se convertían en un drama shakespeariano que cantaba mi maldad y falta de amor congénita. Llegué a considerar si no valdría la pena mentir y darle la razón, aceptar que fumaba y que me había metido con la mitad del vecindario. Pero en vez de esto, humillante pero práctico, me vestía con un sayón de dignidad y planteaba la cuestión en unos términos muy poco inteligentes:

—¿Qué quieres? ¿Que diga que sí que fumo cuando es falso? ¿Que te diga que me he metido con tres tipos para que estés tranquila? ¡Pues nada, lo que tú digas!

Reacciones como ésta terminaban por sacar de quicio a mi madre, o más bien a las dos, porque yo acumulaba tal estado de nervios —crispados por la situación y el extremismo adolescente— que me impedía razonar. No sabía llevar estas discusiones, me enfrentaba, me desesperaba intentando demostrar mi verdad, enrocada en una posición inamovible que sólo podía llevarme al desastre cuando lo sensato habría sido callar y batirme en retirada. Pero con dieciséis años esto es una utopía. El orgullo, el maldito orgullo, y la soberbia juvenil, qué malas pasadas me jugaban. Terminaba encerrada en mi cuarto, desquiciada, envuelta en las canciones más tristes de los Beatles. Cuando no, castigada. La lectura y la música eran mi única escapatoria, dos aficiones a las que me aferraba con desesperación. Marianne se asombraba de nuestras discusiones; en su casa apenas le preguntaban más allá de si se la había pasado bien, si había conocido gente o adónde habíamos ido. Lo normal, nada comprometido, y su madre se conformaba con sus explicaciones ambiguas y desdibujadas. A mí —inmersa en esas confrontaciones—, comprobar cómo mi madre disculpaba la recurrente embriaguez de su pareja y no reparaba en sus cada vez más frecuentes compulsiones me provocaba ampollas en el ánimo y, con frecuencia, alguna barbaridad se deslizaba hasta la punta de mi lengua. Si quería pedirle cuentas a alguien que la emprendiera con Javier, no conmigo, que él sí daba motivos. Pero estos argumentos quedaban en el precipicio de mi boca sin salir de allí.

Hasta que la tensa cuerda de nuestra convivencia se partió y nos propinó un latigazo.

Fue un sábado. Había llegado a las nueve, la hora fijada; todavía no salía por la noche como algunos de mis compañeros y siempre regresaba muy puntual —pasarme unos minutos era otro motivo de conflicto— y, también como de costumbre, hasta el último rincón de mi cuerpo olía a tabaco. Ese día, además, unos chicos, a los que Marianne había atraído haciéndome pasar por una estudiante americana alojada en su casa —ocurrencia que casi me provoca una úlcera nerviosa— nos habían invitado un par de copas. La broma había pegado y nos habíamos reído muchísimo, tanto por la situación como por el efecto del alcohol, poco acostumbradas a probarlo. Yo fingía un logrado acento americano, chapurreando un español mezclado con palabras en inglés, que para entonces controlaba muy bien, y Marianne me corregía con maternal condescendencia ante las caras de bobo de los dos inocentes. Después, en un bar cercano, nos invitaron a comer jamón, ensaladilla y unas copas de tinto. Bebimos lo suficiente para estar más sueltas de lo habitual, pero no lo bastante como para que los efectos fueran del todo evidentes; o eso quería pensar yo, como casi todo aquel que ha bebido más de lo recomendable y confía en ser el único en notarlo. Entré en casa corriendo, apurando los segundos. Javier, apoltronado en su sillón con la camisa más abierta de lo que marca el buen gusto y el saco azulón desabrochado, mareaba su whiskito con cariño, algo habitual para que su digestión no se resintiera ante la falta de uno de sus componentes fundamentales. Mi madre, enfundada en un mono demasiado llamativo para mi gusto pacato, fumaba sentada en el sillón y, como siempre hacía, miró su reloj de forma ostentosa dándome a entender que había rozado el límite permisible. Debían de estar esperándome para salir ellos. Me acerqué a darle un beso, girando con disimulo la cara para evitar que pudiera oler mi aliento, aunque me dolía la mandíbula de tanto mascar chicle mentolado. Pero antes de hacer lo propio con Javier, salió con lo de siempre: «ya has vuelto a fumar, hija, y no me digas que no». Nunca me callaba, pero esa vez, habiendo triunfado en mi papel de americana adoptiva, mi contestación fue algo más airada y provocadora de lo habitual. Tras afirmar que siempre me repetía lo mismo, añadí muy resuelta que si tanto le preocupaba el tabaco por qué no dejaba de fumar y evitaba en casa el mismo ambiente irrespirable de los sitios de donde venía. Mal, la cosa empezó mal, y aunque el inefable Pepito Grillo me aconsejó rectificar, su réplica quedó sepultada por la de una Lucía crecida y más envalentonada que un torero saludando al tendido después de cortar las dos orejas y el rabo. Ése era mi día, había bebido, me habían intentado besar y me sentía como una igual. Como decía Mafalda, si ella era mi madre, yo era su hija y las dos nos habíamos graduado el mismo día.

Ella aplastó el cigarro en el cenicero sin dejar de mirarme, pero fue Javier el primero en recriminar mi actitud:

—A tu madre no le hables así.

—Hija, tú no estás normal. —Entornó los ojos para mirarme, en un esfuerzo por reducir el efecto de sus dioptrías—. ¿Qué te has tomado?

—Me parece —respondió Javier por mí— que la niña lleva unas copas de más.

La botella de whisky en la mesa y la congestión en su cara me parecieron considerandos perfectos para devolverle la intromisión:

—¿Que qué me he tomado yo? —me dirigí a Javier con lo que pretendía ser una sonrisa sarcástica e inteligente—. Y tú, ¿cuántos whiskies llevas? ¿Dos? ¿Tres? ¿Cuatro? Y eso que aún no ha empezado la noche. Considerando tus hábitos, más valdría que no te metieras en esto. —Hablaba pasada de revoluciones, deprisa, tanto que los tomó por sorpresa—. ¿Y me preguntas a mí, mamá? ¿Que qué me he tomado? Pues mira, por una vez tienes razón, me he tomado unos vinos con unos amigos, pero aunque no lo creas, eso es todo. Yo no tengo otros vicios como tiene éste. —Y lo señalé envalentonada.

En ese momento llegó la bofetada. De Javier. En una zancada se plantó frente a mí y blandió el brazo. No pude retroceder.

Mi padre y ahora Javier. En poco tiempo había recibido dos. Lo que nunca me había ocurrido cuando era pequeña —algún cachete me había caído, pero nada más— lo estaba viviendo en mi adolescencia, y las dos bofetadas por motivos similares. Empate a uno; aunque hubiera llegado de la mano de Javier, y no de mi madre, la sentí materno. Ésta sí que dolió, fue dura, seca y contundente como un latigazo, y mucho más destructiva para mi amor propio que la de mi padre, por considerarlo injusta. Miré a mi madre; se había llevado ambas manos a la boca pero no intervino. De sopetón caí de los zancos imaginarios sobre los que había mantenido mi aplomo. Tampoco lloré, pensando absurdamente que sería darles una satisfacción, ni me amilané, ni retrocedí. Javier acechaba desde sus pupilas midriáticas apenas visibles tras unos párpados entrecerrados. El aire de la salita se había vuelto sólido. Di media vuelta con toda la dignidad que conseguí reunir entre mis pedazos y me encerré en mi cuarto.

Mi madre entró segundos después para sermonearme, sin mencionar la bofetada aún caliente. El castigo habitual lo esperaba, pero prohibirme comer con ellos hasta nueva orden, no. Me pareció increíble. Mi madre me había contado cómo la castigaban de pequeña a comer en la cocina con el servicio, en un intento por humillarla, un recuerdo escrito a fuego en su libro de reproches familiares. Yo estaba ofuscada y si hubo alguna posibilidad de reconocer que me había excedido, la bofetada de Javier la había aplastado como a un mosquito. Sólo entendía mi verdad, y no veía motivo para semejante represalia. Salieron a cenar y yo quedé sola envuelta en autocompasión, lo que más necesitaba en esos momentos. Lloré un buen rato, me lamí las heridas, pensé que el mundo era una injusticia, cual Calimero, y me agoté descargando la rabia contra la almohada. No tenía hambre, pero la ansiedad creciente me pedía algo; la mezcla de ira, rabia y remordimiento no me dejaban respirar. Pude haber llamado a Marianne, pero me sentía muy desgraciada y creo que deseaba continuar sintiéndome así, como para ratificar lo fundamentado de mis negros sentimientos hacia ellos. Fue entonces cuando lo pensé, o más bien no lo pensé, me empujó la inercia; una atracción inconsciente me arrastró hasta la salita. La casa era mía. Frente a mí, la botella de whisky de Javier brillaba como un faro en la noche, y muy resuelta saqué un vaso de la alacena y me puse un chorro del maná ambarino sentada en su sillón. Ni hielo ni agua, nada. Lo probé y tosí como lo que era, una cría haciendo estupideces, pero no iba a reconocerlo ni a abandonar. Como decía el anuncio de la tónica, eso era que lo había probado poco; o que no había encontrado la bebida adecuada. Mi grado de enajenación no me impidió reconocer los peligros. Tomé precauciones: limpié el vaso y cogí una taza de desayuno, de ésas color ámbar, de Duralex. Si me la dejaba por ahí o volvían antes de tiempo sería más fácil disimular. Y con toda parsimonia me quité los zapatos, me senté sobre la alfombra frente a la alacena cual yogui centrando sus chakras, abrí la parte inferior donde se guardaban los licores e inicié el ritual probándolos todos, uno a uno. Alguno encontraría de mi gusto, razoné, para eso me sentía como una adulta. Me llevó varias catas, pero lo encontré: una botella de

Pernod. No sé cómo estaba allí, quizás algún regalo, porque tanto mi madre como Javier o las amigas con las que se reunía a jugar a las cartas odiaban las bebidas dulces. Yo sospechaba que Adelaida echaba algún trago de vez en cuando, de hecho la botella estaba empezada. Lo probé con lentitud, como quien ingiere una poción mágica fruto de un conjuro en una noche de luna llena. Un nuevo trago. Era fuerte, mucho, noté cómo abrasaba mi garganta y sentí un ligero estremecimiento, pero en seguida el ascua perdió fuerza y un hormigueo placentero se esparció por mis extremidades. El sabor dulce quedaba atenuado por el escozor producido por el alcohol —ignoraba que era una bebida para diluir con agua— hasta insensibilizar mis papilas gustativas. Llené la taza de desayuno con otros tres dedos de aquel brebaje, puse la tele, me acomodé en el suelo con la espalda apoyada en el sofá de terciopelo y fui bebiendo poco a poco, con cachaza, traguito a traguito y quemazón a quemazón. Cuando llevaba la mitad de la dosis —y el resto de la cata compuesta de un sorbito de cada licor de la alacena— me fui encontrando mejor, más animada, mayor y más decidida, más viva. El tiempo corría diferente, como si estuviera en otro mundo, y la bofetada ya no me dolía ni por fuera ni por dentro. «Que me dé las que quiera —me dije—, no podrá conmigo». Exultante de euforia altanera, un programa musical me hizo soltar la taza y comenzar a bailar y corear: «Hoy es mi día y nadie me lo va a arruinar...». Parecía que la hubiera pedido yo. «Saltaaaaaaa, salta conmigo» era mi grito de guerra dando brincos por la alfombra y el sofá, todavía enfundada en los vaqueros ceñidos y mi camiseta fucsia. La canción acabó y apuré aquella primera taza de la mano de Tequila. La rellené entre risitas nerviosas: dos deditos más. La música cambió. El contenido de la taza de Duralex bajó y mi grado de embriaguez subió. La habitación empezaba a moverse, la tele no estaba quieta en su sitio pero tampoco era preocupante, sólo una pequeña sensación de mareo, como cuando bajas de la noria. Continué bailando. Dolly Parton desgranaba *Nine to five* y yo cantaba a gritos. Me eché a reír como una idiota, no podía parar. Me dejé caer en el sofá boca arriba, en mi cabeza todas las piezas bailaban sueltas. Con la misma intensidad con que reía momentos antes llegó el pavor. Fui consciente de mi embriaguez; si me encontraban así las consecuencias serían terribles y ya tenía bastantes problemas. Ya no pensaba «que me dé las que quiera», sólo en que no me descubrieran así. Estaba cometiendo una locura, eso era lo que decían las bolas sueltas por mi cerebro en lugar de cantar bingo.

Aunque eran más de las once, hora en que nadie con buena educación llamaría a casa de nadie, pensé en telefonear a Marianne. Pero me dio vergüenza, podría responder Frederick y enterarse de mi estado. Además, tampoco mi amiga Macfarlan me pareció una experta en el tratamiento de borracheras. En medio del puré de chícharos que nublaba mi entendimiento, llegaron hasta mí las palabras de Verónica. Ella se había ofrecido, ella sabía cómo era Javier y me avisó que terminaría pegándonos, ella quería ayudarme. Estuve un buen rato mirando el teléfono. La idea de que fuera mi padre quien respondiera me disuadía de levantar la góndola, pero al final me santigüé, crucé los dedos, toqué madera y llamé.

Para mi sorpresa contestó una señora mayor —deduje que Manuela—, e impostando la voz y vocalizando lo mejor que pude pregunté por su hija.

—¿Quién la llama?

—Lourdes —mentí con una rapidez de reflejos muy meritoria—, soy Lourrrdes

Manuela pasó el teléfono a Verónica repitiendo mis palabras mientras yo recitaba por lo bajo aquello de *the rain in Spain* que tanto me gustaba de *My fair lady*, como si fuera un ensalmo para destrabar mi lengua. Pero no hubo caso; en cuanto Verónica me escuchó dedujo cuál era el problema, dio una disculpa y se cambió a un teléfono más discreto «para no molestar».

—Suerte de que tu padre no esté en casa, porque si llega a coger él el teléfono te habría caído una gorda.

Me eché a llorar y le rogué que no le dijera nada, se lo hice prometer, y a partir de ahí desembuché a trompicones, entre seseos y erres gangosas, lo sucedido esa noche desde que entré en casa… ¡Y a saber cuántas cosas más!

—¡Pobrecita mía! ¡Si es que lo sabía, lo sabía! Ya te dije que esto llegaría, que ese tipo es un chiflado. Y tu madre, ¿cómo lo ha consentido? ¡Yo jamás permitiría que te hubiera tocado un pelo de la cabeza!

Mi maltrecho estómago dio un vuelco ante esta frase, la única en que mencionó a mi madre en todo lo que me soltó, o así creo recordarlo, porque mi percepción estaba muy adulterada. Tampoco hacía tanto, mi padre me había dado una bofetada muy parecida, pero al sopesar los motivos y la implicación de mi confidente borré el recuerdo con rapidez. Ella prosiguió apresurada:

—¡Pobrecita, pobrecita, pobrecita! ¡Estás fatal! ¡Voy corriendo!

—¡No! —Del susto, parte de la niebla alcohólica se diluyó; si mi madre se enteraba de que aquella mujer había traspasado el umbral de casa, el mundo acabaría. De fondo, el *Just like starting over* de Lennon contribuyó a mostrarme el error. Pensar en cómo volver a empezar, esto debía hacer, olvidar que nada de aquello estaba pasando.

La disuadí con todos los argumentos que se me ocurrieron, aunque pocos debieron de ser porque las náuseas apenas me dejaban hablar.

—¡Escúchame! ¡Ya puedes mover el culo! Vas a hacer lo que yo te diga, que de esto sé. —Habló deprisa, con decisión y con su contundencia habitual—. Date una ducha muy fría. Sí, ya sé que da impresión pero es lo que toca. Y luego te atizas un café muy cargado con sal. Lo habrás visto en las pelis, ¿verdad? O bicarbonato. Pero ojito, niña, que a continuación vomitarás, así que te lo tomas con un escusado cerca. Es lo mejor para que se pase, tirarlo todo.

Me dio un par de instrucciones más y dijo que las siguiera al pie de la letra y luego me acostara. Hice caso, me duché —tuve que hacerlo sentada en el suelo de la bañera por temor a caerme— y, con el gorro puesto para no mojarme el pelo, enfoqué el chorro de agua a la cara, no tan fría como me había aconsejado pero lo suficiente para estremecerme. Por un momento, con los ojos apretados, me vi desde fuera, sentada allí, medio verde, con el gorrito y la regadera frente a la cara, y empecé a reírme como una idiota, con lo que tragué agua. Mis náuseas aumentaron y me vino una arcada, así que la risa fue desplazada por un llanto moderado y autocompasivo. Tras darme varios golpes contra los obstáculos que salían a mi paso, seguí el resto de instrucciones —por suerte siempre había café hecho en el refrigerador— hasta concluir el proceso según lo previsto: arrojando en el baño donde, previsora, dejé el pastoso regalo de todo lo ingerido desde media tarde. Temblaba, sudaba, se apoderó de mí una debilidad enfermiza y me sentí muy desgraciada. Sacando fuerzas de flaqueza me aseguré de hacer desaparecer cualquier resto del inodoro, fregué la taza culpabilizadora y la dejé escurriendo, guardé la botella de Pernod al fondo del armario, poniendo otras por delante, y regresé a la ducha —esta vez calientita— para alejar el pestilente olor que me envolvía a pesar de no haberme embarrado. Al terminar me lavé los dientes como si el cepillo fuera una fresadora. Otra ojeada al espejo me devolvió una imagen patética y acusadora, así que, apoyándome en los azulejos, todavía insegura, salí de allí.

Después de esta «operación limpieza y borrado de pruebas» me sentí mejor, cerré las ventanas y me acosté. No sé a qué hora regresó mi madre, pero para entonces yo era víctima de un sopor profundo y agitado, un sueño plomizo pero inquieto. Recuerdo que soñé con Javier persiguiéndome a mí, Verónica persiguiendo a Javier, mi madre persiguiendo a Verónica y una gitana persiguiendo a mi madre, en una carrera absurda de la que yo escapaba volando a brazada limpia hasta alcanzar un acantilado en el que mis poderes voladores se esfumaban y caía cual saco de arena con un grito aterrador. Desperté empapada de sudor, agónica y con la radio despertador —debí de dejarlo conectado— emitiendo el *Physical* de Olivia Newton-John. Física y psíquicamente muerta estaba yo.

El domingo no fue un buen día para nadie, y agradecí el *apartheid* al que me vi sometida; todavía acusaba los efectos de la resaca y haber recurrido a Verónica me provocaba inquietud. Me habría costado mucho socializar teniendo en cuenta que, además de mi lamentable estado, mis pensamientos tenían la mala costumbre de pasar por mi frente como el anuncio de unos grandes supermercados para que mi madre los leyera sin dificultad. No cruzamos palabra, hasta que por la noche me atreví a preguntar si mi confinamiento continuaría el lunes, cuando viniera Adelaida.

—Estarás ahí hasta que le pidas disculpas a Javier por tu comportamiento. No mereces convivir con gente civilizada.

Acusé el golpe. ¿Y él a mí? ¿Quién era para darme un bofetón? Lo pensé, pero no lo dije. Mi altanería se había diluido en el alcohol y el mal cuerpo.

—Y no me mires con esa cara de cordero degollado, que te has buscado lo que te pasa, por mucho que ahora vayas de víctima.

Lo dicho, me leía el pensamiento.

El lunes pedí disculpas a Javier, y volví a ser aceptada en aquella mesa en la que no estaba muy segura de querer estar. Todo esto a un mes del juicio de separación, que prometía ser complicado.

15

Te invade una sensación extraña cuando esperas ser llamada a declarar en un juicio. Da igual que sea en calidad de testigo y no estés implicada eń ningún delito, la ropa te queda grande y el suelo se vuelve blando e inseguro bajo las suelas de los zapatos; al menos aquel día yo me sentí así: culpable de algo desconocido, anticipando lo que se me venía encima. Culpable a futuro, si es que el término existe. Sentada en un viejo banco de madera junto a mi madre, que no paraba ni de fumar ni de mover con el pie un aro imaginario, esperé el momento fatídico de entrar y enfrentarme aún no sabía exactamente a qué, con el estómago centrifugando el exiguo desayuno y la certeza de que tras la vecina puerta soplaban vientos helados.

La citación había llegado días atrás. Debió de ser a primera hora de la mañana, estando yo en clase, pero en cuanto estuvimos juntas a mi madre le faltó tiempo para decírmelo. Ese día llegó antes del trabajo, hecha un manojo de nervios, y no había recorrido el pasillo cuando ya me reclamaba imperiosa. Yo estudiaba en la salita y esperé a tenerla enfrente con la sensación conocida de que se avecinaban problemas. Hacía años que mi estómago no conseguía relajarse, siempre en estado de alerta en aquella guerra donde las batallas de distinta intensidad se sucedían. No tardé en enterarme de cuál era la causa. Recogió la carta de la vecina mesa de centro y en pocos minutos me soltó la noticia, mientras agotaba los epítetos del diccionario para descalificar la decisión de mi padre de llevarme a declarar.

—¿Tú lo sabías?

Fatídica pregunta. Sí, claro que lo sabía. Me enteré el mismo día que me llevé un bofetón de regalo. Ocultarlo era inútil, así que asentí.

—¿Y cuándo pensabas decírmelo? —Se sentó a mi lado en la mesa circular. Si temía su capacidad para leerme el pensamiento, cuando estaba tan cerca y me miraba fijamente me sentía desnuda.

—Pensé que al final no lo haría. —Lo cierto es que lo deseé, y quise convencerme de que no me haría pasar por eso—. Yo no quiero ir a declarar y se lo dije.

—¿Y qué carajos se supone que tienen que preguntarte?

Nueva pregunta fatídica. Las paredes de mi estómago se pegaron entre sí como un pañuelo preñado de mocos secos y un sudor frío perló mi espalda anticipando su reacción. Me costó varios segundos reunir las fuerzas para contestar.

—Creo... creo que quiere preguntarme si me iría a vivir con él.

Si en su momento pensé que con la explosión al notificarme la citación se habían agotado los exabruptos, me equivoqué. Aderezó su ira con ojos espantados, temerosos, y un leve temblor en la voz.

—¡Maldito hijo de puta! No será capaz. ¿Cómo puede ser tan ruin? No lo hace por estar contigo sino por apartarte de mí. Pero no tiene nada que hacer, la custodia es mía y así va a seguir siendo. ¡Cómo se atreve! —Siguió un buen rato soltando brea como si hablara sola, hasta que de pronto reparó en el fondo del asunto—. Lucía, tú... —Su diminuta nuez dibujó un movimiento convulso, tragando algo enorme y doloroso—. Tú no querrás irte a vivir con él, ¿verdad? ¿O sí? —Desde su microscopio analizaba cada gesto del pequeño insecto en que me había convertido—. ¡Claro! Allí harías lo que te diera la gana, sin control, te lo consentirían todo... —De nuevo emprendió un discurso en solitario con mi efigie pasmada frente a ella, incapaz de articular una sílaba en medio de la erupción verbal—. Hija, por Dios, no cometas ese error. Esa mujer es venenosa, esto es idea suya, seguro, para dejarme sola. Pero una vez allí no sé qué sería de ti. —Me sujetó ambas manos con los ojos llenos de lágrimas—. ¡Di algo, no me mires con esa cara!

—Mamá, si me preguntan diré que quiero seguir contigo, como siempre. Nunca podría dejarte sola.

Mi madre suspiró aliviada con la máscara de la angustia todavía fresca en su rostro. Pero de pronto, sus ojos se clavaron en mí y su mandíbula se cuadró:

—¡Claro! Ya veo. No lo haces porque tú quieras vivir conmigo, es tu conciencia, ¿verdad? Pues si es por eso, no lo hagas, que yo puedo vivir sola perfectamente. —Recuerdo sus ojos húmedos y su cara seca; no dejó que resbalara ni una lágrima—. Lo dicho, ¡vete con tu padre si quieres! —A pesar del sol que acariciaba mi espalda, sentí frío—. Pero estás muy equivocada si crees que serás más feliz, ¡te vas a enterar de lo que cuesta un peine!

El tema no era nuevo, salía a la mínima discusión en forma de amenaza, reto o castigo. Estaba obcecada con que quería irme a vivir con él. Era más un temor que una certeza, pero lo espantaba a manotazos que siempre me alcanzaban.

—Mamá, por favor, no digas eso. ¿Tú te escuchas? Yo no quiero ir a ninguna parte. Siempre hemos estado juntas y siempre lo estaremos. ¿Cómo puedes decirme eso?

Me arrimé lo que pude con mi silla y la abracé con fuerza. Ese gesto abrió la espita y por fin rompió a llorar. Así permanecimos un rato, unidas por un abrazo tenso.

—No me hagas caso. Pasar otra vez por esto me está desquiciando. La separación fue muy dura, nunca te lo he contado pero de no haber hecho lo que hice hubiese perdido tu custodia y eso era lo único que me importaba.

Y a partir de esa sentencia conocí otra pieza del rompecabezas familiar. Los detalles de la separación por el Tribunal de la Rota de mis padres —mi madre se negó a pedir la nulidad— habían sido siempre un misterio y en aquel momento de debilidad mi madre me contó hasta el último fotograma de aquella novela, comenzando por la aciaga llamada de Verónica que le abrió los ojos a la infidelidad de mi padre. Me contó cómo el prelado que llevaba su proceso la obligó a obtener pruebas de ello para poder conservar mi custodia y, para mi horror, la forma en que las consiguió. Recuerdo que sacudí la cabeza como si quisiera impedir que las palabras entraran por mis oídos para instalarse en mi alma, pero no lo conseguí. Allí estaba Vero, de nuevo, como detonante de todo. Escuchar fue inevitable, pero creer era cosa distinta. Dependía de mí y me propuse no hacerlo, no podía ser verdad lo que me estaba contando de aquella divertida mujer que con tanto cariño me trataba; pero a pesar del resentimiento que me asolaba cuando mi madre me hacía partícipe de aquellas historias, la duda me infectó. Si algo tenía claro era que ella no era mentirosa.

—Tengo que llamar a mi abogada —concluyó—. Esto no me huele nada bien.

Y ahora, allí estaba, esperando para ser interrogada. Mi madre me acompañó. La excusa fue mi menoría de edad; ella tenía la patria potestad desde la sentencia eclesiástica. Estaba obligada, pero de haber cumplido ya los dieciocho habría venido igualmente. Tenerla allí no me tranquilizó en absoluto. La abogada había intentado transmitirnos seguridad. Aquello era tan sólo un trámite más en la negociación mercantil de mi padre con el objetivo de pagar lo mínimo posible de pensión por alimentos, una jugada de tahúr con una utilidad concreta en la partida.

Miré a mi madre. Parecía que ella fuese la abogada, enfundada en un traje sastre gris con falda ligeramente por debajo de la rodilla. Era el mismo que acostumbraba ponerse cuando iba a bancos o recibía visitas de negocios. Favorecedor, profesional, clásico y discreto, como según ella debería haber vestido yo. Habíamos discutido, se empeñó en que yo fuera disfrazada de niña bien. Me negué, necesitaba sentirme segura —siempre difícil, incluso en circunstancias distintas a estar sentada en aquel pasillo inhóspito esperando al verdugo—, y eso sólo lo conseguía con mis vaqueros desteñidos y encogidos en la bañera.

—Pasen.

Con esta simple palabra el ordenanza consiguió borrar el color de nuestras mejillas y modificar nuestro ritmo cardiaco. Entramos las dos igual de indecisas y temblorosas. La sala no era como me la había imaginado. Mi conocimiento sobre los juicios se limitaba a lo visto en televisión, sobre todo en películas y series americanas como *Iron Side*, y aquella sala no se parecía en nada. El despacho, no muy grande, lo presidía una mesa de madera maltratada por el tiempo y alfombrada de papeles; emanaba un persistente olor a pulimento y cloro. El juez —si aquel señor era el juez— no vestía la imaginada toga, sino una chaqueta de pana verde oliva con coderas que le daba aspecto de profesor. Me pareció joven para ser juez. Lo acompañaba, al lado, en una mesa más pequeña, un chico aún más joven de rostro color acelga —a juego con su escurrido jersey— sentado ante una máquina de escribir. Tenía tan mal aspecto como nosotras y una expresión ausente. Además del juez y el auxiliar, nos acompañaban los dos abogados. No sé muy bien por qué, pero ver allí a Boro me sorprendió. Era lo lógico, siendo el abogado de mi padre, pero yo lo conocía como amigo de la familia, y pensar que era el artífice de aquellas maniobras, como afirmaba Blanca, nuestra abogada, se me hacía raro. Mi madre ni lo saludó. Había dejado fuera su cigarrillo y para entretener la espera se dedicó a arreglar el cuello de mi camisa, como si no hubiera reparado en la prominente presencia de su antiguo amigo y letrado, Salvador Alberola, quien la asistiera en la separación eclesiástica. De eso me enteré tiempo después, cuando mi madre me contó los detalles; según ella, lo hizo para traicionarla y darle ventaja a mi padre; metió al enemigo en casa, cual Caballo de Troya, según sus propias palabras. La prueba:

Boro dejó de ser su abogado justo al terminar el juicio de separación para serlo exclusivamente de mi padre, y así había continuado hasta ese día. Busqué en su rostro un gesto amable, a fin de cuentas lo conocía desde niña, pero no lo hallé. Sólo encontré una mirada acerada y un rictus de satisfacción hendiendo su cara gorda. Allí no había espacio para los sentimientos.

El auxiliar leyó los formalismos típicos como quien recita las letanías, y el juez hizo una breve introducción dirigiéndose a mí con gesto afable y palabras tranquilizadoras que agradecí, aunque no surtieron efecto alguno. Sin necesidad de tocarla, percibí cómo cada músculo del cuerpo de mi madre se tensaba hasta crujir; su vista estaba perdida al frente, pero me observaba.

—No se preocupe, señorita, sólo tendrá que responder a un par de preguntas muy sencillas.

El juez repasó los papeles que tenía delante y dio un respingo. Miró primero a Boro, y a mi madre después, con gesto duro y sorprendido que no presagiaba nada bueno. Sus pequeños ojos marrones habían duplicado su tamaño.

—Según consta en el expediente, una de las partes sostiene que doña Elena Lamarc mantiene una relación desde hace tiempo con un hombre... —hizo una pausa; recuerdo el retumbar de nuestra respiración acelerada en el silencio—, que convive con ustedes de forma regular.

—¡Eso es mentira! —explotó mi madre, a pesar del apretón en el brazo que le propinó la abogada.

—No estoy hablando con usted, señora. Usted está aquí presente como madre de la joven pero si vuelve a intervenir la haré abandonar esta vista. —Volvió su interés a mi persona mostrando gravedad en sus facciones; ya no parecía tan joven—. Decía que su madre mantiene una relación con... —leyó en los papeles—, Javier Granados. ¿Es esto cierto?

Miré a mi madre antes de contestar. Sus ojos brillaban con furia.

—Yo..., bueno... Sí, bueno, no.

—¿Sí o no? Sea concreta.

—Bueno, Javier sí es amigo de mi madre pero no… —me ruboricé de golpe—, no vive con nosotras.

—Javier Granados, ¿ha dormido alguna vez en su casa?

—No.

—Disculpe que interrumpa, señoría —intervino la abogada—, pero ¿qué tiene que ver el señor Granados o la vida privada de mi representada con esta vista?

—Ahora lo verá —aclaró el juez—. ¿Es cierto que esta persona pasa tiempo en casa con ustedes?

—Sí.

—¿Le parece el señor Granados una persona violenta?

Titubeé. Mi cabeza era un torbellino de imágenes, de recuerdos; sí, consideraba a Javier una persona violenta pero delante de mí no había hecho nada fuera de lo normal y yo sabía lo que acarrearía contestar con sinceridad. Me costó encontrar las palabras adecuadas y las dije en un murmullo:

—Tiene el carácter fuerte.

—El señor Granados, ¿la ha agredido a usted o a su madre en alguna ocasión?

La palabra agresión me sonó excesiva, sólo me había dado un bofetón un día —por otro lado, igual que mi padre—, y yo había sido muy extrema con él. No supe qué contestar. Mi madre, pálida, me miraba con una súplica en los ojos. ¿Por qué me estaba preguntando aquello? Me repitió la pregunta y la abogada intervino desviando la conversación cuando estaba a punto de decir que no, y respiré aliviada. Pero el juez continuó:

—¿Es cierto que este hombre, Javier Granados, ha consumido drogas delante de usted? Conteste sin miedo. Es una cuestión importante.

Qué poco me duró el alivio. Mis piernas se derritieron, los esfínteres se me aflojaron, toda yo era gelatina: recé por desaparecer, pero el milagro no se produjo. Todos me miraban en un silencio ominoso. Boro con el mismo gesto que cuando entramos; la abogada me gritaba desde su mudez, «di que no, di que no»; mi madre transmitía... ¿horror?, ¿odio? Su cara de espanto me resultó indescifrable, negaba de forma casi imperceptible, y yo me hundí aún más, abrumada por la presión. ¿Cómo podía saber eso aquel juez? Nadie sabía lo que yo había visto. Nadie, salvo...

—Lucía... —el juez miró el reloj y su tono se tornó impaciente—, le pregunto si ha visto drogarse a este hombre en su casa.

Tartamudeé, incapaz de contestar, y pensé deprisa cómo explicarme sin mentir. Temía que me sorprendieran en una falsedad, no me habían pedido juramento pero lo del perjurio lo tenía metido en la cabeza como algo terrible, por tanta película de Charles Laughton.

—No, no lo he visto drogarse.

Intenté convencerme de la veracidad de mi aserto. Yo no le había visto drogarse, sólo lo intuía por sus gestos y por la cajita que cayó al suelo, pero no lo había visto esnifando; un sillón alto me lo tapaba aquel día y estaba de espaldas. Pero aun así me sentí fatal.

El juez dio un nuevo respingo y miró a Boro, que ya no lucía tan satisfecho.

—Entonces, ¿no ha visto usted nunca a este caballero...?

Blanca atacó de nuevo con más contundencia de la previsible por su apariencia frágil y, tras un estira y afloja dialéctico con el juez, el interrogatorio prosiguió aunque en mi cabeza rondaba otra preocupación: cómo aquella pregunta...

—Bueno, dejemos esa cuestión. Usted ha vivido siempre con su madre...

—Sí, siempre.

—Su padre ha pedido la guarda y custodia de usted argumentando la mala influencia del señor Javier Granados y la difícil convivencia entre usted y su madre. ¿Se siente presionada en casa?

—No, lo normal. —Odié a Boro. No podía creer que me estuviesen haciendo pasar por aquello. El interrogatorio sobre Javier había sido duro de pasar, pero afirmar esto con mi madre delante era caer muy bajo.

El juez continuó recorriendo diversos aspectos de mi vida cotidiana: los horarios de mi madre, los fines de semana en el internado cuando ella viajaba por trabajo, los veranos también interna... Yo parecía una niña abandonada por su madre, cuando no me sentía así. Fui contestando cada cuestión como pude, pero el juez no me daba mucho margen y en varias ocasiones mis respuestas afianzaron sus argumentos.

—Según la declaración de usted, las afirmaciones vertidas aquí respecto de la conducta del señor Granados son falsas y tampoco parece cierto que conviva con ustedes. No tengo, por tanto, elementos para resolver un cambio en la guarda y custodia. Pero parece que su madre no se ocupa de usted como debiera y que está usted creciendo prácticamente sola. Una pregunta más. ¿Con quién prefiere vivir usted, con su padre o con su madre?

—¡Con mi madre! —Lo solté tan alto que me sorprendí. De nuevo todos me miraban: Boro con sus redondeces comprimidas alrededor de la nariz, la abogada con sonrisa de alivio, el juez con expresión de pena al despedirme y mi madre... De nuevo no supe interpretar sus pensamientos, sus ojos sorprendidos no mostraban alegría, ni pena ni rabia. La suya era una mirada vacía. El aire en aquel cuartito era tan denso y agrio como un yogur pasado de fecha.

Abandonamos la sala tras concluir los formalismos. Boro se entretuvo revolviendo su cartera cual buscador de oro, imagino que para no coincidir con nosotras en el pasillo. Me alegré, temía que una vez fuera mi madre lo agarrara de las solapas, pero ni tuvo oportunidad ni reaccionó de forma alguna. Tan sólo sus puños apretados hasta enrojecer los dedos y blanquear los nudillos reflejaron su alteración.

Durante el camino de vuelta, bajo un sol sofocante, en mi cabeza no cesaba de retumbar la voz del juez preguntándome por Granados y sus vicios, mientras se me dibujaba la imagen de una Verónica preocupada. Sólo a Marianne y a ella se lo había confiado; y lo de la bofetada... No podía estar segura de haberlo mencionado el día que la llamé en plena borrachera. Traté de hacer memoria, pero fue imposible aclarar nada en aquella nebulosa. Sí recordaba perfectamente haberle confesado la afición a la coca de Javier y cómo ella misma dio por sentado que nos maltrataba; «debía de habérselo contado a mi padre», concluí. Tenía tan mal cuerpo que no sentía el calor, sólo debilidad en todos los miembros y una sensación de sudor frío, como cuando el miedo me atenazaba en las noches aún cercanas en mi memoria. Las advertencias de mi madre sobre «la Vero» llegaban como ráfagas gélidas, la amargura de la traición se mezclaba con el sabor acre de la duda; mi caos mental era tal que me mareé. Con poco convencimiento me planteé cuidarme de ella. La duda es un gran enemigo y yo estaba ahíta de incertidumbre. Mi madre caminaba junto a mí fumando en silencio. Yo esperaba reproches, un chaparrón a costa de aquellas preguntas insidiosas referentes a la conducta de su pareja o, mucho peor, sobre su papel de madre, pero nada dijo. El camino desde los juzgados hasta casa era corto, pero hubiese preferido continuar caminando hasta salir de la ciudad.

Tampoco al entrar en casa despegó los labios. Supe que iba a sufrir uno de esos periodos de mutismo angustioso que convertía el ambiente en irrespirable. Pero Adelaida me sacó de estas divagaciones con uno de sus simpáticos comentarios:

—No me avisaron que llegarían tan tarde. La comida se ha quedado helada.

Sí, aunque no tanto como nosotras.

16

La llegada de un nuevo sábado en el que encontrarme con mi padre, y tal vez con Verónica, me producía sarpullido. ¿Con qué cara lo iba a mirar después de negarme a vivir con él? ¿Con qué cara la iba a mirar, después de saber que había abusado de mi confianza? Durante días soñé todo lo que les diría: les eché en cara toda mi rabia, con firmeza, con desesperación, con rencor; pero llegado el sábado me sentí incapaz de enfrentarme a ellos. La rabia dio paso a la tristeza y a esa sensación de Calimero, tan frecuente en mí por entonces, alimentada por la música que a todas horas escuchaba. Cuando eres adolescente estableces un vínculo muy sólido con la música, se imbrica en tu ánimo, y una misma canción puede llevarte a un estado de euforia o al de desesperación, hasta sublimar cada sentimiento. Yo me regodeaba en ello. El mundo era una injusticia, como repetía el pollito de los dibujos animados, al menos el mío. Pensé en inventar un repentino dolor de estómago —por otro lado muy real debido a los nervios—, pero hubiese resultado demasiado evidente. Tarde o temprano tendría que verlos, y no era un tema para retrasarlo y pasarlo de largo.

Como siempre que me encontraba mal, me sobrearreglé. Verme más guapa me consolaba y me imbuía de seguridad para afrontar los problemas; había aprendido a disimular con gracia mis ojeras, la falta de sueño y la ausencia de vida en las mejillas. Acudí cabizbaja y molesta al restaurante habitual, maquillada y vestida como si fuera a buscar mi primer empleo. Mi vida calzaba zapatos pequeños, cada minuto un poquito más prieta y dolorosa que el anterior, y lo aceptaba como inevitable.

Entré en la Taberna Alkázar con fingido aplomo y Miguel me salió al paso —los camareros se habían acostumbrado a aquellas reuniones familiares de alto voltaje— y me hizo un gesto con la cabeza señalando donde estaba mi padre, más retirado que otros días y sin disimular un gesto de preocupación. Su cara no invitaba a acercarse. A mi paso noté algunos codazos en las mesas vecinas, y parte de mi aplomo se desvaneció. Tanto darle vueltas a mi discurso y una vez me senté fui incapaz de abrir la boca, aunque por una vez no hizo falta: fue él —que parecía haber recuperado la lengua perdida o escondida durante años— quien me recriminó las declaraciones en el juicio. Mentirosa, me llamó. Y su afirmación me cayó como una losa. Estaba muy dolido, él no esperaba tamaño bofetón —convencido de que la convivencia con mi madre y Javier era insoportable y confiado en la corriente de simpatía que creía existir entre Verónica y yo— y Verónica estaba sumida en la tristeza, incapaz de entender lo ocurrido. Mi padre esgrimía sus argumentos sin tacto, con claridad, como términos de una transacción comercial fallida. Yo abría y cerraba la boca, pero mis palabras no salían. Cuando conseguí interrumpir la diatriba de aquel orador desconocido, traté de explicarme, incluso me disculpé aquejada de una extraña sensación de humillación. Mi subconsciente no entendía por qué me disculpaba, era yo quien me sentía atacada por todos los flancos y había pasado toda la semana ensayando mi desahogo, pero no estaba preparada para soportar los sentidos reproches de mi padre tras el ostracismo de mi madre; había llegado a la cita con el ánimo diezmado, y su torrente de palabras me superó. Cambié de tema y le pregunté por Verónica. Necesitaba hablar con ella, escuchar las razones de su traición; con ella sí me atrevería, más libre de la dependencia afectiva. Y, a pesar de lo poco perspicaz que siempre fue mi padre, imaginó lo que rondaba por mi cabeza.

—No la juzgues, ¡ni se te ocurra!, no fue culpa suya. Lo que sé lo averigüé gracias a un detective, aunque ya tenía indicios de cómo es ese impresentable, que nos conocemos hace muchos años.

—Papá, no soy tonta. El juez tenía conocimiento de sucesos ocurridos en mi casa, cosas que sólo Verónica sabía. —Reconocer que le había ocultado algo así a mi padre tampoco era para sentirme orgullosa, pero al menos eso lo pasó por alto.

—Le enseñé a Vero el informe del detective. Se indignó muchísimo, no te imaginas lo preocupada que se quedó. Ya sabes lo explosiva que es, dice todo lo que le viene a la mente, y sin querer me lo soltó. Pero en cuanto se dio cuenta intentó rectificar y cambiar la versión. Ya te digo, está muy preocupada por ti. ¿No te das cuenta? ¡Nadie que te quisiera permitiría que vivieras con semejante elemento! —Dio un manotazo en la mesa que, unido al desprecio que destilaban sus comentarios sobre Javier, me asustó. Mi padre no solía emplear esas expresiones, lo tenía por un hombre afable.

La ensalada Nazario traída por Miguel durante aquella charla permanecía intacta en el plato sobre el mantel blanco. Sólo los vasos se habían movido un par de veces para suavizar nuestras gargantas.

—Lo que dije en el juicio es cierto. Yo no he visto nada, sólo tengo sospechas. —Me ruboricé al decirlo porque no me lo creía ni yo—. Tampoco es como lo pintaron.

—Venga, ¡bah!, déjalo estar…

Permanecimos callados el resto de la comida. Él, refugiado en el tabaco, y yo, en un panecillo que destrocé como si fuera a dar de comer a unos patos. Ni siquiera los comentarios de Miguel sobre el partido España-Honduras, jugado la víspera, sacó a mi padre de su mutismo. Apenas probé bocado, llevaba meses con el estómago reducido y encendido y en él no entraba nada; la única contrapartida positiva, según mi averiado punto de vista, era una considerable pérdida de peso: había conseguido quedarme muy delgada, por fin, y sin proponérmelo.

En el café, mi padre retomó la conversación:

—Vero iba a venir, pero está muy dolida. Tenía muchos planes para ustedes.

Quedé intrigada, pero no pregunté, para un día ya había digerido lo suficiente.

Tampoco tardé mucho en satisfacer la curiosidad. Al sábado siguiente fuimos a la fábrica antes de comer y aún no había visto a Teresa cuando salió Verónica a recibirme. Mostró la misma alegría de siempre, pero sus finos labios dibujaban descontento y, para mi sorpresa, me encontré intentando animarla. Las palabras de mi padre habían hecho mella en mí.

En los últimos tiempos no hacía otra cosa que intentar consolar a los mayores que me rodeaban, aunque yo misma tuviera poco ánimo para ser tan generosa y sí bastante resentimiento, si bien de esto último no era consciente.

Preferí no hablar de lo sucedido en el juzgado, pero Vero tenía una habilidad especial para sacar los temas más difíciles y, sin saber cómo, me descubrí escuchando sus explicaciones.

Ella no supo que mi padre había contratado a un detective hasta que volvió de su gira de supervisión por las tiendas de Loredana, un par de semanas antes de que me llamaran a declarar. Tres veces al año se iba de viaje —dos para hacer inventario y una tercera por el gusto de visitar las tiendas—, y aquel mes estuvo fuera casi quince días. No reparé entonces en que mi padre debía de haber solicitado los servicios del detective mucho antes de este viaje de Vero, porque en la hipótesis contraria había muy poco tiempo para obtener toda la información. Pero fuera como fuese, Verónica parecía sincera. Tampoco, afirmó, supo nada de las pretensiones de Boro o habría hablado con mi padre para que las cosas se plantearan de otra manera. Su apoyo y comprensión me desarmaron. Era la primera persona —en realidad fue la única— que me apoyaba y comprendía lo cruel de hacerme pasar por aquello. Me entraron ganas de llorar, como si los sentimientos contenidos desde aquella tarde espantosa entre jueces, abogados y oficiales, se desbordaran en este momento. Verónica se dio cuenta y me abrazó. No había recibido un solo gesto de cariño desde el juicio y ella fue mi paño de lágrimas. Mientras yo sollozaba, prosiguió:

—No fue una buena idea. Pobrecita mía, qué mal lo habrás pasado. Si es que tu padre no me cuenta nada, porque le habría dicho que no lo hiciera. Bueno, sabía que iba a pedir la custodia, y me hacía mucha ilusión, no lo voy a negar, pero hacerte ir al juez… Menuda putada, mi niña. —Y me plantó un beso en la cabeza antes de continuar—. Sé que te molestó que le contara a tu padre el secreto que me contaste, pero al leer el informe del detective me asusté y se me escapó. Y no sabes la que me cayó encima por habérmelo callado todo ese tiempo, que una es una tumba, qué habías pensado. Pero es que estoy muy preocupada, joder. Con nosotros habrías estado más segura. Y aún puedes si te pasa algo, que me temo que no será la última tarambana que te caiga. —Titubeó unos momentos y continuó; me costaba entenderla en aquel lenguaje que empleaba, pero me llegaba lo importante, el consuelo—. Yo, bueno, me había hecho la ilusión de llevarte conmigo al Rocío. He conocido a una señora estupenda en Sevilla, de mucha categoría, que es de una hermandad, y me ha invitado a ir este año que viene, y ya me veía a las dos con las botas camperas y la falda flamenca. ¿No te gustaría? Podríamos estar juntas y conocernos mejor —me soltó y, con un gracioso gesto, simuló que tocaba unas castañuelas a la voz de la salve rociera.

La sorpresa me hizo mirarla y sonreír. Agradecida por aquel rato de algodones y consuelo, me sentí mejor. Después de haber rechazado irme a vivir con ellos —un bofetón, tal y como mi padre lo definió—, no me esperaba esa acogida. Toda la rabia y la decepción reunidas al sentirme traicionada se disiparon; no podía criticarla, había hecho lo mejor para mí y además no me guardaba rencor.

Vero acababa de derribar varias barreras. Llegué a plantearme incluso si tal vez mi padre tuviera razón y mi decisión de permanecer con mi madre bajo el influjo de un Javier cada vez más depravado fuera un error. Hasta que Vero me arropó, la idea de dejar a mi madre no se había materializado para mí como algo aceptable moralmente. En este momento, lo hizo. Se había creado un vínculo poderoso entre las dos.

La sentencia salió casi un año después y, aunque mi madre mantuvo la guarda y custodia, no consiguió la pensión demandada; lo peor fueron los argumentos del juez para denegarle la cantidad total —tachándola poco menos que de aprovechada—, y las advertencias veladas sobre mi bienestar físico y mental, aun sin tener pruebas concluyentes para dudar de él. Si para esa fecha las heridas estaban cicatrizando, se reabrieron. Mi madre volvió a exhibir su malhumor y cada salida mía con mi padre fue motivo de discusión. Las palabras escuchadas durante el juicio, aunque no lo mencionara, afectaron su relación con Javier y conmigo. Cada día la notaba más cerrada, más digna, siempre con la sensación de haberla ofendido y sin poder hacer nada para remediarlo. Su angustia me traspasaba, me empapaba, y yo vivía arrastrando una culpa de origen incierto sin dudar de su pertinencia. Respecto de Javier, los vaivenes entre nosotros eran constantes, oscilábamos de la desconfianza a la rendición en cuestión de minutos; yo recelaba de su actitud, cada día más pendiente de sus gestos, y esto a él lo irritaba sobremanera. En mi casa, la penumbra vital se había oscurecido varios grados y pisar una mina era facilísimo. Mi madre agotaba las noches escribiendo en su diario y, a veces, me asaltaba la tentación de entrar en su cuarto aprovechando alguna ausencia y buscarlo para descubrir lo que tanto la atormentaba, la razón de su pena, la de mi culpa. Pero no tuve valor.

Mi padre, en cambio, superó aquella etapa, pletórico por su triunfo pecuniario una vez asumió mi negativa a cambiar de vida. Parecía que para él lo fundamental había sido el tema de la pensión, o tal vez sólo mostrara su tendencia natural a no ver los problemas o los fracasos, y quedarse siempre con lo positivo y la vista al frente. Mi madre me había contado mil veces cómo se negó a admitir que yo venía de nalgas incluso con las pruebas en la mano, y al parecer ése continuaba siendo su sistema vital para ser feliz. Además, el hipotético golpe de mi rechazo lo suavizó la llegada de Alice, su sobrina y mi única prima conocida —a la pequeña de Onteniente apenas la había tratado y mis primas por la rama materna seguían siendo un enigma—. Mi padre adoraba a su hermana y todo lo que tuviera relación con ella era sagrado para él. Alice había decidido venirse a vivir a España, al menos durante un año. Mis tíos, siempre con cambios de residencia, se habían mudado a Ohio donde la empresa había trasladado a Klaus. Para Alice el cambio había sido duro y, puesta a echar raíces nuevas, prefería el estilo de vida hispano; a mi tía no le gustó la idea, pero Alice estaba decidida y era mayor de edad. También mi tía había cruzado el charco siendo joven en busca de una vida mejor, dejando atrás su pasado. Poco podía reprocharle, pues: la independencia y las ganas de volar eran cosa de familia. Alice llevaba varios años veraneando con mis primos de Onteniente y las pocas veces que coincidíamos durante estas estancias me contaba con su encantador acento *yankee* las aventuras en el pueblo. Nunca conseguí que nos reuniéramos todos; o yo estaba en el extranjero o, a mi vuelta, el inicio de las clases y la presión de mi madre tras dos meses sin verme cercenaban mis ansias de reunirme con la familia. Pero mi padre se las arreglaba para que al menos coincidiera con Alice alguno de los días en que comía con él.

Ahora, al menos, tenía a mi prima cerca, todo un acontecimiento para alguien como yo que añoraba cualquier tipo de pariente. Manteníamos correspondencia, no con la confianza compartida con Almudena —a quien además había visto en algunos viajes a Madrid—, pero sí con cariño, estando al tanto de nuestras cosas sin entrar en los problemas familiares. Desde el principio hubo complicidad entre ambas y, una tontería de juventud, me encantaba que habláramos en inglés sin que nos entendiera la mayoría de quienes nos rodeaban, como si tuviésemos un código secreto. A partir de su llegada, muchos de los encuentros sabatinos contaron con su compañía. Los sábados ya no trabajaba nadie en la fábrica de mi padre y mis mañanas con Teresa habían pasado a ser mañanas en soledad o con Verónica. Con la crisis, los pedidos habían bajado mucho y sólo se veía por Loredana a mi padre y a veces a Juan, el jefe de taller. Vero era una incógnita, y lo mismo estaba como no. Después de su apoyo pensé que nos trataríamos más a menudo, pero la rutina no cambió y su presencia continuó siendo esporádica. A veces me la encontraba en su despacho, a veces aparecía donde fuéramos a comer, y otras no sabíamos nada de ella.

Alice empezó a trabajar en Loredana unos meses después de establecerse en España. Había presentado el currículum en varios sitios, pero encontrar trabajo sin referencias, siendo extranjera y con un título que no conseguía convalidar, era difícil. Mi padre decidió ponerla a cargo de Vero para que la ayudara en la gestión de las tiendas; las franquicias habían resultado un éxito gracias al cual Loredana sobrevivía cuando otros cerraban la persiana, pero cada vez suponían más trabajo y la parte técnica excedía en mucho la capacidad de Verónica. Cuando nos juntábamos los sábados, yo ayudaba a mi prima en lo que ella me pedía porque mi padre, hábil como nadie para poner a trabajar a todo el mundo, casi siempre le tenía encomendada alguna tarea: hacer estadísticas, informes por tiendas o por productos, cosas que Verónica era incapaz de hacer por mucho que se empeñara; y yo le aclaraba dudas sobre la terminología española propia del sector. Tenía la impresión de que Alice no se sentía a gusto con Vero, pero entonces no me atreví a plantearlo. Por lo que percibía, tanto en mi prima como en Teresa durante el tiempo que habíamos compartido tertulia tiempo atrás, las relaciones de Verónica con los subordinados eran más tensas de lo que yo imaginara, algo incompatible con la imagen simpática y campechana que de ella tenía. No cuadraba, pero no quise aclarar esas dudas. Verónica no podía convertirse en otra preocupación y, como si no saber implicara no suceder, preferí no indagar más. La realidad me enseñaría el camino por sí sola, pensé, y así fue.

II

DOS BODAS Y UNA MUERTE EN VIDA

17

Con la sentencia del divorcio ya firme, el camino hacia la boda de mi padre era irreversible. No podría decir si aquello lo alegraba más o menos, porque su apatía habitual camuflaba cualquier signo de emoción. Vero, en cambio, revoloteaba por la fábrica como si la hubiera tocado el gordo de la lotería. Quería hacer una fiesta con los empleados, otra con los de las tiendas, con los amigos un convite soñado... Yo a ratos me contagiaba de su alegría y a ratos me sentía incómoda e intranquila ante aquellas explosiones. No tardé en enterarme: fijaron fecha para la boda a finales del mes de julio de ese mismo año 1983, apenas dos meses después de comunicada la sentencia. Según comentó mi padre, en una de las pocas veces que sacó el tema, serían muy pocos los invitados; tenía alergia a las celebraciones de cualquier tipo, en particular cuando él tenía algún tipo de protagonismo, y ya había hecho la reservación en el restaurante del sótano de Barrachina, más que suficiente para los que pensaba invitar. Verónica debía entonces de ignorar las austeras intenciones de mi padre, y yo preferí no inmiscuirme. El tema no me agradaba, era de los peligrosos, pero no pude eludir la pregunta:

—¿Vendrás a la boda? —preguntó mi padre un buen día en el coche con nuestra canción fetiche, *Our House*, de Madness, de fondo. Dejé de cantar y reflexioné unos segundos.

A mi madre no le haría ni pizca de gracia, pero a él no podía darle otra bofetada. Sus ojos esperanzados mostraban un ruego sutil. Sí, claro que iría, ¿cómo perderme un día así? La cara de mi padre resplandeció y fue él quien retomó la canción a pleno pulmón:

Our house, in the middle of our street
Our house, in the middle of...

«Nuestra casa... Qué ironía —pensé—, por eso recuerdo la canción». Una casa que no existía en una calle que no existía. Me pareció más contento por mi respuesta —y lo que implicaba—, que por el hecho de casarse. Me uní al canto, feliz de ver su entusiasmo, tan excepcional. Yo ya era mayor de edad y tomaba mis propias decisiones, mi madre no tenía nada que opinar. Pero a pesar de tanta vehemencia mental, en cuanto bajé de la carroza de cuento en que se había convertido el coche de mi padre, fui consciente de lo que se avecinaba y mi estómago, tras dos meses de relativa calma familiar y tensión asumida, volvió a llenarse de ácidos. Encaraba el cercano examen de admisión de la peor manera.

De la boda me ponía nerviosa todo: la oposición de mi madre, pensar que mi padre iba a casarse por segunda vez y la desagradable sensación de ser un estorbo, habitual cuando me insertaba en el «mundo» paterno. Con él a solas no me ocurría, ni siquiera cuando lo acompañaba Verónica, pero cuando el círculo se ampliaba me daba cuenta de que no conocía a nadie y, lo que era peor, muchos ignoraban la existencia de una hija «tan mayor»; alguno había llegado a confundirme con una nueva conquista, para enojo de mi padre que, tras reprender a su imprudente amigo y aclararle mi inofensiva identidad, se justificaba con torpeza ante mí. Para que luego mi madre pensara que lo de su gusto por las mujeres era impostura. Mi único consuelo era pensar que no estaría sola, mi prima Alice me acompañaría y probablemente mis otros primos también.

A pesar de mi celo por evitar un tema tan conflictivo en casa, la noticia llegó a oídos de mi madre. Siempre era Rodrigo Badenes —único amigo común superviviente a la separación de mis padres—, quien le daba las nuevas, malas o buenas, y esta vez tampoco falló. Mi madre dio por sentado que yo no iría a aquella boda, y tuve que manifestarme.

—Si te casaras con Javier, ¿no sería lo normal que te acompañara en ese día?

Esas comparaciones nunca acababan bien y tampoco ésta fue acertada, pero estaba decidida a ir a la boda y ella tendría que aceptarlo.

—Siento recordarte que tienes todo arreglado para irte el 7 de julio a Canadá. Pero no te lo mereces. Desde luego es el último viaje que te pago yo. Hazle la barba a esa furcia... En fin, ya te arrepentirás, el tiempo pone a cada uno en su sitio y a mí empieza a darme igual si te estampas o no. Te lo habrás ganado a pulso.

La conversación no quedó ahí, fue larga, odiosa, dura y dejó heridas en ambos bandos. Pero además me sentí estúpida al no haber recordado lo del viaje a Canadá, porque me habría ahorrado muchos problemas, al menos en aquel momento. Ese verano, como tantos otros, lo pasaría estudiando en el extranjero. Miedo me daba suspender el examen de admisión o no sacar buena nota, pero esa posibilidad mi madre ni la contemplaba por mucho que me acusara de no estar estudiando nada y pronosticara un fracaso seguro. Si de verdad lo hubiera creído no se la habría jugado contratando el viaje a Canadá, pero de esto me doy cuenta ahora, porque entonces me indignaba su falta de confianza y aquellas críticas con las que pretendía espolearme. Si todo iba bien y aprobaba con nota alta, tenía decidido comenzar ingeniería. Mis padres, por una vez, estuvieron de acuerdo: los dos me sugirieron empresariales, pero mi opción era mejor, aunque mi madre estaba convencida de que no pasaría de primero, mientras mi padre se sentía orgulloso de poder decir que su hija algún día sería ingeniero —según él, la sacaría con una mano en la cintura—. Siempre me comparaba con su hermana Lucía, la «lista» de los hermanos Company, como le gustaba destacar aunque, viendo cómo le habían ido las cosas, tampoco él era tonto. El caso es que en julio, si aprobaba —y era lo previsible—, me iría a Canadá y no podría asistir a la boda. Qué disgusto se llevó mi padre, y cuánto le costó aceptar que todo estaba organizado desde mucho antes de su anuncio y que aquello no era una nueva barrabasada de la Lamarc, como la llamaba cuando se enfadaba.

Pero lo que nadie de nosotros imaginó fue que la boda no se celebraría en la fecha prevista.

Y es que el final de los setenta y principio de los ochenta resultó una pesadilla para la industria española. Se habían firmado los famosos Pactos de la Moncloa, pero los resultados eran lentos y el país entero se apretaba y constreñía aguantando la sacudida. Mi madre, menos ambiciosa y más tradicional que mi padre, no había cambiado nada sustancial en el negocio desde que se mudara de local, y sus esperanzas de supervivencia seguían puestas en el extranjero. Ya no eran los países árabes sino los Estados Unidos el faro de su crecimiento; yo la había acompañado en un par de viajes a ferias americanas: mucho trabajo y algún resultado discreto, aunque según contaba ella, todo más llevadero que sus viajes por Oriente Medio. Tampoco tenía ya problemas con el personal, reducido a la mínima expresión tras el despido de algunos elementos subversivos que le habían dado muchos dolores de cabeza en el pasado, entre ellos la famosa Juana —la empleada que amotinó a la plantilla en el peor momento y que, para mi asombro entonces, recaló en la empresa de mi padre—. A pesar de esa relativa tranquilidad, mi madre vivía para su empresa, como siempre, aunque no pareciera peligrar.

En cuanto a Loredana, contar con tiendas propias había sido un gran acierto y, gracias a ellas, se compensaba la caída de la demanda del resto de clientes, pero mi padre vivía obsesionado con la empresa y prácticamente no salía de allí. Había crecido mucho antes de empezar la crisis y, en la nueva coyuntura, esta dimensión se volvía en su contra en forma de costes de estructura excesivos y poca flexibilidad para adaptarse a la realidad. Adelantado siempre a su tiempo, pronto vio que los costes laborales iban a dispararse y se lanzó a una carrera tecnológica pionera en su sector. Equipos de diseño por computadora, programas para gestión de producción, máquinas de corte programado, almacenes con sistemas de transporte aéreo... Cuando no le gustaba el presente aceleraba hacia el futuro. Pero con ello se agravaron sus preocupaciones, el estrés, el insomnio. El precio del dinero se había disparado y tuvo que acometer estas inversiones con recursos propios para evitar una carga financiera desorbitada; además, las continuas subidas de la gasolina encarecieron los costes de producción cuando parecía imposible incrementarlos más. En muchos sectores comenzó el cierre de persianas. Nunca vi fumar a mi padre como en aquellos años, a pesar de lo mucho que había fumado siempre; se convirtió en algo constante, ininterrumpido. Mostraba de continuo un humor pésimo y el gesto crispado. Trabajo, trabajo, trabajo. La única posibilidad de subsistir pasaba por potenciar los canales propios de distribución. Eso repetía: en la distribución está el futuro. Por primera vez tuvo que hacer un ERE, estaba taciturno y nervioso y, ya fuera por eso —la relación con sus empleados era muy cercana y se implicaba en sus problemas—, ya por todo lo que llevaba acumulado en su vida, su corazón falló cuatro días antes de mi dichoso examen de admisión.

El infarto le sobrevino cuando acudía a renovar el pasaporte a la comisaría de la Alameda y esto le salvó la vida. La policía le hizo la primera reanimación y, en cuestión de segundos, lo metieron en la parte de atrás de un coche patrulla y lo llevaron al Hospital Clínico sin esperar siquiera a una ambulancia. La noticia nos sacudió a todos, incluso a mi madre. La sensación de estar a un alfiler de perderlo me aterrorizó. De bruces, tomé conciencia del mínimo tiempo, a lo largo de mi vida, que había disfrutado junto a él; la prematura muerte de mi padre hubiese sido una injusticia intolerable e, incapaz de razonar embriagada de egoísmo, me encaré con ese Dios al que hacía responsable de lo sucedido, y al que pocas veces me encomendaba, para exigirle el pago de su deuda conmigo: mi padre debía vivir más que ningún otro, debía sobrevivir hasta que ambos pudiéramos compartir el mismo tiempo que los demás padres habían compartido con sus hijos. Aquellas migajas de compañía de cada sábado me parecían ahora un tesoro insuficientemente valorado. Llevaba tiempo bebiendo a escondidas, aunque con moderación, y no pude evitar echarme un par de tragos antes de salir corriendo hacia el hospital, mientras mi cabeza no paraba de preguntarse por qué habían tenido que separarse mis padres. Por mi mente pasaron un sinfín de situaciones, de interrogantes, de pudo ser y no fue, aderezados con el sabor del miedo y un remordimiento indefinido por errores ignorados, por minutos perdidos. Un rencor irracional hacia mi madre afloró en medio de la confusión; alguien tenía que ser culpable del poquito tiempo junto a mi padre, de mi angustia, de mi expolio afectivo, y la imagen de mi padre moribundo no iba a ser el blanco de mis reproches. No quería que se fuera. ¡No quería! Los médicos no aliviaron nuestra preocupación; las primeras cuarenta y ocho horas eran críticas: cada minuto superado, una esperanza. Los sobrevivió y en el plazo de una semana consiguieron estabilizarlo.

Cuando me presenté al examen mi padre todavía estaba en peligro, pero nos habían dejado verlo y eso me animó mucho. Era imposible que tamaña fortaleza muriera. Lo vi mayor, con el gesto grave, concentrado, y mal afeitado, como si fuera un antiguo senador romano, alguien poderoso y sabio, fuerte e invencible. Esa visión me dio el empuje necesario para dar el último repaso, aunque acudí con escasa concentración y un sentimiento frustrante de inevitabilidad, como si el resultado ya estuviera escrito. Me estaba jugando el futuro, repetía mi madre con escasa energía; pero para mí el futuro no llegaba más lejos de la hora de visita en el hospital.

Salí del último ejercicio con la sensación de no haberlo hecho tan mal como temí al entrar, ni tan bien como debiera.

Pasada una semana el peligro se alejó y, con él, el temor. Le quitaron la sedación y despertó sin problemas. Como dijeron los médicos, aquel hombre era una fuerza de la naturaleza. Estaba espabilado, parlanchín, un poco más delgado, y tan sólo su tez cenicienta y el cableado que lo envolvía como un bolillero recordaban el motivo de su confinamiento. Su aversión a los hospitales lo mantenía agitado y de muy mal humor; casi me dio risa verlo tan protestón y malaleche a la vez que intentaba galanear con las enfermeras para deshacerse de los cuentagotas, cuando se suponía que yo entraba a ver a un moribundo. «Menudo es tu padre», nos decía la auxiliar. Salí mucho más tranquila tras aquella visita, pocos días antes de mi viaje a Canadá, y mi obsesión por anularlo y quedarme en España se diluyó entre cuentagotas y conductos. Estuvo un mes en la UCI y aproveché para verlo todas las tardes, con Verónica siempre a mi lado. Cuando lo trasladaron a piso yo me había ido. Supe que había abandonado el hospital diez días después de irme, con el alta voluntaria y por su propio pie, algo que se convertiría en costumbre para el resto de su vida. El poso de preocupación con el que despegué desapareció en cuanto mi madre, con la que hablaba una vez a la semana, me informó de su salida del hospital. No sé cómo lo supo, imagino que Rodrigo Badenes la mantendría informada. Lo que nadie me advirtió fue que el problema seguía existiendo y la solución a la arterosclerosis en varias arterias pasaba por la cirugía. Todo se decidió muy rápido. La boda se pospuso y yo, perdida en Quebec, donde estudiaba francés, no me enteré de nada hasta que regresé. Mi enfado fue mayúsculo. A mediados de agosto mi padre viajó con Verónica hasta la clínica Mayo para que lo operaran. La intervención era muy complicada por las características de los vasos sanguíneos de mi padre, y en España en aquellas fechas no abundaban los profesionales con experiencia en este tipo de cirugía, o eso decía él —aunque en realidad le producía más respeto el posoperatorio que la propia intervención, como me confesó más adelante—. Como apenas hablábamos cuando yo estudiaba fuera, me mantuve en mi feliz ignorancia hasta la vuelta. Estaba acostumbrada a ser un apéndice, una península lejana en la vida de mi padre, pero en una circunstancia tan grave saberme apartada me dolió mucho, lo sentí como un desprecio —o peor, como signo de indiferencia—, yo no existía para ellos. Lo habían hecho por mi bien, decían, para no preocuparme; yo no habría podido hacer nada desde Canadá, «no había peligro», «todo había ido perfectamente»... Estos eran los argumentos, no sólo de mi padre y de mi tía Lucía, a la que escribí muy enfadada, sino también de mi madre. Incluso Marianne les daba la razón, para mi exasperación. Me resigné, qué remedio, pero le juré a mi padre que si volvía a dejarme al margen en una situación así, no se lo perdonaría.

La boda se pospuso hasta febrero, contando con que él estaría ya repuesto y, aunque era lo más lógico, para mí se eternizó; era una prolongación de la agonía doméstica que comenzara con el anuncio del enlace. Ni siquiera las interminables clases de industriales —entré en la Facultad casi al final— me servían de desahogo. La boda —o mi voluntad de asistir a ella— fue motivo constante de reproches, pullas y desencuentros con mi madre. Yo respondía cada vez con mayor virulencia, para sumirme a continuación en una nube de melancolía y remordimiento. Percibía su necesidad de mí, su exigencia, y cómo esta actitud mía tan beligerante ella la interpretaba como un alejamiento y un desprecio. Pero yo no podía evitarlo, cada vez que atacaba a mi padre reaccionaba para defenderlo. A veces recordaba la conversación mantenida en París y todo se revolvía en mi interior, mezclándose con las sensaciones del presente y haciéndome saltar de manera desproporcionada. Todo lo que yo hacía respecto a mi padre y Verónica, mi madre lo medía, calibraba y comparaba con mi actitud hacia ella y, cómo no, ante Javier, con el agravante de que ella nunca veía nada en positivo, siempre cegada por aquellas gafas grises que se había empeñado en colocarse para no disfrutar de la vida. Yo hacía lo posible por explicarme y ofrecerle razones objetivas para acompañar a mi padre en un día tan importante —más aún después de haber estado coqueteando con el más allá—, pero ella tenía un dominio de la dialéctica muy superior al mío y retorcía cada uno de mis argumentos hasta volverlos en mi contra. Me obsesioné con hacerla feliz, agradarla, estaba pendiente de cualquier necesidad suya, de su estado de ánimo, de una mínima tos o incluso del orden en la casa, pero yo nunca acertaba, nada era suficiente. Me debatía entre lo que para mí era importante reivindicar y defender y mi necesidad de hacerla feliz y, de paso, serlo yo. No creo que eligiera bien mis batallas, pero con aquella edad los impulsos mandaban sobre la razón. La culpa, ese sentimiento caliente y viscoso que deteriora la estima y desgasta la entereza, recorría mis venas; y yo la aplacaba con aquella bebida sin diluir descubierta en el aparador de la salita aquella tarde de humillación. Por esto, cada vez que abandonaba aquellas paredes, cada pequeño viaje sin compañía era para mí un oasis. Necesitaba escapar y, en cuanto podía, me escabullía ora a estudiar a casa de Marianne ora a la biblioteca o a pasear por el puerto escuchando música en mi walkman —cosa rara, regalo de mi padre a la vuelta de un viaje suyo a Japón.

Tal vez por esta urgencia por huir, sacar la licencia de conducir se convirtió en mi obsesión. No me costó, aprobé a la primera, pero lo de tener coche fue otro cantar. Mi necesidad de alejarme de los problemas y tensiones me hizo desearlo como si fuera la lámpara de Aladino, y ante la negativa de mi madre a comprarlo, decidí ahorrar para pagarlo yo misma. Pero ¿qué puede ahorrar una joven sin trabajo y con una asignación semanal ridícula? No fue esta la primera vez que la idea de buscar trabajo cruzó mi mente —la obsesión por salir de casa me hacía pensarlo en cada trifulca—, pero sí fue la más tangible. Doblé el número de clases particulares de matemáticas e inglés que ya impartía, mientras que los anuncios por palabras de la sección de ofertas de empleo pasaron a ser mi lectura más frecuente en los periódicos, y la ausencia de opciones viables de independencia que me permitieran proseguir los estudios, una nueva fuente de ansiedad.

18

Lo cierto es que aquel otoño de 1983 pintaba más oscuro de lo que la estación presuponía y, hasta que llegara la boda, todo indicaba que no iba a mejorar. Necesitaba escaparme y, como en otras ocasiones, los hados vinieron al rescate para proporcionarme un respiro. Sobreviví a octubre gracias a mi añorada Almudena. Mi amiga madrileña cumplía veintidós años y le habían preparado una de esas fiestas de presentación en sociedad que a mí me daban tanta grima; era lo que se estilaba entre la gente bien, aunque a Almudena la celebración le llegó algo tarde por el fallecimiento de su abuela. Yo había cumplido los dieciocho sin pena ni gloria, salvo por mi flamante licencia de conducir, para mí mucho más «in» que cualquier fiesta. Según me informó por teléfono, a su fiesta acudiría toda la *beautiful people* madrileña —o al menos sus vástagos—, y consideré que, dada mi situación, entre aterrizar en Fresalandia o quedarme en mi casa, me quedaba con Fresalandia. Tenía la excusa perfecta para ausentarme. No era la primera vez que pasaba unos días en casa de Mumu y mi madre conocía a su familia, gente estupenda, como la calificó, de ésa que le habría encantado a mi abuela Dolores. No puso ningún problema, es más, casi me empujó a ir; me alojaría en su casa —una especie de palacete en la calle Velázquez, de habitaciones interminables, techos con tallas, y telas hasta en los baños—, y acudiríamos al hotel Wellington donde se celebraba la fiesta. Yo jamás me había vestido de largo y comprarme un vestido sólo para un día me parecía un despilfarro —con tanto pedir el chequecito y tanto hablar de lo que costaba mi manutención, me había vuelto muy sensible a estos temas—.

—Mujer, que te puede servir para Nochevieja y alguna boda —«¿De quién?», me preguntaba yo, si la única en perspectiva era la de mi padre y sería muy sencilla—. Esos trajes son para toda la vida —repetía mi madre, empeñada en que epatara a algún madrileño de buena familia.

Preferí investigar entre las reliquias de mis antepasadas —aprovechando eso de que «eran para toda la vida»—, cuidadosamente momificadas por mi madre en fundas de tela protegidas por naftalina, y encontré lo que necesitaba. Tuve que airearlas varios días para eliminar el comprometedor perfume a rancio, una vez mi madre claudicó tras vérmelo puesto. Sacar este vestido del olvido trajo al presente su juventud por la que tanta curiosidad sentía yo, ávida como estaba de raíces, de familia, de referentes. Como si el vestido ejerciera un poder hipnótico, me contó con un deje de nostalgia sus veranos en Formentor y cómo conoció a Javier Granados. No fue necesario que me explicara el carácter de mi abuela Dolores, tenía vivencias en primera persona, pero aun así me sorprendió la dureza en el trato dado a mi madre, o al menos en lo que ella recordaba, y un leve estremecimiento recorrió mi espalda al ver cierto paralelismo con mi propia situación, aunque ante estímulos diferentes. Tal vez por esta razón era tan dura y exigente conmigo; era la forma en que había crecido. Tan poco acostumbrada como estaba a estas confidencias, quedé muda, temerosa de romper el hechizo por el que la amnésica Elena se había zambullido de golpe en su pasado. Comprendí que Javier llegó a su corazón en un tiempo en el cual aún estaba dispuesta a amar, y aquello quedó truncado, aunque no me atreví a preguntar la razón. Escuchándola me invadió una tristeza abrumadora. Mi madre no era feliz, y nada de lo que yo descubría las pocas veces que hablaba de su pasado me hacía confiar en que lo hubiera sido alguna vez. Recuerdo que tuvo que aclarar la voz un par de veces para deshacer el molesto nudo que se alojó en su garganta. Al final se limpió los ojos con un ademán brusco, despertando del trance y volviendo al presente con su firmeza habitual:

—Un poco pasado de moda pero elegante, hija, muy elegante. Vas a estar guapísima. Pero ya está bien de perder el tiempo, ¿no tienes nada que estudiar?

Así era ella, siempre blandiendo el arma cuando los sentimientos la traicionaban. Tenía razón, el modelo no era precisamente ochentero, pero me quedaba bien y le daba cierto glamour retro a mi escuálida anatomía. Yo me veía gorda envuelta en los tules de la falda, a pesar de haberme quedado traslúcida; o para ser exacta no me veía nada destacable. La imagen que me devolvía el espejo, mi cerebro la asimilaba con bastantes interferencias y no le encontraba nada bueno. El caso es que me fui a Madrid el viernes en el Auto-Res de las tres de la tarde, con mi traje gris y rosa en la maleta y pocas ganas de fiesta, aunque sí de pasar una noche de confidencias con Almudena, a quien hacía tiempo que no veía. El viaje, largo y tortuoso como la canción de los Beatles, se me hizo eterno. Todavía me mareaba, y entre aquella carretera infame que unía Valencia con la capital, y la escasez de espacio entre asientos, que me tenía encajonada, se rifaban muchos boletos para que servidora terminara del revés. Traté de concentrarme en la música de mi walkman y en no moverme demasiado para evitar moraduras en las rodillas.

Llegué a la terminal en Madrid tras cinco horas de suplicio, con las costuras de los vaqueros hendiendo mis magras carnes y las articulaciones entumecidas. Pero todo lo olvidé cuando divisé a mi salvadora que me saludaba desde el andén opuesto. Venía acompañada de un señor bajito uniformado de gris, el chófer según deduje, aunque más parecía un «gris» de los de antes venido a menos. Descendí del autobús sudorosa, cargada con la mochila y la cazadora al brazo, y por poco acabo en tierra ante las efusiones de Almudena: abrazos, gritos, «qué guapa estás», «has adelgazado mucho», más abrazos, saltos… Quedé aturdida con sus efusiones y muy reconfortada. Dio instrucciones a su acompañante que, ignorando mi resistencia, se dispuso presto a arrebatarme el maletón que acababan de sacar de la bodega del autobús, y nos dirigimos al coche.

Ésa fue nuestra noche, la que de verdad disfruté. Compartimos tertulia entre susurros y risas arrancadas por un porro que lio con destreza y no fui capaz de compartir, presa de inoportunos ataques de tos hasta casi hacerse de día. Con la música de fondo del último disco de Police sonando en el tocadiscos de su cuarto, en aquella penumbra cálida fui consciente de ser feliz, arropada por el edredón y la amistad de Mumu. Sí, allí *Every breath you take* sabía mejor, cada bocanada de aire era más limpia e hinchaba más los pulmones, a pesar del humo pastoso y maloliente del porro de Almudena. Entre las muchas cosas que me contó, la más sorprendente o al menos la que recuerdo como tal, fue que había conocido a Verónica. Nunca puse en duda que el mundo es un pañuelo, pero aquello supuso una evidencia indudable. Su tía Virtudes, hermana de su padre, era la dueña de la tienda de Loredana en Sevilla, y se había hecho inseparable de la futura esposa de mi padre. Al principio Almudena no había caído en el detalle, sólo sabía que su tía había puesto una tienda de complementos en la calle Asunción, pero cuando fue a verla y reparó en el rótulo, se dio cuenta: era una tienda «Vero Loredana». Su tía contaba maravillas de aquella mujer divertida y escandalosa, tan diferente a todas las que conocía. Yo entendí perfectamente a lo que se refería. Siempre dejaba esa impronta entre la «gente bien», de empate entre la atracción y el escándalo. Lo que me sorprendió fue la rotunda apreciación de Mumu:

—Pues esa tipa tiene algo que no me gusta.

En general, menos a mi madre y a mi abuela —porque lo de Alice y Teresa lo asociaba al papel de jefa de Verónica—, parecía gustar a todo el mundo. La interrogué, pero no supo darme razones de peso; sólo era una impresión, intuición femenina, y me aclaró que por este motivo no le había desvelado que nosotras éramos amigas, aunque tal vez su tía sí lo hubiera hecho. Al parecer la amistad entre ambas era sólida. Ahora entendía yo la frecuencia con la que Vero viajaba a Sevilla, pero tampoco le di importancia. Mi padre y ella parecían hacer cada uno su vida, dentro de una relación tranquila pero muy independiente.

Amanecimos muertas de sueño y ojerosas —al menos yo, que a Mumu parecía no afectarle nada—, aunque nos dejaron dormir hasta las once. Me obligaron a ir a la peluquería —«No pensarás ir a mi fiesta con esos pelos»—, un salón cuyo nombre recordaba haberlo visto en las revistas. El peluquero, un hombre de frondosa cabellera negra y ademanes grandilocuentes, me miró con aprensión e insistió en hacerme unas mechitas para alegrar el color ceniciento de mi antaño rubia cabellera y, no muy convencida, lo dejé hacer. Cortó el flequillo, escalonó las puntas y terminé con una melena a lo Farrah Fawcett que me obligó a mirarme de cerca en el espejo, irreconocible.

A Mumu, a pesar de sus protestas, le hizo un sofisticado semirrecogido, su preciosa melena entreverada como una cascada de bucles sobre la espalda —«parezco una de esas princesas cursis de Disney», repetía—. Le duró poco, camino de casa le dio su toque personal.

No consintieron que pagara. Así eran ellos, espléndidos.

Aunque el Wellington estaba a dos pasos, nos acercó Eufrasio, el hombre de gris de la estación; era impensable llegar al baile de la Cenicienta a pie. Además, el frío cortaba la respiración y yo no había llevado nada para ponerme encima, confiada en el clima de mi Valencia. Almudena me prestó una estola de algún bicho muerto por el que no pregunté y que acepté con cargo de conciencia, reconfortada por el aroma a naftalina que compartía con mi vestido prehistórico —había resistido todos los sistemas de aireado y perfumado probados en casa para eliminar ese tufo a *eau d'une autre époque*—, y para evitar una posible pulmonía. Diez minutos en coche, dando la vuelta por Lagasca para enfilar el hotel desde el principio de la calle a una velocidad exasperantemente lenta, de desfile de autoridades, hasta que llegamos.

Paramos ante la entrada; aquello parecía el estreno de una película de moda. Alargué mi mano para abrir la puerta, turbada, mientras veía a todas aquellas jóvenes alicatadas y enlucidas, pero Almudena me agarró a tiempo para no hacer el ridículo. Descendimos como princesas con la ayuda de Eufrasio, que se apresuró a abrir la puerta de Almudena y después hizo lo propio con la mía.

Me tenía por una mujer de mundo, había viajado y me sentía bien en ambientes extraños, pero no estaba acostumbrada a esos excesos sociales, tan ajenos a la vida austera compartida con mi madre. La fiesta fue increíble, más de doscientos jóvenes enfundados en sus mejores galas, bebida y comida en abundancia ofrecida por camareros enguantados, y alguna otra sustancia que circulaba discreta por el salón flanqueado por jarrones de porcelana y arañas de cristal, que no tardaron en cambiar su brillo de tungsteno por los colores irisados de las luces discotequeras. Me sentí fuera de lugar; Almudena mariposeaba de un lado a otro como era de rigor para la homenajeada en tan señalado día, y aunque me había presentado a muchos de sus amigos, yo era incapaz de recordar sus nombres y al poquito de presentármelos desaparecían regresando con los suyos. Me dediqué a beber y bailar a partes iguales, y apenas probé bocado. Me encantaba bailar, pero la vergüenza me impedía hacerlo en público, hasta que el alcohol la adormecía lo suficiente. Desde Alaska a Bob Marley, pasando por Inhumanos, Michael Jackson y Earth, Wind and Fire, o U2, no me salté una. La gente debía de mirarme, porque con el cuerpo calientito por varios whiskies con ginger ale mis movimientos eran bastante llamativos, sin importarme nada más que seguir la música con los ojos cerrados. Aguantaba el alcohol de una forma portentosa, tenía práctica y, aunque tardaba en perder el control, lo que sí se evaporaba con rapidez era mi vergüenza, y afloraba una Lucía atrevida y despreocupada, provocadora incluso. En ese estado entraba en una especie de trance donde los problemas no existían, la vida era sencilla, sólo había que dejarse llevar por la música y bailar, y me sentía feliz. En *Tainted Love* comencé a cantar a voz en grito, y se me unió un chico que no recuerdo si era feo o guapo, pero desde luego era más alto que yo y bailaba de maravilla. Hasta entonces, nunca había sido consciente de captar la atención de ningún miembro del sexo opuesto por mis propios medios; me sentía transparente al género masculino y, sin saber por qué, ellos a mí me intimidaban. Si detectaba alguna aproximación, exhibía mi lado más extremo y una frialdad impostada para disimular mis temores y protegerme de aquellas criaturas, convencida de su carácter pernicioso. No lo hacía de forma consciente, era algo innato que surgía de algún lugar muy hondo, y que me había impedido tener relación con ningún joven, ni tan siquiera un beso.

Pero esa noche, embriagada, me convertí en la reina de la pista; hacía rato que flotaba y mi pareja de baile, otro espíritu libre, volaba también en armonía con mi cosmos alcohólico-musical. De U2 pasaron a Chicago. Las luces de colores se nublaron igual que el vodka que siguió al whisky nublaba mis sentidos y, sin saber cómo, acabé tirada en un sofá en un rincón oscuro de aquella sala oscura, con mi pareja de baile adherida a cada centímetro de mi cuerpo: su boca en la mía, sus manos desesperadas buscando huecos entre los pliegues del vestido que me amortajaba, y su erección, vagamente reconocida en algún lugar de mi subconsciente, presionando contra mi entrepierna. Recuerdo que nos separó Almudena para irnos a casa tras, entre risas, echarle una bronca a mi acompañante. Mi aspecto debía de ser lamentable tras los infructuosos y desmañados intentos de profanar mi hermético vestido, puestos en práctica por aquel chico que resultó ser primo hermano de Almudena, de la rama sevillana de la familia.

Mumu, a pesar de no tener nada que envidiarme en cuanto a cómo había pasado la noche, continuaba resplandeciente, como si terminara de presentarse allí. Ella era siempre así, perfecta incluso pasada de vueltas. Nada recuerdo del trayecto entre el Wellington y su casa. Sé que nos llevó el chófer, pero mi conciencia se había esfumado. Entramos trastabillando entre risas, aunque duraron poco. La primera vomitera llegó antes de despojarme del vestido, pero al menos en el cuarto de baño. Me encontraba fatal, recordaba los síntomas, no era la primera vez. Almudena me sujetó como pudo para evitar que me manchara y trajo su remedio para todo —dos pastillas de Alka-Seltzer—, que ingerí en cuanto conseguí mantenerme sentada en un ángulo de noventa grados. Aquel brebaje sirvió para provocarme una segunda arcada que me dejó temblando, la fuerza de mis músculos derretida al calor del alcohol. Almudena estaba asustada, nunca me había visto así y dudó si llamar a su madre.

—Amiga, vas fatal. Lo mismo hay que llevarte a un hospital, como le pasó a mi primo Fernandito Ugarte de Cepeda... —Iba a seguir, pero la agarré de un brazo, y algo más recuperada conseguí disuadirla.

—Ni se te ocurra, me muero, no podría volver a mirar a tus padres a la cara.

Tras un segundo intento por digerir el Alka-Seltzer, mi cuerpo fue capaz de retenerlo. El sudor y los temblores me dominaban, pero pude levantarme y llegar a nuestro cuarto. Me desvestí con mi ayuda de cámara, pero las fuerzas no alcanzaron para ponerme el pijama. No sé si fue el malestar, la vergüenza, el espanto o todo junto, rompí a llorar. Me sentí muy desgraciada. Serían las cuatro o las cinco de la mañana cuando nos dormimos; yo, sin pijama, acompañada de un barreño en el suelo y una botella de zumo de piña —«Esto hace milagros, Luci»—, y un sueño inquieto, plagado de pesadillas.

El domingo no amanecí Cenicienta después de la fiesta, sino directamente calabaza. Me dolía todo, tenía jaqueca, náuseas, apetito cero y ningunas ganas de hablar. A los Alka-Seltzer se unió una pastilla de vitamina B, gentileza de Mumu, y poco a poco fui recuperándome para el reino de los vivos. Ignoro de dónde saqué fuerzas para despedirme de la familia Menéndez-Núñez al completo, del servicio —sí, incluso en domingo—, y hasta del bueno de Eufrasio al que no fui capaz de mirar a los ojos. Mi querida Mumu me acompañó a la estación.

—Has dejado a mi primo Alfonso muy clavado. Ha llamado antes de comer preguntando quién eras y cuándo volverías a verte.

El alcohol se había volatilizado y la vergüenza y los remordimientos me sacudieron de nuevo. Era un desastre. ¿Cómo había podido hacer aquello? Y delante de todo Madrid. No soportaría enfrentarme de nuevo a los amigos de Almudena. A esa hora todos debían de saber ya quién era la valenciana facilona. Mi yo más gandalla me recriminó los excesos de la noche con la misma severidad que lo habría hecho mi madre. Bueno, no con tanta, porque no sé qué habría hecho ella de enterarse de mi conducta. ¿Sería de familia? Mi padre y mi abuelo eran unos golfos reconocidos, pero las mujeres de la familia mantenían una reputación intachable, salvo por algún incidente poco claro en la juventud de mi madre. Preferí pensar en otra cosa, me despedí de Almudena y en el autobús recapitulé como pude, entre pinchazo y pinchazo de mi resacosa cabeza, cuánto me había contado el viernes, hasta que caí dormida. El famoso viaje al Rocío —al que tanto insistía Vero que la acompañara— era, precisamente, con la hermandad de la tía de Almudena a la que pertenecía toda su familia, de origen sevillano. Incluido su primo, aunque vivía en Madrid. Y, con la sensación de que no sería tan malo aceptar esta invitación, me dormí llegando al pantano de Alarcón y no desperté hasta las curvas infames del portillo de Buñol. Cualquier plan sería bueno si me alejaba de las cuatro paredes de mi casa, y el Rocío era tan buen destino como cualquier otro.

19

La universidad me cautivó. Me sentía libre y cómoda entre gente que no me conocía ni sabía nada de mí, las clases me gustaban y no tardé en hacer amigos. La vida allí era como un paréntesis en mi existencia, la ansiedad que me acompañaba menguaba en el trayecto de autobús y desparecía al cruzar los jardines del campus donde muchos de mis compañeros recalaban durante la mañana. Me agobiaban algunas asignaturas y echaba de menos a Marianne, que había optado por estudiar Ciencias Económicas en la Literaria, pero nos las arreglábamos para salir juntas los sábados, por fin hasta un poco más tarde, merced a una larga pelea con mi madre basada en el manido argumento de «A las demás las dejan hasta...» y un insolente y peligroso «Ya soy mayor de edad», que fue casi peor. Estudiábamos mucho y salíamos mucho también. Los primeros parciales me atacaron desprevenida, suspendí la mitad, pero reaccioné y durante el resto del curso apreté. La carrera era importante; cuanto antes la acabara antes podría escapar, y eso ejercía como poderoso acicate. La situación había empeorado, cada vez soportaba menos la tensión y, aunque rechazara en su día vivir con mi padre y Verónica, mi madre ya no estaba sola, su relación con Javier era cada día más sólida y me sentía legitimada para salir de casa, aunque las dudas me asaltaran con demasiada frecuencia. Mi madre no se enteró de las suspensiones, desconocía si había parciales o no, la universidad para ella era un misterio. Al final me quedaron dos de las gordas para septiembre, Física —el examen era de día y medio— y Cálculo, pero conseguí aprobarlas gracias a las explicaciones de un compañero de clase muy solícito, que años después confesó cuáles habían sido sus intenciones. Pero yo seguía en mi cápsula de aislamiento ante el sexo masculino, y aproveché las clases del muchacho sin más interés que aprobar. Comencé segundo limpia y, aunque más centrada, no renuncié a mi vida social nocturna, mi válvula de escape. En una de estas salidas a Sancho, un bar en la zona de Tascas, Marianne ligó con un antiguo conocido suyo, un chico con quien coincidía en verano en Benicásim y siempre le había hecho gracia. Como solía ocurrir en esos casos, el amigo de mi amiga no iba solo y el consorte me fue adjudicado por la ley de la pesca de arrastre de Marianne. El «adosado» tenía un aire bohemio, con el pelo oscuro desgreñado y un poco largo, una perilla rala y ropa salida de algún mercadillo. Como un Bécquer moderno. Ni guapo ni feo, ni gordo ni flaco, un chico del montón salvo por la estatura y el aire demodé. En conjunto, agradable, sobre todo por su bonita sonrisa y unos ojos castaños chispeantes que, tan pronto como me lo presentaron, comenzaron a incomodarme. Su mirada fija, insolente y opaca, no se apartaba de mis pupilas, pero nada decía. La mía iba y venía de un lado a otro, cada vez más nerviosa, con mis mejillas arreboladas por momentos, hasta que opté por el plan A —ponerme extrema—, para salir de la situación:

—¿Tengo algo raro en la cara? ¿Alguna asimetría curiosa? ¿Espinacas en los dientes?

—No.

Ya está. Eso fue todo. Soltó una risa y siguió acodado en la barra, su mejilla descansando sobre el puño cerrado, sin apartar los ojos de mí, ahora con un atisbo de complacencia en la cara. Yo no entendía nada y cada vez estaba más incómoda —y los arrumacos de Marianne con su reencontrado Rodrigo no ayudaban a relajar el ambiente—. Tras otro silencio que se me hizo eterno, intenté el plan B, cambiar el foco de atención y evitar el silencio hablando sin parar mientras me movía, nerviosa, al ritmo de la canción de *Pedro Navaja*.

—¿Hace mucho que conoces a Rodrigo? Yo he coincidido alguna vez con él cuando Marianne me ha invitado a Benicásim, es un tío muy lindo. Tiene un apartamento muy padre en Playetas, cerca del de la familia de Marianne. ¿Conoces Playetas? Yo sólo he estado dos veces, no suelo pasar los veranos aquí, bueno, quiero decir, lo normal es ir en verano, aunque en realidad fui en Pascua por eso, por lo de los veranos…

Cada vez me envolvía más, pero me dio igual, seguí y seguí hasta que Juanjo —ése era su nombre— me cortó:

—¿Te importa si salimos de aquí?

Era lo último que esperaba que dijera. Su voz aterciopelada y dulce me transmitió la confianza que sus ojos, todavía enganchados a los míos, me robaban. Sólo fui capaz de asentir, darle un golpecito en la espalda a Marianne para decirle adiós, y seguirlo empujada por una extraña dependencia. Vagamos hasta el margen del río y desde allí seguimos paseando bajo la luz ámbar de las farolas. Me interrogó con sutileza sobre mis gustos, aficiones, mi familia. Sonsacaba la información como si hubiera enganchado un sedal a mis pensamientos. También yo me interesé por sus cosas, a pesar de sentirme cohibida a su lado. Nunca había estado sola con un chico, porque el rollo de Madrid fue otra cosa, rodeados de gente —aunque no la viéramos— y con escasa lucidez. Con Juanjo me sentía cómoda e incómoda, feliz y asustada, segura e insegura. En una palabra, confusa, y no sólo por las numerosas mistelas que me calentaban el cuerpo. Así continuamos caminando por la orilla del antiguo cauce hasta llegar a mi casa sobre las dos de la mañana. Al finalizar el trayecto parecía conocerlo de toda la vida. Era la hora de despedirse, me sujetó la cabeza por la barbilla con el índice y el pulgar y, con una dulzura desesperante, me la inclinó lo justo para depositar un beso en mis labios, como si se hubiera posado una mariposa.

—Cenarás conmigo la próxima semana. —El tono quedó a medio camino entre una orden y una pregunta.

Taquicardia, vértigo y vacío en el estómago, todo fue uno. Nunca me habían besado así, ni me habían propuesto una cita. Sonaba cursi, anticuado, pero era la mejor forma de definirlo. Me lo pidió con esos ojos castaños que brillaban cálidos a la luz de mi portal, atravesando los míos, y asentí. En ese momento terminó lo que había empezado; con la misma delicadeza, como pidiendo permiso, su boca se abrió paso en la mía, cerré los ojos y, temerosa de romper el hechizo, mis manos sujetaron sus mejillas mal afeitadas. Floté, sentí mis latidos recorrer mi cuerpo como tambores lejanos, y creo que si no me hubiera sujetado él por los brazos habría perdido el equilibrio.

La entrada en casa borró con rapidez mis emociones. Fue a abrir la puerta y vislumbrar la luz de la salita, prueba inequívoca de que mi madre estaba en casa y despierta. Llegaba casi media hora más tarde de lo permitido y me cayó una buena bronca, pero me invadía una extraña sensación de calma y las agrias palabras resbalaban como lluvia fina. No discutí, tan sólo me disculpé y me refugié en mi cuarto para prolongar las sensaciones de minutos antes.

Y así entró Juanjo en mi vida. A su lado mi voluntad dejó de ser mía, y eso me trajo muy malas consecuencias.

Juanjo estudiaba tercero de Bellas Artes, su padre era guardia civil y vivía con sus dos hermanas, una mayor que él, maestra, y otra de mi edad en primero de Farmacia. El departamento era propiedad de sus padres, que residían en San Sebastián aunque eran de Zaragoza. Su padre había decidido que los mayores estudiaran en Valencia al ser trasladado al País Vasco, mientras sus otros cuatro hermanos pequeños se quedaban en el norte. Siete hermanos, para mí un sueño, siempre fantaseando con una familia como la de *Con ocho basta*, aunque a él no se le veía nada entusiasmado.

Oculté la relación con Juanjo, convencida de que a mi madre no le gustaría y el tiempo me dio la razón. El espejismo de mentalidad abierta y progresista de mi madre exhibida durante los años de la transición evolucionó hacia posturas más conservadoras, y el color de su voto cambió. Estaba desencantada con lo que veía en la izquierda, desconfiaba de lo que quedaba del centro, la derecha tradicional le daba arcadas, pero al final el discurso conservador le cuadró en lo económico, aunque no lo hiciera en lo moral o social. En realidad éste había sido el gran atractivo para mi madre de las opciones de izquierdas, la apertura, la libertad de expresión. Incluso si se opuso a la ley del divorcio no fue por consideraciones morales sobre la indisolubilidad del matrimonio sino por entender que su divorcio perjudicaría mis intereses y, de paso, joder un poco a mi padre y a Verónica, por qué no. Mi madre salía rebotada de la dictadura, como tantos españoles, pero la inestabilidad social y laboral en la empresa, el avance de la crisis, y el conocimiento de primera mano de la situación de muchos países de la estela comunista que habíamos visitado, la habían acercado a posiciones conservadoras. Y Juanjo se declaraba trotskista, ahí es nada. Debía de haber tres ejemplares en mi entorno y tuve que ir a fijarme en uno de ellos. No, a mi madre no le iba a gustar, y con la ayuda de Marianne conseguí ocultar nuestras salidas durante un tiempo. A ella tampoco le gustaba. Decía que desde que empecé a salir con él estaba más apagada, menos viva, sobre todo si estábamos juntos. Era cierto, lo escuchaba con veneración, me hacía dudar de todos mis planteamientos y anhelaba una palabra suya de aprobación como las plantas los rayos de sol y la lluvia. Pero es que nadie me había hecho sentir como él me hacía sentir, aunque fuera sólo a ratos.

Su influencia no tardó en hacerse notar. Nunca había tenido querencia ninguna por las prendas de moda, no había pisado una tienda de Benetton o Don Algodón, no lucía jerseys de Privata, ni sabía lo que era un Barbour, a diferencia de mis amigas. Mi única debilidad eran los levi's. Pero a partir de mi relación con Juanjo mi forma de vestir todavía se relajó más. Parecía una *hippie* de los sesenta, la poca ropa que me compraba procedía de mercados y bazares, y me negaba a recurrir a las prendas de mi armario, salvo si su vetustez les confería la pátina bohemia que sintonizaba con mi León Trotski particular. Mi madre me miraba con horror, cuando no estallaba en carcajadas, pero por más que me preguntó a qué se debía ese nuevo look de *clochard*, no consiguió sacarme nada; me sentía más cómoda y más yo, y en la facultad muchos iban así; ésa era mi respuesta.

Desde el principio fue una relación absorbente. Todos los días me recogía a la salida de clase. Tenía licencia para manejar y disponía de un Simca 1000 verde militar del año 67, del que se sentía muy orgulloso a pesar de las risas que levantaba en el campus. Menos mal que entonces Los Inhumanos aún no habían compuesto su loa a ese coche, o yo habría pasado un mal rato. Me preguntaba por qué nunca me relacionaba con gente que tuviera vehículos normales, menos llamativos. Porque si me resultaba incómodo subir en los tanques de lujo de Javier o el deportivo de Verónica, tampoco aquel utilitario digno de un museo pasaba desapercibido. Pero una vez dentro, a su lado, nada importaba.

Me llevaba a casa, flirteábamos un rato en el coche, hablaba despacio, en su tono dulce, y a veces bromeaba llamándome su «burguesita» ante mis airadas protestas como si fuera el peor de los insultos. Y quedábamos de nuevo por la tarde para estudiar en su departamento. No era estudiar lo único que hacíamos, pero sus acercamientos eran cautos, conquistando terreno poco a poco. Sabía que yo no había tenido ningún novio antes, y no le conté el desastre de Madrid por vergüenza, pero mi inexperiencia era evidente, y mi vergüenza y mis temores, también. No me sentía cómoda, a pesar de profesarle adoración, entre otras cosas porque alguna de sus hermanas siempre estaba por el departamento y, aunque eran muy discretas e intentaban hacer todo el ruido posible cada vez que se acercaban al comedor, donde él tenía sus útiles de dibujo y pintura, me horrorizaba que me sorprendieran en sus brazos. Pero esto era más bien la excusa, el principal motivo era mi extraña aprensión hacia el contacto físico y su insistencia en pintarme desnuda. Tal vez el exceso de información negativa sobre los hombres recibido desde niña me provocaba recelo, sensación de peligro, incluso con alguien que me había sorbido el seso como Juanjo. Sufría vaivenes constantes cuando ese deseo se materializaba en un avance sexual concreto. A él le divertían mis reacciones, descubrir qué me excitaba o me asustaba, y jugaba a ponerme a prueba. No tardó en averiguar que un par de copas podía hacer milagros, y nunca faltaba una botella cerca. Pero aun así, y a pesar de dos intentos tempranos de llevarme a su dormitorio, yo me resistía debatiéndome entre el miedo a perderlo si no accedía y el miedo, mucho mayor, a tener una relación sexual completa, algo para lo que no me sentía preparada. Incluso tardé unos meses en claudicar para que me pintara desnuda y sólo acepté posar de espaldas.

Las cosas se torcieron el día en que mi madre nos sorprendió en la puerta de casa, atornillados dentro del Simca 1000. Era viernes y yo, en teoría, estaba en el cine con Marianne. La cara congelada de mi madre enmarcada por los bordes de la ventanilla tras oír unos golpecitos en el cristal estuvo a punto de costarme un infarto. Por señas me indicó que subiera de inmediato. Quise morirme. Me arreglé el pelo y me estiré el jersey de lana *oversize* convertido en una bufanda de gran tamaño alrededor de mi cuello ante las manos ávidas de Juanjo. Aquello no presagiaba nada bueno. Me despedí temiendo no volver a verlo, como si fueran a encerrarme en un convento, y a la vez pensando que tal vez así solucionase al extraño momento que estaba pasando con él, consciente por unos segundos de su constante presión y mi cada vez mayor inestabilidad. La música de América que hacía de fondo musical en el coche sonaba en mi cabeza como un mantra, *I've been through the dessert on a horse with no name...*, mientras los besos de Juanjo permanecían en mis labios, y las notas alejaron las dudas y me trajeron de vuelta la necesidad de estar con él, no podía perderlo, si dejaba de verlo me moriría. En el ascensor el espejo me devolvió una cara triste y mi ropa se tornó plomiza. «No pasa nada, es normal, ya tengo edad», me repetía, pero la expresión de desprecio de mi madre en la ventanilla no desaparecía, ni el que yo misma me hacía por ceder en cosas que no deseaba hacer, tampoco. La imperiosa necesidad de un trago me hizo desesperar todavía más, y con ellos en casa era imposible. El ascensor paró. Respiré hondo y me calmé. Estaba agobiándome sin motivo: ¿por qué iban a recriminarme, a mi edad, estar con un chico? Seguí cantando, *in the dessert, you can't remember your name...*, como si la música me empujara hacia el destino. Abrí la puerta y una luz se encendió en mi mente: mi madre no me habría sorprendido jamás, no veía más allá de su nariz, incluso con las gafas puestas. Tuvo que ser Javier. Percatarme de su intervención me enfureció; siempre afrontaba mejor las situaciones enfadada que triste, y me envalentoné. No tenía razón para enfadarse. Por supuesto que no. Era mayor de edad y no tenía que darle explicaciones. La terapia de autoconvencimiento hizo efecto en el primer momento.

Desde la puerta se escuchaba la airada voz de mi madre y las respuestas cortantes de Javier sobreponiéndose a la televisión, siempre encendida, como un invitado más. Bastó cruzar el recibidor a oscuras para perder aliento; las paredes del pasillo se estrecharon a mi paso, pero hinché el pecho y mostré un aplomo fingido, la fachada de altanería ante cada envite de mi madre en los últimos tiempos, aunque me temblaran las rodillas y mi estómago fuera una ciénaga de ácidos.

Javier me vio aproximarme, su sillón era un palco preferente al largo pasillo, y el brillo de sus ojos y la forma de darle una calada profunda a su cigarrillo me revolvieron.

—Ya tienes aquí a la niña. —El retintín y la risita que le siguió sonaron como una bofetada—. Mejor me voy, que imagino tendrán mucho de qué hablar. Pero no te exaltes, rubita, que todos hemos sido jóvenes.

Yo frené bajo el dintel, Javier se levantó, le dio un casto beso a mi madre en el pelo y al pasar a mi lado me dedicó un «Bonita sorpresa, Gorda. Desde luego no has salido a tu madre», me dio un apretón en el brazo y desapareció por donde yo había llegado, dejándome una sensación nauseabunda.

—Qué cambiada está Marianne…

No supe qué contestar. Ella siguió.

—¿Me puedes explicar quién era ese que estaba metiéndote mano hasta el hígado en un tanque de la Primera Guerra Mundial?

Mi abuela no lo habría resumido mejor. El ramalazo Atienza, cuando salía, era letal.

Avancé, tomé asiento y mis pulmones buscaron el aire que no les llegaba. El sillón de Javier me producía arcadas, pero era el lugar más alejado de mi madre desde el que podía verle la cara sin estar de pie. ¿Por qué estaba tan asustada? ¿Qué había de malo? ¿Acaso mi madre no había tenido aventuras, algún ligue? Por lo que sabía, el mismísimo Javier Granados había tenido sus escarceos con ella. Pero la realidad es que sentía miedo y vergüenza y sensación de desamparo.

—Es… mi novio. —Yo misma me sorprendí ante aquella afirmación en voz alta. Él nunca había dicho tal cosa.

—Ya veo la confianza que tienes en tu madre. Yo siempre te he escuchado, no como mis padres a mí, pero está visto que no sirve de nada. ¿Cuándo pensabas decírmelo?

—No he visto la oportunidad.

—Ya… ¿Y desde cuándo te acuestas con ése? —Hizo que ése sonara como algo sucio, reprobable.

—Se llama Juanjo y no me acuesto con él, y además si lo hiciera no sería asunto tuyo. Ya tengo dieciocho años.

—Ah, claro, la señorita independiente. ¿Y tus dieciocho años te han dado para pensar en usar un condón? Porque sólo me faltaba que vinieras embarazada.

—¡Mamá! —La furia me desbordaba y en esos momentos, como en tantas ocasiones, me entraban ganas de que sus acusaciones fueran ciertas—. Ya te he dicho que no me he acostado con él, y si lo hiciera no sería asunto tuyo. —Mi subconsciente me gritaba que me callara, pero nunca le obedecía—. Además, por si no lo recuerdas, hace un año que tomo la píldora por los desarreglos, viniste conmigo al ginecólogo, así que si es eso lo que te preocupa ya puedes estar tranquila. Pero ya te he dicho que no me he acostado con nadie.

—Pues viéndolos en el coche cualquiera lo diría. Además, no sé por qué voy a creerte, eres una mentirosa compulsiva. ¿No estabas con Marianne? Mientras vivas bajo mi techo, todo lo que hagas es asunto mío. Si vienes con un panzota, ¿quién crees que va a mantenerlos? Así que también es cosa mía. Eres una irresponsable, además de que a este paso acabarás como una puta. ¿Crees que no me había dado cuenta de lo sofocada que has llegado algunos días a casa? Te he escuchado llorar, pero no he querido importunarte y he esperado a que vinieras a contármelo, como haría cualquier hija que confiara en su madre. Te crees que soy idiota, pero no, hija, que he vivido mucho y sé que llevas muy mal camino. Pero claro, todo se pega en esta vida, y quien con putas anda…

Aquello fue demasiado. Como en todas nuestras discusiones, unos temas se mezclaban con otros y la sombra de Verónica y mi relación con ellos pasó a ser la cuestión central. Por su influencia, no había duda, cada vez me parecía más a «ellos»: más ordinaria, más fresca, más despegada, más hiriente, más indecente. Para mi exasperación, de nada servía replicar, mis argumentos nunca eran lo bastante potentes para rebatir los suyos; lo que es peor, ni siquiera lo eran ante mí misma. Sentía en el fondo una desagradable sensación de culpa, un runrún de que tal vez ella tuviera razón. Cierto que todavía no me había acostado con él, pero había hecho cosas contra mi deseo que estaban proscritas, y la sensación de profanación me angustiaba. Juanjo podía ser, cuando quería, uno de esos caballeros educados y románticos que tanto me gustaban en las novelas de Jane Austen; me regalaba flores, dejaba poemas entre las páginas de mis libros de estudio y me acariciaba con tanto cuidado como si fuera de porcelana mientras me susurraba lo que necesitaba escuchar; pero también era tortuoso y complicado, podía mostrar una indiferencia total y pasar horas sin hablar mirándome con dureza, como si yo hubiera hecho algo terrible y pendiente de confesión, muy parecido al trato de mi propia madre y con efectos similares, cuando no se burlaba de mis razonamientos, ya fuera en privado o delante de sus amigos. A veces se apartaba cuando le hacía un gesto cariñoso —me gustaba acariciarle la barba, casi siempre mal recortada, pero lo hacía con recelo por si era uno de esos días de «no tocar»—, para pasadas las horas acercarse él y consentirme de nuevo el contacto. En esas ocasiones mis nervios se tensaban, mi voluntad flojeaba y la inseguridad rendía mis defensas, siempre temiendo su abandono. Después de uno de esos días tortuosos en su departamento, y con sus hermanas ausentes, había sucedido. Yo estaba sentada en el suelo, a sus pies, leyendo un libro, y él escuchaba música celta sentado en el sillón orejero. Había sido un día dulce, romántico, pero llevaba más de una hora taciturno, no hablaba y notaba su mirada dura sobre mí. De pronto me quitó el libro de las manos y tomándomelas me volvió hacia él y quedé arrodillada entre sus piernas. Me miró como sólo él me miraba, serio, profundo, y mi cuerpo se agarrotó. ¿Qué pasaba? ¿Qué quería? Cuando terminó de desabrocharse el pantalón y se la sacó, no podía creerlo.

—¿Qué haces? Pueden venir tus hermanas —tartamudeé sin convencimiento girándome hacia la entrada, sin encontrar otra excusa más digna para frenarlo y no mirar lo que tenía delante.

Hizo un gesto con el dedo índice para que callara. Me preguntó: «¿Me quieres?»; asentí, y sin más me sujetó la cabeza con ambas manos y la empujó sobre él. Me resistí, no quería hacerlo, pero alcé la cabeza y su mirada me decidió; me la estaba jugando y yo lo quería, no podía perderlo. Era la única persona que había conseguido hacerme sentir bien conmigo misma, aunque no siempre, aunque también me sintiera mal, aunque no fuera cierto, pero necesitaba creerlo. Y cedí. Mi mente se resistía mientras mi boca lo engullía y sus manos ayudaban a mi cabeza a llevar el ritmo preciso, arriba y abajo, arriba y abajo. Las lágrimas acudieron a mis ojos sellados pero me las tragué, era la única forma de conservarlo, me repetí, y me concentré en no pensar y en hacerlo lo mejor posible, en no defraudarlo.

Mi madre no se equivocaba tanto. Hasta conocerlo y, salvo el episodio en Madrid, yo siempre había sido discreta, tímida, y como decían entonces, muy formal. Pero con él... Incluso daba el espectáculo en cualquier sitio, sin importarme nada; es más, era feliz cuando demostraba su cariño, a veces su deseo, en público. Alguien me quería, me valoraba, y me encontraba atractiva a mí, que no tenía nada que ofrecer. Aquel día había llegado a casa descompuesta. No cené y cuando estuve sola en mi cuarto lloré hasta el agotamiento. Mi madre debía de referirse a este día, aunque hubo otros. Sentía una extraña humillación que no entendía. Si lo amaba, ¿por qué me sentía así de mal? Pensé que mi madre no se había dado cuenta, pero yo olvidaba que era adivina. Y sin embargo fue la estúpida e inocente escena del coche la que desató el cataclismo. Mientras me zahería con sus vaticinios sobre mi futuro y menciones a mi abuela —«terminará teniendo razón, si te hubiera dejado con ella serías una señorita»—, recordé mi paso por la fiesta de Mumu en Madrid y mis mejillas se encendieron más. Sí, mi madre tenía razón, me estaba perdiendo el respeto a mí misma. Todas esas ideas se mezclaban en mi cabeza y me hundían en la viscosa culpa que tan bien conocía.

Fui incapaz de responder, y ella prosiguió sin apiadarse del horror húmedo que inundaba mis ojos.

—Tenemos a todo el edificio pendiente de lo que hago o dejo de hacer, y he luchado mucho para que nos respeten y no cargues con el baldón que yo tuve que soportar. Pero se ve que ni la educación ni el cariño han servido de nada. Si vas a ponerte en evidencia, no lo hagas en la puerta de casa avergonzándonos a todos. —Y aplastó la colilla con fuerza.

Me sentí sucia y humillada, aplastada como aquella colilla. ¿Cómo podía mi madre decirme estas cosas?

—Pues según me contó Berta, diste un buen escándalo con el padre de Javier cuando no tenías ni mi edad. ¿En qué andas ahora? ¡Eres peor que la abuela Dolores!

Mi madre palideció de golpe, los ojos se le llenaron de lágrimas y balbuceó algo ininteligible. Me encerré en mi cuarto muriéndome por beber algo. Estuve tirada en mi cama un buen rato. Lloré al ritmo de la lluvia de noviembre que empezó a caer con fuerza sobre el plástico del tendedero; me sentía despreciable. Oí a mi madre encerrarse en el cuarto de baño y aproveché para correr a la alacena del comedor. La necesidad me dio la fuerza para abandonar mi refugio, y con el corazón golpeando mi garganta di dos tragos largos directamente de la botella, sin perder un matiz de los sonidos de la casa, temerosa de que la lluvia disfrazara los provenientes del baño. El ardor me reconfortó el alma quemando la angustia. El grifo del lavabo seguía abierto, ¿o no? Un trago más, prolongado, largo, desesperado, y mi ánimo se encajó. Dejé de nuevo la botella justo cuando oí abrirse la puerta y regresé a mi cuarto entrando a través del de mi madre para no encontrarme de bruces con ella, y de ahí al mío por la puertecita de comunicación que continuaba abierta, como cuando era pequeña. Busqué nerviosa los caramelos de anís a los que recurría para camuflar el olor ya familiar del *pastisse* y me puse el pijama en silencio. Ya no lloraba, la adrenalina y el alcohol cambiaron mi llanto por taquicardia. Sin darme cuenta estaba hundiéndome en una ciénaga espesa y cada movimiento me atrapaba más en ella. Necesitaba huir, salir de allí lo antes posible, y sólo existía una posibilidad: empezar a trabajar con mi padre para ganar dinero, porque el resto de opciones no me garantizaba una mínima subsistencia. Tendría que hablar con él.

20

El sábado teníamos comida con Javier y hubiese pagado por no estar allí. Mi madre no sacó el tema, pero el entrometido de Granados —por entonces nada bueno le veía— sí, con su regusto habitual por tocarme las narices —«¿Ya sabemos quién es el muchachote del Simca 1000?»—. Y a partir de ahí mi madre resumió los «méritos» de Juanjo con un sarcasmo doloroso. Otro día en que la comida no lograba atravesar mi garganta. Lo más agradable que escuché fue: «¿Un poco de vino?», ofrecimiento que acepté sin dudar con la esperanza de que obrara de nuevo el milagro. Cuando se cansó de lanzarme indirectas, me sorprendió con el anuncio de cómo pasaríamos las vacaciones de navidad. Faltaba menos de un mes, y en esas fechas solíamos hacer algún viaje las dos solas tras cumplir el trámite de cenar con mi abuela el día de Nochebuena. Di por sentado que ese año sería igual, pero hubo sorpresa: esa vez Javier nos acompañaría. No pude callarme:

—¿Qué pasa, eso sí que lo van a ver bien los vecinos? —Me salió como un susurro cargado de rabia; mi madre soltó el tenedor y Javier le apretó la mano.

—Déjala, que está encabronada por lo de ayer y no sabe lo que dice. Lucía, lo vamos a pasar muy bien, no lo dudes. Japón y Taiwán son países fascinantes.

Pensar en viajar con ellos hasta tan lejos se me hizo insoportable. No quería ir, mis amigos hacían una fiesta ese fin de año y

Mumu también me había invitado a volver a Madrid, aunque esto me daba reparo por mi actuación en su última fiesta.

—¿Es necesario que vaya yo? Podría quedarme, es un viaje muy caro.

—¿Desde cuándo te preocupa lo que es caro o barato? Debe de ser por influencia del rojillo de tu novio. —La irritación de mi madre era palpable—. No te lo he dicho, Javier, pero el niño es un artista progre que le está lavando el cerebro a esta pobre criatura, un sinvergüenza que con la excusa de sus dotes para el arte quiere pintarla en cueros, y seguro que la pobre infeliz ha accedido. —Protesté airada a pesar de ser cierto lo que afirmaba; tiempo atrás le hablé de un amigo que me había propuesto posar, haciéndome la moderna, y le costó poco sumar dos y dos cuando supo que Juanjo estudiaba Bellas Artes. Insistí en quedarme—. Parece mentira que seas tan poco agradecida. Muchos darían lo que fuera por hacer un viaje así, y tú estás pensando en quedarte por alguna estúpida fiesta de las que tendrás decenas en esta vida. O lo mismo cuentas con otros planes más apasionados.

Me sonrojé hasta las entrañas y no me atreví a levantar la cabeza del plato. Intuí una sonrisa socarrona en la cara de piedra de Javier. No, no era por las fiestas por lo que no quería ir, ni por verme con Juanjo, pero no era momento para hablar de ello, ni me vi con fuerzas. Pensé un momento en mi padre, otra Navidad sin verlo, imposible recordar cuántas iban. Para mí como si fueran todas: en la última aún no tenía uso de razón.

Los preparativos del viaje fueron una contienda, todos enervados y prestos a saltar. Mi abuela, siguiendo la tradición, se quejó amargamente: iba a pasarse la mayor parte de las fiestas sola —por otro lado, como cada año—. En Nochebuena siempre cenaba con nosotras, y al día siguiente celebraba la Navidad con su ilustre hijo —a la sazón, concejal de seguridad—, antes de que él partiera con la familia a esquiar. Era el lamento de la cena, entre langostino y langostino, nuestro abandono en fechas tan familiares, aderezado con alguna crítica a lo recargado del árbol navideño engalanado con esmero, sólo para ella, habida cuenta de que al día siguiente partíamos para no volver hasta después de Reyes. Estos comentarios los compensaba con alabanzas a lo fresquísimo de aquel marisco —descongelado horas antes— y a la abundancia de viandas. A mi madre le faltó tiempo para sugerirle acompañar a su adorado hijo a un lugar tan de moda como Baqueira, aprovechando que desde su llegada a la política las cosas le iban mucho mejor. Sólo tuvimos un rato de paz durante el mensaje del rey que, como en ocasiones anteriores, escuchamos con apatía y poco interés, apagada su voz por los comentarios de mi abuela sobre su añorado Generalísimo y las golferías de Su Majestad, con quién había compartido veranos en Formentor.

Estas disputas eran tan normales en Navidad entre las Lamarc-Atienza como los turrones y los villancicos que sonaban de fondo, pero cuando se me escapó que Javier nos acompañaría en nuestra huida viajera, el conflicto subió varios enteros. El intercambio de regalos entre las tres se produjo en un ambiente más cercano a la tragedia griega que a lo entrañable de la Navidad, y la furia con que mi madrina Dolores rasgó el envoltorio del carísimo bolso elegido ese año por mi madre, obligaba a mantenerse a distancia. Nos podíamos haber ahorrado las luces del árbol porque las chispas saltaban con cada comentario, y por una vez estaba más de acuerdo con mi abuela que con mi madre. A pesar de su carácter, hubiera preferido que fuera ella nuestra acompañante. La idea de estar los tres solos, mi madre, Javier y yo, *full time* durante tantos días me perturbaba, todo me resultaba artificial y forzado. Cuando viajábamos solas lo pasábamos bien, rara vez discutíamos y compartíamos gustos y confidencias, como si la amargura quedara adherida al gotelé de nuestras paredes en Valencia. Pero la presencia de Javier no auguraba nada bueno a pesar de que mi madre me aclaró —ante mi sorpresa e incredulidad— que nosotras dormiríamos juntas. Por un lado me alivió saberlo, por otro no entendía aquella relación platónica con un individuo tan carnal, e intuí que al interesado no le iba a agradar la idea. No tardaría en comprobarlo. La tensión fue el cuarto compañero de expedición, una aventura rara, incómoda e intrigante, que me afectaría en mi evolución personal.

Fue un viaje pesado en el que tuvimos tiempo para dormir, comer, volver a dormir, volver a comer, desesperarnos, pasear por los pasillos del avión, hacer dos escalas y vuelta a empezar. Aterrizamos en el aeropuerto Zhong Zheng International Airpot de Taipéi con un día de antelación a nuestra salida, uno de esos fenómenos desconcertantes cuando viajas hacia el Este. El aeropuerto era de los más modernos que había visto, y eso que llevaba muchos a la espalda, en aquellos años un referente en Asia. Nos recibió un aire más fresco de lo esperado, suave y húmedo, y unos corredores impolutos salpicados de militares con aparatosos uniformes y mirada amenazadora.

Nuestra estancia en Taipéi, como siempre ocurre en estos viajes de grupo y más aún en países donde el control político se percibe en el aire, estaba completamente organizada sin apenas oportunidad para despistarse por cuenta propia. Cierto que Taiwán era oficialmente una democracia, pero la herencia dictatorial pesaba y se notaban sus efectos, más cercana a un régimen militar que de lo que entendemos por democracia. El hotel era una gran construcción de estilo japonés, con la estructura en rojo lacre y la cubierta pajiza en forma de pagoda. Me sentí intimidada al penetrar en el inmenso *hall* de techos altísimos sostenidos por gruesas columnas rojas, el color dominante, con artesonados de madera y grandes faroles chinos o japoneses —a saber—, adornados con flecos carmesí en las esquinas. Todo era amplio, sobrio y exquisito. Pequeños muebles lacados en negro, con motivos orientales, apenas llenaban los grandes vacíos entre las columnas y el suelo de madera semejaba recién encerado. Encogida ante tanta amplitud y un poco mareada por el penetrante olor a incienso y barniz, seguí al grupo hasta el mostrador de recepción. Las maletas habían volado. No se oía un susurro, y los empleados parecían no tocar la tarima. Pero con nuestra llegada se armó el escándalo.

Primero fue el barullo del reparto de llaves general y luego el de la nuestra en particular. Mi madre se había hecho la remolona por ser los últimos, pero cuando la guía leyó: «una doble para la señora Lamarc y una individual para el señor Granados», Javier se volvió como una cobra en ataque hacia mi madre, responsable de los pormenores del viaje, y esperó apenas unos segundos a que la guía se alejara para pedirle explicaciones. Yo me alejé unos metros, incómoda.

Hasta entonces el resto de los viajeros, un grupo variopinto, había asumido que formábamos una familia. Pero a partir de ahí quedó claro que no, al menos no una familia convencional. La contundencia con que Javier recriminó a mi madre su decisión, cuando debía de prometérselas muy felices, llamó la atención tanto de los compañeros, que ya esperaban el ascensor como de algún comisario político apostado en el hotel. Taiwán todavía se regía en 1984 por la Ley Marcial y la presencia de militares o personajes sospechosos era frecuente en todos los ámbitos. Granados, humillado, le reprochó a mi madre un comportamiento que calificó de infantil e intolerable, y afirmó que de haberlo sabido se habría quedado en Valencia. «Lo que hacen algunos por un polvo», pensé yo divertida. Pero la risa se congeló en mis labios cuando vimos acercarse a uno de esos individuos mal encarados vestidos a lo Mao. Aquel país militarizado me daba miedo. Javier reaccionó, se calmó, y echó a andar hacia los modernos ascensores como si no nos conociera. Mi madre sonrió con timidez al hombre que ya estaba sólo a un par de metros de nosotras, y le hizo un gesto de tranquilidad poniendo la cara de boba que tan bien había aprendido a utilizar. Sin esperar a que nos alcanzara, nos apresuramos hasta el ascensor. Javier ya no estaba.

Nuestros compañeros de viaje eran una familia andaluza completa: los padres, sus cinco hijos —entre doce y veintiún años— y los abuelos; dos parejas con toda la pinta de ser segundas oportunidades

—por la diferencia de edad entre ellos y el exceso de caramelo en sus frecuentes muestras de afecto—; dos matrimonios jubilados —uno muy elegante y poco comunicativo, y el otro, de un pueblo manchego, que parecía salido de *Los santos inocentes*—; y por último una señora murciana, también jubilada —si bien cualquiera lo diría ante la vitalidad que irradiaba—, que viajaba sola. Era viuda, según nos comentó, y congeniamos enseguida. Compartíamos todas las actividades y la mesa en las comidas, contagiados de su buen humor. Hablaba maravillas de su difunto esposo, algo sorprendente para mí, y por su gracia al contar anécdotas podría haber sido andaluza. Pensé que Javier la ahuyentaría, pero me equivoqué. Si algo tenía es que era un caballero con las damas, y se las arregló para atender a mi madre y a nuestra acompañante adoptiva en todo lo necesario. Le recordaba a su propia madre en los buenos tiempos, y mostró con ella una amabilidad infrecuente. Al matrimonio manchego le había tocado el viaje en un concurso de televisión, y siendo su primera salida del pueblo nos llevaban de cabeza al entretenerse en las tiendas de souvenirs. Más de una vez estuvieron a punto de quedarse en tierra, y en la visita al Museo del Palacio Nacional les cayó una bronca monumental en taiwanés o en mandarín, vete a saber, por tocar una preciosa miniatura tallada en marfil, de las pocas no protegidas por un cristal.

Aquella misma mañana me había abochornado al ver cómo les apercibían en el bufet del desayuno; la buena mujer, emocionada ante tanto derroche, había confundido su bolso con un tiburón famélico, y recorría las bandejas de croissants, bollos, panes y fiambres alimentando las fauces hambrientas del bolsón colgado de su antebrazo. Amablemente le aclararon el sistema: podía servirse tantas veces como quisiera, pero no se permitía sacar productos del comedor. A pesar de que le hablaron en inglés, la señora entendió el mensaje ante la solicitud de su interlocutor para ayudarla a vaciar su bien alimentado bolso. Javier llevaba rato despotricando sobre aquella pobre gente abrumada por tanto lujo y esplendor, y la llamada de atención la sintió como si lo hubieran abofeteado.

—No sé qué hacen estos palurdos en un viaje como éste —exclamó, sin molestarse en bajar la voz—. Todo el hotel está pendiente de nuestro grupo, qué vergüenza.

Javier huía de ellos como si apestaran y pronto comenzó a sacarle partido a todo lo que hacían, con aquel arte suyo para ridiculizar al prójimo. Y para ser sincera, gracia tenía, a mi pesar, porque la pareja proporcionaba muchas ocasiones y él estaba inspirado en las chanzas. Rememoraba cuanto hacían, cosas que todos habíamos visto, y nos hacía soltar la carcajada que ni él mismo podía reprimir. Pero la mañana en que visitamos el museo se acabaron las risas.

A la salida, posando todo el grupo en la gran escalinata de la entrada para hacernos la típica foto de recuerdo con el Palacio al fondo, aquel hombre que no se quitaba la boina ni bajo el sol húmedo de Taipéi, cargado con el mundo que su señora le había obligado a comprar, trastabilló en el escalón, empujó a la pobre Remigia, la viuda, y al no tener ella nadie delante rodó hasta el final de los escalones. Rotura de tibia y peroné, además de múltiples magulladuras. Sus gritos fueron espeluznantes y al poco perdió el conocimiento. Casi como yo al verle el hueso quebrado y sanguinolento asomando por la espinilla reventada.

A Remigia se la llevaron a un hospital donde le colocaron el hueso en el sitio, le suturaron la herida y le pusieron un vendaje compresivo de proporciones elefantiásicas. Cuando por fin regresó al hotel al día siguiente, su pierna parecía la de un astronauta con el traje espacial puesto; en la cara brillaba un hematoma violáceo y el brazo en cabestrillo descansaba pegado a su pecho. La pobre se lamentaba de su mala suerte, y toda su ilusión era poder organizar la vuelta lo antes posible, aunque no tardó en recuperar su alegría habitual. Mi madre se ofreció a asistirla y por las noches y las mañanas la ayudaba a asearse. El inductor del desaguisado se sentía fatal, y en lo que quedó de viaje también se empeñó en ayudar a Remigia en todo. Hombre fuerte, curtido por el trabajo en el campo y, acostumbrado a acarrear sacos, literalmente cargó con la murciana cada vez que nos topamos con una barrera arquitectónica.

En muchos lugares la silla de ruedas facilitada por el propio hotel debía subirse a pulso, y a su ocupante en brazos. Para Javier fue la puntilla, no nos quitábamos a Cantimpalo —como él lo había apodado— de encima. Tal vez por esto se lo hizo pagar. Sólo nosotras supimos su autoría, pero casi acabamos todos en el cuartelillo, y aquel país no era lugar para bromas. Ocurrió la mañana del último día. El matrimonio Cantimpalo —así se quedaron los infelices, borrado su nombre de mi memoria— no llegaba al autobús. Entre él y Javier habían subido a Remigia y la habían acomodado en el primer asiento para que pudiera estirar la pierna, y el hombre con su boina había vuelto a la recepción por su mujer. Pero el tiempo pasaba y todos mirábamos el reloj preocupados, nos esperaba un vuelo a Tokio y podíamos perderlo. Al fin, la guía vino al autobús y nos explicó lo que pasaba:

—Al parecer, anoche alguien pidió al servicio de habitaciones, a nombre de estos señores, una botella de Moët Chandon Brut Imperial Methuselah y un recipiente de doscientos cincuenta gramos de caviar iraní, y ahora se niegan a pagar la cuenta alegando no haberlo pedido. Están localizando a la persona del turno de noche que recibió la llamada para tener más información, pero si no pagan, no salimos ninguno de aquí. El comisario político ya ha intervenido y va a llamar a la policía.

Se levantó un murmullo de preocupación, todos comentando incrédulos los acontecimientos y el riesgo de perder el vuelo.

—Pero si no lo pidieron, lo devolverían. —El comentario fue de Javier y su sonrisa risueña me provocó un vacío en el estómago—. ¿Cuál es el problema?

—Creyeron que se trataba de un presente del Grand Hotel, y acabaron con ello.

Las primeras risas se dejaron oír por el autobús.

—Increíble. Pues tendrán que pagar, no queda otra.

Después de una larga discusión en la que Javier se unió a la guía para supervisar la resolución, éste convenció al matrimonio de lo inevitable: o pagaban, o nos mandaban a todos a la comisaría. Y pagaron. Con el premio del viaje se incluían cien mil pesetas para gastos, que ese día se esfumaron definitivamente. El viaje al aeropuerto se hizo en un silencio absoluto, salvo por alguna pequeña risita que se le escapaba a Javier, sentado delante de mí.

—¿Cómo has sido capaz? —le susurré asomándome por el hueco entre los asientos—. Te has pasado tres pueblos.

—No sé de qué me hablas, Gorda. —Se había girado y lo veía por la rendija. Su sonrisa era triunfal—. Pero no negaré que me he alegrado. Se lo merecen. Tendrías que haber visto la cara de la Cantimpalo cuando ha visto que no quedaba más remedio que pagar las ciento treinta mil pelas.

Remigia continuó con nosotros. Pensar en volver sola era un suplicio, y con los cuidados constantes de todos y la visita a un nuevo hospital en Tokio gracias a su seguro de viaje, donde volvieron a curarle la pierna y la escayolaron, las cosas se hicieron más llevaderas. Una vez terminara el recorrido por Japón sí volvería a España, pero Japón era la ilusión de su vida y no quiso perdérselo. Yo esperaba hablar con mi madre esa noche en Tokio sobre lo ocurrido en el Grand Hotel, aprovechando nuestra soledad, pero para mi sorpresa se ofreció a dormir con la viuda.

—Hija, es mejor que tenga a alguien con ella, y para mí será más cómodo que ir y venir. Ya tenemos cierta confianza y se siente cómoda conmigo. Tú puedes dormir sola perfectamente. Y en Hong Kong volveremos a estar juntas.

Remigia ofreció un poco de resistencia, pero al final aceptó aliviada.

No era lo que esperaba, pero lo entendí. La ayudé a instalarse y me fui sola a mi habitación. Tuve mucho tiempo para meditar. No podía evitar que me entrara risa al recordar lo que había hecho Javier, aun reconociendo la maldad. Pobre gente. Javier era peligroso, pero a veces llegaba a entender la atracción que ejercía sobre mi madre.

También el temor. Después del primer rebote al entregar las llaves en el primer hotel, su actitud cambió, se le veía muy contento y solícito. En un principio —y con la buena opinión que tenía de él—, pensé que se habría agenciado alguna puta, aunque Taipéi parecía un búnker conservador y, según nos comentaron, la prostitución estaba muy perseguida. Pero en el acogedor bar de la planta baja me había parecido ver a alguna delicada joven oriental de una belleza deslumbrante en compañía de caballeros occidentales entrados en carnes y canas.

Aprovechando que tras la cena me quedé sola, decidí darme una vuelta por el hotel. El Okura era igual de inmenso que el Grand Hotel pero mucho más moderno en su decoración. Tenía un par de bares y una discoteca, y allí me fui a curiosear. En qué mala hora. En la pista de baile Javier se descoyuntaba al ritmo de una música techno totalmente desconocida para mí, acompañado por Natalia, la mayor de los cinco hermanos sevillanos, que cimbreaba como una lombriz adherida al fornido cuerpo de mi amigo. Granados era un hombre atractivo, pero no para una chica de mi edad, o eso creía yo. Y allí estaba aquella niña bien, en un vestidito dos tallas más pequeño de lo aconsejable, babeando por él. Mis mejillas se encendieron y, tras superar la parálisis, me fui a la barra, a una zona oscura, desde donde podía ver sin ser vista. Había cogido unos dólares para pagar en efectivo y me pedí un Cointreau con vodka, mi pelotazo de emergencia. Total, me iban a cobrar lo mismo por eso que por cualquier otra cosa menos fuerte. Y desde mi posición, trago a trago, contemplé los devaneos de Javier con nuestra compañera de excursiones. «Un cerdo, eso es lo que es», me dije. No tardaron en salir hacia los ascensores. Natalia compartía cuarto con su hermana de diecisiete, pero iba por la libre. No había que ser un lince para saber a dónde se dirigían. Tragué saliva, apuré el vaso, pagué y seguí dudando si hacerme visible o no. ¿Para qué? Mi madre no me creería, nunca lo hacía, y le haría daño. Además, si ella no le daba lo que él quería, ¿no estaba Javier en su derecho de buscarlo en otro sitio? ¿Cuánto tiempo se puede exigir a un adulto que espere? ¿Me pasaría esto a mí si no accedía a las peticiones de Juanjo? Su recuerdo se me clavó en el estómago. Dos veces había intentado acostarse conmigo y las dos me había rajado. Consiguió pintarme un cuadro, sólo de espaldas, y al final de las primeras sesiones intentó que no me pusiera la ropa y pasara a la cama, pero me negué. Volví a mirar a Javier y a su joven acompañante con aprensión.

Cerrándose la puerta del solitario ascensor, le vi sacar la cajita plateada que ya le conocía de otras veces y, para mi desgracia, cuando entre risas alzó la cabeza, me vio.

Para mí, ahí acabó el viaje. Se me quitaron las ganas de seguir, presa de una apatía siniestra y de la sospecha de que Juanjo debía de estar haciendo lo mismo que Javier por culpa de mi cortedad de miras. A la mañana siguiente le rehuí, pero era imposible zafarse siempre. Desayunábamos juntos, pero la presencia de Remigia y mi madre hacían de escudo. Durante las excursiones él siempre iba del brazo de mi madre, haciéndole fotos y proclamando lo guapa que estaba en esta o aquella pose, y yo de nuevo con el estómago como una trituradora. ¿Por qué tenía mi madre tan mal ojo para los hombres? ¿Por qué siempre se fijaba en tipos mujeriegos? ¿Y si aquello fuera hereditario y yo correría la misma suerte?

Javier no tardó en buscarme a solas. Se presentó en mi habitación el día de Nochevieja, unas horas antes de la cena, y me dejó las cosas muy claras:

—Gorda, no sé cuántas veces te lo he dicho ya, pero eres una metomentodo tocapelotas. ¿Se puede saber qué hacías sola en la discoteca a la una y pico de la mañana?

—No soy yo la que tiene que dar explicaciones.

—Mírala, qué chulita se pone. —Sonreía encantado, para mi sorpresa—. Mira, Gorda, que me gustan las mujeres con carácter, como tu madre, y me estás alegrando la tarde.

—¡Serás guarro! Además, si quisieras a mi madre no te irías liando con todo lo que te encuentras.

—No tienes ni idea, Gordita. En serio, ¿crees que si tu madre hubiera compartido habitación conmigo me habría fijado en una niñata de veinte años?

Su contestación me incomodó, dudé buscando una respuesta adecuada, contundente. No me dio tiempo.

—Te voy a explicar una cosa para que la aprendas, y no hace falta que me des las gracias. Los hombres funcionamos en automático. Vemos a una mujer, no necesariamente la propia, se nos despierta el deseo, empezamos a producir esperma, los huevos se hinchan y llega un momento en que tenemos la imperiosa necesidad de vaciarlos. Lo normal es hacerlo con la mujer que amas, porque lo creas o no, yo quiero a tu madre —lo dijo con firmeza, seguro, y mirándome a la cara sin titubear—. Pero arrastra un trauma de cojones que la mantiene como una virgen vestal, y yo no me siento capaz de esperar hasta que lo supere a base de cascármela como un adolescente. ¿Lo entiendes?

Mi cara de horror era tal que soltó una carcajada. Yo había perdido el color, el valor, la arrogancia y el habla. Ni el Cointreau con vodka diluiría aquello. Se levantó y se acercó hasta que pude sentir su aliento en la frente.

—Te voy a enseñar algo. —Y con decisión, sin darme tiempo a reaccionar, cubrió mi mano con la suya y me obligó a abrazar su polla sobre la tela de su pantalón. Pude notarla gruesa y dura como una piedra, empujando la tela contra mi mano y la suya.

Comencé a sudar y me entraron ganas de vomitar.

—No te asustes, que soy inofensivo. La hija de Elena Lamarc para mí es sagrada, pero menuda suerte la del pintor de brocha gorda. Sólo quiero preguntarte, visto esto, qué se supone que debo hacer cuando dentro de unas horas al ver a tu madre hecha un bombón se repita mi entusiasmo; y cuando note su perfume y no me deje tocarla más allá de un beso de quinceañeros. Yo me arreglo como puedo y me deja. No me juzgues, Gorda, no soy tan malo. Natalia se volverá a Sevilla, nosotros a Valencia y, si tú no abres la boca, todos contentos hasta el día que tu madre se porte como una mujer y no tenga que hacer estas cosas.

Acabado su discurso, sacó su cajita, la abrió, hizo una fina raya en su puño y antes de aspirar, me ofreció:

—Creo que lo necesitas, Gordita, te sentirás mucho mejor y verás que las cosas no son tan malas como parecen. En un rato tienes que poner buena cara y la noche será larga. —Y me pellizcó la mejilla con la mano libre.

Estaba en tal estado de aturdimiento que acepté convencida de que de otra forma no tendría valor para salir de la habitación nunca más. Aspiré aquel polvo blanco como si tuviera el poder de borrar el pasado, el presente y cambiar el futuro. Sentí un fuerte picor en la nariz y unas ganas tremendas de estornudar.

—Buena chica. Ahora arréglate y pon buena cara, que ya sabes que para tu madre la Nochevieja es un día muy especial, y no siempre puede celebrarse en Tokio. ¿A que te encuentras mejor? Te ha vuelto el color.

Y, sonriente, me plantó un beso en la frente y me dejó sola. Efectivamente me encontré mejor, aunque el ansia por buscar uno de los botellines del minibar permaneció. Me llené de optimismo y confianza: Javier sí quería a mi madre, y la culpa de su conducta la tenía ella. Lo veía todo más claro —o eso creí yo—. Tendría que hablar con ella, hacerle ver su error y convencerla de que aceptara a Javier en su cama. Ya era hora, eran muchos años. Yo sola me iba diciendo cosas, hablando incluso en voz alta, como si alguien me escuchara. Me arreglé sintiéndome mucho más guapa y más mujer, y mi vestido oriental color nazareno me pareció el más elegante y sexy de la tierra. Puse en el hilo musical lo más moderno que encontré y bailé por la habitación con una energía recién hallada, mientras me aplicaba un poco de maquillaje. Para cuando subí al restaurante del último piso dónde cenaríamos, sudaba, una ligera taquicardia se peleaba con mi escote y una desagradable sensación de desasosiego —*desfici*, como decimos en mi tierra— inundaba mis venas como una manada de hormigas carnívoras.

—Hija, qué sofoco traes. ¿No se te habrá ocurrido subir andando, verdad? Anda siéntate y bebe un poco de agua. Javier no tardará.

Remigia me sonrió, y conforme mi madre sacaba sin ningún pudor las uvas que siempre viajaban con ella en Navidad, la viuda alabó así sus cualidades:

—Lucía, tu madre es una mujer única, excepcional. No te imaginas lo agradecida que estoy. Pasado mañana volveré a España, pero no las voy a olvidar, en Murcia tienen casa y una amiga para lo que necesiten. Es una mujer sabia y buena, cuídala mucho, Lucía.

—Venga, Remigia, no digas esas cosas que ya lo hemos hablado. No he hecho nada. —Repartió las uvas en los cuencos que había pedido al camarero, en francés porque el inglés se le seguía resistiendo, y los dejó junto a cada uno de los platos.

En nuestra mesa cenaríamos los cuatro y, si no lo remediaba nadie, los Cantimpalo, que seguían agasajando a Remigia durante el día para liberar a mi madre. En la mesa de al lado, los sevillanos reían con ganas, incluida Natalia. Y yo recuperé las náuseas del día anterior. No fue una buena Nochevieja, no, y ni el abundante champán me devolvió la confianza en un mundo que asumí podrido. No conseguí que las uvas descendieran por mi angosta garganta y, pasados los efectos de la coca, me despedí temprano para descargar mi desazón en la soledad de mi cuarto. La añoranza de Juanjo, mi sospecha de que su mecanismo de razonamiento sería el de Javier y el miedo a perderlo me robaron las ganas de fiesta. De vuelta en mi habitación reflexioné también sobre la situación de mi madre. No era tonta. Era imposible que desconociera los devaneos de Javier y, tras el engaño y humillación en su matrimonio, soportar en silencio las nuevas infidelidades del hombre al que amaba por su propia incapacidad para corresponderlo debía de ser insoportable. Sentí pena por ella e incluso comencé a atisbar las razones de la dureza de su carácter —aunque faltaba tiempo para descubrir completa su dura historia—, y entre miedos y compasión acabé 1984 y empecé 1985.

21

Regresamos a España interpretando cada cual su papel: mi madre el de mujer responsable, contenida y sacrificada para evitarle problemas sociales a su hija, o sea, a mí; Javier, el de solícito, fiel y casto cortejador; y yo, el de hija en la inopia que a duras penas acepta estos papeles. Estaba asqueada, pero también confusa. Cada segundo veía las cosas de forma diferente, ora como me las presentaba Javier ora como sospechaba que las vería mi madre si se enterara. Las noches desde nuestro encuentro habían sido insomnes, inquietas, y los días agotadores tras pasar por Japón, Hong Kong y Filipinas a toque de corneta. El día que ganamos a la ida, lo perdimos a la vuelta, pero lo que a mí me preocupaba era haber perdido a Juanjo, mi novio, el primero, el único que se había fijado en mí, convencida de que se regía por la misma filosofía práctica de Javier y obsesionada con que alguien como yo no encontraría a nadie más en este mundo. Suspiraba por volver a verlo, necesitaba ese encuentro más incluso que el de mi padre, lo que removió de nuevo el sentimiento de culpa. La culpa… Qué familiar me era a cada paso.

La Lucía que aterrizó en Valencia se sentía mala, hipócrita, cansada y temerosa de perder a la persona amada. La negrura de los nubarrones que cubrían el cielo aquel miércoles 9 de enero de 1985 no era nada comparada con la de mis pensamientos. Mal equipaje para comenzar el nuevo año y la esperanza de que mejorara era nula. Mi mente quiso correr de vuelta al avión, remontar por la escalerilla hasta sentir la seguridad del cinturón y volar a algún país desconocido. Pero tan negros pensamientos fueron barridos por la sorpresa que me aguardaba en la sala de llegadas del aeropuerto: Juanjo me esperaba con su mejor sonrisa, la barba aseada y un ramillete de violetas que contrastaba violentamente con su atuendo paramilitar y lo hizo adorable a mis ojos. Mi corazón moribundo explotó en fuertes latidos y, sin importarme lo que mi madre o Javier dijeran o pensaran, corrí hasta sus brazos y lo besé con la desesperación de la novia que recibe al soldado tras creerlo muerto. Juanjo me recordaba, me quería, algo en mi vida valía la pena. Él no era como Javier, claro que no, cómo había podido yo pensarlo siquiera. Escuchar, además, de labios de mi madre que a lo mejor el rojillo no era tan mal chaval, ahuyentó el desasosiego. Consintieron que subiera en su coche, todo un logro teniendo en cuenta que Juanjo había sido uno de los principales motivos de conflicto en los últimos meses.

Aquel gesto me ahorró el dilema de a quién llamar primero, porque me habría defraudado nuevamente relegar a mi padre a segundo plato. Pero tan pronto pensé en él recordé algo indemorable: informar a mi madre de que a partir de la semana siguiente empezaría a trabajar en Loredana. Guerra segura.

Esperé al sábado —empezaba a trabajar el lunes—; dejarlo para la víspera me pareció demasiado, pero las seguras consecuencias me empujaron a retrasar el disgusto hasta el último momento. Podía pasar cualquier cosa, incluso temí que me pusiera la maleta en la puerta. Me sentía como una traidora, y mi madre lo vería de la misma manera. Pero no quedaba otro remedio: cuando regresara de comer con mi padre, se lo diría.

Acudí como tantas veces a la Taberna Alkázar, donde después de casi un mes por fin pude abrazar a mi padre. Tenía muchísimas ganas de verlo y concretar los detalles de mi inicio en Loredana. También quería contarle todo lo que había visto, cosas que él había conocido a través de sus propias vivencias y ahora podríamos compartir, pero me encontré con un hombre malhumorado y taciturno:

—¿Te encuentras mal?

—¡Qué va! ¿Por qué? Me han dejado la fontanería nueva y tengo más energía que antes. —Hizo una pausa que me permitió recordar la proximidad de la boda, barruntando si sería éste el motivo de su humor, y me lo confirmó—. Es todo el lío de la boda, ya sabes, a mí estos rollos me estresan. Ojalá hubiera pasado ya.

Me preocupó su semblante serio y pálido, pero todavía estaba recuperándose de la operación. Para mi asombro, le pidió un cigarrillo a Nazario e ignoró mi indignación.

—Si me tengo que morir igual, Lucía. —Y me dedicó la mueca guasona de siempre—. Me tienen frito, no me dejan comer nada, ni salir con los amigos, ni co... bueno, otras cosas. Y no pienso morir de aburrimiento. Además, ¿no te digo que me han dejado como nuevo? Un chaval, de verdad, y no pienso desaprovecharlo, que la vida son dos días y a mí sólo me queda uno.

Su aseveración, aun en tono jocoso, no me hizo maldita gracia. Y me sorprendió que después de este planteamiento *carpe diem*, hubiera decidido casarse. No lo vi nada convencido y sin preguntarle se justificó. Él se encontraba bien como estaba, pero era lo mejor, lo más justo, para Charlie y Vero. Ella lo merecía, después de tantos años juntos y todo lo pasado, y aquella decisión podría garantizarles un futuro. Nos despedimos con muchas emociones a cuestas; trabajar con él implicaba mucho más que el mero trabajo: por primera vez en mi vida iba a ver a mi padre casi a diario, a compartir su vida. Durante la comida me comentó de pasada su alegría por el cambio de actitud de mi madre ante mi decisión, y cuando negué con la cabeza y le aclaré mi cobardía, dio un respingo. «Joder, pues no sé a qué esperas. Me da que el lunes no te veo», y no fue capaz de disimular su preocupación, mucho menor que la mía al entrar en casa: había llegado el momento.

Aún esperé unas horas, por hacer la digestión que ya andaba revuelta. Mi madre estaba de buen humor: había tenido un buen día en compañía de mi abuela y di gracias al cielo. Seguro que esto, por milagroso, era un buen presagio.

—Voy a preparar un té, ¿te apetece?

No, no me apetecía, pero dije que sí. Una taza caliente y el ambiente cálido serían positivos. Javier no estaba, y no parecía que fuera a llegar. Otra buena señal. Nos sentamos en la mesa redonda de la salita, con la tele de fondo, un par de bandejas, dos tazas de té con una nubecilla de leche, el paquete de Hobnobs y todas las luces encendidas. La luz tiene algo de limpio, de seguro, de protector, aunque sólo sea gracias a un par de focos como los que colgaban sobre nuestras cabezas en las lámparas de plexiglás. Di un sorbo, tomé aire y comencé por el principio: tenía pensado ponerme a trabajar. Ya está, sin más.

Le sorprendió, no entendía mi repentino interés, y puse la excusa de comprar un coche y no depender de ella para mis gastos. No podía confesarle mi intención de irme a vivir a un apartamento compartido, salir de aquel ambiente opresivo en el que se evaporaban mis fuerzas. Tras varias argumentaciones y mi promesa de dejar el trabajo si no conseguía sacar los estudios —su única preocupación—, me felicitó por mi iniciativa y —horror— me ofreció ayudarla en Confecciones Lena. Era lo último que esperaba, mi percepción de la situación empeoró, las paredes de mi estómago colapsaron convertidas en un gurruño.

¿Cómo explicarle que lo tenía todo hablado con mi padre? Entraría en el departamento de repaso aunque, en mis fantasías, me había imaginado en algo relacionado con la planificación de producción. Pero mi padre insistió en que debía empezar a conocer la empresa desde abajo; ya iría ascendiendo. Yendo sólo media jornada tampoco podía asumir grandes responsabilidades, y aun la media jornada sería complicada con las prácticas vespertinas de la universidad. Recuperaría las horas, trabajaría los sábados, lo que fuera, pero quería un salario. «Se verá. En cuanto demuestres que no es un capricho pasajero, te pago». Mi padre, siempre amarrando, pero yo no tenía más opciones.

Y ahora mi madre ponía una carta inesperada sobre la mesa. Nerviosa, segura de la reacción, rechacé su ofrecimiento —algo que me pesaría de por vida—. Lo tenía claro, no quería trabajar con ella por dos razones. La primera, la temía. A su lado nunca daba la talla, no hacía nada bien o no lo suficientemente bien, y además su estilo de dirección era muy personalista, todo lo controlaba; las oportunidades para decepcionarla serían ilimitadas. Y la segunda era consustancial a mis motivos para empezar a trabajar: necesitaba distanciarme de ella. Cada vez me sentía peor, más hundida, marchita, inútil, como si sólo fuera capaz de provocarle desventura. Como hija, yo era lo peor, así me sentía. Para tranquilizar mi conciencia había querido convencerme de que ella también se alegraría de perderme de vista. Pero no podía confesar ninguna de ambas razones, a riesgo de empezar un nuevo drama que en realidad ya estaba servido. En cuanto contesté a la pregunta de dónde había encontrado trabajo, estalló.

—¿Con tu padre? —Sus ojos se vieron grandes incluso detrás de aquellos cristales de miope, y la cara enrojeció hasta marcársele en la sien una vena nunca antes vista—. Ya veo, lo tienes pensado desde hace mucho, ¿verdad? ¿Para qué coño crees tú que llevo trabajando como una bestia toda mi vida? —Entre cada pregunta hacía una pausa breve que se me antojaba eterna, para tomar aire y empujar la siguiente—. ¿Para qué crees que mantengo Confecciones Lena y he recorrido medio mundo en esta crisis de mierda, hasta casi dejar la vida? ¡Para qué! —Su grito me redujo a la categoría de invertebrado. Bajé la cabeza y miré el té lechoso intacto en la taza de duralex, incapaz de sostenerle la mirada ni decir nada; yo era un ser despreciable—. He pasado humillaciones, sueño, terror, me quisieron lapidar, ¡me intentaron violar! —Lloraba de rabia, nunca la había visto fuera de control y cada palabra era un latigazo; por mi mente cruzó la conversación espiada un 23 de febrero; escuchándola parecía que todo aquello fuera culpa mía—. He mantenido esta empresa como una estúpida para dejártela a ti, ¡¿me oyes?!, mi única y desagradecida hija, lo que más quiero en este mundo, y dejarte un futuro asegurado. ¡Lo que mis padres jamás hicieron conmigo! Te lo he dado todo, cariño, comprensión, una carrera, idiomas, conocer mundo. ¿Y para qué? ¿Para que lo desprecies todo y te vayas a trabajar con tu padre y esa tipa? ¿Tú sabes lo humillante que fue para mí su engaño? ¿Sabes todo lo que hice por él estando casados? ¿Lo que aguanté? ¡Le enseñé todo lo que sabe! —Aunque yo hubiera intentado rebatir algo, habría sido imposible, no había un resquicio entre cada golpe y el siguiente—. Para que al final cuando reaccionó y creó algo que valía la pena se lo llevara esa mujer cuya única obsesión es hacerme daño y dejarte a ti en la calle… —Tuvo que frenar y coger aire—. Y ahora tú… Claro, ¡como tonta!, aquello es mucho más grande, ya puestos a elegir, ¿verdad? Te mereces que haga como tu abuelo y hunda la empresa para que no te llegue ni una silla. Pero no lo haré, yo soy bastante más lista que él y al menos voy a asegurarme una vejez digna, porque como tenga que depender de ti… —Poco a poco, incomprensiblemente, el color de su cara recuperó la normalidad, la vena se deshinchó, y el cansancio y el resentimiento secaron sus ojos—. No te preocupes, vete con tu padre, pero te aseguro que te arrepentirás. Y no lo digo por mi empresa, que ése ya no es problema tuyo, sino por el nido de víboras en que vas a meterte. Cuando te quedes en la puta calle, que te quedarás, no vengas a llorarme. ¡Largo! ¡Fuera de mi vista! Eres una mierda de hija. —Y este «mierda» se arrastró largo y perezoso, como si le pesara tanto el odio que le costara alcanzar la última letra.

La música de *Informe Semanal* y la voz pausada de Mari Carmen García Vela se expandieron por la salita silenciosa, pero los temas desgranados entre imágenes de gran impacto nada me dijeron. Fue una proeza recuperar el dominio de unas piernas declaradas en rebeldía y obligarlas a sacarme de allí. No sabía si me echaba de casa o sólo de la sala de estar —tampoco lo pregunté—; no tenía a dónde ir, porque después de saber cómo se sentía ante mi decisión, acudir a mi padre ni se me ocurría. Me refugié en mi cuarto; la última frase retumbaba en mi cerebro como un martillo neumático en la madrugada: «Eres una mierda de hija, eres una mierda de hija, eres una mierda de hija...». Y me sentí una mierda de hija. Yo era lo peor, la mayor desgracia de mi madre. Los latidos de mi corazón se amontonaban, mis piernas flojeaban, incluso el esfínter parecía laxo ante el desorden de todo mi organismo.

Ella sí salió del apartamento dando un portazo y según supe después regresó un par de horas más tarde. No soy capaz de describir los sentimientos que anegaron mi corazón y me precipitaron en barrena autodestructiva. Mientras los minutos pasaban, me pudría en la cama invadida por la culpa, la angustia y el miedo, repitiéndome la cantinela. No sé cómo llegué a la alacena, pero lo conseguí, y a boca de jarro succioné la botella que tan bien conocía. El licor me quemó la garganta y las emociones. Tenía que ser valiente y liberar a mi madre de mi compañía, de su responsabilidad hacia mí y de todo el daño que con mis actos le producía. No podía aliviar su pasado pero sí evitarle dolores futuros. Desde niña sólo había sido una carga insoportable para ella, un yunque atado a su cuello. Di otro trago, largo, profundo y abundante, me atraganté y el licor se derramó por la comisura de mis labios. Un par de tragos más y me sentí lúcida, valiente, decidida. Un destello insano me descubrió el camino: todavía estaba a tiempo de evitarle nuevos sufrimientos a mi madre. La solución era quitarme de en medio, desaparecer. Ya no le provocaría más sufrimiento, podría casarse con Javier sin temor a perjudicarme, no tendría que trabajar tanto y nada la ataría a mi padre. Era una buena solución, y a fin de cuentas yo no era más que una mierda de hija, y las mierdas se echan al inodoro. Mis pies me llevaron al botiquín de la cocina y no me costó encontrar la caja de tranquilizantes. Me senté ante la mesa plegable de railite, con la botella en una mano y las pastillas en la otra. Con ayuda del pastis fui tomándolas de dos en dos, con lentitud, como si de una liturgia se tratara, intentando detectar entre mis sollozos los signos de aturdimiento, la consciencia de una inconsciencia que engulliría mi dolor para siempre. Pensé en Juanjo: la voz de mi oráculo me reveló que también con él ésta era la solución. Me hacía daño y me faltaba valor para dejarlo, lo necesitaba pero no daba la talla para él; vivía en una incertidumbre perpetua que me postraba a sus pies. Una solución drástica, pero una solución al fin. Me veía desde arriba, como si la joven sentada ante esa mesa de railite barajando píldoras junto a la botella como un trilero fuera otra persona. Años atrás había leído mucho sobre temas esotéricos, viajes astrales y similares, y en aquel momento tuve la percepción de estar en otra dimensión, mi espíritu y mi cuerpo separados de forma inexplicable. Mi mente disociada creyó que aquel bulto escurrido y tembloroso caería, y mi yo etéreo, puro e inmarcesible, seguiría viviendo en la era de Aquarius. Como en la canción de Mecano, soñé por un momento que era aire, flotando gracias al alcohol y las pastillas. No sé cuántas tomé, perdí el conocimiento, como pretendía, pero de forma más brusca de lo deseado. Mente y cuerpo dejaron de estar, al unísono. Mi yo etéreo se fundió de golpe y todo se volvió negro. Desperté a bofetadas —literalmente—, en el hospital, con una sonda nasogástrica que me roía las entrañas y un montón de gente alrededor que daba instrucciones y hablaba a gritos. Yo sólo acerté a pensar que no se lo dijeran a mi madre. Sumergida en una especie de campana, me llegaban voces amortiguadas mientras mis tripas se volvían del revés. Temblaba como una niña desnuda en la nieve. Vomité hasta sangrar, no sé si por el roce de la sonda o por la acidez corrosiva de mis jugos gástricos. Ya en una habitación descifré algunas frases: «Hay más alcohol que tranquilizantes; no se preocupe, se pondrá bien». «¿Quiere que mañana la vea un psiquiatra?». Poco más recuerdo, salvo las arcadas, la culebra invasora de mis entrañas y el ardor en mi estómago.

«Para mi desgracia —pensé entonces—, el lavado de estómago fue un éxito». El exceso de alcohol impidió que llegara muy lejos con las pastillas; la dosis ingerida, evidentemente, no resultó mortal. Tras pasar esa noche, fría y dura, en el hospital, con mi madre horrorizada junto a mi cama, el domingo volvimos a casa. Javier esperaba en la puerta del hospital con el motor en marcha y un gesto difícil de interpretar. Estaba demacrado y con signos de no haber dormido. ¿Preocupado? ¿Era posible? Mi madre apenas habló; algunas frases de cortesía, monocordes —«pasa, te detengo la puerta», «apóyate», «si te mareas me lo dices»—, mientras me miraba como en su día debieron de mirar a las brujas de Salem. Javier nos dejó en casa y se despidió. Me arrastré cual oruga siguiendo a mi madre, y ni siquiera las conocidas paredes color vainilla me hicieron sentir mejor, como ocurriera tras el tiroteo de la calle Barcas, muchos años atrás. Los temblores permanecieron abrazando mi cuerpo, preso de un frío intenso justo en un día en que la noticia era la muerte de tres personas en Cataluña por hipotermia; pero el mío era profundo, irradiaba de dentro hacia fuera sin que la potente calefacción lograra atenuarlo. Pasé todo el resto del día dormitando dentro de mi cuerpo de gelatina, tembloroso y blando; cuando despertaba prefería volver a rendirme al sopor para no enfrentarme con nada más, con nadie más. Tampoco podía comer, el esófago estaba abrasado y tragar saliva era una tortura. Si miraba los dibujos de la cortina, veía rostros de mujeres que gritaban, imágenes de madres encogidas sobre sí mismas, sufriendo, como un reflejo de las pesadillas que me acuciaban en aquellos años al cerrar los ojos. La cortina de mi habitación siempre tuvo vida propia. Pero la vida seguía y no podía recluirme en mi cuarto para siempre.

Fue una sensación extraña ese primer encuentro consciente con mi madre, vestido de una rutina que auguré extinta. Me senté frente a ella como si no nos conociéramos, como si nada hubiera pasado. ¿Y si todo había sido un mal sueño fruto del alcohol? Quise creerlo, pero ella me sacó del error.

—¿Hay algo más que pienses hacer para hacerme daño, para castigarme? —lo dijo mientras me servía la sopa de tapioca, como quien avisa de que está caliente.

Tragué saliva con dificultad y aguanté las lágrimas hasta articular un «lo siento» diminuto, inaudible, rasposo y ronco, todavía metamorfoseada en oruga afónica.

—Más lo siento yo. —Y comenzó a tomar la sopa con la vista perdida, sin una palabra más.

Por romper el silencio y tratar de enmendar el mal hecho, conseguí juntar varias sílabas con las que ofrecerme a no trabajar con mi padre, porque no había imaginado que sería algo tan doloroso para ella. Pero me cortó con un gesto de la mano, y negó con la cabeza. Era mi decisión y, según dijo, un gran alivio. A partir de aquel momento podría plantearse la vida de otra forma. Su tono frío, afilado, no presagiaba nada bueno. Algo me decía que aquella afirmación tenía trampa, pero yo ya no era nadie para discutir ni llevar la contraria en nada. Tan sólo una mierda de hija incapaz incluso de acabar con su vida, y además sin voz.

Mi padre no se enteró, yo no se lo conté y mi madre y Javier callaron como tumbas. De hecho nadie lo supo, lo tapamos como una vergüenza inconfesable. El lunes no estaba en las mejores condiciones ni para ir a la universidad ni para comenzar en Loredana, pero no quería fallar el primer día ni se me ocurrió ninguna excusa convincente después de haber comido los dos el sábado y haber quedado en firme. No podía decepcionar a mi padre también. Y tampoco mi madre me lo habría permitido. Además, la actividad y la rutina son buenas medicinas para el alma. Durante la mañana dormité en clase, refugiada en mi burbuja, y evité coincidir con alguien conocido. Y la tarde fue fácil, me pusieron con Teresa a revisar el producto terminado. Ella me explicó dónde solían aparecer los defectos y hasta dónde podía considerarse aceptable; yo ya conocía estos detalles pero asentí agradecida por no tener que hablar. Mientras trabajábamos me contó las cosas que le estaba preparando a su retoño. Se había casado un par de años atrás y esperaba su primer hijo, muy ilusionada. Su cara de luna resplandecía más que nunca, su palidez habitual camuflada tras los rosetones afresados que ahora adornaban sus mejillas. Ella aún pensaba que tener hijos era algo maravilloso. Yo albergaba muchas dudas al respecto. Fue una bendición escucharla y mantener una conversación banal salpicada de monosílabos mientras mi cabeza iba y venía.

Alice se pasó al final de la tarde para darme la bienvenida. Fue tal el apretón que creí desvanecerme. Algo notó, la debilidad tal vez, porque se separó y me observó con calma. Su mirada penetrante me incomodó. Me interrogó sobre mi estado: «*Pareses* un fantasma», comentó con su acento dulce. Inventé una excusa: había pasado el fin de semana devolviendo, algo que tampoco era mentira, y con una gran sonrisa me apremió:

—Pues termina ya el trabajo que hay alguien esperando afuera.

Alice ya conocía a Juanjo y en realidad venía a decirme que estaba esperándome a la salida. No habíamos quedado, pero él me sorprendía con frecuencia apareciendo de improviso. Tal vez la separación navideña había servido para algo, pero aquel día verlo era lo último que deseaba. Conforme salía del vestidor, ya sin mi bata de trabajo y acompañada de Alice, nos topamos con Verónica. Parpadeó varias veces y en seguida se acercó a saludarme, tan efusiva como siempre, aunque algo menos simpática con mi prima:

—¡Anda, tu padre no me ha dicho que habías venido a vernos! Qué raro verte aquí un lunes.

—Pues me vas a ver muchos más —contesté tímida y con dificultad—. He comenzado a trabajar hoy, vendré por las tardes. ¿Papá no te ha dicho nada?

Su cara de asombro manifestó su ignorancia, y atribuí su gesto de desagrado al hecho de no haber sido informada. Su impresión fue tal que no reparó en mi voz aguardentosa. Intentó averiguar alguna cosa más y mis aclaraciones sobre el trabajo con Teresa tampoco le hicieron ninguna gracia. Que no se llevaban bien, lo sabía desde hacía años, pero no podía entender el motivo ni ese día yo estaba para indagaciones.

—Bueno, al menos ya me he enterado que para ser dueña de esta empresa siempre soy la última en enterarme de todo, como cuando vino Alice. ¡Y estoy encantada de que estés aquí! —Me estrujó de nuevo y desapareció a nuestra espalda rumbo al despacho de Dirección con unos pasos tormentosos que presagiaban tempestad.

—Ves cómo es una antipática.

—Es normal —susurré—, a nadie le hace gracia no enterarse de las cosas. ¿Ha dicho que es la dueña?

—¡Bah!, *peanuts*. Tiene un *percentage* chiquito, no sé cuanta parte, pero siempre habla de esa manera.

Refugiarme en los brazos de Juanjo borró mis disquisiciones de dos días antes sobre mi dependencia afectiva, y sobrevivir a este *bloody monday* generó una fina película de optimismo, tan sutil como un velo de tul. Había empezado un nuevo camino, las aguas volvían a su curso y el mundo seguía girando. Ya sólo faltaba que pasara la boda y los nubarrones quedarían atrás.

22

La mañana del 21 de febrero de 1985 amaneció fría pero soleada, con el cielo de un engañoso azul primaveral. Era jueves, el día de celebración entonces de las escasas bodas civiles. Mientras me arreglaba, algo comentado en *Protagonistas* de Luis del Olmo sobre el próximo 23-F me hizo recordar la conversación entre mi madre y Javier sorprendida aquella noche de tanques y toque de queda; qué diferentes eran las dos parejas. Poco habían cambiado las cosas entre ellos y la consumación de la boda de mi padre ponía más de manifiesto su absurda relación. Javier no decía nada, pero un «¿por qué?» flotaba siempre en los comentarios sarcásticos que destilaba en las conversaciones sobre sus citas y encuentros; y los celos y sospechas de mi madre crecían, convertida en un remedo de mi abuela. La historia se repetía, las desgracias se heredaban como si nos hubieran echado una maldición. Desde que amanecí, tanto Adelaida como mi madre se mostraron esquivas. Adelaida, muy tradicional, me miraba y meneaba la cabeza sin decir nada. Mi madre evitó encontrarse conmigo, se encerró a hacer los ejercicios de suelo en su cuarto, como siempre, y después se marchó a trabajar sin decir adiós. Me vestí a toda prisa porque la boda se celebraba a las once en los juzgados, y tenía entendido que aquello funcionaba como la cola del supermercado: pasaban por número y eran bastante rápidas. Si te retrasabas, podías llegar con todo acabado.

Juanjo me recogió en casa. Adelaida le abrió la puerta y lo hizo pasar como si destiñera, en palabras del afectado. Me avisó de su presencia y la curiosidad le pudo:

—¿Él también va a la boda?

—Sí, claro, ha venido a recogerme. ¿Por qué?

—Por na'. —Y regresó a la cocina meneando la cabeza con cara de disgusto y refunfuñando—: Menos mal que la señora Elena no lo ha visto.

Entendí la reacción de Adelaida cuando me reuní con él y lo vi vestido como siempre, con sus vaqueros de fondillos ajados y bajos deshilachados, y un saco con coderas de una pana que algún día fue verde militar y ahora recordaba al del musgo de los belenes. Al menos llevaba una camisa blanca impoluta, sin ninguna simbología política, y estaba limpio, algo no tan normal en él como debiera ser. Su falta de higiene me resultaba desagradable, pero no me atrevía a comentárselo por no ofenderlo. Mantenía que para los hijos de la revolución lo fundamental era mantener el alma limpia y lo demás confirmaba la superficialidad burguesa. Yo no entendía nada, pero callaba. Al verme a su lado me sentí fatal, mucho más vestida de lo que en realidad iba. Me había enfundado el vestido ajustado de corte oriental que lucí en la Nochevieja de Tokio. La seda color nazareno, con flores de almendro y pájaros de largas plumas estampados en tonos claros contrastaba bien con mi palidez, y recogí los rizos de mi reciente —y espantosa— permanente a ambos lados de la cara con unos pasadores también de flores de almendro. Juanjo arrugó la nariz al verme, como si esta vez fuera yo quien oliera mal. Sus apreciaciones sobre mí no solían ser muy propicias, y a veces llegaba a pensar que no le atraía nada, a pesar de sus escarceos sexuales y de su insistencia para retratarme desnuda. Se sentía incómodo cuando yo me arreglaba demasiado —según su criterio, casi siempre—, y su mirada ese día habló por él. Como ya estaba bastante nerviosa no quise darle importancia, y tras plantarle un beso fugaz y decirle que lo veía muy guapo —era cierto—, salimos hacia los juzgados.

Anduvimos por Jacinto Benavente hasta la plaza de América tan rápido como mis tacones me permitieron; en la plaza soplaba un viento del demonio, y desde ahí apretamos el paso por Navarro Reverter hasta el edificio de los juzgados. Juanjo no dijo nada durante el camino y yo rellené los silencios con fruslerías. Los zapatos de tacón, o más bien la poca costumbre de llevarlos, me mortificaban, y me concentré en caminar con la mayor dignidad posible, cerrándome con una mano el chaquetón de piel sintética y arreglándome los rizos revueltos con la otra. A doscientos metros ya se divisaba el bullicio en la puerta, aunque mis ojos lloraban por la tierra levantada desde las obras del viejo cauce. Conforme nos aproximamos, percibimos un ambiente sombrío entre mis conocidos, porque no era la única boda a la espera y los otros sí andaban de bromas y griterío. Mi padre, congestionado, caminaba arriba y abajo y se estiraba cada dos por tres del nudo de la corbata, por una vez en su vida de un discreto azul oscuro. Vero estaba más elegante que de costumbre, con un vestido plisado en gasa gris marengo de mangas vaporosas ajustadas en el puño, y un abrigo de chinchilla para protegerse del frío; pero tampoco su cara era la de una novia feliz. El colorete, un poco excesivo, destacaba sobre su palidez, y el pelo platino contribuía a darle un aspecto traslúcido, de muñeca Nancy desnutrida. Hablaba en voz baja con su hermana Carlota, ambas apesadumbradas. Les presenté a Juanjo, pero apenas me hicieron caso, y fuimos saludando a unos y otros, yo más cohibida que mi pareja, temiendo preguntar por aquel ambiente tan poco festivo pero muerta de curiosidad. Algo había pasado. Al final me decidí, con Alice tenía confianza:

—¿*Conoses* a Juana Marcos, la de Loredana?

Sí, claro, conocía a Juana desde hacía años y sabía de su trayectoria escabrosa en Confecciones Lena. Lo incomprensible hasta entonces era su trasvase a la empresa de mi padre; pero aquel día lo que me asombró fue que Juana hubiera recalado en la empresa de mi madre quien, evidentemente, debía de ignorar su relación con Verónica o no la habría admitido. Estaba invitada a la boda junto a su hermana, Isabel Marcos —una artista de cabaret íntima amiga de Vero, a la que había conocido en alguna comida tiempo atrás, y de quien ignoraba su parentesco con Juana—. Alice me explicó que poco antes de la boda, mientras hacían tiempo en el bar de al lado de los juzgados, las dos hermanas habían leído en la prensa la noticia de una explosión ocurrida en Barcelona con el resultado de la voladura de tres edificios, y en uno de ellas vivía el hermano de ambas, un chico que al parecer siempre había estado metido en líos políticos. Las dos se habían despedido a toda prisa y corrían hacia la estación para tomar un tren a Barcelona sin tener la certeza de si su hermano estaba vivo o muerto. A Verónica todo esto le había afectado mucho, y la alegría por la boda se había empañado con la preocupación por sus amigas.

—Estaba en el *newspaper*, dicen ha sido al manipular una bomba. —Y, bajando la voz, añadió—: Algo de anarquistas.

No pudimos hablar mucho más porque los de la boda anterior salieron trotando por las escaleras con los invitados lanzando arroz, y nosotros las subimos a toda prisa para evitar llevarnos la suerte antes de tiempo, merced a una lluvia de cereal que no discriminaba entre casados y por casar. Nunca había asistido a una boda civil y tenía cierta curiosidad morbosa. Mis únicas referencias eran las películas y series americanas, siempre bucólicas, con damas de honor embutidas en trajes de chantilly rosa y oficiantes simpáticos y cómplices. Ya me imaginaba que aquello no iba a ser igual, pero nada me preparó para lo que en realidad ocurrió. La sala era pequeña, fea, sin ningún tipo de adorno salvo los retratos y banderas reglamentarios. Ni lazos ni flores ni música de fondo. La luz, tamizada por los amplios ventanales tintados en ámbar, lo infectaba todo de ictericia, ya fuera mobiliario o invitados. Alice, Juanjo y yo nos sentamos detrás de los novios, junto a Charlie —muy nervioso con aquello de que se casaban sus papás—, su tía Carlota pendiente de él, y las dos hijas de ésta. Su otro hijo, Jesús, que apenas me saludó, se acopló en una esquina. Había crecido una barbaridad, me pasaba un palmo y de tan flaco y

demacrado parecía un anacoreta. Manuela se sentó junto a mi
padre, y Boro junto a Vero a modo de testigos; el resto de invitados se repartió por los bancos de madera, iguales a los de una
iglesia vieja pero sin reclinatorios.

Ante mis ojos se alzaba el respaldo del sillón del novio, donde
alguien había grabado sobre la madera, con bolígrafo azul y bastante saña: «El conejo». Miré el de la novia, y por supuesto habían
grabado «La coneja». Me dio un ramalazo de pena. Poco a poco
fui leyendo alguna que otra obscenidad y descubriendo dibujos
alusivos en los laterales de la estructura de madera, del estilo de las
habituales en las puertas de los baños públicos, e hice un esfuerzo
por ignorarlo. Estaba en la boda de mi padre; no era convencional
pero era una boda al fin y al cabo. Algo de romántico debía tener.
¿O no? Apareció el juez y miré a Alice. La vi tan perpleja como
yo. No sé qué esperaba, un traje de chaqueta, tal vez algo oscuro,
pero su señoría vestía un pantalón de franela marrón y camisa a
cuadros arremangada, como si estuviera de fin de semana; casi
a juego con la oficial que lo acompañaba. Juanjo iba más presentable que cualquiera de ellos dos. La expresión adusta del juez me
hizo tragar saliva, parecía que viniera a leer una condena. En la
sala no se oía un alma, todos sugestionados por el ambiente poco
natural y sombrío. No hubo música, ni más saludo que un escueto
«buenos días, siéntense», ni palabras de introducción. Leyó el texto
del Código Civil de corrido, cual notario con prisa en una firma, y
cuando terminó de pedir los consentimientos, concluyó:

—Y ahora, si han traído los anillos se los cambian, y si no ya
pueden ir pasando a firmar. Los demás vayan saliendo para que
entren los siguientes. Buenos días.

¿Ya? ¿Eso era todo? Alice me miró muy seria:

—Aquí las bodas *siviles* son mucho raras. En USA son más
bonitas.

—Es que estamos aprendiendo —disculpé—; son las primeras.

Se generó un murmullo de desconcierto mientras nos mirábamos unos a otros buscando la confirmación de que la ceremo-

nia había terminado. Pues sí, ¡campaaaaaana y se acabó! No sonó una campana como en el *Un, dos, tres...*, pero el efecto fue igual de brusco y muy deprimente. Al salir al aire limpio y ya menos helado del mediodía, los gritos de júbilo, los puñados de arroz y los falsos pétalos de ante llenaron de color y alegría el ambiente. Nos repartimos como pudimos en los pocos coches disponibles: nosotros apretujados con Alice y dos de los primos de Onteniente; mi padre, contra cualquier uso al respecto, condujo su propio coche con su flamante esposa al lado, su suegra, su hijo y su cuñada Carlota. Y entre mi tío Roberto y Boro se llevaron a los que pudieron. Tardamos en llegar porque hubo que dar muchas vueltas hasta encontrar aparcamiento, y tampoco Alice se daba mucha maña. Conforme nos acercábamos a Barrachina —el convite iba a ser en el salón situado en el sótano del local de la plaza entonces llamada del País Valenciano, aunque todos seguían llamándola del Caudillo—, el corazón me dio un vuelco. No había vuelto por allí desde que tenía diez años y mi madre se reunió con un tipo siniestro que quiso invitarme tortitas, en un día de final aciago. No me había dado cuenta de la coincidencia, ni mi madre había preguntado dónde era el convite. No era un buen augurio, allí las cosas empezaban bien y acababan fatal; para mí al menos.

Por lo demás, la comida fue lo mejor. Unas entradas típicas de la tierra y la paella especialidad de la casa; mi estómago se dignó en digerir algo más de lo habitual. Pude bromear con mis primos, recordar anécdotas de la infancia, sentir que tenía una familia. A mi padre lo vi muy relajado, igual que el ambiente. Juanjo fue el único cuyo humor empeoró a lo largo de la comida. Tenía un paladar muy corto, sólo le gustaban tres cosas, todas muy clásicas, y siempre su madre las hacía mejor; sólo se comió el arroz. Pero lo peor para él fue no poder monopolizar la conversación como sucedía habitualmente en su grupo de amigos. No se habló de política ni de filosofía ni de cine alternativo ni de pintores malditos como Egon Schiele, a quien veneraba. Las puestas al día y planes de futuro del resto de nosotros no le interesaban y, antes de que nos ofrecieran el café, nada más terminar con la tarta que Vero cortó emocionada, Juanjo insistió en irnos. Lo retrasé tanto como pude, pero su gesto frío, el silencio y sus movimientos tensos para retirar el plato y la copa me empujaron a excusarnos y partir antes de lo que me habría gustado. Primero me acerqué a despedirme de mis tíos Pilar y Roberto y del resto de conocidos, y dejé para el final a los recién casados. Vero me besó risueña y feliz, fingiendo un enfado simpático por nuestra partida; mi padre me abrazó fuerte, y por lo bajo, emocionado, me dio las gracias por haberlo acompañado, para terminar con un «te quiero mucho, hija mía», tan escaso, tan infrecuente, tan necesitado, que me turbó. Subí la escalera de salida con desgana y, al alcanzar la calle, Juanjo me recriminó cómo se había desarrollado la comida. No mencionó su falta de protagonismo, claro, sino mi nula delicadeza al no hacerle caso y dedicarme a hablar con una familia a la que apenas veía. En realidad en nuestra mesa la atención había estado muy repartida, poniéndonos al día de nuestras vidas, e incluso él había tenido la oportunidad de comentar lo que estudiaba, sus intereses y cómo nos conocimos —dejándome como una completa idiota hipnotizada por sus encantos—. Pero aquello no había sido suficiente.

—Imagino que por eso te has vestido de puta asiática, para llamar la atención.

Palidecí, y los ojos se me llenaron de lágrimas. Quise contestar pero no pude. Me cerré con más fuerza el abrigo para ocultar mi vestido y caminé en silencio a su lado. Así era nuestra relación, lo mismo me sorprendía con románticos detalles que me colmaban de felicidad como me mostraba tal indiferencia o desprecio que me hundía en la miseria y me provocaba la necesidad de recuperar la estima perdida accediendo a cualquier proposición suya. Hubiese querido volver a mi casa, pero Juanjo insistió en ir a la suya, «para estar juntos al menos un rato». Había quedado a eso de las siete con sus amigos; tenía ganas de fiesta, y fiesta iba a tener. Yo quise cambiarme de ropa, pero no me lo permitió. «Si vuelves a casa, tu madre no te dejará salir. Además, ¿no querías llamar la atención, burguesita?». Me tragué la humillación y lo seguí, rezando para que alguna de sus hermanas estuviera en el apartamento. No confiaba en lo que pudiera pasar estando solos. Durante un rato estuvimos viendo la televisión. Su hermana Begoña se nos unió y comentamos cosas de la boda hasta que aparecieron sus amigos. Yo me llevaba bien con ellos, eran simpáticos y muy diferentes de Juanjo, menos radicales, y alguno muy indiferente con la política. Empezaron gastando bromas, decían tonterías, hablaban sobre chicas, desconocidas para mí, como si de ganado se tratara —mi presencia nunca los cortaba y hablaban sin ningún pudor, como si yo fuera un chicote más; era un espectáculo asistir a aquellas conversaciones cargadas de testosterona, donde el menos exaltado era sin duda Juanjo—. La cosa se fue animando; yo no estaba cómoda porque en algunos comentarios sobre la mejor o peor disposición de sus conquistas ante sus avances sexuales me veía reflejada, y temía que Juanjo dijera algo personal. Uno sacó una bolsita de hierba, y él le rogó que esperara, tenía una idea. Desapareció en la cocina y volvió con una tetera llena de líquido, la tapó con papel de plata, le hizo unos agujeros, colocó la hierba sobre el papel, lo selló todo y, con un mechero tipo soplete, lo calentó. Se dedicaron a inspirar por el brazo de la tetera a modo de pipa improvisada. Yo decliné mis turnos, cada vez más incómoda ante las risas y caras de pasmo de todo el grupo, a cada minuto más colocados y diciendo mayores barbaridades. Juanjo se me acercó provocativo, pero el olor a alcohol y a «maría» y la presencia de tanto público me tiraron para atrás. Me deshice de él como pude, deseaba largarme, pero me faltaba decisión. También había bebido y me sentía un poco mareada por el humo denso. Hasta que una frase me decidió:

—¿Han visto qué sexy está hoy mi putita burguesa? Luci, date una vueltecita para que te vean.

Acusé el golpe en pleno centro del pecho, mis pulmones se vaciaron y con la mayor dignidad que pude, la poca que me quedaba, recogí mi abrigo y mi bolso y me despedí. Entre risas bobaliconas Juanjo me dedicó un «aguafiestas» pastoso y burlón, y yo hui sin decir nada más. Debía poner fin a aquella relación enfermiza, aunque no sería fácil. No se entiende cómo se puede llegar a depender de personas tan nocivas, y aquél fue mi caso.

Mi madre adivinó mi malestar aunque no preguntó la causa. Se suponía que yo llegaba de la boda. Su decepción la mantuvo distante y poco comunicativa, aunque presumí su curiosidad. Llamé a Marianne para desahogarme y aguanté su indignación no sólo contra Juanjo sino también contra mí. La conversación duró poco; diez minutos al teléfono eran pecado mortal. Pero colgué convencida por mi protectora amiga: no volvería a ver a Juanjo.

Sin embargo en mi vida nada pasaba como estaba previsto. Al día siguiente telefoneó su hermana mayor. Juanjo: estaba ingresado en el hospital, en Urgencias. Saberlo y olvidarme de su comportamiento fue todo uno. Acudí nerviosa y preocupada. ¿Cómo era posible? Tampoco estaba tan mal cuando los dejé. Asustada por lo que pudiera encontrar, no quise acudir sola y llamé de nuevo a Marianne, aunque sabía que no le agradaría la idea de acompañarme. Por el camino al Clínico me tranquilizó, me recordó que Begoña no parecía muy alarmada cuando dejó el recado y Juanjo era un tipo raro a quien le gustaban cosas raras; a saber qué se habría metido. De haberme visto sola no habría sido capaz de moverme y salir de allí:

El desvanecimiento no había sido en su casa, como creí. Después de mal cenar se habían largado todos a Spook, una discoteca en las afueras de Valencia, y habían seguido mezclando alcohol con ácidos, con el estómago casi vacío. Juanjo se fue al baño con una chica con la que se había enredado, perdió el conocimiento y se dio un golpe contra el lavabo a pesar de que ella amortiguó como pudo la caída. Un pinzamiento en la tensión ortostática por mezcla de drogas y alcohol, según dijeron los médicos. Lo de la chica lo supe gracias a la propia joven, estudiante de Bellas Artes como él. También estaba y nos contó lo sucedido sin ahorrarme un detalle. Marianne estaba roja de indignación, sus ojos verdes echando chispas, y por señas me indicó que allí no hacíamos nada. Juanjo había resultado funcionar según la teoría de Granados y no me gustó experimentarlo. Me despedí de Begoña y le rogué que le dijera a su hermano que no volviera a llamarme. «No te merece», fue su despedida. Yo no estaba tan segura. ¿Qué merecía yo en realidad?

La presencia de Marianne me ayudó a ver la realidad. Me sentí vacía, triste, desamparada, como si temiera lo que fuera a ser de mí sin él. Pero al menos por aquel día no fui capaz de aguantar más humillaciones. Por aquel día.

A partir de la boda el tiempo pasó más rápido y el ambiente se serenó. Los hechos estaban consumados: yo trabajaba con mi padre, él se había casado y el sol seguía saliendo por el este cada amanecer. La relación con mi madre era tan angustiosa como siempre; la frialdad derivada de la discusión sobre mi nuevo trabajo en Loredana y mi intento de suicidio se había afianzado, y si antes al menos gozábamos de algunos momentos cálidos, cariñosos, de madre e hija, ahora se encerraba en un caparazón, protegida de mis agresiones o de lo que interpretaba como tales, y mantenía conmigo una relación no muy diferente a la mantenida con Adelaida. Pasaba las noches escribiendo en su diario y escuchando vinilos de música francesa decadente con una intensidad renovada. Adelaida un día se atrevió a preguntarme:

—¿Qué le has hecho a tu madre, niña?

La pregunta fue como una bofetada y no supe contestar. ¿Qué le había hecho yo o qué me había hecho ella? ¿Por qué Adelaida me responsabilizaba? ¿Acaso no estaba yo también muy mal? Ese día presté más atención a mi madre, observé sus movimientos con disimulo para no incomodarla; había adelgazado mucho —aunque no tanto como yo—, tenía ojeras y su piel carecía de luz. Imbuida por mi propia angustia, no me había dado cuenta de los estragos que nuestra amarga convivencia estaba provocando en ella. Si alguna vez había yo creído que no era posible sentirse más culpable de lo que me sentía, mi error había sido grande. Era responsable de la consunción de mi madre en su propia pena, convencida de que yo no la quería, de que nadie la había querido nunca: ni sus padres que la ignoraron hasta el punto de prohibirle estudiar por ser mujer; ni su hermano que la traicionó cuando más lo necesitaba; ni su marido, que la abandonó por la mujer con la que ahora yo charlaba sin miramientos… Tan sólo se salvaba Javier, a quien temía perder por no darle lo que deseaba. Tenía poca información entonces sobre su amarga infancia, sobre su difícil adolescencia, sobre todo lo que pasó para separarse, o sobre la traición de quien fuera su amante, pero me llegaban las ondas de una vida de desamor que la arrastraba al infierno como un ancla al cuello, y eso fue suficiente para comprender lo desgraciada que se sentía. Me propuse esmerar mi trato, estar más pendiente de sus necesidades, ayudarla cuanto pudiera, aunque me estrellara contra un iceberg; demostrarle que, a pesar de todo, la quería con locura. Así era, en efecto, por esto me sentía tan mal. Y lo hice, pero no noté ningún cambio en ella. Tan sólo de vez en cuando me devolvía un gesto de sorpresa al tomar conciencia de mis atenciones. Incluso llegó a preguntarme si yo necesitaba algo. «A ti», le contesté. «Ojalá pudiera creerte», fue su respuesta.

Desde mi sobredosis Javier había cambiado mucho su relación conmigo. Era más delicado, menos mordaz, y buscaba la manera de congraciarse. Yo mantenía mis recelos, no olvidaba su afición a la coca —no había vuelto a sorprenderlo—, ni su asalto en el hotel de Tokio o su reiterado estado etílico, pero mis propios vicios me impedían juzgarlo con dureza. ¿Quién era yo para criticar a nadie? Aun así, su presencia me provocaba desagrado. En un intento de comprar mi cariño me había regalado un coche. Para entonces yo ya tenía algo parecido, y digo parecido porque, aunque era un vehículo, más recordaba a una carcacha que a uno utilitario. Mi padre había conseguido en un deshuesadero un Seat 124 que todavía rodaba, aunque su estado era calamitoso, «para que rompiera mano». Doce mil pesetas le costó, me explicó orgulloso. Lo raro fue que no me rompiera nada de verdad con aquel trasto, porque la dirección estaba torcida y el coche se iba a la izquierda constantemente, perdía aceite y las pastillas de freno chirriaban en su ausencia. Pero yo era feliz con mi cochecito, sin depender de nadie para ir y venir. Marianne al principio se negó a subir conmigo, tanto por vergüenza como por desconfianza. Pero era nuestro único medio de locomoción y tuvo que aceptarlo. A mi madre y a Javier les había dado un ataque de risa al verlo, y él no pudo evitar hacer una de sus gracias —«consérvalo con cariño, que en algún museo te lo tasarán como antigüedad»—. La sorpresa me la dieron cuando llegó mi santo: mi regalo estaba en la calle. Bajamos los tres, yo muy intrigada, y allí estaba: un Ford Fiesta básico, gris metalizado, aparcado en segunda fila. La cosa fue extraña, fue mi madre quien me dio las llaves y me «presentó» el regalo. Me entraron ganas de llorar... ¡Con todo lo sucedido, y me regalaba una de las cosas más anhelada por mí en este mundo! Nunca hacíamos nada especial por los santos, sólo algún detalle. Javier permaneció callado mientras subí y comencé a acariciar la tapicería, el salpicadero, la caja de cambios. Aspiré con fuerza el aroma a coche nuevo, como si fuera un preciado caldo, un olor desconocido y embriagador, metálico, aséptico, con trazas de goma y textil. Un olor a independencia, a lejanía, a horizonte y libertad. Por fin subieron los dos, Javier detrás, entrando con dificultad, y mi madre delante. No fue hasta sentenciar: «Ya puedes darle las gracias a Javier, menudo regalo», que tomé conciencia de quién era el benefactor. Y el vehículo pasó a ser tóxico. No podía aceptarlo, una cosa era que mi madre, en un arrebato de locura —y teniendo en cuenta que ella no conducía y últimamente me tocaba llevarla a muchos sitios en mi pobre 124— me regalara un coche, y otra muy distinta que Javier pretendiera comprarme con semejante óbolo. Mi madre debió de temer mi reacción porque me sujetó la mano que descansaba en el volante y la apretó:

—Bueno, por fin podrás llevarme en un coche digno, hija, que aparecer en las cenas y conferencias en semejante cacharro no era de recibo, ¿no crees? Y además, un día habrías tenido un disgusto.

Ni mi abuela Dolores lo habría expresado mejor. Y ahí se zanjó el tema. Siempre terminaba sintiéndome atrapada por las situaciones, como si no pudiera decidir sobre ellas. Lo mismo que me pasó cuando Juanjo intentó volver conmigo. Durante unos meses, cada día me esperó a la salida de clase con una rosa blanca. Me dejaba notas en el parabrisas de mi pequeño coche con retratos míos a lápiz. Me escoltaba en su Simca 1000 cada tarde hasta la empresa, con expresión compungida. Era una tortura insoportable: necesitaba verlo, tocarlo, escuchar su voz, pero lo evitaba con un esfuerzo sobrehumano. Hasta que no pude más: su constancia tuvo recompensa, y accedí a tomar un café con él en Christopher Lee. Y lo estropeé. El café irlandés, la música de jazz, el escaso espacio en el rincón del sótano, todo se confabuló para tumbar mis defensas. Volvimos a retomar la relación tres meses después de la ruptura, ya entrada la primavera. Los meses siguientes fueron muy bonitos, como cuando empezamos. Marianne no paraba de advertirme, el artista tenía un puntito paranoide que la asustaba; según ella, y estaba segura, nada había cambiado, pero no quise escucharla. La relación con Juanjo siguió, olvidado lo pasado. Esas navidades, por primera vez en muchos años, las pasé en Valencia por mi negativa de alejarme de Juanjo. Mi madre me llamó estúpida por perder la oportunidad de hacer uno de nuestros viajes para quedarme con aquel joven que no me daba más que disgustos y me tenía consumida. No quise reconocerlo, pero tenía razón.

23

Este año fue clave para todo lo que vino después, y no sólo por la boda paterna, aunque éste fuera el punto de inflexión. Con las rutinas establecidas y el ambiente en tensa calma, Verónica se acercó una tarde a mi puesto de trabajo. Me incomodaba cuando se apalancaba a charlar conmigo y con el resto de personal pendiente de sus tareas, pero nunca conseguí acortar la conversación; siempre era ella quien marcaba el tempo, y siempre comenzaba igual: reprendiéndome por usar la bata azul reglamentaria. En esa ocasión insistió en aposentarse junto a nosotras en un taburete alto para explicarme la ilusión que le hacía compartir conmigo un tiempo más largo, poder hablar, conocernos mejor. Y me propuso, para mi sorpresa, acompañarlos a Estados Unidos en el viaje previsto para Pascua. Querían ver a mis tíos, que no pudieron desplazarse para la boda, y Alice nos acompañaría. La idea me sedujo de inmediato; tanto, que los alicientes argumentados por Verónica no habrían sido necesarios. Temí la reacción de mi madre pero, como cada vez que se debatía algo concerniente a mi padre y cuyo único argumento en contra eran los prejuicios —infundados, según mi apreciación— de mi madre hacia Verónica, mi inclinación fue a aceptar, favorecida además por todo lo que suponía. Hubo discusión, por supuesto, era inevitable, pero jamás había hecho un viaje con mi padre salvo las estancias de verano en algún apartamento de playa, y así lo defendí. Tenía derecho, era mi padre, no hacía nada malo y serían pocos días. Mi madre aceptó, no le quedaba otra; para entonces ya me daba por perdida.

El viaje fue plácido, aunque agotador por el número de horas y las escalas en los aeropuertos. Incluso Charlie apenas se movió de su asiento más que para ir al baño, mucho más tranquilo y callado que de pequeño. Pero mi cansancio se borró ante el recibimiento de mis tíos, tan emotivo y cálido como todos los encuentros que recordaba. Su casa en Columbus (Ohio) era enorme; de aspecto robusto, casi rústico, disponía de piscina cubierta y un gran jardín con asador. Cada uno de nosotros tenía su cuarto, y a Charlie le organizaron una habitación en la buhardilla con una cama plegable. Estaba encantado con su refugio lleno de cachivaches, una isla del tesoro para entretenerse con mil cosas. A sus casi diez años era un niño tímido, poco hablador, de aspecto agradable y con un parecido brutal a su madre, salvo por el color de pelo, cobrizo oscuro el de él y platino el de ella por obra del tinte. A ratos lo escrutaba, buscando algún parecido entre nosotros, un gesto, alguna peca identificativa. No terminaba de interiorizar nuestra fraternidad y buscaba esta conexión en sus rasgos. También notaba su curiosidad, siempre pendiente de mis actos y palabras, pero no llegaba a preguntarme o a hablar conmigo, como si yo fuera una especie rara de un zoológico a la que analizar tras el cristal.

Nos habían preparado un plan de excursiones variado y entretenido. A mis tíos les gustaba la vida al aire libre y había muchos sitios para visitar si el tiempo, variable cual veleta en aquella zona de Estados Unidos, daba una tregua. Pero el principal interés de Vero siempre fue ir de compras, y no había valle, lago o parque natural que supusiera rival para su emoción frente a un perchero bien surtido. Fue inevitable pasarnos varios días haciendo compras, como ya hiciéramos alguna vez en Valencia, pero ahora en cantidades mucho más escandalosas. Yo sentía desazón ante tamaño despilfarro, pero callaba y lo aceptaba contagiada por la alegría de mi compañera y lo asombroso de los precios. Pijamas, camisetas, vestidos, lencería, zapatos, juegos de cama… De todo en cantidad suficiente para abrir un comercio a la vuelta —y de hecho, algo de eso hubo—, y a menos de la mitad de su coste en España. A pesar de ello, el volumen hacía subir y subir la cuenta hasta acercarse a las cuatro cifras. Me preguntaba cómo se tomaría mi padre aquel gasto desenfrenado e incluso formulé la pregunta en voz alta:

—Para cuando lo vea, ya no tiene remedio —rio divertida ladeando su rubia cabeza y arramblando con otra bata de seda—. Además, muchas de estas cosas a la vuelta se las venderé a mis amigas por el doble. ¿Has visto qué precios tienen? ¡Sería de tontos dejarlas! Verás cómo luego lo recupero. Y este conjunto tan sexy, ¡para ti! Seguro que al greñudo de tu novio se le levanta cuando te lo vea puesto, que tiene pinta de pito fácil. ¡A la bolsa!

Como de costumbre no repliqué, turbada por su desparpajo y pendiente de si alguien entendía el español. Mi prima Alice me miró cómplice y alzó la vista con resignación. A ella también le fastidiaban estas alusiones, de las que tampoco se libraba.

Ya en casa de mis tíos se repartía el botín y, para mi sorpresa, siempre aparecían prendas que no recordaba haber visto pasar por la caja, pero con tamaña barbaridad de ropa era imposible recordar todo. Los paquetes se amontonaban en nuestras habitaciones, como si los «bártulos» de *La tesis de Nancy* las estuvieran invadiendo.

Por las noches, después de cenar, Charlie se iba a ver la tele, los hombres se refugiaban en la biblioteca —mi padre, de paso, aprovechaba para fumar sin problemas—, y nosotras nos reuníamos a charlar alrededor de la chimenea de la sala de estar, arrellanadas en acogedores sillones de cuero con grandes tachuelas que remataban las esquinas. El lugar, forrado de madera, parecía un cruce entre una cantina y una cabaña del lejano oeste, la penumbra lo bañaba todo y sólo frente al hogar dominaba la claridad, una luz hechicera que abrazaba y atraía con la fuerza misteriosa de las llamas. Los días eran cálidos, pero por la noche la temperatura bajaba y se agradecía el confortable calor de la chimenea. En una de estas charlas nocturnas, Verónica comenzó a contar cómo conoció a mi padre. Mi tía Lucía se volvió a mirarla y cambió de tema, pero Verónica estaba decidida a desenterrar el pasado y yo muy predispuesta a conseguir nuevas piezas con las que componer mi rompecabezas familiar. Describió a mi padre como un hombre humillado y torturado por mi madre, un hombre hundido y atormentado que necesitaba alguien que confiara en él. Entre frase y frase intercalaba alguna disculpa hacia mi madre —«yo no digo que tu madre lo tratara mal», «no debería de decir esto porque igual lo interpretas como una ataque a tu madre»—, y seguía con su discurso ante la mirada de reprobación de Alice y mi tía Lucía, que prefirieron irse a dormir antes que seguir escuchando. Yo estaba hipnotizada, envuelta en una manta a cuadros, acariciada por el olor reconfortante de la madera de arce y roble que crepitaba en el lar, y con la vista fija en las llamas. Como siempre que estaba a solas con Verónica, y más si la conversación trataba sobre la familia, sentía cierta incomodidad, pero el ambiente de confianza y complicidad que creaban la penumbra y el fuego, y la actitud de Verónica tratando de no cargar las tintas contra mi madre, me sedujeron. Nada malo podía fraguarse protegida por una manta escocesa y acariciada por el calor puro del fuego. Por fin supe cómo se habían conocido y, para mi sorpresa, entendía los motivos de mi padre para buscar refugio en ella. La convivencia con mi madre no era fácil; no lo había sido para mí, que por mi condición de hija estaba en una posición de inferioridad natural y aun así había terminado agarrada a una botella y un blíster de pastillas, y peor tuvo que ser para mi padre, reflexioné, si el trato hacia él en la empresa fue similar. Debió de ser humillante aceptar la situación, cuando se suponía que era él quien debía llevar los pantalones, en sentido literal y figurado. Sentí pena por mi padre, anulado por la intransigencia y espíritu controlador de mi madre. Y comprensión. Me identifiqué con él a través del retrato de Verónica. Y sí, también se filtró una mayor animadversión hacia mi madre. ¿Cómo podía ser tan dura, tan exigente, tan poco comprensiva?

Sobre su propio trabajo Verónica habló poco. Había sido bailarina en una *troupe* que hacía giras por toda España —según ella el mejor cuerpo de baile de variedades del país—, y por eso había trabajado a veces en sitios de no muy buena reputación, aunque insistía en que la profesión de bailarina era tan digna como cualquier otra. Así lo pensé yo también. ¿Cómo podía mi madre haberme hablado de ella como si fuera una prostituta? Al rememorar alguna conversación mis mejillas notaron un calor más intenso que el provocado por la caricia del fuego. Mi madre había sido muy injusta al juzgar a Verónica, por muy dolida que estuviera. Entre bailar en un cabaret y lo que mi madre contaba había un abismo. No me atreví a mirarla a la cara por si adivinaba lo que mi memoria albergaba y esperé a que continuara.

Guardó silencio durante un rato mientras sus palabras calaban como la llovizna hasta empapar mis propias conclusiones. Yo me había encogido, enrollada en un ovillo melancólico, y ella se trasladó hasta mi sofá, me pasó un brazo por los hombros obligándome a recostar mi cabeza en ella y me besó en el pelo. De nuevo esa mezcla de sensaciones: aprensión y necesidad, recelo y confianza. No era capaz de definir un sentimiento concreto hacia Verónica, pero la razón me dictaba que era una buena persona, alguien en quien confiar, y además hacía feliz a mi padre aunque fuera de una manera extraña. Se lo debía, aunque sólo fuera por todas las barbaridades que había escuchado sobre ella sin defenderla.

Al día siguiente nos dividimos. Verónica quiso visitar otro centro comercial, pero Alice y yo, saturadas, nos quedarnos en casa. No habíamos estrenado la piscina cubierta y nos apetecía darnos un chapuzón. Charlie también prefirió nuestro plan en vez de volver a recorrer un sinnúmero de tiendas detrás de su madre. Tampoco mi tía Lucía o mi padre parecían felices con la idea, pero Vero era insaciable y le quedaba mucho por comprar. El caso es que pasamos la mañana en remojo, con el niño saltando y demostrándonos sus artes acuáticas, revoloteando a nuestro alrededor visiblemente excitado. Siempre se había mostrado receloso conmigo, pero la convivencia y el trato cariñoso exhibido hacia mí por Vero ayudaron a derribar desconfianzas. Se lo comenté a Alice en inglés para evitar que Charlie nos entendiera:

—Fíjate, está encantado. Al final terminaré creyéndome que somos hermanos.

Alice me miró preocupada.

—Luci, no te fíes. Mi madre anoche estaba muy enfadada porque no le gustó nada el cariz que tomó la conversación. No sé qué más te contó Vero, pero no es ninguna hermana de la caridad. No es de buen gusto que ella te cuente esas cosas, deberían hacerlo tus padres. Ella busca algo.

—Siempre estás igual. La verdad es que contigo en Loredana no es muy simpática, no, eso lo he visto, y a Teresa tampoco le gusta, pero en cambio con la mayoría de la gente es encantadora. No sé por qué te tiene entre ceja y ceja. Y respecto a lo que me contó, necesito saber, Alice. Nadie me cuenta nada, y cuando lo hacen es cargados de rabia, de odio. Al menos Verónica contó las cosas con calma, y mira que suele ser exagerada, pero lo que me dijo tiene sentido, aunque claro, ella se puso estupendamente. Pero parecía cierto, tenía lógica. No puedo creer las cosas que me han contado de ella. Y aunque fueran verdad, que no lo creo, no me importaría. A saber por qué llegó a trabajar en un cabaret. No me atrevo a juzgar. Lo mismo acabo yo peor que ella.

—No digas esas cosas, Luci. Tú eres un amor, no eres como Vero.

—Y dale. ¿Pero qué le ves? A veces se pone un poco pesada, y puede avergonzarte en público, pero es buena y simpática.

—No es clara. A mí no me quiere allí, y es porque tu padre tiene confianza en mí, hablamos, y eso le molesta. Y además he oído algunos rumores muy feos, pero de eso prefiero no hablar porque no sé si son ciertos.

—¿Rumores? Venga, suéltalo.

Alice era muy hermética cuando quería y tampoco le iba el cotilleo. Me quedé rabiando, pero no me aclaró más. Jugamos un rato con Charlie y como era casi la hora de comer nos dispusimos a preparar algo ligero. No nos extrañó que los mayores no hubieran vuelto; cuando salíamos de compras solíamos hacer el lunch, como lo llamaba tía Luci, en el centro comercial, para continuar un rato más hasta media tarde. Pero cuando vimos que se acercaba la hora de cenar y seguíamos sin noticias de ellos, nos preocupamos. Mi tío Klaus había vuelto de trabajar y para entonces siempre estábamos de regreso y con la cena a medio preparar; Klaus era muy alemán en los horarios. La intranquilidad no duró mucho, pero fue sustituida por otra peor: mi tía llamó desde la oficina de seguridad del centro comercial, muy nerviosa y asustada. A Verónica la habían sorprendido llevándose prendas sin pagar de uno de los comercios, y tras pararla en la puerta y sacarle el botín, los habían confinado a todos a la espera de la policía. Klaus soltó un exabrupto en alemán y partió a toda velocidad. Tardaron tres horas en volver, con Charlie preguntando cada cinco minutos si la iban a meter en la cárcel y nosotras cambiando de canal en la televisión sin ton ni son.

Gracias a las buenas palabras de Klaus, al pago de lo «extraviado», la mención de un par de personalidades de la ciudad conocidas de mi tío, y una explicación más o menos convincente sobre la confusión de Vero por la cantidad de prendas compradas, la tienda decidió no poner denuncia, pero sí se le abrió una ficha en el centro comercial. Tanto Klaus como mi tía estaban muy avergonzados. Estas cosas allí eran graves y si no llega a ser por ellos Verónica habría acabado en un calabozo con lo peorcito de la ciudad. Vero insistió, había sido una confusión, ella no recordaba haber guardado esas prendas; estaba mareada después de tantas horas dando vueltas. Pero el gesto severo de mis tíos no cambió en toda la noche. Cenamos pasadas las nueve, en silencio; nadie quería sacar el tema, pero yo obtuve los detalles al día siguiente por boca de mi prima. Mi padre no sabía qué decir; en un rato que nos quedamos los dos solos la disculpó, poco convencido pero aceptando la versión del error; justificaba su credulidad por lo innecesario del hecho: llevaba gastada una fortuna en aquella tienda y no necesitaba enfangarse por unos pocos dólares. Era absurdo. De todos los argumentos éste era el más creíble. ¿Para qué? ¿Por qué?

Aquel día no hubo confidencias a la luz del hogar. Verónica desapareció, mi padre y mi tía se acomodaron en la mesa del *office* en una conversación de hermanos, y en la sala de la televisión tan sólo nos quedamos Alice y yo viendo un capítulo adelantado —para mí— de *Dallas* y comentando lo sucedido.

—Ves cómo hace cosas raras. Esa mujer no está bien de aquí —sentenció Alice señalando su sien.

—Pero no tiene sentido que haya intentado robar. Sabía que la atraparían y por dinero no será.

—Está aburrida. Tu padre no le hace mucho caso. ¿No te has dado cuenta?

—Sí, pero en Valencia pasa lo mismo. Van por la libre, pero parece que así se llevan bien.

—Sí, ya lo sé. Es una relación muy rara.

—¿Rara? Yo no sé si es rara. Tal vez un poco distante.

—¿Tú no has oído cosas?

—¿Yo? ¿De qué?

—Mierda, no debería decir nada, pero creo que es mejor que lo sepas porque te está comiendo el coco.

—Alice, me pones nerviosa cuando empiezas con tanto misterio. ¿Qué me quieres decir? ¿Es lo que comentabas esta mañana en la piscina?

—No, eso es más grave y no sé si es cierto. Pero lo que sí tengo bastante seguro es que cada uno tiene un lío.

—¡¿Cómo?! Joder, Alice, que ya es todo bastante caótico. Además, se han casado hace nada. ¿Qué sentido tiene casarse si no se quieren?

—Eso no lo sé, pero se rumorea que Vero tiene un amorío con el asesor fiscal de Loredana, el tipo ese alto y buenorro que siempre lleva corbatas grandes. Yo los he visto en actitud cariñosa algún día que ha venido. Y también dicen que tu padre se ve con alguien, y lo cierto es que al poco de llegar yo a España fui a hacer unos trámites al ayuntamiento y vi a tu padre entrando con una chica muy guapa en el hotel ese que hay en la plaza de Caudillo.

—Joder, Alice, no quiero saber nada más. ¿Cómo es tener unos padres normales, con un matrimonio normal?

Me resistí a creer lo que mi prima me contaba en inglés, pero aquello cuadraba. No sabía a quién hacer responsable, igual que con el fracaso de mis padres, en el que yo atribuía la culpa a uno u otro a temporadas, porque a esa edad todo es blanco o negro y uno tenía que ser el bueno y otro el malo. ¿Quién era quién? Lo mismo las mujeres adultas funcionaban como Javier me había explicado de los hombres y buscaban quien les diera calor si no lo encontraban en casa. ¿Por qué todo tenía que ser tan complicado? No, eso no era justificación, pero si mi padre también le estaba poniendo los cuernos, ¿no estaba Vero en su derecho? ¿Así era la vida, los matrimonios? Me sentí asqueada, nunca me casaría. No valía la pena. No, Vero y mi padre no formaban una pareja convencional, y lo del centro comercial me hizo dudar de la inocencia de Verónica en otros aspectos. ¿Podía confiar en ella? Algo muy dentro de mí susurró que no, pero tan bajito que apenas lo escuché.

A nuestros oídos llegaron las voces airadas de mi tía y mi padre. La de mi tía Luci sonaba enérgica y enfadada, y la de mi padre tampoco quedaba atrás. Nunca los había visto discutir, o mejor dicho escuchado, porque tampoco los veía. Alice me pidió silencio, y la seguí por las escaleras hacia la cocina. Sólo pudimos oír que mi padre se arrepentía de algo, y en cuanto asomamos la nariz mi tía desapareció con lágrimas en los ojos. La cara de mi padre estaba nublada, sombría, y un brillo de temor asomaba en sus ojos. No fue la última noche de discusiones y confidencias, con Verónica ausente, casi escondida, evitando llamar la atención. Los últimos dos días fueron tensos, a pesar de la cena del domingo de Pascua en la que, siguiendo la tradición, invitaron a una persona sin familia, conocida de Klaus. Como sólo hablaban en inglés, Verónica y Charlie no entendían nada, y tampoco el humor nos acompañó. Regresamos de Ohio con una maleta de más cada uno para ubicar las compras de Vero, la tristeza de separarnos de mis tíos y una extraña sensación de desastre sobre nuestras cabezas.

Ni los regalos, ni mis relatos sobre las excursiones, ni mi entusiasmo ante lo bien que me habían tratado, ni las omisiones evidentes sobre las personas innombrables sirvieron para caldear el ánimo gélido de mi madre. Me recibió como si regresara de limpiar letrinas, apenas se acercó a darme un beso y me esquivó mientras pudo. No quería saber, ni ver ni tocar. Las pocas fotos reveladas, nada más llegar, quedaron prisioneras en su sobre. Cada vez que proponía sentarnos a verlas ella se excusaba con algo urgente en sus obligaciones o me recordaba que tenía Dinámica de Fluidos reprobada y que no sería la única en caerme si no me ponía a estudiar. Los obsequios los guardó sin apenas mirarlos y yo estuve cerca de montar un numerito dramático tirándolos a la basura por su desprecio. Pero no lo hice; huía de los problemas convencida de que ellos me buscaban sin necesidad de ayuda.

Javier sí estuvo más receptivo. Me sorprendió su presencia constante, cenaba en casa todos los días salvo que salieran a cenar fuera. Era un miembro más de la familia, mucho más asentado aunque eso me pareciera imposible antes de irme. Preferí no preguntar qué habían hecho durante mi ausencia, el aire estaba denso y no acertaba a saber si era por mi regreso o por sus propios conflictos; Javier parecía más contento con mi madre, más cariñoso delante de mí, aunque ella continuara igual de tensa. Tardé más de una semana en darme cuenta del anillo que mi madre lucía en el dedo anular de la mano izquierda, una especie de alianza de oro blanco con brillantitos. Se la quitó para fregar los platos un domingo y ahí mi curiosidad pudo más que la prudencia:

—Qué bonito, no te lo conocía.

Las mejillas de mi madre se encendieron y su mandíbula se cuadró. Apretaba los dientes con la misma fuerza con que frotaba la plancha donde había asado el pescado.

—Es un anillo de compromiso —exhaló al fin, casi en un susurro—. Javier me ha pedido que me case con él, y he aceptado.

«Esto me pasa por preguntar», pensé. El vaso que yo enjuagaba se partió en dos y el agua se tiñó de rojo. Debí de golpearlo contra el borde del fregadero. El corte no fue profundo, un rasguño incómodo por el sitio, de esos que escuecen hasta cerrarse. Pero me escoció mucho más la noticia. No podría soportar vivir bajo el mismo techo que Javier a pesar de sus notables esfuerzos por agradarme desde mi desastroso intento de suicidio. De nuevo la desesperante sensación de ansiedad me hizo boquear como pez en la nasa. En mi ausencia, Javier le había pedido matrimonio a mi madre. Otra boda, otro lío, y éste me sorprendía de pleno, afectaba mi día a día. Se me agolparon un montón de preguntas absurdas, imposibles de formular. ¿Se vendría a vivir a casa o nos mudaríamos nosotras? Si se trasladaba él, ¿yo seguiría en un cuarto comunicado con el de ellos? ¿Tendría que oírlos por las noches? ¿Cuál sería el trato de Javier conmigo? ¿Qué había hecho cambiar de opinión a mi madre? ¿Por qué el Universo no repartía estas situaciones incómodas entre otras familias, en vez de endosarlas todas a la mía? Hay quien sufre todo tipo de penurias económicas, y a otros parecía tocarnos las psicológicas. La cuestión era no distribuir. A boda por año… y ésta la asimilé mucho peor. Recordaba cuando Javier me hizo tocarle la bragueta en Tokio. Tal vez entonces debería habérselo contado a mi madre; hacerlo en este momento, recién informada de la buena nueva, sonaría a despecho, a invención ideada para hacer daño. Y… ¿Para qué? Mi madre me curó el dedo como si el corte me lo hubiera hecho ella y no mi torpeza, con la cabeza baja y las mejillas aún coloradas. Me tragué la incomodidad y pregunté cuándo volvería a ir a una boda.

—Hemos pensado casarnos a finales de septiembre. Javier tiene un amigo juez que nos hará el favor, para hacerlo menos frío. —Colocó la tirita y me miró—. Te oí comentar con Marianne sobre la boda de tu padre. —Se le escapó una media sonrisa burlona—. Muy propio lo de «la coneja».

Desde aquel día toda mi obsesión fue encontrar un sitio donde irme a vivir. Descarté a mi padre, por razones obvias, y a Juanjo, por aprensión. Nuestra patológica relación no podía acabar bien, al menos esto era capaz de discernirlo a pesar del enganche psicológico que me mantenía atada a semejante personaje. Recuperé el interés por los anuncios por palabras, y mi obsesión por el dinero, no como fin sino como medio, se incrementó. Con lo que mi padre me pagaba era imposible salir adelante, así que me dediqué a hacer todo tipo de cosas los fines de semana, e incluso en horario lectivo: camarera suplente, modelo de peluquería —corte, mechas y cinco mil pesetas me pagaron—, azafata en ferias y cuanto se terciara. Hasta me ofrecí para hacer traducciones y a punto estuve de sustituir a una amiga como gogó en la discoteca Puzzle, aunque habría necesitado una buena dosis etílica de las que todavía me atizaba con frecuencia. Me quedé sin tiempo libre, casi no podía ver a Juanjo ni a Marianne ni a los amigos de la facultad. Almudena pasó tanto tiempo sin saber de mí que me llamó, extrañada de mi silencio, y cuando se lo conté, lo de la boda y mis peripecias para ahorrar, le entró la risa.

—Pero si con ellos vas a estar estupendamente. Déjate querer, que en las películas americanas, cuando las familias están así todos, se dedican a comprar a los hijos a fuerza de regalos. Móntatelo bien. Qué bien, se lo tengo que contar a mi pandilla, que familias como la tuya hay pocas. ¡Gusta más que *Falcon Crest*!

Podría haberme enfadado, pero Almudena decía las cosas con tanta naturalidad que me era imposible. No fui capaz de seguir sus consejos, mi organismo se rebelaba, pero traté de tomarme las cosas con más calma. En cinco meses no iba a ahorrar lo necesario para cambiar de casa y sí podía morir en el intento. Y qué decir de mi abuela Dolores: echaba maldiciones por sus ojos gélidos, pero se obligó a contener la indignación, dependiente como era de las ayudas de mi madre para mantener su ritmo de vida y sabedora de lo irremediable de la decisión de su hija. Tragó, apretó dientes y se colocó una sonrisa tensa para cada encuentro con la parejita feliz y su poco adorable nieta. Las comidas de los sábados eran para huir; tal vez ese sería el nuevo ambiente diario a partir de ahora. ¿No le caería un rayo a Javier uno de esos días y lo sacaría de nuestras vidas?, me consolaba con ironía. Y el rayo cayó, para desgracia de todos, cuando ya nadie lo deseaba.

24

En medio de los nuevos preparativos, con mi madre acumulando trabajo, conversaciones para concretar un local donde celebrar la mini boda, visitas a floristas, modista y demás historias, vino mi padre a darme algo más en qué pensar. Me llamó a su despacho al terminar una de esas tardes de trabajo en Loredana que a veces se me hacían eternas a fuerza de recuperar horas. No quedaba nadie, y casi a oscuras, iluminada tan sólo por la lámpara fluorescente de mi puesto, sudando como un pollito, acudí corriendo a la mesa de la encargada para atender el teléfono. Mi padre quería que pasara a verlo al finalizar mi jornada. Me extrañó; antes de irme casi siempre me acercaba a charlar un rato sin necesidad de pedírmelo él; me encantaba compartir sus inquietudes sobre un negocio del que cada vez conocía más detalles y al que tenía más cariño. Me gustaba el olor a piel curtida, la textura del cuero, del ante, del charol, sus colores sólidos, y la transformación que sufrían a manos de máquinas y empleados para dar paso a otros objetos igualmente bellos. Yo me había integrado bien, no llamaba la atención, no opinaba, obedecía a lo que mandaran e intentaba aprender tanto como podía desde mi puesto de repaso. Criada entre aquellas mesas y otras parecidas, muchos me conocían desde niña y me sentía como en casa; en realidad, mucho mejor que en casa. Había aprendido mucho en el poco tiempo transcurrido desde mi llegada; viendo las órdenes de trabajo deducía cuáles eran los procesos por los que pasaba cualquier artículo del catálogo, conocía la maquinaria y mis habilidades organolépticas mejoraban día a día hasta llegar a reconocer los materiales al tacto. Mi padre no disimulaba su felicidad por tenerme allí, incluso con un puntito de orgullo —incomprensible dado el puesto al que me había relegado—. Irrumpí expectante en su despacho, segura, tras muchas divagaciones fugaces durante el camino, de mi traslado a otra actividad. No podía seguir revisando materiales toda la vida y había puesto el suficiente empeño e interés. Además, iba camino de ser ingeniero industrial. Pero tan pronto crucé el umbral comprendí que el asunto debía de ser otro. Lo acompañaban Verónica y el asesor fiscal, Gonzalo Morales —con quien según los rumores Vero mantenía una aventura desde hacía mucho—, a quien yo sólo conocía de vista. Me arrepentí de no haberme duchado antes de vestirme, pero no pensaba ver a nadie y asearse en casa era más cómodo.

Morales se puso en pie al verme entrar y mi padre me lo presentó con demasiada prosopopeya ante la mirada expectante de Verónica. Ver a los tres juntos fue un puñetazo en el ojo; de pronto toda mi ropa pareció encoger de puro incómoda, pero el aire acondicionado me alivió los calores. Sentados en la mesa ovalada de la esquina, mi padre presidiendo y Vero y Gonzalo en el lado largo a su izquierda, me sonrieron como quien comparte un secreto maravilloso del que pronto serás partícipe, como aquellas monitoras de verano en Irlanda, y sentí la misma desconfianza. Me acomodé en el otro lateral, un tanto asustada, aunque el semblante de mi padre no reflejara problemas en ciernes —ni sospechas sobre la integridad de su frente—. Inició su parlamento. Desde el infarto y la posterior operación había tomado conciencia sobre la posibilidad de morir, afirmó, y le preocupaba nuestro futuro y el del negocio. Mal comienzo; mi desazón aumentó. No tenía ganas de oír hablar de muertes ni de recordar peligros. Aún peor, aquello del día de mañana trajo ecos a mi memoria de muchas discusiones con mi madre; nada bueno en definitiva. La iluminación del despacho era excesiva, casi dañaba la vista, pero un par de tubos fluorescentes se empeñaban en parpadear y canturrear reivindicando que nada es perfecto, que siempre falla algo.

Al parecer, los impuestos por derechos de sucesión eran una losa que había desmembrado muchas empresas familiares en aquellos años, y mi padre no quería que esto ocurriese con Loredana. La explicación fue larga y compleja, con numerosas apostillas económicas, artículos del Código Civil y tecnicismos legales por parte de Morales, aprobados todos ellos con el asentimiento de Vero. Yo seguía la argumentación con dificultad, sin sospechar el final del razonamiento o dónde entraba yo en aquella conversación.

Mi padre me tendió unos papeles. En uno de ellos había un croquis tipo organigrama con varios cuadraditos colgando, con nombres y porcentajes. Según me aclaró, mostraba la situación de Loredana en el presente.

SITUACIÓN ACTUAL

```
                    ┌──────────────────────┐
                    │   LOREDANA, S. A.     │
                    └──────────┬───────────┘
            ┌──────────────────┼──────────────────┐
            ▼                  ▼                   ▼
    ┌──────────────┐  ┌──────────────┐  ┌──────────────┐
    │Varios empleados│ │Carlos Company│  │  Verónica    │
    │    (10 %)     │  │   (65 %)     │  │ López (25 %) │
    └──────────────┘  └──────────────┘  └──────────────┘
```

SITUACIÓN FUTURA

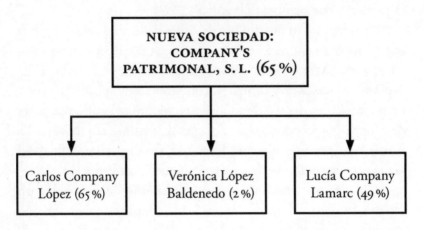

Vero quiso tomar la palabra y explicarme el origen del reparto —era la parte menos complicada y algo podía aportar sin confundirse—, pero mi padre la interrumpió y ella se enderezó en la silla recolocando las inmensas hombreras de la chaqueta que, vencidas hacia delante, amenazaban su pecho. Desde que hablé con Alice, estaba más alerta a esos detalles, y no se me escapó el gesto de fastidio de Verónica ni la mirada tranquilizadora de Morales. La expresión penetrante de Vero, como si supiera por dónde iba mi pensamiento, me obligó a esquivar sus ojos posándolos en su chaqueta de algodón azul eléctrico. Mi padre no pareció darse cuenta —seguía con sus explicaciones en tono solemne—: quería hacerme ver lo importante que era para él que sus hijos continuáramos juntos su labor en la empresa, los dos en igualdad.

De nuevo Morales tomó la palabra, con autoridad, tras un nuevo gesto apaciguador hacia Verónica. Fue discreto, pero me pareció ver un movimiento de su mano hacia la de ella y un ligero apretón que duró un parpadeo. No quería creerlo, pero algo pasaba allí. Era difícil seguir la conversación con mi mente centrifugando sospechas y, más preocupada por cuadrar lo visto con los rumores conocidos, me perdí el inicio de su disertación. A partir de ese momento Gonzalo me cayó irremediablemente mal; me quedaron pocas dudas tanto de la confianza entre mis dos oponentes como de la ignorancia de mi padre. «Tampoco él es un santo», me obligué a recordar. «Pero es tu padre», me dijo una vocecita. Era difícil centrarse en los datos con tanta interferencia, y me reenganché en:

—La nueva empresa, Company's Patrimonial S. L., estaría participada por tu hermano y por ti a partes iguales, y una parte irrelevante para Verónica.

Mi padre carraspeó al llegar a este punto y encendió un cigarrillo que le costó una buena bronca de su mujer. Pero Morales volvió a poner orden y prosiguió. Sólo el experto asesor y Vero mantenían la sonrisa de «yo sé algo maravilloso que ustedes no saben». Tal vez por eso sentí inquietud, aunque luego la olvidara.

—La cuestión es que esa nueva sociedad pasará a ser la propietaria del sesenta y cinco por ciento de las acciones de Loredana que actualmente son de tu padre.

Asimilé la información con lentitud, y me esforcé en descifrar las flechas del folio que tenía frente a mi nariz. El cuadro de mi padre pasaba a ser de la nueva sociedad, en la que sólo aparecíamos sus hijos y Verónica.

—¿Y con qué se queda mi padre? —pregunté al no verlo en ningún cuadrito.

Todos se miraron sin decir nada, y por un momento pensé que iban a decir aquella cursilada de ha pasado un ángel, pero mi padre rompió el silencio a tiempo con una risotada y dijo sonriente:

—Nada, hija, no me quedo nada. Paso a ser un indigente. —Lo soltó con una frescura y sentido del humor que, pensé entonces, era una forma de hablar, pero con el tiempo hasta él comprendería hasta qué punto era cierto. La afirmación la suavizó Morales:

—Bueno, de momento tu padre mantendrá el usufructo, claro. No te preocupes, está todo previsto, sólo es un formalismo legal para evitarles problemas el día de mañana, sin que en la práctica cambie nada.

Me explicó cómo se suponía que pagaríamos las acciones, gracias a una donación que todavía estaban estudiando cómo hacer, y mi padre me pidió que pensara con calma todo lo hablado. Ahora era él quien apretaba la mano de Verónica.

—Lo hago por ustedes y por Charlie. Son mi vida y les evitaré los problemas que pueda.

Era mayor de edad y debía firmar los papeles, no necesitaba autorización, pero por desgracia sí consejo y no sabía a quién pedírselo. No había prisa, añadió mi padre comentando una serie de trámites pendientes de solucionar. Podía llevarme los documentos para estudiarlos, aunque al despedirse me dejó caer lo de siempre: «No sé si es bueno que tu madre…» y, por una vez, no estuve de acuerdo con él. Si alguien sabía de negocios era ella, y yo no tenía mucha más gente a quien preguntar. Pero nuestra relación estaba enrarecida como el aire en el interior de una mina y la confianza y fluidez no existían en nuestras conversaciones domésticas. ¿Cómo sacarle semejante tema después de no querer trabajar con ella? Habría sido la asesora perfecta, pero la descarté. Después de vacilar pensé en mi tía Lucía. Tras la estancia en su casa me sentía mucho más cercana a ella y era una mujer inteligente y justa. Ella no permitiría ninguna artimaña contra mi padre y tampoco contra mí, aunque por lo explicado yo salía ganando mucho.

Mi prima me miró preocupada cuando saqué el tema. Al parecer su madre estaba más informada de lo que yo creía, y no muy de acuerdo con el planteamiento. Alice me resumió su opinión sin necesidad de llamarla y me confirmó que precisamente éste había sido el origen de la discusión en Ohio. Mi tía temía por el futuro de mi padre; según Alice quedaría indefenso a partir del momento en que la restructuración de los porcentajes se llevara a cabo. Traté

de tranquilizarla, nada iba a cambiar, mi padre conservaría el usufructo, y ni Charlie —todavía menor de edad— ni yo haríamos
nada que lo perjudicara; además, ¿cómo iba mi padre a ponerse en
riesgo? ¿En qué cabeza cabía que no estuviera todo pensado? Yo
no intuía el alcance de aquella operación financiera ni las consecuencias para todos.

Alice me dejó intranquila, pero no llegué a comentar nada con
mi madre, segura de que ella vería trampas en cada detalle de la
operación y temerosa de infectarme con sus reticencias. No decepcionaría a mi padre echándome atrás. Estaba harta de esos tambores que siempre retumbaban en lo más profundo de mi cabeza
anunciándome peligros, generando desconfianza, y una conversación con mi madre subiría considerablemente el volumen de esa
percusión. Mi padre contaba conmigo para sacar aquel proyecto
adelante y no defraudaría su generoso gesto. Debía confiar en él
por mucho que llevara grabado en la mente aquello de «no te fíes
ni de tu padre». Era un hombre inteligente, un gran empresario,
y me adoraba; todos los cabos debían estar atados. El único que
quedaba en una situación extraña era él, y él no estaba preocupado.

Tampoco lo comenté con Juanjo, alérgico al capital, las acciones, los empresarios y todo lo que le recordara la explotación del
proletariado. Pero sí lo hice con Marianne, al menos ella estudiaba empresariales y tendría más claras las implicaciones de
todo aquello.

—Chica, no entiendo nada. ¿Por qué carajos se mete tu padre
en este lío?

Le conté el rollo del impuesto de sucesiones y le resumí los argumentos de mi padre.

—Todo eso está muy bien, pero con este reparto estás vendida.
Y él, más.

—¿Qué quieres decir?

—Con ese dos por ciento que le dejan a tu querida Vero, nunca
podrás tener mayoría. Siempre la tendrán su hijo y ella, para cualquier decisión.

—Pero eso es una tontería, no hay nada que decidir, es una heredera, y además Vero me quiere como una hija. Si por ella fuera estaría viviendo con ellos. Diferencia va con el estúpido de Javier —Mencionarlo y comenzar a hablar de la próxima boda fue inevitable, y allí acabó el asesoramiento de Marianne.

El verano de 1985 fue muy distinto a los anteriores. Mi padre, serio y formal con el trabajo y enemigo de favoritismos, me informó, sin levantar la vista de sus papeles, de las exiguas vacaciones a las que tendría derecho. Y mi madre, con la boda acechando, prefirió pasar agosto en Valencia. Tenían previsto escaparse a Brasil tras el enlace —se me atragantaba hablar de viaje de novios—, y como sería a primeros de octubre, mi madre no podía permitirse tantas ausencias de la empresa. Alguna de las incógnitas que me había tenido caminando sobre brasas en los últimos meses ya estaba clara, pero borrar esta incertidumbre no evitó mi desazón: Javier vendría a vivir con nosotras tras la boda. Al menos yo no cambiaba de domicilio, aunque sí de habitación. Mi nuevo cuarto pasaría a ser el ocupado hasta entonces por mi abuela en sus cada vez más escasas visitas —y mucho más que lo serían de ahí en adelante—, y mi habitación se transformaría en un baño integrado en el dormitorio de matrimonio. Javier entraba en mi vida como un orangután en un macizo de margaritas, pero al menos no tendría que compartir el cuarto de baño con él. Se contrataron las obras para llevarlas a cabo durante el verano y nosotras nos trasladamos a un apartamento alquilado en la playa de Mareny Blau, aprovechando el buen tiempo y mi flamante licencia de conducir. Cada día íbamos juntas a trabajar, pero al acabar ella volvía con Javier, aunque, cual novios antiguos, seguía sin quedarse a dormir con nosotras. Nunca me atreví a preguntar por qué a pocas semanas de la boda y a su edad seguían haciendo ese teatro —o en verdad mi madre seguía manteniendo a Javier en la banca—, pero me tranquilizaba no tener a Granados cerca. La convivencia se presumía difícil, y cuanto más tardara en materializarse, mejor.

La obra terminó la segunda semana de septiembre, nos instalamos de nuevo en casa y marqué en mi calendario los días que quedaban para mi condena eterna: veintinueve. No era la única sentenciada, Adelaida se movía como si hubiera llegado un batallón de granaderos a ponerlo todo patas arriba. Refunfuñaba, murmuraba, no era capaz de esbozar aquella extraña mueca que evocaba una sonrisa, y todo lo hacía a trompicones. La nueva cocina era más moderna y fácil de limpiar, pero nada le pareció bien. La indignación por el derribo del que antaño fuera su cuarto no tenía justificación, pero se comportaba como si la hubieran desahuciado. La edad la había vuelto más adusta, si es que eso era posible, y la entrada de un hombre en casa —al que además no tragaba, algo nunca disimulado— había culminado su metamorfosis a hurón. Mi madrina, por fin mentalizada de su irremediable condición de abuela, no asimiló nada bien resucitar la de suegra. Siempre le venía grande algún papel y emparentar con Javier Granados suponía, además, un estigma insoportable, al menos a priori, dado todo lo que había hablado de él. Sólo aceptó venir a la boda cuando supo que la madre de Javier, antigua amiga suya y mujer de pasado elegante y florido, también lo haría. El padre, del que tantas historias había yo escuchado, había muerto unos años antes, lo que también celebró mi abuela ante mi estupor.

La lista de invitados fue incluso más reducida que la de mi padre. Fiel a sus principios, mi madre no invitó a su entonces famoso hermano, concejal electo del ayuntamiento de Valencia, del que por fin mi abuela se sentía plenamente satisfecha; por tanto, nada de tíos ni primos. Tampoco mi reaparecido e innombrable abuelo —sabíamos de su regreso y de la tienda que regentaba— compartiría las nuevas nupcias de su hija; a efectos prácticos había muerto, y mi curiosidad por saber de su vida molestaba. Y mi prima Alice estaba descartada, igual que el resto de la familia paterna:

—No la conozco —respondió a mi sugerencia—. Desde que llegó ni me ha llamado para saludarme ni se ha molestado en venir a verme.

Resumiendo, vendría más gente por parte de Javier que por la nuestra. Me empeñé en invitar a Marianne y a su madre, por aquello de no estar sola y no ser de nuevo un apéndice molesto, sin reparar entonces en la soledad de mi madre, aislada de casi toda su familia y con apenas un puñado de amigos con los que compartir su dicha. Incluso sufrió la bofetada de su beata amiga Berta, quien rechazó la invitación a «aquella ceremonia indecorosa y fuera de la ley de Dios», como le explicó, aunque prometió rezar por ella. La lista de sus invitados lo mostraba con claridad: la vida de mi madre giraba en torno a mí y a su trabajo; y ahora, por supuesto, también alrededor de Javier.

Los prolegómenos no presagiaban nada bueno pero, con mi clarividencia habitual, erré.

La ansiedad me atacó ese día de octubre de 1985 desde antes de abrir los ojos. Hice esfuerzos por sonreír, disimulé mis miedos, me agencié un par de chupitos de whisky, aprovechando una botella extraviada en la cocina, y al parecer mi actuación fue buena. Estaba guapa —lo sé ahora, porque entonces no me veía bien con nada y, además, la admiración que sentí al ver a mi madre eclipsó cualquier otra apreciación—. El cuerpo de mi vestido dejaba los hombros al aire y conjuntaba con la falda de tres volantes en seda verde oscuro que habíamos comprado en el viaje a Hong Kong. Mi madre se había encargado un traje de chaqueta de seda salvaje color hueso, con las hombreras bien marcadas, como tocaba en aquellos años, y un cuerpo halter, también de seda, rosa pálido, anudado al cuello. Atractiva y elegante, como era ella, a pesar de los cincuenta ya cumplidos. Pero su expresión desentonaba con la seguridad que emanaba de aquel conjunto y con sus ademanes bruscos. Parecía una niña perdida, asustada. Recordé las burlas de mi abuela cuando describía el rostro fantasmal de mi madre antes de su enlace con mi padre. «Será una especie de alergia», pensé, pero una sensación de pena profunda diluyó mi ironía. Yo no era la única sonriente forzosa esa mañana: mi madre también fabricaba sonrisas con dificultad. Nos faltaba media hora para salir y todo estaba listo; nos sentamos en la salita, un cigarrillo le templaría los nervios. Me ofreció uno, que rechacé con un enérgico «ya te he dicho que no fumo», pero verla tan pálida, con una mirada que me pareció de horror, de desamparo, de inseguridad, suavizó mi soberbia. Sus iris brillaban tras las lentillas, un brillo triste, acuoso. ¿Por qué? Mis recelos eran hasta cierto punto lógicos, pero en ella... Semejaba estar preparada para el cadalso. La abracé con fuerza siguiendo un impulso:

—¿Estás bien, mamá?

—Claro, hija —de nuevo esbozó una sonrisa patética—, es un día muy feliz.

Yo me debatí entre mi necesidad de animarla y mi propia aprensión.

—Todo va a salir bien, ya lo verás. ¡Ya era hora de que te decidieras! —bromeé con tan poca convicción como percibí en la sonrisa de ella segundos antes.

—¿De verdad lo crees, Luci? —El nudo de su garganta casi podía verse—. No tengo buen ojo, hija, tú misma me lo dijiste. Y tampoco tengo suerte en mis relaciones.

La vi desfallecer, algo imposible. ¿Ella? ¿La fortaleza? ¿Qué era aquello, una maldición para los matrimonios Lamarc? Nos quedaba media hora hasta que viniera el jefe de contabilidad, invitado a la boda y a la sazón chofer voluntarioso, y a pesar de todos mis prejuicios le hablé desde el amor sincero que sentía por ella:

—Mamá, sabes que no me llevo demasiado bien con Javier, pero he de reconocer que siempre ha estado atento, no repara en detalles, es evidente que quiere estar contigo. Ha tenido una paciencia... —Nos miramos con intención, entendiéndonos sin palabras sobre un tema del que no era fácil hablar—. Él te ha demostrado muchas cosas —no me atreví a afirmar que la quería, también tenía mis dudas—, y si tú no lo quisieras no habrías llegado hasta aquí.

—Sí, lo quiero. Pero temo no ser bastante para él, que en realidad no me quiera y todo sea un engaño, otro más… —Su mano blanda apenas pudo aplastar la colilla.

Aquello se estaba poniendo feo. Si seguía por ese camino no llegaríamos a los jardines en los que se oficiaría la boda. Un pequeño empujoncito por mi parte y todo se iría al traste. Qué malo es a veces nuestro subconsciente. Pero no fui capaz de cargar con ese peso sobre mi mutilada conciencia.

—Mamá, él no tiene dudas. Si él no las tiene, ¿por qué tú sí? —Busqué razones objetivas, algo que hendiera sus temores—. ¿Por qué querría casarse él contigo si no te quisiera? Es un tipo con buen porte para sus años, tiene la vida solucionada, ¡y va a cargar conmigo!, que no es cualquier cosa. —Compuse una mueca de payasa y nos reímos las dos mientras mi madre escondía una lágrima desobediente—. Más declaración de amor que ésa…

—¿Lo dices en serio? ¿De verdad lo crees?

—De lo que estoy segura es de que Javier necesita estar contigo, y una vez juntos tú estarás mucho más tranquila. Déjate ir, mamá, disfruta de este día, y permite que por una vez lleve él las riendas, descansa. Es un hombre fuerte y capaz, y si no ha hecho más es porque no lo has dejado.

—Como a tu padre… —Bajó la cabeza. Estaba desconocida. Aquella situación la había dejado vulnerable y muchos de sus fantasmas flotaban hasta la superficie como los restos de un naufragio, como en su día la riada escupió su traje de novia a las sucias aguas del Turia desbordado.

—Algo así —Recordé la conversación de chimenea con Verónica, en casa de mis tíos. Me había dado a entender lo mismo. La confirmación de mi madre me hizo sentir un puntito de alivio y otro de desasosiego, pero tampoco era el momento—. Y ahora haz el favor de sonreír y ser la novia más guapa de la ciudad. —Le recoloqué el pequeño sombrero sin despeinarle el moño bajo y le acaricié la cara—. Te quiero mucho, mamá —Me salió del alma, cargado de amor, de remordimiento, de reproche, de necesidad, de omisiones y traiciones; y conforme pronunciaba las palabras una soga se cerró sobre mi garganta y sus lágrimas se trasvasaron a mis ojos, menos valientes que los suyos.

—¿Lo dices de veras? Daría mi vida por creerte. —Me limpió con un pañuelo y sonrió más relajada; un suspiro profundo, lleno de humo, alejó parte de la tensión—. Venga, no te pongas tú ahora en plan Magdalena.

Nos miramos por última vez, yo incapaz de decir nada más, ella de nuevo con la coraza puesta. Otra respiración honda, un abrazo, la colilla aplastada y el sonido impertinente del interfón anunció el cambio radical que se avecinaba en nuestra vida.

La boda fue tranquila y armoniosa, nada parecida a mis funestas previsiones. Y la ausencia de Juanjo —puso una excusa tonta, una supuesta acampada-reunión de su grupo de activistas, aunque la causa fue el temor a mi madre y sus mordaces comentarios—, una bendición. Me faltaba Almudena —mi madre no se atrevió a invitarla por si su rancia familia se escandalizaba y eso me perjudicaba en la relación con ella—, pero Marianne estaba encantada, odiaba a Juanjo más que yo a Javier, y también le ilusionaba compartir una velada tan chic, como ella misma reconoció.

—Es que tu madre tiene muchísima clase. Es una pena que no sea más amiga de la mía; se mueve con gente muy rancia, no como cuando papá vivía. Se llevarían bien. Qué pena que no se haya animado a venir, pero no conocía a nadie.

—El problema es que mi madre no tiene tiempo ni para respirar. Ya no sale con amigas. Fíjate que apenas han venido dos mesas: la de sus «viudas», con las que ha dejado de jugar a las cartas, y la de

los extranjeros, con los que organiza alguna cena de vez en cuando
Pero sí, sería genial que hicieran migas.

Sólo me separé de Marianne para saludar a mi abuela y recibir su
aprobación —«Lucia, ¿qué te has hecho? Estás muy femenina»—,
y para darle la enhorabuena a los novios tras una ceremonia mucho
más sentida y cuidada que la de mi padre en los juzgados. Música
de cámara, flores, palabras hermosas, sosiego y algunos murmullos
de emoción provenientes de la mesa de las «viudas» y de la madre de
Javier al aceptar los contrayentes sus promesas. Tanta armonía, tanta
belleza, tanto glamour aunque fuera en frasco pequeño, tenían con-
quistada a mi intransigente abuela. Incluso ella estuvo más simpática
con Javier de lo esperado, una vez asumido lo inevitable y arropada por
la elegantísima viuda de Granados, en apariencia mucho mayor que
ella y a la que se alegró sinceramente de ver —de verla con vida, en
realidad; esto último nos lo confesó más tarde, porque estaba convencida de su deceso por obra y gracia de tanto disgusto soportado—. La
vida siempre sorprende, y precisamente aquel acontecimiento familiar,
con muchos números de la rifa para ser un desastre, fue un milagroso
oasis de paz sobre el cual los planetas se alinearon para neutralizar a
los elementos explosivos.

Y si alguien lució orgulloso aquel día fue el novio. Sacaba
pecho cual montero ante una pieza de caza mayor recién abatida.
Yo intentaba buscar otros símiles menos cinegéticos y exentos de
cornamenta, me esforzaba por mirarlo con simpatía y aplicarme
yo misma mis sermones, pero era pronto para ganar esa batalla.
No había química entre nosotros, no me fiaba de él, y reconocer
que ahora se estaba portando muy bien con mi madre no me hacía
olvidar lo vivido, tan sólo me provocaba cierto remordimiento por
no darle una oportunidad.

Ésta fue la primera noche que compartimos los tres bajo el mismo
techo; yo ya me había habituado a mi nuevo cuarto, y la distancia

del largo pasillo hizo de barrera psicológica respecto de los recién casados; pero me sentí extraña al darles las buenas noches y dejarlos solos en aquellos dominios suyos. Era una chiquillada, pero la idea de mi madre manteniendo relaciones sexuales con un hombre me turbaba, muy a mi pesar, y me preocupaba sabiendo lo que sabía. A pesar de mis prejuicios y de mi poca costumbre, recé, supliqué a esa fuerza superior a la que todos nos agarramos en alguna ocasión, que pasara lo que pasara, todo saliera bien y mi madre no amaneciera rota. Al día siguiente tenía que acercarlos al aeropuerto en mi coche; amanecieron con tal felicidad reflejada en los rostros que no pude menos que contagiarme; alguien había respondido a mis plegarias. Haciendo de tripas corazón, yo les había preparado el desayuno y todo estaba dispuesto en la mesa de la salita. Desayunar en la cocina como siempre hacíamos no era digno de unos recién casados, aunque rayaran los cincuenta, y llevárselo a la cama superaba mis buenas intenciones. Javier se movía como si siempre hubiera vivido allí, feliz y campechano, y mi madre estaba resplandeciente, como nunca la había visto. Al despedirla quise confirmarlo:

—¿Eres feliz, mamá?

Esta vez su cara hablaba por ella, sincera, franca, limpia.

—Sí, hija, sí, como nunca lo he sido.

Volverían pasado el puente del 9 de octubre y del Pilar, y hasta entonces me quedaría sola salvo por la compañía diurna de Adelaida. Vero me propuso irme con ellos, llevaba una temporada muy empalagosa conmigo, pero no quise darle este disgusto a mi madre. Ya habría otras ocasiones para confraternizar con el bando contrario.

Las dos semanas que estuvieron fuera me permitieron reflexionar y organizar un poco mi vida. Seguía sumida en una depresión no diagnosticada y todo me suponía mucho esfuerzo, pero la boda, en un principio un nuevo peso a añadir a mi maltrecho subconsciente, resultó ser un bálsamo en el ánimo general. Sólo había vivido un día de ese matrimonio, pero la felicidad que vi en mi madre nunca la había visto en nadie y me indujo a creer que comenzaba una nueva estación en mis relaciones familiares. Javier —o la parte de él que traslucía— era el perfecto caballero, el príncipe de las novelas románticas que velaba por su dama, la protegía y atendía. Tal vez resultara un poco mandón, pero mi madre amaneció tranquila, feliz y dispuesta a dejarse cuidar por aquel hombretón de carácter. Cerró las maletas, las organizó y llevó para bajarlas, se hizo cargo de los boletos y del programa de viaje… Había llegado el Jefe. ¿Podía ser sincero en sus actos y demostraciones de afecto, con todo cuanto yo le había visto hacer? Quise pensar que sí, porque nada en su actitud parecía fingido o impostado, y lo conocía lo suficiente como para detectar esos engaños. O mi radar estaba averiado o Javier quería de verdad a mi madre. Tal vez todo se redujera a su comentario en Tokio, buscaba sustitutas mientras ella se resistía a darle lo que necesitaba, pero en realidad era a ella a quien quería. Durante las ocho horas compartidas mientras terminaban de cerrar maletas y haciendo tiempo para llevarlos al aeropuerto, los analicé como a insectos bajo el microscopio. E inevitablemente comparé muchos gestos con los que Juanjo me prodigaba. Dicen que los amores de juventud son apasionados y siempre se intenta ofrecer lo mejor de cada uno. Si lo mejor que Juanjo podía ofrecerme era lo que conocía, ¿qué sería lo peor? No tardaría en saberlo.

25

Y es que, habiendo avanzado en nuestra relación, las cosas no podían estar peor. Impresionada por lo sucedido con Javier durante el viaje a Japón, y después de un par de rupturas traumáticas para mi autoestima —siempre se produjeron tras alguna humillación y mi claudicación posterior aceptando volver con él no mejoraba el problema—, llegó la definitiva, la más devastadora. Fue un 8 de octubre, víspera de Sant Donis —día en que se celebraba lo que en el Plenari de Parlamentaris del año 1976 dieron en llamar Día Nacional del País Valenciano y, por tanto, festivo desde entonces—. A Juanjo la festividad del 9 de octubre le importaba bien poco, ni era valenciano ni le gustaban las muestras patrióticas que no empuñaran hoces o martillos, pero estábamos en víspera de fiesta y para muchos, además, noche ideal para celebrar el san Valentín autóctono. Me propuso salir a cenar —nunca invitaba, siempre pagábamos a mitades—, y quise pensar que aquello podía ser un buen augurio. Cenamos en La Cambra, un restaurante diminuto y coqueto en la calle Baja con un estupendo menú de trescientas cincuenta pesetas, asequible a nuestros exiguos bolsillos. Los platos no eran abundantes, pero para la madeja de nervios que compartía digestión con las costillas a la miel, la ración fue más que suficiente. Envueltos en la penumbra anaranjada del local, Juanjo devino en poeta y mi estómago se llenó de mariposas. ¡Cómo necesitaba escuchar de su boca algo así!, algo que ahuyentara mis miedos, mis aprensiones. No me regaló la *mocadorá*, pero como un mancebo medieval de mi tierra me hizo sentir la reina de su corazón, que era el origen de esa tradición de siglos. El tran tran de los tambores sonó a lo lejos —no te fíes, ya has pasado por ahí—, pero la necesidad de creerle se sobrepuso a ellos. Yo era la mujer de su vida, frase simple pero efectiva que cerró su declaración acompañando a los postres. De La Cambra fuimos a tomar un carajillo a la plaza del Negrito —él andaba, yo levitaba apretujada contra su hombro—, y de allí a Calcatta, donde un colega suyo servía copas. Más de una cayó por la generosidad de su amigo, y también algunos bailes en la planta baja aunque Juanjo, arrítmico, se limitó a mirar mis movimientos —cercanos a los de algún rito de apareamiento africano—, desde el borde de la zona de baile. No tardó en agarrarme de la mano y estirar de mí hacia las escaleras. En la parte de arriba, más tumbados que sentados en los grandes cojines morunos de lo que hoy llamarían un *chill out* y entonces no tenía nombre, elevamos la temperatura propia —y me temo que ajena— a fuerza de labios y manos hambrientas. Entre el vino de la cena, el carajillo del Negrito y la generosidad cubatera de Ismael, emprendimos el rumbo a mi casa turbados y en estado de ebullición. Su Simca 1000 nos acogió unos minutos y, antes de arrancarlo, las ventanillas ya lucían opacas. Tuvo que bajar un dedo la suya, dando vueltas a una manivela que amenazaba con independizarse de la puerta, para poder arrancar. En el dial estaba sintonizada Radio Klara, y Loles León explicaba al locutor cuán bueno era el esperma para el cutis. Nos entró la risa tonta, hasta que en el siguiente semáforo Juanjo empujó el casete y la letra dulce de *T'estimo*, de Llach, inundó el habitáculo y transmutó el alcohol de mi cuerpo en miel y azahar. ¿Por qué no podía ser siempre así? No hizo falta preguntar si subiría a casa, él sabía que yo estaba sola, y mis feromonas lo invitaron a gritos. Mi corazón no latía, ametrallaba mi esternón con munición inagotable. En el ascensor intenté fundirlo con el suyo, pero el mío se superpuso a su bombear sereno. Me desconcerté, ¿cómo podía estar tan tranquilo? Habíamos llegado a mi apartamento y abrí la puerta con tanto nerviosismo como si fuera a encontrarme de bruces con los recién casados; temí despertar a todo el edificio, mis sentidos alerta convertían cada movimiento en un concierto, los pasos tocaban la marimba, las llaves eran maracas y los tambores los llevaba dentro. Juanjo sólo había subido a casa en un par de ocasiones, breves y tensas; esta noche sería diferente, pensé al avanzar por el pasillo hasta la salita y dejar atrás mi cuarto. Adelaida vendría el viernes y los demás no llegarían hasta el domingo. Todo era posible.

Juanjo se dejó caer en el sofá, plantó sus enormes pies sobre la mesa de plexiglás blanco y enrolló un canuto con el material que le había pasado Ismael un rato antes. Parecía un patriarca en sus dominios. Sonrió feliz y me hizo un gesto para que me acercara. Quería que fumara pero me negué; en su lugar serví dos cubatas antes de acomodarme sobre él a horcajadas. El sabor y el olor a maría me daban arcadas y él lo sabía, pero hice un esfuerzo. Esa noche era mi noche y estaba dispuesta a lo que hiciera falta, ya no se me escaparía más. Lo deseaba de verdad y el miedo de otras veces dormía la mona mientras mi cuerpo se abrazaba al suyo. Ni siquiera las notas de Eurythmics que acompañé cantando me dieron una pista de lo que sucedería:

> *Some of them want to use you*
> *Some of them want to get used by you*
> *Some of them want to abuse you*
> *Some of them want to be abused*

Aún estuvimos un rato ensortijados antes de que me obligara a levantarme y echara a andar hacia la puerta del dormitorio de matrimonio. Lo frené, una cosa era subirlo a casa y otra hacerlo en la cama de mi madre. Imposible, la vería a mi lado como un espíritu. Y era famosa por su olfato, lo notaría antes incluso de abrir la cama, aunque cambiara las sábanas. Me costó dirigir sus pasos hacia mi lejano aposento, toda una distancia cuando lo quieres aquí y ahora, pero la primera vez tenía que ser especial. Yo era Brooke Shields en *El lago azul*, soñando entre brumas de alcohol con placeres maravillosos y descubrimientos inolvidables con el hombre que momentos antes había afirmado que yo era la mujer de su vida. No le defraudaría.

Nos desnudamos despacio, con la torpeza de dos mentes espesas. Para él no se trataba de su primera vez, pero entre el canuto y la bebida llevaba guantes de boxeo en las manos y parecía no haber desabrochado un botón en su vida. Por fin lo tuve encima; la oscuridad y su cuerpo tapando el mío alejaron la insoportable vergüenza de segundos antes. Me miraba a los ojos con una sonrisa lúbrica y jocosa. Esperé sin respirar, algo se movió entre mis piernas, caliente, y… ¿Blando? Bajé una mano para tocarlo y me detuvo. Seguía con su gesto divertido, pero además se reía por lo bajo, como el perro pulgoso de *Los autos locos*. Mi libido iba bajando como un suflé al enfriarse. No entendía qué pasaba. De pronto embistió, pero no entró, se arrugó entre mis piernas, y volvió a entrarle la risa mientras sus manos estrujaban mis pechos. Tras un par de intentos más con idéntico resultado, se dejó caer hacia el lado exterior de la cama y continuó riéndose. El deseo, los vapores etílicos y los pensamientos románticos quedaron congelados por el pánico atroz. Mi corazón seguía ametrallándome el pecho, pero con distinta munición: la del temor, la vergüenza y el dolor. Se giró para mirarme todavía con risitas entrecortadas y habló:

—Imposible, chica, no me pones nada —otra risita; quise taparme pero estábamos encima de las sábanas y fue imposible—; si quieres pruebo a follarte otro día, burguesita, que te noto las ganas, pero no sé si vale la pena. No eres la mujer de mi vida, me equivoqué.

Su risa pulgosa y queda fue lo único que se escuchó durante un rato. El perro del vecino ladró. Alguien accionó una cisterna. De nuevo el silencio y yo muda, gritando sin voz. Me volví contra la pared, tomé aire un par de veces pero no llegó a su destino y, al fin, hablé:

—Vete. Y no vuelvas a buscarme jamás.

La casa estaba fría, mi cuerpo estaba frío y mi corazón helado. En cuanto se levantó para vestirse con su hilaridad intermitente, me tapé hasta encima de la nariz, como cuando de pequeña me atacaban terrores nocturnos. Ya no tenía la luz verde pero conservaba mi cortina de flores animadas, que ahora reían a coro mi vergüenza. Salió de allí dando un portazo pero seguí escuchando sus palabras como en un disco rayado. Lloré, no sé hasta cuándo. Hasta perder el conocimiento. Ahogada en licor, por fin me levanté y encontré la botella limpiadora de siempre. Al día siguiente me despertó el teléfono. Era Marianne. Pocas palabras bastaron para que recorriera los dos lados de la manzana entre su casa y la mía en pocos segundos. Desde que colgué hasta que llegó sólo pude abrir la ventana para ahuyentar el espantoso olor a vómito y maría, y darme cuenta de que había pasado la noche tirada en la alfombra de la salita, ahora mancillada con el contenido de mi estómago, bilis incluida. Tenía un dolor fortísimo en el costado y las piernas entumecidas. Marianne fue mi paño de lágrimas, mi médico, mi salvación. No hay mejores amigos que aquellos capaces de limpiar tus vómitos y no recordártelo jamás. Y así era Marianne.

—Maldigo la hora en que nos encontramos con Rodrigo y Juanjo. Si vuelvo a verlo le sacaré los ojos. Y si vuelves a verlo te los sacaré a ti.

Y era capaz.

Adelaida me echó la bronca del siglo cuando el viernes descubrió la mancha oscura de la alfombra —limpia de restos, gracias a Marianne—; me interrogó y no sé si la convencí con la historia de mi torpeza para llevar la bandeja con los macarrones y mi poca experiencia limpiando textiles, o la conmovió mi lamentable aspecto, pero no cargó demasiado las baterías. Cual indio sioux se agachó a oler la mancha —«huele agrio», «no, es olor a rancio; tardé en limpiarlo»—; la discusión fue corta. Pertrechada con la botella de amoniaco, una palangana con agua templada y una esponja, se arrodilló como hacía en el pueblo para limpiar el piso, sin dejar de discutir con la sombra oscura de la alfombra. Para cuando los novios regresaron sólo quedaba la mancha invisible de mi alma, que tardaría mucho más en limpiarse.

El domingo aparecieron los recién casados y todo estaba aparentemente en orden. Tanta felicidad trajeron que mi madre tardó un par de días en percibir mi tristeza; los ojos enrojecidos por el llanto y la inapetencia me delataron. Sólo le conté que Juanjo me había dejado el mismo día en que me contó un cuento de hadas en el que afirmó quererme más que a su vida y que estaríamos juntos para siempre. Estando enamorada ya era motivo suficiente para el drama, porque jamás confesaría lo ocurrido entre aquellos dos paréntesis. Me abrazó, me consoló, me dijo que no me merecía, que yo valía mucho más que él. (¿Yo? «¿La mierda de hija?». Siempre resonaba aquella frase cuando tocaba fondo, como una etiqueta definitoria de mi existencia.) Mi madre dijo muchas cosas más que no lograron mitigar el daño aunque sí el frío y parte de la soledad. En los días sucesivos me arrastré a clase y al trabajo, igual que había hecho unos meses antes, soñando con pescar una gripe que me diera un motivo para quedarme en cama. Los compañeros me notaron taciturna, pero tampoco hicieron mucho caso; empezaba a ser «la rara» y había razones. Y en el trabajo no acostumbraba a hablar, pero Teresa preguntó por mis ojeras y, tras mis lacónicas respuestas, sólo me dijo: «Mal de amores. Ese chico no te conviene». Evité encontrarme con mi padre o Alice y salí airosa del paso. Marianne me llamó todos los días. Aunque no le había contado todos los detalles, ella conocía el orden de los acontecimientos. No es fácil recuperarse de una humillación así, y Juanjo continuó con su estrategia de la zanahoria después del palo, pero este burro ya no aceptaba zanahorias. No fue dignidad, fue el temor a volver a sentir ese tormento que me rajó en dos y me hizo perder cinco kilos —además de los que ya llevaba perdidos— en dos semanas. Cuando, años más tarde, supe por el diario de mi madre los detalles de su triste noche de bodas, anticipados en la conversación de París, volví a pensar que estábamos malditas, aunque traté de borrar el incidente como si nunca hubiera pasado. A fin de cuentas, yo seguía siendo virgen de cuerpo, aunque mi alma se sintió mancillada y la huella no fue fácil de obviar.

Juanjo apareció el lunes en la puerta de Loredana. Mi corazón se detuvo y dejé de respirar en una apnea larga hasta alcanzar mi coche con la vista fija en el asfalto. Tuve tiempo para ver su expresión de niño desvalido, arrepentido, y en el parabrisas dejó el trozo de una hoja de dibujo, donde vislumbre mi dorso desnudo, que intentaba decirme algo sin lograrlo. Arrugué el papel y lo tiré a la papelera más cercana, siempre civilizada hasta en los peores momentos. No podría soportar otra humillación más, porque ante Juanjo me sentía como el perro apaleado. Subí al coche, puse la radio y los primeros acordes de *Alive and Kicking* me dieron fuerzas para arrancar y huir. Todo lo sucedido desenterró la losa que me acompañaba a temporadas y me ahogaba hasta hundirme en la tristeza, la autocompasión y el desprecio. Sé que Marianne estaba asustada de que hiciera una barbaridad, y aunque habría muerto con gusto, mi fracaso anterior me convenció de mi inutilidad, incluso para el suicidio. Yo era una mierda de hija, una mierda de mujer y una mierda de suicida. Vivir tras otro fracaso semejante a las espaldas sería insoportable. Más insoportable, si es que esto era posible.

III

UNA MUERTE Y UN FUNERAL

26

Lo visto el primer día de casados entre Granados y señora no fue un espejismo; contra mis nefastos pronósticos, la relación funcionó. Era la primera vez que encontraba a alguien capaz de imponerse a mi madre. Al verlos tan felices, me decía que nuestras maldiciones tenían final, había recompensa al otro lado del arcoíris; pero también me abrumaba mi falta de visión para juzgar a la gente. A Javier le había hecho la vida imposible desde que lo conocí, pero con sus defectos y vicios estaba demostrando ser mejor persona que mi poeta muerto. Incluso mejor que yo, que no le había dado un día de felicidad a mi madre desde que tenía conciencia. Se implicó de verdad en la empresa y ella pudo descargar en él parte de las obligaciones. Mi madre continuaba dirigiendo el negocio y creando los muestrarios, pero Javier se hizo el amo de la producción y las ventas, sin dejar sus asuntos inmobiliarios que, según contaba con cierta fanfarronería, iban muy bien y no necesitaban demasiado su presencia. Al endurecido carácter de mi madre le estaba pasando una lija del siete por encima. Nunca la vi tan relajada como en aquellos días, era otra persona, desconocida para mí, más cariñosa, menos crispada, incluso rejuveneció unos años. Una bendición dado mi estado psicológico comatoso. Hasta entonces Elena Lamarc había llevado puesto su abrigo de espinas y clarificar la parte sentimental de su vida la liberó de ese sufrimiento; respiró aliviada, aunque yo todavía percibía en ella cierto temor o incredulidad, como si temiera despertar de un sueño. Mi madre toleraba por costumbre mi trabajo en Loredana —la rutina convierte en aceptable hasta las cosas más terribles, ¡que me lo digan a mí!—, no preguntaba y no hacía comentarios sobre Verónica. Yo no salía del asombro al ver que incluso mi abuela le encontraba cosas buenas a aquel «pendón» —como solía llamarlo—, que hasta hacía nada era la vergüenza de su casa. Javier, además de listo, era todo un conquistador. Nunca se había dado por aludido ante los dardos emponzoñados que la elegante Lolo le lanzaba sin piedad, al contrario, se lo tomaba con mucho humor y esta actitud había evitado altercados directos entre ellos que habrían sido insalvables. Adelaida seguía refunfuñando, pero unas cuantas alusiones a sus ojos verdes y a su eficiencia redujeron sus defensas en pocos meses. Javier era todo un domador de fieras. Si mis previsiones anunciaban una caída a los infiernos a partir del cambio en el estado civil de mi madre, la realidad fue una ascensión a los cielos.

Ahora era Verónica quien mostraba mucha curiosidad por mi cotidianidad doméstica. Se había hecho la misma composición de lugar que yo, y esperaba mi huida de aquel nido de amor. Pero la huida no sólo no llegó, sino que, una vez aceptada la situación, la bruma nociva que nos envolvía desde hacía tiempo aclaró. De pronto me encontré con las dos parejas de mis progenitores compitiendo por ver quién era más encantadora conmigo. Vero se dejaba caer por mi puesto de trabajo con mucha más frecuencia, alababa mi desempeño, me gastaba bromas y hacía ostensible nuestra relación personal ante el resto de compañeros, algo incómodo para mí. Javier no cambió mucho, más bien fue mi actitud, la forma de aceptar sus bromas, lo que sí cambió. Seguía llamándome Gorda o Gordita según el caso, pero ya no me molestaba, consciente como era, al fin, de mi delgadez y la ausencia de intención.

Las navidades fueron muy distintas a cualquiera anterior que yo recordara. No hicimos ningún viaje, nos quedamos en casa y cenamos la raquítica familia junta. Los espléndidos regalos de Javier iluminaron el frío azul de los ojos de mi abuela, los villancicos sonaron más dulces, incluso divertidos, y para mi vergüenza se lanzaron a cantarlos a coro. Llegué a dudar de la realidad del momento, como si las luces, la música y el aroma a castañas asadas ponderado por todos fueran invenciones de mi imaginación. Yo seguía agonizando por dentro, recluida en una burbuja de tristeza que Marianne procuraba pinchar sin éxito, aunque aprendí a sonreír con una mueca constante y, al parecer, creíble. Era como llevar una careta de sol a sol; ya ni me daba cuenta, hasta que alguien me preguntaba por el motivo de tan beatífica expresión. Aun así, mi capacidad de disimulo no fue lo bastante fuerte como para acompañarlos en sus cánticos, pero nadie notó nada extraño en mi conducta y pude sufrir en paz. En Nochevieja ellos estaban invitados a una fiesta y yo la pasé con Marianne y otros amigos en el Alameda Palace, hecha una flor, o más bien un junco. Por fin podía arreglarme sin sentirme mal, y aproveché la oportunidad para enfundarme un vestido palabra de honor en raso negro que no tenía donde sujetarse y unos tacones que me dieron seguridad. Mi estatura, tras muchos años de ser excesiva para una cría, se había estancado en una medida aceptable, sin llegar a ser tan llamativa. Lo llamativo en realidad fue el escudo defensivo que exhibí toda la velada. Había barra libre, pero bebí lo justo para controlar mis actos —lo cual era bastante—; no quería más debilidades, ni trampas ni nadie que vistiera pantalones cerca de mí. A cada valiente que se atrevía a decirme alguna frase lo mandaba a la mierda directamente.

—Amiga, no seas tan extremista, que no vas a lograr ligar con nadie.

—Marianne, me dan alergia. No quiero saber nada de chicos nunca más.

—No exageres, que de esto no se ha muerto nadie y no vas a entrar en un convento.

—¿Has leído *Rojo y negro*? ¿*Don Juan*? ¿*El retrato de Dorian Gray*?

—No te me pongas intelectual y vamos a bailar, pero como vuelvas a soltar otra igual te vas a casa, que nos están poniendo una fama de pesadas que ni te cuento.

Bailamos, continué bebiendo, cantamos, reímos y espanté mis males con alcohol hasta que Marianne encontró quien alegrara los suyos. A la salida busqué un taxi, pero era tarea imposible. Uno de los jóvenes a los que había partido en dos aquella noche ante su comentario de aproximación, se ofreció a llevarme en su coche. Era rubio, con los ojos achinados y muy claros, aunque ni en la fiesta ni en la oscuridad de la madrugada pude distinguir el color. Me negué, antes volver a casa de rodillas que meterme en un vehículo con un espécimen del sexo opuesto. Se encogió de hombros con guasa y se marchó. Debí aceptar, los tacones me hicieron polvo los pies, el abrigo de paño le daba risa a los dos grados centígrados que soplaban por la Alameda y por el camino di un par de traspiés a fuerza de no calibrar las distancias. Llegué agotada y en bastante mal estado pero, acostumbrada como estaba, me desvestí, desmaquillé y acosté sin novedad, para dormir, como tantas veces, mareada, sudando y con temblores. Amanecí como pude, más muerta que viva. Mi madre no lo notó —tampoco estaba muy entera—, pero Javier sí. Me guiñó un ojo, me preparó un jugo de naranja con mucho azúcar y me dejó dos pastillitas junto al vaso. Ignoro qué era aquello, un compuesto de vitamina B supongo, pero me devolvió al reino de los vivos. No me hizo ni un reproche, sólo un comentario de preocupación. No se le había pasado por alto mi «afición» y me recomendó prudencia y control; lo primero, lo había perdido; lo segundo, llevaba camino. Su preocupación era sincera, lo sentí, y no me molestó. Me agradaron su actitud y su discreción, sellada con un gesto cómplice, cuando también le llevó a mi madre otro jugo de naranja en una bandeja con idénticas pastillitas blancas. Sí, nuestra existencia mejoró mucho con la incorporación de Javier, y con ello mi ánimo. Pero la tranquilidad no era algo duradero en mi vida y en pocos meses se complicaron las cosas.

Desde que mi padre me llamara a su despacho para la reunión con el asesor no habíamos vuelto a hablar del tema de la sociedad patrimonial, hasta el punto de casi olvidarlo. Me lo trajo de vuelta a la memoria la propia Verónica. A primeros de marzo, un sábado, días antes del referéndum sobre la permanencia de España en la OTAN y ya con olor a pólvora en las calles, se empeñó en ir a ver la mascletá e invitarme después a comer. Nada extraño dado su persistente empalague conmigo pero, cuando menos, intrigante. Pensé que vendría mi padre también, pero luego supe de su partida la noche de antes; no regresaría a Valencia hasta la semana siguiente. No fuimos a ninguno de los sitios habituales, o al menos a los que frecuentaba con ellos; con las mascletás y las corridas de toros, Barrachina o la Taberna Alkázar se llenaban hasta la bandera. Para mi desgracia optó por La Hacienda, uno de los restaurantes más asiduos de mi madre, previsiblemente más tranquilo al estar lejos del centro. Habíamos celebrado allí algunos cumpleaños. Más de un viernes al mes cenaba en aquel lugar la parejita feliz con otro matrimonio, y en alguna ocasión los había acompañado yo. Incluso Juanjo lo conoció un día de aciago recuerdo —pidió una gaseosa para acompañar un Faustino I Gran Reserva del 64 elegido por Javier, y la noche se torció a partir de ahí—. Me conocía todo el personal y resultaba fácil encontrarse con algún conocido. Se sabía que me trataba con Verónica pero, por esas tonterías que a veces hacemos, había ocultado en casa quién me acompañaría este día, sabedora de la inquina que se profesaban. Mal presentimiento, la cita empezaba mal.

Mientras esperamos a que nos indicasen nuestra mesa, Antonio, el barman, me preparó un jugo de tomate. Era el típico galán entrado en años, apuesto y profesional, un experto en cocteles que compartía sociedad con Vicente. En la barra, agarrado a su cerveza y comiendo aceitunas, reconocí a uno de mis profesores de matemáticas, un tipo excéntrico con barba a lo Karl Marx, pantalón de pana y alpargatas, pero él no me vio, tan entretenido estaba calculando el volumen y el peso de aquella aceituna con y sin anchoa. Antonio se encogió de hombros ante mi cara de extrañeza por la conducta de mi profesor; ya no dudé de los rumores que lo tachaban de orate. Le sonreí cohibida al ponerme el jugo de tomate como a mí me gustaba, con un chorrito de salsa Perrins, tres gotas de jugo de limón, dos de tabasco, sal y pimienta. Antes me había señalado la botella de vodka con gesto de interrogación pero yo negué con la cabeza. Verónica no perdía detalle, a pesar de no dejar de hablar de cuánto le gustaba aquel sitio, entre quejas por la austeridad de mi padre y alabanzas a la familiaridad con que me trataban:

—Hija, parece que comas aquí a diario. El Rock Hudson de la barra se toma muchas confianzas. Anda, preséntamelo.

Tierra, trágame. Pero no hubo caso; Vicente apareció tan ceremonioso como siempre para acompañarnos a nuestro lugar, impertérrito, estirado pero a la par servicial, como un chambelán acompañando a dos aristócratas rusas. Su exagerada indiferencia hacia mí me hizo abrigar esperanzas sobre su discreción. Con lo vistosa que era Verónica y las experiencias previas, seguro que sabía quién me acompañaba. Nos sentamos en una mesa cercana a la pared, acogedora y nocturna, aunque era mediodía. Verónica comenzó hablándome de su proyecto de ir al Rocío y su interés en que la acompañara. Me escabullí como pude, ni me atraía ese folclor que no conocía, ni quería compartir tanta intimidad con ella. Era simpática y me caía bien, pero yo seguía albergando ese runrún desconfiado proveniente de algún lugar ignoto. Es difícil confiar plenamente en quien ha sido el coco en tus cuentos infantiles y muestra tantos claroscuros. Y los derroteros por los que encauzó la conversación no me tranquilizaron.

—¿Qué se siente al ser empresaria? —La pregunta no la entendí; casi me volví a mirar si le preguntaba a otra persona—. Bueno, pensé que ya habías decidido firmar la donación de tu padre. ¿No te lo ha dicho? Ya está todo listo, y hemos sido muy generosos, Luci, pero mucho, mucho, aunque esté feo que lo diga. Es importante que lo valores. —Y su mano cubrió la mía con cariño.

De nuevo la confusión. ¿Muy generosos? ¿En plural? Mi cara de pasmo debió de ser lo suficientemente explicativa porque, sin necesidad de preguntar, me desgranó cómo se había llegado a aquel famoso papel de los cuadraditos. Unas explicaciones innecesarias, yo habría firmado cualquier cosa que mi padre me pusiera delante sin mirar pero, en tono emocionado y confidencial, ella me reveló datos inesperados que me hicieron calibrar la magnitud de su gesto.

—Sabes que te quiero como a una hija, por eso no he dudado en renunciar a mi parte de las ganancias de las acciones de tu padre, que puedes imaginarte lo que valen, una millonada, hija, pero ¿qué más da? Somos una familia, y tu padre quería que Charlie y tú estuvieran en igualdad. No te imaginas lo importante que es para tu padre que firmes, sueña con verlos a los dos, el día de mañana, juntos llevando la empresa. Tú eres más mayor que Charlie, y para mí también es una tranquilidad tenerte ahí, que yo lo mismo me voy antes que el vividor de tu padre. Sí, no me mires con esa cara, que seguro que sabes la de disgustos que me da.

Por unos segundos una sombra oscureció su expresión luminosa. Mi incomodidad subió tan rápido como los tipos de interés de entonces pero, siguiendo su costumbre, Verónica estalló en carcajadas y resolvió:

—Pero no nos pongamos tontas, que nada tiene que pasar. Sólo quería que supieras la ilusión que nos hace a los dos y lo mucho que hemos puesto cada uno para que seas la dueña de Loredana con Charlie. —Hizo una pausa, suspiró y apoyó el mentón en sus manos—. Si Lorenzo Dávila siguiera en este mundo sería feliz de ver esto. Te quería mucho. Ojalá Charlie lo hubiera conocido —añadió.

Por fortuna, la incorrección gramatical deshizo la congoja que el nombre de mi querido Lorenzo trajo a mi garganta. Eso, y la presencia de un hombre alto, de facciones angulosas y pelo engominado con cierto parecido a mi madre.

—Hola —me saludó, sin mirar a Verónica—. Según me han confirmado eres Lucía Company Lamarc, ¿cierto?

Esa voz… Trajo recuerdos no muy agradables de mi niñez, y el parecido me hizo sospechar quién era aquel caballero antes de que se identificara. Sólo lo había visto una vez, de lejos, en un mitin de la UCD, y luego en fotos de mala calidad en la prensa, pero el timbre de voz era idéntico al de mi abuelo, aunque sin frenillo.

—Soy tu tío Gerard, el hermano de tu madre. He dudado si saludarte, pero somos pocos de familia y he pensado que sería una desconsideración no hacerlo habiendo coincidido por fin. Con lo pequeña que es Valencia, creo que no nos habíamos encontrado nunca.

Me levanté, le di dos besos y Verónica iba a imitarme cuando él le dio ostensiblemente la espalda, empujándola de nuevo a sentarse sin siquiera rozarla. No hablamos mucho más; me expresó cuánto le gustaría que conociera a sus hijas, me dio recuerdos para mi madre y Javier, me entregó su tarjeta por si algún día necesitaba algo y se despidió sin hacer ni un gesto hacia mi acompañante. Una grosería indigna del caballero que aparentaba ser con su traje de lana inglesa. Verónica era toda grana y oro blanco, los puños apretados y los finos labios desaparecidos en su rostro congestionado, hasta el punto de sentirme en la obligación de pedir disculpas por aquel pariente reencontrado al que la emoción del momento había privado de las mínimas normas de cortesía.

—Sé quién es. Tu padre le tiene mucho aprecio, lo que no sé es por qué. —Recuperó el control con rapidez, aunque su cara seguía colorada bajo su pelo dorado—. Siempre me pareció un engreído y un mal tipo, nunca se ha preocupado por ti y con todo lo que hizo tu padre por él tendría que ser menos pesadito y tenerme más respeto… No entiendo a su familia —lo pronunció de una forma rara, viscosa—, yo por los míos saco los ojos si hace falta; pero los Lamarc, mucha clase, mucho relumbrón, pero son unos descastados. Al menos tú eres una Company —añadió sin transición.

No hablé mucho más, mi cabeza aturullada iba de Loredana a mi padre, de mi padre a mi madre, de ella a mi tío, y de él a mi abuela, que no tardaría en enterarse de aquella amigable comida con La Bicho, como aún la llamaban, y de aquí a saberlo mi madre mediaba un fin de semana. Algo así temí al entrar en La Hacienda, pero lo ocurrido superó cualquier posibilidad barajada.

Demasiado optimista fui, ni ese tiempo me dieron. Cuando llegué a casa mi madre ya estaba enterada, lo supe con mirarla. Sus pupilas contraídas echaban fuego y su cara había recuperado el gesto duro de meses atrás. Respiré hondo, ya no estaba tan débil como antaño y llegué reconfortada por el vino, el excelente chateaubriand con verduras al vapor y las papas fritas caseras; yo no veía problema de comer con Verónica.

—¿No tienes nada que contarme?

Javier trató de tranquilizarla, pero fue inútil. Preferí callar unos segundos. Según una teoría de mi tío Klaus, las personas tienden a contestarse solas cuando no les respondes, y por lo general funcionaba.

—Me he tenido que enterar por tu abuela de que has comido en La Hacienda con esa mujer.

—Se llama Verónica, mamá, y no te dije nada porque sabía cómo te ibas a poner. Me invitó, pensé que también iría mi padre, pero está de viaje.

—Así que invitándote a comer, y a La Hacienda. Lista, como siempre. No sé qué quiere de ti, pero ya puedes andar con los ojos abiertos, la invitación va a salirte muy cara. Te lo he dicho mil veces, es mala, y a mí ya no puede hacerme nada, pero a ti sí, y escrito está que lo hará.

—No me salgas otra vez con lo de la gitana del Rastro, mamá, que ya ha llovido.

—En cualquier caso, te tendrás merecido lo que te pase.

La tregua de meses pasados había desactivado mis defensas, había perdido la costumbre de recibir esos comentarios y me dolió.

—Mamá, sigues siendo muy injusta con ella. Me quiere como a una hija y me lo está demostrando. No entiendo que sigas celosa a estas alturas.

Mi madre estampó el cigarrillo en el cenicero y Javier se removió incómodo en su sillón. También él me miraba con dureza, y antes de que mi madre contestara intervino:

—Gorda, estás patinando y no sabes cuánto. No tienes ni puta idea de con quién te la estás jugando, pero la Vero no es ninguna hermanita de la caridad, y no porque haya sido puta, que las hay muy honradas, sino porque es mala. Te viene muy grande. Deberías confiar más en tu madre, sabe de lo que habla. Y yo también.

—Déjalo, Javier, para Lucía todo lo que viene de su padre es intocable e intachable. Ya se arrepentirá algún día.

Javier insistió en saber el motivo de aquella reunión, y al final lo expliqué por encima. Sí, las cosas podían ponerse peor. El estupor compartía surcos con la desolación en el rostro de mi madre. Intenté no entrar en detalles, ni en cifras, dejarlo sólo en que era como heredar en vida, un gesto generoso de mi padre —me callé la proclamada dadivosidad de Verónica; cuanto menos la nombrara, mejor— para con sus dos hijos. Lo mismo que me daban a mí, se lo daban a Charlie, aclaré insegura.

Javier meneó la cabeza.

—Morales está detrás de eso, seguro. Ya me enteraré de qué va todo esto, que ese imbécil es un hablador.

Los dos se miraron con preocupación. Yo los miré con preocupación.

—¿Vas a aceptar? Dices que aún no has firmado nada.

Sí, firmaría. Así lo quería mi padre y era algo bueno para mí; no entendía tanta suspicacia. ¿Qué problema podía tener heredar de forma anticipada lo que me correspondía? Incluso, en palabras de Verónica, algo más de lo que me habría correspondido si ella no hubiera cedido parte de sus derechos gananciales. No quise hablar más del tema, saqué el encuentro con mi tío Gerard y la conversación cambió de derroteros, aunque antes mi madre sentenció:

—Esa tipa te ha hecho algo. A veces pienso que es medio bruja, por la forma que encanta a la gente.

Dos meses más tarde, firmé.

27

La firma fue rápida y simple, todo estaba preparado, y las caras de satisfacción general dignas de una foto, con brillo en los ojos y relucir de dientes. Fue una bonita mañana de mayo con aroma a azahar en las calles del centro y el sol brillaba dentro del despacho de Maldonado más que en las abarrotadas avenidas, a pesar de la escasa luz que entraba por las ventanas desde la estrecha calle de Embajador Vich. Los tambores de alerta retumbaron en algún recodo de mi cerebro, insistentes ellos, anunciándome borrascas y tormentas, pero hice oídos sordos y devolví el gesto de dicha colectiva. Javier se movió aquellos días para averiguar el porqué de la extraña decisión adoptada por mi padre, según ellos de forma precipitada e innecesaria, y por obtener los detalles que yo había ocultado, pero para cuando fui al despacho de la notaría nada nuevo sabía sobre aquella operación financiera. Tras la rúbrica, Morales y mi padre se levantaron y palmearon las espaldas como si hubieran sido padres, y Vero, cosa rara, apenas despegó los labios, curvados en una sonrisa satisfecha, con la mirada brillante perdida más allá de los papeles. Ellos aún se quedaron un rato más, tenían otros asuntos por solucionar y partí con mi carpetilla marrón abrazada contra el pecho. Acababa de convertirme en la dueña del cuarenta y nueve por ciento del sesenta y cinco por ciento de Loredana. Así lo vi yo, y conforme tomé conciencia de ello también sonreí rumbo a casa. Un sentimiento de paz fue invadiéndome al diluirse un miedo tonto, añejo, que me atormentaba sin saberlo: el día de mañana. El horrible y espantoso día de mañana para el que mi madre tanto me había hecho estudiar, trabajar, mendigar, incluso humillarme, quedaba solucionado. Por fin había algo seguro en mi vida, y era el trabajo, eso que tanta tranquilidad da a quien lo tiene y tanta angustia provoca a quien carece de él. Acababa de ligarme a Loredana y, mientras el negocio funcionara —parecía indestructible—, no me faltaría trabajo ni, por tanto, sustento. Caminé sobre suelo más firme, más ancho y resistente, de cemento y baldosas que no eran amarillas pero llevaban al final del arcoíris. Me asusté de sentirme segura sólo por tener un documento, pero tras leer los diarios de mi madre encontrados cuando se trasladó a mi casa, descubrí que más o menos a mi edad ella también se sintió segura al tener un papel en las manos. A veces impresiona comprobar cómo las historias se repiten. Pero al menos por primera vez en la vida sentí que saldría adelante, que mi historia sería más sencilla, después de todo, que la de mi madre. Esa tarde trabajé en Loredana con tanto brío e interés que Teresa tuvo que frenarme para evitar que estropeara la piel de algún bolso. Desde hacía un año ella era la encargada de la sección y se lo tomaba muy en serio. Pero entre tanta euforia, a ratos me asaltaba un temor irracional, una percepción de peligro, de estar en terreno pantanoso, que me provocaba palpitaciones aunque sólo duraran segundos; mis ganas de mantener esa sensación de pulmones henchidos de aire, tan nueva para mí, era como una droga y barría cualquier amago de volver a la ciénaga de la inseguridad. Por fin algo había cambiado.

Lo que no cambió fue la reacción de mi madre. Si Javier había conseguido averiguar algo, no me lo dijo, pero cuando me vieron aparecer con el sobre de Maldonado la cara de ella demudó y él soltó una maldición, para terminar certificando:

—La has cagado.

Yo no entendí nada ni quise entenderlo, y cuando Javier intentó aclarármelo mi madre lo acalló.

—Déjalo, no vale la pena, ya no tiene remedio y al final, como siempre digo, cada uno tiene lo que merece.

No añadieron nada más, pero mi suelo firme y sólido se sintió un poco menos seguro. Algo sabían que yo ignoraba.

Lo que no ignoraba yo era que mi vida sentimental seguía siendo un desastre: no había perdido la aprensión ni los instintos asesinos ante la proximidad de un espécimen del sexo opuesto y tenía pesadillas recurrentes en las que la humillación sufrida se materializaba de diversas formas. Le cogí tirria a mi cuarto y a mi cama, como cuando de pequeña me convencieron de que estaba infectada por los microbios de mi madre y me pondría enferma. Ahora sentía los miasmas de Juanjo reptando por las sábanas como lombrices y oía su risa de colgado en un murmullo sordo. Tardaba mucho en hacerme a la idea de introducirme en la cama y, cuando al fin lo hacía, permanecía inmóvil para no tocar más de lo necesario y dormía poco y mal. Mi sonrisa de atrezo se deterioraba día a día, la cara acusaba las ojeras y mi carácter la falta de sueño, tres cosas que mi perceptiva madre no pasó por alto, y dio lugar a nuevos roces.

Un par de semanas después de la firma, mi padre me sorprendió con un ascenso y una pequeña mejora de sueldo. Por fin la rueda giraba en la dirección adecuada. Si mis cálculos no fallaban, en unos seis meses podría independizarme, el objetivo perseguido cuando entré a trabajar con mi padre, aunque, llegado este momento de mi vida, la urgencia se había reducido mucho. Un vacío de vértigo me invadió el estómago y aparté con rapidez tal pensamiento. Mi percepción había sido la correcta, aquella firma era el principio de mi futuro. Pasé a ser la adjunta del jefe de producción, una mezcla interesante entre secretaria, ayudante, asesora, recadera y su sustituta en el horario de tarde; vamos, chica para todo pero con cancha para aprender e incluso mandar. Estaba donde quería, metida entre máquinas. Sabía más de bolsos que de zapatos, pero me gustaban más los zapatos; no me costó aprender lo fundamental de los procesos y suplir mis carencias. Paco Folgado, mi jefe, era ingeniero industrial y llevaba seis años en el puesto. Juan, que hasta entonces lo había llevado todo a costa de su precaria salud, aceptó de mala gana verse relegado al taller y a mantenimiento, aunque a este trabajo le dedicaba en realidad todo su tiempo; lo suyo no eran los números ni la organización sino la mecánica. Pronto se vio como amo y señor del cada vez más complejo parque de maquinaria y la pequeña humillación se diluyó en sus manos ocupadas. En cuanto Juan me vio por sus dominios se afanó en enseñarme los rudimentos mecánicos y técnicos de todo, que no era poco, y yo le escuché con cariño y atención. Me recordó al bueno de Lorenzo, siempre dispuesto a enseñarme. Si Lorenzo continuase con vida se sentiría feliz al ver hasta donde había llegado yo en Loredana, y hasta donde podría llegar. Ya no recordaba su regalo, aquel paquete que me dejó al morir; los años habían pasado para todos y no sospechaba la importancia de su contenido. Tan sólo quedaba su recuerdo, cariñoso y diligente, entre aquellas máquinas y burros de pieles. Folgado, el nuevo director de producción, más analítico y global, tenía un cerebro privilegiado, era un tipo tranquilo, con experiencia en el ramo, venido de una de las empresa del sector sepultadas por la crisis de los ochenta y, aunque serio, un descomunal bigote y unos ojos achinados le daban una pinta simpática que recordaba a Bigote Arrocet con el pelo corto. Oyéndole hablar fui consciente del espejismo que vivíamos en Loredana y de lo fundamentado de la preocupación constante de mis padres. Paco había vivido los dos ERE de su empresa anterior y luego el cierre definitivo de la misma, una de tantas del polígono de Paterna —que pasó a llamarse «el Valle de los Caídos»—, y se sentía afortunado por su puesto en Loredana. Siguiendo las indicaciones dadas por mi padre, revolucionó en dos años la producción, introduciendo las primeras máquinas de escalado y corte por computadora y sustituyendo parte de las troqueladoras por sistemas de corte automático. La productividad creció con su llegada, pero también su jornada tras implantar dos turnos para cumplir con los pedidos. También mi horario cambió: pasé de media jornada a jornada completa, desde medio día hasta bien entrada la noche. Mi llegada le dio un respiro y no le importó compartir conmigo sus conocimientos, enseñarme cómo poner a punto la máquina de conformar, cómo ajustar los calibres de las rebajadoras cuando cambiaban de producto o los puntos débiles de las máquinas de aparado con soluciones de emergencia, aunque los trucos más curiosos siempre los aprendí por boca de Juan. Pero la mayor responsabilidad era la planificación de producción que se concretaba en las hojas de proceso. Coincidíamos en mis dos primeras horas de trabajo, él estirando el final de su jornada y yo comenzando una nueva tras acabar en el politécnico; planificábamos la producción del día siguiente y me comentaba cualquier cosa relevante a considerar en el turno vespertino. Con ayuda del MRP recién instalado —y en paralelo con nuestros cálculos, por recelo a meter la pata con aquel complejo programa informático—, sacaba las hojas de procesos y las repartía al final del día en las gavetas de cada sección para que a la mañana siguiente todo estuviera listo. Era fácil trabajar con él, escuchaba y no le importaba enseñar. Se me hacía raro que todo fuera tan fluido, sin suspicacias ni malos rollos. Mi nuevo jefe me resultaba divertido incluso, aunque cuando se ponía serio nadie se atrevía a respirar.

Por mi nuevo trabajo visitaba con frecuencia el departamento de diseño, dominio de Verónica, para concretar detalles de los nuevos modelos o sugerir modificaciones que facilitaran la fabricación, pero las pocas veces que nos encontrábamos no me hacía mucho caso y empezaba a serme incómodo toparme con ella. Toda la suavidad y fluidez de trato que disfrutaba con Folgado, se tornaba crispación y tirantez con quien hasta hacía muy poco era mi buena amiga Vero. Tal vez ése fuera el problema, no le gustaba tener gente en su terreno y hasta entonces yo no interfería con su trabajo. Comencé a compartir el trato que Verónica daba a mi prima o a Teresa, pero lo acepté como algo normal. Era muy posesiva en su territorio y no aceptaba ayuda de buen grado. Por fortuna tampoco estaba mucho por allí y con Maricarmen, la diseñadora más veterana y en realidad la jefa en la sombra, me entendía muy bien. Ella seguía viajando a las franquicias —mientras Alice se quedaba organizando la distribución—, y otras veces desaparecía sin que supiéramos bien por qué, o por puro placer, como hizo en junio, yéndose al Rocío al que tanto me insistiera en ir, y donde, por casualidad, coincidió con Almudena. A mí no me dijo nada, abandonada su insistencia pasada, pero tampoco pensé en ello; mis días necesitaban cuarenta y ocho horas y para junio, con los exámenes por delante, incluso más. Pensar en ausentarme era una locura. Pero no fue necesario acompañarla a Huelva para obtener información precisa de lo sucedido allí. Almudena me llamó nada más regresar a Madrid, cargada de primicias. Verónica y ella estaban en la misma Hermandad, a la que había llegado de la mano de su tía Vivi —Virtudes para los no iniciados—, dueña de la tienda Loredana en Sevilla, y Almudena se había cuidado de no descubrir su amistad conmigo para observar a Vero en su ambiente. No le causó buena impresión la primera vez, y ahora confirmaba la infalibilidad de su radar.

—Lucía, ¿qué ha pasado ahí? Esta mujer ha brindado porque la empresa ya es de su hijo y de ella.

—No te entiendo, Mumu.

—A ver, guapa, escucha bien. ¿Loredana no era de tu padre?

—Básicamente, sí.

—Pues ya no lo es.

—Eso lo sé, nos la ha donado con no sé qué cambalache financiero, pero a efectos prácticos todo sigue igual.

—Pues eso no es lo que dice tu Vero. Según ella ahora es suyo y de su hijo cuando crezca.

—Bueno, imagino que esto es más bien, pero son tonterías, una forma de hablar; yo tengo lo mismo que Charlie. Partes iguales.

—Mira, estaba eufórica, como si le hubiera tocado la lotería.

—Es que es así de expansiva y exagerada. A veces aturde.

—Y de lista, que te lo digo yo. Mira, no sé qué has firmado, pero ándate con cuidado. Por cierto, no te lo vas a creer, pero mi tía Vivi y ella han sido la comidilla de la caravana. A esa mujer le va bien la mentira.

Ahí ya no pude dar crédito y me dio la risa. Almudena había perdido la cabeza con tanto gusto por el chisme —de hecho saltó sin transición de hablarme de Verónica a contarme chismes de los personajes de la farándula que habían hecho el Rocío con ella—. Aquello parecía una telenovela, en vez de las vivencias de un acto religioso, por más que ella insistiera en lo seria que era su Hermandad y en el fervor que despertaba la Blanca Paloma. Ni caso, mi querida Mumu adoraba los secretos y los líos eran la sal de su aburrida vida en la capital, pero yo con mis pies en la tierra desdramaticé todo aquello. Pobre infeliz. Yo, no Almudena.

A finales de ese año, aprovechando una reunión a la que nos había convocado mi padre, se me ocurrió que sería buena idea hacer una reunión semanal conjunta, pero conforme terminé de proponerlo percibí el disgusto de Verónica.

—Niña, que acabas de llegar y ya quieres cambiarlo todo. Primero aprende.

El tono seco, autoritario incluso, me dejó tan cortada que no me atreví a rechistar. Mi padre puso paz entre nosotras sin demasiado interés. Fue el primero de diversos desencuentros. Yo no encontraba ningún motivo objetivo en nuestra relación laboral o personal para aquellos desplantes, pero me torturaba la posibilidad de haber hecho algo sin saberlo, como cuando mi madre dejaba de hablarme y no sabía por qué. Uno de esos días tensos se me ocurrió preguntarle si todo iba bien. Y la sorpresa me la llevé cuando, con su jovialidad de antaño, me contestó que a ella todo le iba perfectamente, y no entendía mi pregunta:

—Es a ti a la que le pasa algo conmigo. No logro entender por qué me cuestionas delante de la gente. Ya no me tratas como siempre, con todo lo que he hecho por ti.

Mi cara de pasmo tuvo que ser antológica. Balbuceé una respuesta mientras mi mente hacía un barrido a toda pastilla a través de los acontecimientos de los últimos meses, y no fui capaz de encontrar nada que mereciera su afirmación. Preferí no continuar con el tema, cambié de conversación y me fui a casa pensando en cuál podía ser el origen del malentendido. Situaciones como ésta comenzaron a ser frecuentes. Yo estaba agotada y no veía el día en que acabara la carrera y pudiera trabajar en el turno central. Pero aún me quedaba un año más y el proyecto. Y menudo año fue aquel 1988.

Durante el 87 coincidí varias veces con Mario, el chico que se ofreció a llevarme una Nochevieja a casa —yo no lo recordaba pero él insistió en ser aquel buen samaritano al que mandé a hacer gárgaras—, y en una de aquellas ocasiones consentí en darle mi teléfono —sin intención de aceptar ningún tipo de acercamiento adicional— por quitármelo de encima. Yo no tenía tiempo para nada, estaba en cuarto de la carrera y salvo Dinámica de Fluidos, que no había manera de aprobar —incluso tenía pesadillas con Enrique Cabrera, el titular de la asignatura, como protagonista—, llevaba el resto limpio, con unas notas mejorables pero aceptables. Ni siquiera mi madre se quejaba de mi expediente, aunque le habría gustado que fuera más brillante, pero mi vida no daba para más e incluso ella era capaz de reconocerlo. Por esto continúa pareciéndome un milagro que comenzara mi relación con Mario. Me sorprendió con la guardia baja en una fiesta del poli durante la semana de Fallas en la que, para variar, yo estaba más para allá que para acá. Mis amigos insistían en que yo bebía demasiado, pero el alcohol se había convertido en la medicina para mis temores: la inseguridad, la apatía, todo me lo solucionaba durante el tiempo que duraban los efectos. Muchas veces la cosa terminaba muy mal, pero no me disuadía de modificar mi conducta. Y aquel día no fue una excepción. Estaba contenta, locuaz y, sin saber por qué, muy excitada. Había bailado como una loca y alguno había acompañado mi danza con más proximidad de la necesaria. Y me había gustado. Cada vez que sonaba *September* de Earth, Wind, and Fire, mi cuerpo dejaba de ser mío por una extraña alquimia y mis extremidades vibraban como si descendiera de una esclava africana. Mario se acercó a saludarme al terminar la canción; lo miré, me pareció que estaba guapísimo, me insinué, él sonrió con suficiencia y me informó:

—Si me meto contigo ahora, mañana ni te acuerdas. Ni hablar. Si cuando estés sobria sigue apeteciéndote, no lo dudes, te espero. Me gusta que mi pareja no pierda detalle.

—Cabrón.

Y se largó dejándome enojada y calientita. Menudo galán. Lo malo fue que necesité varias copas más para superar el bochorno y rebasé mi límite —a pesar de lo elevado que era—. Acabé vomitando junto a un árbol fuera del edificio, sujeta, como no, por Marianne, y llorando por montar siempre el numerito. Mi buena amiga estaba enfadada, la situación se repetía demasiado, y siempre amenazaba con dejarme tirada a la próxima, aunque nunca lo hizo. De esta guisa me divisó Mario cuando dejaba la fiesta y se acercó. Habló con Marianne, noté que me registraban y al rato mi cabeza golpeaba el cristal de mi Ford Fiesta en el asiento del copiloto. Mario me estaba llevando a casa, aunque antes se desvió hacia la playa, me recostó en el asiento y bajó la ventanilla para que me diera el aire:

—¿Siempre te diviertes así?

Asentí, incapaz de articular palabra.

—Tendré que enseñarte a divertirte de otra forma. —Y con la mano me apartó una greña rebelde del simulacro de moño que mantenía mi melena a salvo.

Lo miré con cara de «métete en tus asuntos», pero una nueva arcada le dio la razón. Tuve que abrir la puerta y vomitar. Y me eché a llorar: fase de bajón. El relente de aquella noche de luna llena me provocó un escalofrío y Mario me abrigó con su chaqueta y me frotó con fuerza, como si quisiera hacerme revivir. Lo agradecí ente lágrimas y mocos, que limpié con el pañuelo que me ofreció con una mueca divertida.

—¿De verdad merece la pena pasar todo esto? No sabes lo horrible que estás. —Y me sacó la lengua en plan de burla.

—La culpa es tuya —solté al fin.

—Vaya, eso no lo sabía. ¿De hoy, sólo, o de todos los pedos en los que te has metido? Porque llevas un carrerón y me halagaría saber que piensas tanto en mí. No me mires así, que Valencia es pequeño y nos movemos por los mismos sitios.

—Idiota. —Una nueva arcada interrumpió la conversación y, cuando conseguí permanecer un cuarto de hora sin arrojar nada más, Mario me limpió la boca, me pasó una botella de agua que había comprado en la fiesta para que me la enjuagara y me llevó a casa.

—¿Puedo recogerte mañana por la tarde? Me gustaría saber si tu oferta de esta noche sigue en pie sin necesidad de estimulantes.

Lo observé con interés, mis sentidos volvían de la nube ácida en que flotaban, y sin que mediara voluntad por mi parte mis entrañas se encogieron. Me miraba con una sonrisa confiada y los ojos brillantes, maliciosos. ¿Era posible que me deseara en el estado lamentable en que me encontraba? Y lo más increíble, ¿podía desearlo yo en este estado lamentable y con la aversión que había tomado a los hombres? Me había convertido en una especie de rompecorazones que, bajo los efectos del alcohol, tonteaba y daba alas a unos y otros, para terminar dejándolos con ganas de hacerlo y salir corriendo. Pero con Mario no sentí la necesidad de huir, salvo por la vergüenza derivada de mi borrachera. O tal vez no tenía fuerzas. Recuerdo que al entrar en el ascensor me contemplé en el conocido espejo y tuve que taparme los ojos espantada por mi propio reflejo. El rímel corrido, nada de pintalabios, sudada, la ropa descolocada y mi cara blanca tirando a cenicienta. En la familia Monster me habrían adoptado sin dudarlo. Sólo por mirarme con deseo a pesar de mi aspecto y no aprovecharse de mí cuando me insinué, Mario merecía una oportunidad. Pero además, mis instintos confirmaron que me gustaba mucho, como no me había gustado nadie hasta entonces.

Y comenzamos a salir al día siguiente.

28

Mario fue el bálsamo que necesitaba, mi equilibrio, el mejor terapeuta. Fue paciente y considerado, pero también decidido y dominante cuando consiguió derribar mis murallas. Me dio seguridad y afecto, tanto en lo físico como en lo psicológico. Hay hombres que hacen magia con las manos, con la boca, con los ojos, y Mario era uno de ellos. Era muy maduro para su edad, tenía claro lo que quería hacer, y también que iba a conseguirlo. Tenía tres años más que yo, estaba haciendo el MIR y pensaba abrir su propia consulta de pediatría. También vivía solo; los chicos que se me acercaban tenían en común la independencia y la seguridad. Según Marianne se necesitaba tener un par para atreverse a acercarse a mí, así que era lo lógico. Su padre, geólogo, viajaba constantemente por el mundo, trabajando para empresas extractoras de petróleo. Lo mismo estaba en las costas de África, que en Venezuela, y su madre, bastante más joven que su padre, lo acompañaba a todas partes. Él era vasco (Ibarlucea) y su madre valenciana (Llombart). Don Mariano vino para hacer unas investigaciones en las costas del Mediterráneo y acabó enamorándose de una jovencita de dieciséis años cuando él tenía treinta. Tan pronto Aurora cumplió los dieciocho, se casaron a toda prisa para evitar que su barriga fuera algo más que incipiente. Las dos familias habían dejado de hablarse tan pronto supieron de la desigual relación, y el pequeño

Mario nació con tan pocos parientes cercanos como yo y hasta la adolescencia vivió en medio mundo. Hablaba inglés, francés, italiano y se defendía en árabe y afrikáner. A mí su historia me parecía fascinante, pero a Mario le dolía haberse criado prácticamente solo desde que entró en la adolescencia: su madre, decidida a no perder de vista a su atractivo padre, optó dejarlo en un internado para que siguiera estudiando. De tal infancia surgió un muchacho autosuficiente desde temprana edad. Cuando lo conocí compartía un apartamento diminuto y cochambroso en Benimaclet con otros tres compañeros, aunque sólo los necesitaba para compartir gastos; la exigua paga enviada por su padre no le alcanzaba. Comenzamos con lentitud, acompasando el paso, yo con mi mochila cargada de miedos, él con la suya repleta de paciencia. Cada día subíamos un escalón, cada día la distancia física y mental se reducía un centímetro; no había un paso atrás. No tardamos en subir la escalera completa, convencidos de haber encontrado a la media naranja en cuya existencia ninguno de los dos había creído. Al cabo de unos meses disfrutábamos de una relación tórrida y sensible; apasionada y tranquila; me sentí segura, protegida, algo siempre añorado por su abrumadora ausencia. Entre mi afianzado futuro en Loredana y la presencia de Mario, mi vida alcanzó la estabilidad. Lo admiraba como hombre y como ser humano, dos cosas que descubrí fundamentales para enamorarme de alguien. También en su día admiré a Juanjo, o al menos la imagen que proyectaba, pero resultó ser un charlatán de feria, un muñeco de cartón piedra sin alma ni nada que ofrecer.

Mario era discreto, hablaba lo justo, pero cuando decía algo era importante y justo, y su encanto personal lo apreciaban más jóvenes de lo que me habría gustado. Marianne, de broma, me decía que en vez de haberle dado las llaves de mi coche aquel día de borrachera debería haberse ido con él a un rincón oscuro. Estaba encantada, lo adoraba, y se sentía feliz por mí. Ella no estaba sola, hacía casi un año que salía con Nando, un estudiante de Derecho descendiente de toda una estirpe de abogados, pero su relación era

mucho más explosiva que la mía, les encantaba discutir y reconci-
liarse; era agotador verlos.

—Nunca te había visto así, Lucía. Da alegría verte, pareces otra.

Y es que a partir de entonces fui otra, mi vida era otra, al menos
lo fue hasta septiembre de ese año.

La convivencia en casa no estaba ni bien ni mal, lo cual para mí era
estar muy bien. Mi madre tenía algún amago de celos, manejado
con mano izquierda por Javier, y yo sospechaba que tenía sólidos
fundamentos, pero tras todo lo vivido a mí no me molestaba una
posible infidelidad. ¿Acaso otra cosa era posible? Mi madre siempre
fue a enamorarse de hombres demasiado guapos, aquéllos a los que
las mujeres buscan hacer favores aunque ellos no los pidan, y con
esto debía vivir. Así eran las relaciones en pareja: lo importante era el
desarrollo de la convivencia, lo compartido y cómo te hicieran sentir. Mis referentes eran poco convencionales, y centrado mi interés
en el trato exquisito que Javier daba a mi madre, en sus atenciones y
gestos de cariño, su obsequiosidad apabullante —le regalaba joyas
que, aun ignorando yo su valor, me recordaban las vistas en cuadros
antiguos colgando de las orejas o el pecho de zarinas y reinas—, y
el cariño mostrado hacia mí, lo convirtieron en el marido perfecto
ante mis ojos. Fui capaz, al fin, de aceptarlo sin ambages. Javier
ponía paz entre nosotras cuando podía, aunque el resentimiento de
mi madre hacía mí seguía patente; no perdonaba mi traición y fuga
al bando de Loredana. Cuando era yo quien disculpaba a Javier, lo
asumía como un nuevo revés a anotar en mi libreta interminable
de decepciones. O estabas con ella o contra ella, incluso cuando el
sujeto de mi afecto fuera su adorado Javier. Pero a pesar de nuestras diferencias irreconciliables, mi madre era otra, más feliz, más
confiada, relajada y humana. Así las circunstancias, mis prisas por
huir de casa se habrían enfriado de no ser porque el motor propi-
ciatorio de este nuevo estado personal de paz interior provocaba en

mí una nueva necesidad de abandonar el hogar materno: soñaba con vivir con Mario, amanecer junto a él, dormir con él, estar en él. Nos veíamos donde podíamos, y hacíamos lo que podíamos sin importarnos nada ni nadie. Yo había descubierto que el pasado con Juanjo no tenía nada que ver con el sexo ni con el amor ni con el respeto mutuo que dos personas en pareja se merecen; aprendí que lo ocurrido no había sido culpa mía, como interioricé durante demasiado tiempo. La voracidad de Mario me tenía enganchada, hasta el punto de hacerme perder el pudor y el miedo. Daba igual donde estuviéramos: en su apartamento, en el coche, en el rellano de la escalera o en un bosque de pinos. Cualquier sitio era bueno y presentaba posibilidades ilimitadas. Las horas sin él se hacían insoportables, y eran muchas, porque entre mi jornada lectiva y laboral —al menos hasta aquel año, que terminé a falta de proyecto— y sus guardias y turnos descabellados, coincidir era tan infrecuente como un eclipse solar. Los fines de semana sin guardia en el hospital eran peligrosos: el ansia nos devoraba hasta hacernos perder la razón y cometer más de una imprudencia. Quería irme a vivir con él, quería pasar el resto de mi existencia con él, quería habitar en él y que él habitara en mí, y si frené mis ansias fue por no agobiarlo. En el fondo de mi alma existían todavía rescoldos de antiguos temores; algo tan perfecto no podía existir, tenía que ser un espejismo. Además, Mario era un poco mandón y le gustaba llevar la iniciativa, algo que por un lado me encantaba pero por otro, acostumbrada a la soledad y a decidir por mi cuenta, me exasperaba. Una parte de mí deseaba dejarse dominar y otra se rebelaba ante su ordeno y mando, siempre tan seguro y sereno. Pero pronto me acostumbré a su protección. A mi madre ni le gustó ni le disgustó. Lo trataba con educación y cordialidad, pero siempre controlando nuestras idas y venidas. Ponía alguna pregunta trampa para averiguar qué hacíamos o dejábamos de hacer hasta que mi decisión de irme aquel verano de viaje con él alejó sus sospechas sobre hasta dónde llegaba nuestra relación, para convertirlas en certezas. No le hizo gracia, pero con veinticuatro años cumplidos no podía imponerme demasiadas cosas, aunque yo siguiera obedeciendo la mayoría de sus normas. Aceptó las vacaciones compartidas en la Costa Brava aparentando indiferencia.

Así fue como, en una noche de agosto, cuajada de estrellas y de calma chicha, Mario me pidió que me casara con él. Cenamos en Port de la Selva, en un barecito cutre del puerto donde el olor a fritura quedaba sepultado por nuestro propio aroma —tan próximos estábamos— y la música veraniega de fondo se ocultaba tras los compases de las olas. Nosotros habitábamos otro mundo. Recalamos en un par de pubs sin que Mario me consintiera beber apenas una copa, mi sed apagada por sus besos, y a las dos de la mañana fuimos hacia la playa, a una zona cercana al inicio del bosque de pinos, a resguardo de curiosos. De camino pasamos por el coche para recoger la amplia toalla y, con un par de cervezas, nos adentramos en la arena rumbo a la oscuridad. No había nadie alrededor, y los focos de los bares de la playa fueron haciéndose diminutos, como luciérnagas perezosas; algunos locales habían cerrado y la música pachanguera se diluía amortiguada por las olas y la distancia. Oímos unos grititos en la zona central de la playa, un grupo de jóvenes había ido a bañarse delante del muro, pero ni esto evitó que nuestra ropa volara antes de incinerarse por el calor de nuestros cuerpos al juntarse. Hicimos el amor sin pensar en nada ni nadie, como cada momento del día en que encontrábamos ocasión. Sus manos sujetando las mías, sus ojos clavados en los míos y sus caderas hundiéndose en mí, clavándome en la arena y llenándome de vida. Quedamos tumbados y jadeantes, mirando el cielo con nuestros cuerpos húmedos y tostados iluminados por el resplandor de la luna. Mi cabeza reposaba en su brazo, casi sobre su pecho, y su mano hacía círculos sobre mi pezón. Dos latigazos luminosos surcaron el cielo, y otro más los siguió rumbo al mar. Fue entonces, conforme se desvanecían en el horizonte azabache, cuando me lo pidió:

—Quiero que te cases conmigo.

Lo dijo en un tono suave y seguro, como el que informa de algo inapelable y cierto, una petición a las Perseidas y a mí. Me incorporé a mirarlo, necesitaba verle los ojos, y su cara me confirmó sus palabras: me quería. Me obligó a volver a recostarme y siguió:

—Es angustioso amanecer sin ti, no saber si podré verte ese día, esperar al fin de semana para poder compartir unos minutos contigo. Estos días que hemos pasado aquí me han devuelto la vida, y no sé cómo voy a soportarlo cuando regresemos. Quiero que nos casemos, quiero oírte decir toda la parafernalia esa de las promesas ante Dios y ante todo Cristo. Eres mía, y lo serás para siempre, igual que yo soy tuyo y lo seré para siempre.

Una nueva lluvia de estrellas vino a certificar sus palabras. Era el 10 de agosto de 1989, día de San Lorenzo, y no pude evitar pensar que mi querido Dávila me hacía guiños desde el cielo. No sentía el frío de la brisa nocturna, ni las piedras en la arena ni la humedad que engrasaba mi cuerpo. Toda yo era calor, como pan recién hecho esperando ser devorado. No hablé, las palabras se derretían en mi garganta y las lágrimas refrescaban mis mejillas al ritmo de sus compañeras celestes. Me besó en la coronilla y, al fin, preguntó. Nada dije, pero era absolutamente feliz. Me secó las lágrimas con el dorso de su mano, me giró hasta mirarme a los ojos y empaparse de mi felicidad, y me llevó al agua tal cual estábamos, desnuda yo y desnudo él, para sellar aquel pacto con los elementos. Volvimos a amarnos ahora más despacio, sin prisa, con el cuidado y mimo impuesto por la sal marina y mi sensible anatomía después del round anterior, mucho menos delicado; y allí, enroscada a su cuerpo como hiedra ingrávida, las olas acompañando mis movimientos, confirmé por fin de palabra lo que cada molécula de mi cuerpo gritaba desde hacía rato.

De vuelta a casa acordamos no adelantar nada a nuestras familias, e ir ahorrando lo que pudiéramos. Mi sueldo había mejorado notablemente y Mario había ganado una buena plaza en el hospital Clínico de Valencia. Jamás pensé que mi vida pudiera ser tan perfecta.

Y lo fue, hasta que hicimos pública nuestra decisión un par de meses más tarde.

La primera en saberlo fue mi madre:

—¿Estás loca? Eres muy joven, tienes que presentar el proyecto y Mario está empezando en la consulta privada. ¿Cómo vas a vivir? ¿Y quién va a pagar la boda?

Nada de esto me importaba, teníamos lo suficiente y lo habíamos hablado. Estábamos mirando apartamentos por la misma zona de Benimaclet, donde Mario compartía; los precios allí eran mucho más baratos y los dos estábamos cerca del trabajo. De no encontrar algo adecuado viviríamos en el suyo, ya lo había hablado con sus dos compañeros y no pensaban quedarse otro año más.

—¿Que quién va a pagar la boda? Nosotros, pero sólo invitaremos a los imprescindibles. Nada de compromisos.

—Mira hija, no digas tonterías, yo tengo gente a la que no puedo dejar de invitar, amigos, clientes, algún proveedor…

Conforme iba enumerando frenó en seco y me clavó al sofá con su mirada:

—¿Y tu padre?

—Y mi padre, ¿qué?

—Pues que vendrá a la boda, ¿no? Con esa mujer.

—Evidente. Tú irás con Javier.

—Por Dios, qué circo vamos a montar. —Le dio un ataque de risa—. Mejor que el menú sea pescado, las palas son menos peligrosas que los cuchillos y me temo que van a salir volando.

Cada conversación sobre la boda se convirtió en una pelea, y las ganas de salir corriendo regresaron. Y con mi padre la cosa no fue mejor. No por él, que reaccionó encantado contra todo pronóstico, aunque un poco perplejo.

—¿Pero cuántos años tienes, hija? —Su cara era un poema.

—Ahora veinticuatro, pero cuando nos casemos veinticinco. La abuela Dolores se casó con dieciocho —añadí a toda prisa para fortalecer mi posición.

—Buen ejemplo has ido a poner —Verónica explotó en una carcajada—. Espero que te vaya mejor que a tu famosa abuela, aunque este pollito parece un mirlo blanco. —Le hizo boquitas a

Mario, que observaba en silencio, y añadió—: Lo más romántico sería que se escaparan a una capillita de algún pueblo perdido, y así se ahorraban el convite y todo ese rollo, que a tu padre no le van nada esos compromisos.

Iba a decirle que empezaba a parecerme buena idea, cuando mi padre, el alérgico a todo tipo de ceremonias, saltó indignado:

—Mi hija se va a casar como Dios manda, y pienso hacer un banquete por todo lo alto, que para eso voy a ser el padrino. ¡He dicho!

Y... ¡Qué has dicho! Yo no salía del asombro pero a Verónica las pupilas le estallaban.

—¿Perdona? ¿No eres tú el que me obligó a hacer un churro de boda porque estas cosas le agobiaban?

Eso mismo pensaba yo, pero no me hizo falta expresarlo. Mario y yo asistíamos a la conversación como quien sigue una partida de ping pong.

—Vero, no compares.

—¿Que no compare el qué? ¿A mí con Lucía? ¿Nuestra boda con la de ella? ¿Mi ilusión con la de la niña? Y no te lo tomes a mal. —El añadido iba dirigido a mí.

—Pues sí, claro, su primera boda, la boda de mi niña.

—¿Y la nuestra qué era? ¿La boda del vecino?

—Tú me entiendes.

—No, no entiendo nada.

—Pues eso, que se casa mi Luci, que voy a ser el padrino, ¡y el convite lo pago yo!

Estaba entusiasmado, ufano y orgulloso. Lo último que yo esperaba. Y la partida siguió hasta que Mario carraspeó, pidió disculpas y nos fuimos. Mal rollito. La sensación de que el suelo bajo mis pies volvía a perder firmeza se acrecentó, pero el brazo potente de Mario vino a tranquilizarme.

—No te preocupes, todo va a salir bien. Tú padre está muy contento.

Pero no, todo no saldría bien. Teníamos un viacrucis por delante, y no tardamos en comprobarlo.

29

La primera cruz nos golpeó donde más duele y sobrevivimos a ella de milagro, tanto en lo físico como en lo afectivo. De nuevo se acercaba el cumpleaños de mi madre, a finales de noviembre, y decidió reservar mesa en el Casino Monte Picayo por si celebrábamos la boda allí. No era un sitio que me gustara, pero por no discutir y puesto que era su cena, accedí. Lo más gracioso es que a ella le parecía una vulgaridad, pero quería un sitio con caché y buen servicio, y había acudido allí a un par de bodas de las que salió muy satisfecha. Iríamos los cuatro, en plan elegante. Pero el destino quiso que Mario tuviera guardia aquella noche y no pudiera venir. Mi madre se mosqueó, no entendía que no encontrara a nadie para cambiar la guardia y yo sospeché que le tiraba más cobrar el extra —ni sé las que pudo hacer ese año— que la perspectiva de una cena con interrogatorio seguro. Mi madre incordiaba mucho con preguntas sobre sus gustos, sus ambiciones y su situación económica, también sobre el misterioso padre de Mario, hasta el punto de sacarme los colores en más de una ocasión. El caso es que al final fuimos los tres solos, como de costumbre. Con mi abuela lo celebraríamos al día siguiente; se había vuelto mucho más tranquila y, cumplidos los setenta y tres años, no salía más tarde de las diez aunque luego se acostara a la una viendo la televisión. A mi madre las huellas del tiempo no le habían restado belleza, sólo lozanía, y Javier se conservaba en formol; casi podría decir que mejor que mi madre, tal vez por la ausencia de preocupaciones. Aunque la mala vida pasada y presente deberían de haberle pasado factura a su rostro, no fue así, se esperó a este día para pasársela completa.

Cenamos maravillosamente; gracias a Mario mi apetito se había estabilizado, aunque tras muchos años de comer poco enseguida me saciaba. Y bebía mucho menos, prácticamente nada, temerosa de haber generado una dependencia que no llegué a tener de milagro, también gracias a él. Pero esta noche estábamos algo eufóricos y corrió el vino en cantidad —tras unos martinis secos que yo no probé—. Dos botellas completas cayeron de las que el principal beneficiario fue Javier, algo inquieto tras el saludo empalagoso de la encargada de guardarropía y la cigarrera, que repasaron su traje de etiqueta como si fueran a radiografiarlo. Mi madre no empezó bien la noche. Tras el vino llegó el champagne, y ahí los acompañé un poquito más, recuperada la tranquilidad en la mesa tras unos cuantos gestos de cariño y piropos disimulados de Granados a mi madre. Y tras el champagne llegó el copazo de brandy para él, y un nuevo martini seco para ella. Reían, hablaban, mi madre insistía en que aquel sitio era maravilloso para celebrar mi boda —«la gente luego comenta el menú y el servicio, los detalles; olvidarán estos terciopelos»—: la amplitud del salón, la excelencia en el servicio y lo que vestía que los invitados pudieran elegir entre el baile o ir a jugar al casino.

Yo no había entrado nunca en un casino, y me pareció menos majestuoso que en las películas. No había demasiada gente aunque sí cierto ambiente, pero de pronto una risa aguda y unas palmas atrajeron nuestra atención. Era Vero y por los saltos que daba acababa de ganar algo. Mi padre, a su lado, sonreía con poco entusiasmo. Yo palidecí, mi madre se sonrojó, y Javier ni se inmutó, tan sólo nos empujó a cada una con su brazo para obligarnos a continuar caminando. Mi madre me echó una mirada asesina y yo me encogí de hombros y negué con la cabeza. Era una puñetera casualidad, aunque conocía la afición de Vero por los casinos y al bingo desde que se legalizó el juego en España. Tenía fama de ganar mucho, pero como mi madre me dijo una vez, las pérdidas nadie las cacarea. El caso es que ahora había ganado y cacareaba envuelta en un vestido «palabra de honor» de tafetán negro estampado con lunares blancos del tamaño de una moneda de veinte duros y alegrado con plumas fucsia en el escote.

—Es ordinaria hasta decir basta.

—Elena, cariño, vamos a divertirnos. —Y Javier la agarró de la cintura con decisión, alejándola de la ruleta.

Yo titubeé unos segundos, pero en cuanto mi padre cruzó sus ojos con los míos me aproximé unos metros sin llegar hasta Verónica, que bromeaba y reía con el *croupier*.

—Hija, qué sorpresa. ¡Estás guapísima! Cuando te veo tan arreglada me doy cuenta de que eres toda una mujer. —Me espachurró en un abrazo más propio de dar a un estibador y me soltó—. ¿Cómo te trata ese impresentable? —Las burbujas del champagne se desinflaron de golpe.

—Papá, Javier es encantador. —Por fortuna Vero volvió a sacarnos de la conversación.

—¡Mecagüenlaputaqueparióalnegro!

—Me parece que ha vuelto a perder. Gana una y pierde dos. —Se pasó el dedo por el cuello para aflojarse el elemento extraño que lo ceñía—. Cuando pierda un poco más nos vamos, que me va a costar una fortuna. Qué raro verlos aquí.

Le expliqué que celebrábamos el cumpleaños.

—Es verdad, lo había olvidado. Por tu madre no pasan los años, está preciosa. —Un deje de nostalgia rompió su voz y su mirada siguió a mi madre. Me entraron ganas de preguntar qué pasó, porque aquella mirada tenía mucha historia, pero me abstuve—. Siempre pensé que este sitio no le gustaba.

—Y no le entusiasma, pero quería verlo de cerca y con calma, fijándose en los detalles, porque le gusta para el convite.

—¿Pero el convite no lo pago yo? Pues tendrá que consultarme dónde lo quiero hacer. —La nostalgia se estrelló en el presente y a mí me dio un ramalazo de soberbia del siete.

—¿Y no tendré que ser yo quien lo elija? Joder con los dos.

—Perdona, hija, tienes razón, se hará donde tú quieras. Pero es que en la Comunión...

—Ni me nombres la Comunión.

Juntarnos bajo el mismo techo los tres y moverse las placas tectónicas era todo uno. Respiré hondo, mi madre me recriminó la tardanza con una mirada seca e hizo una mueca para saludar a mi padre desde su telón de acero.

—Dile a tu madre que no muerdo, aunque con todo lo que me ha hecho debería.

En este instante Vero se dio cuenta de su soledad y buscó a mi padre. No pudo disimular su cara de sorpresa, y en cuanto me vio a mí escudriñó el resto de la sala. No le fue difícil localizar a mi madre con su melena rubia sobre la gasa negra del escote, y como si la hubieran ensartado en el palo de una escoba, se estiró y estiró y estiró, hasta crecer un centímetro y se acercó dando saltitos con sus altísimos tacones para espachurrarme de nuevo en un abrazo más glamuroso que el de mi padre y mucho más escandaloso. Como si de dos adolescentes de instituto que se encuentran en una fiesta se tratase, Verónica me besaba y gesticulaba con gracia ante la horrorizada mirada de mi madre, cuyo color facial había subido dos enteros. Yo no entendía nada, nos habíamos visto la víspera y me había tratado como últimamente acostumbraba: fatal. Pero al parecer, fuera del trabajo, las cosas volvían a su normalidad, que no a la mía.

Apresuré la despedida antes de empeorar las cosas y, conforme me alejaba, aún pude oír cómo Vero se encaraba con mi padre ante la posibilidad de celebrar allí la boda. «Estos son mis dominios», casi gritó mientras mi padre la obligaba a callarse.

Menos mal que ya había cenado, o no habría probado bocado. Como imanes de mismo polo, nos mantuvimos alejados en todo momento de ellos, girábamos alrededor del salón con un ojo en la mesa de juego y otro en las plumas fucsia que se alborotaban cada dos por tres aquí y allá.

Al «no va más» no le vi la gracia hasta que Javier hizo un pleno en la ruleta y cambió su montoncito de fichas redondas por otro de cuadradas donde rezaba «50.000». Cuatrocientas cincuenta mil pesetas se acababa de embolsar en un par de minutos. Ahora fue mi madre quien saltó y brincó y, sorpresa, le dio un beso de tornillo a Javier como en el *The End* de una película. Nunca hasta este momento lo había besado delante de mí de forma alguna, y pondría la mano en el fuego apostando que tampoco delante de nadie. En la distancia las plumas fucsias quedaron petrificadas. Mi madre lo soltó, y Javier le susurró algo al oído que la hizo reír y sonrojarse todo en uno. Pidieron otro whisky; no sé los que llevaban. Aquello era una guerra de patio de colegio y casi me entró la risa de ver el pique entre ambas. Pensé que tras la fortuna recién ganada nos iríamos, pero no, de allí no se movía nadie; ellas pendientes de los triunfos ajenos, y ellos de los propios. Javier jugó un par de manos al black Jack, que también ganó, y decidió volver a la ruleta. Siempre comenzaba apostando una cantidad pequeña, como calibrando si aún le llegaba el aliento de la diosa Fortuna. No le llegó ni una vaharada. Perdió las fichas de prueba y le dio una pequeña palmada en el trasero a mi madre para indicarle que nos íbamos. El alcohol y las ganas de ostentar felicidad la hicieron reír y tontear hasta el guardarropa. Pero lo cierto es que los tres estábamos eufóricos, más nosotras que Javier, que nos miraba divertido. Yo nunca había visto esa cantidad de dinero junto, tres cuartos de millón de pesetas en un ratito. ¡Increíble!

—Esto tendríamos que hacerlo más a menudo. —Mi cabeza estaba dando la entrada para un apartamento y comprando los muebles.

—Esto —y señaló el dinero que llevaba en un sobre marrón—, Gordita, es muy peligroso —y enfatizó el «muy» que perdió fuerza ante lo dificultoso de la pronunciación—. La loca esa que va con tu padre —no conseguía vocalizar las erres y comencé a preocuparme—, lo va a perder todo.

Ya en el aparcamiento observé que Javier zigzagueaba levemente, de forma apenas perceptible, pero para mí evidente, y se me ocurrió preguntarle si quería que condujera yo.

—¿Un BMW 850 CSi de 380 caballos? —Su risotada sonora retumbó en el concreto, pero el estruendo no me impidió detectar nuevas trazas de pereza en su lengua.

Insistí.

—Luci, llevas un tacón de metro y medio —ese «metro» sonó afrancesado y pastoso—, y yo puedo conducir este coche con los ojos cerrados y las manos vendadas.

Siempre pecaba de fanfarrón, pero era cierto, conducía de maravilla en cualquier estado, y yo lo había visto mucho peor. De hecho, los pequeños síntomas de su embriaguez habrían pasado desapercibidos para muchos. Encogí los hombros y subí detrás acomodándome en la ventanilla tras el asiento del acompañante. Mi madre subió algo mareada —no tenía costumbre de beber tanto—, pero aquélla no había sido una noche cualquiera. Yo había llegado a incomodarme ante sus efusiones, pegada a Javier mientras jugaba, para marcar su territorio —en el casino había mucha lagarta suelta y demasiadas conocían a Javier de nombre, apellido y muy probablemente de algo más—, y demostrarle así a mi padre que era inmensamente feliz, frase que llevaba grabada a fuego en sus recuerdos. Pero ahora estaba bajón y sólo consiguió desplomarse en el asiento pegado al asfalto de aquel incómodo coche tan querido por Javier. Maniobró con cuidado y salimos del aparcamiento pero, ya bajando la cuesta del casino hacia el tramo de autopista, el coche fue tomando velocidad. Derrapaba en cada curva y apuraba los márgenes de la cuneta más de lo necesario. Asustada, toqué el hombro de mi madre y le tendí el cinturón para que se lo pusiera. Dos curvas más y agradecí que aquel carísimo modelo llevara cinturón también en los asientos traseros, algo nada frecuente en la época. Javier hablaba y reía, no recuerdo de qué, y mi madre tardó en hacerme caso pero al final se lo puso. Llegamos a la autopista y Javier aceleró.

—No corras tanto.

—Tranquila, Gordita, a estas horas no hay nadie y este motor necesita velocidad.

Otro acelerón y el motor rugió. A ratos echaba las altas, a ratos ponía el limpiaparabrisas. Intentaba aclarar su visión con la luz y el barrido de las escobillas, que chirriaban al frotar el cristal seco y áspero de la luna delantera. Miré el cuentakilómetros y mi corazón, ya inquieto, se puso a tono con el vehículo.

—Mamá, dile que reduzca, nos vamos a matar.

Había bajado la ventanilla y del radiocasete salía la música de Donna Summer que tanto les gustaba y que a mí, no sé por qué, me incomodaba escuchar con ellos. La Summer gemía y aullaba como si estuviera en pleno éxtasis.

Ah, love to love you baby
Ah, love to love you baby

Y con cada gemido de Donna, el pie de Javier marcaba el acelerador como a una res. Soltó una mano y la llevó al muslo de mi madre, espabilada por el aire y el pánico compartido conmigo. Yo sólo me fijé en que, como en el circo, aquello era el más difícil todavía: con una mano fuera de juego, a ciento ochenta y cinco kilómetros por hora y con la mano útil controlando el volante, accionando las altas y el limpiaparabrisas. Yo no oía los jadeos de Donna Summer, sólo mi corazón y el estruendoso sonido del miedo que me impedía hablar. Un par de cambios de carril para trazar más a gusto dos curvas y el último destello de las largas iluminó la parte trasera de un tráiler que acababa de incorporarse a la autopista a la altura del polígono de Albuixech. No era frecuente, pero algunos camioneros descargaban de noche y volvían a su ruta.

Fue un segundo. Ignoro si vi pasar mi vida como en una película; sólo recuerdo el fortísimo y corto frenazo en seco para evitar lo inevitable y el ruido atronador de cristales y metal al incrustarse la defensa del BMW en el parachoques del camión. Vi un bulto oscuro salir disparado hacia adelante a la vez que el cinturón se me clavaba en la clavícula. Un golpe en la cara apagó mis sentidos, con el vehículo todavía en movimiento. El conductor no pudo hacer nada, frenó poco a poco hasta detenerse por completo sin entender qué había pasado. El BMW 850 CSi quedó integrado en el contenedor de carga.

Desperté cuando los bomberos usaban la sierra para sacarnos del coche. El ruido infernal de la sierra, las chispas iluminando la noche, y los gritos de unos y otros organizando la evacuación me trajeron de vuelta al mundo, un mundo de dolor y caos. El camionero había avisado por radio antes incluso de detener el camión y la ambulancia y el resto de efectivos no tardaron en llegar, según me contaron después. Debí de estar inconsciente o aturdida un cuarto de hora más o menos.

—¿A dónde me llevan? ¿Y mi madre? ¿Y Javier? —Conforme pregunté por él, su imagen empotrándose contra la luna reventada y después contra la cabina metálica del camión inundó mi menté. Grité de horror superando el propio dolor que embargaba mi cuerpo. Algo me inyectaron porque entré en el hospital sedada y no desperté al mundo hasta horas después.

Mi hombro derecho daba unas punzadas lacerantes que el Nolotil intravenoso no calmaba y me habían vendado las dos muñecas y el tórax. Me dolía el alma y una inmovilidad terrorífica congelaba mi cuerpo. Me costó mucho reaccionar. Mario, prevenido por el aumento de las pulsaciones, se apresuró a tranquilizarme.

—Tranquila, estoy aquí, estás bien —sonrió con tristeza—. Me refiero a que no hay nada irreparable. No te puedes mover porque aún estás sedada y tienes el cuerpo contusionado, pero nada grave. Es increíble. —Le tembló la voz.

—¿Cómo… has venido… tan pronto? —Hablar era un ejercicio doloroso, la mandíbula, los pómulos, la nariz, todo parecía chocar entre sí y quebrarse a cada palabra.

—Estoy de guardia, ¿recuerdas? Salía a llamar a un niño y te he visto entrar. Creí morir.

La lucidez volvió poco a poco, mis pulsaciones bajaron de nuevo y recordé. Mi madre, Javier. De nuevo el aparatito que medía mis ritmos vitales enloqueció. Mis ojos espantados miraron a Mario, pero caí desvanecida en segundos. Mi cuerpo había dado la voz de alarma y me inyectaron un sedante para evitar males mayores. Cuando desperté de nuevo lo hice llorando. Temí lo peor. Recordé el sonido seco de Javier golpeando el cristal y un estallido carmesí que lo manchó todo. El estruendo, el grito de mi madre a quien no pude ver, el ruido de metales enfadados, broncos, y aquel potente olor a goma quemada. Todo lo que en aquel fatídico segundo no percibí, anestesiada por el horror, llenó mis sentidos en la cama del hospital como si estuviera sucediendo de nuevo.

—¿Y... mi madre? —pregunté con un hilo de voz—. ¿Y Javier?

—Tu madre está estable, por fortuna llevaba el cinturón y eso evitó que saliera despedida. La velocidad del camión absorbió parte del impacto o no se habría librado. Está aquí, en la UCI, y me mantienen informado de todo. Tiene la clavícula rota, y la han tenido que operar; el bazo han podido salvárselo y la rotura de ligamentos cruzados de las rodillas no es grave aunque le llevará tiempo recuperarse del todo.

Una enfermera entró a medir mi orina; estaba sondada.

—Va estupendamente, Mario. Ha tenido mucha suerte. —La joven me miró con una sonrisa dulce—. Mario no se ha movido de aquí más que para atender algún aviso grave. Dile que descanse o reventará.

Miré a Mario con los ojos vidriosos. Sólo había contestado una de mis dos preguntas. No la volví a formular. Él miró mis ojos y negó levemente con la cabeza.

—No sufrió, fue en el acto. Sin cinturón y a esa velocidad... El impacto fue tan brutal que ahí terminó todo. La guardia civil... —hizo una pausa intranquilo, mi respiración se agitaba y las lágrimas rodaban por mis mejillas tumefactas—, la guardia civil dice que debía ir a casi doscientos kilómetros por hora, aunque falta que hagan un estudio pericial.

Yo sentí, con un movimiento de párpados, mi cuello inmovilizado por el collarín.

Al día siguiente Mario avisó a mi padre. Llegó muy nervioso, aunque ya sabía que yo estaba fuera de peligro; le temblaba todo. La víspera había pasado junto a nosotros mientras estaban con la sierra intentando sacarnos, pero no reconoció el acordeón negro que se acoplaba al camión en el arcén.

—Podría haberlas matado —oí que le decía a Mario—. ¡Maldito hijo de puta!

—No pienses en eso, Carlos, Luci está bien y Elena también. Y a los muertos es mejor dejarlos descansar en paz.

Abandoné el hospital dos días después y mi madre tardó una semana. Fueron días funestos. Tuve que hacerme cargo de organizar el funeral de aquel hombre al que había llegado a querer como a alguien de mi sangre. Los ataúdes, funerarias, coronas y cementerios me horrorizaban. Nunca había pisado uno, ni cuando murió Dávila, y ahora me tocó coordinarlo todo. No me atreví a consultar con mi madre, todavía convaleciente en el hospital. Dos días después de que mi madre saliera lo enterramos en el cementerio de Valencia, en el panteón que tenía su familia. Fue una mañana lluviosa, fea y embarrada, en la que nos vimos acompañadas por mucha gente, demasiada, la mayoría desconocidos para nosotras. Algunas mujeres demasiado pintadas para un funeral, mucho hombre de uniforme ejecutivo y su pobre madre que aquel día murió en vida. Cuando no has vivido esta experiencia crees que con el funeral acaba todo menos la tristeza. No es así. Los pésames siguen y siguen. La presencia permanece y los fantasmas van saliendo de los armarios. Yo volví al trabajo pasado un mes y mi madre se empeñó en acudir al suyo incluso antes. La recuperación de sus extremidades fue rápida, no paraba de hacer lo que le habían mandado, y todos se asombraron de su presencia en la fábrica a pesar de los vendajes. Bueno... ¿Recuperada? No, imposible. Estaba muerta por dentro. No soltó una lágrima, al menos que yo viera. Dejó de escribir en su diario, de escuchar música, de hablar, salvo para dar órdenes en una empresa que olía al tabaco y el perfume de Javier. Sus ojos verdes eran ahora plomizos, como el mar en tormenta, opacos. Algo había muerto en el corazón de mi madre, algo cuyo letargo Javier consiguió despertar, y ahora se lo llevaba de nuevo a la tumba con él.

30

Es difícil hablar de bodas cuando aún resuenan pavanas para difuntos y, aunque faltaba casi un año para la nuestra, tiempo suficiente para asimilar lo ocurrido, me planteé posponerla. Las consecuencias de la muerte de Javier fueron devastadoras para mi madre. Al desconsuelo por la ausencia y la vuelta a la soledad, se unió un remordimiento absurdo, una asunción de lo sucedido, como si ella fuera la causante, tanto por su empeño en cenar en Puzol como por lo que ella entendía un castigo divino por sus faltas pasadas. Mi madre nunca acertó con los hombres, pero tal vez Javier fuera el único al que amó de verdad, desde el día en que lo conoció en Formentor. A Javier lo amó, y por fin creyó ser amada, por primera vez en su vida. Su pérdida le produjo un daño insoportable, devastador. Yo creo que Javier la quiso de verdad, de la única manera que sabía amar, sin exclusividad física pero sí emocional; su trato nunca hizo pensar otra cosa, aunque sus ojos y sus manos dieran para otros cuerpos. La pérdida no sólo fue dura para ella, también yo quedé sumida en una tristeza culposa por mi actitud pasada. Había llegado a asimilar su conducta como normal, me hizo adoptar una mentalidad muy masculina que me ha acompañado el resto de mis días, y quise quedarme con lo bueno que obtuve de nuestra relación, olvidando los aspectos más oscuros.

Los abrigos de hielo son buenos anestésicos y mi madre volvió a ponerse el suyo. Pero yo podía ver y sentir su dolor y su soledad a través de aquella capa de frialdad. Su mirada inexpresiva producía escalofríos, aunque la aterrada ante la vida fuera ella. La perspectiva de boda me presentaba muchas preguntas. ¿Cómo dejarla sola? Pero ¿cómo seguir viviendo con ella? Ella me observaba con recelo, como si yo hubiera formado parte de un complot, y mi trabajo en Loredana no ayudaba a mejorar la enrarecida convivencia. Mi madre idealizaba la figura de Javier por momentos, y la mía caía en comparación con su amor puro y único. Volví a ser el centro de su frustración, pero con mi soberbia adolescente, atemperada por los años, me sentía incapaz de darle la cara, tan dañada la sentía. Por esto consideré aparcar la boda, o al menos los preparativos, para más adelante. Y desde luego Monte Picayo quedó descartado. Pero mi madre me sorprendió al negarse a cambiar de fecha:

—Ni se te ocurra. Imagino que sigues con la misma prisa que antes por dejarme sola. Y por pena no te vas a quedar conmigo.

Touché.

—No quiero dejarte sola. Nunca te dejaré sola.

—No mientas, hija, que te conozco. Además, ¿por qué habría de retrasarse? No finjas que te ha afectado porque nunca lo tragaste.

—En el fondo comenzaba a desear que la boda llegara, aunque de nuevo este sentimiento se forrara de remordimientos.

Las dos nos habíamos recuperado bien de nuestras lesiones; la única secuela fue variar sus rutinas de gimnasia por problemas en las rodillas, pero pasados unos meses hicimos vida normal. Viendo que el retraso no tenía sentido, es más, podía ser contraproducente, Mario y yo continuamos con nuestros planes. Fijamos la fecha para el 29 de septiembre. Habíamos ido a preguntar en Dominicos, una impresionante iglesia de estilo gótico, y estaba libre. Mi madre quería que nos casáramos en la misma iglesia que ella, pero yo me negué por pura superstición, y cuando se lo mencioné a mi padre, me aseguró que allí no volvería a poner los pies. Se me hacía raro casarme por la Iglesia no habiendo ido nunca a misa, como si fuera una impostora. Tenía fe, rezaba —o rogaba más bien— por tantas cosas que me rodeaban, y alguna vez me había refugiado en la Basílica para concentrarme en mis pensamientos y meditar. Aquella Virgen, amiga de los desamparados, parecía muy adecuada para mi vida, pero el oído no debía tenerlo muy fino. Me gustaba el recogimiento de las horas entre misas, de pasos quedos y olor a cera y a incienso. Pero yo no era practicante, nunca lo fui, y participar del rito me hacía sentir incómoda. Mario no se cuestionaba esas cosas, pasaba o más bien respetaba las creencias de todo el mundo, y nada parecía alterarlo. Lo aceptaba como un peaje poco costoso para satisfacer a mi familia. Como si le hubieran dicho de casarse por el rito zulú. Al final el tema «ceremonia» quedó resuelto, se haría en Dominicos. Mi madre, resignada, reconoció que cabría más gente allí que en el Patriarca y mi padre se quedó contento. Ella, tras la muerte de Javier, había recuperado la beatitud de su más tierna juventud, cada semana quedaba con quien fuera su padre espiritual —y que a sus ochenta y dos años todavía la recordaba—, y pasó a asistir a misa cada domingo, penando los pecados que según ella le habían traído tanta desgracia y buscando posiblemente consuelo para tanto pesar.

Tras varias discusiones, mi padre —padrino y voluntario para hacerse cargo de la cuenta— propuso celebrar el ágape en el Parador Luis Vives. Muchos invitados vendrían de fuera y podrían alojarse en el hotel. Era una buena solución y al final conseguimos ponernos de acuerdo, pero discutir cada pequeño detalle fue agotador. La opción de la fuga parecía mucho más atractiva. Poco a poco todo iba encajando, con rozamientos y fricciones, a golpes, pero encajando. Pero siempre se escapa algo, y allí estuvo mi abuela para que nada se saltara la tradición:

—¿Y cuándo será la pedida? Porque imagino que harán una pedida, a ver si te vas a casar sin que conozcamos a los padres de este jovencito encantador. —Mi abuela Dolores se había mantenido al margen del tema de los esponsales, afectada también por la tragedia, pero aquella aportación fue lo bastante gorda como para no quedar en el olvido.

—¿La pedida? —Mario no sabía ni de qué le hablaban.

—Bueno, habrá que conocer a tus padres, querido, y toda la vida se ha hecho una cena familiar para pedir la mano de la novia y darle el regalo de pedida. Ay, qué bonita fue la de mi Gigi, todos tan elegantes, y él le regaló una pulsera maravillosa de brill...

—Sí, claro, pulsera que pagué yo para estar a la altura de su estupendísima familia política, para que luego me dieran la puñalada por la espalda y me repudiaran como a una apestada. —Mi madre la cortó con chispas en sus ojos verdes—. ¡Ni me lo recuerdes!

—Ay, hija, no volvamos con eso, que el pobre Mario se va a asustar. En fin, como en esta parte de la familia son tan modernos pues si no hay pedida, no hay pedida. —Su lánguido suspiro fue digno de un clásico del romanticismo.

—Por supuesto que la habrá, Dolores —Mario debió sentirse obligado a cumplir con la tradición incluso sin consultar con sus padres. Se había propuesto que todo saliera bien y lo mismo le daba casarse por la Iglesia que meterse en aquel lío del que ignoraba todo excepto lo que acababa de descubrir. Su padre ya estaba informado de nuestra decisión de casarnos y se la había tomado a broma en un inicio, hasta asimilar lo serio del asunto. Prometió planificarse para pasar unos meses en Valencia y participar en lo necesario, aunque Mario no confiaba en su inclinación a involucrarse. «A mí dámelo todo hecho y dime dónde tenemos que sentarnos».

—Ay, Luci, qué muchacho más encantador, a ver si has tenido más ojo que el resto de las mujeres de la familia. —Miré a mi abuela con horror para obligarla a callarse, pero estaba perdida en sus pensamientos; con la edad parecía no enterarse de que el mundo interactuaba con ella. Prosiguió—: La pena es que trabaje tanto en ese hospital, con lo bien que estaría con su propia clínica. La hija de Ernesto Pallarés se va a casar con un cirujano plástico que...

—Abuela, déjalo. ¿Tu padre querrá hacer una cena de pedida?

—Claro, mujer, ¿por qué no? —Me miró diciendo en realidad «¿qué más da?» Y a mí me dio la risa nerviosa. Su padre no era nada convencional, miedo me daba. Algo me decía que el encuentro con mi madre iba a ser memorable, y no por lo plácido precisamente.

En el trabajo las cosas tampoco iban bien. Bueno, en el trabajo sí; era con Vero con quien cada día iban peor. Los encontronazos eran frecuentes. Mi padre cada día tenía peor cara y lo veía más nervioso. Las mejillas, algo descolgadas, devolvían un matiz grisáceo, falto de vida. Comíamos juntos algunos días en el bar del polígono cuando Vero no se quedaba; la tensión entre nosotras era evidente. Yo no adivinaba el motivo, pero en un intento por mejorar las cosas cuidaba cada frase, cada gesto. Sin embargo, mi padre me llamó la atención por todo lo contrario:

—Hija, intenta ser más cariñosa con Vero. Ella te quiere mucho y está muy dolida.

—¿Dolida? —Levanté la vista de mi plato combinado sin dar crédito. Creo que hasta los calamares rebozados dieron un respingo.

—Dice que cuando la ves le hablas mal, con mucha soberbia, como si fueras tú su superior, y que…, bueno, ya me imagino que no es así, sólo es un mal entendido…, pero se siente humillada delante de sus subordinados. Ella no tiene estudios, ya lo sabes, y creo que se siente intimidada por tu capacidad.

—¡Pero si apenas abro la boca cuando aparece! Es más, soy extremadamente cumplida con ella y no la contradigo jamás. —Me callé lo difícil de aquel silencio forzoso dados los muchos motivos que me daba para hablar—. Desde luego, nunca en público, porque a solas a veces no me ha quedado más remedio.

—Bueno, ella no dice eso, y no se lo va a inventar. Además, no eres tú sola. Dice que Mario no la saluda cuando la ve, que tiene algo contra ella. Está muy ofendida porque siempre ha sido muy cariñosa con él.

El emperador y las patatas se estremecieron en el plato.

—¿Qué? ¡Pero si Mario saluda hasta al cartero si se lo cruza! Venga, papá, no me hagas reír. Esto es una broma, ¿verdad? —En su silencioso gesto sombrío intuía muchos más reproches de los allí vertidos, y una súplica. Mi padre estaba tenso desde hacía mucho y su incomodidad cuando coincidíamos los tres era manifiesta—. Es posible que no la viera, pero de ser así, ¿no sería lógico que lo saludara ella? Mira papá, quien se quiere ofender, se ofende. No sé qué problema tiene con nosotros, pero alguno tiene.

Me apartó una greña de la melena de la cara y me miró con tristeza.

El ambiente en Loredana se iba enrareciendo por momentos. Me enteraba de reuniones convocadas por Vero a las que no me llamaba. Tampoco contaba con Paco Folgado porque, casualmente, siempre las convocaba en mi turno, cuando Paco ya no estaba. En una de ellas, al principio de las tensiones, cuando la gente aún era ajena a la magnitud de aquella guerra, a Mari Carmen se le ocurrió llamarme al ver que no aparecía. Acudí a la reunión y la cara de sorpresa de Vero fue indisimulada. Tanto como su enfado. Luego supe que a Mari Carmen le cayó un regaño tremendo por haberme avisado. Si salía a tomar un café para despejarme, evitaba ser acompañada desde que Teresa me confesó que acompañarme podía ser motivo de despido o de cambio de departamento. No era posible, no podía creerlo. Verónica no me haría algo así, me quería como a una hija... Pero la gente me huía, salvo Teresa, Paco Folgado, Juan y alguno más. A ellos parecía darles igual, y a mí me emocionaba su lealtad.

Folgado no lo tenía mejor que yo. Cada día encontraba más piedras en el camino, las mismas piedras con las que yo tropezaba, y un buen día nos dijo adiós. Antes de ir a hablar con mi padre para presentarle su renuncia, habló conmigo tomando un café en la pequeña cantina de la fábrica. De pie los dos, cada uno apoyado en un banco de la cocina y con un café en vaso de plástico en la mano, me lo anunció:

—Lucía, me voy. Llevo unos meses buscando un trabajo que me acople y lo he encontrado. La situación aquí es insostenible, es imposible hablar con tu padre. Al jefe no se le puede decir que su señora está boicoteando la producción cuando él no lo ve. Esto lo sé desde pequeñito, y por motivos que desconozco así están las cosas.

—Paco, por favor, no te vayas, no me dejes. Yo no puedo llevar esto sola.

—Sí que puedes. Como decía Tola: «Nena, tú vales mucho». —Le sonreí con cariño pero las lágrimas subían por mi garganta—. Voy a darte un consejo de amigo, Lucía: vete. Busca otro trabajo. Eres buena, te ficharán en cualquier empresa y cobrarás mucho más, que con eso de que eres de la familia... Si te piden informes, que me llamen a mí, que un padre no es buena referencia y como los dé Verónica, estás en problemas. En fin, repito, si aceptas un consejo de este bigotón que te ha tomado mucho cariño, no te quedes aquí o lo lamentarás.

—Pero Paco, es mi empresa, mi futuro. Bueno, tengo una parte de ella, igual a la de mi hermano. Soy muy joven, aún no he entregado el proyecto de fin de carrera. ¿Quién me va a dar trabajo? Y me caso en cuatro meses. Sería una locura. Aquí estoy segura.

Guardó un silencio ominoso.

—¿De verdad lo crees? —Sus ojos entrecerrados no me transmitieron nada bueno—. ¿Por qué, qué puede pasar? —pregunté.

—Eso no lo sé, pero sí sé que no tienes futuro aquí, no te van a dejar tenerlo.

—No te entiendo.

—Yo no sé mucho de líos familiares. Mis padres harán las bodas de oro dentro de cinco años y nunca han tenido un problema con ninguno de sus hijos. Tampoco tenían gran cosa, eran humildes. Mi vida ha sido simple. Pero aquí la gente habla mucho, cotillean... Por Dios, me parece mentira estarte diciendo esto, pero qué carajos, si no lo hago y luego te pasa algo no me lo perdonaría. Vero siempre habla de cuando su hijo lleve la empresa, habla de Loredana como algo exclusivamente suyo, y tú no entras en sus planes.

—Venga, hombre, pero si Charlie es un chiquillo. Le interesa tenerme aquí, que mi padre va haciéndose mayor y alguien tendrá que llevar esto hasta que mi hermano tenga edad de empezar a aprender. Todavía está en el colegio.

—Bueno, yo te he dicho lo que pienso, guapetona. Y ahora me voy a hablar con tu padre. Sé que lo va a sentir, yo también, nos tenemos mucho aprecio, pero o me voy ahora o el que lo lamentará seré yo. Recuerda: que me llamen si quieren informes tuyos. Ésta es la empresa a la que me voy y éste el número de mi casa.

Me entregó un papel y me apretó con el brazo.

—Cuídate, bigotón. Te voy a echar de menos —Y lo abracé con fuerza.

—No me despidas tan pronto, que aún estaré quince días dando la lata para dejártelo todo en condiciones. No te preocupes, lo harás fenomenal… Si te dejan.

«Paco se equivoca», me dije. La rivalidad con Verónica era evidente, y su cada vez mayor animadversión hacia mí también, pero no podía ganar. Mi padre no lo permitiría, aunque había tomado alguna decisión incomprensible, como darle la dirección financiera a Jesús, el sobrino de Vero, cuando todavía no había acabado la carrera. El anterior financiero se jubilaba en un par de años y forzó un acuerdo con él para adelantar su marcha y meter a Jesús. Era impropio de mi padre poner a un novato al frente de tanta responsabilidad. A mí me había obligado a empezar desde abajo, y en manos de un jovencito sin la carrera acabada dejaba la gestión financiera de una empresa que facturaba más de siete mil millones de pesetas. Jesús y yo no nos caíamos bien, desde chicos habíamos tenido diferencias. Cuánto más lejos lo tuviera, mejor. Y ahora estaba en la empresa y era quien me pagaba la nómina. Otro punto en mi contra y ése sí que me intranquilizaba, no tanto por lo personal sino por lo profesional. Como metiera la pata, la empresa se iría al garete. Mi padre se llevó un buen disgusto cuando Folgado le entregó la carta de renuncia, le rogó que no se fuera, algo poco habitual, pero su decisión era irrevocable. Mi padre me llamó a su despacho por si yo sabía algo, sus motivos, que preferí callar. Si Paco no le había confesado el porqué de su estampida, yo no tenía derecho, y además una vocecita me avisaba que sería inútil.

—Tendrás que cambiar de turno, hija, y hacer el central.

—¿Me estás dando el puesto de Paco? —La alegría me desbordó.

—Bueno, no exactamente, es sólo hasta que encuentre quien lo sustituya, aquí no hay nadie que pueda hacerlo y me ha tomado por sorpresa. A ti te falta formación y experiencia.

—Ya, y a Jesús no.

—Lo suyo es distinto, necesitan el sueldo; Carlota lo está pasando mal. Y lo importante lo llevo yo directamente.

—Y por eso es director financiero sin tener la carrera terminada.

—No me esperaba un comentario tan mezquino de ti. Jesús vale mucho y está capacitado.

—¿Y yo no?

—Sí, capaz eres muy capaz y muy inteligente, pero ese trabajo es duro y complicado. Hay que lidiar con los operarios, tener mano dura, conocer la parte técnica… No te preocupes, encontraré a alguien que te descargue de esa responsabilidad.

—¡Pero papá, eso es lo que quiero! Llevo trabajando como una bestia desde hace años, he aprendido mucho de su mano, te aseguro que puedo hacerlo. Pregúntaselo a Folgado si no me crees.

—Ya me lo ha dicho. Es que te ganas a la gente, Paco no es objetivo. Hija, seguro que puedes, pero te casas, querrás tener niños, estar con ellos… Y esto es demasiado trabajo para una mujer.

—No me creo que me estés diciendo esto precisamente tú. ¿Sabes quién es mi madre?

Se revolvió en el sillón de cuero, exasperado ante la mención de la que fuera su mujer y su jefa.

—Mira, en un futuro no tendrás que preocuparte de nada. Charlie dirigirá esto y tú pondrás la mano a final de año para cobrar tus buenos dividendos, como una reina. ¿No te parece una ganga?

Lo peor no fueron sus palabras, lo peor fue la satisfacción sincera reflejada en su cara. No daba crédito a aquella conversación surrealista, casi decimonónica, que me recordaba a alguna anécdota contada por mi madre del innombrable Gerard Lamarc.

—Me acabas de recordar lo que mi madre cuenta a veces de su padre —dije con una frialdad que me sorprendió.

—No se te ocurra compararme con el gángster de tu abuelo.

—Él tampoco quería que mamá trabajara, nunca pensé escuchar de ti algo similar. ¿Para qué crees que he terminado ingeniería? ¿Para arreglar la lavadora y hacerme batidoras de bricolaje? ¡Joder, papá!

—Cálmate, que no he dicho nada malo. Te estoy ofreciendo que vivas de rentas. Muchas darían una mano por algo así. Y de momento te vas a hacer cargo tú del trabajo.

—¡Pero si es que ya lo venía haciendo! A medias con Paco y con su supervisión, pero yo hacía gran parte del trabajo.

—Pues no es eso lo que Vero me ha dicho.

—Ya estamos con Vero. ¿Me puedes explicar qué te ha dicho?

—Vamos a dejar esta conversación porque acabará mal. Mañana vente a las nueve y haz turno central. Ya veré qué solución tomo. Y de momento no le comentes a Vero que Paco se va. Tiene quince días y me ha asegurado que los hará y lo dejará todo organizado. No te despegues de él. —Se llevó la mano al pecho, buscó en el bolsillo y se puso una pastilla bajo la lengua.

—Papá, ¿te han vuelto las anginas?

No contestó, dejó que su sillón lo abrazara, cerró los ojos y esperó unos minutos eternos a que se le pasara. Sí, de nuevo estaba con anginas de pecho.

—Siento esta conversación, papá, de verdad. No pretendía molestarte.

—No te preocupes, no es por ti, hace unas semanas que empecé otra vez. Tengo que ir a que me hagan la prueba de esfuerzo.

Se me encogió el alma y decidí no volver a preocuparlo con mis ambiciones personales y los líos de portería.

Vero tardó un milisegundo en enterarse de la marcha de Folgado y dos en dejarle claro a mi padre que yo no podía sustituirlo. A él, y a todo el que quería escucharla. Mi juventud, mi inexperiencia, mi parentesco, todo jugaba en mi contra, y el ambiente se tornó denso y correoso como el pegamento que usábamos en el aparado de pisos. Ir a trabajar cada mañana era una tarea dura. Los vacíos se intensificaron, la gente temía hablarme, me esquivaba, se mascaba el miedo. Muchos faltaban a las reuniones que yo convocaba. Redoblé mis esfuerzos por ser eficiente, precisa, justa, por seguir en todo el ejemplo de Folgado, pero lo que flotaba en el ambiente no tenía que ver con mi trabajo. Mi ilusión pasó a ser una sola: terminar cada jornada lo antes posible y ver a Mario o continuar con los preparativos de la boda y los cambios del departamento, nuevo tema de discusión con mi madre. Cuando se enteró de que íbamos a vivir en el que Mario compartía de estudiante, le dio un ataque de ira.

—Más lejos no podías irte. ¿Tan mal te he tratado?

Era inútil explicarle que no podíamos pagar otra cosa.

—Hombre, tanto hablar del padre de Mario y las multinacionales que lo contrataban, pensé que les haría un regalito. Por lo que cuenta el chico, su padre vive como un marajá, pero él no llega a fin de mes. Por cierto, imagino que al final ni pedida ni nada de nada. Todavía no ha dado señales de vida y me da que ése no se gasta un duro. Pero por mí no hay problema. Eso que yo ahorro.

—Pues te equivocas, en junio ha quedado en venir y está de acuerdo en que nos veamos todos. Venga, mamá, sé positiva. Nos vamos a vivir a su apartamento porque no podemos hacer otra cosa.

—¿Y por qué no me has consultado a mí? Sabes que hace tiempo compré uno pequeñito cerca de casa pensando en si algún día te casabas. Está hecho una ruina, habría que remodelarlo, pero está al lado de casa de Marianne. Y tienes el dinero que te dejó... Javier —nombrarlo y humedecerse su mirada era todo uno—, del que puedes disponer.

El famoso apartamento se compró para alquilarlo y así pensaba yo que estaba. Ahora, al parecer, estaba vacío.

—Pero, ¿no necesitas el alquiler?

—Puedo vivir sin él.

—Nosotros podríamos pagarlo. ¿Cuánto pedías?

—Me insultas. ¿Crees que te cobraría? Yo no soy tu padre. Lo que te pasa es que eres demasiado orgullosa.

—¿Orgullosa? Para nada, pero si lo necesitas no me parece bien.

—Ya te he dicho que no.

—Déjame que lo hable con Mario, a ver qué le parece. ¡Y muchísimas gracias!

Salté a darle un abrazo que recibió sin emoción.

—Pues a ver qué te dice. Necesito saberlo rápido, y si quieren entrar hay mucha obra por hacer, no sé si estará para cuando se casen.

El apartamento «pequeñín» —según mi madre— tenía ciento veinte metros cuadrados, el doble del de Mario. Hicimos cálculos. Habíamos ahorrado para el enganche de un apartamento más adelante, y si conseguíamos quien hiciera la remodelación con ese presupuesto, podríamos entrar allí en unos meses. Seis millones de pesetas entre los dos. Una fortuna que nos había costado mucho sudor reunir, aunque en mi caso la mitad se la debía a Javier Granados. Mario, a pesar de no augurar nada bueno de aquella dádiva materna y ser la primera vez que no transigía con agrado a las imposiciones familiares, se encargó de buscar quien nos hiciera un presupuesto, y se pusieron manos a la obra.

31

Mi prima Alice no disfrutaba de una situación mejor que la mía. Bajo las órdenes directas de Verónica, sufría desde mucho tiempo antes su despotismo injustificable; ahora entendía bien a qué se refería. Al menos, gracias al nuevo horario compartíamos algo más que los malhumores de Vero, y volvimos a vernos con frecuencia. Algunos días pasaba a recogerme para regresar juntas hacia casa y así evitaba utilizar su coche. Una tarde de junio se acercó, como tantas otras, más acelerada que de costumbre. Al entrar en mi garita casi se lleva por delante el marco de la puerta:

—¡Cuidado! Me has dado un susto de muerte.

—¿Cuándo terminas? —me preguntó sin escuchar. Le hice un gesto para que cerrara la puerta del despacho, incapaz de entenderla por el ruido de las máquinas al fondo.

—Pensaba quedarme un par de horas más. Se han averiado dos muelas y he tenido que ajustar la producción. Juan está en ello, pero tiene a un chaval de baja y voy a echarle una mano. Es un tema delicado. Cuando estén listas me iré.

Alice miró a todas partes como si temiera que apareciese alguien. Teresa, a unos metros, revisaba el acabado de un par de piezas y dos operarias se afanaban en amontonar las cajas de zapatos en los palets.

—¿Pero qué te pasa?

—Tú sabes que tu papi —me hacía gracia que lo llamara así— tiene una caja fuerte en su despacho.

Yo conocía la existencia de la caja, pero ignoraba su contenido. Suponía que documentos importantes y el dinero en efectivo que se cobraba de la venta de retales y de la tienda de saldos —vendíamos bolsos y zapatos con alguna tara, a los que se había retirado la etiqueta de Loredana.

Asentí.

—Pues en la mañana fui a su despacho a pedirle un adelanto. Es cosa de Jesús pero no me gusta ese chico, tú lo sabes, siempre me da largas y no saco nada en claro. Mucho jiji, jaja, pero nada de nada. —Me entró risa.

—Tampoco mi padre es la alegría de la huerta con el dinero. Engañada estás.

—Bueno, al grano que es gerundio, que dicen ustedes. Tuve suerte, no era tanto dinero y aceptó. Abrió la caja para lo del dinero y también sacar planos y otros documentos para una ampliación de la nave. ¿Sabes lo de la ampliación? Bueno, sigo… —volvió a mirar a todas partes antes de retomar la palabra—: me acerqué a ayudarle con los papeles antes de que todo el suelo se sembraría de planos. Me pasó varios montones para sacar los de muy abajo, y en el mete y saca de empujar unos y tirar de los otros cayó un sobre grande, de ésos como paquete pero en sobre. En ese momento entró Vero, mucho enfadada por algo. Lo mismo porque no me encontraba. Siempre se enfada si no te encuentra.

»Recogí el sobre del suelo, estaba direccionado a ti y, al retornarlo a papi, él exclamó: "¡Joder! ¡Lo había olvidado por completo! Cuántos años…", y se dio un manotazo así —Alice se arreó ella con el dorso de la mano en la frente—. Era un *envelope* para ti, de *Lorenso* Dávila.

—¡Dávila! Madre mía… —la corté—, ¡claro, lo de Dávila! —El corazón me dio un vuelco al recordar a mi desaparecido amigo, y la curiosidad me picó—. El caso es que sabía que Lorenzo me había dejado algo cuando murió, pero también yo lo había olvidado. Me lo comentó Teresa hace un montón de años. ¿Y...? Cuéntame, ¿qué pasa con eso? Tengo mucha confusión y no sé por qué estás tan preocupada. A ver si me acuerdo y se lo pido a mi padre cuando tenga un respiro.

—*Wait!* —Alice continuaba nerviosa, no era eso lo que quería contarme—. Vero me desarrancó el envoltorio así —mi aturullada prima lo escenificó arrancándome los papeles que yo aún tenía en la mano— y cuando leyó la escritura de *Lorenso* se cambió a blanca, la voz temblando un poco. Ella no sabía nada y se enfadó *muchou* porque tu padre no había contado lo del sobre. Tu papi explicó que lo olvidó con tanta tragedia, estaba ahí por aaaaños. Y ella dijo muchas tonterías.

—Últimamente no dice otra cosa. —Reí. Era difícil mantenerme seria ante las explicaciones de Alice en su particular castellano.

—De verdad, no es buena. Estaba tan pálida que papi se preocupó y me pidió que trajera un vaso de agua. Vero no paraba de repetir: «Un sobre de Dávila para Lucía... Ahí guardado tantos años». Así, bajito, como *whispering*. Y tu padre le dijo para animarla que no se preocupara, que te llamaba y te lo daba, justo ahora, y entonces se lio el escándalo.

—Se montó el escándalo.

—Bueno, eso. Ella gritó que no, que no respetaba al *morido* porque no lo dio el día que tocaba. ¿Te he dicho que ponía «entregar a los dieciocho»? Y que eso daba mala suerte, y cosas así. —Yo la escuchaba sin entender nada; cuando se ponía nerviosa su castellano se volvía caótico—. Papi decía que era igual un día que otro.

—Sí, las fechas a él no le importan mucho, tampoco se acuerda de cuando es mi cumpleaños y la Navidad a veces.

—Y ella, ¡dale que dale!, que los *moridos* son sagrados y en el sobre pone darlo a los dieciocho.

—Pero bueno, si ya no tiene remedio, me lo tendrá que dar ahora. ¿Cuál era el problema?

—No lo sé. Tu padre decidió que te lo daría en la boda, ni se te *ocura* decir que lo sabes, es sorpresa, y que él te iba a escribir una carta para contarte cosas, que la idea de Lorenzo le había dado una. Vero se enfadó muy mucho, *my God*, cómo se puso, y dijo ese hombre no estaba bien de la cabeza, dejar cartitas es de… *soap opera*… ¿telesnovela? ¡No! ¡Telenovela, dijo! —Alice se había sentado frente a mí, e inclinada para acercarse más, me iba relatando con detalle lo sucedido—. Y si se ha pasado la fecha trae mala suerte. Le gritó que no podía dártelo. No entendíamos nada, papi estaba muy enojado y lo guardó diciendo que ya estaba bien, así como cuando se pone él todo grande y serio y nadie le discute.

—Vaya… Pues sí que es raro. ¿Qué crees que puede ser?

—Semejaba un marco de foto. Era planito —me lo dibujó con las manos— y no muy grande.

—Lo del marco con la foto le pega mucho a Lorenzo. ¡Me encantaría tener una foto con él! ¿Cómo he podido olvidarlo todos estos años? La verdad es que no pensé que fuera importante. —No, no podía imaginar cuán importante era el contenido de ese sobre, y mucho menos mi padre, que no le dio más importancia que la de respetar la voluntad de su socio y amigo en su última excentricidad—. Lo raro es la reacción de Vero. Imagino que ver el sobre debió de traerle recuerdos de todo lo que pasó entonces. Con lo de Isabelita se trastornó, y como fue el mismo día que murió Dávila, cuando nombras una cosa le viene la otra a la mente. Pobre, no puedo imaginar lo duro que debe ser perder a un hijo. —Una nostalgia amarga me hizo reflexionar durante un segundo: mis padres habían estado a unas pastillas de perderme a mí.

—Ahora eres tú el rostro pálido. ¿Estás bien? ¿Quieres agua?

—No pasa nada, ya está. —Respiré hondo—. Es que estos temas también me afectan. Bueno, a ver si antes de irme a casa paso por allí y me entero de algo, que tengo una curiosidad…

—Yo también me quedo un rato más y nos vamos juntas, que vine con tu papi. Cuidado no me metas en lío.

Dos horas más tarde recogimos las dos y nos encontramos en el cuarto de baño. Saliendo nos cruzamos con Verónica, que recorría la zona de administración junto a una mujer rubia, muy guapa, y un tipo muy parecido a Terminator. Al vernos cambió de rumbo, pero nos saludó muy efusiva con la mano y una sonrisa apretada.

—¿Quiénes son?

—Clientes, supongo. Le gusta mucho pasearlos por todos lados, como una guía turística. Esta semana son los terceros paseantes que veo.

El resto del camino hablamos de la boda, de lo que se pondría, y de la pena que le daba a mi tía no poder venir. Exteriorizar mis emociones sobre este asunto provocaba opresión en mi pecho, recordaba la reciente muerte de Javier y me reprochaba mi ilusión, como cuando en Irlanda reía sin pudor tras las muertes de Lorenzo e Isabelita. Qué difícil resulta compaginar las alegrías con las penas. Pensaba en mi madre, sola en su casa, y me sentía lo peor del mundo. Alice conocía mis tristezas y hablaba sin parar, exagerando sus incorrecciones lingüísticas, para sacarme una sonrisa, porque si se lo proponía hablaba tan bien como cualquiera salvo por el marcadísimo acento mascachicle. Sólo cuando los nervios la traicionaban hacía esa mescolanza entre los dos idiomas.

También hablamos del cambio de Verónica en su trato hacia mí. Era evidente para todos, menos para mi padre, que insistía en que ella me adoraba y sólo estaba ofendida, y con motivo, por mi actitud. Todos ocultaban a sus ojos lo que sucedía, y yo era parte implicada y por tanto irrelevante para considerar mi opinión.

—No quiere ningún Company en la fábrica. El primo Roberto también vino y tuvo que volverse a Onteniente —sentenció Alice.

Al día siguiente vi a mi padre un momento y dudé si preguntarle por el sobre de Lorenzo. Andaba enfrascado en la organización de su viaje a Marruecos. Quería montar una fábrica allí y se disponía a pasar una semana conociendo lugares con su posible futuro socio. En cuanto colgó el teléfono me decidí, acuciada por la curiosidad, a preguntarle por mi regalito, pero mi boca abortó la frase al entrar Verónica en el despacho.

—Vaya, por fin te encuentro. Nunca estás donde se supone, Lucía. Te he buscado para pasarte las cosas que me pediste y me ha sido imposible encontrarte. Luego dirás que no hago bien mi trabajo.

El gato se comió mi lengua. Nada era cierto. Yo había estado en la fábrica y mi secretaria me había informado que ya estaban los patrones modificados y en producción. Aquel contratiempo se había solucionado sin problemas y yo jamás había afirmado aquello de lo que me acusaba. ¿A santo de qué venía aquel discurso?

Mi padre nos miraba crispado, su ceño fruncido como un acordeón:

—¡Ya están otra vez discutiendo! Es agotador. —Iba a replicarle pero me lo impidió—. Lucía, ¿a qué has venido? Hay muchísimo trabajo y no puedes desaparecer de tu sitio. Ya tenemos reuniones entre nosotros para comentar lo necesario y los teléfonos están para algo.

Los embustes de Verónica me habían soliviantado mucho, y las palabras de mi padre, más:

—Vero, si no estoy mal informada hace dos horas que esos enfranques se están usando. No sé a qué viene tu comentario. Eva me los ha enseñado nada más llevártelos tú mientras yo estaba en las hormas. Y papá, es que resulta que además de mi jefe eres mi padre, y podré venir a hablar de otras cosas, digo yo.

—En horario laboral, no. Hazte a la idea de que aquí no soy tu padre. ¿Se puede saber a qué has venido?

Iba a soltar lo del sobre, pero recordé a Alice. La metería en un problema y Verónica enfadada era un ogro peligroso. Tampoco tuve necesidad de contestar.

—¿No le dices nada a tu hija, Carlos? ¿No ves cómo me habla? Claro que te los ha llevado Eva, como que tú no estás nunca donde toca. Pero claro, tu padre te lo consiente todo y...

—¡Ya está bien! —Dio tal golpe sobre la mesa que saltaron los papeles—. ¡Consiguen sacarme de quicio entre las dos!

Su cara se había contraído hasta el punto de quedar los ojos y la boca encerrados bajo las arrugas, y de nuevo el conocido rictus anunció una angina de pecho. Cada vez eran más frecuentes.

—Papá, no puedes seguir así, tienes que ir al médico a que te vea o nos vas a dar un disgusto.

—La que no para de dar disgustos eres tú. —Vero no estaba dispuesta a soltar su presa—. Y encima ahora tiene toda la presión para pagar ese bodorrio en que te has metido.

Mi padre ya había echado mano de la pastillita mágica y unas gotas de sudor perlaban su frente. Lo miré con preocupación, y me volví a ella con desprecio.

—¿Quieres callarte? —siseé—. ¿No ves cómo está?

Esperé angustiada hasta que sus facciones comenzaron a relajarse y la piel roseó devolviendo la vida huida de sus mejillas. Se incorporó con lentitud en su sillón y abrió los ojos, aún tristes y mortecinos. Solté el aire contenido y le insistí en visitar a un médico. Para mi sorpresa, ya tenía cita con el cardiólogo en julio.

—Me alegro. —Y bien cierto era, pero también me llené de rabia. No me lo había dicho. Me tragué la decepción y forcé una sonrisa—. Pues quiero que me informes de todo, papá. Que no pase como la vez anterior.

—Tú en lo que tienes que pensar es en la boda, Luci —él también hizo un esfuerzo para pintar una mueca en su rostro—, que te casas en septiembre. Vamos, y ahora todos a trabajar —miró con gravedad a Verónica pero no se movió.

—¿Al final no vas a decir a qué has venido?

—Se me ha olvidado. No sería importante.

Ésa fue mi última oportunidad de reclamar la carta: dos semanas después, la última de junio, entraron a robar y las oficinas de Loredana quedaron reducidas a zona catastrófica. La empresa tenía un sistema de alarma con sensores de movimiento en los pasillos, pero no dentro de las oficinas; se suponía que para entrar en ellas antes había que atravesar los corredores. Tampoco en la nave de fabricación era posible el uso de alarmas de movimiento: un vigilante nocturno hacía rondas cada dos horas una vez finalizado el turno de tarde y algún que otro gato se colaba para hacer limpieza. Fueron muy profesionales: unos entraron por el muelle de carga, reventando el cerrojo de la persiana cuando el guarda estaba de ronda por el extremo contrario, lo esperaron, y lo redujeron por sorpresa asestándole un golpe que casi le cuesta la vida. Lo dejaron atado y amordazado con cinta adhesiva. Se llevaron las computadoras de las oficinas del taller, y gran parte de las pieles de primera que descansaban en los burros. Tuvieron tiempo para cargarlo todo, el relevo llegaba a las siete de la mañana.

Otros, según nos explicó la policía, se descolgaron por el techo de la oficina más cercana a la esquina del edificio, haciendo un agujero en la cubierta de aluminio y, una vez dentro, fueron haciendo butrones de pared en pared hasta llegar al despacho de mi padre, y siguieron hasta el último de ese flanco de la nave. Por el camino arramblaron con cuanto encontraron, pero lo más gordo fue la caja fuerte. La reventaron con una sierra y se llevaron todo su contenido. Incluido el sobre de Lorenzo, la carta que mi padre confesó haberme escrito por fin, y la medalla con la que yo jugaba de pequeña en la piscina y él siempre había llevado al cuello, unido ahora su destino al de las dos cartas esquivas. Mi padre se enteró el domingo, cuando llegó el relevo del vigilante y encontró a su compañero maltrecho sobre un charco de orina. Primero llamó a urgencias y luego a mi padre. A mí no me dijeron nada y el lunes al ir a trabajar me encontré con el despliegue en la puerta. Un coche de policía, otro con la luz de la sirena pegada con un imán, una furgoneta del Centro Territorial de Televisión Española y mucha gente mirando. Me pararon a la entrada y me preguntaron quién era, no dejaban pasar a nadie. Me asusté muchísimo, mi primera idea fue que a mi padre le había pasado algo. Corrí hacia su despacho sin apreciar nada extraño, pero cuando entré a las oficinas vi el campo de batalla en que se había convertido Loredana. Era un mal sueño. Recorrías los pasillos y no encontrabas una marca, siquiera una raya en la pintura, pero al entrar a los despachos era el caos, los papeles alfombraban los suelos, mesas volcadas, cajones reventados... Había escombros por todas partes y desde cada despacho veías todos los demás a derecha e izquierda a través de agujeros falsamente concéntricos, un juego de espejos que no era tal. Cuando llegué al despacho de mi padre con el corazón desbocado la policía le estaba interrogando. Olía a metal quemado, a sudor y tabaco rancio.

—¡Hija! Te he llamado a casa para que no vinieras, pero Adelaida me ha dicho que ya habías salido. Ayer ni lo pensé con todo este lío. No podremos trabajar, deberías volver a casa. Están hablando con todo el mundo y todavía están barriendo y ordenando la fábrica. Se han llevado varios burros de piel, las computadoras, el dinero… Un desastre…

El policía se volvió hacia mí, saludó sin sonreír y me indicó que más tarde hablarían también conmigo. Había sido obra de una banda de profesionales, probablemente kosovares, a los que llevaban tiempo siguiendo. Los llamaban «la Banda de la Sierra» porque ése era su sistema para reventar las cajas. El *modus operandi* siempre era el mismo. Justiniano, el guarda, había tenido suerte. Estaba ingresado con una contusión en la cabeza. Ésta era una de las pocas cosas que no les cuadraba a los inspectores, que no hubieran matado al pobre hombre, porque la banda no se andaba con tonterías y nunca dejaba testigos. Yo no quise moverme de allí, pendiente de la conversación.

—Desde luego conocían perfectamente las medidas de seguridad. Creemos que alguno de ellos se presenta como electricista o plomero y, con la excusa de alguna reparación, aprovecha para reconocer el terreno y preparar la operación. ¿Han tenido alguna avería extraña?

—Aquí nunca viene nadie a reparar nada. Nuestro jefe de taller es un diestro, y entre él y un aprendiz que tiene, lo mismo arreglan la cortadora, que cambian una instalación eléctrica o arreglan un grifo que gotea. No, no viene nadie de fuera. Incluso mi hija repara lo que sea si hace falta.

—Pues eso no cuadra. Esa gente tuvo que estar aquí, o alguien de dentro les dio la información. Conocían perfectamente la ubicación de los sensores y las rutinas del vigilante.

El interrogatorio siguió con lo típico: si había contratado a alguien recientemente, si tenía enemigos, lo mismo visto cien veces en las series de televisión, pero aquí el policía sin atractivo alguno, digno precursor de Torrente. Yo escuchaba en un rincón mirando la caja fuerte convertida en una lata abierta a dentelladas de acero. Estaba vacía, no quedaba ni un papel. Repasaron la lista que de todo lo robado y escuché con tristeza egoísta la pérdida de mis sobres —del escrito por mi padre me enteré en ese instante— y, con mucha más, la de aquella medalla cuyo valor sentimental era incalculable para mí aunque ignoraba que pensara legármela. El inspector que lo interrogaba se alejó con su bloc de notas a dar instrucciones y mi padre me miró con tristeza. Hizo una mueca y añadió:

—Lo de este sobre está gafado, Lucía. Al final Verónica tendrá razón, y es mejor dejar en paz a los muertos.

32

Sí, aquel sobre estaba gafado, y yo también. En julio estaba previsto el encuentro entre mi madre y los padres de Mario. Los dos recelamos sobre lo adecuado de aquella formalidad, pero mi madre insistió; tenía curiosidad por conocerlos y hacerse una idea de con qué familia íbamos a emparentar. El primer problema surgió cuando Mariano, el padre de Mario, informó a su hijo de su interés por conocer a mi padre, no a mi madre. Sabía de la situación entre ambos y consideró más adecuado un encuentro entre hombres para establecer los lazos necesarios y darme el regalo de pedida.

Mario lo planteó lo mejor que supo un domingo en la comida, con mi abuela presente:

—Mi padre vendrá la semana que viene. Está encantado con la boda y quiere conocerlos a todos. Ha insistido en conocer también a Carlos —calló unos segundos para que asimilaran la pedrada—. Tal vez podríamos cenar todos juntos.

Aun puesta en antecedentes, lo miré horrorizada.

—¿Que quiere conocer a Carlos? —Los puñales volaron por encima de la mesa, de los ojos de mi madre al pecho de Mario, y mi querida abuela rio por lo bajo musitando un «qué divertido»; tragué como pude el bocado e intervine.

—Mamá, es normal que quiera conocer a mi padre.

—Claro, y que me aparte a mí para meter a esa mujer. Como son tan amiguitas… —Ella todavía ignoraba el empeoramiento de la relación. No le había contado nada, no quería escuchar el «te lo dije» ni darle munición para nuevas batallas dialécticas.

—Yo no he dicho eso —afirmó Mario con seguridad—. Podríamos cenar todos como gente civilizada.

—Civilizada… Sí. Y moderna. Tu padre, la puta y yo. Mira, como una de Jardiel Poncela.

—¡Mamá! —Mi abuela soltó otro gorjeo jocoso y bajó la cabeza—. Abuela, no le veo la gracia.

—Me estoy refiriendo a Carlos, tú, mis padres y nosotros dos. No creo que a Verónica le importe. Bueno, y Dolores claro.

—Ni hablar. —Mi madre miró a mi abuela—. No pienses que vas a venir. Tal cual se está poniendo esto cuantos menos seamos mejor. Mira, Mario, le dices a tu padre que la mano de Lucía la entrego yo, le guste o no le guste y si además quiere conocer a Carlos, que quede luego con él, me parece lógico, pero a mí que me deje en paz.

El silencio escocía, tan sólo roto por algún cubierto indiscreto al golpear contra la loza. Mario me apretó la mano.

—Hablaré con él, a ver qué dice.

Y así lo hizo. Y fue peor. A él no le condicionaba nadie y no tenía ni tiempo ni ganas de comer y cenar de protocolo. Su esposa intentó hacerlo razonar, pero era hombre testarudo, acostumbrado a salirse con la suya, y nos dio un ultimátum. Sólo vendría si veía a mi padre y sólo a él le entregaría el regalo de pedida; no había nacido aún la mujer que lo toreara.

Por primera vez tuve claro que no habría pedida. Mi padre tenía alergia a los conflictos y a los convencionalismos, y la pedida era una mezcla perfecta de ambas cosas. En cuanto le propuse —antes de hablarlo con mi madre— su participación en el acontecimiento familiar, se puso a la defensiva.

—¿Qué pinto yo en la pedida? Eso es cosa de tu madre que es quien vive contigo. Bastante tendremos con vernos en la boda. Además, yo ceno pronto y muy ligero, no puedo hacer excesos. Mario, no te ofendas, pero me temo que tu padre no sabe con quién se está jugando los cuartos. —Suspiró apenado y añadió—: Lo último que necesito son más tensiones, no me metan en líos.

Insistí, pero no hubo forma. Mi padre no quiso saber nada. Tampoco tuve éxito en mi intento por anular un acto al que no le encontraba sentido; el camión iba cuesta abajo y sin frenos. Fue difícil convencer a aquel hombre curtido en África y América, pero al final aceptó verse con mi madre. Sospechaba que no era cierta nuestra versión sobre el rechazo de mi padre a participar en actos sociales, para él era cosa de la bruja de mi madre a la que debió de imaginar como una señora rancia, amargada y entrada en años. No sabes por qué, pero puedes llegar a simpatizar o a aborrecer a personas que nunca has visto, simplemente por cómo las imaginas. Y eso le pasó a don Mariano, aborreció a mi madre antes de verle la cara. Pero suspiramos. Al menos ya teníamos solventado un trámite.

Lo siguiente fue acordar los detalles. Mi madre prefirió celebrarlo en terreno neutral, también en guardia tras la propuesta de dejarla a un lado, como ella decía, en favor de mi padre y Verónica. Mejor cena que comida. Cenaríamos en La Hacienda los cinco, quedaba descartada la posibilidad de que mi abuela sacara entradas para aquel circo. Ella renegó, protestó, clamó por la tradición y hasta llegó a insinuar que sería un buen momento para que mi tío Gerard se acercara a la familia y se reconciliara con su hermana. Mi madre ni respondió, sus ojos rociaron napalm sobre mi abuela y ella, guerrera en la reserva, enmudeció. Su único gesto atávico fue rogarme por lo bajo que después se lo contará todo. Volví a suspirar. Yo también agradecí que se limitaran los contendientes en la guerra que se avecinaba.

Ellos llegaron antes y pasaron a la mesa. Nosotros unos minutos más tarde. Se estaban acomodando cuando entramos en el comedor y mi madre comenzó a refunfuñar por la grosería de no esperarnos en la barra. El primero en hablar fue mi futuro suegro:

—A ver si sincronizamos los relojes para la boda, que no sea excusa para que la novia llegue tarde. —Su tono socarrón le quitó violencia al desafortunado comentario, pero a mi madre no le hizo ni pizca de gracia—. Tú debes de ser Lucía. —Me observó con aprobación y dándole una palmada a su hijo entre los omóplatos, terminó—: Tan buen gusto como tu padre, Mario.

Era un hombre alto y corpulento, de rostro atezado, con una frondosa melena blanca rozando las hombreras del traje oscuro que llevaba sin corbata. Todavía atractivo a pesar de los años. Su mujer parecía muy menuda a su lado, la diferencia de edad era evidente, pero a pesar de ello hacían buena pareja. Mario me había avisado del peculiar humor de su padre, pero no lo suficiente. Mi primera impresión anticipaba el desastre. Mi madre estaba como la grana y me adelanté antes de que estallara:

—Encantada, Mariano. —Me apresuré a darle dos besos a él y a su mujer—. Mamá, son los padres de Mario. —La empuje con discreción y los presenté.

—No soy tonta, hija. Hace rato que me he dado cuenta. —La sonrisa de sus labios la neutralizaban unos ojos furiosos, llameantes, y un ceño tan tenso como los tendones de su cuello—. Soy Elena Lamarc y ustedes deben ser los señores Ibarlucea. —Tendió la mano con decisión a Mariano y le dio dos besos de mejilla a Aurora, ésta todavía sumida en la nube de estupor que nos rodeaba tras las salvas de bienvenida.

Mario terminó las presentaciones organizando los asientos e inició una conversación intrascendente tras una mirada de advertencia a su padre.

—¿Qué tal el viaje, papá?

—Sin problemas, ya sabes que estamos acostumbrados a movernos mucho, ¿verdad, Aurora? Todavía me quedan unos meses de estar en África. Guinea es un país con muchas posibilidades y yo ya tengo un prestigio.

—¿Y en qué consiste su trabajo, don Mario? —mi madre mantenía el mismo gesto displicente.

—Mejor nos tuteamos, Elena, que vamos a ser familia. Y soy Mariano, Ma-ria-no, no es tan difícil. Le pusimos Mario y no Mariano porque a mí lo del ano no me va nada. —Carcajada estentórea—. No veas lo que he visto hacer en África por la retaguardia.

El bocado no pasaba por mi garganta y eso que era un *steak tartar* suave como una compota. Mi futuro suegro estaba intentando escandalizar a mi madre, y mi madre lo contemplaba imperturbable. Mario lo reprendió con humor ante la mirada ahora gélida de mi madre, parapetada tras la sonrisa que había logrado componer a su llegada.

—Qué ocurrente, Mariano, ¿ha trabajado como *showman* en algún club? Tendría futuro… —Una calada lánguida a su cigarrillo y ahora la cara que se encendió fue la del curtido geólogo mientras su esposa, pálida, miraba a su hijo consternada. Mi madre tomó las riendas para volver al tema de la noche y supuse que mejorar el tono de la conversación—. Mario en cambio es un gran chico. Y además, con suerte. Lucía es una mujer inteligente, trabaja con su padre y es accionista de la empresa —bajó el tono y siseó—, aunque para lo que le va a servir… Pero bueno, al menos Mario tiene un trabajo estable y menos aventurero que el suyo, aunque de momento no le dé para mucho. Le está costando arrancar con la clínica privada, pero es muy trabajador y lo logrará. Además, mi hija necesita poco, aunque esté acostumbrada a vivir muy bien. Sabe adaptarse a todo. —La miré indignada y le propiné un puntapié discreto.

—No te preocupes, Elena, a tu hija la veo contenta. En mi familia somos pobres pero todos tenemos buen pito y sabemos usarlo.

«Se acabó», pensé.

Mis mejillas ardieron y miré alrededor por si alguien más escuchaba.

—Mario, querido, no sabes cuánto me alegro de que no te parezcas en nada al grosero de tu padre.

Mario miraba a su padre indignado, a mi madre con una disculpa en los ojos, a mí con desconcierto y eso que era quien mejor lo conocía, pero no encontró nada que decir. Y su padre continuó.

—Te equivocas, Elena, en el pito nos parecemos, ya te lo he dicho.

Las lágrimas ignoraron mi voluntad y rodaron por mis mejillas. Aquello no podía estar sucediendo. Aurora intentó poner paz, al igual que Mario —por fin—, pero las armas estaban cargadas, listas y los contendientes con instintos homicidas. La batalla dialéctica prosiguió sin que ninguno atendiera a razones, y en un último gesto de arrogancia Mariano se negó a entregarle a mi madre el anillo de pedida. Se lo entregaría a mi padre cuando lo viera o directamente a mí en la boda.

—No es a mí a quien se lo niega, es a mi hija, y para su información mi difunto… quiero decir, mi exmarido, no tiene nada que ver en esto. Lucía vive conmigo, la he criado yo, esta pedida es cosa mía y el regalo de su hijo lo he comprado yo. Vámonos, Luci, aquí ya no tenemos nada más que hacer, no creo que te apetezca quedarte al postre.

Negué con la cabeza.

Antonio, el *maître*, se acercaba, pero al ver a mi madre en pie y con aspecto de ir a tomar la Bastilla se frenó.

El que dudaba en llegar a ser mi suegro le hizo un gesto al *maître*. Él sí quería postre.

—He dicho que nos vamos, Lucía. Si quieres, vienes, y si no, puedes quedarte con este señor o lo que sea y su pito.

Mario miró a su padre:

—No me esperaba esto de ti. O sí. Vamos Lucía, las acompaño a casa.

Mi madre no se giró, pagó la cuenta de lo consumido hasta ese momento en la barra, como exigía el protocolo y salimos en silencio. Cuando llegamos al portal mi madre subió y nosotros nos quedamos en los jardines de la avenida. Eran más de las doce pero no dijo nada. Yo no tenía fuerzas para seguirla y necesitaba estar sola con Mario. Rompí a llorar, me disculpé, lo abracé.

Así permanecimos unos instantes, en silencio, sobrepasados. Yo quería hablar, pero cada vez que lo intentaba sólo conseguía hacer brotar lágrimas que poco a poco fueron diluyendo la tensión acumulada.

—Joder, qué noche… —articulé al fin.

—Sabía que no era buena idea. —Me apretó con fuerza y me besó en el pelo—. No te disculpes, son ellos los que nos deben una disculpa a nosotros. Mira que me temía algo así, pero esto… Ha superado cualquier expectativa. ¡Pareja de orgullosos egoístas! No pensé que llegaran tan lejos.

—Temo subir a casa. Mi madre estará como un miura. A este paso no hay boda. Al final Verónica tendrá razón, deberíamos fugarnos y pasar de todos, o ponernos a vivir juntos, sin más. —El calor era insoportable y me recogí la melena con una pinza; Mario me besó el cuello—. Estoy sudada.

—Me gusta cómo sabes, así, saladita. —Siempre me hacía comentarios así cuando yo me estaba mal, y funcionó. Mi tensión se aflojó y esbocé una sonrisa acompañada de un estremecimiento—. Será tu día, nuestro día, y lo celebraremos como quieras, pero si haces lo que dices te arrepentirás después. Piénsatelo. —Repartió más besos por mi cuello hasta que me revolví incapaz de resistir la sensación—. No sé cómo mi padre ha soltado todas esas barbaridades. Siempre ha sido un poco bruto, pero lo de hoy… Está tan acostumbrado a relacionarse con peones, gente de obra y de mar, que ya no distingue.

Tampoco yo lo entendía. Mi madre no había dado facilidades, pero nada justificaba aquel tono en la conversación. Mario estaba consternado por la conducta de su padre y preferí quitarle importancia siguiendo la broma de marras:

—Bueno, no ha dicho ninguna mentira —reí con picardía—, me tienes muy contenta.

Los dos reímos y Mario me limpió la cara.

—Te quiero. Pase lo que pase. Y no quiero verte llorar.

Me abracé contra su pecho y lo besé con pasión, como si me lo fueran a arrebatar, y él me correspondió con la misma intensidad, como una forma de asegurar lo que todos parecían empeñados en hacer saltar en pedazos. Las respiraciones se acompasaron y las manos buscaron bajo la ropa alejando con ese gesto lo vivido y ajenos a dónde nos encontrábamos. Pero el camión de la basura vino a poner orden. Escuchamos un silbido desgarrador y la risa de un par de hombres:

—¡Yeeeh, chavales, busquen un apartamento! —Las risas y las bromas siguieron mientras vaciaban el contenedor con un estruendo nada romántico.

Nos arreglamos la ropa y, ya conscientes de estar en medio de la calle, nos apartamos. Lo peor, pensé, había quedado atrás. Mi respiración había vuelto a la normalidad y hasta me sentí capaz de sonreír.

—Menuda fiesta de pedida. A quien se lo cuente... Será mejor que suba.

—¿Quieres que te acompañe?

—No, déjalo, no sea que mi madre termine contigo lo que ha dejado a medias con tu padre.

La expectativa de cara a la boda empeoraba a cada minuto. Verónica obsesionada conmigo, mi padre cardiaco, mi madre enfrentada a todos, y el padre de Mario empeñado en dinamitar lo poco que quedaba. ¿Qué más podría salir mal? Más, mucho más.

33

Un par de semanas después de la no-pedida, mi madre comenzó a toser más de lo habitual. Amanecía con una tos perruna y cavernosa, cada vez más frecuente y prolongada. No era la primera vez, pero su pecho sonaba más ronco y la tos era constante; me preocupé por si se trataba de neumonía. En los últimos diez años habíamos pasado cinco —y me incluyo porque, como enfermera, yo las padecía con ella—. Al parecer tenía bronquiectasia como consecuencia de una tuberculosis pulmonar sufrida de niña y el tabaco no ayudaba; dejó de fumar un par de veces, exhortada por su neumólogo, pero su nerviosismo le abría los oídos a los cantos de sirena del tabaco y la vida social hacía el resto. Tras la muerte de Javier incrementó el consumo de nicotina de forma tan alarmante que decidió usar boquilla para minimizar los efectos y por si la aprensión al cambio de filtro —siempre me lo enseñaba asqueada por aquella negrura— la ayudaba a dejarlo definitivamente. Pero siguió fumando, y cada nueva neumonía superaba en intensidad la anterior. Yo tenía práctica en administrarle antibióticos, antipiréticos y a recurrir a paños de agua fría cuando lo demás no bastaba para bajar la fiebre, pero lo difícil era atemperar su humor y acertar a cada segundo con lo que necesitaba. Incluso disponíamos de un artilugio para golpear en la base de los pulmones y ayudarla a ventilar. Por eso aquella tos me puso en guardia y la obligué a ponerse el termómetro:

—No seas pesada, Lucía, no es nada. Siempre toso cuando me levanto.

—Lo sé, pero ésta no me suena nada bien.

En aquel momento el termómetro me tranquilizó, pero no pude evitar recordarle que debía dejar de fumar.

—En eso tienes razón, debería, y lo haré en cuanto tenga fuerzas. Ya sabes que yo lo dejo de un día para otro.

No quise discutir porque, si bien su afirmación era cierta, también lo era la rapidez de la vuelta al vicio.

«Falsa alarma», pensé, y suspiré aliviada. A Mario y a mí nos faltaban horas con la remodelación del apartamento cedido por mi madre. Apenas recalábamos en casa y en el trabajo yo no me permitía un suspiro de descanso para poder salir al escuchar la sirena y aprovechar las horas de día que quedaba para elegir azulejos, accesorios de baño, grifos, electrodomésticos, luces… además de elaborar la lista de invitados —un parto doloroso—, escribir todos los tarjetones con las direcciones y poner la lista de bodas. Al casarnos en septiembre no contábamos con agosto para muchas cosas: las vacaciones afectaban por igual a los invitados que no recibirían la invitación hasta septiembre y a las tareas pendientes imposibles de realizar por el descanso estival.

Pero mi abstracción no me impidió enterarme de los planes de mi padre para viajar a Estados Unidos a primeros de agosto. En su estado no era normal ni recomendable. Le había preguntado por los resultados de sus pruebas médicas hasta hacerme pesada y cada vez me había dado largas, pero con el viaje en perspectiva no lo dudé, algo me ocultaba. Aquel día me planté en su despacho antes de irme a casa y le pregunté a bocajarro:

—¿Qué ocurre? ¿Por qué te vas a Ohio?

—Voy a ver a mi hermana… —lo miré con una expresión tal que añadió—: y de paso me ha pedido hora para un chequeo.

—¿Pero qué te han dicho los médicos?

—Por lo que se ve se me ha vuelto a averiar la maquinaria, y no saben qué solución darle.

—¿No es operable como la otra vez?

—Aquí no se atreven. Y yo tampoco. Me veo como un conejillo de Indias.

—¿Y allí sí?

—No lo sé, tampoco sé si ellos tienen otra posible solución. Ya sabes que mis venas son más estrechas de lo normal, por eso estoy otra vez igual. Soy de mala calidad. —Y me dedicó una mueca payasa.

—Sí claro, de mala calidad. ¿Y el tabaco, el champán y los huevos fritos con chorizo no tienen nada que ver? —refunfuñé enfadada—. Una cosa: si deciden operarte, en cuanto lo sepas me lo dices y voy para allá.

—No será necesario, no estaré solo, me voy con Vero y Charlie, y allí están tus tíos. Vamos a ser un batallón.

Se iban todos, menos yo. De nuevo no contaban conmigo en una situación que se barruntaba dramática. ¿Cómo podía dejarme de lado en algo así?

—Si te operan, no va a ser una operación fácil, apuesto lo que quieras, y yo no pienso quedarme aquí esperando noticias.

La cara de mi padre se ensombreció y vi un ruego en su mirada. No quería que fuera.

—Lo último que necesito allí es tensión, hija mía. Como dices, si me llegan a operar no va a ser un paseo en barca, necesitaré tranquilidad a mi alrededor. Además, tienes que preparar la boda y alguien tendrá que controlar Loredana.

No hizo falta más, atrapé la indirecta. Vero no me quería allí, y la prueba de que la cosa no pintaba bien era que se llevaban a Charlie. No insistí, no pensaba suplicar. Él me había apartado y estaba en su derecho, pero yo estaba en el mío de hacer lo que debía hacer, lo que quería hacer. En cuanto llegué a casa tomé papel y bolígrafo y redacté la carta más sentida escrita por mí hasta entonces, dirigida a mi tía Lucía. Le expliqué los problemas con Verónica —a buen seguro ya los conocía por Alice—, y le rogué su complicidad para informarme de la decisión de los médicos tan pronto como la supiera. Yo me pagaría el viaje y, si era un problema albergarnos bajo el mismo techo, estaba dispuesta a pagarme un hotel, aunque mi cuenta bancaria se quedara a cero. Herida en mis sentimientos, el orgullo y la soberbia me mantuvieron a flote. Había luchado mucho para estar junto a mi padre, siempre lo había apoyado ante mi madre, incluso defendido; es más, en mi obstinación había sido la escudera de Verónica. Una locura teniendo en cuenta el carácter de mi excesiva madre. Y, llegada una situación de vida o muerte, me apartaban como a un insecto molesto. La rabia anegó mis ojos pero de nuevo el terco pundonor retuvo las lágrimas. Si ocurría lo peor —y tenía un mal presentimiento—, quería pasar todo el tiempo posible con mi padre. En el fondo de mi alma quería pensar, necesitaba pensar, que también él lo deseaba y sólo las presiones de aquella bruja cuya escoba ya empezaba yo a ver le habían llevado a apartarme de su lado. En realidad así era, mi padre se debatía entre dos fuegos y optó por evitar una discusión con el que más fácilmente podía estallarle en la cara. Confió en que yo callaría y aceptaría la decisión.

Envié la carta a mi tía Lucía por correo urgente y ocho días después, último jueves de julio y con mi padre ya en su casa, recibía una llamada suya en Loredana. El corazón me dio un vuelco al escuchar su voz.

—Luci, cariño, no te preocupes de nada, todo va a salir bien. Esta mañana le han estado haciendo pruebas y el lunes sabremos qué deciden. Pero hablé con tu padre —suspiró con fuerza— y le preocupa tenerlas a las dos juntas aquí. Cree que no podrá soportarlo.

—Tía, Vero y yo sólo tenemos problemas en el trabajo —mentí; por entonces toda excusa era buena para discutir— y puedo alojarme en un hotel.

—Eso no lo consentiría, eres mi sobrina y si llega el caso vendrás a mi casa, y a quien no le guste que se aguante.

Esto me tranquilizó.

—Entonces, hasta el lunes no se sabrá nada.

—Van a estudiar su historial, por fortuna tienen todos los datos de la operación anterior, y yo les he traducido los últimos informes que le dieron en España, aunque no les han hecho mucho caso. Lo importante son las pruebas que le han hecho aquí, y el lunes nos dirán si es operable o no. Por lo que cuentan y cómo lo veo, no está nada bien —la preocupación de mi tía era patente—. En cuanto lo sepa, te llamo.

—No, no está bien. Tiene anginas de pecho cada dos por tres y vive con la pastillita debajo de la lengua. Eso no puede ser bueno, tomarse esas bombas como si fueran dulces.

—Por eso le insistí al cardiólogo en darnos hora lo antes posible. Ha sido milagroso conseguir cita solicitándola a primeros de julio.

Tragué saliva, desde primeros de julio venían preparando el viaje. Sacudí la cabeza para expulsar mis pensamientos. Mi tía pareció intuir mi desazón y me animó, aunque dudo que sospechara los motivos:

—No te preocupes, en cuanto sepamos algo te aviso. Todo va a salir bien, tu padre es un toro y aquí la medicina hace maravillas.

Colgué el teléfono con lentitud. Las cosas se complicaban. Hacía pocos días que había enviado los tarjetones, todo estaba en marcha y ahora dudaba si tenía por delante una boda o un funeral. «No seas agorera —me dije—, saldrá bien». Pero no podía evitar, analítica como era, inventariar todos los problemas que se avecinaban. El primero, costearme el pasaje a Ohio. Esa misma tarde me acerqué a una agencia de viajes para enterarme del precio de los boletos. Se me encogió al alma al saberlo —un auténtico dislate para mi escuálida economía—: más de cien mil pesetas, más de un sueldo completo. Medité la posibilidad de anular la boda, pero una vez que se me ocurrió comentárselo a mi padre se enfadó mucho y acabó con su pastilla bajo la lengua: ni hablar, no hay por qué anular nada. Le parecía de mal agüero, como el anticipo de una desgracia y, además, sospecho que estaba harto de escuchar las protestas de su mujer al respecto. Retrasar la boda sería prolongar esa agonía. Pero, ¿y si moría en la operación? ¿O en el posoperatorio? ¿Cómo seguir con los preparativos con esa angustia? Me reprendí por semejante razonamiento, eso no iba a pasar, pero en cuanto bajaba la guardia los miedos volvían a dominarme. Tenía el fin de semana por delante para martirizarme y preparar a mi madre, que probablemente no entendería mi decisión.

Y no la entendió.

—¿No va su mujer con él? Y allí está su hermana y su cuñado. Pero claro, es tu padre de tu alma. Si fuera yo, sería otro cantar —un acceso de tos rugió en su interior—. No ando muy fina últimamente, pero no tengo tiempo ni de respirar. Y tu padre lleva igual toda la vida y no le ha pasado nada. Siempre ha sido un toro.

—¿Has ido al médico?

—¿Para qué? Me dirá que no fume cuando llevo una semana sin llevarme un pitillo a la boca. Esta tos me está matando y cada vez que entro en un local con aire acondicionado me pongo a morir. No veo el momento en que se acabe el verano. Qué manía tienen todos de convertir el aire en cubitos.

—¿Tienes fiebre?

—No creo, no me he puesto el termómetro.

Se lo llevé y cuando me vio aparecer con él levantó una ceja.

—Esto qué es, ¿para que parezca que te preocupas por mí como por tu padre?

Preferí no contestar, tan sólo agité el termómetro para bajarlo bien antes de ofrecérselo.

—No es necesario, no tengo fiebre. ¿Cuándo dices que te vas?

—Todavía no sé si me voy, lo sabré el lunes.

Obvié que me pagaba yo el viaje. Ella dio por sentado que lo pagaba mi padre y preferí no sacarla de su error. Mario también estaba preocupado. Conocía los riesgos de la operación aun no siendo su especialidad. Cuando el lunes mi tía me confirmó que por fin lo operarían ese mismo jueves, la angustia me atenazó. Solucioné con Eva todo lo pendiente y dejé organizado el trabajo de los próximos días. Teniendo en cuenta que mis vacaciones empezaban el primero de agosto sólo se trataba de adelantarlas un poco, aunque no sabía cuánto durarían. De allí me fui a la agencia. A las cinco estaba en la puerta esperando a que abrieran y entré con María José, la comercial que ya me había atendido. Un boleto de ida y vuelta de Valencia a Ohio —y todas sus escalas— con la vuelta abierta, en clase turista, para ya. El primer vuelo salía al día siguiente. Tenía menos de veinticuatro horas si quería llegar a tiempo de verlo despierto. Mi estómago se encogió al pagar el importe con un cheque.

Llegué pronto a casa y comencé a preparar el equipaje. Poca cosa iba a necesitar, un par de vaqueros, camisetas, pijama y algún suéter abrigado por si hacía frío. No tardaría en volver: si todo salía bien, no sería necesario que me quedara y, si salía mal, volveríamos todos en pocos días. Todo se ve negro cuando piensas esas cosas y hasta la ropa la elegí neutra, falta de color. Mi madre llegó tarde, como siempre, justo para sentarse a cenar, cansada pero contenta por alguna buena noticia en el negocio que no me explicó. Pero cuando le informé de mi partida estalló. Se quedaba sola y no se encontraba bien, me reprochó, mientras mi padre tendría un harén para cuidarlo. Me cerré en una urna sin querer escucharla. No deseaba irme con ella enfadada, pero no tenía tiempo para suavizar asperezas y contrarrestar sus reproches con acciones, porque mis palabras no servirían de nada.

A Mario le avisé en cuanto regresé con los boletos y quedó en venir a casa. Él podría explicarme los detalles de la intervención.

—Quiero saberlo todo de esa operación.

—No es mi especialidad, ya lo sabes. Y tampoco sirve de nada que sepas cómo es, los que tienen que saberlo son los de allá, sobre todo el cirujano. —El pretendido toque de humor fue inútil—. No me pongas esa cara. Sabes que es una operación peligrosa, pero estará en las mejores manos, seguro.

Al día siguiente, con una maleta mínima para pasar una semana —tiempo que estimé suficiente para verlo salir de peligro—, y con la cabeza llena de remordimientos por dejar a mi madre sola y, ahora sí, con casi treinta y ocho de fiebre, salí hacia el aeropuerto.

¿Por qué tenía que solaparse todo? Preferí no pensar en ello, había llamado a su mejor amiga para que estuviera pendiente de ella y Mario prometió visitarla.

Cuando aterrizó el avión y me recibió un sol cálido y acogedor tuve una de esas estúpidas premoniciones de que todo iba a salir bien. Qué tendría que ver la meteorología con el destino; pero me alegró. Me sentí reconfortada y un poquito más fuerte para afrontar lo siguiente. Mi padre ya estaba informado de mi viaje, pero yo ignoraba su reacción. La de Vero sí podía imaginarla. Me sentí culpable por hacerle pasar a mi tía aquel mal rato, pero me propuse no ser un estorbo y evitar cualquier confrontación con Verónica, dijera lo que dijera. Mi tía me esperaba en la puerta de llegadas, me abrazó con la intensidad que da la distancia y, de camino a su casa, me informó de las novedades, tanto de salud, como de logística. Lo había organizado todo para mantenernos alejadas; no me lo dijo así, mi tía era demasiado educada y prudente, pero era fácil intuirlo. Yo dormiría en el sótano, y ellos estaban en el primer piso, mientras a Charlie lo habían acomodado en la habitación de Alice, que ahora no ocupaba nadie. Conforme la persiana del garaje ascendió con su estruendo metálico mi estómago se encogió. «Sonríe, sé simpática». Respiré hondo y bajé mi maleta para meterla. Los perros y el ruido del garaje alertaron al resto. Mi padre salió a recibirme, sus ojos emocionados me dieron las gracias unos segundos antes de cargarse de un gris plomizo al escuchar la voz de Verónica a su espalda.

—Vaya, es cierto que has venido. Pensé que tu madre no te pagaría el viaje.

El primer directo, a la mandíbula. Apreté los dientes. Y sonreí.

—Lo he podido arreglar. Para mí era importante venir. —Recordé a mi madre, sola, enferma y triste, y el alma se me cayó al suelo. Y entonces aún no sabía los muchos días que tendría que arrastrar esos remordimientos como la pesada bola de un fantasma.

Charlie se mantuvo a distancia, como si pudiera contagiarle algo, y yo me acerqué y le di dos besos. Si íbamos a pasar una semana juntos, mejor a buenas, como antaño.

Cuando conocí al cirujano me asusté, me pareció demasiado joven, esperaba encontrarme con un veterano y aquel hombre no había cumplido los cuarenta o los llevaba rematadamente bien. Hablaba rápido pero, aunque al principio me costó entenderle, pronto me acostumbré a su acento, y su seguridad y los datos que aportó me tranquilizaron. Hablaba de estadísticas de mortandad con una naturalidad desconocida en España, nos informó de la tasa nacional de fallecimientos en segundas operaciones en Estados Unidos, en el estado de Ohio, en aquel hospital y la suya personal, mucho mejor que las anteriores, como si fueran plusmarcas de atletismo. Mi padre lo miraba inexpresivo y el médico insistió en que necesitaba saber si le habíamos entendido porque, llegado el caso, el paciente no iba a enterarse porque estaría muerto. Sí, aquel hombre atractivo y seguro me dio confianza a pesar de la luctuosa estadística que pregonaba. Otra estupidez, como la del sol al bajar del avión, pero necesitaba aferrarme al mínimo detalle para confiar y mantenerme serena. Vero parecía una gallina clueca, interrumpiendo para que le tradujeran y ¿coqueteando? con el cirujano. ¿Era posible? Al doctor Kravitz le extrañó mi ofrecimiento de quedarme en el hospital. Imposible. ¿Para qué? Ése era el trabajo de médicos y enfermeras, y la familia sólo podía ir en un horario establecido para no molestar a los profesionales. Mi tía me lo confirmó en castellano y Vero presumió de ser algo que ya sabía y por eso no hacía ninguna falta que yo estuviera allí. Lo importante sería después, una vez en casa, nos aclaró el cirujano; el postoperatorio sería largo y doloroso, y mi padre necesitaría ayuda.

El principal afectado escuchaba tranquilo, como si aquella conversación fuera sobre su vecino. El jueves quedó ingresado, para su disgusto. Lo operarían temprano y antes tenían que prepararlo.

Ahorraré los detalles sobre su amarga experiencia con una enfermera, prima de Cassius Clay, a la hora de depilarlo, y la bronca que nos echaron por haberle dejado un Orfidal bajo la almohada para que durmiera bien, según acostumbraba. Yo traduje como pude, no era fácil descifrar los exabruptos de aquella mole de obsidiana. Vero bromeó con él sobre el escaso *sex appeal* de aquella enfermera seleccionada, según ella, para evitar malos pensamientos y alteraciones en los intervenidos; reímos todos sin ganas y lo vimos partir con parte de su dignidad abandonada en la ducha donde lo habían depilado a cuchilla. Nos despedimos de mi padre con lágrimas contenidas y sonrisas huecas. No sabíamos si volveríamos a verle vivo.

Fue una noche dura para todos: él sufrió varias anginas de pecho y nos llamó de madrugada para que su hermana le explicara a la enfermera lo que le pasaba; y nosotros no pegamos ojo perdido cada uno en sus pensamientos.

Los problemas acababan de empezar.

34

Cuando esperas a la salida de un quirófano los segundos son horas y las horas jornadas. El tiempo avanza con una lentitud exasperante y todos los posibles desenlaces se muestran ante tus ojos alterando tu organismo a cada nueva suposición. Pasadas las primeras dos horas, tras haber pasado por la cafetería a reanimar el cuerpo y conseguir hablar con relativa normalidad con Verónica —Charlie parecía mudo—, me puse a leer *Matar un ruiseñor* en inglés. Era la única distracción capaz de hacerme olvidar el segundero. Pero las horas seguían muriendo y nada sabíamos. Comimos en la cafetería del hospital los cuatro: mi tía, Verónica, Charlie y yo, aunque los bocados apenas pasaban por las gargantas, salvo por la de mi hermanastro que devoró sin dificultad su monumental hamburguesa. Encontrar temas de conversación resultó tarea inútil, todos acababan extinguiéndose, nos concentrábamos en masticar, sin hambre, como si fuera un proceso laborioso necesitado de toda nuestra atención. El frugal almuerzo nos entretuvo poco tiempo y regresamos a la luminosa sala de espera. La luz cegadora me daba ánimos, como cuando bajé del avión, pero duraban poco. Los rostros que compartían preocupación entre aquellas cuatro paredes habían ido cambiando durante la mañana. Los únicos que no cambiábamos éramos nosotros y Charlie cada vez estaba más nervioso y desaparecía por los pasillos. Cinco horas más tarde seguíamos sin noticias. Entraba dentro de lo previsto según Mario me había adelantado. Pensé en él, en su voz, en sus manos, y la soledad me abrumó. He tenido varios momentos así en mi vida y los recuerdo todos, siempre con gente alrededor pero profundamente sola. Si mi padre moría yo iba a necesitar a Mario a mi lado. Pero viviría. Otra cosa esto no podía ocurrir. Sacudí la cabeza y regresé a mi lectura. Vero acabó con todas las revistas españolas que había traído, a pesar de desguazar cada traje y cada artículo con mi tía Lucía como oyente pasiva. Su impaciencia fue en aumento, paseaba, se acercaba a las máquinas expendedoras para comprar chicles o gominolas y a ratos se sentaba junto a mi tía y le cuchicheaba al oído o gastaba bromas a Charlie cuando reaparecía. La cara de mi tía sólo me permitía saber que aquellos comentarios con expresión compungida de Vero le producían más hastío que gracia. También a mí se me agotaban los recursos. Me levanté, el pasillo no era largo pero me permitió estirar las piernas y lo recorrí hasta conocer cada mancha en el suelo, cada gota en el cristal, cada puerta, pantalla o papelera. Llevábamos siete horas sin noticias y la desesperación hizo mella en mí. Algo debía de haber ido mal. No podían estar tanto tiempo con mi padre anestesiado y abierto en canal. Y, cuando lo peor estaba tomando forma en mi mente, pasadas ocho horas desde que comenzara el calvario, las puertas de la zona de quirófanos se abrieron y el doctor Kravitz, todavía con su gorro y la mascarilla puesta, apareció.

—*It's gone as expected. Your father is a strong man. He will awake in a couple of hours, but you can go now and see him.*

Su mirada brillante y suficiente era más clara que las palabras. Lo abracé, lo besé, me volví loca. Aquel hombre sonrió divertido y continuó dándonos algunas explicaciones que mi tía fue traduciendo para Vero, de momento paralizada. Se había quedado congelada en un gesto de sorpresa y congoja que no terminaba de explotar, hasta que de pronto rompió a llorar y me estrujó hasta dejarme sin aire:

—¡Está vivo! ¡Está vivo! —Sus gritos resonaron por el pasillo.

Charlie se acercó temeroso a su convulsa madre y Vero me soltó de inmediato para abrazarse a su hijo. Mi tía puso orden:

—Tranquila, Verónica, ya ha pasado todo. Recuerda que seguimos en el hospital. —Le acarició la cabeza y sonrió con dulzura—. Lo tienen en la unidad de vigilancia intensiva, podemos pasar a verlo de uno en uno durante unos minutos. A Charlie no le está permitido el paso, lo siento.

—¿No será malo? —pregunté yo.

—No, me ha explicado que hay un sistema de corrientes de aire que evita la entrada de microbios. Ahora mismo es importante evitar infecciones. Entre internos y externos lleva más de doscientos puntos. Como es tan largo... —añadió con una sonrisa relajada al fin.

Verónica empezó a rascarse de forma compulsiva, había comenzado a cubrirse de ronchas, fruto de la tensión acumulada.

Lo que pasó a partir de entonces no lo esperábamos nadie. Para empezar, los médicos tuvieron que tragarse sus normas: era imposible que mi padre se quedara sólo si pretendían comunicarse con él. Ante las preguntas de médicos y enfermeras sobre su estado, el paciente sonreía campechano y decía *Yes*, fuera cual fuera la pregunta. Cuando lo pasaron a la planta monitorizada —todo estaba controlado desde un puesto circular rodeado de pantallas con las constantes de cada ingresado—, rogaron que alguien de la familia se quedara para hacer de intérprete entre el paciente y el equipo médico. Me ofrecí encantada, sólo yo podía hacerlo puesto que mi tía además de organizar la casa ejercía de chofer del resto de la familia. A partir de ese momento todas las mañanas, a las ocho y media, ella me acompañaba, subía conmigo a verlo y me dejaba allí; y a las ocho de la noche me recogía mi tío Klaus acompañado de Vero y Charlie. Ella se mostraba dicharachera y simpática, gastaba bromas y siempre conseguía hacerle reír —para su desgracia, porque los puntos le dolían al menor movimiento—. Nos recibía apenas vestido con la sábana, abrazando un almohadón contra el pecho ante el temor a despanzurrarse por un estornudo, cualquier pequeño acceso de tos o una carcajada. Pero a todos nos venía bien distender el ambiente, y no sólo por la operación. En casa de mi tía, en cambio, la tensión crecía con cada amanecer, a pesar de la escasa conversación antes de irnos a dormir, casi siempre ante un vaso de leche en la cocina.

—Carlos está estupendamente. Este hombre es de hierro, no hay quien pueda con él. Yo creo que ya ha pasado todo. —Verónica repetía la cantinela siempre que había alguien cerca sin dejar de frotarse los brazos.

—El posoperatorio dicen que será muy pesado. El médico me ha comentado esta mañana que tendrá que llevar una rutina muy rigurosa durante casi un mes cuando salga del hospital. Me ha explicado los ejercicios para expandir el tórax, habrá que ponerle unos calcetines compresores cada mañana, vigilar los puntos, caminar todos los días…

—Sí, sí, pero eso ya no es nada y se puede organizar contigo, Lucía, que para eso has venido, ¿verdad? —Aquellos ojos eran duros, guijarros de piedra diminutos que me dolían no sabía por qué—. Nosotros, bueno, como todo ha salido bien, he pensado que podríamos irnos a descansar a Orlando. A Charlie le hace mucha ilusión. Lo ha pasado fatal, aunque el pobre es tan bueno que no dice nada, y aquí tampoco pintamos nada. Carlos estará mucho más tranquilo cuantos menos seamos. Podríamos acercarnos mañana a una agencia. ¿Qué te parece, cuñada?

Mi tía y yo nos miramos un instante, incrédulas. Ella apretó los labios pero yo no me pude callar:

—¿Se van… a marchar?

—Ya estás tú aquí, ¿no? La perfecta enfermerita… Pero ahora que lo dices, también podrías marcharte a casa. Tampoco será tan difícil lo que haya que hacer y me temo que tu padre no hará ni caso, como siempre, así que lo mismo dará. Además, tú lo alteras mucho.

Su sonrisa me dejó tan helada como la sugerencia. Mi tía insistió, la recuperación era importantísima y había que tomársela muy en serio.

—Me quedaré, seguro que le hago entrar en razón —aseveré sin dudarlo.

—¿No tenías que preparar la boda del siglo? —Su tono cada vez me irritaba más.

—Mario se está encargando, tampoco faltan tantas cosas.

—Mientras luego te venga el vestido, porque tanto comer de sándwich te pasará factura.

Mi tía me taponó el genio con un abrazo de cariño, sin decir nada, y me aguanté las ganas de contestar. Sí, sería mejor que se fuera. Pensé en mi madre, llevaba días sin hablar con ella. Lo mismo me pasaba con Mario, pero mi tía lo atendió las dos veces que llamó y al menos estaba informado de la situación. No sabía cómo se tomaría mi decisión de quedarme hasta terminar la rehabilitación, pero no me equivoqué al pensar que la aceptaría. Era un hombre tranquilo y a su lado todo problema tenía una solución sencilla.

Con quien sí temía hablar era con mi madre, y tampoco me equivoqué en mis predicciones. Decidí llamarla a la mañana siguiente aunque yo madrugara un poco más. Tardó en coger el teléfono y al ver quién era su tono cambió. Preguntó por mi padre de pasada y una vez le expliqué lo satisfactorio de la operación afirmó sin dudar:

—Entonces imagino que te vuelves ya. Gracias a Dios, porque yo no estoy nada bien. Ahora me ha bajado la fiebre pero he estado con cuarenta las dos últimas noches. Menos mal que Amparo ha estado pendiente de mí y me ha llevado al médico. Bueno, y Mario se ha pasado esta tarde.

Estuvo un rato contándome su enfermedad y la preocupación del médico, y a cada nuevo dato me hundía más. No podía dejar solo a mi padre. Sí, estaba mi tía, pero ella tenía muchas cosas que solucionar y mi padre necesitaba dedicación, no me fiaba de él. Pero ¿cómo dejar a mi madre sola con la neumonía? Por teléfono se le escuchaba alto y claro, no parecía tan grave como otras veces en que no conseguía hacer acopio de aire suficiente para impulsar las palabras. Titubeé. ¿Cómo decirle que todavía me quedaban unos veinte días de estancia?

—¿Que tú te quedas y esa zorra se marcha con su hijo a España? —Preferí no aclararle que el destino de aquellos dos no era a España precisamente—. ¡No lo puedo creer!

Quedé sepultada por sus improperios como los pompeyanos por las cenizas del Vesubio. No reaccioné, balbuceaba disculpas y explicaciones baldías.

—Está claro, no sé de qué me extraño con todo lo que he aguantado, pero ya tengo claro que si uno de los dos se está muriendo, salvarás a tu padre. Nadie en esta vida me ha hecho tanto daño como tú.

Nada más pude decir, la comunicación se interrumpió en esa frase. Acudí al hospital como cada día, pero esta vez con el corazón encogido, el cuerpo encogido, el alma encogida.

—Hija, ¿estás bien? —Esas tres palabras cargadas de cariño me aflojaron las lágrimas. No, no estaba bien, era una traidora que estaba abandonando a su madre. Dudé si decirle que me volvía a España. No lo hice, tenía todo el día para pensar.

Esa tarde me explicaron con detalle la rutina que mi padre debería seguir al volver a casa. Me hicieron ponerle los calcetines compresores. Fue horrible, su gesto de sufrimiento era brutal, *slowly, be careful*. Llevaba puntos desde el tobillo hasta la rodilla y eran muy recientes. Me explicaron cómo desinfectarlos cada día y cómo proceder si alguna zona enrojecía más de la cuenta. Ya lo hacían levantarse y dábamos largos paseos por el hospital pero, antes de salir, también lo obligaron a hacer unos ejercicios con los brazos, subiéndolos poco a poco por la pared y forzando los pectorales, también muy dolorosos. Llevaba un cierre desde algo más abajo de la nuez hasta el ombligo y sólo se sentía cómodo encorvado hacia adelante.

—Venga, papá, estírate, que no voy a pasear con el jorobado de Notre Dame.

Entre bromas y chanzas conseguí que hiciera las repeticiones pautadas, y pudimos salir a pasear.

—Tienes mala cara, hija —se burló de mí sacando la lengua—. Cualquiera diría que eres tú la enferma.

—¿Tú crees? Estoy bien. Será por lo mucho que me haces rabiar con los ejercicios.

—Debe de ser de tantos días en el hospital, te has pasado aquí casi tanto tiempo como yo. —Quedó pensativo un rato y al final me preguntó—. ¿Por qué te has interesado tanto por la rehabilitación? Tienes que volver a España, tienes una boda que preparar y tu madre te echará de menos.

Tragué saliva. Es ese momento supe que no podía irme. Con Verónica mi padre no haría ninguno de esos ejercicios, no caminaría los veinte minutos tomándose el pulso, no le pondría los calcetines cuando él protestara, desistiría ante las dificultades. No podía irme, estaba decidido. Mi madre tenía a su amiga Amparo y a Mario que pasaba de cuando en cuando, no estaba sola. También a mi abuela Dolores, aunque no fuera de mucha ayuda.

—Me quedo. Verónica y Charlie han dicho que se van para no incordiar en casa de la tía Luci. Me parece que Klaus está un poco harto de tanto alboroto.

A mi padre se le iluminó la cara

—¿Estás segura? A tu madre no le va a hacer gracia y no sé qué opinará Mario de que te secuestre tanto tiempo.

—Bueno, a mamá no le ha hecho gracia, ya sabes cómo es, y además no se encuentra muy bien.

—Qué casualidad… —soltó cáustico.

Pero nada dijo de la marcha de Verónica. Paramos un momento para que recuperara el aire y le tomara las pulsaciones y continuamos el camino.

Fueron veinte días de trabajo duro desde que nos trasladamos a la casa de mis tíos. Compartimos habitación en el sótano, donde habían bajado una cama enorme para mi padre y yo dormía en un sofá cama no muy cómodo. Tuvimos oportunidad de hablar, de compartir, de reír.

—Menos mal que no te han dicho que me cures también el tercer huevo. —Se refería al tapón que le pusieron en la pierna para cerrarle la femoral, conectada durante la operación a una máquina para desviar la circulación. En el hospital se lo curaban las enfermeras y fue lo primero que preguntó antes de volver.

—Déjate, que bastante lío hemos tenido ya con tus bolas —bromeé.

Había cosas que le costaba entender, tuve que recordarle lo sucedido, y hablaba más lento que antes de la operación. Tonterías; teniendo en cuenta lo que había pasado, su aletargamiento debía de ser normal.

—Madre mía la que armaste. —Como siempre que lo recordaba, se rio.

—¿Qué culpa tengo yo de que esta gente hable mascando chicle? Bastante mal rato pasé preguntándote si te habías tocado las pelotas. —Nos reímos los dos, para su desgracia pues todavía era un ejercicio difícil romper a reír.

Aquel malentendido nos había dado muchos momentos de hilaridad: la enfermera preguntó, o al menos yo entendí:

—*Has your father moved his balls?*

La miré perpleja con un hilillo de risa floja y le rogué que repitiera la frase. La buena señora vocalizó la misma sentencia más despacio, a treinta y tres revoluciones, y entendí exactamente lo mismo. Así que le pregunté a mi padre, aguantándome la risa, si se había tocado las pelotas.

—¿Qué carajos de pregunta es ésa? —Estalló.

—Y a mí que me cuentas, será por si te sube la tensión o algo.

—Pero esta mujer se cree que estoy yo para tonterías. Las pelotas me las está tocando ella.

A mí cada vez me entraba más risa, y mi padre cada vez estaba más indignado, pero confirmé que no, no había «movido sus bolas» para nada. La enfermera se extrañó:

—*Then he has not gone to the toilet yet. I will talk with the doctor to prescribe a laxative.*

—*Wait!* —Ay madre, ¿un laxante? ¿Qué tenía que ver un laxante con sus huevos? Una repentina sospecha me hizo reír a carcajadas.

Efectivamente, la mascachicle no había dicho *balls*, sino *bowels*, intestino. Me había preguntado muy finamente si había cagado. No podía parar de reír ni mi padre de refunfuñar: «Yo aquí, abierto como una res y con más puntos que una colcha de *patchwork*, de ésas que hace tu tía, y la estúpida preguntando si me he tocado los huevos. Hay que joderse».

Cuando conseguí aclarar el entuerto tuvimos risas para varios días, que falta nos hacía. No olvidé el significado de *bowels* jamás. Fue mucha la complicidad durante aquel verano, y no sólo con mi padre, también con mi tía, a quien no le pasó desapercibida mi tristeza. Mientras, mi madre empeoraba y nada podía hacer yo. Le sugirieron trasladarse a la sierra, a un lugar de clima seco, porque no estaba bien. Se fue con Amparo, «la única persona de la que podía esperar algo de afecto», y quedamos incomunicadas al no facilitarme su teléfono de destino. Por las noches la imaginaba sufriendo, deprimida, mientras escribía sus penas en ese diario que tantas veces había visto y que retomó seis meses después de la muerte de Javier. De nuevo dos cuerdas me ataban y cada una estiraba en una dirección diferente, pero «viendo todo lo avanzado con mi padre, había hecho lo correcto», me dije. Aunque no lo creí.

Volvimos el 29 de agosto, a un mes de mi boda. Mi padre quiso pagarme el boleto pero mi orgullo me impidió aceptarlo.

—Haberme traído contigo. Estoy aquí contra tu voluntad. Yo me pagué el viaje de venida y me pagaré el de vuelta.

A pesar de sus ruegos, primero, y de su monumental enfado, después, no me dejé convencer. El orgullo y la soberbia son escudos poderosos, aunque no me libraron de lo que me esperaba al regreso.

35

En mi peculiar familia, cualquier acontecimiento era una bomba en potencia, una oportunidad para ejercer la diplomacia al más alto nivel. Lo fue en su día mi primera comunión, como me contó mi madre, lo fueron las respectivas bodas de mis padres, y ahora la mía reunía todos los requisitos para convertirse en una tragedia griega. Mi estancia en Estados Unidos tuvo consecuencias. Mi madre me recibió como a un desertor capturado; motivos le había dado, al menos desde su punto de vista. No quedó un reproche por hacer, me había convertido en lo peor de lo peor, en aquella mierda de hija que años atrás asumí sin dudar, una hija que ahora había sido capaz de abandonarla y dejarla morir, algo inevitable de no ser por ese ángel que se había apiadado de ella y la había llevado a la sierra de Albarracín. Amparo era ahora su única familia, la única persona de quien podía depender. Aquellos comentarios me laceraban, mi madre lo había pasado muy mal, no había duda, y mis remordimientos eran intensos, tanto como la pena por su decepción y como mi necesidad de modificar su nigérrima forma de procesar lo acontecido. Verla tan restablecida, es más, con una fuerza arrolladora, devastadora, muy alejada de la fragilidad del medio hombre que había descendido conmigo del avión, me aliviaba y justificaba, cada vez más convencida de lo preciso de mi estancia junto a mi padre. Él solo tal vez no lo habría superado y si

YO QUE TANTO TE QUIERO

hubiera dependido de Verónica... Visto su comportamiento tras la operación y la escapada a Disney, no me quedaba duda: Vero había viajado a Estados Unidos para regresar como abnegada viuda. ¿Por qué siempre tenía yo que estar en el filo, siempre eligiendo, siempre perdiendo hiciera lo que hiciera?

Por aquellas fechas la cercanía de la boda no ayudaba. Mario, más aceptable que Juanjo para las convenciones de mi madre, tampoco era de su agrado, aunque lo había disimulado. Ella jamás encontraría a nadie lo suficientemente bueno como para justificar que me apartara de su lado; así interpretaba la boda. Pero a partir del encontronazo con sus padres el velo del disimulo cayó: mi futuro esposo había perdido lustre y favor y, con ello, su ligera inmunidad. Ahora las conversaciones familiares surgían salpicadas de pullas respecto a sus escasos ingresos, las muchas horas que trabajaba y su dificultad para arrancar con la clínica privada. Parece increíble: con todo lo que ella sufrió para casarse con mi padre, entonces me presionaba con los mismos argumentos que en su día soportó. De hecho mi mala elección la asumía como un castigo, una broma del destino, que la forzaba a pasar por el mismo calvario que ella hizo pasar a sus padres —a los que el tiempo había dado la razón—, en penitencia por su soberbia.

Pensar en volver a juntar a los Ibarlucea con mi madre me producía sudores fríos, pero Mario se encogía de hombros: «Es su problema, nosotros a disfrutar cada momento». Envidiaba su tranquilidad, por fortuna tan contagiosa que conseguía bajar mis pulsaciones.

La única esperanza de hacer razonar a mi madre la cifré en la influencia de quien fuera su director espiritual, el jesuita López Manrique, convertido en un venerable anciano, pero no hizo mella en el soliviantado ánimo de mi madre que más de un día regresó muy irritada por las ideas de «ese vejestorio tan moderno». Y eso que no llegó a saber que yo también hablé con aquel buen hombre para pedirle ayuda y mediación entre nosotras; no quería casarme con mi madre sumida en la amargura. Mi madre visitaba la iglesia con frecuencia y aceptaba su situación imaginaria de abandono como un castigo merecido por sus muchos pecados. También atribuía sus desdichas, acrecentadas sus supersticiones, a algún espíritu maligno que nos había echado mal de ojo. Se debatía entre la culpa y la sospecha de ser objeto de malas artes. Pero nunca dudaba de que yo era una prolongación del brazo ejecutor de la ira divina, su cilicio más dañino. Cuando abandonamos el hospital tras el accidente supe de sus devaneos con quirománticas y bolas de cristal, pero cualquiera le decía nada. ¡Lo que puede hacerse con una mente vulnerable! Y la de mi madre, desde la muerte de Javier, lo era y mucho. Realizaba extraños ritos con velas encendidas y estampas con oraciones, «recetadas» por un par de videntes. Se había acostumbrado a acudir a ellas buscando explicaciones en el más allá para las desgracias del más acá y su diagnóstico fue que éramos víctimas de una maldición, tan claro como que Javier estaba muerto. De hecho, aquella muerte era fruto de este influjo maligno que nos acechaba y que había secuestrado incluso mi escasa capacidad de amarla. Yo me cuidaba de no apagar las velas que aparecían en noches de luna llena en algún rincón del lavadero o incluso en el cuarto de baño, y de no quitar algún lazo inexplicable atado en lugares extraños.

Con este panorama yo evitaba estar en casa cuanto podía aunque el trabajo fuera otro centro de tensión efervescente. Como sucediera un par de años atrás, volvía a vivir bajo una losa de plomo, a caminar en pantanos, a respirar gases pesados. Mantenía la ilusión por la boda cuando conseguía olvidarme de todo en brazos de Mario aunque me arrepentía con frecuencia de no habernos escapado, aunque la idea fuera de Verónica. Con todo el tinglado en marcha me faltó valor. Habría sido la puntilla para mis padres, o tal vez no, pero así lo sentí. Seguiríamos adelante, no quedaba nada para que todo terminase y, además, tampoco tenía que ser un drama; total, todo el mundo se casaba. ¿O no?

Cada día surgía un nuevo motivo de preocupación. Me reincorporé al trabajo al siguiente de volver —mis vacaciones se habían agotado, igual que yo—, y no tardé en comprobar que la tensión con Verónica había subido varios enteros. Durante mi ausencia algo había cambiado. Antes de irme el ambiente en Loredana no era una balsa de aceite, pero todavía me hablaban algunos compañeros. Al regreso, nadie salvo Teresa, mi prima Alice y algún despistado más me miraba a la cara; la gente me rehuía sin disimulo y yo no entendía nada. Mi padre, contra el criterio de los médicos, retomó sus responsabilidades de inmediato y vivía aquella tensión inexplicable con gesto sombrío, rehuyendo mi mirada cada vez que se encontraba atrapado entre dos fuegos. Para él era tan doloroso como para mí, y tenía menos fuerzas para afrontarlo. A menos de dos semanas para la boda continuaba sin decirme quiénes le habían confirmado asistencia. Habíamos pedido a cada uno de nuestros progenitores la confección de las mesas. Aurora, mi futura suegra, nos la facilitó enseguida: familia, unos cuantos amigos cercanos de distintas partes del mundo y algún amigo de la infancia de Mario. Ella sería la madrina, muy lucida, por cierto, y yo sospechaba cierta envidia en mi madre agudizada por la diferencia de edad. Al menos teníamos claro los invitados de un bando, de los tres en liza. Hacer las mesas del resto resultó un suplicio, comenzando por la presidencial. Se nos ocurrió poner a cada oveja con su rebaño y nosotros sentarnos con nuestros mejores amigos; no conseguíamos imaginar juntos, frente al mismo mantel, a mi madre, sus padres y mi padre —porque la presencia de Verónica estaba descartada—. Mi padre dejó claro que se sentaría donde estuviera su mujer, y eso dejaba a mi madre con mis futuros suegros y por ahí ya habíamos pasado con resultados catastróficos. Mejor separarlos. Todo el mundo estaría más cómodo.

Los padres de Mario aceptaron de muy buen grado nuestra propuesta. Pero a mi madre le pareció fuera de lugar y mi abuela se despachó según su costumbre:

—Qué divertido, esto va a ser un circo. También podemos ir en pijama, puestos a estar más cómodos…

—Hija, por muy impresentable que sea tu padre, digo yo que en un día así se comportará. Del padre de Mario me creo cualquier cosa, pero su madre parece una mujer de mundo y podrá ponerle un bozal.

La discusión se prolongó en ese tono tan nuestro, hasta que finalmente aceptaron mi decisión —qué remedio— con la risita divertida de mi querida abuela para irritación de todos. No acabaron ahí los entuertos. Mi tío Gerard me había hecho un regalo impresionante a pesar de no haber sido invitado y me sentí en la obligación de comentarlo:

—¿Sabes que tu hermano nos ha regalado una cubertería de Malta?

—¿Mi qué? ¿Te refieres a tu tío Gerard? Es lo último que me esperaba, que lo invitaras a mis espaldas, aunque con la sombra negra que nos acecha todo es posible.

—No lo he invitado, lo ha regalado porque sí.

—Yo le dije que se casaba la niña, ¿o era secreto de Estado? Gerard siempre ha sido un joven muy educado y, te guste o no, Lucía es su sobrina.

—¿Joven? Venga, mamá, que ya creció. Algo querrá sacar. Votos para el ayuntamiento o alguna historia. Ya le puedes devolver la cubertería.

—¡Pero mamá…!

Otro buen rato de discusión hasta que impuse mi criterio. Otra bofetada para mi madre, pero tal vez coincidir en un entorno festivo fuera buena ocasión para recuperar la concordia —mi subconsciente me gritaba que era una nueva mina en terreno saturado, pero ¡ay, la familia!—. Mi abuela, satisfecha, me pellizcó la mejilla.

—Menos mal, algo de cordura. Si viniera le daría un poquito de lustre a este sainete. Al final hasta quedará decente. Porque la putita de tu padre no vendrá, ¿no?

—¡Abuela!

Interminable, el tema tenía tantas púas como un puercoespín. Cuando me quedé a solas contacté con aquel señor tan estirado que me saludara tiempo atrás en La Hacienda, pero para mi disgusto —y tranquilidad— rechazó mi invitación con una excusa poco convincente. Mi abuela ya me adelantó que su nuera era una joven —ellos siempre eran jóvenes, aunque frisaran los cincuenta— incapaz de mezclarse con alguien como Verónica, y yo había dejado claro que vendría.

Si con mi madre la cosa estaba mal, con mi padre no estaba; no conseguía hablar del asunto. Nada. Me esquivaba, era evidente, y su rubia esposa siempre estaba encima de él. Como debía seguir su rutina de paseos diarios, desde que volvimos impuso ser ella quien lo acompañara. No siempre lo hacían, pero al menos dos o tres días a la semana los vi salir o volver del corto paseo. Yo evitaba acercarme mientras estuvieran juntos, segura del efecto nocivo de nuestras malas vibraciones sobre su remendado corazón, pero ya no podía esperar más. Aproveché que Verónica acababa de pasar por delante de mi garita hacia el almacén de materias primas para salir rauda y plantarme ante mi padre:

—Papá, aún no me has dado las mesas. Yo no conozco a muchos de los invitados. Encima hay problemas de espacio, el salón tiene una capacidad menor a la que nos dijeron, y lo mismo tengo que hacer uso de una sala contigua. No puedo retrasarlo más.

Las comisuras de sus labios cayeron y negó con la cabeza de forma casi imperceptible. Desde la operación no tenía la agilidad mental de antes, o eso me parecía.

—Sí, ya, claro, yo… Mañana, ¿vale hija?

—Papá, es la semana que viene y llevas dándome largas desde que llegamos.

Recuerdo que una llamada nos interrumpió. Era la policía. Durante un rato mi padre sólo hizo afirmaciones y exclamaciones de alegría. Al parecer habían detenido a dos integrantes de la banda que había robado en la empresa, y estaban inventariando los objetos encontrados.

—Pero del dinero nada, ¿no? —escuché preguntar.

Yo estaba pendiente del reloj, había previsto una visita mucho más corta y efectiva, pero la llamada se prolongó lo suficiente como para que Verónica pudiera aparecer. Lo temí, mis cuerdas se tensaron con el pasar de los minutos y, cuando por fin llegó, toda yo era un arpa con las cuerdas a punto de saltar.

—¿Aprovechando para hablar de mí a mis espaldas?

Mi padre hizo un gesto para que callara y poder terminar la conversación;

—Sí, claro, en cuanto lo tengan todo me avisan y me paso por comisaría o por donde me digan.

Colgó y nos miró satisfecho.

—Era la policía, han detenido a dos kosovares en un apartamento cercano al puerto y piensan que son parte de la banda que entró a robar. Cree que son ellos porque uno llevaba al cuello una medalla que cuadra con la foto que le dimos de la mía, según le han dicho, pero no está seguro.

Aplaudí y, feliz, me acerqué a abrazarlo; él lo estaba menos, la confirmación de que no había rastro del dinero en efectivo había enfriado su euforia inicial. Pero la noticia le distrajo y evitó que reparara en la presencia simultánea de las dos fuerzas antagónicas en que nos habíamos convertido. Vero avanzó unos pasos y se sentó en la silla de confidente. Pálida y ¿temblorosa? No estaba segura, pero eso me pareció. Quiso hablar pero nada dijo y fui yo quien, sin querer, la remató:

—Sería un bonito regalo de boda que hubieran encontrado tu carta, el sobre de Lorenzo y la medalla.

Levantó la vista con horror y me miró. Si al odio pudiera ponérsele rostro, sería el de aquella mujer en aquel momento:

—¿Qué haces aquí? ¿No has terminado de jorobar a tu padre?

Mi padre fue a hablar pero me adelanté.

—Vero, por favor, tengamos la fiesta en paz. He venido porque necesito la lista definitiva de invitados. Según nos han dicho en el restaurante, creían que seríamos menos, lo entendieron mal cuando lo contratamos, y el sitio está muy justo. Necesitamos saber cuántas mesas se necesitan y quién se sienta en cada una, y ustedes conocen mejor a sus invitados y tienen las confirmaciones. Si hubiera algún problema de espacio, nos han dicho que hay un salón contiguo que podría comunicarse y allí meteríamos probablemente a los más jóvenes de cada familia y a parte de nuestros amigos.

—Ya, claro, tú lo que quieres es dejar a los míos aparte, ¿verdad? Para que no se mezclen con toda esa gente elegante que tanto le gusta a tu madre —mi padre se tapó la cara con ambas manos, sus codos apoyados sobre la mesa para aguantar el peso—, pero por si no te has enterado, si a esta boda viene tanta gente es por mí. —Y se clavó la uña nacarada de su dedo índice en medio del escote—. ¿Me has oído?

Mi padre se incorporó con lentitud y respiró hondo.

—¿Estás bien, papá?

—Carlos está estupendamente, ya me encargo yo de vigilar que come y camina lo que debe, no eres la única que se preocupa.

—Verónica, no quiero discutir, sólo les pido una lista. Dime quiénes vienen, que ya está siendo todo demasiado problemático.

—¿Problemático? ¿Tú crees? Primero me quitas de la mesa presidencial, apartas a tu padre de tu lado, y ahora quieres humillarme más, que te conozco, con esa carita de mosquita muerta. Ahora verás cómo resuelven los problemas de espacio las de Zalabeña. ¿Sabes qué te digo? ¡Que a tu boda no va a ir ni Dios! Como me llamo Verónica López Baldenedo que ni un invitado de los nuestros, porque ¡vienen por mí!

Los gritos eran tremendos y mi padre me hizo señas para que me fuera, pero me había quedado petrificada. No entendía la reacción histérica de aquella mujer. Para sorpresa de ambos, se colocó en pie junto a mi padre, descolgó el teléfono y marcó:

—¿La señora de Aranda? —preguntó con voz clara y chillona. Según lo poco que sabía era la esposa de un registrador de la propiedad en algún lugar de Cataluña; en cuanto tuvo a su interlocutora al otro lado le rogó que no viniera a la boda ante la estupefacción de mi padre.

La conversación fue corta y el teléfono acabó en manos de mi padre a petición de aquella señora.

—No pasa nada, Jacinta —le escuché decir—, mi hija se casa el sábado y yo seré el padrino. Cuento con ustedes, por supuesto.

Algo le contestó ella y mi padre colgó con un «Hasta el sábado», mucho más sereno de lo previsible. Como cuando un niño pierde los papeles y los adultos lo neutralizan con un sosiego exagerado, de la misma forma trató él de frenar el ímpetu de Verónica. Pero ella seguía desquiciada. Gruñó, se colocó un rizo platino tras la oreja y volvió a llamar golpeando las teclas sonoras con la uña.

—Lourdes, soy Verónica. —Esa vez rompió a llorar—. ¡No puedo soportarlo! No te imaginas cómo me están tratando, esto es una humillación constante. Estoy pidiendo a todos mis buenos amigos que no vayan a la boda. Yo no voy a ir y mi familia tampoco. Imagínate que no quieren a Carlos en la mesa con su hija.

Mi padre se dejó caer desesperado contra su sillón de cuero. Yo seguí muda y petrificada.

También Lourdes debió de preguntar por mi padre porque aquella hidra pasó el auricular mientras con sus ojos me desafiaba fuera de sí.

Y de nuevo se repitió la conversación:

—No pasa nada, Lourdes, un pequeño malentendido que ya solucionaré. Y sí, te confirmo que mi niña se casa el sábado de la semana que viene y yo seré el padrino... Sí, pásate a verla, anda, seguro que le hace bien. Nos vemos el sábado.

Otro bufido, la ira salía como lava incontenible del cuerpo de Verónica, y cuando volvió a tomar el teléfono conseguí ordenar a mis pies que me llevaran hasta la puerta. Antes de salir hice un ruego:

—Papá, por el bien de todos, dame esa lista en cuanto puedas. Y Vero, si no quieres venir no vengas. No te voy a echar de menos.

Dejé a mi padre con un sonoro «¡Lucía, espera!» en la boca. Pero me fui. No podía soportar más aquella escena. Faltaban ocho días para la boda y todo resultaba inestable, cercano al caos. Tampoco tenía futuro en Loredana, aunque en aquel momento sólo fue un pensamiento fugaz, un recuerdo de las palabras de mi querido Paco Folgado, que no consiguió abrirse camino entre el resto de preocupaciones.

Parecía increíble que sólo se tratase de las mesas para una boda cualquiera y no de los preparativos para una cena en la cumbre de Oriente Medio.

El lunes mi padre había quedado en acudir a comisaría a primera hora, pero Jesús, su sobrino, le llamó con algo urgente a tratar y Verónica se ofreció a ir y comprobar si estaban las cosas de Loredana entre el botín incautado. Cuando volvió, comentó su decepción por no haber recuperado nada importante, según supe por Alice. Los detenidos sí eran los que entraron a robar, tenían planos y documentos de Loredana, pero nada más. El policía con quien habló le enseñó una bolsa con lo hallado pero, según explicó, no había nada de valor, ni material ni sentimental. La medalla no era la de mi padre y tampoco encontraron mucho más. Unos planos, las escrituras de propiedad del terreno y dos talonarios de cheques de viaje sin usar. Las puñeteras brujas de mi madre debían de tener algo de razón, no podía ser tanta mala suerte. Se agolpaban las frustraciones, los problemas, los disgustos. Y lo que quedaba por llegar.

IV

...Y OTRA BODA MÁS

36

Al menos el traje estaría listo el miércoles, ya teníamos los boletos del viaje de novios —iríamos a México—, y mi padre me había dado algo parecido a una distribución de mesas el sábado anterior. Algo había mejorado. Mi madre, domesticada al fin por el bendito López Manrique, había firmado el armisticio y un brillo de felicidad iluminaba sus ojos verdes al elegir los adornos florales y acompañarme a las pruebas del vestido, muy metida en su papel de madre de la novia. Decidí que lo hiciera a su gusto, necesitaba verla feliz, necesitaba alegría a mi alrededor, paz, armonía; y en la recta final las aguas parecieron serenarse. Aquel fin de semana comenté con Mario, arañando optimismo de donde podía, que al menos tras tantas complicaciones las cosas no podían empeorar.

Pero me equivoqué. La noche del lunes mi padre me llamó nerviosísimo para decirme que Verónica se había ido.

—¿Qué quieres decir?

—Que se ha marchado con lo puesto. Hemos tenido una discusión tremenda. Estaba muy nerviosa, temo que haga una locura.

—¿Y por qué me llamas a mí?

—Yo... no sé, ha enloquecido y hablaba de hacer una barbaridad; está tan furiosa contigo que temo que vaya a buscarte.

—¿Furiosa conmigo?

Al parecer mi padre le había informado de que estaba solucionado lo de las mesas y se había montado una trifulca descomunal, con amenaza y ultimátum incluido, para que él no fuera a mi boda. Fue todo lo que averigüé porque lo encontré muy reacio a darme explicaciones, algo que me dolió. Sí me dejó claro que se había escapado al grito de que se iba a arrepentir y lo que sucediera pesaría sobre su conciencia. Éstas fueron sus palabras antes de largarse con un bolso de mano por todo equipaje. Era propensa a arrebatos histéricos —según el diario de mi madre en la familia de Verónica había algún antecedente de enfermedad mental—, pero concluí que se le pasaría pronto y la sangre no llegaría a la boda. Poco faltó: tres días después seguía sin aparecer. Se llamó a hospitales, policía, amigas... Nada, desaparecida. Yo estaba tan furiosa con ella como preocupada por mi padre. ¿Cómo podía someterlo a esa tensión cuando hacía poco más de un mes que lo habían operado del corazón? Todos los días hablábamos para saber si había alguna noticia, y veía su rostro demacrado, ojeroso, ceniciento. Manuela, la madre de Verónica, estaba presa de un ataque de pánico —desde luego, la cosa venía de familia—, gritaba y lloraba sin tregua hasta el punto de escuchar sus bramidos a través del auricular mientras hablaba con él por teléfono. Charlie no salía de su habitación para mayor preocupación de mi padre. Un panorama de película de terror. A ese paso quien no llegaría a la boda sería el padrino. Mario me tranquilizaba: por fortuna tanto disgusto encontraba a mi padre con el corazón recién restaurado, pero no me convencía. Aquello era demasiado incluso para un corazón sano.

La víspera de la boda recogimos unas maletas con ropa de casa de Mario para llevarlas a la de mi madre, y también su equipaje para el viaje de novios. Yo dudaba de la asistencia de mi padre a la ceremonia, sumido en la desesperación como estaba. Le habíamos insistido unos y otros en que, de haber cumplido Verónica su amenaza, ya la habrían encontrado, y nadie tenía noticia de ella. Pero él temía que se hubiera tirado por un barranco o a un río. El caso es que al volver hacia casa le pedí a Mario que me acercara a saludar a mi padre; necesitaba verlo, saber cómo estaba y darle un abrazo. Llegamos a eso de las ocho, sudando del trajín y del calor todavía intenso por aquellas fechas. Llamé al interfono y me contestó con un escueto: «Espera. Bajo».

Apareció con cara de honda preocupación, incluso de miedo, y casi más pálido que los días anteriores.

—¿Qué pasa?

—Ya ha aparecido, está en casa.

—¡Hombre, menos mal! ¡Cuánto me alegro! —Lo abracé—. Pues todo resuelto.

—No, todo resuelto, no. Está como loca.

—Eso ya lo sabíamos cuando se fue.

Mario me dio un codazo e intervino.

—¿Está bien? ¿Quieres que suba a verla? —se ofreció Mario—. Aunque lo mío son los niños, a fin de cuentas soy médico.

—No, tranquilo, está bien.

—¿Se sabe dónde ha estado? —pregunté.

—No, no dice nada. No hay manera de sacarle nada. Pero está…

—Sí, ya, enloquecida, pero se le pasará. No sé qué mosca le ha picado con la boda.

—No es sólo con la boda… Quiere hacerte daño, hija, está obsesionada, hay que conseguir que se le pase y se olvide de ti. Yo así no puedo vivir. Sube y pídele perdón.

Mi exclamación de asombró debió de escucharse hasta en el vecino mercado de Colón. Un par de transeúntes se giraron para ver qué pasaba.

—¿Que suba a pedirle disculpas? —La rabia me desbordó; aquello tenía que ser una broma, un malentendido—. ¿Yo? ¿Por qué?

—¡Qué más da! Por lo que sea, lo que se te ocurra. —Se pasó las manos por la cara como siempre que se desesperaba—. Se trata de calmarla, no puede seguir así. No es bueno para… para… no es bueno para nadie.

Respiré hondo, sopesé la situación. Mario me cuchicheó que no perdía nada, sólo era una simulación, y se retiró al coche tras ofrecerse de nuevo a lo que necesitara y despedirse de mi padre. Sólo una simulación, en pro de la paz mundial. Accedí apretando dientes.

—Si eso es lo que tú quieres, por ti, lo que sea.

Subimos en el ascensor ensimismados. Yo con el estómago encogido y la sensación de dirigirme a la plaza del pueblo para sufrir escarnio público. ¿De qué me iba a disculpar yo ante aquella mujer que estaba intentando arruinar mi boda y acabar con la poca salud de mi padre? Mejor no pensar, ya improvisaría. Tampoco dio tiempo a reflexionar más, la finca de mi padre no era el Empire State y su ascensor era más moderno que el mío. La sensación de opresión al salir de la cabina fue brutal. Busqué aire con avidez. Aun antes de abrir la puerta ya se escuchaban los lamentos de Manuela, dignos de un funeral con plañideras.

—Manuela sigue sin reaccionar —me aclaró mi padre —, la daba por muerta y ahora grita de la impresión de volver a verla. Igual a ella sí podría haberla visto Mario.

Entré tras él y me quedé a su lado sin saber qué hacer. Estábamos en el pequeño hall alfombrado, frente a una puerta entreabierta de la que salían alaridos sincopados. Fue mi padre quien habló, en un susurro expectante:

—Vero, Lucía está aquí, quiere hablar contigo.

Hubo un momento de silencio total, la banda sonora de Manuela ahogada por la incertidumbre. Iba a dar un paso al frente cuando por fin Verónica contestó.

—¿Que Lucía está aquí? ¿En mi casa? —Y jamás un posesivo lo fue tanto como en aquella frase—. Pues dile a esa jodida niña que se largue y no vuelva a poner los pies en ella.

Los alaridos se reanudaron, suaves primero, más potentes después. Nada me quedaba por hacer.

—Conste que estaba dispuesta a hacerlo por ti. Pero creo que yo a más no llego. Descansa, ¿nos vemos mañana?

—Claro, hija, ¡soy el padrino!

¿Cómo describir la cara de aquel hombre débil, agotado, consumido? La tristeza de su mirada me traspasó y mis lágrimas se desbordaron piso a piso en el ascensor. Lo que pasara al día siguiente era un misterio. La reaparición de Verónica fue el tema de conversación de la noche. Mi madre, horrorizada, incidió en hasta donde llegaban las artimañas de aquella mujer.

—Te lo dije, es un bicho aunque esto supera todo lo imaginable. Sólo busca hacerte daño, estabas avisada.

—Eso ahora sirve de poco, mamá, no tengo ganas de hablar de ello.

—No ha matado a tu padre del disgusto de milagro. Qué tía. Y tú media vida defendiéndola.

—Mamá, déjalo.

—Menos mal que no interviene en los preparativos porque si pudiera nos envenenaba.

—¡Mamá!

No, no era el mejor ambiente para enfilar el «día más feliz de tu vida».

Y amaneció el día. Las ganas de que pasara superaban a la ilusión. Era como casarse en tiempo de guerra. Yo intenté sonreír y pensar sólo en lo que iba a hacer. El cielo lucía precioso, soleado, con esos azules de septiembre que parecen pintados y alguna nube despistada que rasgaba el firmamento en una pincelada perezosa. Ya peinada y maquillada, me asomé al balcón para contemplar el cauce, ahora tan civilizado y urbano. El aire, la luz y el azul celeste me llenaron de vida. «Todo va a salir bien», me dije. De nuevo, ¿qué más podía pasar?

El moño bajo me hacía mayor pero me vi guapa, especial. El tocado era de flores naturales, favorecedor, pero me obligaba a llevar la cabeza tiesa y, entre eso y la tensión, estaba demasiado envarada. Me habían hecho la manicura, una novedad para mí, y me movía con los dedos estirados como si corrieran algún peligro. No me equivoqué. El esmalte acabó pegado a una media en cuanto intenté calzármela. No había forma de soltarla, era peor que un chicle. Poco tardé en estropear la otra mano intentando liberar la primera. Me lo tomé a risa. No pasaba nada. Tras lo ocurrido en las semanas anteriores un par de uñas averiadas y una media manchada de laca transparente no me iban a jorobar el día. Mi madre me ayudó a abrocharme el corsé de encaje blanco mientras me aguantaba la risa pensando en lo mal que lo iba a pasar Mario con tanto impedimento y lo poco que me iba a durar puesto. Pero me encantaba verme así. Por el rabillo del ojo me contemplé en el espejo. Me había quedado demasiado delgada. Con el corsé parecía una bailarina de ballet clásico mal alimentada, pero sonreí. Siempre quise estar delgada y lo había conseguido, aunque a costa de disgustos que prefería olvidar.

Ella también estaba muy guapa. Siempre lo estaba. Y elegante. Iba de piel de ángel azul, del mismo color del cielo, con la cinturilla de pedrería en el mismo tono y plata. Tenía cierto aire a vestal pero más lujosa y colorida. La fotógrafa tenía que venir justo después de comer y, cruzaba los dedos, mi padre había prometido llegar una hora antes de la salida para hacerse unas fotografías con nosotras. No tenía ninguna de adulta con los dos y éste era el tipo de cosas que me calentaba el alma y sacaba a la niña que algún día olvidado fui de donde yacía enterrada. Pero de momento eran punzadas lo que horadaba mi ombligo. ¿Qué habría pasado en casa de mi padre después de irme? ¿Qué haría Verónica? ¿En qué estado llegaría él a casa? Porque… ¡llegaría? Respiré hondo y me concentré en meterme el vestido sin desgraciarme ninguna uña más. Era un tanto aparatoso, con una falda de mucho vuelo y abierta por delante para dejar ver muchas capas de un tul rústico, parecido a la arpillera, como enormes pañuelos. Un precioso modelo de Andrés Moltó en un blanco «demasiado poco blanco», según mi abuela.

—Toma, esto también es mi regalo.

Mi madre me entregó dos cajitas, una de terciopelo granate, más grande, y otra azul noche. Los ojos le brillaban de forma extraña. Al abrir la primera, un par de pendientes en *riviere* rematados con una perla australiana me dejaron boquiabierta. Mi madre los sacó de la caja y me los puso. Abrí la cajita azul, era un anillo en forma de flor cuajado de brillantes. Abrí y cerré la boca de nuevo. La abracé con fuerza sin importarme las uñas, el pelo, o las flores, con la cajita apretada en mi puño.

—Son preciosos, mamá, pero... pero... esto es demasiado.

—Anda, calla y póntelo. Ya sabes, algo viejo, algo nuevo, algo prestado y algo azul. Lo tenía guardado y nunca me lo pondré. El anillo es un recuerdo de alguien que me marcó, lo único que me ha quedado de una relación que tal vez algún día te cuente. Los pendientes fueron un regalo de Javier y sé que a él le gustaría. —Suspiró, era el día de los grandes suspiros—. Se te ven preciosos. Y es que —la voz se le quebró y las lágrimas acudieron a sus ojos perfilados— estás hermosa, de verdad.

—Te quiero mucho, mamá. —Me salió del alma y volví a abrazarla. Pocas veces la veía así de vulnerable, de humana. Se recompuso con rapidez.

—¿Lo dices de verdad, hija? Me gustaría creerte... —Otro suspiro emocionado nos traspasó a las dos—. Vamos a dejarnos de sensiblerías o vendrá tu padre y me verá con cara de deshollinador. Y ¡para de moverte!, o te cargarás las flores.

—¿Crees que vendrá?

—No arrugues el entrecejo, salen arrugas —bromeó—. ¡Pues claro que vendrá! No es de afrontar problemas, nunca lo fue, pero tú eres su debilidad. Aunque esa bruja da miedo.

Mi abuela Dolores, llegada para el café, asistía a estas escenas con cara de resignación y cierta altivez. Sólo se le desencajó la mandíbula al ver los pendientes y la sortija. Ella también estaba elegantísima, pero no paraba de rememorar su belleza pasada y la sensación que causó en la boda de mi madre.

—La verdad es que estás muy guapa, Lucía, aunque el vestido es un pelín recargado para mi gusto. Además, eso del blanco roto... El blanco es símbolo de pureza, aunque claro, a estas alturas a ver quién queda puro, pero tampoco hace falta pregonarlo, me parece.

El de tu madre era mucho más elegante, que se lo confeccionaron en Pertegaz. Al menos, estás más favorecida que ella, pobre, no te imaginas la cara de muerto que tenía, como si fuera al cadalso. ¿No tiene gracia? Sería una premonición. Claro, yo lo veía venir, pero como es tan testaruda. Vamos, como tú, porque de tal palo…

—Mamá, nos haces el favor de callarte. Anda, ve a hacerle conversación a Adelaida, que está de los nervios de no tener nada que hacer.

Hizo mutis con la nariz señalando al techo y refunfuñando algo sobre lo inapropiado de enviarla con el servicio. Nos miramos con complicidad. Daba igual los años que tuviera, no cambiaría nunca. El interfono nos dio entonces un buen susto. Era Maribel, la fotógrafa. Mi madre la conocía de algunas sesiones de fotos para los catálogos de la fábrica, manejaba a los niños como nadie. Llegó con su ayudante, cargada de focos, pantallas y maletines con objetivos, y pronto comenzó a dirigirnos como un mariscal de campo. Llevábamos media hora posando aquí y allá, cuando de nuevo el interfono nos golpeó. Mi padre, esta vez sí. Tensión. Todos bajo el mismo techo. Tragué saliva y sonreí; mi madre se estaba arreglando el pelo con coquetería y me pareció que disimulaba la poca panza que tenía. Fue ella a recibirlo, muy educada, tal vez demasiado. A fin de cuentas era mi padre. Pero todo fue bien. Él seguía pálido, ojeroso y demacrado; lógico, en veinticuatro horas no podía mejorar mucho, y para rematarlo, su última visita a aquel salón había sido muy dolorosa y humillante. No sé si ellos lo recordaban, pero yo me vi escondida tras la puerta escuchando los gritos de ambos… No. Fuera. Me impuse no mirar al pasado, el pasado no podía volver ese día y ahuyenté los fantasmas con decisión. De todas formas él no parecía recordarlo. Su mirada estaba vacía, como si no nos viera, ausente e inmune a la coquetería desplegada por mi madre. Sólo al posarse en mis ojos resucitó y su cara se colmó de satisfacción:

—Estás guapísima, hija, pareces una princesa.

Lo abracé; fue un abrazo sentido, de esos que hablan de cariño, de «lo sé», de «no te preocupes, todo va a salir bien». Él me devolvió un abrazo de «tal vez, no lo sé», «dame fuerzas, no puedo más».

El ambiente estaba electrizado. Mi madre nos miraba, mi abuela —no había aguantado mucho con Adelaida— nos miraba, Adelaida también había acudido al salón y nos miraba, y Maribel decidió poner fin a aquella escena contemplativa y comenzó a agarrarnos a unos y otros para colocarnos en los rincones más vistosos de aquel salón que tan amargos recuerdos encerraba.

Me sentía bien. El ambiente era tenso —previsible— pero menos de lo esperado. Mi padre estuvo correcto, mi madre guardó las armas en algún lugar de su mente y le leyó la cartilla a mi abuela tras un par de impertinencias. Las tres mujeres de la casa partieron con Amparo, la amiga de mi madre, que vino a recogerlas; y nosotros salimos en el coche de mi padre. Mario iría con sus padres en un coche alquilado para la ocasión. El señor Ibarlucea resultó ser más espléndido de lo proclamado por su hijo, al menos aquel día.

A pesar de haber tenido en mis manos la lista de invitados, no fui consciente de la envergadura del evento hasta que entré en la iglesia. Más de doscientas personas se removían en los bancos enfundadas en lo más lucido de sus armarios. Desde que acompañara a mi madre a los mítines en la transición no había visto tanta gente junta en un sitio cerrado esperando ver entrar a alguien. Me quedé clavada y mi padre tuvo que estirar de mí cuando era él quien necesitaba apoyarse. Sudaba y su sonrisa era triste. Conforme avancé por el pasillo reconocí a mis compañeros de trabajo, Teresa, Elisa, Mari Carmen, Reme, Juan… Ellos me ayudaron a llegar hasta mis compañeros de facultad que sonreían emocionados. Y su apoyo me transportó hasta Alice, sentada con mis primos de Onteniente. Allí, en pie, guapísimo, más elegante que nunca, me esperaba Mario, y muy cerquita de él Marianne y Almudena se enjugaban una lágrima desde su banco de testigos. Apenas reparé en mi futura suegra, a pesar de su señorío, abducida por el hombre con quien deseaba vivir el resto de mis días. Me concentré para no saltar a sus brazos y darle un beso apasionado y, tal y como me miraba, algo parecido debía de estar experimentando él. Leí en sus labios «Te quiero, estás preciosa, ven» y el fragor que agitaba mi estómago quedó reducido a la más absoluta calma. A su lado nada malo podía pasar. Fui.

Verónica no estaba. No pensé en ella hasta mucho después, cuando Marianne y Alice me confirmaron su ausencia. Mejor, pensé, aunque para mi padre fuera duro, pero intuí que no sería tan sencillo. El afán de protagonismo de Vero era incontrolable y sus ganas de aguarme el día también. Llegamos al Parador como dos tortolitos, entre mimos y risas cómplices, arropados por el confortable asiento del coche de mi padre. Los señores Ibarlucea, ya mis suegros, habían estado muy cariñosos conmigo y por fin habían conocido a su consuegro. Se cayeron bien de inmediato y Aurora hizo lo posible por acercarse a mi madre y entablar una conversación cordial. Así las dejamos cuando partimos de la iglesia cubiertos de arroz, pétalos de rosa y finísimas tiritas de colores de ante y cuero. Para nosotros, a partir de este momento todo siguió siendo perfecto, a pesar de la aparición de Verónica. Sí, a Verónica la vimos en el comedor, sentada en la punta contraria de la mesa ocupada por mi padre, y no duró mucho allí. Fue cambiando de una a otra, crispada y haciendo aspavientos, pero no hicimos caso. Lo que no supimos hasta el día después fue que se había plantado en la puerta del Parador insultando a todos los invitados por asistir a la boda, en particular a los de su lista; incluso a Lourdes la agarró de un brazo y la zarandeó para pedirle explicaciones. Este espectáculo no paró hasta que entre la propia Lourdes, Rodrigo Badenes y su hermana Carlota se la llevaron a los aseos y la apaciguaron antes de que llegáramos nosotros. Entre el ruido de cisternas y secamanos, Amparo y otras invitadas presenciaron la reprimenda que Lourdes le echó ante una situación donde la única perjudicada era ella misma, y también fueron testigos del desahogo de una Verónica histriónica y furibunda. Ya tenía el show montado y había dado tema de conversación para muchas mesas. Consiguieron calmarla y ahorrarnos el bochorno a los novios, pero no pudieron evitar su recorrido por las mesas afines para contar su historia, nunca supe cuál. Fue una suerte no enterarnos y pasar la noche en una nube de felicidad. Se confirmó nuestro acierto al separar a las familias y dejarlos con su gente en compartimentos estancos. Nosotros no paramos de gastar bromas y contar chistes de médicos, la mayoría verdes, con los dos compañeros de carrera de Mario y sus novias, y Almudena y Marianne con sus respectivos. Yo observaba a ratos a mi madre, a quien tanto quería. La recuerdo feliz, increíble pero cierto. Hablaba por los codos y reía relajada. Incluso mi abuela parecía contenta. Tal vez fuera el vino. Lo mismo pude observar de mi padre, aunque los colores de su cara me hicieran sospechar que su ingesta de licores era muy superior a la recomendable. Estaba dicharachero y con un brío que no había tenido en todo el día, como si se hubiera quitado una losa de encima. Conforme dábamos la típica vuelta por las mesas, me paré un ratito más largo a hablar con él aprovechando que Verónica, al aproximarme, se había perdido por otra mesa.

—Lucía, tu padre va a reventar. Niña, dile que no coma más. —Era Boro, su abogado y amigo de toda la vida, quien me hablaba—. ¡Cualquiera diría que es su última cena!

Mi padre sonrió.

—Mira quién fue a hablar. ¿Tú te has visto, Boro? —Y los dos rieron—. Hoy es un día especial, nada importa más que la felicidad de mi hija. Mañana nunca se sabe lo que pasará, así que déjenme en paz. No pienso dejar ni las migajas, que no saben el tiempo que llevo con lechuga y pechuga, pero de pollo, ¿eh? Que de la otra ya no me dejan ni olerla.

Sí, había bebido demasiado. Pero mejor así. Por un día no pasaría nada y yo prefería esta euforia a la melancolía de la tarde.

Bailamos, bebimos, cantamos, y pasadas las cinco de la mañana nos retiramos. Dormimos en el Parador, como la mayoría de los que habían venido de fuera, y digo bien, dormimos: el excesivo grado de embriaguez y el cansancio derivado de la tensión acumulada nos cayó de golpe una vez solos en la habitación. Desnudos y abrazados permanecimos vencidos por el sopor hasta que unos golpes en la puerta nos despertaron.

—Chicos, ya es hora.

Mis primos, los amigos de Mario, Marianne, Nando y Almudena con su novio se colaron en nuestra habitación en cuanto Mario franqueó la puerta. Mis primos estaban serios pero no reparé en ello, distraída con las bromas de Almudena y más preocupada por taparme. Durante la comida me explicaron el porqué de su cara de circunstancias, aunque habían prometido no decirme nada.

—Tu padre tuvo un accidente anoche, pero no te asustes, salió ileso. No quería que te lo contáramos para no preocuparte.

Les urgí para que me detallaran lo sucedido. Era algo incomprensible; o tal vez no. Había bebido mucho, y tuvo que conducir él. Vero había ido en su propio coche y abandonó la fiesta antes de cortar el pastel, cuando no le quedaron más mesas por emponzoñar. Mi padre giró hacia el campo de golf en vez de coger la salida de la carretera y pisó el acelerador a tope. Se confundió de camino, fue la explicación. Era de noche y su estado poco lúcido. No vio un búnker, el coche voló y aterrizó contra el talud del búnker quedándose clavado. Por fortuna no había dado tiempo a que tomara excesiva velocidad, y saltaron los *airbags* al impactar.

Quise ir a verlo de inmediato pero Roberto insistió:

—Tranquila, está bien. Salió por su pie, regresó andando al Parador para dar aviso al seguro y volvió junto a su coche. No se movió de allí hasta que llegó la grúa. No le digas que te lo hemos contado que se enojará. Mis padres quedaron en pasar el día con él.

Aquello me tranquilizó, pero era el digno colofón a una boda muy complicada.

37

El viaje de novios fue una cura psicológica para los dos. No quisimos pensar ni un segundo más de lo necesario en lo que dejamos en Valencia. Yo había podido hablar con mi padre; se encontraba bien, pero transmitía tanta tristeza que me intranquilizó. Aquel hombre no era el mismo de años atrás, ni siquiera de semanas atrás. Algo en él se había roto. Pero tomé la decisión, conforme llegué al aeropuerto, de no obsesionarme. Iba a disfrutar de mi flamante marido y del maravilloso viaje que nos esperaba. Fueron días de pasión desbordada, de desgaste físico a fuerza de caminar, de subir y bajar pirámides, de no perdernos un rincón y de amar con la alegría del futuro por compartir. Creo que nunca sentí una felicidad tan limpia, tan completa y redonda como aquellos días de primeros de octubre en que recorrimos de un extremo a otro de ese vasto país; de la acelerada Acapulco a la tranquila Cancún, de la majestuosidad de Chichen Itzá a los jardines de Cuernavaca, de los paisajes agrestes de Taxco a la exuberancia del Yucatán. El padre de Mario nos había diseñado la ruta, conocía bien el territorio y había asesorado a su hijo sobre los lugares imprescindibles de visitar y algunos menos conocidos. Y la otra geografía a recorrer, la de nuestros cuerpos, la repasábamos cada día con devoción, como si de un El Dorado por descubrir se tratara, provocando sensaciones nuevas y llenándonos de vida. La última noche, de vuelta en el lujoso hotel de México D. F. donde nos alojábamos, se me escapó una lágrima confusa, mezcla de felicidad y de temor a perderla cuando regresáramos a casa. Como una niña, deseaba permanecer en aquel cuento encantado para siempre. Mi consuelo era Mario, saber que lo tendría a mi lado cada noche y cada amanecer, aunque durante el día nos veríamos poco. Intenté no imaginar cómo sería la convivencia con mi madre porque el estómago se me comprimía como antaño; mejor no anticipar disgustos cuando en teoría sólo estaríamos un mes con ella, tiempo estimado de finalización de la remodelación. Pero no, las obras no acabaron tan pronto, la convivencia bajo el mismo techo fue tan dura y complicada como imaginé, y la vuelta a la empresa mucho peor que cualquiera de las anteriores.

Tanto Mario como yo trabajábamos muchas horas. Ninguno volvía a casa antes de las ocho, a veces incluso después. Él, porque sólo abría la consulta por las tardes y era la manera de rentabilizarla. De ocho a tres en el hospital, si bien ya no hacía guardias, y de allí, con apenas un bocado, se marchaba. No le gustaba apremiar a los pacientes, le encantaban los niños y se los ganaba, se sentían cómodos con él y las madres tampoco tenían prisa por alejarse del joven pediatra. Poco a poco estaba consiguiendo una clientela fiel, unos pacientes traían a otros, y la consulta pronto estuvo rebosante de madres y pequeños. Llegaba extenuado, mudo de tanto hablar y con frecuencia no le apetecía cenar de puro agotamiento. Yo, de nuevo inmersa en la guerra de Loredana. Había organizado una reunión de arranque de producción los lunes a primera hora para anticipar problemas, comentar los nuevos productos y distribuir algunas tareas por resolver. Pero faltaba gente, se percibía el temor, y algunas de las medidas aprobadas, si afectaban a áreas dominadas o participadas por Verónica, quedaban sin efecto. Desestimé acudir a mi padre con más problemas. Desde mi regreso, aunque no podía marcar exactamente desde cuándo, lo veía diferente, sin vida, sin ilusión. Como si en Ohio le hubieran quitado el gen de la alegría en vez de repararle los vasos dañados, pese a que mientras permanecimos allí mostrara mucha más vitalidad. Le faltaba también potencia en el trato, en la toma de decisiones y era mucho menos sanguíneo que antaño. Arrastraba ligeramente los pies —nada escandaloso pero yo lo notaba—, caminaba más pausado, como si midiera los pasos, y algo encorvado. Contarle las jugadas de su mujer era impensable, además de inútil. Nunca me creyó en el pasado, siempre encontró una explicación lógica, ya fuera por convencimiento o porque considerara más sencillo que aguantara yo la situación ante la irracionalidad de Verónica. «Déjala, todo tiene arreglo», me repetía para mi desesperación. El único arreglo posible era que Vero se quedara en casa y eso no iba a pasar.

Cada jornada se hacía agotadora. Para hablar con algunos empleados me escondía o vigilaba que no hubiera nadie cercano a Verónica al acecho; la no renovación del contrato a una joven muy habilidosa a quien yo había felicitado públicamente por su productividad en aparado de pisos me hundió. Teresa me descubrió que Verónica, desde entonces, no había parado de criticarla y fue Jesús quien le informó de la no renovación. Me afectó, era injusto, pero nada podía hacer. Era un rey Midas inverso, todo lo que tocaba se convertía en ceniza. Las reuniones se limitaron a aquellos a quienes no les importaba hacer alguna hora extra y se celebraban cuando quedaba poca gente. Yo revisaba que todo se hiciera según lo previsto cuando ya había sonado la sirena, dejando discretas notas para el interesado cuando había algo que modificar. Era más seguro que acercarme a explicárselo. Llegaba de esta guerra tan exhausta por la tensión como Mario, deseando meterme en la cama con él, abrazarlo, sentir su calor en mi piel, llenarme de paz y dormir hasta que el despertador anunciara una nueva jornada.

Pasábamos el tiempo de la cena y la sobremesa con mi madre y la acompañábamos mientras veía las noticias o algún programa de su interés. Entonces hablábamos en voz baja, contándonos los enredos del día y diciéndonos huachaferías —como él las llamaba en homenaje a nuestras lecturas de Vargas Llosa— sin molestar.

Pero pasado un mes, mi madre sacó las uñas.

—Se han tomado mi casa por una pensión. Encima de que los tengo aquí a los dos en plan *bed and breakfast*, se pasan la vida hablando quedo o mudos. Me parece increíble, además de una grosería.

—Mamá, no llegamos tarde por gusto, deberías saberlo. Y si hablamos en voz baja es por no molestarte cuando estás viendo algo que te interesa.

—A mí también me interesan sus cosas.

—Lo sé, pero a veces cuando hemos comentado algo más alto has subido el volumen de la tele y hemos interpretado que molestábamos. Si lo prefieres, podemos irnos a nuestro cuarto después de cenar.

—¡Lo que faltaba! Dicen que cuando una hija se casa no pierdes una hija, ganas un hijo —hizo una pausa dramática, cada vez más parecidas a las de mi abuela—, pero yo estoy más sola que nunca. Menos mal que de vez en cuando viene Amparo a visitarme, mi única familia, la única de quien puedo depender —Otra pausa, un suspiro sonoro, una media sonrisa—: Por cierto, que sepas que esta mañana firmé la venta de las acciones de Confecciones Lena. La empresa ya no es mía, es de un *holding* multinacional.

—¿Cómo?

—¿Te sorprende? Desde que comenzaste a trabajar para tu padre lo tuve claro. Y más después de esa cosa extraña que hizo con las acciones. No la había vendido hasta ahora porque no me habían hecho una oferta tan jugosa y, además, Javier siempre me decía que me arrepentiría de no dejártela a ti. —Tuvo un segundo de debilidad al nombrarlo, pero al siguiente su gesto era duro e impenetrable. Se subió las gafas para ocultar los ojos, los pensamientos, los recuerdos—. Pobrecito mío, menos mal que no ha visto a lo que hemos llegado. —Guardó silencio unos instantes, como para ordenar las ideas—. No había aparecido la ocasión. Pero la verdad es que tras valorar esta oferta tuve claro que no tendría otra igual. El sector de la confección se va a la mierda, son muchos los que han cerrado y yo no me voy a dejar la salud en una empresa que ya no hay quien quiera continuar.

No entendí bien aquella frase, sólo sé que me dolió como una puñalada entre las costillas. Mario, en exceso prudente y poco amigo de discusiones, había abandonado la salita en cuanto los dardos comenzaron a volar. Se oía correr el agua de la ducha.

—¿Y tú eres la que se queja de que no te hablamos? ¿Cuánto tiempo llevas estudiando esto? Porque algo así no se improvisa. Y menos tú. Conste que no te lo reprocho, es tu empresa, pero me hubiera gustado saberlo.

—Bueno, nunca te interesó mi negocio, y como pasas tan poco rato en esta pensión… —La mirada de mi madre seguía clavada en el televisor, como si no hablara conmigo—. Quería habértelo comentado antes pero no he encontrado un resquicio entre sus murmullos para poder compartir nada.

Me entraron ganas de llorar, no sólo por la venta de la empresa —que había sido su vida y la mía— sino también por la combinación de hostigamiento personal y cansancio físico. Le di las buenas noches, decidida a escapar cuanto antes de aquella casa. Siempre fue difícil respirar allí pero con la edad y las desgracias mi madre no daba tregua. Una cosa era estar yo sola —y entrenada—, y otra que aquel veneno llegara a afectar al carácter de Mario o a nuestra relación. Me resigné con cierto remordimiento a la pérdida de Confecciones Lena. Si no hubiera ido a trabajar con mi padre, si le hubiera dado una oportunidad, ahora la empresa seguiría en la familia y yo tendría el porvenir menos incierto. La voz de Paco Folgado vaticinándome un destino negro en Loredana resonaba con frecuencia en mi cabeza; así no se podía trabajar, y salvo que mi padre diera un manotazo, algo improbable dado su estado anímico, las cosas no cambiarían. Mi futuro se tambaleaba y quedaban demasiados pagos pendientes de aquella obra interminable. En medio de todos aquellos razonamientos tan pragmáticos me asaltó una preocupación adicional. Si mi madre dejaba de trabajar se desquiciaría, no había parado desde los dieciocho años y no la imaginaba con otro ritmo de vida; mejor no pensar cómo podía afectar a su humor. Fue una de las preguntas que le hice durante la conversación, y tras darme las gracias por mi interés en un tono irónico, me aclaró que seguiría trabajando al frente de la empresa durante al menos los próximos tres años con un contrato blindado y un sueldo considerable. Era única negociando y aquella partida la jugó como todas, con la cabeza fría y mucha inteligencia.

Las navidades tuvimos que pasarlas con ella. La obra no acababa, cada peseta iba destinada a pagarla y mi madre tampoco quiso hacer ningún viaje de los que solía organizar por esas fechas. Yo no entendía cómo el apartamento daba tanto trabajo, pero cuando no era una complicación era otra. Hubo que cambiar todas las instalaciones y, como apenas conseguíamos acudir salvo en fin de semana sin ningún responsable con quien hablar, detectábamos los fallos cuando el causante había desaparecido. El presupuesto se desniveló y vivíamos al día, a pesar de estar a mesa y mantel, como mi madre nos reprochaba. En esas fechas estaba casi terminado, sólo faltaban las puertas, y en cuanto estuvieran llevarían los muebles y nos mudaríamos. Temía ese momento. Por mucho que protestara por nuestra presencia, no aceptaría la soledad con buena cara. Llevábamos toda la vida juntas y prácticamente solas, compartiéndolo todo, y mi marcha le afectaría, no tenía duda. Pero yo necesitaba salir de allí, ser independiente y empezar de verdad una nueva vida. Fue ella quien me dio el empujón definitivo. Tras un desencuentro por compartir la comida del día de Navidad con los padres de Mario y «dejarla sola», cuando habíamos cenado en Nochebuena con ella y mi abuela, tomé la decisión de empezar el año en nuestro nuevo hogar, con puertas o sin ellas, con muebles o sin ellos. Si éramos tan felices de camping, bien podíamos extender los sacos de dormir hasta que llegara la cama. No fue necesario, la víspera del día de los Inocentes llegaron los muebles. ¿Quién necesita puertas viviendo solos?

Así que ante el mal disimulado disgusto de mi madre, hicimos el traslado definitivo a nuestra casa el primero de enero de 1992. Nuestra no, de mi madre, pero en aquel momento nos sentimos los reyes de aquellas paredes.

Pasado el 7 de enero, mi situación en Loredana evolucionó a desastre. También para Alice; incapaz de aguantar más humillaciones y no encontrando otro trabajo en España, decidió regresar a Estados Unidos. Perdía mi apoyo, mi confidente, mi aliada, mi amiga. Mi pequeña familia. Se la había jugado muchas veces pasando mensajes al departamento de Verónica o contándome qué se cocía allí, información que se me ocultaba, pero su situación era tan insostenible como la mía y su sueldo mucho menor. Lloré cuando me lo dijo, pero la entendí. Yo estaba abocada a hacer lo mismo, pero era más cobarde. ¿Y si no encontraba otro trabajo? No sabía dónde buscar, no había muchas empresas del sector en la ciudad, tendría que irme a alguno de los pueblos de alrededor, y aunque ya tenía años de experiencia, era muy joven y la tinta de mi título de ingeniero todavía estaba fresca. Nunca me sobraron seguridad y confianza en mí misma, y dudaba de mis posibilidades para encontrar otro empleo. Tampoco me veía trabajando para la competencia. O me hundía en Loredana o acababa de cajera en un supermercado. Cada vez que iniciaba una de mis espirales de huida acababa con un ataque de ansiedad, falta de aire y de esperanza. No me atrevía a dar el paso. Mi relación con la empresa era la de un matrimonio acabado que sigue junto, esperando a que algo fuerce la ruptura por falta de valor para afrontar la realidad. Pero si de algo no podía quejarme era de cómo el destino siempre facilitaba en mi familia esas crisis con exagerada contundencia. La semana antes de Fallas me llamaron a una reunión. Según Jesús no cuadraban las existencias; lo venía notando hacía tiempo y había forzado un recuento de las pieles del almacén: faltaban muchas piezas. Yo me extrañé, la merma era mínima para los estándares del sector y el MRP hacía los cálculos de necesidades de materia prima conforme a los escandallos, todo cuadraba. Sólo había tres posibilidades: o alguien las había robado del almacén, o alguien estaba robando el producto final sin que llegara a facturarse, o yo estaba haciendo muy mal mi trabajo y se malgastaba una materia prima que costaba una fortuna. Había una posibilidad adicional, que el cálculo de Jesús fuera erróneo —o falso—, pero cuando pregunté si lo habían revisado bien la respuesta fue categórica. La discusión fue cerrándose en torno a mi responsabilidad, tanto sobre los almacenes de materia prima como sobre la producción. ¿Me estaban acusando de robar en mi propia casa? No, sólo de irresponsabilidad e incapacidad para controlar a mis empleados, ya que aquello estaba pasando delante de mis narices. No podía descifrar si la cara de mi padre era de decepción o de angustia. Apenas intervino, sus cejas pesadas sobre los párpados cansados. Cómo había envejecido en poco tiempo. Acabamos la discusión con Verónica vociferando incoherencias sobre mi ineptitud, su sobrino Jesús salpicando con sospechas e ironías la conversación sin acusarme de nada en concreto, y yo defendiéndome sin demasiada cabeza de aquel ataque.

No puse en duda las afirmaciones ni pedí los datos que lo demostraran. Fue Mario quien me lo hizo ver:

—¿Has revisado los informes de los que habla Jesús?

—No, no los trajo a la reunión, sólo el resumen con sus conclusiones de lo que faltaba en el almacén respecto al número de piezas consumidas y productos facturados.

—Pues dile que te pase la contabilidad, que quieres ver algo en concreto, y al menos sabrás si es cierto. Yo no puedo basar mis diagnósticos en lo que los pacientes me cuentan que opinan otros médicos o ellos mismos, tengo que valorar las pruebas. No te agobies, rubita, ya verás cómo se soluciona.

Fue imposible, Jesús era una anguila escurridiza. La información ya había corrido por la fábrica, todos temían ser el sospechoso alternativo si se acercaban a mí o me defendían, aunque nadie creyó la acusación. Así era imposible trabajar y, sentada frente a mi padre con lágrimas en los ojos, tuvimos otra de esas conversaciones trascendentales y odiosas. No quedaba nadie en Loredana. Subí a su despacho como tantos días y me senté, por última vez, en aquella silla tantas veces ocupada para compartir las tareas y preocupaciones:

—Papá, no podemos seguir así… Lo sabes, ¿verdad?

—Nadie te ha acusado de nada, Lucía, yo estoy muy contento con tu trabajo. No tengo ninguna duda, se equivocan. Lo sé.

—Da igual… Apenas puedo trabajar. Lo de las pieles dice Jesús que lo está revisando porque igual se equivocó alguien en el recuento, pero es la comidilla de la empresa. Hoy ha sido esto, y mañana será otra cosa. No puedo más. Y tú tampoco. ¿Has visto la cara que tienes? Has envejecido diez años desde que volvimos de Estados Unidos, cada día estás más agotado, te veo sufrir…

—Hija —mi padre también aguantaba las lágrimas en los ojos—, yo no quería que esto fuera así, lo hice mal, no te puedo explicar ahora… —Yo no sabía de qué hablaba, me pareció que estaba desvariando—, pero se va a arreglar, no lo dudes. Confía en mí.

—Papá, no es culpa tuya. Podrías haberme apoyado más, cierto, pero entiendo que no puedo darte a elegir entre tu mujer y tu hija.

—De poco sirvió llevar la frase siguiente ensayada, mi garganta se empeñó en dejarla atrapada; tardé varios segundos en soltarla de tirón—: No puedo seguir trabajando aquí, me voy, pero al menos necesito que me despidas para cobrar el paro hasta que encuentre algo. De hecho, dada la situación hace tiempo que deberías haberme despedido tú.

Las lágrimas silenciosas, tan amigas mías, recorrieron una vez más el camino demasiado conocido de mis mejillas. También las de mi padre, un espectáculo que preferiría no haber visto. Era un hombre roto. Sus ojos gritaban explicaciones que no me dio, ocultaban miedos que yo podía sentir, transmitían desamparo, desesperación e imploraban perdón. Le estaba haciendo daño, pero ambos sabíamos que no había alternativa.

—En unos días te preparará Jesús el finiquito y arreglaremos los papeles.

—Prefiero que me lo des tú el fin de semana, no quiero verlo. José Ignacio puede ocupar mi puesto, está al día de todo y tiene la formación necesaria. Además, es un tío, como tú querías. —El comentario se quedó a medio camino entre la broma y la impertinencia.

Sus cejas aún se cernieron más sobre sus ojos mortecinos.

—No te preocupes, no pensaba que te lo diera él. —No dijo nada de mi último comentario—. ¿Y qué harás? ¿Has mirado algo?

—No tengo ni idea, ponerme a buscar trabajo, algo encontraré.

—Voy a hacer unas cuantas llamadas, seguro que encontramos algo.

—Espero que des buenas referencias mías —bromeé por quitar dramatismo.

Me cogió las manos, que descansaban sobre la mesa, y me las apretó sin decir nada. Lloraba; percibí rabia.

Recogí mis cosas en un par de cajas y abandoné Loredana para siempre. Tres días después mi padre quedó conmigo en la Taberna Alkázar, viejo testigo de nuestros dramas y alegrías, y me puso delante una cantidad de papeles a firmar que no esperaba. Sólo leí el primero, la carta de despido, y mi vista se nubló. No pude ni quise leer más copias. ¿Para qué? Lo firmé todo, cogí el cheque del finiquito, me disculpé, incapaz de tragar un bocado, y me fui.

38

No fue fácil adaptarme a la ociosidad forzosa ni recaer en la inseguridad sobre el futuro. Desde niña había buscado asirme a algo, pisar suelo firme, encontrar certezas para mitigar la incertidumbre diaria. Retomé esta búsqueda y sus sensaciones, aunque ahora menos angustiosa gracias a la fortaleza de Mario y la seguridad de su trabajo. Los primeros días entretuve la opresión y el sentimiento de inutilidad preparando mi currículum. Cuestionaba mis capacidades, pero una vez terminado me pareció que daba el pego. Carrera, experiencia laboral e idiomas con sólo veintisiete años; tampoco estaba tan mal. Lo difícil era encontrar dónde enviarlo para acceder a un puesto adecuado a mi perfil, y resolví que, si pasados seis meses no encontraba nada acorde a mi formación, aceptaría cualquier otra cosa. No podía sentirme como un parásito también con Mario, bastante había soportado ese calvario en el pasado. Todos los fines de semana escrutaba las páginas salmón de *Las provincias* y *Levante* y llamé a Paco Folgado, con quien quedé de tomar un café. Me evitó el insoportable «te lo dije», tal vez porque yo me adelanté. Cuánta razón había tenido. Se comprometió a avisarme si encontraba algo. Pero pasaban los días y las paredes a mi alrededor se estrechaban. Me faltaba casa para limpiar o ropa para planchar y, en comparación con el desastre que estuvo por falta de tiempo cuando nos mudamos, ahora la limpiaba sobre limpio y el orden era militar. Algo bueno tuvo este tiempo, pude elegir telas para las cortinas, confeccioné cojines y ultimé los pequeños detalles que convierten un rectángulo de ladrillos en un hogar.

Por fortuna, cuando ya me conocía las distintas marcas de productos de limpieza, era experta en abrillantar cristales, había recuperado mi perdida habilidad para el macramé y el ganchillo y me había lanzado a experimentar nuevas recetas, Almudena vino al rescate. Una sociedad de un amigo de su padre necesitaba un director para la nueva filial de próxima apertura en Valencia. Envié mi currículum a la matriz en el País Vasco convencida de que sería inútil; pero me llamaron, pasé las entrevistas de selección de personal y, ya fuera por el empujoncito de la familia de Mumu, ya porque le cayera simpática al entrevistador, me dieron el puesto. Me costó creerlo, iba a cobrar más del doble que en Loredana, respondería sólo ante la central del País Vasco y podría formar mi propio equipo. Lo complicado: levantar una sucursal en un sector saturado donde yo carecía de experiencia. Pero me sobraba voluntad para trabajar, tenía facilidad para organizar, estaba acostumbrada a dirigir y poseía los conocimientos técnicos necesarios. Me reconcomía cuánto habrían pesado las influencias de los Menéndez-Núñez, pero dada mi situación no podía ponerme digna y rechazar una propuesta así. Tampoco fue fácil, pasé por cuatro entrevistas, un test psicotécnico de ésos que temes saque tus fantasmas a relucir —yo tenía una congregación en mi armario—, una prueba de inglés y un examen sobre hidráulica, mecánica y electrónica práctica. Bendije a Juan, el jefe de taller del que tanto aprendí, y a Folgado, por haberme dado responsabilidades. *Empowerment* era su palabra y ahora era mi bagaje. Pero sobre todo a la familia de Almudena, porque de no ser por ellos seguiría en el paro. El mes de mayo me pareció más florido, más vivo y luminoso que cuatro días antes. Sentí un alivio inmenso en cuanto volví a la rutina laboral, a pesar del horario inhumano y del abandono en el que dejé nuestro apartamento. Se impuso contratar ayuda aprovechando mi nuevo y flamante sueldo, y con la colaboración de Carmela —una joven de treinta años, carnes magras y mucha fibra— llegamos al Nirvana del recién casado: matarse a trabajar, verse poco pero con intensidad, llegar a una casa limpia como por ensalmo y no llorar al ver el extracto a final de mes. Mi dicha era, casi, completa.

Mientras estuve en paro intenté pasar más tiempo con mi madre. Cuando Mario no comía en casa, algo habitual, me acercaba a comer con ella. Al principio me soltó una de sus frases sobre confundirla con el restaurante de la esquina y opté por visitarla al final de la tarde aprovechando que ya no trabajaba tantas horas. Pero pronto fue ella quien me propuso compartir almuerzos y sobremesa. No lograba entender aquella mezcla de amor y resentimiento, de necesidad y desprecio. Las conversaciones discurrían por una cuerda tensa, propensa a la rotura y yo partía unos días agotada de hacer malabarismos dialécticos para no entrar al trapo de sus indirectas, y otros feliz por verla receptiva y contenta, disfrutando de mi compañía.

Estuvo muy preocupada por mi situación en aquellos días. En realidad siempre lo estaba. Cuando trabajaba en Loredana por el exceso de horas, el paupérrimo sueldo y mi ansiedad. Intuía la mano negra de Vero en todos mis problemas a pesar de mi mutismo —la misma mano que había destrozado su matrimonio—, y llegaba más allá, haciéndola responsable de sus problemas de salud —seguía acechada por las bronquitis aunque no había vuelto a padecer neumonía—, e incluso de un esguince de tobillo que Mario se hizo en el hospital al bajar por las escaleras. Yo miraba al cielo y la dejaba hablar. Según su teoría, aquella mujer había embrujado a mi padre para dejarlo sin voluntad y nos había echado mal de ojo para tener vía libre a la empresa y perjudicarnos. Para ella era la maldad hecha carne; para mí no era mucho mejor, pero sin sacar los pies del terreno de los vivos. Comentarios que en mi niñez y adolescencia quedaban en insinuaciones a veces indescifrables, se expresaban ahora con claridad y contundencia, asumido mi cambio de bando respecto a Verónica aunque nunca me perdonara la traición previa.

No sé si la obsesión con las malas artes de La Bicho —como a veces aún la llamaba— venía de siempre y se aficionó a las videntes tras sufrir tantas desgracias, o por el contrario fueron las videntes quienes le inocularon la sospecha de la mala influencia de Verónica en nuestras vidas, pero para entonces ella lo entendía como algo indiscutible. Cuántas veces había mencionado a la gitana del Retiro a lo largo de los años, para mi hartazgo, aunque entonces yo ignoraba alguno de los vaticinios cumplidos. La consecuencia de esa caída en las redes de los poderes sobrenaturales fue, no contenta con sus rezos y velas, empeñarse en que Mario realizara unos ritos absurdos que mi poco discutidor marido, tan incrédulo como resignado, aceptó con tal de darle tranquilidad al sufrido corazón de mi madre.

Tuvo que ser casualidad que la oferta de empleo de Almudena llegara a los siete días del puñetero conjuro, pero así fue. Suficiente para alimentar la fe ciega de mi madre en la pareja de sacadineros. Sí, visitaba a dos, para contrastar. Leía siempre varios periódicos para llegar a la noticia real, no iba a actuar de forma diferente con la actualidad sobrenatural. Yo encontré trabajo y a Mario le faltaban horas para abarcar el que le llegaba; nuestra economía resucitaba —aunque no tuviéramos tiempo para saborearlo—, y para mi madre la distancia abierta entre el mundo de mi padre y el mío era el mejor de los regalos. Las piezas de nuestras vidas encajaban.

El trabajo me absorbió y de nuevo los escasos momentos libres volaban en gestiones caseras y en disfrutar con Mario. Entre semana perdí el contacto con mi madre, ya no había almuerzos con sobremesa, ni tardes de compras. Los reproches volvieron, las llamadas de teléfono —aun siendo diarias eran insuficientes— se tornaron infecciosas, lastimeras, supuraban reproches y muestras de melancolía. Me afectaba, mucho. Mi sentimiento de traidora, tantos años alimentado, emergía en esas conversaciones para multiplicar mi deuda con ella: me lo había dado todo y yo nunca conseguía corresponder. Se implantó la norma de comer los sábados con mi padre y los domingos con mi madre —menos mal que los Ibarlucea se habían instalado definitivamente en Barcelona, donde tenían sede la mayoría de las empresas con las que aún contrataba el padre de Mario—; el tiempo restante se repartía entre los amigos, cosas de la casa y nuestra propia compañía. A Mario no le hizo gracia la nueva rutina, pero se resignó. Tenía que hacerlo para sentirme bien o, al menos, no tan mal.

No sé si tras la intervención quirúrgica o como consecuencia de lo sucedido alrededor de la boda, mi padre no había vuelto a ser el que era. Me costó aceptar que la suya fuera la evolución normal tras la operación. Mario me explicó que en los casos de cirugía como la aplicada a mi padre, muchos pacientes sufren trastornos psiquiátricos transitorios, al parecer debido a decrementos del flujo cerebral durante la circulación extracorpórea. Pero, según él, la mayoría se recuperaba *ad integrum*, y mi padre parecía cada vez más apagado. Era difícil arrancarle una palabra; disfrutaba, esto sí, escuchando nuestros logros, se le iluminaba la cara cuando compartía con él los cierres de objetivos, alguna felicitación de mis superiores o las decisiones complicadas que a veces tenía que tomar y para las que valoraba su consejo. Cuando le preguntaba por la marcha de Loredana en frecuentes ataques de masoquismo —para mí era como hablar de un miembro amputado—, no conseguía arrancarle más que vaguedades y el velo plomizo que apagaba su mirada caía como una guillotina. Era triste ver a un hombre de su carácter y valía reducido a una caricatura de sí mismo, y me sentía responsable de su pesadumbre. No había motivo, pero desde niña me había sentido la culpable de las desgracias de mis mayores. Traté de hacerle hablar, de sacarle lo que fuera que lo tuviera en su nube de apatía, pero nunca fue hombre que exteriorizara sus sentimientos ni compartiera preocupaciones. Por toda respuesta siempre repetía:

—La vida es justa, Lucía, y a cada uno le da lo que se ha trabajado en el camino. Tú eres joven, pero tendrás un gran futuro, lo sé, no te preocupes. Te lo mereces.

Para mi madre la vida era injusta y nunca daba su merecido a nadie. No había más que ver a su hermano triunfando en política, a su padre, que a saber qué golferías andaría haciendo desde que le perdieron la pista. A Vero, dueña de todo... O a ella misma —de esto no hablaba con claridad— aplastada sin piedad por la vida a pesar de haberse preocupado desde niña por quienes la rodeaban, machacada por todos a los que amó. Incluso le había arrebatado a la única persona que, según ella, la había querido. Toda una vida de dar sin recibir, para acabar sola como un perro, frase repetida hasta formar parte de mi código genético; aunque cuando se refería a mí, yo sí era un castigo merecido por su desafecto religioso y su alejamiento de los principios morales de la Iglesia, por su obstinación y enfrentamiento a sus padres, por no amoldarse. Yo era su castigo, y recibiría el mío. Tal vez esas cargas fueran las que me hacían caminar siempre con los pulmones a media capacidad.

Y entre el planteamiento de mi padre y el de mi madre, me quedaba con el de ella, no sólo por los palos inmerecidos que la vida le había dado, sino por cómo me habían ido las cosas y cómo veía que le iban a Verónica. A mediados de junio me llamó Almudena indignada. Había coincidido con mi querida madrastra en el Rocío y, sin recato o disimulo, compartió con sus amigos de la Hermandad de su tía Virtudes la alegría por haberme quitado de en medio —yo era una arpía y una inútil que estaba hundiendo la empresa— y, para celebrarlo, llevó un camión de Loredana cargado de regalos y champán para hacer el Camino. Almudena estaba furiosa, y su madre había decidido apartarse de aquella señora escandalosa por la que su hermana Virtudes había perdido el decoro.

Me costó aceptar lo que Almudena me decía; era excesivo, pero contó detalles imposibles de conocer salvo a través de Verónica, como la acusación de pérdidas millonarias de material en el almacén de materia prima del que me hicieron responsable. Mientras repartía regalos para celebrar su triunfo, la rociera valenciana les explicó cómo, de seguir yo en Loredana, la empresa se hubiera ido a la ruina. Mi renuncia había sido una bendición —según ella, avergonzada por mi ineptitud y sobrepasada por las responsabilidades que nunca debieron adjudicarme—. Y visto lo visto y conociendo el pasado de la señora en cuestión, ya no puse en duda nada más. Mi madre siempre me reprochó mis buenas relaciones con el enemigo, con muchos argumentos y no le creí entonces. Inocencia, estupidez, soberbia, de todo hice gala. Recordar mi defensa a ultranza de aquella mujer todavía hoy me provoca remordimientos y una malsana sensación de ingenuidad. Pero ya podía creer cualquier cosa. Todo cuadraba, y lo importante o lo más lacerante era darme cuenta tan tarde de que mi madre nunca mentía ni erraba. Verónica era capaz de lo peor y mi padre le importaba bien poco, a esa conclusión había llegado yo solita en los últimos meses.

Me dio rabia, mucha, saberla celebrando algo tan doloroso para mi padre y para mí. Pero mejor no pensar en ello, era el pasado y tenía un presente estable y un futuro prometedor, aunque lejos de la Loredana en la que crecí.

39

Estabilidad. Esto era lo que siempre había yo buscado y por fin tenía. Trabajo, amor y paz de espíritu —entonces la salud parecía cosa de mayores—, como cualquiera, aunque este último ingrediente fuese como la trufa, escaso y caro de conseguir. Mi madre arreció sus críticas hacia mi falta de atención y siempre aparecía como contrapartida su generosidad al cedernos su apartamento, tan poco merecido. Le insistí para abonarle un alquiler, pero se ofendió por creerla capaz de cobrarle a su hija. «Puede que eso lo hiciera tu suegro —me dijo—, no yo». A mí me dolía cada comentario, sobre todo si Mario estaba presente; él nunca quiso aceptar el inmueble, fui yo quien lo convenció en una de nuestras escasas discusiones: estaría más cerca de mi madre, la zona era muy buena, podríamos remodelarlo a nuestro gusto —algo imposible si alquilábamos—, buenos colegios alrededor si teníamos niños… Me apliqué. No lo convencí, aunque aceptó. Para él, impermeable a mis argumentos, nunca sería nuestra casa. A todos los efectos era un regalo, ¡si ni siquiera aceptaba que le pagáramos un alquiler! Mi madre me había ofrecido aquel apartamento porque no tenía a nadie más que a mí, ¿qué otra cosa querría hacer con él? No me imaginaba entonces hasta qué extremo nos pesaría nuestra precariedad y mi exceso de confianza.

Desde que nos mudamos a primeros de año sus visitas fueron frecuentes, y cada vez nos regalaba alguna inconveniencia digna de mi abuela Dolores:

—Qué luces más feas has puesto en la cocina. La verdad es que podías haberme consultado, teniendo en cuenta que el apartamento es mío.

—Desde que han cambiado la puerta del comedor de sitio la casa está mucho más oscura. Con lo luminoso que era este apartamentito antes y me lo has dejado hecho una cueva.

—No te quejarás, que menuda hipoteca barata te ha salido.

Y así hasta lo insoportable. Incluso Mario, descendiente directo del santo Job, le contestaba en alguna ocasión fuera de tono, cansado de vivir de prestado y hostigado casi a diario.

Aquel año 1993 en que Luis Roldán pasaría a la historia como el humilde precursor de tantos amigos del dinero público como vinieron después, nos marcó a nosotros de forma bien diferente. En marzo quedé embarazada. No fue premeditado, estadística pura, pasé a engrosar el 0,16% de fallo que aparecía en los estudios de los laboratorios de anticonceptivos. Cuando confirmé lo que intuía me temblaron las piernas. Me vi sin trabajo, con una boca que alimentar y la responsabilidad de criar a otro ser humano, envuelta en un torbellino de problemas y asumiendo obligaciones no planteadas hasta ese momento. Pero conforme pasaron las horas desde mi confrontación con la rayita azul del detector, una sonrisa boba me fue barriendo la preocupación de la cara. Iba a ser madre. Iba a tener un hijo de Mario. Él estaría a mi lado. Recordé cómo describía Steinbeck a Rose of Sharon cuando partieron de Oklahoma, ella embarazada, y pensé que yo debía de tener un aura parecida. Pero mejor tener más suerte. También pensé en mis monitoras de Irlanda, con sus sonrisas de secretos felices. «Tal vez estuvieran embarazadas», pensé entre risas, porque ahora era yo quien irradiaba alegría por un secreto íntimo. Mario tuvo un proceso similar al mío, sorpresa, miedo, asimilación, aceptación y alegría. Y mi madre tuvo justo el inverso: pasó de la alegría al miedo y del miedo a la incredulidad. No podía haber sido tan irresponsable, con el poco tiempo que llevaba en la empresa. Qué iban a decir mis jefes. Su mentalidad empresarial se superpuso a la de madre. Lo cierto es que no había muchas mujeres en la dirección de la compañía, yo era una excepción, y la dedicación que requería mi puesto no conciliaba bien con la maternidad.

Mi padre se emocionó mucho al saberlo y comenzó a hacer planes, como si mi hijo ya hubiera nacido y fuera a comenzar en la universidad, convencido de que sería un niño. Y los padres de Mario parecieron alegrarse. Aurora era algo más expresiva, pero mi suegro nunca sabía qué pensaba, gastó un par de bromas sobre la masculinidad de su vástago y poco más, aunque dejó traslucir cierto orgullo ante la posibilidad de contar con un nuevo Ibarlucea en la familia.

El embarazo fue duro. Mis obligaciones eran las mismas, la carga de trabajo también pero, tal vez en un exceso de responsabilidad o por parecer más eficiente, me atribuí tareas que podía haber delegado y no evité ni un solo viaje. Quería demostrar que nada había cambiado. El embarazo no me daba demasiados problemas, salvo los típicos, náuseas al principio y un sueño atroz. Eso era lo peor, me dormía de pie, no podía evitarlo, y combatía mi aletargamiento a fuerza de más trabajo y mucho movimiento. Visité todas las delegaciones de la Comunidad, supervisé las instalaciones más importantes y en la oficina organizaba reuniones en las que evitaba sentarme para no sucumbir a Morfeo. Tanto ajetreo tuvo malas consecuencias. La niña —porque fue una niña— se movía tanto o más que yo, y se empeñó en presentarse antes de tiempo. Salía de cuentas a finales de noviembre pero en octubre nació Elvira. A Mario le gustaba el nombre y a mí me recordaba a mi bisabuela, la persona de la familia que con más cariño recordaba después de mis padres, y la única que había tenido un matrimonio normal. A ver si así le insuflaba algo del carácter y ventura de aquella mujer.

Por fin un feliz acontecimiento. ¿O no?

No pensé cuando acudimos al hospital de madrugada, retorcida por las contracciones, que mi calvario se prolongaría más allá del alumbramiento, pero así fue. Para empezar, el parto se complicó y, tras varias horas de esfuerzos inútiles, se impuso una cesárea para evitar sufrimiento al feto. A Mario, que me había acompañado en todo momento, le impidieron entrar en el quirófano, a pesar de ser médico, en aquel hospital y yo caí anestesiada en medio de una gran ansiedad. Cuando desperté en la habitación supe de las complicaciones habidas por los dolores y drenajes. No sé si todas las parturientas padecían la misma sensación de desamparo que yo entonces —la espantosa bata anudada a la espalda contribuía a ello—, pero la vida parecía escapar de mi cuerpo igual que mi vientre se había vaciado. La habitación era luminosa; tanto, que la escasa luz de esos días lluviosos de octubre se multiplicaba hasta resultar molesta. Por una vez el exceso de luz no me reconfortaba. Las persianas se mantenían a media altura para que la niña y yo descansáramos, pero yo no lo conseguía, el resol era más antipático que benéfico. La habitación se cuajó de flores que mi madre sacaba a media tarde al pasillo para evitar el enrarecimiento del aire y, ante mi estado de ánimo, el ambiente florido y sombrío me recordaba más un velatorio que un natalicio. Al menos Mario había conseguido que no tuviera que compartir la habitación.

Mi madre estaba eufórica con aquella criatura, nueva candidata a colmar su necesidad de afecto, y se instaló en el hospital a tiempo completo salvo por las noches. Mario no lo consintió. Dormía en el sofá reclinable y me remordía la conciencia verlo allí acurrucado y pendiente de la niña y de mí. «Tu abuela tiene razón, estas cosas son más agradables en las clínicas privadas», repetía mi madre. Al principio no me importó su sobrecuidado, me encontraba muy mal y sus mimos exagerados sabían a gloria. Pero no caí en la cuenta de que no sería la única en querer conocer al nuevo miembro de la familia y pocos de los candidatos a visitarnos se llevaban bien con ella. Pronto mi habitación se transformó en un ring. Y llegaron los asaltos.

El primer púgil en aparecer fue totalmente inesperado. Mi abuela Dolores se presentó por la tarde acompañada por su hijo Gerard, mi tío, el innombrable, precedido por un centro de flores digno de una *prima donna* —supongo que como bandera blanca—. Mi abuela le había comentado la buena nueva y a él le pareció una ocasión perfecta para firmar el armisticio con su hermana. Como si no la conociera. Las voces de mi madre resonaron por todo el pasillo y mi tío y sus flores abandonaron la habitación a mayor velocidad de la que llegaron. Mi abuela, hecha un drama, le reprochó a mi madre su actitud, y sin apenas dirigirme la palabra, ni reparar en su biznieta, salió ayudada de su bastón tras su hijo adorado. La congoja se instaló en mi garganta. Ni en un hospital, recién parida, podía estar en paz. Mario me apretó la mano. Tragué la bola, pero la preocupación no desapareció. Faltaban por pasar mi padre y mis suegros. Todos *non gratos* para mi aguerrida madre.

El segundo púgil fue mi padre, aunque su visita resultó menos violenta de lo temido. Mi madre lo saludó con frialdad y salió de la habitación con la intención de permanecer fuera mientras él estuviera allí. Pero la visita se prolongó, mi padre también estaba emocionado con su nieta, los surcos pronunciados de su cara se ablandaron y dulcificaron al verla, y los ojos opacos recuperaron un brillo añorado. Ver su reacción, la forma en que miraba a mi hija mientras la mantenía en brazos, casi en las palmas de tan pequeña que era ella y tan grandes sus manos, devolvió las congojas a mi garganta. Aquella pelota parecía imposible de disolver. Me pregunté si alguna vez me habría tomado o mirado de la misma forma. Depresión posparto y debilidad, supongo, pero me sentí triste por mí y feliz por mi pequeño tesoro. Mi madre entró un par de veces, impaciente, y le aleccionó sobre cómo sostener a la niña. Su preocupación era sincera:

—Cuidado con la cabeza, Carlos. Se te va a caer, no la agarres así.

Mi padre perdió la sonrisa y le contestó refunfuñando que había sido padre de tres hijos —lo dijo con pesar, la sombra de Isabelita siempre traía penumbras a su mirada— y sabía cómo manejar a un bebé. Incluso mi madre bajó la cabeza, no pretendía molestarlo, pero no recordaba que a mí me hubiera tomado en brazos de recién nacida. Tal vez porque, tras el parto, ella salió del hospital mucho después de que yo estuviera en casa con él, y durante ese tiempo no lo vio.

Al despedirse, mi padre me dio un beso sentido, grande, tan inmenso como él; y tan sorprendente que me emocioné. No recordaba muestras de afecto similares. Aquel round fue mejor de lo esperado, e incluso mi madre pareció preocuparse por la mala cara con la que había llegado, según ella por los efectos mefíticos de la Vero.

Pero el peor de todos fue el tercer round.

Los Ibarlucea también habían sido abuelos, y quisieron conocer a su nieta. En cuanto aparecieron la cara de mi madre cambió de color. Esta vez no hizo ademán de salir de la habitación, algo que hubiéramos agradecido sobremanera. Se acercó a mi lecho, me asió una mano como si tuviera que protegerme y no dio ni las buenas tardes. Aurora se volcó enseguida en la niña. No le hizo gracia el nombre, pero la tomó en brazos con mimo a pesar de la advertencia de mi madre sobre lo inadecuado de sacar a la niña del nido. Don Mariano no hizo mucho caso al retoño, ninguno a mi madre a la que tampoco saludó, pero por contra se acercó a mí con su guasa habitual y se dedicó a levantarme el ánimo de la única forma que sabía, a fuerza de bromas, con su hijo como protagonista en casi todas. La verdad es que tenía gracia para decir las cosas sin resultar hiriente, pero a mi madre no le hizo gracia alguna y menos nuestras risotadas:

—Hija, podrías decirle a este señor —ese señor estaba al lado contrario de la cama, a un metro frente a ella— que no hable tan fuerte ni monte tanto escándalo, porque va a despertar a la nena.

—Mira qué bien, eso, Aurora, despierta a la niña a ver si le veo los ojos, que así parece chinita. ¿Seguro que es de este medio hombre que tengo por hijo? Porque los Ibarlucea siempre hemos tenido al primogénito varón.

—Hija, dile a este señor que esas bromas no tienen ninguna gracia.

—Lucía, ¿tú madre siempre ha tenido este carácter avinagrado o me ha tocado el Gordo y sólo lo despliega conmigo?

Yo seguía aquel punto de tenis sin abrir la boca, de nuevo con la bola en la garganta. Mi suegro debió de darse cuenta y rectificó. Lo que no esperábamos nadie fue lo que siguió:

—Mira, hija, sé que empezamos con mal pie, pero tú no te mereces lo que pasó en la pedida. —Echó mano al bolsillo lateral de su cazadora de cuero y sacó una cajita—. Esto lo eligió Mario para ti, y es justo que sea tuyo. Además, no me dejan devolverlo y a mí no me cabe. —Rio de nuevo—. He pensado que sería un buen regalo por el nacimiento de su hija.

—¡No puedes aceptarlo, Lucía! —El tono imperioso de mi madre asustó a la enfermera que entraba en ese momento para recoger el termómetro; giró sobre sus pies y desapareció—. Es una jugada para enfrentarnos.

Mario meneó la cabeza enfadado. No sospechaba la intención de su padre.

—Muchas gracias, Mariano —logré susurrar, pasando por alto la orden de mi madre—. Lo llevaré encantada.

Mi madre soltó mi mano y abandonó la habitación con lágrimas en los ojos. A mí también se me inundaron. ¿Por qué todo era siempre tan difícil? Mario abrazó a su padre, y luego vino a darme un beso y ponerme el anillo en el dedo. Mi anillo de pedida, al fin. Aurora acunaba a Elvirita con mimo, susurrándole las notas de una extraña nana africana, ajena a nuestra escena o al menos simulándolo. Tardaron en irse, Mariano quiso hablar con su hijo y saber cómo le iba. No era hombre de teléfono y se comunicaban poco. Nos confesó que siempre quisieron tener una niña pero que Aurora no pudo tener más hijos después del primero, su vida viajera no favoreció la maternidad. Cuando partieron quedé sumida de nuevo en un estado agridulce, y el agotamiento me hizo caer en un sueño profundo.

Mi madre no volvió en todo ese día. Al siguiente llegó cabizbaja y ojerosa, cargada de resentimiento por mi nueva traición.

Me pidió explicaciones pero, por muchos argumentos que le di, se mantuvo en la idea de que había consentido que la humillaran al aceptar un regalo que en su día vino acompañado de una ofensa. Qué ganas tenía de volver a mi casa, y no sólo por quitarme los drenajes y vestirme nuevamente de persona.

40

Tras ocho días en el hospital volvimos a casa. Fue un alivio alejarnos de la sombra de mi madre, más protectora que nunca, absorbente como celulosa en agua. Pero siguió viniendo a «su casa» —como terminamos por llamarla de tanto como nos lo recordaba—, aunque sin la asiduidad de los días anteriores. Débil y triste por todo lo sucedido, yo esperaba evitar allí los conflictos diplomáticos del hospital. Las paredes de colores alegres y luminosos de mi hogar reconfortaban, pero no lo suficiente para despejar los nubarrones. Aún se sucedieron dos o tres encontronazos más entre nuestros parientes, en los que mi madre hizo valer su derecho a permanecer en su casa, pero poco a poco, pasada la novedad, las visitas se distanciaron y conseguimos ganar cierta calma. Las navidades fueron un calvario y no sólo por la cicatriz, tirante como cuerda de guitarra. El día de Reyes nos vimos obligados a crear un sistema de turnos para que trajesen los regalos a la pequeña. Daba igual que no se enterara de nada con sus escasos dos meses de vida, los abuelos competían por demostrar quién era más espléndido y nos abrumaron con peluches imposibles de almacenar por su descomunal tamaño y con pequeños vehículos a motor que Elvira tardaría años en disfrutar o tan siquiera subirse a ellos. No nos gustaba nada aquel despliegue absurdo de generosidad obscena, pero ninguno de ellos estaba dispuesto a mantener el sentido común tratándose de su primera y única nieta, y nuestras palabras eran acogidas con sorna o indiferencia.

Paradójicamente —a pesar de mi agitado embarazo—, la pequeña Elvira resultó ser buena y tranquila, comía sin problemas y lloraba lo justo. Esto me dio fuerzas para pedir el alta antes de tiempo —temía perder mi puesto—, y en cuanto sobrevivimos a Reyes me reincorporé a la empresa. Tuvimos que ampliar el horario de trabajo a Carmela; no teníamos a quien recurrir, salvo a mi madre, y ni se me ocurría deberle nada más. Los Ibarlucea, aunque hablaban de venirse a vivir a Valencia y don Mariano se planteaba la jubilación, no llegaban a decidirse; a mi padre no lo veía para esas cosas. Contratamos una niñera para los miércoles —Carmela acudía a otra casa—, y para el final de la tarde. Nuestra vida parecía una carrera de relevos, siempre corriendo, siempre con prisas, pero al menos los horarios de la niña estaban cubiertos aunque fuera a costa de bastante estrés y de una buena sacudida a nuestro presupuesto. No sé si de haber sido otra la situación, más relajada, con menos tensión acumulada, hubiera recibido las andanadas de mi madre de otra forma, pero lo cierto es que me costaba digerir su presión y saltaba a la mínima. Era cuestión de tiempo que todo estallara. A los comentarios sobre el «abuso» de su generosidad, se unía cada vez con más fuerza el de nuestro poco afecto hacia ella. Su atávica sensación de orfandad anímica había devenido, con el tiempo y las desgracias, en un sentimiento enfermizo de abandono, de paria en el mundo. Verbalizaba sus miedos con vehemencia, en acusaciones incontestables, y mis palabras malinterpretadas reafirmaban sus creencias como axiomas inapelables. Daba igual lo que yo expresara —«hechos son amores, y no buenas razones», repetía como un mantra—, o lo que hiciera —nunca suficiente ni a tiempo—; yo siempre estaba en falta y más desde el nacimiento de la niña. Mi tiempo libre, tan escaso, era para Elvira y su mundo. Mi madre sufría y yo sufría con ella, tanto por la pena que soportaba como por mi incapacidad para aliviársela, siempre morosa en cariño y atención hacia una madre que no se cansaba de recordarme cuánto había sacrificado por mí, con mi propia conciencia de despiadado cobrador de deudas machacándome a cada instante. El oxígeno volvía a faltarme con demasiada frecuencia, y el que me llegaba se enrarecía con el rencor provocado por las continuas humillaciones. Latigazos de odio, fruto de la impotencia, restañaban mis pensamientos exigiéndome poner fin a la situación. Pero, ¿cómo? Romper con mi madre era impensable, una crueldad, algo inasumible para mi conciencia ajada. La indiferencia, no darle importancia, quizá lo más saludable, me resultaba imposible. Todo lo que afectaba a la felicidad de mi madre me afectaba a mí, para bien y para mal. Un cordón umbilical invisible seguía atándome con fuerza.

La discusión definitiva llegó en las Fallas del 94. Los padres de Mario habían venido para ver un par de apartamentos, y aunque se empeñaron en alojarse en un hotel, los invitamos a cenar en casa la noche de la *Nit de foc*. Con un poco de suerte desde la terraza del edificio llegaríamos a ver alguna de las espectaculares palmeras pirotécnicas del castillo más famoso de la semana de fiestas. Hablando con mi madre comenté el asunto sin darle mayor trascendencia —con la secreta intención de marcarle los días conflictivos y evitar roces—, pero para ella sí la tuvo. Había venido para traerme un trajecito minúsculo de valenciana para Elvira y, mientras se lo probaba, entre exclamación y exclamación por lo graciosa que estaba, le expliqué que mis suegros habían viajado a Valencia y cenarían con nosotros el 18 de marzo. ¡Qué has dicho! Cómo se me ocurría invitar a mis suegros sin consultárselo, cuando a fin de cuentas aquella era su casa, y además había hecho planes para nosotros ese día. Pensaba llevarse a Elvira de paseo, a ver la ofrenda, y después invitarnos a cenar en su apartamento desde donde el castillo se veía mucho mejor y sin necesidad de subir a la azotea. No pude evitar contestarle y le advertí que, en presencia de Mario, evitara el tema; pero de nada sirvió. En cuanto él llegó repitió su salmodia: no contábamos con ella a pesar de su buena voluntad, siempre pensábamos en cualquiera antes que en ella, era el último mono, no valorábamos disfrutar de aquel apartamento sin contraprestación alguna... y Mario, por una vez, cansado del trabajo y harto de aguantar, le contestó como nunca lo había hecho:

—Elena, me tienes hasta los huevos. Dime cuánto quieres por el apartamento y haré lo posible por comprarlo, pero así no es posible vivir.

—¡Ja! ¿De verdad crees que puedes comprar un apartamento como éste? Venga, hombre, no me hagas reír. A ti te ha salido mal la jugada, guapito de cara, pero yo sé muy bien a qué has jugado desde el principio, y aunque mi hija sea medio idiota aquí estoy yo para proteger sus intereses, como he hecho siempre aun a pesar de ella.

Yo le había quitado el trajecito a Elvira y mi madre, indignada, se dirigía hacia la puerta. La seguí con la niña en el carro intentando apaciguarla, pero era imposible. Iracunda, en el rellano de la escalera, prosiguió con sus acusaciones. Entre sus favoritas, mientras señalaba con un dedo acusador la cara de mi impertérrito marido: vivir «gratis total» —expresión popularizada en octubre de 1993 por la costumbre de algún político de viajar con sus familiares a cargo de empresas de titularidad pública, y que mi madre utilizaba con frecuencia rebosante de desprecio—.

Había anochecido, y en el rellano la luz amarillenta daba un toque siniestro a la escena. La pequeña Elvira lloraba en su carro, asustada ante la magnitud de los gritos. Mario me miró:

—Esto se ha acabado, nos vamos.

La imagen de mi hija contemplando cómo su padre desaparecía hacia el interior del apartamento sin contestar una sola palabra mientras mi madre vertía su veneno, me decidieron.

—No puedo consentir que insultes al padre de mi hija, no respetas ni la presencia de la niña. Hemos aguantado mucho, demasiado, pero nada merece lo que estamos pasando. En un mes compraremos tu apartamento —recalqué el posesivo con más saña de la que ella misma solía— o lo dejaremos, no te preocupes. Y si quieres vernos no tienes más que llamarme, pero yo no lo voy a hacer.

Los vecinos seguro que escucharon el vocerío. Mi madre estaba poseída por Dios sabe qué locura y su educación no pudo amarrar su lengua. Terminé por cerrar la puerta para no oírla más. Mi voluntad era firme y Mario estaría de acuerdo, lo sabía, él nunca quiso vivir allí. Habíamos invertido hasta la última peseta para modernizar unas instalaciones con más de cincuenta años; todos nuestros ahorros estaban convertidos en yeso, luces, tramos de tubería, tabiques, electrodomésticos y armarios de cocina. La voz ofensiva de mi madre retándome: «atrévete, hazme una oferta, a ver qué pueden pagar», me dejó un vacío en el estómago, el vacío de lo inesperado, de la incertidumbre, del adiós tal vez definitivo. De nuevo todo se derrumbaba y había que volver a empezar.

Aquella noche elucubramos mucho: comprarle el apartamento era la mejor solución, ya estábamos instalados y mudarnos era imposible. Pagar la remodelación fue un esfuerzo, y entre asistenta, pañales, niñeras y demás nuestra cuenta cerraba el mes temblando. No ahorrábamos apenas. Estudiamos una propuesta con pagos mensuales, como una hipoteca, pero sólo pensar en enfrentarme con ella y proponérselo me provocaba sobrecarga muscular y una honda sensación de agobio. No era capaz. La temía. Preferí la cobardía de escribirle una carta, sumisa, casi humillante, dejando clara nuestra situación y rogándole que aceptara. Su respuesta fue inmediata, también por escrito. Nunca se le había pasado por la cabeza vender aquel apartamento, ni a nosotros ni a nadie, y sólo quería saber hasta donde era capaz de llegar nuestra desfachatez. Nuestra oferta era ridícula, y nos dejó la puerta abierta a abandonar la casa o continuar —de nuevo— «gratis total». Dos palabras, dos puñaladas.

Pasamos a comunicarnos por carta, incapaz de hablarle a la cara sin perder unos nervios deshilachados y débiles. Le rogué que al menos nos devolviera lo invertido en la remodelación del apartamento, erróneamente considerado propio, y accedió. Pero... nos abonaría aquello que fuéramos capaces de justificar con las correspondientes facturas, «sin descontarles los alquileres que debería haber cobrado en ese tiempo», y siempre que firmáramos los dos, ante notario, un documento de recibo. Era una pesadilla, pero ya sólo quería salir de allí y poner fin a la presión; me tenía menguada, desvitalizada. Fueron días de noches interminables revisando carpetas infladas de facturas a la búsqueda de las correspondientes a la obra y la compra de materiales. Muchas no las habíamos guardado, ¿para qué? Contactamos con los proveedores: algunos prometían buscarlas, nos daban largas, pero no llegaban. Nos dividimos para pedir duplicados, y tras mucho esfuerzo, cuando conseguimos justificar algo más de la mitad, abandonamos. Con lo que reunimos sería suficiente, no quisimos alargarlo. Nos llegaría para la señal de alguno de los apartamentos ya vistos. Otra cosa sería la entrada del banco.

Mi padre no tardó en enterarse. Yo volvía a mis ojeras, palidez y falta de alegría de antaño, y aunque nunca fue muy perceptivo acusó mi cambio de humor y empeoramiento físico. No entró a valorar lo sucedido, se imaginaba el origen —en su día me advirtió de lo poco conveniente de aceptar los favores maternos—, y me aseguró que en un par de días podría echarme una mano. Así lo hizo. Apareció con un cheque bancario la tarde en que por fin fuimos a firmar la fianza. El nuevo apartamento estaba para entrar, a pesar de ser muy antiguo, el precio era bueno y la distribución perfecta. No era ninguna joya, pero dada nuestra situación nos pareció el paraíso. Habíamos quedado en la notaría para recibir el reembolso de mi madre dos días después, pero de no haber entregado esa fianza antes —y nosotros no podíamos—, hubiéramos perdido esa oportunidad, y por entonces no abundaban a pesar de los tipos de interés al dieciocho por ciento.

Era abril y el día se había equivocado de humor luciendo soleado y alegre. Mario no sé las veces que repitió aquella semana que mi madre podía meterse el dinero por donde quisiera, aunque se expresó con más contundencia. La consulta de pediatría cada día funcionaba mejor aunque con los seguros privados no ganaba mucho; entre sus dos ingresos y el mío saldríamos adelante sin problemas, incluso comprando el apartamento y pagando la hipoteca. Yo no estaba tan segura de poder cumplir con tamaños intereses, la situación me desbordaba, tanto en lo emocional como en lo pragmático, y lo había convencido para aceptar y acudir a la notaría. Llegamos en silencio, él a regañadientes, yo angustiada, temiendo lo que fuera a pasar, con sensación de cordero en víspera de Pascua. No quería más discusiones, la situación ya era bastante artificial y tensa, pero contaba con ellas y me convencí de que sería una más. No podía calcular hasta donde había dañado a mi madre la convicción, afianzada con los años, de haber sido abandonada por todos, de soledad, de traición... La mía la peor. El corazón de mi madre, castigado durante años por tantas cosas —reales e imaginarias—, estaba al borde de la explosión por pura impotencia y rabia.

Mario y yo nos besamos antes de subir las escaleras que llevaban al primer piso de aquel lujoso edificio en Poeta Querol, en mis ojos una disculpa no pedida por haberlo metido en el apartamento de nuestra desdicha. Nos pasaron a una sala forrada de madera y libros, con una mesa redonda tapizada en cuero verde muy gastado y allí esperamos sin saber muy bien qué. La primera sorpresa fue no encontrar a mi madre. Sólo apareció el notario, se sentó, carraspeó, se removió inquieto como si estuviera sobre un avispero. Nos trató con deferencia inusual, cariñosa diría yo, propia del sacerdote ante el condenado a muerte. Nos preguntó si conocíamos el texto que íbamos a firmar. Nos miramos. Creíamos saber a qué íbamos, pero no, no teníamos ni idea del contenido del documento. El notario, un hombre maduro vestido aún de invierno, algo grueso y con una calva disimulada por largos pelos engominados que partían de una oreja hasta alcanzar la contraria, suspiró hondo y nos arrimó el documento antes de proceder a leerlo en voz alta.

41

En Valencia, a __ de _____ de 1994,

Ante mí, FERNANDO SÁNCHEZ-MÁRQUEZ TORDESI-
LLAS, Notario del Ilustre Colegio de Notarios de Valencia,
con residencia en la ciudad de Valencia,

COMPARECEN

Don Mario Ibarlucea Llombart, mayor de edad, casado y
vecino de Valencia calle Rey de Arteaga nº 11 con DNI: _
_.___. ___, y Doña Lucía Company Lamarc, mayor de
edad, casada y vecina de Valencia calle Rey de Arteaga nº
11 con DNI: _ _.___. ___. Ambos INTERVIENEN en
su propio nombre y en el presente acto

RECONOCEN

Que desde el uno de enero de 1993 han estado viviendo en
el apartamento propiedad de doña Elena Lamarc Atienza,
representada en este acto por este Notario según poderes
otorgados en fecha 12 de abril de 1994 a los solos efectos de
esta firma, sito en la calle Rey de Arteaga nº 11, piso 6º puerta

12, sin haber abonado cantidad alguna en concepto de alquiler ni ninguna otra contraprestación económica por el uso y disfrute del mencionado inmueble, gracias a la generosidad de su legal propietaria.

Que los comparecientes han realizado reformas en la vivienda antedicha sin contar con la opinión de la propietaria legal de la misma, y que dicha reforma no ha sido del gusto de la dueña del apartamento.

Que a pesar de estar viviendo gratis total desde la fecha señalada, ambos han decidido despreciar la generosidad de doña Elena Lamarc Atienza y abandonar el mencionado inmueble, y que además exigen a su legal propietaria la devolución del dinero invertido en la reforma antedicha y de la que la propietaria no fue partícipe ni autorizó en ningún momento.

Que con anterioridad a la ocupación de la vivienda objeto de este documento fueron acogidos en el domicilio particular de la mencionada doña Elena Lamarc durante más de tres meses sin que les fuera exigida contraprestación económica alguna, tan sólo la compañía y cariño que toda buena madre puede esperar de sus hijos.

Y,

ACEPTAN

en este acto el pago voluntario, generoso e injustificado por parte de doña Elena Lamarc Atienza, propietaria a todos los efectos de la vivienda objeto de este documento, de las facturas aportadas por los comparecientes justificativas de la reforma realizada sin su beneplácito, y que ascienden a la cantidad de _____ pesetas según las exigencias de los comparecientes, sin que se deduzca de la mencionada cantidad importe alguno en concepto de alquileres no satisfechos o daños y perjuicios por el estado en que dejan el apartamento, y del que yo, don Fernando Sánchez-Márquez Tordesillas en representación de doña Elena Lamarc Atienza les hago entrega en virtud del poder otorgado a tal efecto en fecha previa.

Y para que así conste, doy fe en Valencia a __ de _____ de 1994

Línea a línea sentí la indignación de Mario crecer pareja a mi humillación y dolor. Las lágrimas no respetaron mi vergüenza, mientras el notario nos solicitaba las facturas para calcular el monto total y adjuntar copia al documento, y resbalaron silenciosas por unas mejillas ardientes hasta dejar trazas de mi agonía en el documento. El fedatario volvió a moverse en la silla, se planchó el chaleco tostado y estiró las solapas de su chaqueta. Supuse que Mario había llegado a leer el final del documento cuando se puso en pie y afirmó: «Nos vamos, Luci». Lo tomé de la mano para detenerlo.

El notario repasó de nuevo el chaleco con ambas manos, y alisó las líneas capilares que cruzaban su cabeza lampiña:

—Yo... La redacción me ha venido dada... Aquí sólo hemos añadido los elementos legales. Les dejaré unos instantes para que puedan hablar. Si son tan amables, cuando decidan algo le pasan sus DNI y las facturas a la auxiliar para que redacte el documento definitivo y procedamos a la lectura y firma. Tómense su tiempo, diré que les traigan un poco de agua...

Rompí a llorar sin pudor, ni miramiento ni recato, mi cabeza de lado a lado negaba sentimientos, la realidad, el dolor, la incredulidad. Mario me abrazó y guardó silencio hasta que mis lágrimas se agotaron y sólo quedaron hipidos y un vacío helado en mi interior. Con la cabeza apoyada en su hombro, escuché un susurro:

—No tenemos por qué pasar por esto. No voy a firmar este papel. Ya te dije que no necesitábamos el dinero. Venga, sécate la cara y vámonos. Olvídate de esta barbaridad.

Me costó hinchar los pulmones pero lo conseguí. Un sentimiento de orfandad, gélido y pragmático, sustituyó al dolor. Un odio acerado cubrió mi pena, endureciéndose capa a capa con los recuerdos del pasado: escuché sus gritos oponiéndose a dar los apellidos de mi padre a dos niños por nacer; la vi en París con la mirada perdida en su copa de vino diciéndome lo que pensaba de él; rememoré su desprecio hacia todo lo que yo había hecho en la vida, su falta de fe en mis capacidades, sus trampas, y no vino a mi mente ni un solo elogio, ni tan solo uno —si los hubo, las burlas y los desdenes los había sepultado—; la escuché dudar de mi cariño y compararme con los jemeres rojos, afirmando que sería capaz de matarla; sus chantajes cuando acompañé a mi padre durante su operación en Ohio; la niña sumida en el miedo y la culpa que habitaba en algún rincón de mi ser afloraba cargada de dolor, de resentimiento. Mi propia imagen al salir del hospital después de intentar suicidarme y su reacción abrió una herida mal cerrada; y de golpe, como un trallazo, retumbó en mi cabeza aquella sentencia odiosa, insoportable: «Eres una mierda de hija». Todo aquello regurgitó aquella acta notarial incompleta. La odié, con la misma fuerza intensa y demoledora con que la adoraba, sin que un solo pensamiento positivo viniera a atemperar el frío extremo que me poseyó. El odio me dio coraje y enfrió mi sangre.

—Olvida que es mi madre, olvida este texto infame… Es nuestro dinero, lo gastamos todo allí, incluso más de lo que hemos podido justificar. Es nuestro y tenemos derecho a recuperarlo, diga lo que diga doña Elena Lamarc. No se saldrá con la suya, y esto pienso olvidarlo en cuanto cruce la puerta. Dame tu DNI.

—¡Ni hablar! ¡Esto es intolerable!

—Sí, es intolerable, pero también lo es entregarle el apartamento remodelado y no tener una compensación. Quiero el dinero de vuelta, y quiero conservar este documento firmado para no olvidar nunca lo que es capaz de hacer. ¡Y dice que me quiere! ¡Ja! Dame tu DNI.

Mi fiereza era tal que Mario no me contradijo. Sacó su DNI de la cartera y me lo tendió con el ceño fruncido. Ahora era él quien negaba con la cabeza. Una señora entrada en carnes, de pelo corto muy cardado y uñas largas y esmaltadas en rojo, entró en la sala con un par de botellas de agua y dos vasos que dejó sobre la mesa y, tras intercambiar con nosotros un par de saludos de cortesía, emprendió el camino hacia la puerta contoneando las tablas de una falda de otra época.

—¡Espere un momento! —espeté tajante; cogí el DNI de Mario y lo uní al mío—. Todo está conforme, dígale al notario que cuando lo tenga listo firmaremos.

La recia señora volvió sobre sus pasos, tomó los rectangulitos plastificados que le tendía, la pila de facturas y el documento emborronado por mis lágrimas y salió sin añadir nada.

—No humilla quien quiere, sino quien puede.

Poca convicción tuve al proclamarlo, si alguien podía humillarme era mi madre, y lo había conseguido; pero un sentimiento nuevo, una aversión profunda, ayudó a sobreponerme al hundimiento moral. No tardaron en completar los datos y una hora después de nuestra primera, íntima y silenciosa lectura, escuchamos al notario recitar en voz alta y poco clara, comiéndose palabras y salpicando de carraspeos las partes más ignominiosas, el documento de claudicación. Yo firmé en una esquina, los trazos diminutos, temblorosos y faltos de definición. Mario lo hizo con rabia, una rúbrica grande y ampulosa, de «no me importa, no puedes conmigo».

Otro día de amargura, que se palió en la entidad con la que contratamos la hipoteca cuando entregamos como entrada del nuevo apartamento el cheque recibido del notario.

En una semana nos mudamos. Mi madre aún tuvo la calma de acudir durante la mudanza para vigilar lo que nos llevábamos, apenas disimulada su incredulidad —siempre creyó que aceptaríamos sus condiciones y aquello no pasaría— tras una capa de frialdad tan dura como la mía. Caminaba de una habitación a otra vigilando cada pieza en manos de los operarios y recordando que no podíamos quedarnos ni luces ni electrodomésticos porque nos los había pagado ante notario. ¡Como si no lo supiéramos! Nada contesté, no hablé, sólo la miré con odio diáfano, insultante, arrojadizo. Por una vez quise que sintiera todo mi desprecio, el que ella me había hecho sentir ante un extraño, ante mí misma.

Y no volví a descolgar un teléfono para llamarla.

Ella tampoco.

V

DOS FUNERALES Y UNA CARTA

42

A partir de este día mi vida transcurrió con sosegada tristeza, en una alegría manchada de gris, en una melancólica paz que sabía a poco, descafeinada, aunque nunca disfruté de un periodo tan largo de tranquilidad. A menudo pensaba en mi madre, en su soledad, y mi conciencia me tentaba a llamarla y reanudar el trato perdido. Pero el instinto de supervivencia me impedía cualquier acercamiento, igual que un explorador se mantiene alejado de la guarida de la fiera. Con mi abuela sí mantuve el contacto y ella me informaba de cómo se encontraba mi madre.

—Muy bien, ya sabes, ella es fuerte, un cabo de gastadores. Últimamente no para, tiene mucha vida social, conferencias de ésas que siempre le gustaron, ya sabes que es un cerebrín.

Yo era consciente de su autoengaño. Su vida había girado en torno al trabajo y a mí, éramos su refugio, su razón para vivir, su alimento, y ahora no tenía ninguna de ambas cosas. Vendida Confecciones Lena y pasado el plazo para permanecer al mando, mi madre la dejó a su deriva sin mirar atrás. Si no iba a ser para mí, para nada la quería. Le quedó una buena renta que, junto al patrimonio acumulado, le permitiría vivir holgadamente el resto de sus días, pero tuvo que llenar la inmensidad de su vacío con viajes, cursos y actividades sociales. Incluso retomó sus clases de inglés, aquella piedra imposible de saltar, aunque sólo fuera para moverse con mayor independencia en sus escapadas.

Más duro fue perderme a mí, una amputación a su alma de la cual yo asumía la culpa; pero mis propias heridas me recordaban el peligro de un reencuentro y los motivos de mi alejamiento. Pero por claro que tuviera cuán necesario era aquel destierro voluntario, la vida nunca es predecible y la mía, tal vez, menos que otras. Cuando mi abuela me informó de los nuevos problemas pulmonares de mi madre y de su próximo viaje a Pamplona para un chequeo completo, reuní los arrestos suficientes y la llamé. No podía dejarla sola. Mi marcha durante su neumonía, cuando operaron a mi padre de corazón el verano antes de casarme, todavía pesaba demasiado en mi conciencia. Otra de tantas culpas arrumbada en la mochila. En esta ocasión nada me impedía acompañarla, salvo mi orgullo o su tozudez, y de superar el primer obstáculo me encargué yo. Si su salud peligraba me tendría a su lado. Debía hacerlo y quería hacerlo. Mi edad, la tranquilidad y ser madre y entender hasta qué punto había llegado a quererme, allanaron el camino y me infundieron valor. Podría hablar con ella con normalidad, había pasado más de un año desde nuestro distanciamiento, y el tiempo es un buen láudano.

—Mamá, soy yo, Lucía. —Silencio—. La abuela me ha dicho que vas a hacerte un chequeo en la Clínica Universitaria de Navarra y me gustaría acompañarte.

—Un poco tarde para llamar, ¿no te parece?

—Mamá, no quiero que vayas sola, y a mí me deben días de vacaciones.

—No voy sola, me acompaña Amparo, que es la única familia que tengo aunque no lleve mi sangre.

Es increíble cómo las viejas armas pueden seguir lacerando con la precisión de antaño. Esa sola frase me hizo sentir toda su soledad de golpe, y todo el amor guardado en algún rincón de mi alma sangró al instante, doliente. Lo comprendí: la niña desamparada que siempre había habitado en ella pedía ayuda a gritos sordos y, ante su propio miedo, mordía mi mano sin valorar si pretendía acariciarla o pegarla.

—Por favor, mamá… Sé que estamos distanciadas, pero te he llamado porque me preocupas. Quiero acompañarte.

—Gracias, no te necesito, tengo quien me acompañe. Dale un beso a Elvira de parte de su abuela y enséñale alguna foto, al menos que sepa qué cara tengo.

Y colgó.

A finales de 1996 quedé de nuevo embarazada. La paz cotidiana, ver a Elvira caminando ya como una mujercita, la casa organizada y cierto sentimiento de seguridad en el trabajo —a costa de mucha dedicación— me animaron a aceptar el ruego de Mario —siempre unido al de renunciar a mi puesto, demasiado absorbente y viajero—. Todo en este nuevo embarazo fue más tranquilo. Me encontraba bien, sólo alguna somnolencia a destiempo. Los Ibarlucea ya vivían en Valencia y Aurora adoptó el papel de abuela materna acompañándome a ver las pocas cosas que en realidad me faltaban, pues todo lo de Elvira estaba en perfecto estado, y entre unos abuelos y otros nos habían saturado de artículos para la infancia. Me agradaba su compañía. Era jovial y simpática, tenía muy buen gusto y su carácter dócil la hacía fácil de tratar. Pero a la vez me incomodaba por sustituir a mi madre en algo tan personal. Yo quería a mi madre, compartir con ella sensaciones, patadas, náuseas, atracones de trufas y llantos. La maternidad, la mía, reclamaba su protección y consuelo.

Con mi padre no podía contar para estas cosas. La noticia lo alegró tanto como era capaz de alegrarse en aquellos años, y todo su interés se centró en que esta vez fuera varón, como si hubiéramos fallado en el primer intento —no era el único, el padre de Mario compartía esta visión—. Su vida, marchita como un rosal caduco y falto de abono, transcurría entre Loredana —donde cada vez tenía un papel más secundario tras la contratación de un gerente—, extraños y carísimos viajes y largas sesiones de televisión. Como decía, él «a cobrar y a gastar». Y lo hacía.

De Verónica apenas sabía nada, salvo por su agitada y notoria vida social; a nadie se le escapaba que ese matrimonio se mantenía en estado vegetativo. Yo preguntaba por ella por cortesía, por conversar de algo con mi taciturno padre, y él siempre contestaba con monotonía: «está de viaje, en Sevilla», o «ha ido a ver a una amiga, en Barcelona». Los rumores cantaban su afición al juego y su fortuna en bingos y casinos porque, cuando ganaba, su cabellera platino no pasaba desapercibida. Charlie continuaba igual de callado e introvertido. Estudiaba en una universidad privada. También preguntaba por él, aunque cada vez con menos interés. Hubo un tiempo, al principio de mi salida de Loredana, en que intenté mantener la relación. Era mi único hermano. O lo más parecido. En una ocasión le propuse a mi padre que Charlie nos acompañara en alguno de nuestros almuerzos sabatinos, pero cuando se lo sugirió pude escuchar al fondo la voz adolescente de su hijo: «¿Y qué pensará la mamá?». Entonces lo supe, no había esperanza para nuestra relación fraternal.

Para disgusto de mi progenitor y nueva chacota de mi suegro, di a luz una niña —Carla se llamó, evocación discreta del nombre de mi padre—, pero esta vez todo fue según prescriben los cánones, parto natural, sin problemas imprevistos. Todo, salvo una cosa: mi madre no vino a conocer a su nieta. Yo tampoco la llamé para anunciarle el feliz alumbramiento. Tal vez debí hacerlo. Nuestra última conversación me había dejado muy mal recuerdo, y me escudé en que mi abuela la habría informado. Tampoco me comentó en su día que fuera a hacerse un chequeo a Navarra —que según mi abuela no tuvo mayor trascendencia en cuanto al resultado— y yo no dudé en llamarla. El orgullo y el resquemor me impidieron participarle la buena nueva, confiada, en el fondo, en que el amor de madre la superaría y no sería capaz de abandonarme en este trance. Pero no se dignó acudir al hospital, ni telefonearme. Nada. De nuevo pasé tres días sumida en la tristeza, deseando verla cruzar el umbral cada vez que la manivela de la puerta se abatía anunciando la llegada de una nueva visita. La mía era una melancolía suave, resignada, muy intensa pero sin el desgarro de la tensión vivida en el posparto de la pequeña Elvira, que ahora contemplaba a su hermana entre el recelo y la ilusión. En parte todo se hizo llevadero gracias a ella, a la destronada. Quería besar a su hermana, agarrarla y, a ratos, si nos descuidábamos, ahogarla de pura emoción. Pero no, ninguna de las visitas que alegraron mis tardes fue la de mi madre. Tampoco mi tío Gerard se atrevió a presentarse esta vez, escarmentado de la anterior o falto de interés. No me importó, era otra parte de la familia dada por perdida.

Mi abuela intentaba reconfortarme los ratos que me acompañaba: «Vendrá, no te preocupes, es muy obstinada pero vendrá. Qué carácter de mujer». Bien sabía ella que no sería así. En mi fuero interno deseé, rogué, que el nacimiento de su nieta la ablandara. Pero mi cabeza reconocía lo benéfico de su ausencia; fue la única forma de tener una estancia en paz. Regresé a mi hogar con la sensación de orfandad agudizada y con el convencimiento de haber perdido a mi madre para siempre.

Pero nada es para siempre.

Una llamada llorosa de mi abuela, un año más tarde, la trajo de vuelta. Mi madre estaba en el hospital, al parecer por algo muy grave. Fue un día de agosto, soleado y agobiante, disfrutábamos de nuestras vacaciones en una playa cercana a Valencia donde mi suegro había comprado un apartamento. Cuando colgué el teléfono, Carla terminaba su papilla ayudada por Aurora y Elvira improvisaba un vestido para su muñeca. No lo pensé, cogí lo imprescindible para hacer noche y me planté en el hospital de inmediato.

La escena, con mi abuela acompañada de su hijo Gerard a los pies de la cama, no dejaba lugar a dudas: mi madre se debatía entre la vida y la muerte. Sólo esto podía justificar la presencia de mi tío. Asumí el mando de la situación, a pesar de la reticencia inicial de mi madre, pero incluso ella fue consciente de que el orgullo había que aparcarlo. No fue fácil, nada era fácil con Elena Lamarc, pero como suele decirse: Dios escribe derecho en renglones torcidos y aquella línea abrupta y correosa del diagnóstico recién conocido abrió la puerta a una reconciliación que nadie creía ya posible. Si llegaba el final del ave Fénix, yo estaría con ella, lo quisiera o no.

Abandonamos el hospital embargados por el desconsuelo. Las palabras esperanzadoras del especialista no consiguieron borrar la desazón contagiada por la primera doctora. Pero el destino, caprichoso, tenía reservadas muchas horas de vuelo a Elena Lamarc, las suficientes y necesarias para saldar sus cuentas familiares. Tuvo que dejarse querer a la fuerza; y ya no hubo fuerza que me alejara de ella, porque quererla la había querido siempre. Cuando ves caer la arena del reloj y sabes que no hay otra vuelta, la vida se percibe diferente. El tiempo que le quedara —al final, mucho más de lo anunciado—, se sentiría querida; ése fue el empeño de todos. Que los granos de su reloj cayeran limpios, nuevos, sin herencia. No fue fácil, los fármacos alteraban su percepción, sus nervios, la capacidad para dejarse hacer. Pero claudicar estaba descartado. La iba a perder —siempre se pierde a los padres un día u otro si se cumplen las leyes naturales, pero cuando ponen fecha tomas conciencia de esta finitud, de que la vida se extingue—; casi la había perdido por su obstinación, y estar lejos de ella era un lujo que no podía permitirme por más tiempo: me lo habían tasado.

Llegué a vivir para ella, sin abandonar a mi familia pero con una dedicación que rozó el exceso, como si en el tiempo que quedara pudiera llenar los vacíos del pasado. Tanto fue el amor entregado que el blindaje invisible que la cegaba a toda muestra de afecto, muy poco a poco, gesto a gesto, se derritió hasta desaparecer y aceptar mi amor sin cuestionarlo. Pasamos épocas de desconfianza, rechazo, chantaje emocional… Avanzábamos tres pasos y retrocedíamos dos. Temí que no lo conseguiría. Pero había una fecha límite, no podía rendirme. Probablemente esto también influyó en ella, o ni todo el calor humano del mundo la habría amansado.

Mis tíos trataron de acercarse a nosotras, también sin mirar atrás. ¿Remordimientos? ¿Compasión? ¿Afecto renacido? ¿Todo junto? Poco importa. El resultado fue una corriente de cariño alrededor de la roca, ahora enferma, que había sido Elena Lamarc. Aun así le costaba aparcar la ironía y los dardos envenenados del pasado salían solos, pero nadie se daba por alcanzado, todos ciegos, sordos y mudos como monos sabios. Compartimos muchas horas en su casa y en hospitales, hasta que, seis meses antes de su muerte, años después de lo pronosticado por una doctora superada por las circunstancias, encontramos un lugar donde, en familia, vivir juntas. Esperar juntas.

Haciendo la mudanza de las pocas cosas que quiso traerse, encontré en el lateral de su armario una serie de cuadernos sencillos, de papel rayado, identificados con una etiqueta blanca que en trazos de rotulador grueso dibujaba un año. Eran sus diarios. Sí, los leí. Necesitaba conocerla, saber más de aquella mujer, dura, valiente, intransigente, desprendida y excesiva en todo. Entender por qué había sido como era; verla por dentro. Sentí un pudor tremendo ante aquella agresión a su intimidad, pero fue vencido por mi necesidad exhaustiva de comprenderla. Quería amarla en todas sus circunstancias, aprender de sus errores y curar las heridas que aún quedaran abiertas —pocas ya— si todavía estaba a tiempo. No fue fácil leer aquellas libretas llenas de vida y desconsuelo con mi madre tan cerca. Compré forros para tapar las portadas y, cada noche, cuando ella dormía, devoraba las páginas y me empapaba de su amargura. Comenzaban justo después de su separación de mi padre, pero en sus líneas aparecían fantasmas del pasado, anécdotas de una infancia demasiado adulta y falta de cariño que forjaron el ave Fénix que había llegado a ser, ocultas vergüenzas que no fueron tales pero la estigmatizaron, como la fuga con el padre de Javier Granados y sus consecuencias. Pude comprender por qué se casó con mi padre y por qué dejó de respetarlo. Entendí —creo que ella también llegó a hacerlo— por qué acabó su marido con alguien como Verónica, y comprendí su espanto y desesperación ante mi cercanía a aquella mujer. Me sentí mal, estúpida y fatua, por haberme creído capaz de juzgar y conocer mejor a Verónica de lo que mi madre la conocía. Cuántos problemas me habría ahorrado de haberla escuchado, cuánto tormento le habría evitado pero, como más de una vez me dijo, en el pecado llevé la penitencia. O tal vez no, porque he llegado a vivir la vida que quiero vivir y, cuando las desgracias me lo permiten, soy feliz.

La lectura de esos diarios fue una carrera contrarreloj para ponerme al día de una vida intensa que se agotaba, línea a línea, mes a mes, año a año. Descubrí que en Beirut vivió mucho más que una guerra, sentí su fuerza, su empuje y valentía. Mi madre había sido capaz de amar, con tan mala fortuna que en cada amor la vida la traicionó. ¿Quién puede vivir así? Llegué a lo más hondo de su alma y de cada reacción, humillación o exceso. ¿Cómo habría madurado yo en su lugar? Ser una superviviente no es fácil. Elena no era un ave mitológica pero siempre había retomado el vuelo tras reducirse a cenizas. Leer todo aquello, aun siendo una traición a su confianza, fue el mejor de los regalos para ambas. Cada palabra mía se encaminó a limpiar yagas, suturar cortes y cauterizar heridas, con mano izquierda, sin volver al pasado pero teniéndolo presente. Fue una lección de vida, de psicología, de afecto; la última lección, la definitiva, que empecé cuando ya había aprobado varias asignaturas a lo largo de los años de enfermedad.

Unas semanas antes de morir, la escuché, al fin, lo que sus ojos decían pero nunca había pronunciado:

—Me quieres mucho, ¿verdad, hija?

Así era. Yo, que tanto la quería, que tanto amor había sentido por ella cada segundo de mi vida, miré al techo, tragué saliva y lloré. De alegría y dolor. De alivio y tristeza. De paz y de rabia. Su corazón, lamentable y dura realidad, había sanado a costa del calvario de su cuerpo. Elena Lamarc, La excesiva, como algunos la llamaban, también lo fue en aquellos últimos días. En entereza, en generosidad, en capacidad de sufrimiento, en contrición y en perdón. Su fuerza y, tal vez, la fe recuperada tras de la muerte de Javier, le permitieron mirar su propio final con valor y con el corazón limpio de rencores y cuentas pendientes. Aunque el camino no fue fácil ni continuo, los años ganados a la muerte dieron para mucho. Incluso para enterrar a sus padres, dos cruces dolorosas por distintos motivos que tuvo que cargar cuando creía que ella abandonaría antes este mundo.

Aquella noche en que parí la carta más sentida y amorosa de mi vida, aquella noche en que le leí mi amor, mi admiración, mi agradecimiento y comprensión, le rogué que se rindiera para ganar el descanso, tan merecido. Me respondió con una única lágrima mientras, muda y fugaz, toda su vida desfiló ante mis ojos para testimoniar hasta qué punto, a pesar de su coraza, se había dejado jirones en el camino.

Murió en paz consigo misma y con el mundo que tan mal la había tratado, sintiéndose querida y acompañada, dejando una honda huella en todos los que la conocieron y compartieron mi tristeza en un funeral mágico, cargado de su espíritu y su fuerza. Elena Lamarc, el ave Fénix, La excesiva y, sobre todas las cosas, mi madre, por fin descansaba en paz.

También yo quedé abrazada por una paz algodonosa tras su muerte, la paz de la conciencia limpia y de saber que partió habiendo conocido la felicidad, sabiéndose amada. Y, a pesar del vacío por su ausencia, percibía su presencia a mi lado, tal era su fuerza. Pero no evitó que la tristeza se adueñara de mí como la niebla matutina de los campos. Me había desgastado mucho durante estos últimos años y necesitaría mucho descanso, físico y mental, para con tiempo y paciencia superar el duelo.

Pero no, el tiempo no quiso darme tregua y, sin haber asimilado el dolor, me asestó otro golpe. El último.

43

Tras el funeral me costó reincorporarme a la vida normal. Había pasado tantos años ejerciendo de enfermera como una más de mis actividades cotidianas que me faltaba algo, además de la persona, y me sobresaltaba convencida de tener obligaciones pendientes que no recordaba. El tiempo fue estabilizando mi pulso y la extraña sensación de tener una presencia rondándome. Esto me decían todos, «date tiempo», y parecían tener razón. La vida volvía a su cauce. Pero mis cauces tenían una malsana querencia a convertirse en torrentes y despeñaderos, y los meses siguientes no escatimaron motivos de preocupación. Una llamada nocturna, un puñetazo en mi alma, trajo de nuevo el caos a nuestras vidas.

Cuando el teléfono suena a las doce menos cuarto de la noche la alarma está asegurada. Aunque, en el fondo, la esperaba.

—¿Lucía? —La familiar voz de Verónica chirrió al otro lado del auricular.

—¿Sí? —contesté angustiada, incorporándome en la cama por un acto reflejo.

—Tu padre está muy mal —farfulló, entre la preocupación y la incomodidad—. Hemos llamado al SAMU.

Tragué saliva. Un amargo presagio me invadió las entrañas. Tenía que darme prisa.

—Mario, papá está muy mal. Me voy a su casa.

—Te acompaño, no quiero que vayas sola.

—No te preocupes. Quédate con las niñas. Cuando sepa algo te llamaré. Esta vez es muy serio.

—Venga, no te pongas en lo peor, Lucía. Tu padre es muy fuerte. Siempre sale adelante. —Intentó tranquilizarme asiendo mi mano con cariño.

—Esta vez no, Mario, esta vez no. Debimos haberlo llevado al hospital cuando se cayó.

Él asintió, pero como bien dijo, fue mi padre quien se había negado. Un nudo se apoderó de mi garganta al recordar lo sucedido horas antes. Hacía tres días que le habían dado el alta en el hospital, después de permanecer ingresado una semana. Fue por lo de siempre, un corazón gastado que apenas aguantaba la actividad diaria, no digamos sus pequeños y habituales excesos: tabaco, café, champán... Para alguien con un treinta por ciento de corazón sano, aquellos placeres, inocuos para otros, eran terremotos peligrosos. Las anginas de pecho habían vuelto como en sus peores tiempos y la pastilla de cafinitrina vivía bajo su lengua como una papila gustativa añadida. En esta ocasión, estabilizarlo había sido más complicado que en cualquiera de las anteriores. Más edad, menos mimbres, menos vida. Le dieron el alta sin solucionar el problema, incapaces de hacer más por él; no podían mantenerlo *in aeternum* enganchado a un gotero. Tampoco Carlos Company se habría dejado. Más de una vez había abandonado un hospital con el alta voluntaria. Odiaba los hospitales. ¡Bueno era él para permanecer postrado en una cama! Esa misma tarde, al salir de trabajar, me había acercado a su casa. Me repelía subir allí, un lugar de amargo recuerdo desde la víspera de mi boda, pero la necesidad de verlo neutralizó mi aprensión. Tras nuestra conversación telefónica de un rato antes lo había notado cansado, tristón. Hacía mucho que ése era su estado normal. Seguro que mi visita lo animaba, pensé, aunque tuviera que tragarme alguna impertinencia de Verónica. En esas circunstancias no se atrevería a echarme.

Mi sorpresa fue encontrarlo solo a pesar de su delicado estado.

—Pero papá, ¿cómo es que estás solo? —fue mi saludo, incapaz de disimular mi indignación.

Había abierto él la puerta con dificultades para mantenerse en pie. Estaba tan escuálido que era un junco desgarbado al que un mínimo cimbreo podría quebrar.

—No, qué va, no he estado solo. Zumilda ha estado por la mañana. Me ha hecho un gazpachito que me ha sentado de cine y se ha ido después de comer. La verdad es que la mujer se porta fenomenal. —Hablaba en ese tono infantil y dulce que usaba cuando intentaba tranquilizar a los demás o cuando pretendía que le dejaran hacer su santa voluntad.

—Si me lo hubieras dicho cuando hemos hablado, hubiera venido en otro momento —me sentí mal por haberlo obligado a levantarse—, o se lo hubiera dicho a Carlota para que abriera ella la puerta. Se te ve muy mareado.

Mi padre había envejecido veinte años en los últimos diez, pasando de ser un apuesto sesentón a tener el aspecto de un venerable anciano. Su altura le permitía conservar cierto porte de antiguo galán, pero su extrema delgadez y su color traslúcido ponían de manifiesto una vida agotada y marchita.

—Estoy muy débil —reconoció—. Mucha carrocería para tan poco motor, y eso que peso menos que cuando tenía dieciocho años —presumió, esbozando, no sin esfuerzo, la divertida mueca que tanto me gustaba.

—Nunca pierdes el sentido del humor, papá. —Caminaba de mi brazo hacia su sofá, apoyado en mí más de lo habitual—. Venga, siéntate. Te ayudo.

—No, hija, no, que no estoy inválido. Sólo un poquito aturdido. —Su sonrisa guasona no alegró el gris de sus ojos—. Ya ni champán necesito para ir de medio lado.

Se dejó caer en su amplio y confortable sofá, aquel donde había pasado, irremediablemente solo, interminables horas de televisión.

—¡Uf! —resopló—. Entre lo que me duele la espalda, la pierna ésta que me falla y la poca carne que tengo, estoy hecho una piltrafa. Me he dado un golpe esta mañana...

Hablaba con más lentitud de la habitual, buscando las palabras, aunque no con la suficiente como para alarmarme. Hacía mucho que funcionaba en cámara lenta. Los profundos surcos de su rostro se movían perezosos con cada frase. A pesar de todo ello pasamos la tarde charlando de buen humor. No volví a mencionar que no hubiera nadie con él, pero estaba furiosa. ¿Qué tendría que hacer aquella mujer a las siete de la tarde, si la fábrica cerraba a las cinco? Pero ése era un tema inabordable con mi padre, así que, ¿para qué discutir? Sólo habría conseguido alterarlo. Me tranquilizaba que al menos desde hacía un tiempo su cuñada Carlota se ocupara de él cuando terminaba en la tienda. Comentamos las noticias del día, el último partido del Valencia, el próximo de la Champions... Nada trascendente. Yo, además, lo observaba. Me parecía un milagro que siguiera vivo y mi corazón susurraba que atesorara cada segundo porque no quedaban muchos. A su reloj le quedaba poca arena por caer, y el inevitable recuerdo de mi madre me humedeció los ojos.

Llegó la hora de irme. Contemplé con desmayo cómo le costaba ponerse en pie, qué lejos estaba del hombre fuerte y enérgico que fue.

—¡Yaaa essstá! Es la pierna derecha que me falla, oye, no sé ni cómo. Ven, deja que me apoye. —Le di la espalda y él levantó los brazos para descansar sus manos en mis hombros y caminar con seguridad.

—¡Pues buen bastón has ido a elegir! —exclamé divertida. Yo seguía luciendo una figura escuálida, la vida no me había dado tiempo para recuperar el apetito.

Comencé a caminar tratando de mantener la estabilidad. Pero al tercer paso noté cómo todo su peso caía sobre mi espalda. Me vi empujada hacia el suelo mientras intentaba, desesperada, asirme a algún punto que impidiera caer de bruces en la alfombra. Conseguí agarrarme a la mesa y frenar la caída, con lo que amortigüé el tremendo batacazo, pero él quedó tendido sobre mi espalda. Me di la vuelta como pude saliendo de debajo de él y lo llamé.

—¡Papá! ¡Papá!

Tirado a mi lado, inmóvil, todas las arrugas de su rostro se concentraban en un claro gesto de dolor. Parecía inconsciente. Tardó unos segundos en reaccionar.

—Estoy... bien —farfulló—. No te pongas histérica, Lucía. ¡Es la maldita pierna! —exclamó al fin, enfadado—. Ya te lo he dicho.

—No me pongo histérica papá, pero, como comprenderás, me he asustado. Yo creo que has perdido el conocimiento. Ven —me puse en pie y le tendí el brazo—, intenta levantarte.

—¡No digas tonterías! Es la pierna. ¡Uf! Me duele, me he golpeado la rodilla y como estás tan flaca no he caído en blando precisamente. Pero estoy bien.

Le ayudé a incorporarse convencida de que se había caído antes de que le hubiera fallado la pierna. Pero de nuevo parecía encontrarse bien.

—¿Seguro? Deberíamos ir al hospital para que te hagan una revisión. No es normal. Además, puedes haberte roto algo.

—Qué pesadita estás. —Su mano huesuda me indicó que lo dejara estar—. Hoy es la tercera vez que me caigo. ¿Cómo te lo tengo que explicar? Ya te he dicho que es la pierna, me falla y me voy al suelo. —Aunque estaba de pie, no parecía capaz de permanecer en posición vertical—. Así que basta ya, que estoy hasta los huevos de hospitales. —Su tono, duro y decidido, contrastó con su desvalido aspecto.

—Pues me quedo hasta que venga alguien. Llamaré a Mario para que te eche un vistazo. No podemos dejarte solo, tal y como estás. Y ahora haz el favor de sentarte. Te vas a volver a caer.

—De verdad, estoy bien. ¿Quieres que baile? —preguntó levantando los brazos.

—¡Ni se te ocurra! Desde luego, eres lo máximo papá, pero me vas a matar a disgustos.

Llamé a Mario y me confirmó que vendría enseguida.

—Venga, venga, que eres una exagerada. Carlota subirá en nada de la tienda. Estará cerrando. —Miró su reloj con preocupación—. Vete ya. —En sus ojos se dibujó una súplica—. Verónica también debe de estar a punto de llegar.

Cruzamos una mirada cómplice. Mejor que no siguiera allí cuando Verónica llegara, si aparecía. Mario llamó al interfono y le contesté que bajaba. Le llevé un vaso de agua a mi padre, le di un sentido beso en su flácida mejilla y le dije, ahogada por el cariño, como tantas veces en los últimos meses:

—¿Te he dicho que te quiero mucho?

Desde la muerte de mi madre procuraba hacer saber lo que sentía con más frecuencia. Era mucho más consciente de lo efímero de la vida.

—Lo sé. —Su tono era triste—. Y yo a ti, no lo dudes, aunque creas que no lo suficiente. Algún día me entenderás. Un beso, hija. Besitos a las niñas y a ese hombretón que te espera abajo.

Su respuesta me dejó pensativa. Sí, a veces lo había dudado, pero la sinceridad de sus ojos siempre me devolvía el convencimiento de que era cierto y tal vez no había podido o sabido hacer las cosas de otra forma. De camino a casa no paré de pensar en aquella caída. Su cara pálida, el gesto duro, el habla lenta… Al dejarle habíamos pasado a saludar a Carlota, la hermana de Verónica, y nos confirmó que se había caído otras veces a lo largo del día.

—Mario, no me quedo tranquila. Sigo pensando que ha perdido el conocimiento.

—Lucía, ya has oído lo que te han dicho tu padre y Carlota. No lo puedes saber. Pero aunque tuvieras razón, ni con la guardia montada del Canadá lo hubieras conseguido llevar al hospital. Les tiene alergia —bromeó—. ¿Se ha golpeado la cabeza?

—Yo diría que no, pero como estaba detrás de mí y me ha arrollado no estoy segura. Hemos caído despacio porque me iba agarrando a lo que podía y se ha dado contra mi omóplato, creo que me va a salir un cardenal, y a él seguro que también.

—¿Le has notado algo raro al levantarse?

—No, qué va, la mala leche de siempre cuando las cosas no salen como quiere, aunque desde que llegué hablaba un poco lento.

—Lleva mucho tiempo así; él es quien mejor se conoce y sabe lo que le pasa, no es la primera vez. —Me apretó contra él—. Te preocupas demasiado. Por todos.

Los ánimos de Mario sirvieron de poco, veía a mi padre tan solo y desvalido que la preocupación no me abandonó. Cuando llegué a casa lo llamé. Carlota ya había llegado y lo acompañaba. Por fin conseguí aliviar la presión en mi pecho. Había alguien con él y por teléfono su voz sonaba razonablemente bien.

Pero, cuando cuatro horas después me golpeó el timbre del teléfono, supe que mi intuición había sido la correcta. Me vestí en dos minutos, cogí las llaves del coche, el teléfono móvil y me fui. Tras el portal me esperaba la soledad oscura. Pensé en coger el coche, pero ¿qué hacía luego con él? Y con los nervios conducir hubiera sido una temeridad. Busqué un taxi. Nada. La calle era un desierto de asfalto envuelto en una luz lóbrega. Por muchas farolas que hubieran puesto, aquel resplandor anaranjado que convertía a todos los gatos en pardos no me transmitía tranquilidad. Forcé mis pasos hacia la Gran Vía, mucho más transitada, buscando el ansiado taxi y el consuelo de la luz y el bullicio urbano. Al llegar un negro presentimiento me invadió. De pronto, con una extraña certeza, supe que no debía entretenerme si todavía quería verlo con vida. Corrí, sin parar, sin mirar a los pocos extraños con los que me cruzaba, sin ver los coches, ni las aceras ni los bordillos. Qué larga se me hizo aquella carrera. No podía volver a pasar, no tan pronto. Mientras avanzaba, dolorosos recuerdos acudían a mi cabeza. La oscura habitación en mi casa, mi madre agonizando, la mirada perdida. Todo era demasiado reciente, insoportablemente reciente. Hacía tan sólo dos meses que la había enterrado y ahora… No, mejor no pensarlo. No podía volver a suceder, quise creer, pero la vida es imprevisible y no valora tus circunstancias. Cuando llegué al portal, la ambulancia del SAMU se detenía en la acera. Les indiqué el piso y subimos todos. En el rellano del séptimo una puerta estaba abierta. Pasé sin esperar a que me lo indicara nadie. Verónica se dirigió a los de sanidad, nerviosa:

—Es el corazón. —Le oí decir con voz quejumbrosa—. Está muy mal del corazón. Ha estado ingresado hasta hace cuatro días.

Los miembros del SAMU asintieron y se centraron en el enfermo. Se movían con decisión por la estancia, como si ya la conocieran.

Miré al hombre del pijama azul que, sentado en la cama, miraba a ninguna parte, como si observara partir sin él al tren donde los demás seguíamos viaje. Aquél no era mi padre. Sentado en el borde del colchón, sus movimientos lentos y desmadejados eran los de una marioneta cuyos hilos cedían a una fuerza desconocida. Contestaba con dificultad a las preguntas de los auxiliares de sanidad y el cansancio ahondaba los infinitos surcos de su rostro. Por unos instantes levantó la vista y sus ojos vidriosos recorrieron la habitación con inquieta lentitud hasta posarse en los míos.

—Estoy… bien. No… pasa… nada. Todo está solu… cionado —desgranó con evidente dificultad y una fugaz mueca de alivio. Los párpados se vencieron de nuevo y su rostro quedó sombrío y concentrado con el gesto que ya le viera esa misma tarde al caer al suelo.

Verónica seguía hablando sin parar.

—He estado todo el rato a su lado. No me he movido de aquí —repetía sin cesar, revoloteando alrededor de los miembros del SAMU—. Es el corazón otra vez.

Carlota se mantenía a un lado, con las manos cruzadas sobre el pecho en gesto de plegaria, murmurando entre dientes. Interrumpió su letanía para apostillar:

—Sí, sí, sólo ha bajado un momento a la farmacia a por un calmante porque a Carlos le dolía mucho la cabeza.

—Entonces, ¿quién ha llamado al SAMU? —inquirí; aquello no cuadraba.

—Yo. —Carlota empezó a mover un pie—. Es que mientras Vero ha bajado a la farmacia se ha puesto muy mal y me he asustado. Pero ella no se había movido de su lado. Sí, sí, todo el rato.

Tanta insistencia me hizo desconfiar. *Excusatio non petita acusatio manifesta*, decía mi madre. Además, Carlota era demasiado simple, no sabía mentir, y cada explicación contradecía la anterior.

Los del SAMU continuaron con sus pruebas, intercambiando instrucciones y colocando vías mientras Verónica enseñaba los papeles del último ingreso y la medicación pautada. Carlota y yo nos quedamos fuera de la habitación, contemplando la escena.

—Carlota… —le susurré—. ¿Cómo es que estabas aquí tan tarde?

Ella no vivía allí, sólo se quedaba por las noches cuando Verónica no iba a dormir o pensaba llegar muy tarde. Retomó su verborrea, no podía parar, con los ojos espantados fijos en el umbral de la habitación.

—Me iba a quedar a dormir. —Sus manos ya no rezaban, se retorcían—. Lucía, bonita, tu padre no estaba bien, lo he visto muy alicaído. —Estaba trastornada y esto junto a su escasa facilidad de palabra hacía que las frases se amontonaran sin sentido—. Le he preparado la cena, pero casi no la ha probado. Estábamos en la cocina y me ha dicho: «Ea, Carlotita, llévame a la cama que estoy muy mareado», y me ha puesto las manitas así, en los hombros. —Carlota fue representando la escena, muy parecida a la vivida por mí hacía pocas horas en este mismo escenario, mientras hablaba con lágrimas en los ojos—. Casi no podía andar. Cuando llegó a la cama se desplomó y ya no entendí lo que decía. Le he tenido que acostar yo.

—¿Y Verónica? ¿No decías que estaba con él?

—Sí, sí, ella estaba todo el rato —insistió con ojos de orate, mirando hacia donde se encontraba su hermana—. Le daba la manita. Pero cuando se ha puesto peor se había bajado a la farmacia por Nolotil.

Nada encajaba, pero daba igual. Eran muchos años así y era la vida que mi padre había decidido vivir. O el castigo que se había resignado a aceptar. Pecado y penitencia llevaban el mismo nombre.

Faltaba por llegar su hijo Carlos, Charlie como todos lo llamaban. Le habían avisado pero vivía mucho más lejos que yo y apareció con su mujer casi cuando nos íbamos. Las dos hijas mayores de Carlota también acudieron. Éramos multitud, pero yo estaba sola.

—¿Cómo han venido? —conseguí preguntar a Charlie después de los saludos básicos, siempre incómodos en esta familia fuera cual fuera la circunstancia.

—En coche.

—Yo he tenido que venir andando. —Tragué saliva y crucé por primera vez la mirada con mi hermanastro—. ¿Puedo ir al hospital con ustedes? —Me costó pedirlo, pero no era momento para orgullos.

—Sí, claro —contestó, inexpresivo.

Partimos todos hacia el Clínico en silenciosa caravana. A mi mente acudieron tantas otras visitas a hospitales con mi madre. Y también con mi padre: tres años atrás se había recuperado de forma sorprendente después de otro susto mortal. Yo creía en los milagros y aquél, no tenía duda, había sido uno. Pero sabía que, en lo que a mi padre se refería, se había agotado el cupo. Había pedido ya tantos favores al más allá que no me sentía con derecho a esperar ninguno más.

No tardamos en llegar y, aunque a esas horas la calle era un páramo, quien no estaba en su casa debía de estar en Urgencias, tal era el bullicio. Verónica se acercó a la ventanilla. Se me hizo extraño ser un elemento pasivo; aún tenía reciente la enfermedad de mi madre y entonces yo me había hecho cargo de todo. En esta ocasión, y como era lógico, ella fue la cara visible. En cierto modo me sentí aliviada; no me quedaban fuerzas para cargar con nada más a las espaldas y la espera ya era bastante dura. Pero también me irritaba depender de aquella mujer y su hijo para obtener cualquier mínima información sobre mi padre. Tardaron dos horas en darnos el primer diagnóstico y no fue bueno. Una hora más tarde el parte había empeorado. Tenía un derrame cerebral de pronóstico muy grave y no estaba consciente. Lo iban a dejar en observación y no se podía pasar a verlo.

—Pues él no quiere que lo reanimen ni le hagan nada. —La rubia cabeza de Verónica afirmó con vigor aquellas palabras—. Tiene un testamento vital.

Era la tercera vez que salía a relucir. Verónica lo recordaba en cada ocasión. Pero intuí que no había ninguna disyuntiva moral que plantearse. Tras estabilizarlo nos insistieron en que no valía la pena permanecer en Urgencias. Por la mañana a primera hora estaría el especialista y podría facilitarnos más noticias.

A las ocho de la mañana, como nos indicaron, volvimos al hospital deseando que nos dieran alguna esperanza.

—No los voy a engañar. Está muy mal, tiene un derrame cerebral incontrolado, agravado por la medicación para su cardiopatía. Lo que mantiene latiendo el miocardio es mortal para su cerebro. La situación es crítica.

El silencio, más allá de la profunda voz del médico, un hombre mayor de aspecto venerable, era absoluto. El pecho se me comprimió, el aire huyó de mis pulmones. Verónica volvió a lo suyo:

—Él no quería que lo mantuvieran artificialmente, ya me entiende…

—No se preocupe por eso, señora, en este caso sería absurdo. Su situación es irreversible. Sólo un milagro puede salvarlo.

Aguanté apenas las lágrimas sintiendo una soledad lacerante, tan oscura como la noche en que a mi padre se le había repartido la carta de la muerte. No tenía hombro donde llorar ni mano que agarrar. Mi boca se llenó de un sabor acre, reseca de angustia; por desgracia un sabor demasiado familiar. Quise pensar que, como en otras ocasiones, mi padre saldría adelante, pero ya no me quedaba fe. No sabía cuántas vidas le habían concedido, pero las había agotado todas. Ésta era la última, la vencida. Cuando nos permitieron verlo su apariencia era normal, salvo por el gesto. Parecía dormido y algo enfadado. Pero sorprendía el vigor con el que su cuerpo flaco respiraba. Seguía siendo un toro, una fuerza de la naturaleza. Tal era su potencia que en cada inspiración y espiración la cama vibraba como sacudida por un terremoto intermitente. Aquella imagen de fortaleza me hizo confiar en que ésta no sería la última aventura de mi padre.

Pero a las seis de la tarde de ese día de abril el rugido cesó. Se acabó. Su maltrecho corazón enmudeció. Desfallecí. Una aguda punzada, esperada pero brutal, me partió. Huérfana. Sola a pesar de la llegada de Mario. Me abracé a él sumida en lágrimas. Mientras Verónica hablaba con las enfermeras de planta entré a darle el último beso a mi padre. Qué pronto unió la muerte lo que la vida se empeñó en separar. Y qué sensación de vacío perforaba mis entrañas. Me sentí pequeña, desamparada, a pesar de mi edad. Pero aún quedaba por llegar lo peor, el fruto amargo de una vida de la que mi padre había perdido el control muchos años atrás, el cierre más triste para su historia —aunque en ese momento yo no lo supiera todavía—, el último dolor.

44

Las auxiliares se apresuraron en completo silencio a desconectar los goteros y recoger sábanas y material médico. Nos indicaron con amabilidad profesional que abandonáramos la estancia. El olor a habitación de enfermo mezclado con desinfectante me estaba mareando; agradecí salir al pasillo, necesitaba aire, aunque una parte de mí quedó junto a la cama donde yacía el cuerpo inerte de mi padre. Tampoco en los pasillos encontré el aire limpio anhelado por mis pulmones. El hedor permaneció, un olor que en los últimos años me provocaba desasosiego. Si los duelos son de por sí situaciones tensas, amargas, en este caso el aire, de acero templado, hostil e irrespirable, lo hizo más cruel si cabe. En una zona del pasillo adyacente a la habitación se ubicó Verónica, rodeada de los suyos; en el extremo contrario del pasillo, como en un imaginario ring, Mario y yo. Miré al lado enemigo, en pocos minutos cuajado de gente que hablaba en susurros con el rostro contrito. Algunos me hacían gestos de cariño y comprensión, pero miraban a la viuda y permanecían inmóviles junto a ella. Verónica lloraba de forma estentórea, consolada por unos y otros, prodigando abrazos a quien quisiera devolvérselos. Había llegado Gonzalo Morales, con quien se estaba desahogando cumplidamente, cuando de pronto levantó la cabeza y clavó sus ojos diminutos en nosotros por encima del hombro de Morales, miró a su alrededor en un barrido rápido, imperceptible y, disculpándose con él, tomó nuestra dirección. Miré a Mario aprensiva, ignorando qué iría a hacer y, ante mi estupor, me estrechó contra su pecho con aparatoso gesto.

—¡Dame un beso, mi niña! —Lloriqueó con fuerza, su cabeza apoyada en mi hombro y sus brazos cercando mi espalda como un cepo—. ¡Mi Carlos, pobre Carlos! ¡No podré seguir viviendo! ¡No podré!

Me quedé perpleja. Todas las cabezas se habían girado hacia nosotras y murmuraban, unos con movimientos de aprobación y afecto, otros tan asombrados como yo misma. Aquella mujer me odiaba, llevaba mucho tiempo deseando este final y su pantomima me produjo náuseas y una rabia electrizante. Impasible a mi aversión, prosiguió su perorata:

—Pero es mejor así, no ha sufrido nada —añadió con su cascada y aguda voz varios tonos por encima de lo recomendable en un hospital—. ¡Él no quería sufrir! Siempre lo decía.

La despegué con lentitud, como a un esparadrapo adherido a una zona sensible, empujándola con unas manos que embridaron el deseo de estamparla. Volví a necesitar aire limpio, su cercanía era tóxica y la escena absurda. Quería quedar bien ante quienes iban llegando, algunos sabedores del desgraciado final, otros en busca de noticias sobre la evolución de quien hasta hacía poco aún vivía, todos expectantes ante la actuación que se desarrollaba en mi lado del pasillo. Verónica continuó en voz queda:

—Ya sólo nos quedarán los recuerdos, ¿verdad, Lucía? —Se pasó una mano para limpiar las lágrimas, tan escasas que sobraba el plural—. Es una pena que en sus últimos años ya no tuviera apenas nada, se convirtió en un hombre muy apático y con caprichos tontos, nada parecía importarle, pero a ti te quería mucho. —Hizo otra pausa y suspiró hondo. De su bolso sacó un pañuelo para enjugar nuevas lágrimas imaginarias—. Charlie me ha preguntado si puede quedarse el reloj de su padre. ¿No te importa, verdad? —Me miró esperando respuesta; yo no me moví, aturdida—. El que llevaba cuando lo trajeron al hospital; es de oro, pero bastante antiguo, aunque funciona bien. Le tiene tanto cariño desde chiquitín… Como tú a la medalla aquélla con la que jugabas de niña tirándola al agua. ¿Te acuerdas? Claro que… Lo sabes, ¿verdad? —El pañuelo fue a su boca tapando un gesto de hondo pesar—. Sí, claro, entonces aún estabas en Loredana —prosiguió, los labios fruncidos en un mohín de fingido disgusto que le conocía bien—. Imagino que tu padre te lo dijo… —Me miró a los ojos, sin pestañear—. Cuando nos entraron a robar se llevaron la famosa medalla de oro, ya ves tú, se le ocurrió dejártela con una carta, y justo tuvieron que robarla y no la recuperaron cuando detuvieron a los responsables. Con lo que te gustaba… —Terminó la frase entre sollozos, aunque a sus ojos ya no asomaban ni lágrimas ni pena ni congoja; es más, apreciaba en ellos un brillo de satisfacción que hacía parecer más grandes sus diminutas pupilas—. Es lo que más le dolió de todo lo robado, ya ves, porque la quería para ti, pero se la llevaron y ya no está. —Se encogió de hombros y alzó los brazos de nuevo con intención de abrazarme—. No me gustaría que lo olvidaras y pensaras que la tenemos nosotros.

Di un paso atrás. La sangre me hervía. ¿A qué venía esto ahora? ¿Para qué me tenía que decir, con el cuerpo de mi padre aún caliente, que lo único que probablemente me hubiera llegado de él lo habían robado? Al ver mi expresión insistió entre gimoteos:

—Sólo te lo digo para que lo sepas, que yo no la tengo… la robaron. ¿Lo entiendes? Lo siento muchísimo, mi niña, de verdad.

Mi garganta, seca como la de un náufrago, se esforzó por arrancar de mis entrañas las palabras justas:

—Ya… lo sabía —forcé una respiración honda para mantener la calma—, pero en estos momentos… La verdad, no estaba pensando en ello.

Las lágrimas, más de rabia que de pena, arrasaron mis ojos sin pedir permiso.

—Bueno, bueno, no te pongas así. —No pudo disimular, estaba disfrutando—. Te lo digo por si no lo sabías.

No pude más. El cinismo de aquella mujer era insuperable. Y su mal estilo también. Di media vuelta, no se me pasaba una idea buena por la cabeza y alejarme era la única manera de evitar la escena que sin duda buscaba. Mi padre no se merecía ese espectáculo. Descompuesta, fui a refugiarme en Mario, alejado unos pasos de nosotras por prudencia.

—Es una víbora. ¿Tú te crees lo que me acaba de decir, precisamente en este momento? Está intentando provocarme pero no lo va a conseguir. Por mi padre que no lo va a conseguir.

—¡Es increíble! No le hagas caso, mi vida. —Me abrazó y mi furia se aplacó a pesar de la evidente crispación de su brazo—. ¿Te ha dicho qué van a hacer ahora? ¿Tienen algo previsto?

—No. Tendré que preguntarlo. Es una sensación tan extraña... —La angustia me dificultaba el habla—. Mi padre ha muerto y nadie me informa de nada. No sé si hay que organizar algo o ya está todo previsto, o qué van a hacer.

—No te preocupes, ahora me acerco yo. Tú quédate aquí.

Lo miré agradecida:

—Sabes cómo te quiero, ¿verdad?

—Sí —Me reconfortó con una sonrisa y lo abracé.

Mario me acarició la cabeza con dulzura, se levantó para ir a preguntar y regresó a los pocos minutos. Lo tenían todo previsto: el funeral sería al día siguiente «en la más estricta intimidad» por voluntad de mi padre, según le había insistido Verónica. No debíamos informar a nadie de su deceso hasta un mes después. Mi aturdimiento era cada vez mayor.

—¿Sabes si ya se lo han dicho a la tía Lucía y a los primos de Ontinyent?

—Aún no han llamado a nadie, pero Carlota me ha insinuado que podías llamar tú a tu tía. Verónica llamará a tus primos, aunque tal cual lo ha dicho no la he visto muy convencida. Dice que al funeral no debe venir nadie, que tu padre lo quería así.

—Va a ser durísimo, pero sí, prefiero decírselo yo a mi tía. Para ella va a ser horrible, y encima tan lejos... —Respiré hondo y saqué el teléfono para llamarla. A pesar de la distancia mantenía una relación muy estrecha con ella. Nos comunicábamos por correo electrónico casi a diario y compartíamos mucho más que el nombre.

No me hizo falta decirle nada. Cuando descolgó el teléfono al otro lado del Atlántico y escuchó mi tono severo y dolido, rompió a llorar. Teníamos un acuerdo, si algo pasaba yo la llamaría. El momento había llegado. De todos los hermanos Company era la única que quedaba, y ella hubiera preferido que no fuera así. El pesar de mi buena Lucía me abrumó, incapaz de sacar fuerzas del mío para animarla. La despedida fue agónica. Y todavía me quedaba lo peor: mis hijas aún no habían asimilado la pérdida de su abuela y ahora tenían que digerir la de su abuelo. Aquello era una pesadilla repetida, hacía tres años ya les había tenido que decir que mi padre no iba a salir adelante, aunque en aquella ocasión los funestos pronósticos no se cumplieron.

No tardamos en irnos, no podíamos hacer nada más. Lo último que Verónica nos transmitió antes de abandonar el hospital fue que no debíamos comentarle a nadie lo del funeral, para cumplir la última voluntad de mi padre. Sólo asistiría la familia más cercana, y ella ya se había encargado de avisarla.

La sensación de orfandad con la que abandoné el lugar me acompañaría el resto de mis días y, aunque con el tiempo se amortiguara y quedara como un malestar latente, en esos momentos creí no poder superarlo. Todo había sido demasiado cercano, demasiado repentino, sin tiempo para encajar cada golpe. Me estremecí al pensar en el día siguiente. Recordé el cálido y sentido funeral de mi madre. La sensación de extraña paz reinante en la capilla en su último adiós, el silencio respetuoso y cargado de afecto de tantos como quisieron despedirla como merecía. Un vacío incómodo invadió mi estómago. Nada sería igual esta vez y, aunque lo fundamental, la pérdida, no tenía consuelo, necesitaba despedir a mi padre rodeado del cariño que también merecía. Discreto, en la sombra, siempre ayudó a quien lo necesitó, desde el amigo más cercano al último empleado llegado a Loredana. A todos, menos a mí, qué ironía. ¿Qué entendería aquella mujer por íntimo? Dudé un momento, un atisbo de rabia me inclinó a ponerme a llamar a unos y otros, pero no me quedaban fuerzas para discutir y yo no pintaba nada aunque el fallecido fuera mi padre. Me rendí, resignada, a la voluntad de Verónica. Daba igual mi opinión o lo que yo misma hubiera hablado con él en la última ocasión en que fue ingresado.

⁓

La semana que pasó en el hospital, antes del accidente vascular que acabó con su vida, en los noticieros la noticia recurrente era la agonía y muerte de Juan Pablo II.

—Están convirtiendo su muerte en un espectáculo —había sentenciado mi padre, sombrío—. Me parece bochornoso. Anda, apaga la tele.

No pude hacerlo porque el compañero de habitación quería ver aquello.

—Ya, pero con la gente importante suele pasar.

—Yo quiero un funeral discreto, íntimo. No quiero un show.

—¡Ya está la alegría de la huerta! —exclamé, ignorante de lo pronto que tendría que afrontar sus palabras—. ¿A qué viene eso ahora? Además, tú no eres el Papa.

—A mí no me afecta el tema. Lo tengo todo dispuesto y asumido desde hace tiempo. —Me hizo un gesto cariñoso, cómplice, y sonrió de aquella forma indescifrable, como si también guardara un secreto precioso que sólo él conociera—. Ya debería estar en el otro barrio, poco me queda por hacer aquí.

—Ea, ¿pero qué te han dado en el desayuno? ¿Ramitas de ciprés confitadas?

—Ojalá, estaría mejor que la porquería de malta o mezcla o no sé qué brebaje inmundo que intentan colar por café. Podrías traerme uno del bar, y una empanadilla con tomate.

—Claro, y un par de huevos con chorizo. —Me alivió oírlo bromear, pero duró poco y regresó al tema de la tarde.

—Míralos, si es que van a transmitir la agonía y vender entradas. Lo dicho, yo quiero un funeral íntimo.

—Siento decirte que entre Su Santidad y tú hay alguna diferencia.

—Cada uno en su nivel, claro, pero a tu padre lo conoce demasiada gente y no los quiero a todos allí cuchicheando y contando chistes de funerales por los rincones. Algo íntimo y ya está.

—Íntimo, íntimo... ¿Cómo cuánto de íntimo? Tienes buenos amigos que querrán estar allí, gente que te quiere y que nos quiere, como los Badenes, los Sarriegui, Boro, Gonzalo Morales —se me atragantó el nombre, y la cara de asco de mi padre me extrañó; pensaba que apreciaba a aquel presuntuoso asesor fiscal—, y tantos otros que han estado contigo en las buenas y en las malas. Anda, qué menuda conversación alegre. —Reí—. Lo nuestro es humor negro.

—Bah, todos nos tenemos que morir un día u otro, y a veces es un alivio.

—No digas eso, papá. —Se hizo un silencio plomizo. Él, con la mirada perdida en el techo, semejaba rememorar algo muy triste; retomé el tono distendido—. ¿Qué quieres, un entierro a escondidas, sin nadie, como si fueras un indigente? ¿Un perrito abandonado? ¿Como Calimero?

—Mira que eres bruta tú también. No digas tonterías. Calimero, Calimero...

—¿A quién habré salido?

—Es que no me refiero a eso. Claro que esos que has nombrado antes me gustaría que estuvieran. Es más, como no vengan los perseguiré desde el más allá y me apareceré en sus pesadillas. —Le dio un ataque de tos y le costó recuperarse—. Pero no quiero gente por compromiso: proveedores, clientes, banqueros... Me repelen los funerales-espectáculo y más desde que estoy viendo este circo en la tele.

—Normal, eso no le agrada a nadie. —«Tal vez a Verónica sí», pensé, pero no lo dije—. Aunque te aviso, llegado el momento no te vas a enterar —bromeé—. Dicen que en el medio está la virtud, entre un extremo y otro puede haber un punto, ¿no?

—Sí, claro. Anda que con todo lo que le he hecho padecer al bueno de Boro, como para decirle que no venga. Me vuelve a matar.

Aquella pequeña conversación me dio una idea clara de cuál era la voluntad de mi padre, a qué se refería con un funeral íntimo, pero Verónica haría que este término que, según el diccionario de la Real Academia de la Lengua Española significa, dicho de un amigo, el que es «muy querido y de gran confianza», se convirtiera en «desolado». Quedaba por llegar la cereza de aquel macabro pastel. Mi padre había pasado los últimos años de su vida solo, como un transeúnte acomodado, y su compañera, la mujer de su vida, se iba a encargar de que partiera al otro mundo de la misma manera.

A las tres de la tarde llegué al tanatorio. Mario se quedó en casa con las niñas, no queríamos que estuvieran mucho tiempo allí; acudiría algo más tarde con ellas y mis suegros. El vacío y las hormigas carnívoras se habían enseñoreado de mi estómago compartiendo espacio con una tostada con jamón, único alimento del día. En esa tarde soleada y agradable de abril el cementerio me resultó acogedor, aunque muy solitario. Era de estilo americano, todo verde, con praderas de lápidas casi invisibles, salpicado de rosales, olivos y arboledas, que le daban un aire a parque centroeuropeo. Invitaba a pasear, o a sentarse en un banco con un buen libro en las manos y el trino de los pájaros de fondo. Llegué al edificio principal y pasé a las oficinas con el corazón tan triste como mi atuendo. Una señora de mediana edad enfundada en un pulcro uniforme revisaba listados sentada ante una mesa funcional. No vi a nadie más y le pregunté por la sala reservada a Carlos Company. Me miró como si hubiera preguntado dónde era el baile:

—¿Carlos Company? Me dijeron que no vendría nadie a velarlo hasta la hora de la misa de *córpore insepulto*. Me disculpará, pero está todo cerrado y la sala es muy pequeña.

—Pues es evidente que yo estoy aquí y voy a acompañar a mi padre. —Mi respuesta fue brusca. Superada la sorpresa y algo más calmada me presenté—: Soy Lucía Company.

—Claro, claro, no se preocupe. —Una sonrisa comprensiva y un gesto amable, profesional, sin excesos innecesarios, recondujo la conversación hacia un terreno menos hostil—. Deme dos minutos y le abro la sala. Si hubiera sabido que estaría acompañado les habría sugerido una un poquito mayor. Estaré pendiente por si viene alguien más y necesitan espacio, a ver si puedo solucionarlo de alguna forma.

Hizo una llamada, dio unas instrucciones rápidas y casi inaudibles y sacó unas llaves de la mesa.

—Sígame, la acompaño. Y si necesita algo no dude en decírmelo.

Con una mezcla justa de eficiencia y dulzura consiguió devolverme la serenidad perdida. Atravesamos un par de pasillos alfombrados con un penetrante olor a flores y limpiacristales, flanqueados por salas amplias. Todas estaban vacías salvo una, donde un grupo de personas consolaba a una mujer de cabellos blancos ataviada de completo luto. Unos dentro, otros en la entrada, iban mostrando su cariño entre susurros a quien supuse era la viuda y a sus hijos, algo mayores que yo. Suspiré hondo, de momento estaba sola. Amalia, la responsable del tanatorio, abrió al fin una puerta y con gesto indeciso extendió un brazo invitándome a pasar. La sala, pintada en un tono beis muy claro, debía de medir dos metros de largo —tal vez un poco más— por metro y medio de ancho. Extendiendo los brazos podía tocar la pared de entrada y el cristal que la enfrentaba y me separaba de mi padre. Apoyados contra las dos paredes laterales, sendos butacones permitían sentarse para velar al difunto. Esto era todo. Amalia me preguntó, cohibida, si quería agua, y asentí mientras se izaba el siniestro telón que velaba el cristal. Allí estaba lo que de mi padre quedaba. Amalia se fue y quedamos él y yo, nadie más.

Una repentina debilidad me obligó a tomar asiento. Verlo allí tendido, desfigurado, me hizo llorar, y en un arranque de locura comencé a hablarle sin abrir la boca. Tenía muchas explicaciones que pedirle y una sola pregunta: por qué nuestra vida no había sido de otra manera. Le confesé haber leído los diarios de mi madre y cómo, gracias a ellos, creía conocerlos bien a los dos. Podía entender por qué se había ido con otra, con alguien como Vero. Sí, la convivencia con mi madre no debió de ser fácil, no lo fue como no lo había sido la mía, estaba segura; él siempre fue un hombre capaz y orgulloso, torpe en lo emocional pero sobresaliente en lo profesional, y mi madre lo hizo sentirse humillado y menospreciado demasiadas veces. Había sido una rival en vez de una compañera en una época en que las mujeres en su mayoría ejercían de floreros y criadas de sus maridos, y buscó el polo opuesto. Pero los pensamientos íntimos de mi madre no me habían ayudado a desvelar la razón por la que él casi había renunciado a mí, de su escaso contacto conmigo, de su falta de apoyo e implicación. De pequeña había disfrutado de él apenas unas horas a la semana, las de unos sábados que con el tiempo menguaron hasta reducirse a la nada, y este recuerdo me trajo la imagen del hombre joven, apuesto y fuerte de quien mendigaba atención y que ahora yacía muerto, prematuramente anciano, ante la infinita soledad de la niña que volvía a ser yo. Mi padre, mi querido padre. El admirado Carlos Company. ¿Por qué lo hizo? ¿Por no afrontar el fracaso de su matrimonio? ¿Por no asumir la responsabilidad de sus decisiones? ¿Por evitarse nuevos problemas con Verónica? ¿Porque en el fondo sabía que esa mujer me haría daño y era una forma inconsciente de alejarme de ella, alejándome de él? Lo que habría dado por una respuesta… pero ya no era posible. Entendía que hubiera sucumbido a su influjo, allí se lo confesé, yo misma lo había hecho haciendo frente a las advertencias de mi madre, y seguro que con él habría usado armas mucho más poderosas. Pero para una niña es difícil creer que nada malo pueda venir del entorno de quienes tanto quiere y yo me obligué a aceptarla. Sin embargo esto no disculpaba la inhibición de mi padre frente a los manejos de aquella mujer odiosa cuando quedó claro quién era quién. Me dejó a su merced. ¿Por qué? La pregunta me martilleaba las sienes. Estaba sudando. Intuía que no había podido asumir otro fracaso personal, otra familia desmembrada. Necesitaba formar una familia, la que nunca tuvo, aunque para ello tuviera que ignorar mi situación. ¿Acaso no me quería? Algo se rebeló dentro de mí con fuerza. ¡Claro que me quería! No, esto no lo dudaba, mi padre me había querido siempre. Pero no encontraba justificación a su conducta y necesitaba una respuesta. Conforme avanzaba en mi mudo soliloquio, me enfadé por mi atrevimiento y falta de sensibilidad. ¿Cómo podía estar pidiéndole explicaciones después de muerto? La necesidad de certidumbres no entiende de imposibles, pero mi padre ya no podía dármelas. Cada impulso para preguntárselo en vida había sido frenado por el miedo a hacerle daño, a golpear su precario corazón, a perder lo poco que tenía de él y ahora ya no era momento. Sabía en lo más hondo de mi alma que me quería, su amor traspasaba su mirada, a veces tierno, a veces temeroso, a veces franco, siempre cauto y en ocasiones misterioso. Entonces, ¿por qué me había abandonado? Era evidente que no se sintió orgulloso de ello. A partir de mi despido y sobre todo de mi boda no volvió a ser el mismo, vivió con el peso del mundo sobre las espaldas, pendiente de todo y a la vez distante, ajeno, en un mundo solitario donde ya no había sitio para nadie. Ni siquiera para él.

Sequé mis lágrimas y miré el reloj: las cinco y cuarto. El funeral era a las siete en punto y continuaba sin venir nadie. Retomé mi discurso. Al final estaba siendo todo muy íntimo, desolador. ¿Era esto lo que querías, papá? ¿De verdad? Me estremecí en la penumbra ambarina de aquella sala sin ventanas ni espacio, donde mi respiración retumbaba ruidosa en las paredes desnudas. De nuevo la rabia y la desesperación me vencieron, ahora por motivo diferente: aquella soledad simplemente no era justa. No era forma de despedir a nadie, mi padre no se merecía aquel desprecio, aquel vacío de afecto en su último momento. ¿Cómo había llegado a pasar algo así? Me consolé confiando en que mis primos no tardarían en llegar, aunque venían de Ontinyent. Querían mucho a su tío, eso me confortaría, caldearía aquel duro escenario. Escuché unos pasos. Decididos, recios. Mi pulso se aceleró, por fin llegaban.

—¿Puedo pasar?

Era Boro. Casi le salto al cuello de la alegría. Mi expresión de sorpresa fue tal que me advirtió:

—Ni se te ocurra decirme nada, que la Vero ya me sermoneó con que tu padre no quería a nadie aquí, pero ¡qué cojones!, vivió toda la vida como le dio la gana y yo voy a hacer lo que me sale de las narices. Pienso quedarme aquí con mi amigo mientras pueda.

—Boro, yo… —Me puse en pie y lo abracé con desesperación—. No sabes cómo me alegra verte, esto es tan injusto…

—¿No ha venido nadie más?

—No, llevo sola desde las tres.

Los ojos duros del amigo de juventud de mi padre se tornaron vidriosos.

—¿Has comido?

—Sí, bueno, un pan tostado, pero no tengo hambre.

—No me creo que esté muerto. El siguiente seré yo, siempre fuimos juntos a todas partes.

—Pero cada uno con un resultado diferente, porque cuando conoció a la Vero iba contigo y tú sigues felizmente casado.

—*Touché*. Tu padre te quería muchísimo, lo sabes ¿verdad? Te adoraba, pero lo tuvo muy difícil.

Tomó asiento en la butaca de cuero frente a la mía y continuamos conversando en murmullos cómplices, recordando anécdotas, algunas conocidas, otras no. A las seis resonaron nuevos pasos. Amalia llegó acompañada de Rodrigo Badenes y su mujer, y buscó un par de sillas plegables que encajó en el habitáculo como piezas de Tetris:

—Hija, ¿estás sola? —Lourdes miró los escasos metros con gesto compungido. La sensación era agobiante—. ¿No ha venido… Verónica?

—Aquí no ha estado nadie más que Boro, que llegó hace un rato, y yo. —No hubo reproche en mi tono, sólo amargura.

Retomamos la conversación, los Badenes conmovidos por la situación y la pérdida, además de por la pérdida de su amigo. No comprendían tamaña soledad. Lourdes leyó en voz alta las cintas de las coronas de flores. Sólo un par; muchas, teniendo en cuenta que aquel funeral se desarrollaba casi en la clandestinidad. Una era de Loredana, otra de su mujer y su hijo. En la cabecera del féretro, sobre un taburete de madera oscura, destacaba un cojín de rosas rojas con la frase «Tus hijos, Lucía y Mario, y tus nietas te querrán siempre». Esto era todo. A las seis y media llegó Mario con las niñas y mis suegros. Los Badenes y Boro salieron del habitáculo para dejarles sitio.

—Ya ves, íntimo ha sido al final. —Mis lágrimas, que creía agotadas, se desbordaron.

—Bueno, al menos han venido algunos amigos.

Abracé a mis hijas y las dejé fuera con su padre. Con sus vestidos oscuros, ojeras y una palidez mortecina no parecían niñas, sino pequeñas adultas. También Marianne y Frederick Macfarlan aparecieron a los pocos minutos. A las siete menos cuarto Amelia, con la chaqueta del uniforme bien abrochada y su ademán serio y cuidado, nos indicó que era la hora. Salimos tras ella hacia la capilla. Unas salas se habían vaciado, otras se llenaban. Cuando llegamos, los primeros bancos de la derecha ya estaban ocupados por Verónica y su familia: Charlie, con su mujer y su niño, Carlota y sus hijos, y Zumilda, la chica que había cuidado a mi padre en los últimos tiempos. Nosotros nos ubicamos en la parte izquierda, mientras Boro y los Badenes se acercaron a dar sus condolencias a Verónica y Charlie y se colocaron tras ellos. Mis primos no habían llegado, no llegaron. Verónica los persuadió con el argumento consabido de que mi padre no quería a nadie en su funeral, ni siquiera a ellos.

La ceremonia fue quirúrgica. El sacerdote, un hombre con el pelo mal tintado y de aspecto extraño, recitó las formalidades sin emoción, la letanía de un protocolo automatizado. Los acordes del *Adagio* de Albinoni desgranados por un par de altavoces no consiguieron dulcificar la aridez. Salimos sin dirigirnos la palabra. Al día siguiente sería el entierro de las cenizas y busqué a Amelia para preguntarle el horario.

—Disculpe, es que no sé cómo está previsto hacerlo. ¿Cuándo hay que recoger las cenizas y a qué hora es el entierro?

—No hay que recogerlas en ningún sitio. Estarán aquí, pero… No hay nada previsto. Me dijeron —de nuevo la vi desorientada— que nadie vendría mañana. Depositaremos las cenizas en su lugar y colocaremos una placa de mármol provisional.

Tragué saliva.

—¿A qué hora?

—A las doce. Pero no habrá nadie, salvo el enterrador y yo misma.

—Yo estaré.

Vi a Charlie solo en una esquina mientras su madre volvía a sollozar arropada por los Badenes. Boro le hizo un gesto extraño a Rodrigo, de hartazgo. Me acerqué a Charlie.

—¿Cómo estás?

—Mal —contestó taciturno—. ¿Cómo voy a estar? Se me está haciendo muy largo.

Lo miré asombrada pero preferí no contestar.

—Mañana a las doce es el entierro de las cenizas.

—Mi madre ha dicho que no vendremos, será muy desagradable. Nos vamos a despedir ahora y ya está.

Contuve la rabia, apreté los dientes, le clavé los ojos. El muerto al hoyo y el vivo a hacer su vida. Aquella mujer le debía a su difunto esposo todo lo que era, todo lo que tenía, y no iba ni a molestarse en ir a su entierro.

—Como quieras. Yo estaré. De verdad que no logro entenderlos.

Supe que Verónica se quedó a solas un momento con mi padre antes de la incineración. Yo lo había velado con amor toda la tarde, le había hablado, me había despedido con toda la dulzura y el amor que el dolor me permitió y no quise infectar ese último recuerdo con la presencia de Verónica. No habría soportado repetir la escena de nuestra vida, ella a un lado, yo al otro, y mi padre, antes muriendo, ahora ya muerto, en medio.

Regresamos a casa, yo repitiéndome que recapacitarían, que vendrían. A las doce menos veinte del día siguiente Mario y yo recorríamos de nuevo las glorietas verdes y floridas del parque. Amalia nos esperaba con su impecable uniforme azul oscuro y una sonrisa discreta.

—Ya está todo preparado. Si me acompañan es allí, bajo aquel olivo.

Y junto al anciano ramaje, solos nosotros dos y los empleados del tanatorio, dije unas palabras de despedida para mis adentros, mis lágrimas un rocío de amor y rabia sobre el césped cuidado. Mientras depositaban las cenizas en la hornacina excavada en la tierra, rezamos un padrenuestro y un avemaría en voz baja, no sé muy bien por qué. Necesitaba un rito, algo que pusiera el punto final a tanto pesar; lo hice más por mí que por él. Donde estuviera se estaría preguntado qué mal hizo para acabar así, pasando a la otra vida en absoluta soledad.

Quedamos Mario y yo frente a la recién sellada lápida. Aún faltaba la que llevaría su nombre y fecha de defunción. Todo había acabado pero me costaba moverme de allí, algo mío estaba anclado al suelo. El viento soplaba con fuerza silbando entre los árboles su música triste y solitaria. Nubes algodonosas, blancas e inofensivas, moteaban el cielo azul intenso. Miré hacia arriba esperando algo, no sé qué, una señal de que en algún sitio mi padre estaba bien, y a lo lejos, de entre los chalets que rodeaban aquel idílico valle de los muertos, me llegaron las notas amigas de una canción de Madness pasada de moda, una canción que me encantaba escuchar en el coche de mi padre y cantar juntos a dúo:

> *Father wears his Sunday best*
> *Mother's tired she needs a rest*
> *The kids are playing up downstairs*
> *Sister's sighing in her sleep*
> *Brother's got a date to keep*
> *He can't hang around*

Our house, in the middle of our street
Our house, in the middle of our...

Sonreí, miré al cielo, nuestra casa, *our house*, era mi corazón. Y comencé a cantar.

45

El notario nos ha citado a las seis de la tarde. No tengo ningunas ganas de ver a Verónica ni a su hijo, pero es el último trámite para poder perderles de vista por siempre. No habrá sorpresas, tengo una vaga idea del contenido del testamento porque mi padre fue dándome a leer cada modificación. Lo cambió varias veces; trataba de subsanar el desaguisado hecho tiempo atrás con su patrimonio, pero no había solución posible. Desistió hace años, han pasado unos diez desde que me enseñó el último. No habrá mucho que leer; en su día, cuando aún estaban casados a partes iguales, Verónica renunció a la parte que le correspondía de las acciones de Loredana —con una ventajosa tasación— a cambio de todos los inmuebles de mi padre. Y aún tuvo la cara dura de decirme, en aquella comida en La Hacienda, que lo hizo generosamente. Su casa dejó de ser su casa, para ser la casa de Verónica y lo mismo ocurrió con apartamentos, bajos y otras inversiones. De esto me enteré tarde, después incluso de la aciaga víspera de mi boda, cuando Verónica me echó de su casa. Pensé entonces que aquel «fuera de mi casa» no era más que un uso retórico del posesivo, pero averigüé después que ciertamente era su casa y no la de mi padre. Las acciones de la empresa, lo único que le quedó entonces, también estaban ya repartidas entre nosotros. Y en lo que a mí se refiere, aunque heredara el usufructo —lo único que había conservado mi padre— y pasara a ser propietaria completa —igual que mi hermano—, la distribución porcentual convertía mi posición en una trampa para elefantes, como lo definió un buen amigo, abogado de profesión. Yo era accionista minoritaria en una sociedad patrimonial dominada por Charlie y Vero desde su mayoría.

En resumen, nada me interesa de la lectura del testamento, pero debo estar. El de mi madre también fue un trámite pero conmovedor. Aunque ella no tenía más herederos, fue una forma de sellar el pasado. Yo había sido todo para ella, y así lo dijo en su legado.

Y aquí estoy. El despacho parece una galería de arte moderno, con tanto cuadro abstracto y tanta estatua indefinible. Verónica y Charlie han llegado antes que yo y al verme han enmudecido. Ha venido muy discreta, no parece ella. Nos miramos con frialdad, ¿para qué disimular a estas alturas? Un saludo correcto en la distancia y una vez en la sala cada uno en una punta de la mesa de juntas. El notario, un hombre de mediana edad, rubio y esculpido por muchas horas de deporte, parece salido de un anuncio de Hugo Boss, nada que ver con algún otro de infausto recuerdo. Ya empieza. Qué parsimonia, se nota que le gusta escucharse. De vez en cuando hace una pausa y sonríe, pero el ambiente no invita a devolverle el gesto. A ver si abrevia. Efectivamente, el documento empieza tal cual lo recuerdo, pero no termina igual. No entiendo… Los párrafos finales me son desconocidos e inesperados.

«A mi esposa Verónica nada tengo que decirle, queda bien respaldada, y si le falta algo nuestro común amigo y asesor Gonzalo Morales podrá cubrirla en lo que necesite».

—Mamá, no entiendo. ¿Qué quiere decir?

—¡Calla, Charlie! —Hasta su cabello platino se ha tensado al pedir silencio—. ¡Ahora no!

«Para mi hija Lucía, dejo escrita una carta que le será entregada en el momento de la lectura del testamento —el notario me extiende un sobre— y que no deberá abrir hasta encontrarse de nuevo en su domicilio, así como esta medalla de oro que el Notario tiene depositada en custodia y que, gracias a mi encuentro con el inspector que llevó el caso del robo en Loredana, pude recuperar donde menos podía imaginarme».

—Pero… No puede ser… —Verónica balbucea, pálida, los pequeños ojos espantados fijos en la pepita de oro reluciente que en este momento me entrega el fedatario—. Esto es… Imposible.

Yo pienso lo mismo, no puede ser… Estoy aturdida, no quiero llorar pero no consigo aguantar las lágrimas. Siento la medalla encerrada en mi mano temblorosa.

—¡Mamá, la medalla! Pensaba que la robaron y se perdió para siempre.

—¡Calla!

—Señores, no he terminado y tengo gente esperando.

Carraspea el adonis y da un sorbo de agua. ¿Me ha sonreído? Este hombre sabe algo que no dice, o quiere ligar. Menos mal que prosigue:

«Pocas cosas de valor me quedan para dar, pero puesto que la medalla siempre fue para Lucía, me gustaría que mi hijo Carlos conserve mi reloj de pulsera. Sé que a Lucía no le importará».

—Mi hermanastro acaricia el reloj que porta en la muñeca desde la tarde en que el pulso de mi padre se detuvo—. Y a mi querida esposa le lego algo muy especial que sabrá valorar en lo que vale. Es una cinta, grabada hace muchos años, de una banda sonora no apta para menores que sólo ella, mi buen amigo Lorenzo Dávila y yo algo más tarde, conocemos. Una banda sonora a dos voces que seguro que agradecerá recuperar».

El ambiente se corta con un cuchillo. A Verónica parece habérsele aparecido un espectro, le tiembla el labio inferior y sus ojillos van a desintegrar el documento de la intensidad con que lo mira. Yo no entiendo nada de este espectáculo póstumo organizado por mi padre. Puesto a no tener nada que legarnos, debió de buscar la forma de dejarnos un recuerdo a cada uno, la medalla, el reloj y la cinta, pero para eso no hacía falta tanta parafernalia. Creo recordar que empezó a cambiar a partir de mi boda, no volvió a ser el mismo, actuaba de forma extraña, ¿pero esto? No es propio de él. Nunca fue amigo de misterios, secretos ni pantomimas. Pero bien que se calló la recuperación de la medalla. Su medalla. Mi medalla. Aun con la cara mojada se me escapa la sonrisa. Sólo por esto ya ha valido la pena este mal rato. Además, me muero por llegar a casa y leer mi carta. Verónica también está impaciente por escuchar la cinta porque se acaba de levantar furiosa y, tras arrancar de las manos del notario el sobre marrón, le ha indicado a su hijo que la siga y han salido corriendo. Ni adiós me han dicho. Esta última locura de mi padre es fruto de esos años postreros en los que había perdido su ser, pero lo de la medalla escapa a mi comprensión, me he quedado con cara de niña en la mañana de Reyes. Me la he colgado en cuanto han salido por la puerta y no paro de acariciarla como si fuera el pulgar de mi padre. Es un poco grande para mí, pero me da igual, necesito sentirla pegada a mi piel. El notario se despide muy cariñoso, demasiado. Estoy acelerada, qué ganas de llegar a casa y abrir la carta por la escalera, como cuando recojo análisis clínicos. Pero la voz de mi padre me frena, tan paternal como cuando de niña me reprendía, y me recuerda que debo leerla en casa. Y sentada, supongo.

Mario me ha visto entrar nerviosa y acelerada. Se ha acercado a darme un abrazo y me ha preguntado por el sobre que estrujo contra mi pecho. Está tan perplejo como yo. Quiere acompañarme, me interroga, me aprieta. Pero prefiero leer esto sola, como si hablara con mi padre, como cuando íbamos en el coche, con la radio puesta, Kiss FM, música de los ochenta. Sonrío al recordar. No tengo ni idea de lo que me espera en ese sobre pero siento a mi padre a mi lado a punto de decirme sus últimas palabras. Me tiemblan las manos y tengo la boca seca. Necesito agua fresca.

Rasgo el sobre, hay un papel y, por fin… ¡También la famosa carta de Lorenzo! Pero aunque haya sido tan esquiva y la curiosidad acumulada es mucha, empiezo por la de mi padre.

Valencia, 28 de agosto de 2001

Mi querida hija:

Como dicen en las películas, si estás leyendo esto es que estoy muerto. Imagino que estás sorprendida. En vida no he sido hombre de muchas palabras, ni escritas ni habladas. Tampoco de darle vueltas a las cosas, ni mirar hacia atrás, pero al final ser así me ha pasado factura y tú te has visto afectada. Lo que aquí te voy a contar es una historia larga e ingrata, pero te la debo, y además quiero que sigas las instrucciones que te doy al final. Chsst, no vayas al final, que te conozco, y sigue leyendo.

La idea de escribirte me la dio el bueno de Lorenzo y su carta, la de entregar a los dieciocho años. ¡A buen descuidado fue a traérsela su hermana! La olvidé por completo, y de habértela dado en su momento, puede que ahora no fuera necesario escribirte ésta. O sí. Pero al grano, la idea me la dio la que Lorenzo escribió antes de morir, al encontrarla de casualidad en mi caja fuerte poco antes de tu boda.

Como yo no soy de hablar, nunca te he comentado cómo fue mi relación con tu madre, cómo la conocí ni lo enamorado que estuve de ella. Tu madre, aunque nunca me lo has dicho, seguro que te envenenó con una versión en la que el malo fui yo, lo típico. Pero toda historia tiene dos versiones, y como me da tanto pudor hablar de estas cosas, decidí contártelo por escrito y darte el día de tu boda una carta junto con mi medalla (tú sabes cuál y, si todo ha ido según espero, ya debes de tenerla), para que al menos algún día conocieras la versión de tu padre, lo que yo he sentido estos años, por qué me comporté como me comporté y de paso cumplir la voluntad del bueno de Dávila, aunque fuera con retraso.

Lo comenté con Verónica y su reacción fue tremenda, me desconcertó. No entendí entonces por qué le sentó tan mal que quisiera escribirte, ni las escenas exageradas que montó a cuenta de las dos cartas, negándose en redondo a que te entregara la de Lorenzo con explicaciones absurdas, pero tampoco era raro en ella desmadrar las situaciones. No le di importancia hasta poco después. Al final no tuve tiempo de escribirla, los acontecimientos se precipitaron.

Tras el robo en la fábrica y durante los preparativos de tu boda pasaron muchas cosas que cambiaron mi vida para siempre y también afectaron a la tuya. De eso es de lo que voy a hablarte aquí porque, visto lo sucedido, las famosas explicaciones sobre mi relación con tu madre pasaron a ser secundarias; tan sólo te diré que la quise con toda el alma, que de verdad pensé que podríamos ser felices juntos y que si Verónica y sus artimañas no se hubieran cruzado en mi camino, tal vez así habría sido. O no, porque siempre fui muy pendejo y tu madre muy intransigente con esas cosas. La Elena Lamarc con la que conviví era una gran mujer, exasperante y excesiva, pero yo no sería quien soy si no me hubiera casado con ella, aunque me haya costado muchos años aceptarlo. Como ella dice, en el pecado he llevado la penitencia. Tenerte a ti fue lo mejor de aquel matrimonio y el fruto de nuestra mejor época, cuando todo parecía volver a la normalidad. Te lo juro, para los dos fuiste lo mejor que tuvimos.

No entraré en cómo se acabó pero, para variar, tu madre ha terminado teniendo razón; no sé cómo se las arregla, pero siempre termina teniendo razón, mal que me pese reconocerlo. Es una mujer exasperante (creo que ya lo he dicho).

Hasta poco antes de tu boda, después de mi operación, vivía en mi propia burbuja, en el mundo en que quería vivir. Era feliz. No miraba lo que no quería ver, saltaba los obstáculos dejándolos atrás, resolvía los problemas así, a mi manera, dejándolos extinguirse, y disfrutaba de las oportunidades que se me presentaban. Vive y deja vivir era mi lema. Nunca he sido un santo, tampoco me preocupó que lo fuera Verónica siempre que la convivencia fuera agradable, sin tensiones; bastantes aguanté con tu madre. Cada uno hacía su vida y cuando estábamos juntos lo pasábamos bien. Una pareja abierta que dicen por ahí. No quería ver más allá, no me interesaba ni me preocupaba lo que hiciera, puesto que yo hacía lo mismo, siempre que ella tampoco me controlara.

Pero sigo. Qué difícil es ir al grano cuando no se tiene costumbre de expresar lo que se piensa y se quiere contar tanto. Vuelvo a donde estaba. Tal vez recuerdes que atraparon a los ladrones que entraron a robar en Loredana. Unos kosovares.

El día en que había quedado con la policía para verificar si los objetos encontrados eran los nuestros, no recuerdo qué pasó que terminó yendo Verónica a la comisaría. Era el lunes antes de la boda y el viernes anterior habíamos discutido por culpa de sus llamadas a los invitados. Seguro que lo recuerdas tan bien como yo. Qué desagradable y tenso fue, y qué temple tuviste.

Vero regresó muy alterada de la comisaría, hablaba pestes de la policía y dijo que no habían encontrado prácticamente nada y que para eso era mejor que no nos hubieran molestado. Firmó un acta de reconocimiento y me dio unos cuantos papeles y unos planos. Eso era todo, porque la medalla no estaba, era un error de la policía.

Pero la vida está llena de casualidades y ese mismo día coincidí con el inspector que llevaba la investigación. Por un error no le habían dado a Verónica todo lo encontrado, que estaba repartido en varios paquetes, y aún quedaba otro en comisaría con algunas cosas más. Lo acompañé y por el camino me felicitó por haber encontrado mi medalla, sabía que tenía un gran valor sentimental para mí. Yo no entendí lo que me decía. Verónica me había confirmado con rotundidad que no estaba. Pero resultó que sí se la entregaron y se la quedó. En el sobre que faltaba por devolvernos, y que el inspector me entregó por fin, se encontraba una cinta magnetofónica grabada, rotulada con letra de Lorenzo, y su famosa carta, que también encontrarás en este sobre y que, aunque puedo imaginar tu ansiedad por acabar con la mía, te pido que la leas ahora, ya que él te escribió primero. Además, te ayudará a entender las cosas.

Pues sí, mi padre está en lo cierto, preferiría dejar la de Lorenzo para después, pero la medalla me quema bajo el pecho recordándome que desde algún sitio me está viendo. Y, qué caray, esa carta ha sufrido mucho hasta llegar a mis manos. Tengo la boca seca y ya no me queda agua. Creo que, aunque he perdido la costumbre, voy a servirme algo más fuerte.

Bien, preparada, vamos allá.

Érase una vez una niña rubia a la que yo quería con locura. Un buen día supe que la vida no iba a ser nada fácil para ella, y que sólo dos personas podrían ayudarla en las dificultades que tuviera con una mujer horrible, porque eran los únicos que podían ver lo que en realidad había detrás de aquella fachada. Esa niña eras tú, Lucía, y esa mujer era Verónica.

Si estás leyendo esto es por tres razones, la primera, que yo habré muerto, ya que te la dejo como un legado, como una especie de testamento; y lo hago porque sé que no duraré mucho. Mi cuerpo achacoso no tardará en darme un disgusto y mejor dejar las cosas listas. La segunda será que Verónica no ha cambiado antes de que yo abandone este mundo, ya que de haberlo hecho yo habría destruido este sobre y todo su contenido. Y la tercera es que tendrás dieciocho años, serás casi una mujer, y creo que podrás asimilar un contenido que ahora mismo, a tus diez años, no entenderías.

Verás que la carta que te incluyo estaba dirigida a tu madre, la otra persona que puede ayudarte, y sé que habrá hecho un uso adecuado de ella. Espero que esta semana llegue ya a sus manos, aunque nunca llegue a saber quién la envió, salvo que tú decidas contárselo tras leer estas líneas.

Toma aire, querida Lucía, porque lo que vas a leer y escuchar es duro y terrible. Pero puede que algún día estas pruebas que ahora te incluyo sobre Verónica y otro hombre te sean útiles. Ojalá me equivoque y, a la edad en que te entreguen este sobre, las cosas hayan cambiado, pero lo dudo.

Y te lo ruego, no me juzgues con dureza por las cosas que confieso, porque algún día comprobarás que para amar no hay condiciones.

Con todo mi amor,

Lorenzo

Sentir de nuevo la voz cálida de este hombre bueno, protegiéndome, me ha emocionado. Busco la copia de la carta que dice que le envió a mi madre pero no hay nada más. Con las vicisitudes que ha sufrido este sobre cualquiera sabe dónde está, lo que tengo claro es que el original nunca llegó a sus manos. Si esto se hubiera sabido antes… Tampoco está la cinta que menciona. Debe de ser la que le han entregado a Verónica en la notaría. Pero, ¿por qué mi padre no ha dispuesto que me la den a mí? Estoy alterada, nerviosa, todo esto es demasiado para asimilarlo de golpe. Pero no puedo dejarlo ahora.

Imagino que te estás preguntando por qué no está la cinta. Creo que con lo que ahora sabes y lo que te voy a contar es suficiente. No te agradaría escuchar algo tan sucio, Lorenzo seguro que lo entiende. Desde que la tuve en mis manos sospeché que encerraba algo importante. Además, mi enfado fue tremendo al saber que Verónica me había ocultado lo de la medalla. Imaginé que era para que no te la diera, ella te odia, y me propuse reclamársela y dártela. Pero antes quise escuchar la cinta. No fue fácil, no quedaban aparatos de esos, pero olvidado en un armario de Loredana encontré un viejo radiocasete. Lo que escuché me lo guardo para mí, pero fue una conversación entre Verónica y Gonzalo Morales que me abrió los ojos y cambió mi forma de entender mi matrimonio y el papel que tú jugabas en esta historia. También afectaba a Charlie, pero es mi hijo, a pesar de los pesares, así lo siento y así ha crecido los casi treinta años que han pasado desde la grabación, y eso no lo cambiará nadie, ni siquiera Verónica. Por eso prefiero ahorrártela. ¿Me perdonas tú también?

Sí, papá, claro que te perdono. Además, intuyo lo que escucharía y prefiero evitármelo.

La cinta me hizo reflexionar sobre la muerte de Lorenzo. Tuvo que grabarla poco antes de morir, y la insistencia de Verónica en que no te entregara la carta me dice que ella sabía cuál era su contenido y que las dos cosas estaban relacionadas. Indagué en Loredana por mi cuenta. Fue Teresa quien encontró muerto a mi querido amigo. Tenía que haber visto algo. Me costó mucho hacerla hablar, tenía miedo. Y además, después de tantos años, ¿para qué? Pero poco a poco la convencí y me confesó que los oyó discutir, no recordaba bien las palabras, pero Verónica exigía que le diera algo y, al negarse, lo amenazó. El caso es que su débil corazón (hay que ver cómo machaca esto de ser empresario) explotó, y Verónica no hizo nada por socorrerlo. No podría demostrarlo en un juicio, nadie vio nada, sólo Teresa intuyó lo que pasaba, y habían transcurrido veinte años. Además, Verónica es la madre de Charlie y él no me lo perdonaría. Eres madre, seguro que me entiendes. Decidí callar.

Preferí guardarme esa baza por si la necesitaba más adelante. Fue un lunes horrible. Mi mundo se desmoronaba y no iba a ser fácil hacer como que no pasaba nada. Ese día, de vuelta en casa, ella volvió otra vez sobre el tema de las mesas (lo que dio de sí algo tan tonto), y yo, irritado por lo que acababa de averiguar, arremetí como una bestia pidiéndole el divorcio aunque sin añadir más motivos que los que en ese momento los dos conocíamos. Estaba fuera de mí. Por eso se fue. Por echarme un pulso, asesorarse como siempre hacía y de paso seguir poniendo piedras en tu camino. Cuando regresó el viernes yo estaba más calmado pero resuelto a dejarla y divorciarme. No lo creerás, pero para mí aceptar eso era muy doloroso, un nuevo fracaso, toda mi vida puesta en juego sobre una mentira, sobre un error monumental, engañado por la mujer por la que lo había dado todo. No sé dónde estuvo, aunque puedo imaginarlo, pero regresó con las ideas muy claras. Me explicó que si nos divorciábamos ella se quedaba con todo. Yo no tenía casa, ni propiedades ni apenas dinero en el banco, y en Loredana había quedado en minoría frente a ella y a Charlie (siempre muy influenciado y sobreprotegido por su madre), igual que tú, y si no quería tener problemas más me valía no sacar los pies del plato o me ponía la maleta en la calle. Verónica no quería separarse bajo ningún concepto, mi mundo era su mundo, y sin mí podía perder algo que le importaba tanto como el dinero: su posición, la aceptación social.

Si seguía adelante, me quedaría en la calle, como un indigente, así me lo dijo. ¿Te imaginas mi impresión? Con lo que yo había sido, con lo que había luchado y trabajado, y por mi propia estupidez era un indigente que dependía de la voluntad de mi mujer para seguir disfrutando de algo tan simple como mi sofá de siempre y mi televisión. Y el mundo se hundió bajo mis pies. Tenía razón, estaba en sus manos. Si eso me hubiera pasado veinte años atrás, me habría dado igual, habría empezado de cero, me sobraba salud y cojones para hacerlo. Pero, la segunda operación de corazón, la parte que quedó necrosada, la edad, no sé, algo de mí murió en la mesa de operaciones y no pude soportarlo, me hundí. Ya no soy el Carlos Company que engañaba a banqueros con máquinas de coser viejas recién pintadas para que invirtieran en su negocio; sólo soy un viejo a punto de jubilarse con el corazón maltrecho y sin futuro. Mi corazón se resintió con un dolor agudo, y deseé morir por primera vez en mi vida. Y algo murió en mi cabeza. ¿Cómo había sido tan estúpido? Pero lo peor no fue asimilar mi situación, sino la tuya, la de mi propia hija. Sí, me quise morir. Y tuve miedo de lo que Verónica pudiera hacerte. Es mala. Si conmigo había sido tan cruel, si había dejado morir a Dávila delante de sus narices, no quería pensar lo que podría hacer contigo. No podía razonar, estaba noqueado, sonado como Urtáin. Por eso te pedí que subieras a casa y le pidieras perdón, pensé que si ella no te veía como una amenaza, si te humillabas y aplacábamos su ira, no te haría daño. De nuevo me equivoqué. Nada podía aplacarla porque ya no necesitaba disimular.

Esa noche no conseguí dormir. Amanecí pensando que era tu día y que todo tenía que salir perfecto, a pesar de Verónica, y puse toda mi voluntad en ello. Pero me sentía muy mal conmigo mismo, estúpido, fracasado, mal padre. Estaba hundido. La vergüenza y el horror que sentí al ver el número que montó en la puerta del Parador... Pero me sobrepuse, sonreí como pude y procuré pasar la noche lo mejor posible, que no me vieras mal. Bebí demasiado, quería olvidar, aguantar el tipo, parecer alegre, pero con todo lo que había pasado se me cruzó por la cabeza la idea de que nada me quedaba por hacer en esta vida, había perdido mis batallas, había fracasado en todo y desaparecer sería la mejor manera de evitarme sufrimientos. Era muy tarde cuando abandoné el convite. Verónica hacía horas que se había ido, tras meterse con unos y otros sin disimulo. En cuanto agarré el volante con las dos manos, una pulsión me marcó el camino. Sé que esto te va a doler y no te imaginas lo que me cuesta hablar de ello. Pero necesito que sepas cómo llegué a sentirme y hasta qué punto había perdido la cabeza. Perdóname, perdóname, perdóname. Enfilé hacía el bosque de pinos que rodea el campo de golf, saliéndome del camino y entrando en el propio campo, y aceleré a tope, con tan mala suerte que antes de estrellarme agarré un bunker y salí volando. Sí, no fue un despiste, fue intencionado... ¡Ya lo he dicho! Pero la cosa quedó en nada. Otro puto fracaso. Pasé mucho rato en la oscuridad de la noche, solo, llorando mi desgracia, autocompadeciéndome. A la única persona que se lo conté fue a Boro. Y ahora a ti, para que comprendas las cosas. Cuando la pena y el llanto me dejaron en paz y el alcohol se diluyó, en parte por la lucidez que me vino tras el golpe, reflexioné: había sido un cobarde y no podía dejarte sola con ella cerca. Ese fracaso era una segunda oportunidad y me brindaba la posibilidad de remediar mi insensatez, aunque estaba difícil. Sería mi aliciente para seguir viviendo. Y aquí estoy, hija mía.

A partir de aquel momento he dedicado cada minuto de mi vida a compensar las consecuencias de mi ceguera sin que nadie lo sospeche. Sólo Boro está al tanto, Rodrigo algo imagina porque me ayudó en un par de cosas que le pedí y, por supuesto, mi hermana, que ha sido cómplice necesaria.

A mí sólo me quedaba mi parte de los beneficios de Loredana, el famoso usufructo que al final conservé gracias a los buenos consejos de mi hermana Lucía. Otra que siempre tuvo razón. No te imaginas cómo se enfadó cuando supo que todo mi patrimonio quedaría en sus manos. Ella insistía en que mis acciones eran mías y no tenía que compensar a Verónica y, además, ustedes, Charlie y tú, ya heredarían cuando tocara. Se lo insinué a Vero a la vuelta de Estados Unidos y fue un drama. Se negó, habló con Gonzalo para ver qué podía hacer y él le sugirió llevarme a juicio si yo no accedía a la propuesta inicial de reparto, también ideada por el cabrito de Morales, y reclamar el cincuenta por ciento de mis acciones por la disolución de las partes iguales. Pero al menos lo del usufructo les pareció bien. Y me insistieron en que ese reparto era lo mejor: los jóvenes llevando la empresa y siendo los principales accionistas (entonces Loredana era una mina), mientras ella quedaba como accionista minoritaria, sin poder de decisión (puesto que siempre hablaba de que Charlie y tu serían un todo) pero con el futuro asegurado si a mí me pasaba algo, gracias a las propiedades que le cedí a cambio de ese reparto. Y acepté «la solución perfecta» según Verónica. Le creí, quise creerle, entonces parecía que te adoraba y hasta mucho después nunca imaginé que fuera mentira.

Menos mal que me quedé con ese pequeño reducto y que Loredana fue muy bien durante bastantes años y repartía beneficios. En manos de ellos veremos lo que dura. A partir de conocer su juego gracias a la cinta de Lorenzo y a nuestra discusión, me las he ingeniado para cobrar y fingir que lo gastaba en caprichos caros: aparatos electrónicos que iba sustituyendo de forma rotativa; coches que me costaban mucho menos de lo que afirmaba; pérdidas en el juego cuando no jugaba; inversiones en acciones que no hacía; viajes imaginarios… ¿Recuerdas mi viaje a Australia? Lo fingí. Dije que me iba en primera y coló. Estuve en Onteniente, con mi hermano. También me quedé dos semanas en el chalet de los Badenes sólo para distraer una cantidad importante, haciéndole creer a Vero que estaba en los Emiratos Árabes y a Rodrigo que tenía un plan con una chica y necesitaba su chalet. No sé si lo creyó, pero en otro tiempo no lo habría dudado. Si Lourdes llega a enterarse se habría montado una buena.

Te preguntarás para qué he hecho estas tonterías, qué finalidad tienen. Es simple, montar un nuevo negocio a espaldas de Verónica y Gonzalo Morales. No por mí, que a esta edad no pretendo acumular riquezas, sino por ti. Yo sé que estoy perdiendo facultades y no creo que me queden muchos años de vida. Esa empresa, participada por mi hermana Lucía y por mí y radicada en Estados Unidos, se dedicó en sus inicios a la inversión inmobiliaria y ha conseguido muy buenos resultados. Lucía es una gran experta y yo he ido aportando capitales para invertir. También participamos a través de la empresa en proyectos innovadores que, salvo algún fiasco, han resultado ser muy rentables.

Y ahí es donde entras tú. Ahora mismo, aunque no lo sepas, eres la accionista mayoritaria de esta sociedad gestionada por tu tía y en la que ella tiene un cuarto de las acciones. Cuando me dijiste que querías que te despidiera se me partió el alma. Entendí que tenías razón, los dos estábamos en la cuerda floja. Ya había trazado mi plan aunque entonces ignoraba lo que la empresa daría de sí, pero preparé los papeles y entre las copias que te di a firmar con el finiquito, el despido y otros documentos de Loredana, metí los poderes que necesitaba para incluirte en este negocio. No leíste nada más que la primera hoja, ciega de tristeza como estabas y confiada como siempre.

Desde entonces ése ha sido el aliciente de mi vida, vigilar de cerca a Verónica (que no sabe nada de todo esto y es mejor que no lo sepa, recuerda que Gonzalo Morales la asesora) para evitar que te haga daño y desviar todo lo que gano hacia aquella empresa que, si estás leyendo esto, sabrás que es prácticamente tuya. Por cierto, dudo que Loredana sobreviva a los desmanes de Verónica, Jesús y mi propio hijo, siento decirlo, pero a esta marcha pronto dejaré de sacar nada de ella. Al menos la nueva ya despegó y no te imaginas su valor actual. Espero que para cuando leas la carta haya seguido creciendo, porque yo cerraré hoy el sobre y espero no volver a abrirlo. Me está costando mucho de escribir.

Sólo quiero que perdones mi insensatez, los años de ostracismo, pero para un hombre como yo no ha sido fácil asimilar lo hecho, tantos errores, y la trampa en que acabé arrastrándote conmigo.

Ah, se me olvidaba. El notario te habrá dado la medalla (ojito con ése que es un ligador de cuidado). Cuando Verónica desapareció la busqué por todas partes. Jugaba con la ventaja de que ella no sabía que yo sí lo sabía, y confié en que no se la hubiera llevado en su estampida. Como no la encontré, sondee a Carlota para que me diga algún posible escondite, con la excusa de encontrar alguna pista de su paradero e ir a buscarla. La buena mujer me descubrió varios y en uno de ellos, envuelta en un pañuelo, encontré la medalla. Al día siguiente, aún nervioso, decidí hacer un duplicado, una imitación. Un amigo joyero me lo hizo a la antigua, sacando el molde con un material parecido a la plastilina y rellenándolo con el metal calentado en un hornillo. Lo bañó en oro bajo y quedó perfecta. Siempre se me ha dado bien dar esos cambiazos, como cuando pintamos unas máquinas viejas para simular una cadena y pedir un préstamo. Qué tiempos. Pero vuelvo, vuelvo, que parezco un abuelo contando batallitas y me repito. Esa tarde la medalla falsa estaba de vuelta en su escondrijo y la verdadera terminé por dársela a Boro, que la ha guardado hasta que se la he entregado al notario.

Y esto es todo lo que quería contarte. Espero que este patrimonio que es tuyo te ayude a hacer en la vida lo que desees sin depender de nadie.

Y también espero que me perdones y que cierres esta carta sabiendo que siempre te he querido con toda mi alma aunque no he sabido hacerlo mejor.

Tu padre, que tanto te quiere.

No sé si reír o llorar, me tiembla todo. De emoción, de dicha, de sorpresa. Siento en mi cuello la medalla de mi padre, más cálida, más dulce, como un abrazo invisible desde el más allá. Estoy tan aturdida que no sé qué hacer. Pongo la radio, música variada. Suena el *My Way* de Frank Sinatra, que siempre me encantó, y veo a mi padre cantándolo. A su manera, sí, así vivió y así murió.

—Mario, ni te imaginas todo lo que acaba de suceder… Tengo taquicardia. Ven que te cuente.

—¡Claro, mi amor! Pero tranquilízate primero. Un poco de agua te vendrá bien. Ponte cómoda, voy a por agua y me lo cuentas todo. Por cierto, tu tía ha llamado un par de veces.

—¿Quién? ¿Lucía?

—Sí. Me ha dicho que la llamaras en cuánto volvieras del notario. Parecía urgente.

Claro, ¡ella lo sabe todo! ¡Ha estado pendiente de todo! Y de todos. Otra vez el corazón al galope. Me tiemblan las manos buscando el teléfono. No sé qué habría sido de mi padre sin ella. Y de mí. Siempre tan cerca a pesar de la distancia. Le debemos tanto…

—¿Tía Lucía?

—Sí, mi niña. Esperaba tu llamada. Creo que deberías programar un viaje a Ohio. Tenemos mucho de qué hablar.

Sonrío. Lloro. Mario me abraza y en la radio suena Madness. *Our house…*

NOTA DE LA AUTORA

Con esta novela cierro una etapa, un proyecto único que por su envergadura tuve que dividir en tres. Tres novelas que pueden leerse de forma independiente, desordenadas, pero que juntas forman un todo gigantesco, una historia épica trasladada al siglo xx donde las contiendas no pretenden conquistar o defender fronteras sino ganar la batalla de la vida.

Es una obra literariamente ambiciosa y comprometida en la que creo que he dado lo mejor de mí. Tras haber publicado las obras anteriores con tres editoriales, con resultados y experiencias dispares pero un punto en común, me he decidido a contar con CERSA para esta última entrega porque me ofrecía lo que necesitaba. Los plazos de decisión de muchas editoriales no son compatibles con los de los lectores ni con mi necesidad de cerrar un capítulo de mi obra y de mi vida que me ha absorbido la energía de los últimos nueve años, desde que en septiembre de 2006 me senté por primera vez a escribir. Para mí es una apuesta personal a la que me lanzo sabiendo que cuento con el apoyo de muchas personas.

En esta tercera entrega, que bien podría ser la primera, o la segunda, he querido hacer un pequeño homenaje a la música de la época. Crecí con esa banda sonora que me acompañó en momentos de soledad, de alegría, de afecto, de tristeza, de cambio, como tantos otros de mi generación. Podrían haber sido otras las canciones, pero la elección ha venido condicionada por las escenas. He intentado que su integración fuera lógica, no forzada.

El contexto histórico es real, está basado en los hechos y en lo que la hemeroteca tiene registrado sobre la transición, el 23-F y muchos otros acontecimientos. Sólo me he tomado la licencia de incluir como candidato a las elecciones a un personaje que nunca existió, Silvano Cervera, y que es el protagonista de una estupenda novela de José Vicente Pascual (*El fantasma del retiro*). Silvano representa todo lo que Dolores querría conservar y era el candidato perfecto.

Tanto si es la primera novela mía que se lee, como si ya se ha leído *El final del ave Fénix*, recomiendo leer inmediatamente después de acabar, es decir, ahora, el «Prólogo» y el «Epílogo» de aquélla. Todo cobrará un nuevo sentido.

En *Yo que tanto te quiero* he recorrido los años que mejor conozco, por ser los de mi generación, pero no por ello me ha resultado más sencilla que las anteriores. La dureza de algunas partes de la historia, el narrarla en primera persona, ha supuesto un esfuerzo enorme. No comencé a escribirla en primera persona, sino en tercera. Para mí era una prolongación de *Las guerras de Elena*, puesto que empieza donde acaba aquélla y no hubo pausa en la escritura entre ambas. Pero me chirriaba sin saber por qué. La razón la encontré releyendo *El final del ave Fénix*. En ésta, los últimos capítulos están contados por Lucía porque está recordando la vida de su madre y la suya propia en una búsqueda de respuestas a todo lo que le ha tocado vivir. *Yo que tanto te quiero* vuelve a aquellos días para aclarar lo que pasó, lo que hasta entonces sólo se había mostrado con pinceladas. En realidad, si no la hubiera dividido en tres partes, esta historia formaría parte de aquellas páginas y, por tanto, estarían narradas por Lucía Company. Y con cincuenta páginas escritas comencé de nuevo con el temor de no ser capaz de llegar hasta el fondo de Lucía. He sido honesta con el personaje, poniéndome en su situación en cada escena, como una actriz interpretando un papel. Escuchaba en una entrevista a la gran actriz Luisa Gavasa sobre lo durísimo que fue su papel de madre lorquiana en *La novia* —adaptación de

Bodas de sangre dirigida por Paula Ortiz— y supe exactamente a qué se refería. Ella necesitó escuchar la voz de su hijo y lo llamó. Yo anhelé el abrazo imposible de mis padres..

AGRADECIMIENTOS

Yo que tanto te quiero cierra la trilogía que comencé hace ocho años con *El final del ave Fénix* y a la que siguió *Las guerras de Elena*. De las tres novelas, ésta es, con diferencia, la que más me ha costado escribir. Y publicar. Este proceso largo y duro no habría culminado sin la ayuda de tanta gente como me ha apoyado.

Los primeros, los lectores que al terminar de leer *Las guerras de Elena* me escribían entusiasmados preguntando por la tercera novela. Y lo siguen haciendo. No ha habido un día en el último año que, por un medio u otro —Facebook, Twitter, mi web o incluso en persona—, no me haya preguntado alguien por cuánto tiempo tardaría en salir. A todos ellos gracias, han sido un potente combustible para llegar hasta aquí.

También a Piluca Vega, de la Agencia Literaria Página Tres, quien creyó desde el primer momento en la novela y no perdió la esperanza de que alcanzara el lugar que merecía, a pesar de las dificultades. Ha trabajado mucho para conseguirlo y su perseverancia ha logrado que *Yo que tanto te quiero* viaje a otros continentes.

El texto tuvo varios lectores cero y cada uno me aportó algo. Gracias a Enrique Huertas por las noches interminables de debate literario, por sus inteligentes reflexiones y sus lecturas recomendadas para hacerme entender lo que con tanto afán me explicaba sobre la «Lucía narradora» y la «Lucía protagonista»; a Rosa Huguet y a Marina Lomar por compartir conmigo sus impresiones sinceras y de cuyas aportaciones he aprendido mucho. Gracias a María Vicenta Porcar por su revisión y aprobación de la psicología de los personajes, pero sobre todo, por su amistad y apoyo. Sin ella a mi lado para afrontar tantos obstáculos como he tenido habría abandonado la empresa.

Las dudas sobre temas que conozco poco me las resolvieron especialistas que, además, de escritores son amigos. Gracias a Sebastián Roa por dedicarme algo de su escaso tiempo para aclararme aspectos de procedimiento y, de paso, gracias por escribir tan bien. A Josep Asensi, médico y escritor, por los divertidos correos que intercambiamos hasta centrar cuáles eran las lesiones que podrían sufrir mis personajes en las situaciones de la novela y sus posibles secuelas. Al cardiólogo y escritor José Luis Palma, que me brindó sus vastos conocimientos en cirugía cardiotorácica y cardiología para hablar con propiedad de la enfermedad de Carlos Company, sus operaciones y consecuencias. Y a Mercedes Gallego por su asesoramiento para publicar y su amistad. Soy afortunada por los compañeros de letras que me he cruzado en el camino.

Me dejo para el final a una persona cuya ayuda ha sido definitiva, crucial, impagable. La profundidad a la hora de analizar cada línea, su dedicación, el afecto volcado en cada reflexión, han enriquecido tanto a la novela como a mí. Leer sus comentarios y sugerencias ha sido una labor de aprendizaje y autoconocimiento que trasciende al texto y, puedo afirmar, que ha entendido este proyecto casi como yo misma hasta el punto de conmoverme. Si la limpieza, claridad y coherencia de la obra son las que son es gracias a la colaboración e implicación de Miguel Ángel. Por ello, junto a mis padres y mis hijas, Miguel Ángel Buj merece estar en la dedicatoria de esta novela.

Y gracias a mis padres por lo mucho que aprendí de ellos, por la educación que me dieron y sobre todo, por su amor. Sólo espero que allá donde estén se sientan orgullosos. Yo los llevo en mi corazón, en *Our House*.